HELENKAY DIMON

Le piège de la forêt

Traduction française de
CATHERINE VALLEROY

BLACK ROSE

HARLEQUIN

Collection : BLACK ROSE

Titre original :
LAWLESS

Ce roman a déjà été publié en 2015

HARPERCOLLINS FRANCE
83-85, boulevard Vincent-Auriol, 75646 PARIS CEDEX 13
Service Lectrices — Tél. : 01 45 82 47 47 - www.harlequin.fr
ISBN 978-2-2804-6997-5 — ISSN 1950-2753

Composé et édité par HarperCollins France.
Imprimé en décembre 2021 par CPI Black Print (Barcelone)
en utilisant 100% d'électricité renouvelable.
Dépôt légal : janvier 2022.

FSC
www.fsc.org
MIXTE
Papier issu de sources responsables
FSC® C159065

Pour limiter l'empreinte environnementale de ses livres, HarperCollins France s'engage à n'utiliser que du papier fabriqué à partir de bois provenant de forêts gérées durablement et de manière responsable.

1

Hope préférait de loin le grand air à l'atmosphère confinée des bureaux. Aussi passait-elle la plupart de son temps dehors. Son père avait essayé pendant des années de la faire entrer au conseil d'administration de l'entreprise familiale, il lui avait fait miroiter une luxueuse voiture de fonction et d'énormes avantages sociaux, elle avait toujours refusé sans même y accorder un temps de réflexion.

Mais là, tout de suite, un fauteuil et un bureau ne lui auraient pas déplu.

Les arbres l'entouraient de toutes parts et la surplombaient. Cette région était justement nommée le Cranberry Backcountry[1] : des milliers d'hectares de bois et de collines. Rien d'autre.

Des animaux rôdaient autour d'elle. Le feuillage des arbres bruissait dans la brise estivale, qui soulevait sa queue-de-cheval et soufflait sur sa nuque. Les épaisses frondaisons bloquaient la lumière du soleil, l'isolant un peu plus du reste du monde.

Il n'y avait pas une maison, pas âme qui vive.

S'adossant à un gros tronc d'arbre, elle sortit de la poche de son short son téléphone satellite. Mais avec tous ces arbres, tout ce feuillage, il ne captait pas. Il lui aurait fallu une clairière. Elle prit dans sa poche arrière la carte de la région et l'observa un instant. Manifestement, il y en avait une à quelques dizaines de mètres.

1. Littéralement, « l'arrière-pays aux canneberges » : une étendue très sauvage. (NdT)

Peut-être était-elle assez près pour que cela fonctionne. Elle pressa le bouton d'appel de son téléphone.

S'il vous plaît, faites que ça marche !

Mais l'appareil ne réagit pas. D'énervement, elle le secoua. Elle avait presque envie de le jeter par terre et de l'écraser sous ses chaussures de randonnée.

Elle allait tenter de nouveau d'appeler quand il y eut un craquement sur sa droite... Encore un ! Depuis qu'elle avait pénétré sous le couvert, elle ne les comptait plus.

Un écureuil, sans doute. Rien de grave.

Elle se répéta ces mots pour se rassurer et stopper le tremblement subit de ses mains. Elle préférait ne pas penser à un ours ou à un prédateur.

Elle se déplaça un petit peu, pour mieux capter, mais des branches lui écorchèrent les jambes et agrippèrent la manche de son T-shirt. Au prix d'un énorme effort, elle se retint de crier et d'appeler Mark.

Mark Callah était le vice-président de Baxter Industries. Il s'était montré d'un enthousiasme délirant à propos de ce stage de survie organisé par l'entreprise. A tel point qu'il avait apporté un revolver sans lui en parler. La veille, pendant le dîner, il l'avait exhibé. En tant que responsable du séjour, elle l'avait évidemment confisqué. Cela ne s'était pas bien passé. Et voilà que Mark manquait à l'appel.

Crac.

Encore ce bruit. Elle ne put s'empêcher de frissonner. Sans doute une petite bête, se répéta-t-elle. Mais les pas se précipitèrent.

Elle se plaqua derrière un arbre et scruta les alentours : une tache bleu foncé bougeait au loin.

Elle avait laissé au camp le reste des cadres, avec l'ordre de préparer le petit déjeuner et de tout ranger. En dehors de Mark, ils n'étaient pas du genre à s'aventurer en solitaire dans les bois. L'un d'eux portait-il du bleu marine ? se demanda-t-elle. Mais son cerveau n'arrivait plus à fonctionner normalement.

Les craquements et les crissements se faisaient plus fréquents, ils semblaient la cerner.

Ce dont elle avait besoin, c'était une vue dégagée. Si elle pouvait sortir du couvert et émettre un appel, elle rentrerait ensuite se mettre à l'abri sous les arbres.

Machinalement, elle posa la main sur l'étui pendu à sa ceinture et tâta le manche de son couteau. Elle avait envie de le dégainer pour se protéger, mais courir en terrain inégal avec une lame à la main n'était pas prudent.

Après un dernier regard entre les épaisses colonnes des troncs, elle se mit en route. Glissant sur les cailloux et les racines, repoussant les branches qui lui barraient le chemin, elle accéléra peu à peu jusqu'à adopter un petit trot. Le vent sifflait et les feuilles la giflaient. Elle faisait assez de bruit pour constituer une cible parfaite, mais peu importait. Elle devait sortir de la forêt.

Des pas lourds résonnèrent, cette fois sur la gauche. Son poursuivant avançait presque parallèlement à elle, conclut Hope. Elle tenta de zigzaguer, mais son T-shirt blanc la trahirait où qu'elle soit, elle le savait.

Il fallait qu'elle mette assez de distance entre eux pour avoir le temps de passer un appel et de tirer son couteau. Dans tous les cas, elle n'abandonnerait pas sans avoir lutté.

Devant, le sentier s'éclaira et de petites taches de soleil apparurent sur le sol. Elle approchait de la clairière. Son téléphone battait contre sa jambe à chaque pas. Elle le sortit de sa poche et le tint à la main tout en courant.

Un tronc couché surgit soudain, trop gros pour qu'elle puisse l'enjamber. Elle s'efforça de dévier sa course mais se tordit la cheville. La seconde d'après, son genou s'écrasa sur le sol et quelque chose de pointu s'enfonça dans sa paume.

Elle resta à terre quelques secondes, les poumons labourés par une respiration lourde. Mais les pas semblaient avoir cessé. A moins que l'individu n'approche en silence pour lui sauter dessus ?

Ignorant la douleur qui montait de sa cheville, elle se releva et contourna l'arbre tombé. Chaque pas la faisait grincer des dents et lui donnait envie de crier.

Heureusement, la lumière augmentait : encore quelques enjambées, et elle serait sauvée. Elle contourna un tronc massif, tandis que les pas reprenaient derrière elle. Une tache bleue fila au loin. Comme une silhouette, au visage masqué par un capuchon.

Arrivée à la clairière, elle chercha le téléphone dans sa poche. Rien. Elle tapota frénétiquement son short et pivota sur elle-même, prise de désespoir. La peur l'envahit et ses genoux fléchirent.

L'arbre couché, sa chute… la mémoire lui revint en un éclair : elle avait dû le faire tomber.

Le dos contre un arbre, elle survola du regard les quinze mètres carrés de clairière et la forêt qui les bordait. Elle s'efforça de ralentir les battements de son cœur pour se concentrer.

Ses veines continuaient à pomper l'adrénaline. Elle aurait pu s'en réjouir, car cela réduisait la douleur et l'empêchait de s'émouvoir de son genou ensanglanté et des élancements dans sa main. Mais il fallait qu'elle réfléchisse.

La silhouette de l'inconnu se profilait contre un arbre, à une dizaine de mètres. Elle dégaina son couteau et serra le manche, ignorant un nouvel élancement dans sa paume. Au moment où elle ouvrait la bouche pour crier et forcer cet imbécile à l'affronter au lieu de la terrifier par son silence, un bruit étrange se fit entendre.

Elle s'abrita les yeux de la main et cilla dans le soleil. Rien d'autre que le ciel bleu, mais le bruit augmentait.

Woup, woup, woup.

Un hélicoptère surgit et entama une manœuvre d'approche. Hope battit des paupières, incrédule. Là, au milieu de nulle part, la présence de cet engin n'avait aucun sens.

Une nouvelle vague de panique la fit hoqueter. Elle s'était sans doute jetée dans la gueule du loup : trafiquants de drogue ou criminels d'un autre genre. Si le pilote de l'hélicoptère était de mèche avec son poursuivant, son couteau ne lui servirait à rien.

L'appareil planait au-dessus du sol, hachant le feuillage avec son hélice. Quand il toucha enfin terre, deux hommes se devinèrent à l'intérieur. Mais la paroi vitrée déformait leurs visages.

Hope était sur le point de se mettre à l'abri sous les arbres, où au moins elle aurait une chance de s'échapper, quand un bruissement sur la gauche ramena son attention sur son poursuivant. L'homme au capuchon s'était déplacé. De crainte qu'il ne se faufile derrière elle, elle recula à la lisière de la clairière et brandit le couteau devant elle, face aux arbres.

— Hope !

Son nom semblait avoir retenti au-dessus du fracas de l'hélice, mais c'était impossible. Aucun des cadres n'aurait pu s'aventurer aussi loin du camp.

Son imagination battait la campagne, c'était la seule explication. Elle sursautait au moindre bruit.

Le moteur s'arrêta et l'hélice ralentit. Elle se retourna pour affronter cette nouvelle menace, puis se figea brusquement sous le soleil de plomb. Même les battements de son cœur parurent cesser.

— Hope, qu'est-ce que tu fais ?

Joël Kidd, l'homme qui l'avait quittée un an et demi auparavant, était debout près de l'appareil.

En T-shirt noir, pantalon kaki et lunettes de soleil. Ses cheveux bruns étaient plus longs qu'elle ne s'en souvenait, et il était peut-être un peu plus mince. Mais rien de tout cela n'expliquait ce qu'il faisait en Virginie.

Après un dernier regard aux bois menaçants, elle s'avança. Joël portait une arme à la hanche, et il savait très bien s'en servir, se rappela-t-elle. Autrefois, cela l'effrayait un peu d'ailleurs. Là, c'était un baume pour ses nerfs tendus.

— Hope, tu es blessée à la jambe !

Il arracha ses lunettes de soleil et lui jeta un regard inquiet.

— Qu'est-ce qui se passe ?

Qu'il soit si près la bouleversait. Elle se plia presque en deux. Elle avait pleuré son départ, puis passé quelque temps à faire semblant de le haïr. La nostalgie la reprenait soudain, de même qu'une furieuse envie de le frapper.

— Qu'est-ce que tu fais là ? demanda-t-elle d'un ton coupant.

Il hésita, comme s'il soupesait ce qu'il fallait dire ou pas.

— Je suis venu te chercher.

— Pourquoi ?

En fait, il travaillait dans le renseignement et la protection rapprochée. Là tout de suite, un peu des deux lui aurait été utile.

Le bruit de l'hélicoptère semblait avoir fait fuir son poursuivant. C'était la seule raison qui la poussait à écouter Joël. Mais pas plus de quelques secondes.

— Tu ne répondais pas au téléphone.

Il la contempla de la tête aux pieds, marquant une pause sur son genou blessé.

— Où est-il ?

Bonne question.

— Perdu.

Il plissa ses yeux presque noirs.

— Vraiment ?

— C'est une longue histoire.

— Et on peut l'entendre ?

— Réponds d'abord à ma question.

Elle lança un regard au pilote, derrière Joël. Il venait de sauter à terre et s'approchait d'eux.

— Raconte, fit Joël.

— Tu n'es pas en Virginie par hasard : tu vis à Annapolis. Alors qu'est-ce qui se passe ?

La bouche de Joël esquissa un demi-sourire.

— Tu sais où je vis maintenant ?

Il était hors de question qu'elle s'engage dans cette direction.

— Réponds simplement à ma question.

— Parfait. En effet, ce n'est pas une coïncidence.

Il prit une expression neutre.

— C'est ton père qui m'envoie.

Tiens donc !

— Continue…

Hope adorait son père, mais il était décidément surprotecteur. Il dirigeait une société de sécurité dans laquelle Joël avait travaillé autrefois. Les dangers inhérents au métier rendaient son père un peu paranoïaque, même si, en l'occurrence, c'était une bonne chose.

— Ton père et Baxter Industries.

Joël changea de position, prenant appui sur ses deux pieds.

— Apparemment, ton père voulait que tu bénéficies d'un soutien ici. Et le conseil d'administration de Baxter a sursauté à l'idée qu'une femme de trente-six ans soit seule responsable d'un stage de survie. Donc, me voilà.

— Que c'est sexiste de leur part !

— Visiblement, ils ne connaissent pas tes compétences en extérieur.

Impossible de savoir si c'était une taquinerie ou un compliment. Aussi, elle l'ignora.

— Puisque mon téléphone ne marche pas, comment as-tu… Ah oui, la fonction GPS.

— Oui.

— Alors papa m'a repérée et t'a envoyé par hélicoptère.

Au lieu de répondre, Joël fit signe au pilote d'avancer.

— Voici Cameron Roth.

Elle n'était pas d'humeur à faire des rencontres, mais ce n'était pas une raison pour se montrer grossière.

— Bonjour, monsieur.

— Appelez-moi Roth ou Cam.

— Nous travaillons ensemble, expliqua Joël.

— Où ça exactement ?

Elle avait essayé de localiser Joël quand il avait quitté l'entreprise de son père. Lors d'une soirée solitaire, elle avait fait des recherches sur internet, mais en vain.

Son père avait finalement laissé échapper que Joël vivait à Annapolis, à moins d'une heure de sa maison à elle, en Virginie. Ils avaient vécu ensemble dans cette maison, mais Joël ne s'était jamais donné la peine de revenir. Comprenant qu'il l'ignorait, elle avait cessé ses recherches. Si Joël n'avait pas envie de la revoir, elle ne ferait pas le premier pas.

Revenant au présent, elle se concentra sur le pilote.

L'autre homme les interrompit d'un signe de tête.

De quelques années de plus qu'elle, sans doute du même âge que Joël, il partageait son apparence d'ancien militaire, larges épaules et muscles saillant sous le T-shirt. Tous deux avaient une posture typiquement belliqueuse, comme s'ils allaient se mettre à tirer à tout instant.

Joël, quant à lui, avait la même allure ténébreuse qu'avant leur séparation. Les cheveux blonds et les yeux bleus de Cam le faisaient paraître un peu moins dangereux, mais vu son attitude, ce n'était certainement pas le cas.

Il tapa dans les mains.

— Voilà. Mission accomplie.

Manifestement, les hommes pensaient que les explications étaient terminées. Elle n'était pas d'accord.

— Revenons à ma question. Que fais-tu vraiment ici ?

— Ton père m'a envoyé te chercher.

Son sourire s'élargit.

— C'est mon tour de te poser une question.

— Parce que tu as répondu à la mienne ?

Cam se mit à rire.

— Là, elle t'a eu, mon vieux.

D'un signe de tête, Joël désigna la main de Hope.

— A part poignarder l'hélicoptère, il y a une raison pour que tu aies un couteau à la main ?

Hope baissa les yeux sur son arme, puis revint à Joël.

— Tu as peur que je m'en serve contre toi ?

— J'ai l'impression que vous vous connaissez bien tous les deux, commenta Cam.

La conversation s'éparpillait. Hope ne s'était souvenue du couteau que quand Joël l'avait mentionné. La brûlure à l'endroit où elle le serrait s'intensifia soudain, mais la remarque de Cam attira aussi son attention.

— Joël ne vous a pas dit qui j'étais ?

Elle aurait voulu que cela lui soit indifférent, mais la peine dominait.

Cam fit passer son regard de l'un à l'autre.

— Disons qu'il a omis quelques détails.

— Hope !

Joël claqua des doigts et ramena l'attention sur lui.

— Le couteau.

Elle fixa l'objet dans sa main.

— Quoi ?

— Pourquoi est-ce que tu le brandis comme si tu allais passer à l'attaque ?

Elle ne put trouver de motif pour se taire, et elle n'avait pas de raison de mentir. Pas là-dessus, pas à lui.

— Quelqu'un me suivait.

Les deux hommes se rapprochèrent, toute trace d'amusement disparue. Cam ouvrit la bouche, mais ce fut Joël qui éructa le premier :

— Quoi ?

Puisqu'elle avait retenu leur attention, elle décida de tout leur dire.

— Et je pense qu'un des cadres est mort.

2

Joël prit sur lui pour rester calme. Avant d'avoir rejoint Corcoran Team, ce genre de choses l'aurait fait rugir de fureur. Mais Connor Bowen, le patron de Corcoran, et tout le reste de l'équipe lui avaient enseigné l'importance de rester patient en attendant la bonne ouverture. Sans ces qualités, leurs missions de sauvetage ou de kidnapping à haut risque étaient vouées à l'échec. Quand on travaille sans filet de sécurité, il n'est pas question de faire des erreurs.

Corcoran Team était une entreprise privée de sécurité, spécialisée dans l'évaluation des risques. Son siège était à Annapolis, Maryland. Avant d'y atterrir, Joël avait passé une éternité à naviguer dans le domaine du renseignement et de la sécurité. Finalement, il s'était posé au bon endroit. Il avait pris ses marques à Corcoran, démontré ses compétences techniques et essayé d'oublier Hope.

Hope, ma pire faiblesse.

Là, devant elle, il envisageait sérieusement de demander à Cam de s'éloigner quelques minutes. Mais celui-ci n'obéirait peut-être pas : il fixait Hope comme s'il n'avait jamais vu de femme auparavant et buvait chacune de ses paroles.

Joël sourit intérieurement. Il ne pouvait pas vraiment reprocher à Cam de réagir ainsi. Hope était aussi belle que dans son souvenir. Encore plus belle, peut-être.

Ses longs cheveux bruns et ses yeux presque noirs n'avaient pas changé. Avec ses fossettes, ses courbes voluptueuses, ses jambes bronzées et sa petite taille, elle était presque irrésistible.

Ajoutez à cela son intelligence, son habileté avec les armes, sa détermination et son courage quand elle voulait quelque chose, il n'avait pas eu d'autre choix que de prendre la fuite pour ne pas s'attacher davantage à elle. En tout cas, c'était ce qu'il s'était dit à l'époque.

Mais le danger immédiat qui la menaçait l'inquiétait plus que tout.

— Redis-moi ça.

Elle s'éclaircit la gorge.

— Un des cadres a disparu.

Joël n'y comprenait rien.

— Tu as dit qu'il était mort, il y a une seconde.

Elle haussa les épaules.

— Disons que j'exagérais.

Eh bien, cela… n'expliquait rien. Il lança un regard à Cam, qui secoua la tête.

— Ne me regarde pas ainsi, je n'en sais rien.

— Hope…, fit Joël.

Il l'effleura : elle tremblait légèrement. Pourtant, elle était à l'aise dans la nature, d'habitude. Quelque chose d'anormal s'était bel et bien passé. Une sorte de désespoir émanait même d'elle.

D'un geste protecteur, il lui prit la main et fit glisser le couteau hors de sa paume. Ce n'était pas une tâche facile, car elle le serrait de toutes ses forces.

Avec des mouvements doux, il remit la lame dans l'étui à sa ceinture, tout en caressant du pouce les plis de sa paume.

— Où se trouve ce cadre ?

— Il s'appelle Mark Callah.

— D'accord.

Joël hocha la tête. Il n'avait pas besoin des détails. Pas encore.

— Où est ce Mark ?

— Je n'en ai aucune idée.

— Réponse logique, grogna Cam.

— Je me suis levée ce matin, et il avait disparu.

Elle se dégagea de l'emprise de Joël et se frotta les mains.

— Je suis venue jusqu'ici pour pouvoir utiliser le téléphone satellite, et je me suis aperçue que quelqu'un me suivait. Ensuite, votre hélicoptère…

— Attends.

Pour la deuxième fois, elle avait sauté la partie la plus intéressante.

— Reviens en arrière une seconde.

— Où ça ?

— Quelqu'un qui te suivait…

Elle fronça les sourcils.

— Un capuchon bleu. Le type me traquait, puis il a accéléré et s'est rapproché jusqu'à ce que nous marchions en parallèle. Il n'a pas levé la tête mais il restait à proximité. Votre hélicoptère l'a fait fuir.

— Il te traquait, tu dis ?

— Oui, Joël.

Elle ne leva pas les yeux au ciel, mais elle avait l'air d'en avoir envie.

Qu'elle soupire tant qu'elle voulait, songea Joël, il n'allait pas laisser tomber cette conversation. Pas avant d'avoir jaugé le niveau de danger.

— Est-ce que ça pourrait être un des cadres que tu as emmenés pour ce stage de survie ?

Cette fois, son visage se ferma.

— Eh bien dis donc, mon père t'a vraiment mis au courant !

— Restons-en à ton histoire, lui intima Joël.

Encore une digression, et il craignait de ne pas pouvoir lui tirer les vers du nez. Toute remarque sur son père et son caractère protecteur ne servirait qu'à compliquer l'exercice, il le savait d'expérience.

— En dehors de Mark, ils jouent les durs mais ils sont terrifiés d'être ici, reprit Hope. L'un d'eux s'est mis à sauter dans tous les sens en exigeant de rentrer parce qu'il avait trouvé une tique sur son bras.

Elle ricana.

— Pas de quoi en faire tout un plat.

Joël réprima un rire.

— Très viril, en effet.

— Oui. Donc, tu comprends pourquoi je ne peux imaginer que l'un d'eux m'ait suivie dans les bois en restant hors de vue.

— Tu emploies des mots effrayants.

— Et alors ?

Elle pouvait tirer, courir et construire une cabane en branchages, mais cela ne la rendait pas invincible. Le comprenait-elle ?

— Je veux dire que plus tu ajoutes de détails, plus cette histoire empire.

Elle lança un regard par-dessus son épaule dans les bois.

— De toute façon, si c'était un de mes clients, je suppose qu'il m'aurait aidée ou appelée quand je suis tombée.

Les mauvaises nouvelles ne cessaient de s'amonceler. Joël se tourna vers Cam.

— Et maintenant, on a une chute.

Hope leur fit face.

— Quoi ?

— Vous avez sauté cette partie tout à l'heure, expliqua Cam.

C'était intentionnel, supposa Joël.

— Disons que ta façon de raconter est un peu désordonnée.

— Je te dirai tout si c'est nécessaire…

— Ça l'est.

— … mais étant donné que vous êtes là, poursuivit-elle sans s'interrompre, venez avec moi chercher mon téléphone. Ensuite, on se déploiera pour trouver Mark.

Joël la rattrapa avant qu'elle ne se mette en marche. Au mépris de sa terreur quelques minutes auparavant, elle était prête à se remettre en route !

— Je croyais que tu avais perdu ton téléphone.

— Oui, mais je sais où.

— Ta définition de « perdu » n'est pas meilleure que tes capacités de narration.

— Nous n'avons pas le temps d'ergoter.

Elle baissa les yeux sur la main de Joël posée sur son bras, puis releva la tête.

— Je suppose que d'autres missions vous attendent, les gars, alors allons-y.

Jolie tentative.

— C'est toi, mon boulot cette semaine, tu te rappelles ? tempêta Joël.

— Oui, on en parlera plus tard.

— Cause tant que tu veux. Je reste.

C'était le plan avant le couteau, la chute et tous les événements qu'elle venait de révéler. Il n'allait rien y changer.

Mais il y avait aussi de bonnes nouvelles. Hope avait repris sa fougue habituelle. Autrefois, ses piques verbales le rendaient cinglé. A vrai dire, elles lui avaient un peu manqué.

Sans surprise, Hope ne battit pas en retraite. Peu importait sa taille ou ses capacités, elle savait qu'il ne s'en prendrait jamais à elle et elle campait sur ses positions. Probablement parce que son ex-agent spécial de père avait veillé à ce qu'elle sache se protéger en toutes occasions.

Une attitude qui lui avait valu plus d'une fois des ennuis, se rappela Joël. Pas avec lui, mais avec certains hommes d'Algier Security. Ils n'appréciaient pas son refus de se comporter en bonne petite fille. Des imbéciles sexistes. Pourtant, songea Joël, il fallait bien reconnaître qu'elle donnait du fil à retordre aux egos masculins.

Il lança un regard à Cam.

— Elle n'approuve pas ce que nous faisons.

— J'avais compris, merci.

Hope souffla bruyamment, l'air de dire : « Les hommes ! »

Cam continuait à hocher la tête, comme s'il venait de saisir les enjeux de cet échange.

— C'est pour ça que vous l'avez quitté, mademoiselle ?

Bon sang.

— Restons-en là, tonna Joël.

C'était le dernier sujet dont il voulait parler, vraiment le dernier.

— Je m'en doutais, ajouta Cam avec un sourire. C'est elle, ton ex.

Soudain, Joël regretta cette soirée, un mois auparavant, où il avait trop bu et trop parlé. Cam avait voulu savoir pourquoi il ne fréquentait personne, et il avait mentionné une rupture difficile. Son collègue venait d'additionner deux et deux.

— Il ne vous a pas dit ? questionna Hope, les sourcils haussés. C'est intéressant.

— Comment ça ? demanda Cam.

— C'est Joël qui m'a quittée.

Cam ouvrit tout grand la bouche, les yeux effarés.

— Pas possible !

— Je sais, dit-elle en secouant la tête. Mais peu importe.

Cam émit un sifflement et s'exclama :

— Je n'y aurais jamais cru si on ne me l'avait pas dit !

Cela suffisait, estima Joël. Il s'éclaircit la gorge pour attirer leur attention.

— On peut revenir à la disparition de ce type et à ton poursuivant ?

— Le camp est par là.

Sans attendre leur accord, elle pénétra dans l'épais sous-bois en faisant crisser les brindilles et les feuilles mortes. Elle ne ralentit que pour leur faire signe de venir.

— Hope ! cria Joël. Et la voilà partie !

Il se mit en devoir de la suivre et Cam lui emboîta le pas.

— Tu l'as jetée ?

— Laisse tomber.

Son collègue se mit à rire.

— Pas question, tu le sais aussi bien que moi.

Joël ne put retenir un soupir. C'était une longue histoire et il n'y tenait pas le beau rôle, il le savait. Avec son enfance chaotique, il n'était pas le candidat idéal pour une paisible vie banlieusarde. Mais Hope lui avait fait croire pendant quelque temps qu'il pouvait être normal. Ensuite, on lui avait offert le job de ses rêves à la Defense Intelligence Agency et, comme l'imbécile qu'il était, il avait choisi le boulot.

Drôle comme le karma l'avait rattrapé dans cette histoire.

Cam se pencha vers lui, la main en cornet.

— Tu n’as rien à dire ?

— Nan !

— Ça viendra.

Il lui fit un clin d’œil, puis lança à Hope :

— Hé, où se trouvait votre poursuivant ?

Elle s’arrêta et désigna une rangée d’arbres devant elle.

— A une quinzaine de mètres dans cette direction.

Repoussant les branches, elle se remit en marche, clairement visible avec son T-shirt blanc.

— Tu as remarqué qu’elle se comporte comme s’il ne s’était rien passé de spécial ? interrogea Joël.

— Elle a déjà travaillé comme agent ?

— Elle fait de l’alpinisme et du tir à l’arc. C’est une sportive, elle tire mieux que certains des collègues.

— Tu parles de Ben ?

Ben Tanner était la dernière recrue de Corcoran Team, un ancien agent du NCIS. Il savait tirer mais il manquait de précision, et les autres membres de l’équipe ne manquaient jamais de le lui rappeler.

— Bien sûr.

S’arrêtant, Cam contempla Hope de loin.

— Tu peux me dire pourquoi tu l’as quittée ? Parce que, mon vieux, soyons honnête : entre son physique, son caractère et la liste de ses compétences, je crois que je suis amoureux.

— Tu ferais mieux de penser à autre chose.

Cam hocha la tête, ce qu’il faisait souvent.

— Ah bon… Intéressante réaction.

Le T-shirt blanc de Hope s’éloignait, l’heure n’était plus à la parlotte.

— Arrête ça tout de suite, Cam.

Juste au moment où il venait de la perdre de vue, elle pointa la tête derrière un tronc massif.

— Vous venez, les gars ?

Cette fois, Cam se mit à rire.

— Ton ex sollicite ta présence.

— Ne l’appelle pas comme ça.

Correct ou non, le terme lui portait sur les nerfs. Cela voulait dire qu'elle était libre de trouver quelqu'un d'autre, et même si c'était normal, cette idée lui répugnait.

Durant tous ces mois loin d'elle, il avait feint l'indifférence. Mais le père de Hope l'appelait chaque fois qu'elle sortait avec quelqu'un. De toute évidence, il avait décidé de jouer les marieurs, et la carapace de Joël s'était lentement fissurée. Il avait cru devenir cinglé en l'imaginant au lit avec quelqu'un d'autre.

— Je suis content que tu aies fait appel à moi pour cette opération, commenta Cam en lui donnant une tape dans le dos. Je n'aurais manqué ça pour rien au monde. Je me demande même qui va se régaler le plus quand je leur raconterai, les gars du bureau ou les collègues volants.

Les deux options étaient tout aussi révoltantes, pensa Joël.

— Je pourrais te tuer et cacher ton corps quelque part.

— Essaie un peu.

Cam était arrivé chez Corcoran précédé de l'épithète « mortel » et de la rumeur qu'il avait participé à des missions navales si secrètes que le simple fait de les mentionner déclenchait l'arrivée d'agents du FBI armés jusqu'aux dents. Joël préféra donc changer de sujet.

— Et ce n'est qu'un service rendu, pas une « opération ».

— Quand un homme a disparu et que quelqu'un traque ta femme, c'est une opération, insista Cam.

Sans attendre que Joël le contredise, il prit la direction indiquée par Hope.

— Je serai par là, les oreilles grandes ouvertes.

En quelques enjambées, Joël le rattrapa et ils rejoignirent Hope. Elle s'était arrêtée près d'un arbre couché, fixant le sol.

— Que se passe-t-il ? s'enquit Joël.

Elle leva les yeux. Sa colère était évidente dans la crispation de sa mâchoire et le rouge de ses joues.

— Mon téléphone a disparu.

— Je croyais que tu le savais déjà.

— Non, je veux dire que je l'avais à la main quand j'ai couru…

— Tu as couru dans ces bois ?

— … et que je suis tombée ici. Le téléphone m'a échappé et, maintenant, il a disparu.

Il n'y avait aucun sentier, des racines pointaient hors du sol et les branches des arbres occupaient tout l'espace. N'importe qui avec une pointe de bon sens aurait regardé où il mettait les pieds, songea Joël, mais elle avait couru. Allez savoir pourquoi.

Il eut envie de la sermonner, mais en abandonna l'idée quand elle se plia en deux pour tapoter le terrain inégal. Hope connaissait la nature et chérissait les espaces sauvages. C'était une des choses qu'ils avaient en commun.

Pourtant, un téléphone ne pouvait pas rebondir bien loin.

— Tu l'as peut-être perdu ailleurs ?

— Non.

Elle passa un bras sous le tronc couché.

— Je ne suis pas facile à effrayer. Je sais de quoi je parle.

— Mais tu l'es.

Sans dégager son bras, elle se retourna pour le regarder.

— Quoi ?

— Effrayée.

Et coincée.

Lui faudrait-il longtemps pour l'admettre ? se demanda-t-il.

— Tu es nerveuse, Hope. Il n'y a pas si longtemps, tu tremblais et tu brandissais ton couteau comme si tu étais prête à poignarder n'importe qui.

— Quelqu'un me suivait.

Plantant les talons dans la terre, elle tira sous le tronc au point de se démettre l'épaule.

Encore un peu et elle allait se blesser, s'inquiéta Joël. N'importe qui aurait demandé de l'aide, mais pas Hope.

Il était prêt à lui prêter assistance, elle n'avait qu'à dire un mot. Mais elle n'en ferait rien, il l'aurait parié.

— Ça, je l'ai compris, que quelqu'un te suivait, reprit-il.

Elle s'arrêta de se contorsionner et lui lança un regard noir.

— Tu ne me crois pas.

C'était sans doute aussi loin qu'elle pouvait aller en matière d'appel au secours. Il s'accroupit et calcula rapidement le meilleur angle pour la sortir de là sans lui disloquer l'épaule.

— Je n'ai pas dit ça, Hope.

— Je ne suis pas une jeune fille en détresse. L'époque où tu pouvais voler à mon secours est révolue et, au cas où cela t'aurait échappé, je n'ai jamais été confiée à ta garde.

— Oh ! J'avais remarqué.

Il planta les doigts dans la tourbe et, ignorant leur proximité, creusa un étroit tunnel de ses jointures.

— Je remarquais tout chez toi. Je le fais encore.

Avant qu'il puisse ajouter quelque chose, des pas se firent entendre et des chaussures apparurent au niveau de ses yeux. Incapable de lever le regard très haut, il ne put que fixer un pantalon familier.

— Notre ami est de retour, observa Joël dans le silence relatif de la forêt.

Hope tenta de se retourner mais son bras bloqué stoppa son mouvement. Il lui fallut une seconde pour articuler :

— Où ça ?

— Il parle de moi.

Cam s'accroupit entre eux deux.

— Qu'est-ce que vous faites ?

Saisissant le bras de Hope d'une main pleine de terre, Joël tira d'un coup sec.

— Je la secours.

— Je n'ai pas besoin d'être secourue.

Soudainement libérée, elle tomba sur les fesses et se frotta l'articulation de l'épaule.

— Aïe !

Joël ne put s'empêcher d'ironiser :

— Une bonne chose que tu n'aies pas été coincée.

— Ravi que ce soit résolu, dit Cam en se relevant. Elle avait raison en ce qui concerne son poursuivant. Il y a des empreintes ici.

— Des indices sur son identité et ses motivations ? interrogea Joël.

Se remettant sur ses pieds, il tendit une main à Hope. A sa grande surprise, elle s'en empara pour se remettre debout.

— Quelques détails intéressants, répondit Cam.

Avec son appareil, il prit une photo du sol puis la montra à Joël et Hope.

Elle montrait clairement une empreinte, nota Joël.

— Pointure 45, déclara Cam. Dans les quatre-vingt-cinq kilos.

Hope écarquilla les yeux.

— Tu peux voir ça sur cette photo ?

Cam hocha la tête.

— Et ton poursuivant souffre de surpronation.

Joël ne put s'empêcher de sourire.

— Ça, c'est de la frime.

Cam haussa les épaules.

— Je connais mon boulot.

— Quelle sorte de boulot, déjà ? questionna Hope.

Joël retint un juron. Il n'était pas question d'animer un debriefing impromptu au milieu de la forêt. Le protocole était très clair : les hommes de Corcoran s'en tenaient aux informations absolument nécessaires.

Aux yeux de la société, ils fournissaient des évaluations de risque et intervenaient quand les choses tournaient mal. Une définition importante, mais qui ne comprenait pas la description complète de leurs activités, c'est-à-dire la présence constante de danger et une énorme quantité de coups de feu.

Expliquer tout cela à Hope ne faisait pas partie du boulot.

— Ce n'est pas un sujet de débat.

Elle soupira.

— J'ai entendu ça toute ma vie.

Un silence tendu suivit ces mots. Joël ne se donna pas la peine de souligner l'importance du secret, car elle connaissait les règles. Elle avait été élevée par un homme connu pour ses secrets. Qu'elle déteste cela, il le comprenait, mais cela ne changeait rien à l'affaire.

Cam rompit finalement le silence en claquant dans ses mains.

— Donc, on a quelqu'un qui rôde dans les bois.

— Et un téléphone disparu.

Hope se tourna vers Joël et pointa un doigt vers lui.

— Et ne me demande pas si je suis sûre que c'est là que je l'ai laissé tomber.

— Non, m'dame.

Elle le remercia d'un petit sourire qui éclaira son beau visage. Il s'efforça de penser à autre chose.

— C'est nouveau, remarqua-t-elle.

— Je ne suis pas toujours récalcitrant.

— Si ! Tu l'es !

Cam approuva au même moment.

— Pas toujours, mais presque tout le temps.

Plutôt que de les injurier, Joël passa à autre chose.

— On devrait aller au camp s'assurer que ces guerriers du dimanche ne se sont pas coupé un orteil. Et puis il faut s'occuper du genou de Hope.

Celle-ci baissa les yeux sur sa blessure tandis que Cam acquiesçait.

— Ce Mark est peut-être revenu, avec une explication raisonnable à tout ça.

Joël et lui se mirent en route, mais Hope ne bougea pas.

— Et l'hélicoptère ? Vous alliez bien quelque part ?

Apparemment, elle ne comprenait toujours pas ce qu'ils faisaient là, s'étonna Joël. Il essaya de nouveau.

— C'était ma destination. Ici, avec toi.

Cam donna un coup de pied dans un tas de feuilles mortes.

— Et je vais y passer quelques heures.

Les mains sur les hanches, Hope refusait toujours d'avancer.

— Vous pensez tous les deux qu'il se passe quelque chose de grave ?

Joël décida de ne pas prendre de pincettes. Bien sûr, ces incidents ne signifiaient peut-être rien. Ou bien cela voulait dire que Baxter Industries et le père de Hope avaient eu raison d'envoyer des renforts. Ils ne le sauraient pas avant d'être arrivés au camp.

— Un téléphone volé et un poursuivant ? Oui, Hope, il y a quelque chose qui ne va pas.

Son sourire revint, éclatant.

— C'est bien ! s'enthousiasma-t-elle.

Ce revirement d'humeur le laissa stupéfait. Comprendrait-il un jour Hope ?

— En quoi est-ce bien ?

— Parce que tu me crois. Tu ne mets pas ça sur le compte de l'hystérie féminine.

De toutes les choses qu'elle avait dites, celle-là était la plus surprenante.

— Je n'ai jamais pensé que tu étais hystérique.

Elle le dévisagea.

— On dirait que tu es un peu plus malin vis-à-vis des femmes. Les choses ont peut-être changé depuis notre dernière rencontre.

Peut-être, songea Joël. Mais une chose n'avait pas du tout changé : son désir pour elle. Et cette idée le dérangeait fortement.

3

Hope s'efforça d'ignorer Joël pendant le retour au camp. Le flot de questions qu'il lui adressait ne facilitait pas les choses. Il voulait en savoir davantage sur les campeurs et sur ses plans originaux pour les amener et les reconduire. Elle lui donna les détails voulus, mais une seule question la taraudait : comment avait-il pu sortir aussi facilement de sa vie ?

A moins qu'elle n'ait pas vraiment envie de le savoir ? Son ego ne pouvait encaisser qu'un certain nombre de coups, et dès la première minute, Joël avait réussi à réduire sa confiance en elle à néant.

Le sous-bois craquait et crissait sous leurs pieds et Cam sifflait en marchant juste derrière elle. Tout semblait normal, si l'on ne tenait pas compte de l'homme d'affaires disparu, du téléphone envolé et du terrifiant rôdeur ! Etonnant comme une belle matinée pouvait se révéler sinistre.

Elle avait pris ce job pour se donner un répit sur le plan émotionnel. Sa vie avait été bouleversée par un double désastre : la perte de Joël et la catastrophe survenue lors de sa dernière expédition en montagne. Animer un camp de survie aurait dû constituer une promenade de santé pour elle. Mais c'était tout l'inverse.

— On dirait qu'on y est.

La voix de Cam derrière son épaule la fit sursauter et elle heurta Joël. Une nouvelle sensation l'envahit : comme de l'excitation, et cela ne lui plut pas du tout. Elle voulait tourner la page, ne rien ressentir, sauf de l'indifférence.

Aiguillonnée par cette idée, elle pressa le pas et pénétra dans le camp avec quelques mètres d'avance sur ses gardes du corps autoproclamés. Deux hommes assis sur des bûches autour du feu levèrent les yeux à leur approche.

Ils se mirent à parler en même temps, criant plus fort l'un que l'autre.

— Où étiez-vous ?

Jeff Acheson, le directeur du marketing de Baxter, laissa tomber son assiette par terre et se leva. Sa colère était visible à ses joues écarlates et à ses sourcils froncés.

La plupart des femmes auraient considéré son visage comme parfaitement dessiné, pensa Hope, mais en fait, il était trop mièvre. Jeff avait l'air faux. Sans doute parce qu'il avait inscrit trente-quatre ans sur le questionnaire qu'elle leur avait remis pour évaluer leurs capacités, alors qu'elle savait par le dossier de Baxter qu'il en avait quarante.

Ce genre de choses était ridicule. Elle aurait parié qu'il lui fallait deux fois plus de temps qu'elle pour se préparer à un rendez-vous.

Et puis elle se souvenait de son regard insistant quand ils s'étaient rencontrés dans les bureaux de Baxter. Croyant sans doute qu'elle était une sorte d'assistante, il avait affiché un sourire charmant qui avait disparu à l'instant même où elle avait précisé qu'elle était la responsable de l'expédition.

Elle inspira profondément. Jeff avait choisi le mauvais moment pour se montrer arrogant. Elle n'était pas d'humeur à ça.

— Mark est là ?

— Quoi ? fit Lance, le directeur du personnel.

Lance Ringer était le seul membre qu'elle avait immédiatement apprécié. C'était le plus jeune du groupe, mais il n'essayait pas de jouer les durs. Il n'avait pas campé depuis son enfance, plus de vingt ans auparavant, et il aurait mille fois préféré rester chez lui, avec sa femme et son nouveau-né, que de se frotter à ces types. Il ne s'en était pas caché. Cette honnêteté l'honorait, avait jugé Hope.

— Mark n'était pas là ce matin et je suis allée le chercher, expliqua-t-elle, en attendant que Joël et Cam prennent la parole.

Mais aucun d'eux ne se hâta d'intervenir et elle ne sut quoi ajouter.

— Est-il revenu ?

Jeff fit un pas menaçant dans sa direction.

— Pourquoi vous ne nous avez pas dit qu'il y avait un problème ?

— Sans doute à cause de ce genre de réaction, intervint Joël.

En l'espace d'une seconde, il s'était transformé en un bloc de muscles, remarqua Hope. Il la contourna pour s'interposer entre Jeff et elle, repoussant l'homme d'une main.

— Reculez.

Jeff voulut se débarrasser de la main de Joël.

— Qui êtes-vous ?

— Aucune importance pour le moment.

Joël ne bougea pas et Cam se contenta de sourire.

— Vous avez une arme, remarqua l'homme d'affaires.

Joël acquiesça et fit un geste en direction de Cam.

— Nous sommes tous les deux armés.

La tension montait : Hope décida d'éclaircir les choses.

— Joël est mon assistant.

Dans le même temps, elle fit retomber la main de Joël d'une simple pression. Mais l'humeur belliqueuse et les regards hostiles demeurèrent. Cam dissimula un sourire derrière sa main en marmonnant :

— Ça va être marrant.

— De quoi parlez-vous ? reprit Jeff en se tournant vers elle. Je croyais que vous étiez la responsable de l'expédition.

Elle avait dit « assistant », mais Jeff avait supposé qu'elle n'était plus en poste. De toute évidence, il n'entendait que ce qu'il voulait entendre.

Elle fit donc les présentations nécessaires.

— Voici Joël Kidd, mon auxiliaire, et Cameron Roth.

Joël se gratta la gorge.

— Auxiliaire ?

Elle releva le menton pour renforcer sa position.

— Oui.

Une seconde de silence passa avant qu'il n'acquiesce.

— Bon, d'accord.

Le soulagement envahit Hope : Joël ne pousserait pas son avantage plus loin. Elle se tourna de nouveau vers Lance.

— Où est Perry ?

— Qui est-ce ? demanda Cam.

Lance se leva en brossant son pantalon et s'avança pour serrer la main des nouveaux venus.

— Perry Kramer est notre directeur des ventes.

— Qu'est-ce qu'il vend ? intervint Joël.

Hope lui donna aussitôt un coup de coude dans l'estomac.

— Quoi ? fit-il. C'est une question légitime.

Lance haussa les épaules avec un sourire.

— Cela n'a aucune importance pour l'instant.

Un froissement de branches les fit tous se retourner : Charlie Bardon, le propriétaire et cuisinier du camp, sortait des arbres à l'autre bout du terrain. Il était hors d'haleine et s'essuyait les mains sur un tablier crasseux tout en marchant.

— Qu'est-ce qui se passe ici ? cria-t-il.

Joël le dévisagea.

— C'est ce que j'allais vous demander.

Hope déglutit en silence. Agé d'une cinquantaine d'années, Charlie n'avait pas davantage l'air prêt à céder du terrain. Il émanait de lui la même autorité d'ancien militaire que Joël, et l'expérience de l'un compensait la détermination de l'autre. Elle se hâta d'intervenir avant que l'échange ne dégénère.

— Mark a disparu. J'espérais qu'il était avec vous.

Charlie reporta son attention sur Joël.

— D'où sortez-vous ?

Joël haussa les épaules.

— D'Annapolis... A moins que vous ne vouliez que je vous explique comment naissent les bébés ?

Charlie plissa les yeux.

— Vous essayez d'être drôle ?

— Pas vraiment.

— Bon, ça suffit ! tonna Hope.

C'était à se demander à qui donner un coup de pied dans les tibias : à Joël avec ses commentaires sarcastiques, ou à Cam qui ne pouvait s'empêcher de sourire.

— Cam et Joël sont arrivés en hélicoptère pour m'aider.

L'expression renfrognée de Charlie s'accentua.

— Vous aider à quoi ?

Hope n'avait aucune idée de la réponse à donner à cette question, aussi elle l'écarta et s'adressa aux campeurs.

— Quand avez-vous vu Mark pour la dernière fois ?

Prenant tout son temps, Jeff croisa les bras.

— Quand vous vous êtes disputés hier soir.

Joël se tourna vers Hope.

— Vraiment ?

— Il est parti en coup de vent, en disant qu'il retournait au bungalow, ajouta Lance. Mais il n'était pas là quand je me suis couché.

— Quelle heure était-il ? questionna Cam.

— Près de minuit.

Charlie prit la parole dans un grand soupir.

— Vous n'avez pas trouvé ça bizarre ?

— Il était vexé que Hope ait confisqué son arme, expliqua Lance. J'ai cru l'entendre rentrer plus tard, mais il n'était pas là ce matin.

Il regardait Joël comme pour lui demander son soutien. Au lieu de cela, Joël se pencha en avant.

— Son quoi ?

Hope fit la grimace. Bien sûr, Joël n'allait pas laisser passer ça. Mais elle ne voulait pas donner de détails devant tout le monde.

— Une arme, je t'expliquerai plus tard.

— J'espère bien, répliqua Joël.

— Continuez, Lance.

— C'est tout. Je me suis dit qu'il était sorti se calmer ou chercher quelque chose à manger. Honnêtement, je n'y ai pas attaché beaucoup d'importance. Il s'était fait gronder, ce n'était pas grand-chose.

Hope ne savait que faire de ces informations. Mark s'était mis en colère et était parti. Elle le savait avant d'avoir entrepris ses recherches. Mais peut-être pouvait-elle obtenir la réponse à une autre question.

— L'un de vous est-il allé dans les bois ce matin ?

Tous marmonnèrent en hochant négativement la tête. Du regard, elle survola le petit groupe. Lance était le seul à ne pas avoir la silhouette requise. Il plaisantait sur le fait qu'il avait pris plus de poids que sa femme durant sa grossesse. Ce n'était certainement pas vrai, mais il avait effectivement quelques kilos en trop, et une marche de ce genre lui aurait été difficile.

Alors un des autres ?

Elle ne pourrait se calmer tant qu'elle n'aurait pas de réponse à ses questions et le bon nombre de campeurs.

— Et où étiez-vous ce matin ? demanda Joël à l'homme debout devant lui.

Charlie ne fit pas un geste.

— Je vérifiais les stocks.

— OK. Essayons autrement.

Tout en parlant, Joël changea de position, nota Hope. C'était un mouvement presque imperceptible mais, soudain, il parut plus grand et moins désireux de s'en laisser conter.

— Quand avez-vous vu Mark pour la dernière fois ?

Le regard de Charlie passa de Joël à Cam, puis revint au premier.

— A quoi servent ces armes ? Vous êtes de la police ?

Joël esquissa une moue qui aurait pu passer pour un sourire.

— On va faire comme si.

Visiblement, Charlie ne partageait pas son amusement.

— Je ne suis pas d'accord.

Ce ping-pong verbal ne menait nulle part, pesta Hope. Lance et Jeff observaient ces échanges bouche bée. Elle reprit donc l'initiative.

— Charlie, donnez-nous un coup de main. Mark a disparu, et maintenant j'ignore où est Perry.

— Je suis sûr de l'avoir vu se resservir ce matin.

Le soulagement envahit Hope.

— Alors, vous l'avez vu tout à l'heure ?

Charlie acquiesça.

— Une bonne nouvelle, commenta Lance.

Mais Joël se hâta de le couper.

— Ça n'explique toujours pas ce qui s'est passé pour Mark.

Charlie fit un geste évasif.

— Bah, il est seulement en train de lâcher la pression.

Les hommes ne cessaient d'y revenir, mais cette explication ne suffisait pas à Hope.

— Je ne l'ai pas trouvé, et nous ne pouvons rien faire tant qu'il ne sera pas avec nous.

Jeff ramassa sa tasse sur le sol.

— Il faut aller le chercher.

— Et comment ? questionna Joël.

Cela immobilisa Jeff.

— Quoi ?

La conversation ne cessait de se dégrader, et Hope n'arrivait pas à trouver l'ouverture nécessaire.

Elle ne connaissait pas Cam, mais ses compétences étaient certainement exceptionnelles. Quant à Joël, c'était un expert de la survie dans la nature, le seul membre du groupe qui soit meilleur qu'elle dans les activités d'extérieur.

Il s'épanouissait dans cet environnement. Son père avait appris à ses enfants à se battre, en vue de la guerre civile qui, croyait-il, ne manquerait pas d'arriver.

En effet, sous le choc de la mort inattendue de sa femme, le père de Joël avait sombré dans la paranoïa. Convaincu de l'impuissance du gouvernement, il prétendait que seuls les amoureux de la liberté sauveraient le monde. Il avait élevé ses enfants à la dure, les faisant dormir dehors et leur refusant une scolarité, jusqu'à ce que l'Etat s'en mêle.

Cette éducation chaotique avait eu des répercussions sur la personnalité de Joël. Hope ne les avait pas encore pleinement mesurées. Il aimait plaisanter et se comportait comme si rien ne le contrariait, mais elle, elle savait. A certains moments, son regard devenait flou et il se réfugiait dans son monde intérieur, sans laisser personne y pénétrer.

— Vous connaissez quelque chose à la survie dans la nature ? demanda-t-il d'un ton doucereux.

Charlie soutint son regard quelques secondes puis baissa les yeux.

— Nous avons fait des exercices avant de venir ici.

— Ah bon…

Joël fixa Cam.

— Ils ont fait des exercices.

Son ironie n'avait pas échappé à Hope. Elle était lasse de ces assauts de testostérone qui ne les menaient nulle part et ne les aideraient pas à retrouver Mark.

— Joël, ça suffit !

Il ne l'entendit pas et continua à dévisager Jeff.

— Dans quel bungalow dormait-il ? demanda Cam.

— Celui-ci.

Elle pointa la cabane qui jouxtait la sienne, au milieu de la rangée. Reconnaissante à Cam de son intervention, elle s'empara de l'occasion.

— Charlie, vous pouvez emmener les gars et rassembler des provisions ? Si nous devons nous déployer pour chercher Mark…

Joël fronça les sourcils.

— C'est le plan ?

— … il faut qu'ils soient prêts.

Charlie avait commencé à secouer la tête avant même qu'elle finisse sa phrase.

— Je ne suis pas persuadé que ce soit utile. Il est probablement en train de bouder. Ça m'a tout l'air d'être le genre à ça.

— C'est le vice-président de l'entreprise, rappela Jeff, comme si cela expliquait tout.

Joël prit un air exaspéré.

— Et alors ?

Mais Hope avait un plan, et il fallait que tout le monde se mette d'accord pour agir.

— Charlie, si vous pouviez vous en occuper, je vous en serais reconnaissante.

Il la fixait sans rien dire. Un coup de vent secoua les feuilles. Le soleil frappait le campement. Le silence s'étira.

Enfin, Charlie hocha la tête en accélérant peu à peu son geste.

— D'accord, j'ai compris.

Hope relâcha le souffle qu'elle retenait.

— Merci.

— Messieurs ?

Charlie fit signe aux deux directeurs de le suivre.

— Allons chercher Perry et préparer les sacs.

Joël ne dit rien jusqu'à ce qu'ils se soient éloignés. Les voix diminuèrent à mesure que les hommes prenaient le chemin qui de son bungalow, qui de la cuisine. Puis il se tourna vers Hope.

— Quel est ton but avec ces recherches ?

— Ils se prennent pour de vrais montagnards. Je ne veux pas qu'ils s'arment de couteaux à beurre pour défier des ours ou ce genre d'idioties.

Cela faisait longtemps qu'elle avait affaire à ce genre d'hommes et elle avait développé certaines tactiques, la première de toutes étant de ne pas les laisser s'unir pour attaquer.

Cam approuva.

— Tu voulais que Charlie les occupe pendant que nous cherchons Mark et Perry.

Elle fixa Joël, attendant qu'il dise quelque chose. Il allait sans doute lui faire un sermon sur son rôle, qui était de lui laisser la direction des investigations à lui, le professionnel.

Au lieu de cela, il afficha un grand sourire.

— Ton père serait fier de tes capacités.

Le compliment la surprit et lui monta à la tête, l'enivrant comme un vin capiteux.

— On ne grandit pas avec un ancien agent des forces spéciales sans apprendre quelques trucs.

Le sourire de Joël s'élargit.

— Manifestement.

— Et puis, Charlie connaît le type de clients qui viennent ici, dit-elle, espérant se concentrer sur tout ce qu'elle avait à faire et écarter ses pensées de Joël. Il peut nous être utile.

Cam se mit à rire.

— Si Joël ne le provoque pas.

Tout à fait.

— Eh bien, voilà.

Ils se dirigèrent vers le bungalow de Mark. Les deux hommes se déplaçaient rapidement et silencieusement, et elle dut forcer l'allure pour se maintenir à leur hauteur. Elle était assez secouée nerveusement. Il y avait probablement une explication rationnelle à tout cela mais, à mesure que les minutes passaient, sa confiance s'évanouissait.

Elle se servit de son passe-partout pour ouvrir la porte du bungalow. Tous trois pénétrèrent à l'intérieur et s'immobilisèrent épaule contre épaule, remplissant tout l'espace.

Il y avait là deux lits doubles et quelques sièges. Deux sacs, une cafetière sur une plaque chauffante et une rangée de vêtements sur des cintres dans le placard ouvert. La seule porte intérieure donnait sur un cabinet de toilette à peine plus grand qu'un réduit, car la douche était située à l'extérieur de tous les bungalows, sauf pour celui de Hope.

Joël s'avança, faisant grincer le plancher de bois.

— Il n'y a pas grand-chose ici.

— J'ai dû limiter le nombre de bagages. Sinon, certains auraient apporté trois valises en plus de leurs ordinateurs portables, croyant que quelqu'un allait se charger de les porter.

— Très réaliste.

Joël fouilla dans un sac de sport posé sur le plancher et souleva les coussins du petit canapé.

Hope fit glisser les cintres qui cliquetèrent sur la vieille tringle. Il y avait quelques chemises et une paire de baskets sur le sol.

— Du sang, fit soudain Cam.

Il n'ajouta rien. C'était un mot mortellement sérieux.

Hope pivota sur elle-même : Cam était debout à côté du lit le plus proche de la porte.

— Quoi ?

Joël fut le premier à s'approcher, mais elle était juste derrière lui. Ils se rassemblèrent tous autour du lit, le regard fixé sur les draps.

Hope ne remarqua cependant que des draps froissés et un amas d'oreillers avec l'empreinte d'une tête.

— Où ça ?

Cam désigna le pied du lit d'un geste du menton.

— A l'intérieur du couvre-lit.

Joël la retint avant qu'elle puisse tendre la main. Puis, faisant deux pas en direction d'une petite table, il revint avec un stylo à la main.

Du bout de l'instrument, il souleva la couverture et la retourna. Des taches sombres couraient sur une trentaine de centimètres à l'intérieur. Des éclaboussures avaient taché la couverture bleu marine en dessous, il n'y avait pas à se tromper.

Hope fut prise de vertige et la pièce se mit à tourner autour d'elle. Elle se serait cramponnée à Joël si elle avait pu, mais il s'était accroupi pour étudier le lit de plus près.

— Il n'y en a pas beaucoup, dit-elle en essayant de minimiser cette horrible découverte.

— Mais il y en a davantage que quelques gouttes, remarqua Joël. Presque le contenu d'un verre.

— Vous êtes sûrs que c'est du sang ?

Elle aurait voulu ne pas les croire.

Joël se redressa.

— Pas sans un test, mais on devrait supposer que c'en est jusqu'au retour éventuel de Mark.

— Il s'est peut-être coupé sans m'en parler ?

Elle était prête à croire n'importe quoi, du moment que l'homme était sain et sauf.

— Et son arme ? insista Joël.

Surgie de nulle part, la question la heurta avec la force d'un coup de poing. Car ils pouvaient certainement ajouter l'arme à la liste des choses qui avaient disparu.

La terreur l'envahit, et elle se serait effondrée sur le plancher si Joël ne lui avait posé une main sur le coude. Il ne la tenait pas vraiment, mais il l'aidait à garder contenance.

Elle essaya de s'expliquer par-dessus le nœud d'anxiété qui lui serrait la gorge.

— Cette arme, il l'a apportée à mon insu. Il l'a exhibée au dîner en jouant les fiers-à-bras.

— Ce type m'a l'air d'un abruti, commenta Cam.

Elle se crut obligée de le défendre.

— Il fanfaronnait, mais les règles sont claires : pas d'armes.

Joël haussa les épaules.

— Je suis armé.

— Moi aussi, ajouta Cam.

Ils se comportaient comme s'ils étaient les seuls à se préoccuper de sécurité.

— Alors nous sommes trois.

Cam sourit.

— Vraiment ?

— Nous savons tous qu'il n'y a rien de pire dans une situation comme celle-ci : un novice avec une arme.

Joël hocha la tête, et elle prit cela comme un signe d'approbation avant de poursuivre :

— Je ne peux pas autoriser les armes ou bien, tôt ou tard, l'un d'eux se tirera dans le pied par accident.

Joël regarda autour de lui, puis ouvrit la porte de la salle de bains.

— Alors où est-elle ?

— Quoi ?

— L'arme !

— C'est moi qui l'ai. Je l'ai mise dans un petit coffre dans mon bungalow.

Mais, au fond d'elle, elle le savait déjà : l'arme avait disparu. Joël s'immobilisa au milieu de la pièce et la dévisagea d'un air sérieux.

— Cent dollars qu'elle n'est plus là.

Cela ne faisait que démontrer combien ils se ressemblaient. Elle le savait, il le savait. Même Cam le savait sans doute. Elle posa tout de même la question :

— Qu'est-ce qui te fait dire ça ?

Joël n'hésita pas.

— L'expérience.

4

Joël nettoya la plaie de Hope et la pansa, puis ils se rendirent à son bungalow. Avec précaution, elle s'agenouilla sur le plancher et se pencha sous le lit. Puis elle se rassit sur ses talons, poussant un soupir.

— Et maintenant, je peux sérieusement m'inquiéter ?

Joël acquiesça en silence.

C'était pour rendre service à Rafe qu'il était venu là, et il avait entraîné Cam dans cette histoire car il avait besoin d'un transport. Il ne l'avait pas imaginé, mais ils avaient un vrai chantier sur les bras.

La question du temps était un problème. Mark avait disparu depuis douze heures ou plus : c'était une urgence absolue. Le temps était toujours chaud, mais le vent s'était levé et une odeur de pluie flottait dans l'air.

Selon tous les avis, Mark n'était pas un randonneur expérimenté. Les animaux, les incidents, les chutes... La liste des périls était interminable. Il était peut-être blessé ou pire, songea Joël.

Il devait informer Annapolis de ce problème potentiel. Ils auraient sans doute besoin d'une équipe de recherche ou d'un soutien aérien, et il voulait à toute force savoir qui avait suivi Hope dans les bois.

Mais il existait un problème encore plus important : la sensation persistante que quelque chose n'allait pas. Cela aurait dû être une mission de routine pour Hope. Joël comprenait les inquiétudes du père de la jeune femme concernant sa sécurité quand elle se trouvait avec une bande d'imbéciles au milieu de nulle part, mais il flairait autre chose qu'un accident.

Il n'aimait pas ça et, à en juger par l'expression de Cam et sa manière de faire les cent pas, lui non plus.

Joël aurait voulu imputer son malaise au mélange de désir et de culpabilité qui l'envahissait chaque fois qu'il regardait Hope. C'était la seule femme qui lui ait donné envie de renoncer à tout pour donner une issue normale à leur histoire. En la quittant, il s'était comporté comme un imbécile et il méritait un bon coup de pied au derrière.

Mais ce chatouillis sur sa nuque n'avait rien à voir avec ses sentiments pour elle. Il l'aimait au point d'en loucher et il l'aimerait sans doute toujours. Mais non, c'était autre chose.

Il s'était habitué au danger — le vrai danger, pas celui que fabriquait l'esprit malade de son propre père — depuis qu'il s'était engagé dans l'armée pour échapper à son enfance. Il avait appris à le reconnaître durant son bref emploi à Algier Security et avait perfectionné cette capacité avec la Defense Intelligence Agency. Grâce à l'aide de Connor et le soutien de Corcoran Team, il savait comment l'affronter et le gérer.

Et il y était soudain plongé jusqu'au cou.

— Faisons le compte des armes.

Il tâta son pistolet dans son étui, puis compta mentalement le reste. Un revolver à la cheville, deux couteaux sous ses vêtements, plus les armes à feu qui se trouvaient dans le coffre de l'hélicoptère.

Il se tourna vers Hope, à côté de lui, près du lit.

— Tu en as ?

— Charlie a un fusil. Et j'ai un couteau et un arc.

— Un arc ?

Sortant de ses cogitations, Cam la dévisageait de l'autre côté du matelas.

— C'est vraiment pratique ?

C'était le genre de remarque qui débouchait en général sur une démonstration, se rappela Joël. Les gens sous-estimaient Hope. Ils ne voyaient que son joli visage et son corps menu, et se disaient qu'elle devait être du genre à rester assise sur le tas d'argent de papa sans rien faire.

Il avait fait cette erreur pendant exactement trois minutes, avant de la voir rembarrer un gars, dans les bureaux de son père, parce que ce type l'avait appelée « ma puce ». Il s'était apprêté à donner une leçon de respect à cet homme, mais elle s'en était occupée elle-même.

Et depuis, il était mordu. Certaines femmes lui paraissaient séduisantes, mais aucune n'arrivait à la cheville de Hope. Aucune.

Il décida de mettre Cam au courant.

— Elle est pratiquement championne olympique.

— Pas pratiquement.

Se pliant en deux, elle sortit un étui de sous le lit et l'ouvrit.

— Tu veux voir mes médailles ? J'ai plusieurs arcs, un à double courbure, un longbow et plusieurs à poulies. Et crois-moi, je sais tous les utiliser.

Cam tendit la tête pour voir.

— Pourquoi en as-tu apporté un ici ? Celui-ci est à double courbure, non ?

Elle lui adressa un grand sourire.

— On connaît l'outillage, je vois.

— Certainement.

— Eh bien, je me disais que je pourrais montrer aux hommes comment l'utiliser. En général, les gens supposent que c'est facile. Ils n'ont aucune idée de la force qu'il faut. Et…

Son sourire s'élargit tandis qu'elle refermait l'étui.

— … avoir un arc et des flèches dans ma chambre m'aide à couper court aux niaiseries avinées des hommes.

Son ton rieur ensorcela Joël. Qu'elle badine ainsi, ne fût-ce que quelques secondes, le touchait au tréfonds de lui-même.

A la fin de leur relation, ils s'étaient beaucoup disputés. Puis il l'avait fait pleurer. Il aurait préféré ne jamais voir ça, ne jamais sentir son désespoir le transpercer de part en part.

Il se força à revenir au présent, avant que sa vieille culpabilité ne le submerge.

— On a donc des pistolets, des couteaux…

Il pensa à l'homme qui avait suivi Hope dans les bois.

— Mes mains.

Hope laissa tomber la tête en arrière et ses cheveux cascadèrent sur ses épaules.

— Curieusement, je trouve ça réconfortant.

Un lourd silence prit possession de la pièce. Assez long et inconfortable pour que Joël ne puisse s'empêcher de penser au lit devant lui et que Cam s'agite comme s'il avait envie de disparaître.

Du reste, il se rapprocha de la porte.

— Il vaut mieux que je retourne à l'hélico pour le verrouiller. Et il faut aussi que je prenne contact avec Connor.

Joël hocha la tête.

— D'accord.

— Qui est-ce ? questionna Hope.

Apparemment, songea Joël, elle n'avait pas remarqué l'incendie qu'elle venait d'allumer en lui.

Il déglutit plusieurs fois et se concentra sur toutes sortes de choses triviales pour surmonter ses autres idées. En quelques secondes, sa maîtrise de lui revint.

— Notre patron, Connor Bowen. C'est lui qui dirige Corcoran Team.

— Oui, acquiesça Cam. Comme je disais, je ferais mieux de le contacter.

La main sur la porte, il paraissait vouloir s'esquiver immédiatement.

Joël fit un geste vers lui.

— Voyons d'abord si on peut résoudre ça, Cam. Il est encore possible qu'on ait affaire à un type qui se comporte comme un enfant gâté.

— Comment tu expliques la disparition de l'arme ? objecta Cam.

Joël n'avait rien à répondre à cela. Pas sans recourir à des possibilités qui le hérissaient. C'était bien le problème.

— Je crois que Mark s'est introduit ici pour prendre le coffre.

— Quoi ? fit Hope.

Elle bondit sur ses pieds et s'enveloppa de ses bras.

— Je sais que ce n'est pas une idée agréable, reconnut Joël. Mais…

— Pendant que je dormais ? Impossible.

Elle se frotta les bras.

— Tu ne crois pas que je l'aurais entendu ?

Cam fit la grimace.

— Peut-être pas.

Elle frissonna visiblement.

— C'est horrible.

— Et c'est l'une des raisons pour lesquelles ton père voulait que je vienne, glissa Joël dans l'espoir de couper court à toute discussion ultérieure.

En effet, ils embarqueraient à la seconde même où ils auraient localisé Mark. Après ce qu'elle leur avait décrit jusque-là, ils partiraient sans perdre une minute.

Elle leva la main.

— Ne recommence pas.

Apparemment, sa peur ou son dégoût concernant la disparition du coffre s'étaient évanouis.

— Ton père se contente d'être pragmatique, avança Joël.

A vrai dire, il le soupçonnait de vouloir jouer les entremetteurs, mais ce n'était pas le moment d'en parler.

— Il est carrément surprotecteur, répliqua-t-elle.

— Hope, je crois…

Elle se tourna vers Cam.

— Et maintenant qu'est-ce qu'on fait ?

Cam se mordit la lèvre dans une vaine tentative pour dissimuler un sourire.

— On jette un œil à l'hélicoptère et on fait de brèves recherches autour du camp.

Ces priorités convenaient à Joël.

— Cam va interroger les hommes et déterminer si Charlie peut nous renseigner.

— Ce type connaît la forêt mieux que personne, acquiesça Cam. Il sait sans doute où on peut s'y cacher.

Hope soupira en secouant la tête.

— Si Mark est parti bouder uniquement parce que je lui ai crié dessus, je vous jure que je vais lui casser la figure.

— Bonne idée, puisque lui ficher une flèche dans le corps est malheureusement hors de question, commenta Joël.

Cam hocha la tête.

— Ça me paraît un plan raisonnable.

Hope laissa retomber ses mains.

— Même si Mark joue les imbéciles, ça n'explique toujours pas la disparition de mon téléphone, ni qu'on m'ait suivie.

— Tu es sûre que ce n'était pas Mark ? intervint Joël.

Les choses auraient été tellement plus simples ! Mais la vie marchait rarement ainsi. Pas pour lui, en tout cas.

— Ce n'était pas sa silhouette. Mark est trapu et un peu avachi. Ce type était mince et rapide.

— Je n'aime pas du tout ça, confia Cam.

Il secouait la tête en regardant par la petite fenêtre qui donnait sur le camp.

— La troupe s'est rassemblée près du feu de camp. On dirait que Charlie leur donne des ordres.

— Je parie que Jeff lui obéit, à lui, grommela Hope.

Cam ricana.

— Je t'accorde que c'est irritant, mais ils l'écoutent. C'est tout de même bon de savoir qu'ils en sont capables.

Le moment était venu, conclut Joël. Il se refusait à passer une seconde de plus à planifier.

— Bon, on se retrouve ici dans deux heures. Si on n'a rien trouvé, on fouillera les autres bungalows.

Hope tendit le bras vers son étui.

— Je vais partir avec…

Mais Joël ne voulait en aucun cas prendre de risque.

— L'arc reste ici.

— Comme tu veux.

Elle se releva et rejoignit les deux hommes à la porte, puis lança à Cam :

— Je croyais que tu avais une autre destination ?

Il hocha la tête, comme il le faisait toujours.

— Tout va bien pour l'instant.

— Peut-être devrions-nous tous nous consacrer aux interrogatoires. Je veux dire, j'ai déjà fouillé les bois.

— Cette fois-ci, on va chercher des traces, annonça Joël.

— Tu veux que je le fasse ? C'est davantage ma spécialité que la tienne, dit Cam.

— Ça devrait aller.

Cam posa la main sur la poignée de la porte.

— J'en suis sûr.

— Puis-je avoir une arme ?

La question de Hope stoppa les deux hommes. Joël compta rapidement jusqu'à dix. Hope se débrouillait bien avec les armes, mais elle était encore effrayée et il voulait être sûr qu'elle se maîtrise totalement avant de lui remettre un pistolet chargé.

— Non, Hope.

— Tu sais tirer ? lui demanda Cam.

— Je m'exerce depuis que j'ai dix ans.

Joël ne voulait pas en discuter à cet instant. Il ouvrit la porte en grand, laissant la brise tiède balayer la pièce.

— Tirer sur quelqu'un, c'est une autre affaire.

Hope eut un mouvement de recul.

— C'est ce qu'on va faire ?

— Peut-être, répondit-il en espérant le contraire. Et tu sais combien c'est dur…

Il lui jeta un regard par-dessus son épaule.

— Oui, je sais.

Ils s'éloignèrent du camp.

Hope attendit qu'ils soient hors de vue pour aborder le sujet. En fait, à une trentaine de mètres, elle ouvrit la bouche puis la referma. Elle préféra se concentrer sur le mouvement des branches et le bruit de leurs pas. Le vent augmentait

Peu après, les rayons du soleil percèrent la voûte des arbres. L'hélicoptère se trouvait tout près, se dit-elle. Il était temps de prendre la parole.

— Est-ce qu'on va en parler ?

Joël cessa d'inspecter l'étendue de la forêt autour d'eux et la dévisagea.

— De quoi ?

Les hommes ne comprennent rien à rien.

— De nous.

Il soupira.

— Hope…

— Je sais. Inutile de faire la liste des raisons pour lesquelles on devrait faire semblant de ne jamais avoir couché ensemble.

— Je n'ai pas dit ça.

— Mais c'est comme ça que tu te comportes.

— Et pour que les choses soient claires, il ne s'agissait pas seulement de « coucher ensemble ».

— Non ?

Pourquoi posait-elle la question ? Elle ne pourrait supporter qu'il réduise leur relation à un lien sans importance.

Bien sûr, ils n'étaient pas restés ensemble très longtemps. Elle avait réussi à se persuader qu'elle pouvait passer à autre chose, mais ces retrouvailles avec Joël semblaient prouver le contraire : elle était loin d'être indifférente.

Il arracha les feuilles d'une branche qui avait manqué le fouetter en plein visage.

— Ce n'est pas le moment d'en parler.

Mais le sujet était si important que Hope était à peine consciente de son environnement. Elle avait encore à la mémoire tous les prétextes de Joël, et, avant de pouvoir s'en empêcher, elle les lui récita :

— « Ce n'est pas le bon moment. » Je ne suis pas l'homme qu'il te faut. « Tu mérites mieux que moi. » Mon enfance était catastrophique. « Mon travail est dangereux. »

Il s'arrêta.

— Pardon ?

— Tu as trouvé d'autres raisons ? J'ai déjà entendu toutes celles-ci, et aucune ne m'a fait *fuir*.

Elle avait très envie de le planter là, mais réussit à se refréner. Mieux valait ne pas réagir de manière infantile.

— Imagine ce que je ressentais quand tu égrenais cette liste jour après jour. Tu trouvais toujours des raisons de partir et jamais de rester.

— Ce n'est pas vrai.

Si, elle l'avait vécu !

— Je t'ai demandé d'emménager avec moi puisque, de toute façon, tu étais là toutes les nuits. Mais au lieu de me répondre, tu es parti en déplacement professionnel.

— C'était nécessaire.

— Arrête, s'il te plaît.

Les feuilles disparurent dans le poing serré de Joël.

— Ton père m'a dit que tu fréquentais d'autres hommes, Hope.

Elle planta les yeux dans les siens.

— Quoi ?

— Ce n'est pas vrai ?

Cette conversation la faisait vaciller. Son père parlait toujours à Joël ? Et depuis quand sa vie privée était-elle un sujet de discussion ?

Non qu'elle en ait réellement une. Elle avait subi les rencontres organisées par ses amies et était sortie une ou deux fois avec un membre de son club d'alpinisme.

De beaux hommes, des endroits merveilleux, mais pas la moindre étincelle, le moindre pincement d'intérêt.

Cependant, la question de Joël la renvoyait à son pire cauchemar : celui où il s'en allait et rencontrait quelqu'un d'autre, celui où il s'avérait que son problème n'était pas de s'engager, mais de s'engager avec *elle*.

— Et toi ? s'enquit-elle.

Deux mots seulement, mais qui lui avaient beaucoup coûté.

— Je ne t'ai pas quittée pour fréquenter d'autres femmes. Ma décision n'avait rien à voir avec l'envie de jouer les play-boys.

Il avait élevé la voix et une note de colère s'y était glissée. Comme s'il avait le droit de s'irriter de leur séparation !

— Eh bien, j'imagine que c'est bon à savoir.

Résolue à mettre un terme à cette dispute, elle pressa le pas. C'était une perte de temps, et il y avait des choses plus importantes que son cœur brisé. Mais Joël lui saisit le bras avant qu'elle puisse s'éloigner.

— Attends une minute.

Elle aurait pu se dégager car il la retenait sans grande fermeté, mais la peine dans ses yeux la fit rester.

— Tu sais que c'est la vérité, n'est-ce pas ?

— Je sais que tu avais toujours des excuses, Joël. Tu en as encore.

Et elle ne voulait pas les supporter encore une fois, au risque de ne plus pouvoir fonctionner.

— Hope, écoute… Je voudrais…

— Quoi ? dit-elle d'un ton presque suppliant.

Joël ferma les yeux mais, quand il les rouvrit, sa méfiance n'avait pas disparu.

— On devrait peut-être s'en tenir aux recherches.

En une seconde, son humeur avait changé. Quelque chose avait basculé et la tension qui montait entre eux s'était évanouie.

Puisqu'il cherchait une issue, elle allait lui en donner une. Mieux valait changer de sujet. Il y avait eu tant de douleur et de déception, tant de larmes. Il fallait qu'elle garde la tête froide pour retrouver Mark.

— D'accord. Pourquoi va-t-on à l'hélicoptère au lieu de suivre les traces ?

— Je veux prendre contact avec l'équipe.

— Et ?

Le visage de Joël se ferma, mais elle ne s'y trompa pas.

— Oh ! S'il te plaît. Je n'ai peut-être pas compris que tu allais me quitter, mais je te connais. Tu es inquiet.

— Je ne t'ai pas quittée…

— Joël…

— D'accord, oui. Je suis préoccupé.

— Donc, tu le reconnais.

— Je te dois bien ça.

Il lui fit signe de se remettre en marche.

— C'est ton travail, et je pense qu'il se passe quelque chose de grave.

Cette honnêteté lui fit chaud au cœur.

— Bien.

— Pourquoi « bien » ?

— Parce que me dire ça est déjà un grand pas pour toi.

— Je croyais que tu serais soulagée que je parte, dit-il presque dans un murmure. A l'époque, je veux dire.

Ces paroles la stupéfièrent et elle trébucha.

Une fois d'aplomb, elle le dévisagea. Est-ce qu'il lui jouait un tour ? Ce n'était pas son genre. Il regardait droit devant lui, sans même ciller.

— Tu plaisantes !

Elle était sur le point de le retenir quand un claquement retentit entre les arbres. Un petit jet de terre s'éleva à quelques mètres d'elle, et les oiseaux s'envolèrent précipitamment.

— Couche-toi ! cria Joël en la bousculant dans le même temps.

Elle tendit les mains pour amortir sa chute. Mais au dernier moment, Joël pivota et atterrit sur le flanc, absorbant la plus grande partie de leurs poids combinés sur l'épaule. Le choc le fit claquer des mâchoires et il jura à voix basse.

Un goût de terre remplit la bouche de Hope. Les branchages avaient fouetté ses jambes nues et déchiré son bandage. Mais elle reprit ses esprits et les bruits de la forêt pénétrèrent de nouveau ses oreilles.

— Joël…

— Ne bouge pas.

On aurait dit… Mais ce n'était pas possible.

— Qu'est-ce que c'était ? murmura-t-elle en observant frénétiquement autour d'elle.

Il la plaqua au sol et recouvrit son corps du sien. Ses doigts glissèrent dans ses cheveux et il débita un flot de paroles rassurantes, presque noyées par la panique qui la gagnait.

Elle s'attendait à d'autres coups de feu et à des cris. Rien ne se passant, elle leva un peu la tête. Joël survolait la zone du regard, son arme à la main. Ils étaient en terrain découvert, sur le sentier, sans rien pour les abriter. Devant une telle vulnérabilité, elle eut du mal à déglutir.

— Un coup de feu, chuchota Joël.

Il était si près d'elle que les mots vibrèrent contre sa tempe. Ses veines pompaient l'adrénaline et son cœur battait trop fort.

— D'où venait-il ?

— Je m'inquiète plus de savoir qui a tiré et s'il va recommencer.

Il changea de position de façon à s'allonger contre elle.

— Reste près de moi.

— Tu as un gilet pare-balles ?

— Je ne pensais pas en avoir besoin.

Elle tendit l'oreille dans l'attente d'un autre coup de feu.

— Je n'entends rien.

— Il faut que j'atteigne l'hélico.

L'image de Joël cueilli en pleine course par une balle lui coupa le souffle. Elle se cabra en plantant les ongles dans la terre.

— Non !

— J'ai un gilet et des jumelles dedans, souffla-t-il en commençant à ramper. Et d'autres armes…

— Tu ne peux pas risquer de te mettre à découvert.

D'une pression légère, il les déplaça vers la gauche. Il respirait profondément.

Puis il les fit rouler jusqu'au pied d'un gros arbre. Il lui tapota l'arrière des jambes.

— Remonte-les.

Quand les choses cessèrent de tourner, Hope ouvrit grand les yeux et caressa l'écorce de l'arbre.

— Et maintenant ?

— Toi, tu te fais aussi petite que possible.

Il lui donnait des ordres sans la regarder, en jetant des coups d'œil à droite et à gauche.

— Ensuite, tu ne bouges plus.

— Tu ne peux pas…

— Je suis sérieux. Si tu bouges, je reviendrai, ce qui est plus dangereux que de courir là-bas.

Une main entre ses omoplates, il la poussa contre le sol.

— Reste couchée.

Avant qu'elle puisse l'agripper ou le rappeler, il était parti. A demi accroupi, il zigzagua entre les arbres et franchit la dernière rangée d'arbres. Puis il se plaqua contre la paroi de l'hélicoptère et leva le bras. La porte devait être coincée, ou alors il était mal positionné, car il dut pousser et tirer.

Hope se concentra de toutes ses forces sur lui. La terreur lui faisait serrer les dents. Elle s'attendait à tout moment que des pas retentissent ou qu'une main s'abatte sur elle. La seule chose qui l'empêchait de hurler, c'était de suivre Joël des yeux. Même quand sa vision devint floue, elle continua de le fixer.

Après quelques tâtonnements, il réussit à ouvrir la porte de l'appareil et se glissa souplement à l'intérieur. Durant une seconde, ses cheveux noirs furent encore visibles, puis il disparut.

Hope eut une sorte de hoquet et lutta contre l'impulsion de se précipiter vers lui. Elle était sur le point d'entrer en mouvement quand il réapparut dans son champ de vision. Il tenait des jumelles, qu'il braquait sur la forêt. La porte de l'hélicoptère se rouvrit et il se remit à courir, cette fois dans sa direction.

Il dérapa, soulevant une gerbe de feuilles et de brindilles, puis lui tendit un gilet.

— Mets ça.

— Tu en as besoin aussi.

— Je pense qu'il est parti, mais je ne veux pas risquer qu'il te tire dessus.

Comme il continuait à lui tendre le gilet, elle le prit et l'enfila. Son expression de patiente obstination la poussa à en resserrer les lanières pour l'ajuster à son corps.

— Content ?

— Pas vraiment.

Elle observa les jumelles, qui n'avaient pas grand-chose à voir avec celles dont on se sert pour observer les oiseaux.

— Elles ont quelque chose de spécial ?

Peut-être lançaient-elles des grenades… N'importe quelle arme qui pouvait les sortir de là était la bienvenue.

— Un grossissement et une précision amplifiés. Plus un réticule gradué en millimètres, cracha-t-il sans baisser l'instrument.

— Ah, d'accord.

— C'est une caractéristique technique utilisée par les snipers.

Cette fois, il la regarda.

— Cela permet de mieux cibler et estimer la distance.

Ce jargon technique la remplit d'un curieux sentiment de soulagement, comme s'ils venaient de se réfugier dans la timonerie de Joël. Elle aurait pu y rester indéfiniment.

Malgré leurs problèmes, elle n'avait jamais douté de ses compétences professionnelles. N'importe qui aurait réclamé la présence de cet homme dans son équipe quand les choses tournaient mal. Ce qui était le cas.

Mais ses propos sur les snipers avaient retenu son attention.

— Je ne comprends pas la moitié de ce que tu dis.

— Ça veut dire…

Elle posa une main sur son bras.

— Ne m'explique pas. Je suis seulement heureuse que tu saches de quoi tu parles.

Il hocha la tête.

— Il faut qu'on retourne au camp.

Cette remarque fit de nouveau tambouriner son cœur.

— Comment savoir si c'est sans danger ?

— Je me sentirai mieux quand nous serons à l'abri dans un bungalow.

Moi, plutôt à maison, songea-t-elle.

— Il y a une chance que ton équipe soit déjà en route ?

— Je les ai appelés, oui.

— C'est une bonne nouvelle, dit-elle.

Mais il ne souriait pas et ne paraissait pas plus soulagé qu'avant de demander des renforts.

— N'est-ce pas ? insista-t-elle.
— Je t'expliquerai plus tard.
Quelque chose frémit en elle.
— C'est ce que je redoutais.

5

Tony ignorait totalement qui était Connor Bowen, mais l'homme était en ce moment même dans l'ascenseur, en route pour son étage.

Par la fenêtre de sa salle de conférences, Tony scruta la ligne d'horizon de Washington DC. Son bureau de Rosslyn donnait sur Georgetown, de l'autre côté du Potomac.

Il avait travaillé dur pour obtenir ce poste, avec son grand bureau, sa salle de bains privée et ses deux assistantes administratives. Il n'était pas habitué à se mettre au garde-à-vous. Si un autre que Rafe Algier l'avait appelé de l'étranger, il aurait fait dire par un membre de son équipe qu'on ne pouvait pas le déranger.

Mais lorsque les affaires avaient périclité, Rafe avait fourni les contrats et les ressources humaines indispensables pour aider Baxter Industries à survivre. Tony avait une dette envers lui. C'était pour cela qu'il avait accepté d'engager sa fille pour ce stage de survie.

Enfin, en partie pour cela, rectifia intérieurement Tony. Il n'était pas arrivé là où il en était par la gentillesse. Ses obligations envers Rafe ne s'étendaient pas à sa fille.

Il avait pris les rênes de Baxter à la suite d'un retournement du précédent conseil d'administration. Quand les marchés financiers s'étaient effondrés et que les affaires avaient décliné, l'ancien P-DG avait perdu la confiance des actionnaires et du personnel. Tony était intervenu et avait réorganisé les choses en développant les services de l'entreprise.

Désormais, ils ne se contentaient plus de fournir du matériel et du personnel aux agences gouvernementales, ils figuraient sur la liste Fortune des cinq cents premières entreprises.

Mais cela ne voulait pas dire qu'il pouvait s'occuper de n'importe qui. Et Rafe n'avait pas pris le temps de lui donner des explications, ce qui le contrariait. Il avait d'autres soucis. Tous ses plans, dont il avait patiemment assemblé les pièces, étaient en train de s'écrouler. Il ne faisait plus confiance à son partenaire, ce qui était problématique.

Il était hors de question de tout laisser s'effondrer de nouveau alors qu'il était si proche du but.

Le téléphone posé sur la console bourdonna et Tony autorisa l'une de ses assistantes à introduire son visiteur inopportun. Mieux valait l'expédier pour pouvoir passer à autre chose.

L'homme qui franchit les portes vitrées et s'immobilisa ne ressemblait pas à ce qu'il avait imaginé. Grand et brun, il portait un pantalon et un gilet classiques, sans la veste. Mais ce n'était pas ce qui frappait d'emblée. Plutôt son allure guerrière. Le type avait l'air prêt à se battre. Tout comme l'homme musclé derrière lui.

Rafe avait parlé de la nécessité de prendre contact avec sa fille. Tony l'avait à peine écouté, car la simple mention du nom de Hope Algier l'avait poussé à appeler son partenaire de toute urgence. En vain, d'ailleurs.

— Je m'appelle Connor Bowen, dit l'homme en faisant un geste vers celui qui l'accompagnait. Et voici Davis Weeks.

— Messieurs.

Tony les salua de la tête, car c'était ce qu'exigeait le protocole. Mais intérieurement, il bouillait de rage. Il s'était préparé à ne recevoir qu'un seul type. Bowen était le président et le propriétaire d'un truc appelé « Corcoran Team ». Les rumeurs sur internet en faisaient un groupe d'évaluation des risques. Le genre de boîte qui enseignait aux hommes d'affaires à ne pas se faire kidnapper quand ils séjournaient au Mexique et qui montait des opérations pour les sortir du guêpier quand c'était le cas.

Apparemment, tout ce qu'il y avait de plus honnête et régulier, mais Tony savait reconnaître une opération clandestine. Et cela l'intéressait. Tout comme ce Weeks. Le type ne cillait pas et, à en juger par la bosse sous sa veste, il avait réussi à passer le contrôle de sécurité avec une arme.

— Je suis Tony Prather.

Il fit un geste en direction des chaises autour de la table de conférences.

— On m'a dit que vous seriez seul.

— Davis est mon bras droit. Il connaît la situation.

En manque d'informations, Tony décida de jouer le jeu. Mais comme ils étaient sur son territoire, il prit les devants.

— En quoi puis-je vous aider ?

Connor se pencha en avant et croisa les bras sur la table.

— Il s'est produit un incident durant le stage de vos cadres.

Un silence tendu suivit cette déclaration. C'était fait exprès, supposa Tony. Faire éclater la bombe et juger sa réaction. Il n'avait aucune intention de leur avouer quoi que ce soit.

— C'est-à-dire ?

Cette fois, ce fut Davis qui prit la parole :

— L'un de vos dirigeants a disparu, et il y a eu d'autres incidents.

— C'est un stage organisé dans un isolement total. Comment pouvez-vous savoir ce qui s'y passe ?

Tony avait cherché à les joindre, mais le message qu'il avait reçu n'avait aucun sens.

Connor se mit à tambouriner sur la table.

— Quelques-uns de mes hommes sont là-bas.

Cette information lui aurait été utile avant le rendez-vous, pesta Tony. Bizarre que Rafe ne lui en ait pas parlé.

— Quelques-uns ?

— Plus d'un.

Tony réprima un mouvement d'agacement. Son mal de tête lancinant tournait à la migraine. Il en avait assez.

— Cela vous ennuierait de me dire pourquoi ?

Connor haussa les épaules.

— Un service que nous rendons à M. Algier.

Apparemment, conclut Tony, il n'était pas le seul à être en dette avec Rafe Algier. Il ne savait qu'en penser. Mais l'idée que le vieux les manœuvrait comme des pièces sur un échiquier lui fit serrer les poings sous la table.

— Sait-il que sa fille est mêlée à cela ?

Tony l'avait choisie pour une raison particulière, et l'ingérence de Rafe et de Corcoran Team menaçait de tout faire capoter.

— Il ne connaît pas encore les détails, répondit Connor. Il a abrégé son voyage d'affaires au Viêt-nam et devrait être en train de décoller.

— Est-ce si grave ?

Seul le responsable parlait, remarqua Tony. Le silence de ce Davis était exaspérant. Il se contentait de rester assis, le regard fixe.

Un autre que lui se serait agité et aurait commencé à parler. Si c'était leur intention, ces deux-là le sous-estimaient gravement. Il n'était pas du genre à se laisser intimider. D'autres avaient essayé cette tactique avec lui et avaient échoué.

Il n'avait pas obtenu ce poste uniquement en serrant des mains et en disant oui à tout. Il avait poussé son prédécesseur vers la sortie et n'avait jamais regardé derrière lui. Il y avait gagné ce bureau et une jeune épouse sexy. C'était ce qu'il faisait : il gagnait.

Davis changea enfin de position sur son siège.

— Vous ne nous demandez pas qui a disparu ?

Tony n'ignorait rien de la situation de Mark, mais ces deux hommes n'avaient pas besoin de le savoir.

— J'imagine qu'il s'est égaré lors d'une randonnée.

Davis et Connor échangèrent un regard. Sur un signe de tête du premier, le deuxième reprit la parole :

— L'un de nos hommes a essuyé des tirs.

Tony s'intéressait davantage à la répartition de l'autorité entre eux qu'à la conversation elle-même. Mais il avait un rôle à jouer.

— Vous voulez dire…

— Des coups de feu.

Connor soupira comme si ces explications l'ennuyaient.

— Au camp.

L'heure était venue de montrer de l'inquiétude et de le faire avec habileté. Tony fit pivoter son fauteuil et s'empara du téléphone.

— Il faut les sortir de là.

— Mes hommes y travaillent.

Connor regardait le téléphone et ne détourna pas les yeux quand Tony le reposa sur son socle.

— Nous ferons le déplacement dès qu'il y aura une éclaircie.

Ce n'était pas la réponse que Tony attendait. Il avait supposé qu'ils se hâteraient d'intervenir, quel que soit leur mode d'action. Ce changement de plan déclencha une nouvelle vague d'adrénaline dans ses veines.

— Envoyez les gardes-forestiers. Faites quelque chose.

Davis plissa les yeux.

— S'il n'y avait pas eu de coups de feu, peut-être. Mais nous ne pouvons pas mettre d'autres gens en danger.

Des réponses raisonnables. Mais Tony ne pouvait se débarrasser de la sensation qu'on le jaugeait. Ce qui n'était sans doute que justice, car il faisait la même chose.

Dans l'immédiat, il fallait qu'il découvre leurs véritables intentions.

— Alors quelle est la prochaine étape ?

Connor tapota la table encore plus fort.

— Mes hommes vont sécuriser la scène jusqu'à ce que nous envoyions des secours.

Tony baissa les yeux.

— Et dans l'intervalle, que va-t-il se passer pour mon cadre ?

— Nous essayons de le retrouver, indiqua Davis.

Ferme et péremptoire. Tony chercha une faille dans leur exposé et n'en trouva pas. Leur numéro était travaillé mais approprié.

Il était légèrement impressionné, reconnut-il intérieurement. Ces hommes pouvaient en remontrer à quiconque quand il s'agissait de garder son sang-froid.

— Dois-je prendre contact avec sa famille ou au moins avertir le conseil d'administration ? demanda-t-il.

— Attendons jusqu'à demain.

Connor se leva.

— Nous devons y aller, mais je vous tiendrai au courant.

— Absolument.

Tony leur serra la main à tous deux.

— Merci d'être venus.

Connor hocha la tête.

— Désolé de ne pas avoir de nouvelles plus précises.

— Je vais continuer à croire qu'il s'est égaré et que ce n'est pas une catastrophe.

— Sauf pour les coups de feu, intervint Davis d'un ton égal.

Il ne disait pas grand-chose, mais ses paroles avaient du punch. Tony admirait cette capacité.

— Ça pourrait être des chasseurs, n'importe qui.

— J'ai prévu une conférence téléphonique avec l'équipe de secours, précisa Connor. N'hésitez pas à vous y joindre.

Il sortit une carte de visite de la poche de sa chemise et la posa sur la table.

Tony l'y laissa.

— Je vous en suis reconnaissant. Mon assistante vous donnera mes coordonnées, de même que mon numéro personnel.

— Bien.

Connor se dirigea vers la porte, suivi de près par Davis.

A la dernière seconde, ce dernier se retourna.

— Mark.

L'air parut s'évaporer de la pièce.

— Pardon ?

— Le cadre qui a disparu. Son nom est Mark Callah.

Davis sourit pour la première fois.

C'était encore plus intimidant que son regard fixe, estima Tony.

— Connor l'avait déjà dit.

— Vraiment ? fit ce dernier.

Tony s'en tint à sa version, car il avait commis une erreur

en ne posant pas une question évidente et en avait conscience. C'était un piège, il ne tomberait pas dedans.

— Oui.

— Je vous rappelle dans quelques heures, conclut Connor.

Les choses pouvaient-elles empirer ? se demandait Joël. Hope avait voulu avoir *la* discussion au beau milieu d'une affaire de disparition. En y ajoutant le mauvais temps, les coups de feu et l'absence de réponses, il n'avait qu'une envie : faire embarquer tous ces gens et les renvoyer chez eux.

Il l'aurait sans doute fait si les conditions n'étaient pas si mauvaises et s'ils n'avaient pas un homme perdu dans ces bois impitoyables. L'idée de mettre Hope dans l'hélicoptère et de demander à Cam de l'emmener en sécurité était pourtant tentante. Le refus probable de Hope n'était pas son plus gros souci. Il pouvait le faire et le ferait si c'était nécessaire.

Il l'avait quittée pour qu'elle puisse mener une vie normale. Il était hors de question de renoncer à la lui assurer, après tout ce qu'il avait perdu.

Ils pénétrèrent dans le camp. A l'expression de Cam, quelque chose n'allait pas.

— Qu'est-ce qui se passe ?

— Perry a officiellement disparu.

Hope laissa échapper une exclamation étouffée.

— Tu plaisantes ? Ils sont deux maintenant ?

— Charlie l'a vu près de la cuisine à l'heure du petit déjeuner, mais il n'y a eu aucune trace de lui depuis.

Cam donna un coup de pied dans la terre.

Joël s'efforça de ne pas prêter attention à ce mouvement inhabituel chez son collègue, mais cela le rendit nerveux.

— Son lit ?

— Il a dormi dedans, et toutes ses affaires sont dans le bungalow.

Cam releva les yeux.

— La bonne nouvelle, c'est qu'il n'y a pas de traces de sang cette fois-ci.

— Je ne dirais pas que ce sont de bonnes nouvelles, observa Hope.

Elle s'appuya contre Joël tandis que Cam haussait les épaules.

— Disons que ça n'est pas aussi grave que ça pourrait l'être.

Sans réfléchir, Joël posa la main sur les reins de Hope et la serra contre lui. Malgré la chaleur, sa peau était froide à travers ses vêtements. Le vent avait fraîchi, mais cela ne suffisait pas à expliquer les frissons qui la secouaient.

Le regard de Cam se posa sur eux deux.

— Jeff et Lance sont très nerveux. Charlie est du côté du dernier bungalow. Il leur explique quelques trucs sur le camping.

— Seulement maintenant ? s'étonna Joël.

— Je l'ai déjà fait, dit Hope.

Cam balaya le sujet d'un geste.

— Je crois qu'il essaie de les calmer.

— C'est bien, reconnut Joël.

Hope se frotta les bras.

— Alors je devrais peut-être aller écouter.

Elle avait les nerfs à vif, cela se confirmait, comprit Joël. Elle n'avait pas besoin d'un cours de survie en milieu naturel. Depuis leur séparation, elle avait pris de plus en plus de risques, escaladant des montagnes de plus en plus hautes et guidant des randonnées à des milliers de mètres d'altitude. Il détestait qu'elle soit là-haut, mais elle adorait cela. Et ils n'étaient plus ensemble. Alors il se contentait de s'en plaindre à son père. Sans effet notable.

Cam les examina des pieds à la tête et sourit légèrement.

— Qu'est-ce qui vous est arrivé à tous les deux ?

— Prépare-toi à une autre mauvaise nouvelle, répondit Hope.

Joël n'avait pas envie de jouer, aussi il lâcha l'information directement :

— Quelqu'un nous a tiré dessus.

Le sourire de Cam disparut.

— Quoi ?

Hope poussa un soupir de lassitude.

— Une seule fois, mais on s'est jetés à terre.

Cam hocha la tête.

— J'imagine.

Hope s'éloigna de Joël.

— Je vais me remettre au travail.

Joël admira son courage. Loin de se recroqueviller dans un coin, comme l'auraient fait la plupart des gens, elle faisait face. Mais son expression égarée et sa voix hésitante l'inquiétaient tout de même.

— Tu es sûre que ça va ?

— Il faut que je te parle, dit au même moment Cam, lui ôtant toute chance de rattraper Hope.

Il la laissa donc partir, mais lui lança :

— Occupe-toi de ton genou et mets un autre pansement.

Elle acquiesça sans un mot.

Il la suivit du regard, notant le doux balancement de ses hanches. Il ne la lâcha pas des yeux avant qu'elle s'arrête près de Charlie, à l'autre bout du camp.

Cam se rapprocha de lui.

— Les autres étaient avec moi tout le temps. Aucun d'eux n'aurait pu vous tirer dessus.

Joël était déjà parvenu à cette conclusion de lui-même. Ecarter les possibilités limitait le champ d'investigation, mais il n'aimait pas les options restantes.

— Alors il reste l'hypothèse que ce soit Mark ou Perry, ou les deux.

— Il y a une autre possibilité.

Cam avait lui aussi le regard fixé sur le petit groupe.

— C'est peut-être un inconnu.

Et voilà : c'était la pire des hypothèses. Un inconnu signifiait la surprise totale. Ce pouvait être un drogué, un fou, ou quelqu'un qui aimait tuer. Joël ne supportait pas l'idée qu'un type pareil s'approche de Hope.

— J'essayais de ne pas penser à ça.

— Ça expliquerait les coups de feu.

Cam le dévisagea.

— Je suppose que tu n'as rien vu.

— Rien, confirma Joël. Le type m'a pris complètement par surprise.

Cam fit la grimace.

— Bizarre.

— Je sais.

Joël comprenait son étonnement. Il n'était pas du genre à rater quelqu'un qui se faufilait derrière lui.

Toute sa vie, il avait été formé à la surveillance. Il s'était exercé à la traque depuis l'âge de sept ans, quand son père avait forcé ses enfants à vivre une vie marginale. Mais ces leçons lui avaient instillé le sens de la prudence et enseigné certaines compétences. Des compétences très utiles pour passer d'un poste à un autre dans le milieu du renseignement.

Cela voulait sans doute dire que leur agresseur était tout aussi bien entraîné. Joël détestait cette idée.

Cam laissa échapper une bordée de jurons impressionnants.

— Qu'a dit Connor ?

— Il est en route. Il a ameuté tout le monde, depuis les gardes-forestiers jusqu'à la police locale.

Connor était fiable sur ce plan-là. Ni questions ni explications. Joël était en congé mais, s'il hissait le drapeau rouge, le reste de l'équipe arrivait en courant.

Cela lui avait manqué dans ses autres emplois, et une grande partie de sa vie. Il n'avait jamais connu le sentiment d'être épaulé à ce point. Sa mère était morte avant qu'il puisse vraiment la connaître. Quant à son père, sa conception de l'amour paternel se limitait à lui tendre une carabine et à lui apprendre à tirer.

Joël poussa un soupir. Il devait mettre Cam au courant du pire. C'était la moindre des choses étant donné qu'il n'était venu avec lui que pour lui rendre service.

— On a un autre problème.

— Je crois qu'on n'en a pas besoin.

— Une tempête arrive.

— Evidemment, grogna Cam. Il y a toujours une tempête quand on s'en passerait.

— Connor ne pourra pas arriver avant demain. Et même ainsi, il n'y a aucune garantie.

Joël doutait par principe. La pluie et l'humidité lui collaient déjà à la peau, même si aucune goutte n'était encore tombée. Connor avait parlé de violents orages, et ils venaient dans cette direction. La météo forcerait probablement les hélicoptères à rester au sol.

— Donc, on fait le dos rond, reprit-il.

— C'est ce que je craignais, confia Cam.

Les éléments étaient sur le point de se déchaîner, il fallait s'y préparer psychologiquement, pensa Joël.

— Je propose qu'on mange un bout et qu'on reste ensemble jusqu'à la nuit. Ensuite ceux qui ont des armes dormiront avec ceux qui n'en ont pas.

Cam esquissa un large sourire.

— Laisse-moi deviner avec qui tu vas dormir.

Comme ces taquineries pouvaient durer des heures, Joël ignora la première salve.

— Toi avec Lance, et Charlie avec Jeff.

— Et toi avec Hope.

Joël leva les yeux au ciel.

— Oui.

— Tu es prêt à me raconter ce qui s'est passé entre vous, avant que tu arrives à Corcoran ?

Rien n'étant clair pour lui, il ne pouvait révéler les détails de l'histoire. Pas après que Hope eut insisté pour en parler et qu'il avait eu toutes les peines du monde à garder contenance.

— Non.

Cam hocha la tête et Joël crut être tiré d'affaire. Ils devaient se concentrer et…

— Je me disais que tu as besoin de t'exercer, dit alors Cam, interrompant le fil de ses pensées.

— C'est-à-dire ? grogna Joël

— Je ne connais pas grand-chose aux femmes…

— En effet…

— … mais même moi je sais qu'il est impossible que vous passiez la nuit ensemble sans mettre votre relation sur le tapis, conclut Cam d'un air entendu.

— Nous sommes adultes.

Le hochement de tête revint. Cam adorait hocher la tête.

— Je parie que c'est ce qu'elle va te dire avant d'exiger des explications.

— Qu'est-ce qui te fait penser qu'on n'en a pas déjà parlé ?

Il aurait bien voulu. Il voulait réparer les dégâts et passer à autre chose. Puisque l'oublier semblait hors de question, il optait pour une séparation positive. Une rupture nette qui ôterait la tristesse des yeux de Hope.

— Qu'est-ce que tu disais d'elle, tout à l'heure ? reprit Cam.

Il leva les yeux et ferma l'un d'eux, faisant semblant de réfléchir.

— Ah oui, « l'expérience ».

— Toi et moi, riposta Joël, nous avons le même âge et je doute que tu sois plus doué que moi avec les femmes.

Pour le bien de Cam, mieux valait que ce ne soit pas vrai, espéra-t-il cependant.

— Moi, je ne serais pas assez idiot pour laisser partir une femme pareille, déclara Cam sans ambages.

Cette fois, ce fut Joël qui hocha la tête. On y était.

6

Hope avait envie de s'affairer pour se calmer les nerfs. Son genou était bandé et tout le monde était couché. Elle tira les couvertures du lit, puis les remonta et les lissa sur les oreillers.

Ensuite elle s'assit sur le matelas et observa autour d'elle. Ce n'était qu'un espace fonctionnel, équipé de meubles sombres et d'une fenêtre qui grinçait quand le vent soufflait, comme c'était le cas. Le bungalow qu'on lui avait attribué mesurait six mètres carrés de plus que les autres et comprenait une douche intérieure.

C'était plus ou moins obligatoire dans une retraite comme celle-là. Elle aurait préféré se passer de douche plutôt que de s'exhiber devant tout le camp. Là, au moins, elle n'avait pas à se poser la question.

Mais elle avait des problèmes plus importants que cela. Et pour commencer : Joël.

Il lui tournait le dos et se tenait face à la fenêtre. Il portait le même pantalon qu'auparavant, mais Charlie lui avait prêté un T-shirt propre. Le reste de ses vêtements étaient dans son sac, dans l'hélicoptère. Il avait déclaré qu'un autre trajet était trop risqué, sachant qu'un malade s'exerçait à tirer dehors.

La pluie martelait les vitres et les retenait à l'intérieur depuis des heures. Le soleil avait disparu et, dans la pièce, le plafonnier jetait une lumière crue, éclairant le mètre quatre-vingts de Joël.

Ses cheveux ébouriffés étaient ce qu'elle préférait chez lui. Cela lui donnait l'air âpre et rappelait sa capacité à gérer presque toutes les situations.

— Nous avons déjà dormi dans la même pièce, dit-il sans se retourner.

Elle sourit.

— Souvent, mais nous nous fréquentions à l'époque.

L'expression « avoir des yeux dans le dos » semblait avoir été inventée pour Joël. Il était toujours conscient de ce qui se passait autour de lui.

— C'est vrai, reconnut-il.

Il se retourna, sans s'approcher d'elle.

— Et personne ne nous tirait dessus.

— Regarde-nous, maintenant.

Elle s'assit sur ses mains, pour les empêcher de tressauter.

Le regard de Joël se posa sur ses genoux, puis revint à son visage.

— Je vais dormir par terre.

Etonnant comme ils avaient chacun leurs propres idées. Elle-même n'avait pas envie de le voir piquer du nez durant la prochaine fusillade.

— Tu vas dormir avec moi, Joël.

— Ce n'est pas une bonne idée.

Oh ! Elle le savait. Son odeur, ses bras, la manière dont il la serrait contre lui, toutes choses dangereuses pour sa maîtrise d'elle-même.

— Je suis d'accord.

Il tendit la main.

— Alors lance-moi un oreiller et…

— Mais on va quand même le faire.

Ces mots firent retomber son bras.

— Tu me provoques.

Et il ne paraissait pas très content à cette idée. Son visage était neutre et son regard indéchiffrable. Il se figea sur place, comme s'il hésitait entre déguerpir ou se rapprocher.

Les mots à la fois libérateurs et vides qu'il venait de prononcer se fichèrent dans le cerveau de Hope et y restèrent.

— Qu'est-ce que ça veut dire ?

— Aucune femme ne m'a jamais attiré autant que toi.

Il s'éloigna de la porte et traversa la pièce.

Ses chaussures de randonnée se posaient doucement sur le plancher. Les parois du bungalow grinçaient et l'orage tonnait au loin. Elle s'attendait à tout instant que la tempête fasse irruption dans la pièce, sous les assauts conjugués du vent et de la pluie. Mais la construction tenait bon. Seul un filet d'eau gouttait dans le coin près du placard.

Le tapotement léger des pas de Joël l'hypnotisait. Puis il s'arrêta devant elle, à moins d'un mètre. Son odeur et le poids de son regard la firent déglutir.

Se redressant, elle laissa ses yeux s'attarder sur son T-shirt humide, qui laissait entrevoir un ventre plat et des muscles lisses.

— C'est pour ça que tu m'as quittée ?

— Je ne peux pas me faire à une vie normale.

Combien de fois avait-elle entendu cette excuse ? Cela semblait être son prétexte favori. Ce qui en faisait le pire pour elle.

— Tu dis ça tellement souvent que ça pourrait être ta devise.

— La manière dont j'ai été élevée…

Il s'interrompit et secoua la tête.

— Ecoute, les choses pouvaient marcher pendant quelque temps, mais c'est tout.

C'était l'argument qui mettait fin à toute discussion. Ce n'était qu'une ineptie, mais Joël prenait ça pour la vérité.

Il était vraiment dommage qu'il ne comprenne pas que la vie pouvait se révéler meilleure que ce qu'il avait connu.

— Comment le sais-tu ? le défia-t-elle.

Il plissa les yeux.

— Quoi ?

— Combien de relations de longue durée as-tu eues ?

Elle se cuirassa pour l'affronter. Elle avait une théorie et voulait l'exposer, espérant avoir raison à la fin.

— On devrait parler d'autre chose, fit-il en entamant un demi-tour sur lui-même.

— Je vais te faciliter les choses.

Elle avait parlé plus fort et lui avait posé une main sur le bras pour le retenir.

— Tu as déjà vécu avec une femme ?

Il cilla un peu.

— Seulement avec toi, et ça n'avait rien de définitif.

Le soulagement qui l'envahit faillit la renverser.

— Tu es déjà sorti avec une femme pendant plus de trois mois d'affilée ?

Il n'hésita pas.

— Avec toi.

Le reste de sa tension s'évanouit. Même si elle était la seule à se battre pour eux, au moins il n'utilisait pas sa faiblesse contre elle.

— Alors tu ne sais pas ce que tu ferais ou ne ferais pas sur le long terme.

— Je ne suis pas allé à l'école avant mes onze ans.

Il posa une main sur la sienne, sur son bras.

— Tu crois que ça prouve quoi que ce soit ? insista-t-elle.

L'humidité apportée par la pluie la faisait frissonner, mais le contact de la main de Joël la réchauffa.

— Oui, ça a tout changé.

— Tout ce que ça prouve, c'est que ton père était malade, ce que je savais déjà. Il était paranoïaque et il est mort d'une tumeur au cerveau. Tu ne me l'as pas caché.

Il lui serra la main.

— Je n'avais pas le choix, vu que le tien connaissait mon histoire.

Ce n'était pas surprenant. Son père s'était spécialisé dans la collecte de renseignements. Plus c'était confidentiel et difficile à trouver, plus il aimait ça. C'était quelqu'un de particulier. Tout comme Joël.

— Crois-le ou non, il ne m'a pas fait lire ton dossier, dit-elle.

Cette fois, Joël sourit et l'expression sérieuse de son regard pétilla soudain de vie.

— Je parie qu'il a essayé.

— Oui.

De manière générale, son père avait tout fait, sauf établir une liste des pour et des contre sur Joël.

Non pas qu'il aurait mis quoi que ce soit dans la colonne des contre. Il aimait Joël comme un fils et il voulait que ce soit lui qui vive avec elle. Il n'avait jamais fait preuve de subtilité dans ce domaine.

— Pourquoi tu n'as pas pris ce dossier sur moi ? s'enquit Joël.

La réponse était facile.

— Je voulais faire ta connaissance de manière *normale*. Sortir avec toi de manière normale. Dîner avec toi de manière normale. Faire les choses à la manière des gens normaux.

— Je me souviens de notre première sortie.

Joël lui posa sa main libre sur les cheveux et plongea les doigts dedans.

— Un restaurant italien. Nous y sommes restés trois heures.

Il enroula une de ses boucles autour de son index.

— J'avais fini en dix minutes, mais je jouais avec les restes parce que je voulais être avec toi le plus longtemps possible.

Le cœur de Hope fit un bond.

— Et quand cela a-t-il cessé ?

La tristesse revint dans le regard de Joël et, du pouce, il lui caressa la lèvre inférieure.

— Jamais.

— Alors c'est à cause de ton travail que tu m'as quittée ? réussit-elle à murmurer.

— Oui.

Ce simple mot la frappa comme un coup de poing.

— Et ensuite tu as quitté ce travail pour celui que tu as maintenant.

Elle ne comprenait pas ce choix. Il lui avait avoué combien il convoitait ce poste à la Defense Intelligence Agency. Il aurait besoin de disponibilité pour aller et venir, ce serait un travail dangereux, avec des horaires impossibles. Il devrait s'en aller sans pouvoir rien lui dire… alors il valait mieux qu'ils se séparent.

Le souvenir de la facilité avec laquelle il lui avait annoncé cela la hantait toujours. Elle l'avait supplié et il était parti, sans un regard en arrière.

Mais, là, c'était un homme différent. Ce Joël ne se réjouissait pas de l'avoir quittée. Quand il la regardait, il avait l'air d'agoniser de désir. Elle aurait voulu qu'il en prenne conscience et qu'il cherche quoi faire pour les réconcilier.

Il poussa un gros soupir et effleura sa joue du bout des doigts.

— Ce poste à la DIA était une erreur.

Ce n'était pas la réponse qu'elle espérait. Et cela ne répondait pas à la question qu'elle avait à l'esprit.

— Et me quitter, c'était une erreur ?

Il ferma les yeux une fraction de seconde.

— Hope, ne…

Elle l'interrompit en lui posant les mains sur les joues.

— Embrasse-moi.

— Non.

Aucune chaleur dans ce refus.

— Pourquoi ?

— Parce que je ne pourrai pas m'arrêter.

Elle se pencha vers lui, laissant son haleine se mêler à la sienne.

— Mais si. Tu m'embrasses et, ensuite, on se met au lit et on dort.

— Tu me fais davantage confiance que moi-même.

Il se comportait comme si c'était facile pour elle. Comme si elle ne livrait pas bataille pour regagner le lien qui les unissait autrefois.

— Tu ne me toucherais jamais sans ma permission.

— Bien sûr que non, répondit-il.

Il laissa ses mains glisser sur sa taille et lui imprima un petit mouvement qui pressa sa poitrine contre la sienne.

— Tu ne l'as pas, lança-t-elle.

Et elle lui planta un petit baiser sur le menton.

— Il faudra la gagner.

— Tu me tues.

Il enfouit le visage dans ses cheveux et, des lèvres, effleura son oreille.

Le contact de son souffle sur sa peau la fit frémir des pieds à la tête. Le besoin de se rapprocher de lui était douloureux.

— Ce n'est pas parce que tu es beau que je vais abandonner tout bon sens.

Il rit doucement.

— C'est bon à savoir.

— Mais tu pourrais…

— T'embrasser.

Il ne demanda pas la permission une deuxième fois. Inclinant la tête, il effleura ses lèvres de sa bouche. Doux au début, le baiser se fit torride en moins d'une seconde.

Le corps de Hope s'embrasa et ses terminaisons nerveuses se ranimèrent. Elle avait envie de se blottir contre lui, de ne plus jamais le laisser partir.

Il enveloppa sa bouche de la sienne, un grondement au fond de la gorge. Son baiser redonna vie à tous ses fantasmes sur lui, à tous les souvenirs qu'elle chérissait.

Quand il releva la tête, la pièce continua à tourner. Elle s'agrippa à lui, le pouls battant dans ses oreilles.

Avec un grognement, il appuya le front contre le sien.

— Tu crois qu'on pourra s'arrêter après quelques-uns comme ça ?

Elle avait du mal à retrouver son souffle, qui s'échappait en longs soupirs haletants.

— On va s'arrêter parce qu'on doit se reposer. Encore que je suppose que tu vas rester debout la moitié de la nuit pour monter la garde.

— Tu me connais bien.

Il l'embrassa encore, cette fois avec brièveté et fermeté.

Elle recula le visage, avant qu'un d'eux ne soit tenté de prolonger les choses.

— Stop.

Il soupira de l'air du mâle qui concède une faveur.

— Il n'y a eu personne depuis toi.

Au fond d'elle, elle le savait. Il ne pouvait pas la regarder ainsi et partir ensuite rejoindre quelqu'un d'autre. Il n'était pas comme ça, ce n'était pas son genre.

Mais savoir cela et savoir comment les gens fonctionnaient étaient deux choses différentes. Tout le monde finit par passer à autre chose. Les gens font l'amour et tombent amoureux. Joël en valait la peine : c'était un bon parti, qu'il le croie ou non.

— Mais il y aura quelqu'un, un jour, dit-elle dans un murmure, car c'était trop douloureux à énoncer à voix haute.

— Non.

La rapidité de sa réaction fit de nouveau monter l'espoir en elle.

— Je me demande si tu me feras un jour assez confiance pour rester.

Il enveloppa sa joue de la main.

— Ce n'est pas une question de confiance.

C'était cela qu'il ne comprenait pas. S'il l'aimait réellement et s'il croyait vraiment qu'elle l'acceptait tel qu'il était, il ne prendrait pas la fuite. Il resterait et se battrait.

Mais il ne le faisait pas. Il s'éloignait de nouveau. Elle recouvrit sa main de la sienne et recula, rompant le contact entre eux.

— Si, c'est ça.

La chaise équipée d'une mince galette finit par se révéler très inconfortable. Plus Joël restait assis, plus il avait mal aux reins. Mais il n'avait pas l'intention de changer de place. C'était de là qu'il avait la meilleure vue sur Hope, à l'autre bout du bungalow.

Ayant trouvé une petite lampe dans un coin, il l'avait branchée derrière le lit et avait orienté l'abat-jour vers le plafond, pour baigner la pièce d'une lumière douce. La majeure partie de l'espace était dans l'ombre, mais le visage de Hope était bien visible.

Un an et demi auparavant, elle lui avait tendu la clé de son appartement, et il avait eu envie de rester, de faire en sorte que ça marche, même s'il s'était promis, des années plus tôt, de ne jamais entraîner personne dans la pagaille de sa vie.

Depuis, il avait changé d'emploi, pour Corcoran, et était devenu nerveux. La vie au-dehors lui manquait, il n'avait pas le temps de fréquenter les bars. Au lieu de se chercher un appartement, il logeait au troisième étage du quartier général de Corcoran Team.

Il lui était difficile de s'engager, dans un travail, un projet, une voie qui l'oblige à avancer au lieu de se cacher dans les bois. Il ne voulait pas s'installer, ni faire comme les autres.

Son boulot à la DIA avait pris fin quand son patron l'avait accusé d'avoir trahi l'équipe pour de l'argent. L'homme avait retiré ses propos presque immédiatement, mais le mal était fait dans l'esprit de Joël.

Il avait passé sa vie à rebondir d'une obligation à une autre, et n'était jamais resté longtemps nulle part. Son éducation lui avait appris à ne s'attacher que rarement et à ne presque rien posséder. Il avait essayé de briser ce cercle vicieux, mais avait visiblement échoué, car il n'avait même pas de vestiaire à son nom.

Pourtant, Corcoran Team l'avait changé, en lui donnant un but et un foyer. Connor dictait assez de règles pour favoriser l'assiduité et l'excellence, mais il n'était pas omniprésent. Cet équilibre donnait l'espace nécessaire à Joël.

En échange, il assumait tous les rôles utiles à l'équipe. Il avait perfectionné ses compétences techniques pour se rendre indispensable, et il passait des heures au stand de tir pour s'améliorer. Il ne voulait pas décevoir ceux qui étaient devenus davantage qu'une famille pour lui.

Et puis il y avait Hope. Elle était tout ce qu'il pouvait souhaiter : intelligente, sportive, déterminée et amusante. Elle ne s'était pas laissé pourrir par la fortune de son père. Les belles voitures et les signes extérieurs de richesse ne l'intéressaient pas. Sa seule faiblesse allait aux grands lits confortables, surchargés d'oreillers. Il sourit au souvenir de sa chambre. On pouvait se perdre dans cet amas de couvertures.

De toute façon, la plupart des caractéristiques de Hope le faisaient sourire. Elle ne lui cassait pas les pieds. Elle comprenait l'importance du secret professionnel et n'insistait pas. Dans un sens, son caractère facile lui avait rendu les choses plus difficiles. Il attendait tous les jours qu'elle dévoile son véritable fond, et chaque jour qui passait sans qu'elle le fasse ne faisait qu'ajouter à sa tension. Un autre cercle vicieux qu'il n'arrivait pas à briser.

— Je sais que tu me regardes.

La voix ensommeillée de Hope flotta à travers la pièce.

Elle avait les yeux fermés et les couvertures remontées jusqu'au menton. L'humidité n'avait pas diminué. Il aurait préféré dormir entre les draps avec elle. Mais c'était impossible s'il voulait tenir sa promesse.

— Tu devrais dormir, Hope.

Elle se retourna et émit un petit grognement sexy.

— Toi aussi.

— Ça me tue d'être aussi près de toi.

Elle ouvrit les yeux.

— C'est bien.

Drôle comme elle aimait cette expression, au point de s'en servir dans des situations qui, selon lui, n'avaient vraiment rien de « bien ».

— Pourquoi ?

Elle se souleva sur un coude.

— Parce que tu mérites de souffrir.

Ces mots lui firent mal. Ils ne le déchirèrent pas autant qu'avant, sans doute à cause de sa manière de les dire, mais ils étaient tout de même douloureux.

— Parce que je t'ai fait mal ?

Elle secoua la tête, et ses cheveux retombèrent sur son épaule.

— Parce que tu continues.

Après avoir débattu intérieurement de jusqu'où il pouvait aller, il décida de lui dire la vérité. De se comporter en homme et de faire le grand saut.

Il se pencha en avant et posa les coudes sur les genoux.

— Tu sais que je t'aime, n'est-ce pas ?

— Oui.

Son expression ne changea pas, mais il y eut comme une lueur de satisfaction dans ses yeux. Cette femme…

— Facile, fit-il.

Elle leva les yeux au ciel en soupirant.

— Joël Kidd, rien n'est facile avec toi.

C'était un point difficile à contredire, alors il se contenta de frotter l'une contre l'autre ses mains pendantes.

— Viens te coucher, dit-elle encore en parcourant des yeux son T-shirt et ses jambes nues.

Il portait un caleçon et n'attendait qu'un encouragement pour l'enlever. Ce qui lui fournit une réponse aisée :

— Je devrais pouvoir supporter de passer la nuit ici.

Au lieu d'en profiter et de rassembler les couvertures autour d'elle, elle rejeta le drap et tapota le matelas.

— Fais-le ici.

Il aurait dû refuser. Il aurait dû répéter qu'ils avaient déjà poussé les choses trop loin. Il se le redit en traversant la pièce et en se glissant près d'elle.

Le matelas s'enfonça. Avant d'y réfléchir à deux fois, il la fit rouler sur le côté et glissa un bras sous sa taille. Elle avait le dos pressé contre son torse, et il fourra le nez dans ses cheveux.

— C'est bon.

Elle caressa le bras qui emprisonnait sa taille.

— Dors, Joël.

— Demain, il faudra que j'aille chercher Mark et Perry.

Elle se retourna, les cheveux étalés sur l'oreiller.

— C'est trop dangereux.

— C'est mon travail.

Levant la main, elle effleura rapidement sa joue.

— Tu pourrais attendre que le reste de l'équipe arrive.

— Ils ont peut-être besoin d'aide, et si c'est le cas, le temps joue contre eux.

— Mais tu penses qu'ils sont déjà morts ?

Il hésita, mais lui devait la vérité.

— Oui, je le crains.

Le tonnerre éclata au loin et la pluie frappa la vitre. Etre dehors par ce temps aurait été difficile pour un campeur expérimenté. Deux hommes d'affaires ramollis et sans expérience ne pouvaient s'en tirer. Ce qui ne lui laissait pas le choix : il faudrait partir dès le lever du soleil.

— J'irai avec toi, lança-t-elle.

— C'est hors de question, dit-il d'une voix rauque.

Le contact de ses doigts sur sa peau l'enflammait. Il avait envie de se jeter sur elle, mais il avait promis. C'était elle qui dictait les règles et il avait l'intention de les suivre. Même si cela le tuait.

Elle redressa la tête et lui offrit un léger baiser, puis se recoucha.

— Alors tu ferais mieux de dormir, parce que demain il faudra que tu affrontes une dispute.

Son côté espiègle… Il adorait ça.

— C'est une menace ?

Elle lui fit un clin d'œil, puis se retourna de l'autre côté.

— Tu verras bien dans quelques heures.

7

L'orage finit par s'éloigner mais, le lendemain matin, un petit crachin se mit à tomber. Le ciel était gris et brumeux. La température restait stable, tandis que l'humidité augmentait dans l'air, soulignant les odeurs de la forêt : herbes, conifères et terre, mêlées.

La scène était familière et confortable pour Hope, en dehors de l'humidité de ses vêtements. Elle s'épanouissait dans cet environnement. Elle avait aussi emporté le bon équipement. Assise sur un tronc d'arbre, elle portait un ciré dont elle avait relevé le capuchon, ignorant les gouttes de pluie qui lui picotaient le visage.

Elle serait bien restée à l'intérieur pour attendre l'heure du petit déjeuner, mais c'était compter sans Joël. Ou plutôt compter sans le fait qu'il soit parti.

— Le voilà. Enfin.

Cam se tenait près d'elle, fixant la végétation à droite des bungalows.

— Il arrive.

Cam était manifestement soulagé, et elle aussi. Joël était parti sans rien leur dire, se risquant à traverser le territoire du tireur. De toutes les idées stupides, celle-ci était vraiment la pire.

— J'aurais dû me douter qu'il s'esquiverait, ajouta Cam.

Elle poussa un long soupir et l'anxiété qui lui nouait l'estomac se relâcha. Elle allongea les jambes devant elle.

— Il a toujours été doué pour ça.

— Je ne sais pas ce qui s'est passé entre vous, poursuivit Cam en s'asseyant près d'elle et en imitant sa posture, mais il ne sort avec personne d'autre à Annapolis. Je ne l'ai jamais vu reluquer ou draguer des femmes, et pourtant, il en aurait eu l'occasion.

La mauvaise humeur de Hope revint en un éclair.

— Ça ne m'étonne pas.

— Ce que je veux dire, c'est qu'il attire l'attention, même si je ne le dirais jamais devant lui, parce que je fais tout mon possible pour lui faire croire qu'il est maladroit.

Hope s'efforça de ne pas sourire à cela.

— Bien sûr.

— Au moins, maintenant, je sais pourquoi il vit comme un moine.

Cette nouvelle remarque la laissa un peu sceptique. Même quand ils étaient ensemble, des femmes regardaient Joël et guettaient l'occasion de faire sa connaissance. Son corps musclé et son sourire ravageur, combinés à son teint mat et à l'éclat dur de ses yeux, faisaient que beaucoup de femmes se retournaient sur lui. Il ne semblait pas le remarquer, mais elle avait supposé qu'une fois libre il en prendrait conscience. Ce n'était qu'un exemple supplémentaire du fait que Joël réagissait à l'opposé de ses prévisions.

Cam poursuivit :

— D'une certaine manière, il est très compliqué, plein de contradictions et de frustration, et de l'autre, il est tout à fait transparent.

Comme quand il prenait ses jambes à son cou par peur de l'engagement affectif, songea Hope. Cet aspect de lui ne lui était que trop familier.

— Son père l'a bousillé, ajouta Cam en secouant la tête. Je n'avais pas compris à quel point.

Le regard de Hope se détacha de l'homme qui marchait vers eux pour se poser sur Cam.

— Il t'a parlé de son enfance ?

— La peur de la fin du monde que son père lui instillait. Les familles d'accueil. La séparation d'avec ses sœurs, sans jamais pouvoir renouer le lien.

Cam siffla.

— Parfois, je m'étonne qu'il puisse fonctionner, qu'il soit normal. Ne lui dis pas non plus que j'ai dit ça.

Hope était stupéfaite : Joël s'était ouvert de son enfance à Cam ? Il n'avait jamais dissimulé son passé, jamais répugné à se servir de ses techniques de survie, mais qu'il en ait parlé à Cam la surprenait. C'était une bonne nouvelle qu'il ait quelqu'un à qui se confier. De toute évidence, Cam n'était pas un simple collègue.

Mais ce dernier s'était servi du mot magique. « Normal. » Celui-là même que Joël adorait.

— C'est bien le problème.

Cam fronça les sourcils.

— Qu'est-ce que tu veux dire ?

Joël venait d'émerger de la dernière rangée d'arbres, pataugeant dans la terre détrempée. Ses pas hésitèrent une seconde, puis il se dirigea vers eux.

Elle baissa la voix.

— Il croit qu'il ne pourra jamais être *normal*.

— Alors il a besoin d'un bon coup de pied au…

— Qu'est-ce que vous faites là, tous les deux ? Vous ne devriez pas rester dehors.

Joël s'immobilisa près de Hope et survola la zone autour d'eux d'un air sévère.

— On attendait que tu reviennes, expliqua Cam.

— J'ai parcouru quelques centaines de mètres pour faire une petite reconnaissance, précisa Joël.

Hope étouffa un juron. Joël se comportait comme si s'éloigner n'avait rien de dangereux tant que c'était lui qui le faisait. Il n'avait pas de veste, et son T-shirt était trempé. Peu importait, apparemment, qu'un type soit par là, attendant de pouvoir leur tirer dessus de nouveau.

— Encore heureux que les balles ne puissent pas porter si loin, ajouta-t-il.

Hope leva les yeux au ciel. Comment aurait-il réagi si les rôles s'étaient inversés ?

— Je vais bien, la rassura-t-il.

Un remue-ménage s'éleva derrière eux : des pas et le lent grondement de voix masculines. Hope suivit le regard de Joël : Lance et Jeff s'approchaient du feu de camp. Visiblement, personne ne voulait rester à l'intérieur, en sécurité.

Difficile de prendre les deux hommes au sérieux, avec leurs capuchons tellement serrés que seule une partie de leurs visages était visible. Ils se comportaient comme si de l'acide tombait du ciel.

Elle ravala une plaisanterie en se levant. Jeff n'apprécierait probablement pas. Il avait apporté des tenues convenant davantage à l'alpinisme dans l'Himalaya qu'au camping dans un bungalow.

Des amateurs.

Joël fit un signe de tête aux nouveaux arrivants.

— Bonjour.

— Où est Charlie ? demanda Hope.

Une seconde plus tard, ce dernier apparut à quelque distance, portant une tasse fumante.

— Le petit déjeuner est presque prêt.

— Oubliez ça, lança Jeff.

Il jeta à l'assistance un regard noir.

— C'est quoi le plan ?

Joël ne bougea pas.

— Survivre.

En une fraction de seconde, Cam se leva et se plaça à côté de lui. Ensemble, ils constituaient un mur de virilité infranchissable, songea Hope.

Cependant, tout le monde n'avait pas saisi le message. Jeff décocha un regard furieux à Joël, comme il devait sans doute le faire avec ses assistantes.

— Je suis sérieux.

— Moi aussi, riposta Joël.

Jeff traîna son pied dans la boue, puis le posa sur le tronc. Peu lui importait manifestement que des gens s'assoient là.

— Votre synchronisation est intéressante.

La conversation s'enlisait, s'alarma Hope. Quelle que fût l'intention de Jeff, la tension était sur le point d'éclater, comme l'orage de la veille. L'homme ne cessait de taquiner la bête, et tôt ou tard, Joël allait se déchaîner. Il était en mesure de faire passer Jeff pour un crétin, et Hope craignait la confrontation qui ne manquerait pas de s'ensuivre.

— De quoi parlez-vous ? questionna Joël en écartant les pieds et en croisant les bras derrière le dos.

— Vous arrivez et Mark disparaît. Maintenant, vous prétendez avoir entendu des coups de feu.

Joël haussa un sourcil.

— Prétendez ?

Hope en avait assez de ces absurdités.

— C'est bien arrivé. J'étais là.

Jeff ne lui accorda pas un regard.

— Je dis seulement qu'il y a des moyens plus faciles de mettre une femme dans son lit.

Joël fit un pas en avant, l'air menaçant.

— Ça suffit !

Cam le retint par le bras.

— Vous dépassez les bornes, Jeff. Excusez-vous, dit Charlie au même moment.

Mais Jeff n'avait pas fini. Visiblement échauffé par sa théorie, il se redressa et croisa les bras devant lui.

— Mark vous a peut-être devancé ? Il vous mettait des bâtons dans les roues ? Après tout, sa dispute avec Hope était plutôt explosive. Je me demande s'il n'y avait pas autre chose derrière toute cette colère.

Hope se retenait avec peine de lui envoyer un coup de poing en pleine figure.

— Vous feriez mieux de vous taire.

Joël hocha la tête.

— Ecoutez ce que dit la dame.

Jeff écarta les bras.

— Vous allez m'y forcer ?

— Bon sang, quel crétin ! marmonna Cam en secouant la tête.

— Ah, vraiment ?

Avant que Jeff puisse bouger, Charlie abattit une main sur son épaule.

— Asseyez-vous.

Jeff se dégagea.

— Pourquoi devrais-je vous écouter ?

— Parce qu'il est évident que Joël peut vous neutraliser en une seconde, et parce que je connais la vérité.

Charlie prit une longue gorgée de sa boisson, faisant durer le suspense.

— Mark et vous, vous vous êtes drôlement accrochés après l'incident du revolver.

Une information qui se serait révélée utile la veille, estima Hope. Cela aurait aussi diminué son sentiment de culpabilité. Confisquer l'arme était la chose à faire mais, depuis, elle était assaillie par le doute. Elle aurait peut-être dû se montrer moins catégorique ou prendre Mark à part. Elle avait toujours pensé que les démonstrations de force coupaient court aux idioties, mais peut-être avait-elle fait une erreur cette fois.

— A quel propos Mark et Jeff se sont-ils accrochés ? demanda-t-elle, sans chercher à dissimuler sa fureur.

— Rien qui vous intéresse, riposta Jeff.

S'éloignant du groupe, il recula et regarda autour de lui comme un animal acculé.

— C'est dingue, fit-il. Charlie ne fait que la protéger.

— J'ai un prénom, je vous rappelle : Hope.

Ce type ne comprenait rien. Ses collègues avaient disparu, ce n'était pas un jeu.

— Que s'est-il passé ? insista-t-elle.

Charlie haussa les épaules.

— Je n'entendais pas ce qu'ils disaient, mais il y avait des cris et des coups.

Lance était resté silencieux, observant cet échange avec un froncement de sourcils. Il entra soudain en mouvement et repoussa Jeff de la main.

— A propos de quoi ?

— Ne me touche pas.

Plus les minutes passaient, plus Jeff paraissait détestable, conclut Hope. Il se comportait comme un enfant gâté, tout simplement parce que ni Joël ni Cam n'avaient l'air prêts à intervenir.

Elle se décida à le faire.

— Ça suffit, les gars !

Avant même la fin de sa phrase, des coups de feu résonnèrent dans l'air brumeux.

— Tout le monde à terre ! hurla Joël en plongeant vers Hope.

Mais Lance l'avait devancé et avait renversé Hope. Leur vol plané se termina par un choc sourd, arrachant à Hope un hoquet. Pour se mettre à l'abri, elle rampa à quatre pattes et s'aplatit derrière le tronc couché.

A moitié couché sur elle, Lance se redressa pour tirer la manche de Jeff, figé sur place, et pour l'attirer dans la boue à côté d'eux.

D'autres coups de feu résonnèrent. Du verre se brisa quelque part et une balle se ficha dans le tronc, tout près de la tête de Hope. Des éclats de bois volèrent.

Il y eut des cris et l'odeur âcre de la poudre flotta jusqu'à ses narines. L'air était rempli de fumée.

Puis Joël fut à son côté. Il survola son corps des yeux et s'accroupit avec Cam autour du groupe, en guise d'écran protecteur. Seul Charlie s'était éloigné en direction des bungalows.

Les bruits se mélangaient et allaient crescendo, comme un roulement de tonnerre. Tout semblait s'entrechoquer et l'estomac de Hope se souleva.

Pour se stabiliser, elle agrippa le dos du T-shirt de Joël. Elle aurait préféré le tirer en arrière pour le mettre hors de portée des balles, mais le toucher valait mieux que rien.

En un clin d'œil, tout s'arrêta. Plus d'explosion ni de mouvement. Le silence retomba.

Le vent soufflait dans les branches, mais le rugissement dans ses oreilles avait cessé. Hope resserra sa prise sur le T-shirt de Joël tandis que ses sensations revenaient. Elle distingua la lourde respiration de Lance, au-dessus d'elle. Jeff gémissait à l'arrière-plan. Au moins, il avait cessé d'appeler sa femme.

Un grincement métallique se fit entendre et Hope se tourna légèrement. Charlie se tenait sur le seuil du bungalow, à moitié caché par un pilier, un fusil dans les mains. D'où sortait-il cette arme ? se demanda-t-elle.

— Bon, prenons le pas de course avant que nos amis reviennent, lança Joël.

Il contempla le petit groupe.

— Il faut faire rentrer tout le monde.

Cam hocha la tête et contourna le tronc pour relever Jeff.

— Allez vous réfugier dans le bungalow de Hope. Ne vous arrêtez pas.

Un silence étrange régnait entre les arbres. Hope n'avait qu'une envie, se précipiter à l'intérieur. Mais elle ne pouvait pas, car Lance pesait sur sa jambe.

— Il faut y aller, murmura-t-elle.

Elle le toucha à l'épaule, s'efforçant de lui faire abandonner sa position recroquevillée, mais il ne bougea pas.

— Ça va, maintenant. Vous pouvez vous redresser.

Joël s'impatientait.

— Cam, fais-les rentrer.

Hope sentit alors la panique la poignarder et lui nouer les entrailles.

— Lance ?

Son ton dut alerter Joël, car il tourna les yeux dans sa direction.

— Qu'est-ce qui se passe ?

Hope posa une main sur l'épaule de Lance et le secoua. Toujours rien. Elle retira sa main : ses doigts étaient tout rouges. Elle pâlit et leva les yeux vers Joël.

— Du sang.

Tony n'avait pas apprécié sa conversation avec Connor Bowen et n'avait aucune envie de renouveler l'expérience. Dès le moment où le patron de Corcoran avait quitté ses bureaux, il avait mené une enquête au pied levé.

Cela payait de savoir qui se trouvait de l'autre côté de la table et d'être préparé. Tony l'avait toujours été, mais il n'avait pas compté sur ce type. Il s'attendait que Hope ait des relations, grâce à son père, mais la rumeur voulait qu'elle se consacrait uniquement à l'alpinisme et piétinait depuis qu'elle avait gâché cette carrière.

Mais ce n'était qu'une partie de l'histoire, comme il l'avait compris. Apparemment, elle connaissait des hommes de pouvoir dans des lieux dangereux. Des hommes qui ne savaient pas quand battre en retraite.

Connor Bowen travaillait dans le renseignement, et son dossier avait l'éclat artificiel des fausses cartes d'identité. Tony aurait parié que lui et son équipe s'occupaient d'opérations top secret. Cela faisait d'eux un terrible boulet.

Tony fixa la porte fermée de son bureau et réfléchit à son prochain mouvement. Il avait investi trop de temps et d'énergie pour se contenter de cette situation incertaine.

C'était en se montrant impitoyable qu'il avait forgé sa réputation. Il entrait dans une société, faisait des coupes claires dans les effectifs et les frais organisationnels, mais n'obtenait que rarement le crédit qui lui revenait. Sa carrière l'avait conduit à changer fréquemment de société, tout en essayant de contenter une série de conseils d'administration.

Mais ce poste était idéal. Qu'il affiche la bonne croissance, et ce bureau gigantesque resterait à lui. Une fois fermement installé aux commandes, à lui les salaires impressionnants et les énormes bonus.

Un coup sec, et la porte de son bureau s'ouvrit. Autemps pour son équipe de champions et les mesures mises en place pour empêcher quiconque d'entrer sans son autorisation ! Connor avait réussi d'une manière ou d'une autre à briser le protocole après sa première visite.

Cela ne signifiait qu'une chose, songea Tony. Il devait se débarrasser de ce pseudo-détective, et vite.

Il ne lui donna pas la satisfaction de relever son entrée en force.

— Vous voilà.

De son côté, Connor ne se donna pas la peine de proférer des banalités.

— J'ai des questions à vous poser.

Tony n'avait pas l'intention d'y répondre.

— Où est votre assistant ?

— Mon bras droit, plutôt.

Tony se renversa dans son fauteuil et caressa le cuir lisse des accoudoirs.

— Il y a une différence ?

Connor balaya rapidement la pièce des yeux. Son regard vagabondait, mais il ne bougeait pas.

— Davis est au bureau, il travaille sur l'affaire.

— L'affaire ?

— Oui.

— Et vous allez rester longtemps en ville ?

Tony était prêt à le fourrer dans un taxi pour qu'il retourne à Annapolis.

— Aussi longtemps qu'il le faudra, répliqua Connor.

— Comme c'est intéressant.

Connor était passé de la vigilance à une posture agressive, remarqua Tony. Son costume sombre ne trompait pas. Tony savait reconnaître un guerrier. Ce type pouvait tout gâcher. Il allait fouiner et creuser, il ne pouvait pas le laisser faire.

— J'ai pensé que vous pourriez me donner quelques renseignements sur vos hommes, lança Connor.

Il avait du culot, Tony devait lui reconnaître ça, mais sa requête, si c'en était bien une, ne serait pas satisfaite.

— Des renseignements ?

— Noms, postes, carrières, personnalités…

En dehors de ses battements de paupières, il ne bougeait toujours pas.

— … tendances aux problèmes.

Tony tapota l'accoudoir du bout des doigts en feignant un léger désintérêt. Mais, intérieurement, il passait en revue les façons de mettre fin à cet échange.

— Tout cela commence à ressembler à un interrogatoire.

— Si vous préférez le considérer comme ça, je n'ai rien contre.

Son ton égal ne faisait qu'ajouter à la menace sous-jacente.

— Et vous outrepassez largement vos droits, insista Tony.

— C'est *votre* cadre qui a disparu.

Et quelle pagaille cela avait déclenchée !

— Je vous ai laissé m'inquiéter la dernière fois, mais ce n'est rien. Mark s'est éloigné du camp. Ce n'est pas une raison suffisante pour fouiller dans les vies privées.

Connor plissa les yeux.

— Pourquoi dites-vous cela ?

— Parce que ce n'est pas votre affaire où ils…

— Je veux dire à propos de Mark. Pourquoi pensez-vous qu'il s'est égaré ?

— C'est l'explication la plus logique.

C'était le plan originel. Simple et sans complications. Sauf que tout avait raté et que Tony devait affronter le mauvais temps, Rafe qui hurlait au téléphone à des milliers de kilomètres et cet homme, dans son bureau, qui voulait se précipiter là-bas.

— Je vous ai dit qu'il y avait eu des coups de feu.

— J'en doute, dit Tony. S'il y avait eu un incident, tout le monde serait sur place, la police, les gardes-forestiers… On m'appellerait et ça passerait aux informations. Vous voyez, monsieur Bowen…

— « Connor » suffit.

— Connor alors…

Tony aurait préféré ne pas devenir si familier.

— … c'est avec de la patience que j'ai redressé cette société. Je ne suis pas du genre à céder à la panique.

— Vous croyez que c'est mon cas ?

— Techniquement, la panique des autres n'est-elle pas votre fonds de commerce ?

Tony continuait de tambouriner contre le fauteuil, en inspirant à chaque tapotement. Il s'efforçait de ralentir les battements de son cœur et de contrôler sa respiration. Inutile de montrer son émotion.

— Ecoutez, Mark aime frimer, reprit-il. Il n'était pas ravi à l'idée que ce soit une jeune femme qui dirige la retraite.

— Comme c'est évolué de sa part.

— Mon hypothèse est que son ego est blessé et qu'il s'efforce de trouver une manière raisonnable de sauver la face et de revenir au camp.

— C'est tout ?

— Pardon ?

— Vous avez fini ?

Cette fois, Connor se mit en mouvement. Il planta les poings sur le bord du bureau et plongea le regard dans les yeux de Tony.

— Alors laissez-moi vous parler de mes hommes. Ils ne sont pas du genre à céder à la panique. Ils savent aussi à quoi ressemblent des coups de feu, parce que ce sont des experts. Quand ils lancent un appel, c'est parce que quelque chose de grave se passe.

— Donc, vos hommes vous impressionnent. Où voulez-vous en venir ?

Connor se redressa.

— Je vais décoller dès que le temps s'améliorera.

— C'est une perte de temps et d'argent.

— Peut-être, mais ce sont mes hommes.

— Pas vraiment puisque ce sont mes cadres qui sont là-bas.

Tony devait les faire revenir sans encombre et sans les laisser répondre à des questions s'il pouvait l'éviter. Mais Connor allait manifestement lui mettre des bâtons dans les roues.

— Je vous suggère de laisser les choses en l'état. J'ai payé pour un certain nombre de jours, et je veux qu'ils restent là-bas pour développer leurs relations, y compris Mark, qui réapparaîtra bientôt.

— Tout en se faisant tirer dessus.

— Je pense que nous avons déjà évoqué cette question.

Avant d'en savoir davantage sur les tenants et les aboutissants des coups de feu, Tony préférait éviter le sujet.

— Bien, conclut Connor.

Loin d'être soulagé, Tony fut plus inquiet encore.

— Vous y allez quand même ?

— Je dois évacuer mes hommes.

Ce complexe de superman allait tout gâcher, Tony le pressentait.

— J'imagine que c'est à vous d'en décider.

Connor hocha la tête.

— Je vous ferai savoir ce qu'a dit Mark.

— C'est-à-dire ?

— Quand je le trouverai, je le ferai parler. Parce que, *Tony*, je le trouverai. C'est mon métier.

8

Après une course éperdue, Joël referma la porte du bungalow de Hope. Tout le monde s'y pressa, à bout de souffle et sous le choc. Lance était blessé. Mais Joël avait craint le pire : que Hope le soit. Le claquement des balles lui avait enlevé au moins vingt ans de vie.

Il ordonna à tous de passer dans la salle de bains et de mettre des vêtements secs. Il avait assez de soucis comme ça, sans que quelqu'un prenne froid.

Il intima également à Jeff de rester près de la porte et de monter la garde. Ça l'occuperait plus intelligemment que de marmonner sur la nécessité de trouver un autre emploi.

Puis il s'occupa de Lance. Le coup de feu avait fait davantage que l'érafler, mais pas beaucoup plus. Cependant, Lance n'arrêtait pas de s'agiter et Joël avait bien du mal à le suturer. A croire qu'il n'avait jamais été blessé auparavant, pesta Joël intérieurement. Il ne cessa de lui parler pour tenter de le calmer.

Une fois que le dernier point fut enfin noué, il laissa tomber le tampon sanglant dans une petite poubelle à ses pieds, puis déroula un pansement propre autour du bras de Lance.

— Vous avez eu de la chance.

Lance sursauta.

— Nous avons sans doute des définitions différentes du mot « chance ».

— Je ne parle pas du fait que vous vous soyez évanoui pour une petite éraflure.

Bon, peut-être en avait-il parlé.

— J'ai cru que j'étais mort, protesta Lance.

La peur que Hope reçoive une balle avait presque terrassé Joël. Bien qu'il ne souhaite de mal à personne, il n'était pas mécontent que ce soit Lance qui ait été touché à sa place.

Il était sur le point de le remercier d'avoir protégé Hope quand cette dernière les interrompit :

— Il n'y a pas de mal à pleurer quand on est touché.

— Je n'ai pas pleuré, bougonna Lance.

— Parce que vous étiez inconscient, intervint Cam, posté près de la fenêtre.

Joël rit doucement. Il aurait pu passer le reste de sa vie sans revoir Jeff le geignard, mais il aimait bien Lance. Quant à Charlie, c'était une énigme. Il ne savait que penser de ce type.

Quand Lance posa les yeux sur le pansement blanc où perçait un peu de sang, il devint tout pâle. Joël s'empressa de le rassurer pour qu'il ne s'évanouisse pas de nouveau.

— La balle a transpercé la chair, mais elle n'a pas fait de dégâts importants.

— Ça fait un mal de chien…

— J'ai des analgésiques, annonça Hope.

Elle s'accroupit pour tirer son sac de sous le lit.

— Ça vous fera du bien.

Joël désigna Jeff.

— A vous.

L'autre s'immobilisa.

— Je n'ai pas été touché !

— Je voulais dire : à vous de parler.

Hope darda un regard noir sur Joël.

— Ce n'est peut-être pas le bon moment pour bavarder.

Joël prit sur lui afin de ne pas exploser.

— Quelqu'un nous tire dessus, et nous avons deux hommes perdus sous ce temps abominable. Donc, si Jeff sait quelque chose, il est temps qu'il nous le dise.

— Je ne sais rien.

Hope se releva et prit une bouteille d'eau. Mais elle n'avait pas quitté Jeff des yeux.

— Pourquoi vous êtes-vous disputé avec Mark ?

— Ça n'a rien à voir…

Jeff poussa un soupir en se passant la main dans les cheveux.

— C'était une histoire de boulot.

— A propos de quoi ? intervint Lance.

Jeff parut se tasser sur lui-même.

— A propos de ses réunions en tête à tête avec Tony…

— Qui ? questionna Cam.

— Tony Prather, le P-DG de Baxter, soupira encore Jeff. J'avais l'impression que Mark jouait double jeu. Qu'il passait par-dessus ma tête.

— Mark n'est-il pas placé au-dessus de vous dans la hiérarchie ? demanda Hope. C'est le vice-président, pas vous.

On pouvait compter sur elle pour souligner les points importants, songea Joël. Il aurait aimé le faire à sa place.

— C'est exactement ma question. Jeff ?

— J'avais des idées sur le positionnement de la compagnie. L'un des départements avait eu un mauvais trimestre, mais il semblait repartir et je voulais capitaliser sur cet essor.

Jeff s'adossa au mur et renversa la tête.

— J'ai transmis quelques notes à Mark, il les a étudiées et, tout à coup, il a commencé à avoir ces réunions privées avec le patron.

Joël se représentait bien la chose. Jeff, avec son ego surdimensionné, ne pouvait accepter d'être écarté. Il voulait profiter du moindre crédit qu'on pouvait lui accorder.

— Et cela vous a hérissé.

Jeff balaya la pièce du regard.

— Ça ne vous aurait pas fait pareil ?

— Sais pas, vu que je n'ai jamais travaillé dans un bureau, répondit Cam.

Joël prit une bande dans la trousse de premiers secours, en méditant les remarques de Jeff. L'homme venait de leur donner un mobile. Espérer grimper dans la hiérarchie à la vitesse de la lumière, envier les avantages et les titres. Voir quelqu'un d'autre s'en emparer pouvait porter un coup brutal à l'ego de quelqu'un comme lui.

Joël se tourna vers Hope, en quête de son avis. Elle avait de bons instincts. Mais elle se tenait près de Cam, regardant par la fenêtre au lieu d'observer Jeff. A quoi pensait-elle ?

— Cam, tu peux venir une seconde ?

— Bien sûr.

Les deux hommes se croisèrent au milieu de la pièce et échangèrent arme contre bandage. Le temps que Joël arrive près de la fenêtre, Hope s'était placée devant, en pleine vue. Une cible parfaite. Avec ses cheveux humides tirés en queue-de-cheval et son T-shirt blanc, elle ressortait parmi le groupe.

Sans en faire une histoire, il l'éloigna de la ligne de feu et baissa la voix.

— Ça va ?

— Tu te débrouilles bien avec la trousse de secours.

Elle avait esquivé la question, mais il décida de laisser couler.

— Un des nombreux talents exigés par mon père.

— Il t'a fait beaucoup de mal mais, de temps en temps, il en ressort quelque chose de positif.

— Tu cherches toujours le bon côté des choses, toi.

Joël se souvenait de chaque minute de son dernier jour en famille : les services de protection de l'enfance qui emmenaient ses sœurs, la confrontation avec la police, le coup de feu tiré par son père et qui l'avait finalement conduit en prison… Alors il était réaliste. Il n'y avait rien eu de bon dans son enfance, que ce soit avant ou après la ruine de la famille Kidd.

Hope se mordit la lèvre.

— Oui, j'espère toujours le trouver.

— Ce n'est pas une tâche facile, commenta-t-il.

Visiblement, elle essayait de comprendre. Elle écoutait et secouait la tête aux bons moments.

Quand il lui avait raconté certains épisodes de son existence, la peine dans ses yeux était authentique et confinait à la pitié. Joël détestait cela. Il méprisait la pitié. Connor, Cam et les quelques personnes qui connaissaient des fragments de sa vie essayaient aussi de le raisonner mais, à moins d'avoir vécu ça, on ne pouvait pas vraiment comprendre.

Hope avait grandi dans un foyer aimant, avec un père qui l'adorait. Tout n'avait pas été rose, bien sûr. Sa mère était morte d'un cancer alors qu'elle n'était encore qu'une petite fille. Mais Hope n'avait jamais eu à s'inquiéter de manquer de nourriture ni à s'entraîner à échapper à la police. Elle aimait son père. Joël avait été témoin de leur relation, qui frisait la surprotection mais était d'une solidité à toute épreuve.

Il reprit :

— Si mon père avait su que j'utiliserais mes compétences pour servir une agence gouvernementale, il m'aurait abattu sur place.

C'était cela la menace : *Déçois-moi et tu mourras.*

Hope se raidit.

— Tu ne plaisantes pas ?

— Si seulement je pouvais.

Elle s'était rapprochée de lui, ce qui mettait de nouveau sa tête dans la ligne de mire, et il la repoussa sur le côté.

— Tu ne dois pas rester là.

Elle le regarda, puis fixa de nouveau la fenêtre. La pluie et le vent avaient repris de plus belle.

— Qu'est-ce que tu regardes ? demanda-t-il.

— Tu connais la notion de trajectoire en balistique, n'est-ce pas ?

— Bien sûr.

— Pour perfectionner mon tir à l'arc, j'ai étudié la trajectoire de mes flèches. D'abord, j'ai modifié ma posture et fait toutes sortes de calculs pour me représenter la bonne distance de tir, puis j'ai acquis un programme informatique élaboré. C'est comme ça que j'ai compris que je visais trop haut, et que la chute…

Elle sourit.

— Tu devrais voir ton expression.

— Reconnais que c'est une drôle de conversation quand nous sommes coincés dans ce bungalow…

Il se plaça devant elle et leva ses jumelles pour survoler la zone.

— C'est vrai, mais ma conclusion, c'est que la blessure d'entrée de Lance est plus haute que sa blessure de sortie.

Elle dessina un schéma sur la buée de la vitre.

— Nous étions par terre et la balle est arrivée d'en haut, alors l'angle n'est pas surprenant, mais il est trop grand.

La lumière éclairait ses yeux et l'excitation montait dans sa voix, remarqua Joël. L'énergie qui émanait d'elle était contagieuse, mais il n'était pas encore certain de comprendre.

— Et tu en conclus quoi ?

— Je pense que les coups de feu venaient non pas de quelqu'un qui était au même niveau que nous, mais de quelqu'un qui se tenait dans les arbres. La trajectoire était aussi haute que ça.

Son commentaire resta suspendu dans l'air. Même Cam leva les yeux, tout en finissant de bander le bras de Lance. Jeff était le seul qui avait manqué la conversation. Il était occupé à prendre la place de Charlie, qui venait de sortir de la salle de bains, vêtu d'une tenue tout aussi fripée que celle qu'il venait de quitter.

Hope avait ciblé les éléments importants. Comme d'habitude, elle avait trouvé une voie au milieu de la confusion et découvert une explication raisonnable. Elle était vive et futée, et ne s'en cachait pas. C'était ce qu'il aimait chez elle. Bien sûr, il aimait presque tout chez elle.

Pourtant, il voulait quand même s'assurer d'avoir tout saisi.

— Donc, tu dis que le type s'est posté sur une branche pour nous tirer dessus ?

— Il y a une forte probabilité que les coups de feu soient venus d'en haut, mais cela ne répond pas à toutes les questions.

— D'accord.

— Si j'ai raison sur sa position, le tireur aurait pu nous abattre un par un, parce que nous étions vraiment vulnérables.

Elle pointa le doigt vers le schéma esquissé sur la vitre.

— Ça nous laisse avec un problème encore plus vaste.

Exactement ce dont ils avaient besoin, conclut Joël : encore plus de problèmes.

— C'est-à-dire ?

— Ni Perry ni Mark ne sont du genre à grimper aux arbres.

Joël ne les connaissait pas, mais il faisait confiance à l'opinion de Hope. Lui-même savait grimper à un arbre, et Hope le faisait sans doute plus vite que lui, ce qui n'était pas peu dire. Mais cela ne voulait pas dire que deux hommes d'affaires qui passaient la plupart de leur temps assis à un bureau pouvaient y arriver. Il existait une faible possibilité que l'un des hommes présents dans le bungalow feigne l'impuissance et soit capable de tirer depuis un arbre, mais Joël en doutait.

— Donc, on parle d'un type sorti de nulle part, qui s'amuse à tirer pour le plaisir.

Il décocha un regard à Cam. L'expression sombre de celui-ci reflétait ses propres pensées : c'était le pire scénario possible. Un risque pur, un élément hors de contrôle.

Lance émit un bruit étranglé, mais ne dit rien.

— Malheureusement, cette théorie débouche sur d'autres questions, ajouta Hope. Je veux dire, comment ce type sorti de nulle part a pu redescendre sans que Cam ou toi le voyiez ?

Joël se demandait la même chose. Il y avait des explications possibles, mais aucune d'elles n'était vraiment convaincante. Cam et lui étaient bien entraînés et en alerte maximale.

— Il pleuvait et on nous tirait dessus, avança Cam à l'autre bout de la pièce.

— Et vous jouiez les boucliers humains, murmura Hope.

Puis elle reprit à voix haute :

— Tout ce que je dis, c'est que c'est quelqu'un qui peut grimper à un arbre avec une arme et en redescendre ni vu ni connu… S'il avait voulu vous tuer, il vous aurait tués.

Charlie cessa de se sécher les cheveux avec sa serviette.

— De quoi parlez-vous ?

Hope l'ignora et s'adressa à Joël.

— Il avait l'avantage dans cette position. A sa place, tu n'aurais eu aucun mal à atteindre ta cible.

— Toi non plus, remarqua-t-il.

Hope était la femme la plus douée qu'il ait jamais rencontrée.

— Où est-ce que ça nous mène ? demanda Cam.

Joël lutta contre la tentation de traiter immédiatement le problème. Il avait seulement besoin que la pluie s'arrête cinq minutes pour pouvoir mettre la théorie de Hope à l'épreuve.

— A beaucoup d'autres questions, et à quelque chose à faire dès que la tempête se calmera.

Hope plissa les yeux.

— C'est-à-dire ?

— Sortir et inspecter les lieux.

Deux heures plus tard, la pluie s'était transformée en averse régulière, mais le ciel s'était éclairci et le vent était tombé. Tandis que Charlie montait la garde sous la véranda, un fusil à la main, Hope s'aventura au-dehors avec Joël et Cam.

Ils avaient voulu la persuader de rester à l'intérieur, mais elle avait refusé. Et parce qu'elle menaçait de les suivre tout de même, ils avaient fini par céder et l'avaient emmenée.

Marchant de front, Hope encadrée par les deux hommes, ils pénétrèrent dans la zone boisée, en restant toutefois à portée de voix des bungalows. Joël et Cam étaient armés. Hope portait les jumelles, mais avait aussi un pistolet et son couteau à portée de main.

Ils arrivèrent à proximité de l'arbre le plus facile à escalader.

— Rappelle-moi pourquoi on fait ça ? lança Cam.

— Une intuition, répondit Hope.

C'était tout ce qu'elle avait, mais elle avait calculé les angles et examiné les possibilités : celle-ci était la plus logique.

— Une intuition dangereuse, observa Cam.

— Pas si Hope a raison, nuança Joël.

Ils s'immobilisèrent au pied de l'arbre, et Joël tapota l'écorce.

— C'est pour ça qu'il fallait que je vienne aussi, assena Hope.

Peu importait ce qu'ils pensaient, elle n'allait pas se contenter de regarder.

— Je vais grimper.

— Pas question, grogna Joël.

— Vous deux, vous montez la garde pendant que je…

Joël l'interrompit et s'empara des jumelles, qu'il passa autour de son cou. Puis il bondit pour s'agripper à la branche la plus basse. Dans le mouvement, son T-shirt remonta, exposant son ventre plat. Opérant un rétablissement impressionnant, il disparut en quelques secondes, laissant Hope bafouiller.

Cam se mit à rire.

— Il est rapide quand ça lui prend. Et il est assez malin pour savoir que tu te débrouilles sans doute mieux que lui, et qu'il fallait qu'il te coiffe au poteau.

La voix de Joël retentit au-dessus d'eux :

— Mieux vaudrait moins parler, étant donné qu'on nous surveille peut-être en ce moment même.

Devant ce rappel à l'ordre, Hope serra les dents. Elle avait refoulé sa peur en insistant pour tout gérer.

Quant à Cam, cet avertissement l'incita à pousser Hope contre l'arbre et à lui faire écran de son corps. Le gilet pare-balles que Joël l'avait obligée à enfiler avant de sortir du bungalow ajoutait une couche de protection. Si quelqu'un se mettait à tirer, Cam serait abattu. Cette simple idée lui souleva l'estomac.

Elle s'éclaircit la gorge et leva le nez en l'air. Des gouttes de pluie lui tombaient sur le visage, coulant sous son capuchon et dans ses cheveux.

— Tu vois quelque chose ? demanda Cam.

Depuis sa position, elle distinguait un bout de jean bleu et l'arrière des chaussures de Joël. Sa voix résonna au loin, étouffée par la pluie.

— S'il ne pleuvait pas des cordes, ce serait plus facile.

Son grognement leur parvint nettement.

Cam montait la garde, le dos pressé contre elle.

— Parles-en à un autre département !

Joël se déplaça : il se maintint en équilibre sur une branche, tourné vers l'épaisseur de la forêt, observa Hope.

Elle réprima sa panique. D'autres auraient pu chanceler ou glisser, pas Joël. Il aurait pu vivre là-haut, s'il l'avait fallu.

Il leva les bras, pour examiner les alentours avec ses jumelles, comprit-elle.

— Je veux les mêmes !

— On t'en donnera, ricana Cam.

— Attendez, cria Joël.

— Quoi ?

Elle leva les yeux et Cam fit de même.

— Il y a quelque chose dans les arbres à une dizaine de mètres !

Hope ne se tenait plus d'impatience. Elle serra les poings pour s'empêcher de bouger.

— Quelqu'un ?

— Une sorte de châssis.

Elle secoua la tête, car le martèlement constant de la pluie l'obligeait à parler plus fort.

— Je ne comprends pas.

— Une plate-forme et un trépied pour arroser automatiquement la zone, ou pour tirer avec un viseur.

Cam lui jeta un regard, puis reprit sa surveillance.

— Il n'y a peut-être personne en ce moment, mais ce châssis ne s'est pas construit tout seul, poursuivait Joël.

— Ce qui nous ramène au fait que tout le monde est suspect, conclut Hope.

Si c'était un des hommes d'affaires, elle savait au moins quelque chose sur leur agresseur. En revanche, l'idée d'un tireur solitaire la terrifiait. Cela suggérait quelqu'un d'expérimenté, et cela mettait Joël et Cam en danger, car ils protégeraient les autres de leurs corps si on en arrivait là. La pensée de voir Joël abattu la mit presque à genoux.

— Attention !

Un fracas de branches suivit l'avertissement. Joël s'était laissé tomber et atterrit en pliant légèrement les genoux, comme s'il avait fait cela toute sa vie.

Il y eut soudain un choc sourd et les jumelles tombèrent dans la boue. Hope pivota sur elle-même, le cœur battant, cherchant le danger qui l'avait alertée.

Mais sa vue se brouilla.

Joël la fit passer derrière lui et leva son arme, puis il agrippa Cam par l'épaule. Tous deux se tournèrent vers les bungalows, en position derrière les arbres.

Hope resta accrochée à Joël, les doigts passés dans sa ceinture.

— Mains en l'air, hurla Joël en direction du dernier bungalow.

Hope jeta un regard par-dessus son épaule : il n'y avait rien d'autre que le feuillage, les branches et la pluie. Rien ne bougeait, aucun bruit. Elle était sur le point de demander ce qui se passait quand un petit arbre se courba. Ce n'était pas le vent qui l'avait fait bouger. Une ombre se déplaçait.

— Sortez, ou nous faisons feu !

Joël repoussa Hope derrière l'arbre, tout en faisant signe à Cam de couvrir l'autre côté.

— Vous avez trois secondes !

Hope se déplaça et épia la scène depuis l'autre côté de l'arbre. Apparut alors une silhouette assez trapue, qui trébuchait.

— Joël, je crois que…

— Un…, commença à compter Joël.

— Un animal, peut-être ? suggéra Cam.

— Deux…

Sans un bruit, la silhouette s'effondra, le torse dans la clairière et le reste du corps dans l'ombre. Les bras étendus, un polo vert familier. La pluie dégoulinait sur son visage tourné vers eux.

Hope allait s'élancer mais Joël la retint par le bras.

— Attends.

Cam laissa retomber ses épaules et baissa son arme.

— Qu'est-ce que…

Hope bafouilla :

— C'est… Perry.

9

Ils avaient dormi ensemble plus souvent qu'il ne s'en souvenait, mais quand il pénétra le soir dans l'étroit bungalow, Joël se fit l'effet d'être trop grand.

— Au moins, ça sent meilleur qu'il y a dix minutes.

Hope sourit en le regardant.

— Qui aurait cru qu'une bougie était aussi efficace ?

Les hommes étaient partis. Entraînant Lance et Jeff avec lui, Charlie avait pris le bungalow voisin. De l'autre côté, Cam veillait sur leur nouveau patient et montait la garde.

Perry n'avait pas repris conscience assez longtemps pour répondre à leurs questions. Une vilaine entaille à l'arrière de son crâne suggérait une chute ou un coup. Joël misait sur le dernier.

Ils l'avaient pansé et Cam s'était engagé à le réveiller quelques heures plus tard, pour vérifier s'il ne souffrait pas de commotion cérébrale.

En dehors de cela, Perry portait les mêmes vêtements que le soir de la dispute entre Mark et Hope.

Chaque fois que Joël se disait qu'ils avaient affaire à un conflit professionnel entre Mark et Perry, l'existence de la plate-forme le frappait de nouveau. Comment l'un des deux hommes aurait-il pu bâtir cela ? Sans parler de l'équipement nécessaire. Hope disait qu'elle avait fouillé les bagages… Bien sûr, Mark avait apporté une arme, alors peut-être n'était-ce pas impossible, conclut Joël.

Jetant un dernier regard alentour, il referma la porte. Il pleuvait toujours, mais le vent avait cessé de fouetter les arbres.

De nouveau, il joua avec l'idée de conduire le petit groupe à l'hélicoptère, mais l'obscurité et l'irrégularité du terrain l'en dissuadèrent. La dernière chose dont ils avaient besoin c'était un autre blessé.

— Des nouvelles de Perry ? s'enquit Hope.

Elle rassemblait les draps et la couverture, puis les jeta sur le plancher : ils étaient tachés de boue et de sang après qu'ils y avaient eu allongé Perry.

— Il est toujours dans les vapes.

S'efforçant en vain de ne pas se représenter Hope au lit, Joël s'éloigna le plus possible d'elle.

Il aurait dû l'aider à défaire et à refaire le lit, mais ce côté de la pièce appelait les ennuis. Malgré le danger qui rôdait autour d'eux, Joël avait envie d'elle et sa maîtrise de lui-même était au plus bas.

Tout en ouvrant le sac de couchage et en l'étalant sur le matelas dénudé, Hope questionna :

— On risque de le perdre pendant la nuit ?

Joël décida de lui donner la version la moins effrayante.

— Cam reste avec lui. C'est la commotion qui nous inquiète. Il a reçu un gros coup à la tête.

— Il s'est peut-être perdu, et l'insolation…

— Non.

Joël ne voulait pas la laisser se raconter des histoires. Il fallait qu'elle soit sur ses gardes, au cas où le pire des scénarios s'imposerait.

— Quelque chose l'a heurté. Ou bien il est tombé, ou il a été frappé.

L'expression de Hope se durcit.

— Où est Jeff en ce moment ?

— Dans la même chambre que Lance et Charlie.

Joël comprenait sa réaction, car il soupçonnait aussi le directeur du marketing. Bien que la logique désigne Mark comme l'agresseur, il y avait quelque chose de bizarre chez Jeff, quelque chose d'indéfinissable.

— Je préfère qu'il y ait un homme habitué aux armes dans chaque bungalow. Je ne sais pas si on peut faire confiance à Charlie, mais je me fie davantage à lui qu'à Jeff.

Hope se laissa tomber sur le lit et étendit les bras.

— Quand pourrons-nous partir ?

Une conversation de ce genre, simple et sans émotion, il pouvait gérer. Que Lance et Perry soient blessés et Mark égaré n'avait rien d'agréable, mais ses réflexions sur la manière de les sortir de là lui donnaient quelque chose sur quoi se concentrer… Mieux valait ça que de penser à elle.

— Je ne suis pas sûr qu'on puisse déplacer Perry. Sans aide médicale, je ne peux pas juger de son état, et je ne voudrais pas causer encore plus de dégâts.

— Alors nous sommes coincés ici ?

— Pas tout à fait.

Une vague de chaleur envahit Joël. Allongée dans son pull mince et son T-shirt encore plus mince, Hope avait l'air vulnérable. Ils étaient si proches, là, presque comme un couple. De nouveau…

Il s'éclaircit la gorge et se força à reprendre :

— En fabriquant une sorte de civière, on pourra transporter Perry jusqu'à la clairière.

Elle fronça les sourcils.

— Avec le tireur en embuscade ?

— Demain, à la première heure, j'irai inspecter son poste de tir. J'imagine que je découvrirai une arme bricolée qui tire toute seule.

Du moins, il l'espérait. Ce scénario leur donnerait au moins une chance.

Sinon, un homme armé à pied pouvait facilement les abattre un par un pendant qu'ils pataugeraient sur le chemin en portant Perry. C'était une idée cauchemardesque.

Un fusil bricolé avait une portée limitée, mais un homme à pied constituait un réel danger.

— Si tu trouves l'arme, ça veut dire qu'on pourra traverser le bois, reprit Hope.

Elle se frotta les mains jusqu'à ce qu'elles en deviennent rouges.

— Je crois qu'on doit prendre ce risque.

Il s'approcha d'elle et s'assit à son côté.

— En parlant de ça, tu m'as impressionné aujourd'hui.

— J'ai eu de la chance.

Il posa une main sur les siennes pour l'empêcher de se mettre la peau à vif.

— Ce sont tes compétences d'alpiniste et toutes ces années de tir à l'arc qui portent leurs fruits.

— Je suis d'accord pour le tir à l'arc.

— Et pas pour l'alpinisme ?

Elle haussa les épaules.

— Je me contente d'escalade, maintenant.

— Pourquoi ?

Il connaissait l'histoire car il n'avait jamais cessé de s'informer sur elle. Une partie de l'histoire, du moins. A en juger par sa nervosité, c'était toujours un sujet sensible pour elle, et il fallait que ça sorte.

— Un accès de bon sens ?!

Il caressa le dos de sa main avec son pouce, la cuisse pressée contre la sienne.

— A d'autres ! Je sais combien tu aimes l'alpinisme. J'en ai fait avec toi, j'ai vu ton expression.

— Pour être franche, j'aime presque tous les sports qui se pratiquent en extérieur.

Il refusait de la laisser s'en tirer aussi facilement.

— Tu excellais dans la conduite des groupes. Ton père n'aimait pas ça, mais tu gagnais bien ta vie.

— Jusqu'à ce que ça s'arrête.

Son ton monotone le bouleversa.

— Qu'est-ce qui s'est passé ?

— L'accident.

De sa main libre, elle effleura leurs doigts entremêlés.

— Mon père t'en a parlé, non ? Tu es au courant.

Joël avait effectivement appris l'essentiel de son père et lu quelques articles. C'était un terrible accident, dont Hope n'était pas responsable. Mais elle semblait en juger autrement.

— Je sais que tu as conduit un groupe sur le mont Rainier et que vous avez été surpris par la tempête.

Elle soupira et ses épaules s'affaissèrent.

— Deux hommes sont morts, Joël !

— Tu n'es pas responsable de la météo, Hope.

— Mais c'est moi qui aurais dû savoir quand redescendre, dit-elle en lâchant sa main.

— Attends une seconde.

Il retint et pressa ses doigts jusqu'à ce qu'elle le regarde.

— J'ai lu le dossier…

— De quoi parles-tu ?

Elle semblait en colère, mais il poursuivit :

— Tu t'es renseignée sur moi, puisque tu sais que je vis à Annapolis. Eh bien, j'ai fait la même chose. L'important, c'est que tu guidais ce groupe, mais que, quand le temps a tourné, ce type a paniqué et est redescendu avec son ami.

— Nous aurions dû…

— Les autres ont déclaré que tu avais insisté pour que tout le monde redescende en même temps. Tu as respecté les règles et tu n'as pas fait d'erreur. C'est ce type qui t'a ignorée.

— On aurait dit qu'il s'attendait que je lui emboîte le pas immédiatement.

— Je ne veux pas dire du mal des morts, mais il a laissé son ego prendre le dessus. C'est sa faute, pas la tienne.

Joël plongea les yeux dans les siens. Plus d'une fois, il avait vu Hope aux prises avec la stupidité masculine dans son métier. Elle possédait toutes les compétences et le savoir requis, mais il suffisait que des hommes se rassemblent pour que l'un d'eux éprouve le besoin de frimer. Et il était fréquent qu'on sous-estime Hope en raison de sa beauté.

Lui n'avait jamais commis cette erreur. Elle était sensationnelle et acharnée… et il l'aimait autant que quand il l'avait quittée. Peut-être davantage.

— Tout ce qu'il avait à faire, c'était se retourner et planter son piolet dans la glace.

Elle avait murmuré ces mots, visiblement perdue dans le film qui se rejouait dans sa tête.

— Il était encordé à son ami. Ils ont glissé sur la pente et…

— Ecoute-moi.

Joël glissa la main dans ses cheveux pour l'obliger à tourner la tête vers lui.

— J'affronte le danger et la culpabilité tout le temps. Je connais la différence entre la négligence et la malchance. Cette tragédie n'a rien à voir avec toi.

— Ça a anéanti mon amour de l'alpinisme.

Il se pencha et l'embrassa.

— C'est trop tôt pour le dire.

— Je voulais tout recommencer, trouver un autre intérêt dans ma vie, et maintenant… On a ça.

Elle passa la tête sous le menton de Joël.

— Ce n'est pas non plus ta faute.

L'odeur de sa peau et le parfum vanillé de son shampoing le firent vaciller. Il dut presser les paupières pour ne pas l'allonger aussitôt sur le sac de couchage.

— Venant de toi, reprit-elle, c'est une drôle de remarque.

La main posée sur son torse, elle jouait avec l'ourlet de son T-shirt.

— Tu te charges des péchés de tout le monde, et tu les laisses diriger ta vie.

— Ce n'est pas vrai, nia-t-il avec l'énergie de la mauvaise foi.

Elle leva alors la tête et le fixa de ses grands yeux bruns.

— Tu m'as quittée pour des raisons qui n'avaient rien à voir avec nous.

Elle lui embrassa le menton et laissa ses doigts courir sur sa joue.

— Hope, ne…

— Tu m'aimes ?

Elle pressa ses doigts sur ses lèvres et il en embrassa le bout.

— Toujours.

— Et pourtant, nous ne sommes pas ensemble.

— Mes sentiments et la vie réelle sont deux choses différentes.

Il déglutit. Son cerveau jouait toujours le même refrain, mais son cœur et son corps se rebellaient. Son besoin de Hope était assez fort pour le faire tomber à la renverse.

Etre tout près d'elle, la tenir dans ses bras, semblait si naturel. Il en venait à douter de sa conviction de devoir rester seul pour n'entraîner personne dans la pagaille de sa vie.

Le fond de l'histoire, c'était qu'il pouvait très bien devenir un jour comme son père. Le vieux était normal autrefois, à ce que disaient les voisins. Mais à un moment donné, il avait perdu la tête. Tous les jours, Joël s'inquiétait de prendre le même chemin.

Non, il avait raison : Hope et lui ne pourraient jamais faire fonctionner cette relation.

— On ne sera jamais d'accord là-dessus, souffla-t-il.

— Et là-dessus ?

Elle pressa légèrement les lèvres sur les siennes. Joël frissonna. Sa température grimpa et, quelque part dans son cerveau, une alarme se mit en route.

— Qu'est-ce que tu fais, Hope ?

— Eh bien ça fait drôlement longtemps pour toi, on dirait ?

Son sourire sexy lui promettait une nuit blanche. Et anéantissait ses défenses avec la puissance d'un bulldozer.

— C'est une mauvaise idée.

— Alors faisons quelque chose de mauvais.

Elle se dégagea de ses bras et s'allongea sur le matelas, les cheveux étalés sur l'oreiller.

— Hope…

S'il persistait à répéter son nom, peut-être son cerveau aurait-il le temps de redémarrer.

Mais manifestement elle ne l'entendait pas de cette oreille et l'attira sur elle.

— Tu me veux. Je te veux.

Il s'équilibra sur les coudes et la dévisagea.

— Ce que nous ressentons est plus profond que ça, et coucher ensemble ne peut que l'abîmer.

Il lui fallut toute sa volonté pour articuler ces mots. Ils étaient détestables : il ne les pensait pas.

Hope lui passa les bras autour du cou et se colla contre lui.

— Tu crois franchement que notre relation pourrait être pire que ce qu'elle est ?

— Nous avons rompu.

Mais il n'avait plus rien à opposer. Plus aucun moyen de lutter contre elle.

— Et aucun de nous deux n'est passé à autre chose, ajouta-t-il.

Elle lui fit cadeau d'un baiser appuyé.

— Tu veux que je passe à autre chose, Joël ?

Bon sang, non !

— Tu as besoin…

— De toi.

Le baiser suivant ne fut ni léger ni appuyé, mais brûlant. Elle toucha sa langue de la sienne, et la chaleur de sa bouche lui fit tourner la tête.

Quand il se redressa, il pouvait à peine respirer, et son cerveau était liquéfié.

— Je n'ai qu'un préservatif.

Hope haussa les sourcils.

— Je suis un peu étonnée que tu y aies pensé.

— J'ai peut-être pris mes désirs pour des réalités mais, quand j'ai su que j'allais te voir…

— Va le chercher, ordonna-t-elle dans un murmure contre sa bouche.

Il sortit du lit en chancelant et prit son portefeuille dans sa poche. Une seconde plus tard, il le laissa tomber par terre.

Avant qu'il puisse se rallonger, Hope s'était assise au bord du lit. Elle se mit au travail sur sa ceinture, puis sur sa braguette. Le crissement de la fermeture Eclair résonna dans la pièce silencieuse.

Elle le couvrit de sa main, et son haleine transperça le tissu de son caleçon. Le regard posé sur ses cheveux, son érection emprisonnée dans sa main chaude, Joël fut submergé. Le reste de son bon sens s'envola, et il jeta le préservatif sur le lit, puis la renversa.

Leurs mains s'égarèrent. Les siennes, celles de Hope, peu importait. Il se débarrassa de son T-shirt, elle aussi. Quand apparurent sa peau nue et l'ombre légère de ses seins, il se força à ralentir.

Il caressa du dos de la main la peau tendre de sa poitrine, puis glissa un doigt sous le bord du soutien-gorge blanc. Le soutien-gorge le plus sexy au monde. Il taquina un de ses tétons à travers le tissu. Elle haleta.

— Je n'arrive pas à t'oublier, reconnut-il d'un ton bourru, en enfouissant les lèvres dans son cou.

— Ne m'oublie pas.

Elle tira sur son pantalon et le fit descendre. Puis elle introduisit une main dans l'élastique de son caleçon, et quand elle fut sur lui, sur sa peau, il dut grincer des dents pour ne pas finir là, tout de suite.

— Je te veux, susurra-t-il.

Il l'embrassa dans la foulée pour ne pas revenir sur ces mots et qu'elle ne pose pas de question.

Son corps s'embrasait complètement. Une alarme se mit en route dans sa tête.

Protection...

Il tapota le lit, en quête du préservatif. Le cœur battant, il était prêt à déchirer le sac de couchage pour trouver l'objet quand elle le ramassa et le tint devant son visage.

— C'est ça que tu cherches ?

Il ne dit rien. Il ne pouvait pas. Il le lui arracha et déchira l'emballage. Son corps était en feu. Il fallait qu'il la possède, qu'il s'enfonce en elle.

Il lui caressa le ventre et glissa les doigts sous la ceinture de son pantalon. Oui, il fallait qu'elle l'enlève. Il ne perdit pas une seconde et le lui retira en entraînant son slip, puis les jeta en boule sur le sol.

Elle était nue et ouverte, les jambes écartées pour l'accueillir. Il parcourut son intimité du doigt, elle arqua le dos.

Elle était humide et prête. Elle ne feignait pas la timidité. Le désir se lisait sur son visage et l'excitation sur le rose de sa peau.

C'était toute l'invitation dont il avait besoin. Déroulant le préservatif sur son membre, il se positionna contre elle et poussa. Son corps s'enfonça en elle comme il l'avait toujours fait, dans une étroitesse qui lui arracha un grognement.

La nuit avançait et les autres bungalows étaient proches. Mais cela n'avait pas d'importance. Il était de nouveau en elle, comme il le fantasmait depuis si longtemps. Et il voulait que ça dure. Il s'immobilisa, savourant son corps sous lui.

Elle lui pinça l'épaule.

— Joël, bouge.

Mais son corps avait déjà pris le dessus. Il donna un coup de reins et se retira. Puis le rythme régulier du début laissa place à un battement frénétique. Hope lui planta les ongles dans l'épaule en chuchotant son nom à son oreille.

Il l'embrassa, la caressa et lui fit l'amour, poussé par un besoin pressant. La tension s'accumula en lui, raidissant les muscles de tous ses membres. C'était ce qu'elle lui faisait. Elle réduisait ses intentions à néant et lui volait la maîtrise de son corps.

Incapable de se retenir, il glissa une main entre eux et la toucha. Son doigt dessina un petit cercle, et Hope renversa la tête. Quand elle ouvrit la bouche, il la couvrit de la sienne, pour cueillir ces délicieux soubresauts qu'il aimait tant.

L'orgasme le secoua une seconde plus tard. Son corps se détendit, et ses épaules frémirent au point qu'il crut s'écrouler. Avec une dernière poussée, il s'abandonna.

10

Une alarme sonna près de la tête de Hope, interrompant un rêve délicieux. Elle eut envie de fracasser le réveil sur le mur.

Quand elle ouvrit les yeux et ajusta sa vision à la lumière du plafonnier, tout lui revint d'un coup. Le bras de Joël en travers de son ventre. Son souffle dans son cou. Le souvenir de ses baisers et ses caresses. L'amour avec lui, la sensation de son corps sur le sien. Puis l'assouvissement, leurs corps qui se séparaient, et le juron de Joël quand il s'était souvenu de n'avoir qu'un seul préservatif.

Elle avait envie depuis si longtemps d'un autre matin avec lui. Il devait être quelque chose comme 3 heures du matin et le soleil n'était pas encore levé, mais cela y ressemblait.

Malgré la colère et la peine qui l'avaient occupée de nombreux mois, elle avait toujours su qu'ils se retrouveraient. Que ce n'était pas terminé entre eux. La vraie question était de savoir combien de temps ils pourraient demeurer dans cette position d'attente.

La tentation de s'enfouir sous les couvertures pour oublier le monde extérieur et ses horreurs l'envahit. Réveiller Joël lui était insupportable, mais c'était ce dont ils étaient convenus. Un tour de garde pour chacun. Cam veillait depuis des heures.

La pluie frappait le toit du bungalow. L'alarme de sa montre sonna de nouveau. Inutile de tergiverser, c'était au tour de Joël de monter la garde.

— Je veux rester avec toi, marmonna-t-il dans ses cheveux.

Elle en sourit.

— Cam te tuerait.

Joël avait fait de la protection son gagne-pain : il pouvait tirer, traquer, attraper n'importe quoi. Mais il détestait se réveiller, elle le savait. Cela avait toujours été comme ça. Le matin venu, il gémissait et s'efforçait de la retenir au lit.

Il avait même concocté des scénarios élaborés juste pour gagner quelques minutes. Quand il échouait, il commençait à l'embrasser et, une fois commencée, il gagnait toujours cette bataille.

— Crois-moi, Hope, il comprendrait.

Il se redressa sur un coude et la regarda.

— Il n'arrive pas à croire que je t'ai laissée partir la première fois.

— Moi non plus.

Elle ne l'avait pas dit la veille au soir, mais elle l'aimait. Cela suffirait-il ? Ils s'étaient déjà déclaré leur amour, autrefois, et cela ne l'avait pas empêché de partir. Cette fois, ce serait à lui de faire le premier pas.

Il ouvrit la bouche pour bâiller puis la referma. Il fallut encore quelques secondes avant qu'il ne parle.

— On dirait que je me suis jeté dans la gueule du loup.

— Et techniquement, c'est toi qui m'as quittée.

Il grogna et s'assit.

— Puisqu'on en parle…

Nu comme un ver, sans la moindre pudeur, il posa les pieds par terre et se couvrit le visage des mains sans chercher à couvrir son corps. Il fixait le plancher.

— Je vais avoir des regrets dans quelques heures, quand je me traînerai dans la forêt comme une somnambule, dit-elle en remontant la couverture sur son corps nu et en s'asseyant. Mais maintenant, il faut que je trouve mes vêtements.

Il lui lança un regard par-dessus son épaule.

— Qu'est-ce que tu fais ?

— Je viens avec toi.

Du coup, il se leva.

— Pas question.

Elle tressaillit. Il était grand et musclé, et l'idée de retourner au lit avec lui gagna presque la partie. Mais ils devaient rester actifs et se préparer à partir.

Elle n'avait aucune idée de ce qui se passerait entre eux dans le monde réel, mais elle y serait plus en sécurité avec lui, cela ne faisait aucun doute.

— Je ne veux pas rester toute seule dans le bungalow.

— Je serai juste devant. Monter la garde consiste surtout à m'asseoir sous le porche et à tirer sur tous ceux que je ne reconnais pas.

Elle repéra le pantalon de Joël au bout du lit, avec le caleçon toujours dedans. Elle les lui tendit.

— Et tu ne seras pas tout seul dehors.

Il prit son pantalon et le laissa tomber à terre tout aussi rapidement. Puis il lui saisit le bras et, la remettant sur pied, l'attira à lui.

Les bras autour de sa taille, il se pencha et l'embrassa avec douceur et chaleur, mais sans exigence. Il sourit en redressant la tête.

— Je t'ai déjà dit combien tu es belle ?

De nombreuses fois, songea-t-elle en soupirant. Joël n'était pas homme à dissimuler ses sentiments. Il lui avait répété encore et encore qu'il l'aimait et qu'il la désirait. Quand il la regardait, son expression se faisait passionnée, et il retenait son souffle quand il la déshabillait. Par ses paroles et ses actes, il savait comment convaincre une femme de sa beauté. Mais il ne savait pas comment rester.

Plutôt que de résister et de gâcher un instant parfait, elle s'appuya contre lui. Elle lui passa les bras autour du cou et attira sa tête pour l'embrasser encore.

— Oui, mais n'hésite pas à me le redire.

Ce baiser lui remua les entrailles. Quand il parut baisser en intensité, Joël l'approfondit et écrasa la bouche sur la sienne, au point que le vertige la prit. Elle y mit fin avant que le pauvre Cam ne tambourine à la porte.

— J'aime ta manière de te servir de ta bouche pour me faire céder. C'est intéressant, mais je viens quand même avec toi.

— Je m'en doutais, dit Joël en lui donnant une tape sur les fesses. Habille-toi alors.

Quand, cinq minutes plus tard, ils sortirent sous le porche, Cam était là, le poing déjà levé pour frapper à la porte. Son regard passa de Joël à Hope, et il réprima un sourire.

— Je peux assurer un autre quart si vous voulez.

— D'accord, répliqua Joël en faisant demi-tour pour rentrer.

Sans s'inquiéter du rouge qui lui montait aux joues, Hope le rattrapa.

— Non, Joël.

— Parfait.

Il lui mit une main sur les reins et referma la porte derrière eux.

— Il s'est passé quelque chose ? s'enquit-il.

— Des froissements par là, répondit Cam en désignant un coin d'ombre à gauche des bungalows. Quand je suis allé voir, j'ai fait la connaissance d'une famille de ratons laveurs.

Joël poussa un soupir.

— Ils ont vu le tireur ?

— Si c'est le cas, ils ne m'ont rien dit.

Cam bâilla et tendit sa lampe de poche à Joël qui la prit.

— Va dormir, p'tite tête.

Hope fit quelques pas sous le porche, scrutant l'obscurité. Rien n'avait changé depuis que les choses avaient tourné en eau de boudin. C'était les mêmes troncs couchés et le même feu de camp.

Les lampes avaient été éteintes sur ordre de Joël. La lumière aurait plongé les alentours dans l'obscurité totale, ce qui était trop risqué. Ils devaient s'habituer à voir dans le noir.

La nuit était tranquille et la pluie avait ralenti jusqu'à un simple crachin. Hope baissa son capuchon. D'habitude, le bruit des gouttes d'eau tombant sur le sol la réconfortait mais, là, il la faisait frissonner.

Il y avait quelque chose de bizarre dans l'air. Elle avait si souvent vécu dehors qu'elle repérait tout de suite les changements d'atmosphère. Son père la taquinait en disant qu'elle ne faisait qu'une avec la nature. En réalité, elle s'était constitué un catalogue mental d'impressions visuelles, auditives… et olfactives.

Elle se retourna. Les hommes étaient juste derrière elle, elle ne les avait pas entendus se déplacer. Joël fronça les sourcils.

— Qu'est-ce qui se passe ?

L'odeur. C'était ça.

— Vous sentez ça ?

— Je sens la pluie, dit Cam.

Joël se tourna dans la direction du bungalow où Cam et Perry étaient temporairement logés.

— Non, elle a raison.

Des souvenirs du hors-bord de son père, quand elle était petite. L'odeur âcre chaque fois qu'elle remplissait le réservoir de sa voiture.

— C'est de l'essence. Il y a le feu.

Joël courait déjà en direction du bungalow, Cam sur les talons. Ils hurlèrent des ordres tandis que Hope les rattrapait.

Joël arriva le premier et tendit la main pour tourner la poignée. Il la retira tout de suite et, prenant son élan, enfonça de l'épaule le bois de la porte. Celle-ci s'ouvrit toute grande.

Il disparut à l'intérieur sans hésiter ni prendre la peine d'appeler à l'aide, plus que jamais en mode héroïque.

Hope s'approcha prudemment : des flammes orange léchaient la paroi du fond. Son cœur se serra.

La chaleur de l'incendie la frappait en pleine face. De la fumée sortit par l'ouverture, s'élevant dans le ciel nocturne.

Elle s'efforça de se mettre en marche, mais un cri aigu perça sa conscience. Il lui fallut une seconde pour comprendre : cela venait d'elle. Puis Cam se planta devant elle et lui posa les mains sur les épaules pour la secouer.

— Il nous faut de l'eau.

Elle agrippa sa chemise à pleines mains.

— Joël ! cria-t-elle.

— Je vais le chercher, mais il nous faut de l'eau.

Son cerveau refusait d'enregistrer les mots. Chaque fibre de son corps lui ordonnait de se précipiter à l'intérieur pour retrouver Joël.

— Quoi ?

Cam lui posa une main sur la joue.

— Hope, écoute-moi. Il faut éteindre l'incendie avant qu'il ne se propage. Il pourrait gagner les autres bungalows.

Le nuage de confusion qui la cernait s'éclaircit. Portées par la brise, des étincelles dérivèrent dans le ciel en éclairs brillants.

— Il y a un tuyau dans la cuisine. Il est branché sur un puits, mais…

— Va taper à la porte de Charlie. Réveille-le et les autres aussi. Il faut rassembler tout le monde.

Un grondement sonore émanant du bungalow lui fit lever les yeux. Une silhouette se déplaçait à l'intérieur, et elle resserra son emprise sur la chemise de Cam.

— Sors Joël de là.

— Promis. Mais vas-y maintenant, lui ordonna-t-il en la faisant pivoter vers le bungalow de Charlie.

Elle se mit à courir dans une sorte de brouillard, comme au ralenti. Ses jambes étaient en plomb. Le temps qu'elle atteigne les marches du porche, la porte s'ouvrit et Charlie sortit, en débardeur et caleçon blancs. Elle se précipita vers lui.

— Au feu !

Il ouvrit de grands yeux.

— Quoi ?

— Nous avons besoin de tout le monde.

Elle ne prit pas le temps de lui expliquer et repartit en courant, glissant dans la boue et trébuchant sur les touffes d'herbes détrempées.

Dans sa vision périphérique, une ombre se profila sur la porte du bungalow en feu. Distraite par cette vue, elle perdit l'équilibre et tomba sur le derrière, les bras tendus en arrière pour se recevoir.

— Hope, ça va ?

Lance était juste derrière elle. Il la remit sur pied en la prenant sous l'aisselle.

Sa force la stupéfia. Cet homme aux manières douces venait de la relever pratiquement d'une seule main. Mais son attention revint immédiatement à la scène devant elle. Joël venait de sortir en chancelant du bungalow, Perry en travers des épaules. De soulagement, Hope flancha. Elle serait de nouveau tombée si Lance ne l'avait soutenue.

Joël fit quelques pas sous le porche, entouré de flammes. Le feu crépitait, et une explosion retentit dans le bungalow.

Pressée de les rejoindre, Hope avança mais heurta Jeff. Tenant une couverture, celui-ci fixait l'incendie d'un regard vide.

Lui arrachant la couverture, Hope fonça vers le bungalow. Elle rejoignit Joël à mi-chemin, à quelques mètres du porche. Aveuglée par la panique, elle jeta la couverture sur le corps de Perry et se mit en devoir d'éteindre les flammèches sur son dos et ses manches.

Joël tomba à genoux et déposa Perry par terre. Une seconde plus tard, il s'allongeait à même le sol, en crachant et en tremblant.

Hope s'agenouilla.

— Ça va ?

Un autre accès de toux secoua Joël, l'empêchant de parler. Il se retourna à quatre pattes. Les craquements de l'incendie noyèrent ses paroles. Hope le dévisagea.

— Qu'est-ce que tu dis ?

Il mit ses mains en porte-voix.

— Où sont Charlie et Cam ?

Elle se souvint alors du tuyau. Perry n'avait pas bougé, et la peau de Joël était brûlante. Son front était taché de suie, et le dos de son T-shirt troué, là où une étincelle l'avait sans doute atteint.

— Il faut éteindre ce feu, tonna-t-il.

Elle se releva, prête à emmener Lance avec elle, quand elle sentit qu'on lui agrippait la jambe.

Elle baissa le regard : Joël s'accrochait à elle pour se remettre debout. Il avait la poitrine secouée par la toux, mais ses doigts étaient toujours solides.

— Il nous faut un tuyau, dit-il entre deux quintes de toux.

— Cam est allé le chercher.

Elle éloigna un peu Joël du feu, en le rapprochant de Jeff et d'un air plus frais.

— Lance et moi, nous allons y aller.

Mais Joël secoua la tête, en désignant le bungalow.

— On y va tous.

— Et Perry ? demanda Lance en fixant le corps immobile.

— Il est mort.

Cette annonce brutale figea Hope sur place. Ils avaient perdu Perry. Cela aurait pu être Joël s'il était resté une ou deux minutes de plus dans le bungalow. Le bois continuait à craquer et la toiture était en train de s'affaisser.

Comme Joël se remettait en mouvement, elle s'ébroua pour sortir de ce cauchemar et lui tendit la main. Au même moment, Cam et Charlie apparurent derrière le bungalow de la cuisine, armés d'un tuyau et de seaux.

Joël se redressa, respirant un peu mieux.

— Il faut éloigner tout le monde.

— Pas maintenant, cria Cam, en traînant derrière lui l'épais tuyau. Il faut d'abord éteindre l'incendie.

Charlie fit signe à Lance et à Jeff.

— Venez avec moi, vous deux, pour remplir les barils.

Hope ne comprit pas de quoi il parlait. Désespérant de se rendre utile, elle rejoignit Cam et Joël devant le brasier et se chargea d'asperger de l'eau. Le tuyau était plus lourd qu'elle ne s'y attendait, et il lui échappa deux fois des mains, la trempant au passage.

Elle fit une nouvelle tentative pour le contrôler. L'objet ne ressemblait en rien à ceux qu'elle avait vus dans les jardins. Il était plus épais et plus lourd. Le coinçant sous son bras, elle dirigea le jet sur les flammes qui sortaient des parois.

Des craquements sonores se faisaient entendre. L'incendie faisait rage, et les poutres s'effondraient. Plus d'une fois, Joël et Cam durent piétiner de petits départs de feu qui menaçaient de s'étendre à toute la forêt.

— Bien sûr, il ne pleut plus, commenta Cam.

Joël s'approcha de nouveau du porche.

— On ne peut passer par la porte d'entrée et il faut mettre de l'eau là-dedans. Si je pouvais monter…

Comme il regardait le toit, Hope crut défaillir.

— Non !

Cam prit son parti et retint Joël qui se mettait déjà en marche.

— Pas question. Le toit est en train de s'effondrer. Tu tomberais au milieu de l'incendie. Franchement, ça me contrarierait de devoir aller te chercher là-dedans.

— On n'a pas le choix.

— Faites un trou ! hurla Hope pour se faire entendre par-dessus les craquements du feu et le sifflement de l'eau.

Les deux hommes la dévisagèrent. Elle fit une nouvelle tentative.

— Défoncez le mur s'il le faut, faites-moi une ouverture assez grande pour que je puisse arroser à l'intérieur !

Cette fois, ils réagirent. Promenant le regard autour de lui, Joël désigna les troncs couchés dont ils se servaient pour s'asseoir autour du feu. Cam et lui en empoignèrent un à chaque extrémité.

Leurs visages étaient crispés et leurs bras tremblaient, remarqua Hope. Mais, d'une manière ou d'une autre, ils parvinrent à transporter le tronc près du bungalow. Des bouffées de chaleur émanaient de la bâtisse en flammes. La sueur coulait dans le dos de Hope, et son visage brûlait, comme si elle souffrait d'insolation.

Les muscles bandés, les deux hommes comptèrent jusqu'à trois et balancèrent le tronc dans le mur. Hope attendit le bon moment et dirigea son jet sur l'orifice qu'ils venaient d'ouvrir.

Au début, rien ne se passa. Retenant son souffle, elle continua à asperger le trou. Puis l'effondrement débuta. Avec une série de bruits sourds, une poutre céda. La pente du toit la plus proche dégringola, emportant une partie de la paroi dans sa chute.

Des flammes sortirent de l'ouverture. La seconde d'après, elles firent irruption juste devant Hope. Une vague de chaleur ardente la cerna et, le souffle coupé, elle fut projetée en arrière.

Durant une seconde, tout était devenu noir. Quand elle rouvrit les yeux, Joël était couché sur elle, la plaquant dans la boue, et les flammes rugissaient au-dessus de leurs têtes.

Les hommes hurlaient. Cam s'empara du tuyau abandonné tandis que Charlie et Lance jetaient une sorte de poudre blanche dans le feu. Leurs efforts combinés firent baisser les flammes de quelques mètres.

Mais ils n'étaient toujours pas en sécurité, elle le savait. Le bungalow pouvait exploser. Elle fouilla dans sa mémoire pour chercher à savoir s'il y avait quelque chose d'inflammable à l'intérieur, mais ne trouva rien.

Sans mot dire, Joël l'aida à se relever. En rang, ils continuèrent à combattre les flammes, inondant les petits feux provoqués par les étincelles avant qu'ils n'engendrent une nouvelle catastrophe.

Tony était aussi conscient du temps qui passait que si on lui avait greffé une horloge dans le cerveau. Connor usait de toute son influence et Rafe, survolté, exigeait des mesures. On avait même organisé une équipe de secours. Sur les ordres de Connor, elle devait rejoindre le camp à pied, qu'il pleuve ou qu'il vente. Connor menaçait de prendre un hélicoptère, même si la tempête n'était pas terminée.

La conduite des événements avait changé de main et Tony ne tenait plus les rênes. Après tous ces préparatifs, toutes ces heures fastidieuses à monter minutieusement l'opération, une idiote venait de tout faire échouer. Elle était sortie du rôle qu'il lui avait attribué. Ajoutez à cela Connor et son équipe, la situation était critique.

Tony avait fait ses plans depuis le début. Intégrer Baxter Industries, transformer l'entreprise et devenir son sauveteur. Quand les chiffres des ventes avaient commencé à baisser, il avait attendu. Puis il avait perçu les signes avant-coureurs d'un second trimestre pire que le premier et il avait été pris de panique.

Le marché existait pour Baxter Industries, il le savait. L'argent n'attendait qu'une occasion de couler à flots dans leur direction, mais il fallait aligner le département des ventes sur les objectifs. Il fallait encore mettre la pression sur le personnel, et le compresser. Il avait besoin de temps et de moyens.

Puis certaines personnes avaient commencé à fouiner, et il avait fallu restructurer les choses. Le stage de survie était le moyen idéal pour stabiliser la situation. Il suffisait d'un accident pour réinitialiser la partie.

Au lieu de cela, il était en train de passer des papiers à la déchiqueteuse à 4 heures du matin. Sa femme avait appelé deux fois. Elle passait la plupart des soirées en semaine à se plaindre de ses horaires de travail.

Peu importait qu'il travaille vingt-quatre heures sur vingt-quatre pour elle, pour pouvoir tout lui offrir. Il avait gagné ses faveurs avec son carnet de chèques et sa grande maison, mais son épouse-trophée était lentement en train de se transformer en mégère. Il l'avait voulue jolie, obéissante et compréhensive : une femme à arborer à son bras au club, une blonde avec qui s'envoyer en l'air et se repaître des regards jaloux de ses associés d'affaires. Il n'avait pu en profiter que durant une année, et désormais il devait supporter ses gémissements.

Le broyeur bourdonnait et les lanières de papier tombaient dans la poubelle en dessous. Il en avait des liasses là, et d'autres chez lui. Une fois le problème résolu et les preuves effacées, il pourrait remettre les choses en route. Le conseil d'administration n'oserait pas protester contre ce qui s'était passé au camp.

Il avait encore du temps devant lui si Connor ne venait pas fourrer son nez là où il n'avait rien à faire. Faire disparaître des papiers et truquer les chiffres était une chose. Se débarrasser d'un type doté d'une carrière dans les opérations spéciales en était une autre.

Non, songea Tony, il devait mettre un terme à tout ça. Rejeter la faute sur un membre de l'exécutif. Semer les graines du doute et focaliser la culpabilité ailleurs.

Une idée lui vint. Si Mark avait disparu, il y avait sans doute une raison à cela. La culpabilité. Mark avait trafiqué les chiffres pour améliorer ses résultats. C'était sa faute, il avait tout fait.

Plus cette idée lui tournait dans la tête, plus il l'appréciait. Faire de Mark le coupable et afficher sa surprise.

Il fixa la liasse de documents qui restait dans le dossier. Il fallait qu'il prenne le temps de refaire la paperasse et de créer une piste. Une piste qui conduirait tout droit à son bien-aimé vice-président.

Cela voulait dire qu'il devait cacher l'argent qu'il avait siphonné. Le mettre à l'abri jusqu'à ce que Connor et son équipe évacuent Baxter. Plus vite cela arriverait, mieux ce serait.

11

Combien de temps ils avaient combattu le feu, Hope n'aurait su le dire. Ils avaient continué à asperger l'incendie et à éteindre les petits foyers avec des couvertures. Puis ils avaient manqué de retardateur de feu, mais les flammes avaient décrû à un niveau gérable à ce moment-là.

Finalement, Cam leur fit signe de reculer et approcha le tuyau pour éteindre le reste des flammes.

Epuisée, Hope se laissa tomber sur le sol. Les hommes la rejoignirent un par un, et Joël s'assit à son côté, les jambes allongées, les épaules voûtées.

Personne ne parlait. Ils fixaient les débris carbonisés de ce qui avait été un bungalow. L'air était toujours plein de fumée, et ils toussaient à tour de rôle. Le rouge du ciel avait laissé place à un gris pâle, annonçant le lever du soleil.

Jeff fut le premier à ouvrir la bouche. Les genoux repliés sous le menton, il dessinait des formes dans la boue avec un bâton.

— Alors quoi, Perry s'est réveillé assez longtemps pour mettre le feu ?

Lance haussa les épaules.

— Il se sentait peut-être coupable.

La pensée que Perry ait pu faire ça n'avait jamais traversé l'esprit de Hope. Pour ce qu'elle en savait, il était resté inconscient tout le temps. Elle s'apprêtait à souligner ce point quand Joël lui pressa le genou.

— Il a disparu et Mark n'a pas réapparu. Ils se sont peut-être disputés et quelque chose s'est produit, dit-il.

Lance frotta son pansement de la main.

— Perry s'en serait voulu toute sa vie s'il était arrivé quelque chose, même par accident.

— Une autopsie nous le dira, intervint Cam.

Il approchait avec Charlie, après être allé ranger le tuyau.

Jeff lança son bâton, manquant Lance de peu.

— Et on va faire une autopsie ici ?

— Il voulait dire plus tard.

Joël se leva et tendit la main à Hope pour l'aider à se relever.

— On va se débrouiller pour transporter le corps de Perry. Quand il fera jour, nous pourrons rejoindre la clairière.

Hope acquiesça et commença à faire mentalement la liste de ce dont ils auraient besoin. Mais elle était accablée : les bagages, la mort de Perry, tout lui paraissait insurmontable, ajouté à sa culpabilité depuis le mont Rainier.

Elle était responsable de Mark, et il était toujours dans la nature. Peut-être était-ce lui qui était à l'origine de tout cela, mais il pouvait aussi être la victime. Organiser leur départ alors que Mark manquait toujours à l'appel la remplissait d'une incertitude aveuglante.

— Prenons seulement le nécessaire. Quelqu'un pourra revenir plus tard chercher le reste des affaires.

Quand on aura défini qui avait fait quoi, et qu'on aura retrouvé Mark.

Les possessions matérielles ne figuraient pas au tableau des priorités.

Ils avaient déjà commencé à se disperser quand Jeff prit de nouveau la parole.

— Et le tireur ?

— Nous prendrons un chemin différent, répondit Joël.

Il ramassa le couteau de Hope sur le sol et le lui tendit. Elle ne se souvenait pas de l'avoir laissé tomber. Sans doute en portant des seaux et en secouant des couvertures. Sans doute…

— Mark, ou qui que ce soit, ne va-t-il pas nous suivre ?

La voix de Jeff était montée d'une octave.

— Non, lâcha Joël.

Hope connaissait l'existence de la plate-forme et se doutait de là où Joël voulait en venir. Perry n'avait pas allumé l'incendie, car il était inconscient, ce qui voulait dire que l'un des cinq hommes présents l'avait fait. Elle pouvait en écarter trois, mais n'aurait pas parié sur les deux autres.

— Ne le prenez pas mal, mais je ne me fie pas à votre instinct, ajouta Jeff en montrant Joël.

Pour la deuxième fois depuis leur rencontre, ils étaient dans une impasse, analysa Hope. Joël était plus grand, plus jeune et plus en forme. Cette bataille n'avait qu'une issue, mais Jeff ne semblait pas le comprendre.

Elle, oui.

— Jeff, ce n'est pas une bonne idée.

Mais il lui coupa la parole.

— C'est ça, non ? Vous croyez que vous pouvez esquiver les balles ?

Joël attendit, laissant le commentaire s'évanouir dans l'air, avant de répondre :

— Ça y est ? Vous avez fini ? Alors allons-y.

Lance leva la main.

— Je suis partant.

— Il faut que je prenne des affaires et des provisions, juste au cas où, mais je viens aussi, annonça Charlie en s'éloignant.

— Vous voulez rester ici et tenter le diable, Jeff ?

Joël désigna du menton la couverture qui recouvrait le corps de Perry.

— Parce qu'il vient avec nous.

Jeff secoua la tête.

— Non, on devrait…

— Assez de discussions. Qu'il pleuve ou non, nous y allons. Nous avons un hélicoptère, une radio et une équipe.

— Une équipe ?

Joël ne s'émut pas de l'exclamation de Jeff.

— L'orage est passé. Il ne pleut presque plus. Je propose qu'on parte d'ici pour gagner un lieu plus sûr et plus sec.

Cam hocha la tête.

— En tant que pilote, je suis d'accord.

— C'est un plan insensé, persista Jeff.

Hope en avait assez. Elle s'interposa entre Joël et Jeff et fixa un regard froid sur l'homme d'affaires.

— On nous a tiré dessus, il y a eu un incendie, Perry est mort et Mark a disparu. C'est rester ici qui est insensé.

— Nous nous occuperons de tout ça après avoir rejoint l'hélicoptère, conclut Joël.

— J'ai deux tentes.

Elle pensait avoir d'autres équipements, mais les tentes lui étaient revenues brusquement à la mémoire.

Joël lui lança un coup d'œil vide.

— Pour quoi faire ?

— Au cas où nous ne pourrions pas décoller et que nous devions dormir dans la clairière.

— Incroyable, marmonna Jeff en soufflant avec colère.

Il se tourna vers la forêt encore obscure et commença à faire les cent pas.

— Une fois encore, vous pouvez rester ici.

Joël l'attrapa par le bras pour l'arrêter.

— Mais nous, nous partons.

— OK, concéda Jeff entre ses dents serrées.

Le soulagement autant que la peur déferlèrent sur Hope. Elle se jura de dormir pendant une semaine après la fin de cette épreuve… si elle se terminait un jour.

Mais d'abord, il leur fallait survivre.

— Allons nous préparer.

Le soleil n'était pas encore levé, mais Joël était déjà à bout de patience. La clarté du ciel permettait d'éviter les branchages et autres accidents de terrain. Il avançait en tête, arme à la main, et Cam fermait la marche. La responsabilité du sac de couchage, où reposait le corps de Perry, incombait à Jeff et à Charlie.

Hope faisait office de guide. Se servant de son GPS, elle ignora le sentier menant à la clairière de l'hélicoptère. Il y avait des armes prêtes à leur tirer dessus sur cette voie, elle le savait autant que lui, songea Joël. Préoccupé par l'idée qu'il pouvait y avoir d'autres plates-formes de tir, il surveillait les arbres et trébuchait fréquemment sur le sol.

— Pourquoi on ne prend pas le chemin habituel ? demanda Charlie entre deux respirations entrecoupées.

— Parce que le tireur connaît sans doute cet itinéraire, répliqua Joël d'un ton sec.

Il n'avait pas envie de donner des explications et espérait mettre fin à la discussion.

— Mais on va se retrouver n'importe où !

— Tout va bien.

Le regard fixé sur le GPS, Hope les guidait entre les longues branches et les arbres tombés.

— On ne dirait pas, marmonna Jeff en traînant des pieds et en maudissant le poids du sac de couchage.

— On pourrait se passer de jérémiades, intervint Joël, fermement décidé à s'en passer le reste de sa vie.

— C'est pas vous qui portez un cadavre sur des kilomètres.

— Un kilomètre, rectifia Hope avec un petit claquement de lèvres. N'exagérez pas.

Joël esquissa un sourire que personne ne pouvait voir, sauf Hope, qui regardait sur sa gauche, dans les profondeurs du bois.

— Vous préférez que personne ne surveille le tireur embusqué ? renchérit Joël.

La prochaine fois qu'on lui demanderait de s'occuper d'un tas de campeurs du dimanche, il trouverait quelqu'un d'autre pour le faire. A moins que cela ne signifie être avec Hope. Il choisirait toujours l'option qui menait à elle.

Cela lui briserait le cœur de la quitter encore une fois. Leur nuit ensemble y avait veillé, mais son cœur était déjà déchiré avant cela. Le simple fait de la voir lui faisait perdre l'esprit. Quant à passer du temps avec elle, cela équivalait à rêver à l'impossible. Pour la énième fois depuis qu'il l'avait rencontrée, il souhaita être un autre homme avec un passé différent.

— Je peux vous donner un coup de main, proposa Hope à Lance.

Lance fit glisser son sac de son épaule saine et le tendit à Hope.

— Vous pouvez le porter ?

— Bien sûr.

Elle l'attrapa de sa main libre, visiblement sans se préoccuper du fait qu'elle avait déjà un sac sur le dos.

Joël s'efforça de calculer le poids qu'elle portait et s'arrêta quand le chiffre devint trop haut. A ce rythme-là, elle porterait bientôt plus de kilos qu'elle n'en pesait.

Il la rattrapa pour lui prendre le sac.

— Je m'en charge

— Je suis une grande fille, Joël. Je peux porter un deuxième sac.

Ce n'était pas ça qui allait l'arrêter. Si quelqu'un devait se charger de ce fardeau, c'était lui et non elle.

— A la différence de Jeff, j'ai une foi absolue en tes capacités.

— Hon-hon.

Elle plissait les yeux et ne semblait pas l'écouter. Ce n'était pas du tout son style. Il se rapprocha d'elle et se pencha pour lui murmurer à l'oreille :

— Ça va ?

— Pas vraiment.

Il essayait de garder un œil sur elle et un autre devant eux. Une seconde d'inattention pourrait leur coûter très cher. Pourtant, il avait besoin qu'elle soit en possession de tous ses moyens.

— Tu as besoin de t'arrêter pour…

— Nous avons laissé Mark.

Elle se faisait des reproches, il le savait. Elle le regarda avec de grands yeux tristes, et cette peine lui pinça le cœur.

— Ne te rends pas malade avec ça, Hope.

— Avec quoi ?

— La culpabilité.

Elle déglutit visiblement, puis détourna les yeux. Leurs pas résonnaient lourdement sur le sol.

— C'était mon travail. J'ai garanti sa sécurité et je lui ai promis de le ramener chez lui.

— Et moi, je suis un spécialiste. Crois-moi, s'il y a des reproches à se faire, en dehors du fait que Mark s'est éloigné de son plein gré, c'est à moi de me les faire.

— Pourquoi ?

— On m'a envoyé veiller à ce que quelque chose de ce genre ne se produise pas, et c'est arrivé. Sous ma garde.

Elle trébucha en heurtant une racine.

— Tu fais toujours ça.

— Quoi donc ?

— Prendre la souffrance des autres.

Ce n'était pas vrai. S'il y avait une chose pour laquelle il était doué, c'était se déconnecter de ses émotions. Il gardait la tête froide et prenait du recul. Cette combinaison lui permettait d'exceller dans son travail, mais le rendait nul quand il s'agissait de relations.

— Je peux le gérer.

Il avait été entraîné à assumer des responsabilités. Dans le monde de son père, les hommes affrontaient les défis et faisaient face. Une grande partie de ce que le vieux disait provenait d'un cerveau détraqué, mais Joël avait intégré ce sentiment de devoir et il n'avait pas l'intention de se justifier.

— Moi aussi, je peux le gérer, reprit-elle.

— Je sais, répliqua Joël en baissant encore la voix, mais je ne veux pas que tu le fasses.

Il mourait d'envie de la toucher, mais ils n'étaient pas seuls. Jeff bougonnait et Charlie cria derrière eux :

— Il faut prendre sur la droite. Il y a un meilleur chemin par là.

Hope secoua la tête.

— Ça nous ferait faire un trop grand détour.

— C'est la meilleure voie, insista Charlie.

Hope restait concentrée sur l'écran du GPS.

— Tout va bien. Nous ne sommes plus très loin.

— Je préfère faire confiance à Charlie, vu qu'il possède le camp. Lui au moins, il connaît ces bois, marmonna Jeff.

— Cette fois, il a raison, souligna Charlie.

Cam fit taire la petite troupe. Heureusement, songea Joël, car il n'était pas d'humeur à encourager les divagations. En outre, Hope lui faisait de discrets petits signes.

— Regarde sur la gauche, Joël. Ne te fais pas voir, mais regarde. Qu'est-ce que c'est, à dix mètres à peu près, à côté du petit talus ?

— Un tas de terre et de feuilles.

Hope avait une vision parfaite. Joël se posait des questions sur la sienne, car il devait plisser les yeux pour distinguer l'endroit qu'elle lui indiquait.

— Sous une sorte d'appentis.

Il y avait une tache rouge. Un morceau de tissu, peut-être. L'orage avait détruit la cachette, et il ne faisait pas de doute que quelque chose était enterré là-dessous.

Hope se mordilla la lèvre inférieure.

— Qu'est-ce que tu en penses ?

Qu'elle avait peut-être retrouvé Mark et que, si c'était le cas, ce n'était pas lui leur agresseur, se dit Joël. Peu importait de quel côté on l'envisageait, c'était une mauvaise nouvelle.

— Il vaut mieux que tu ne le saches pas.

— On devrait aller voir, lança-t-elle.

— Je ne veux pas causer encore plus de panique.

Il lui prit la main pour l'empêcher d'aller vérifier.

— Note les coordonnées sur ton GPS et fais-nous faire un détour par l'est pour que les autres ne voient rien.

— Tu crois vraiment…

— Conduis-nous à la clairière aussi vite que tu peux, mais évite cet endroit.

Avant qu'elle ne puisse répondre, Joël revint sur ses pas et se planta à droite du petit groupe, espérant ainsi attirer l'attention sur lui et la détourner de leur trouvaille. Il répondit à une question de Lance. Puis il emboîta le pas à Cam, qui était manifestement impressionné par l'allure de Hope sur un terrain aussi inégal.

Leur étroite collaboration rendait toute alerte inutile. Le regard fixé devant lui, Cam baissa la voix.

— Qu'est-ce qui se passe ?

— Derrière toi, sur la gauche, à une dizaine de mètres.

— Le tas ?

Joël hocha la tête.

— Tu veux que j'aille voir ? proposa Cam.

— Tu crois que c'est nécessaire ?

Ils avaient le même entraînement et avaient vu les mêmes choses. Cam prit une seconde pour étudier l'amas.

— Sans doute pas.

Joël était sur le point de rejoindre Hope quand Cam reprit la parole d'un ton préoccupé :

— Fais attention là-bas. Je n'aime pas te savoir à l'avant de ce groupe.

Avec moi, cela fait deux.

— Surveille mes arrières.

— Ça va sans dire, acquiesça Cam.

Dix minutes plus tard, ils franchirent la lisière des arbres, à l'opposé de l'endroit où ils avaient pénétré dans la forêt à leur arrivée. La clairière s'ouvrait devant eux, avec en son centre l'hélicoptère, brillant de mille feux en dépit du ciel couvert.

Joël imposa une halte au groupe, à l'abri des derniers arbres, et survola la zone du regard.

C'était un espace idéal pour une embuscade. N'importe qui pouvait se dissimuler dans les taillis, une arme déjà braquée sur eux.

Lance laissa tomber son extrémité de la civière improvisée et s'élança comme s'il courait vers la liberté retrouvée. Cam le retint à mi-course.

— Attendez.

— Pourquoi ?

Le regard de Lance passa de Cam à Hope. Celle-ci lui adressa un faible sourire.

— Tout ira bien. Soyez patient.

Mais Joël n'avait pas envie de leur dorer la pilule.

— Ne bougez pas, il peut y avoir quelqu'un.

Charlie redressa la tête.

— Attendez une seconde !

Avec l'aide de Cam, Charlie et Jeff déposèrent le sac de couchage et son contenu sur le sol. Lance passait impatiemment d'un pied sur l'autre.

— Alors on reste ici ?

— C'est quoi le plan ? demanda Charlie en même temps.

Joël avait déjà rencontré des rescapés plus reconnaissants. Mais il en avait aussi croisé qui se comportaient de manière encore plus agressive. Le métier n'était vraiment pas facile.

— Comme Hope vous l'a dit, patience.

Cam avança d'un pas.

— Je vais y aller.

Joël fit non de la tête. Si quelqu'un devait s'aventurer à découvert, ce serait lui. Il avait entraîné Cam en lui promettant que ce serait une mission rapide, et ils avaient atterri au beau milieu d'un désastre.

— Tu ne vas pas te sacrifier.

Charlie leva les bras au ciel.

— Quelqu'un doit y aller pour appeler les secours.

— On n'est plus sous les arbres. Tu ne peux pas te servir de ton téléphone satellite ? demanda Hope.

— Il est dans l'hélicoptère.

Le sujet était sensible pour Joël. En quittant l'appareil, il s'était imaginé qu'ils y retourneraient aussitôt. Ensuite, à son deuxième passage, il s'était davantage intéressé à l'équipement et aux armes. Il avait fait une grosse erreur, et Cam ne l'avait pas raté sur ce point.

Non que le téléphone eût été d'une utilité quelconque de toute façon. Comme celui de Hope, le sien nécessitait un accès direct vers le ciel et, entre les arbres et le temps, il n'aurait pas pu fonctionner.

— J'y vais, trancha Cam en se débarrassant de son sac. Couvre-moi.

Il n'avait pas fait deux pas qu'un coup de feu retentit. Cam tomba à plat ventre et ne bougea plus.

Hope laissa échapper une exclamation d'horreur et les hommes se mirent à crier. Joël s'efforça de garder son calme. Le pare-brise de l'hélicoptère s'était étoilé, cela indiquait que le tireur était situé en hauteur, sans doute dans la direction du camp. Mais sa voix trembla un peu quand il héla Cam.

— Quoi ? répondit celui-ci sans bouger.

Le soulagement envahit Joël. Comme il s'y attendait, Cam s'était laissé tomber à terre par réflexe.

— Ça vient de la plate-forme.

— Tu es sûr ?

Cam se redressa sur les bras et lui lança un regard.

— Je n'aimerais pas être à ta place si tu te trompes.

Hope secoua la tête.

— Mais il n'y a personne là-bas !

— Il y en a peut-être une autre de ce côté, dit Joël en observant les alentours.

— De quoi parlez-vous ? questionna Lance.

Les autres hommes arboraient une expression de confusion similaire. Joël comprenait leur frustration, mais l'heure n'était pas aux explications. Et, si ses soupçons ne le trompaient pas, l'un d'eux savait déjà.

— Je me lève, fit Cam en amorçant un mouvement.

Joël ne voulait pas le laisser à découvert sans protection. Franchissant la ligne d'arbres, il s'avança dans la clairière et se retourna vers la forêt, en quête d'un mouvement ou d'une plate-forme de tir. Cependant, rien ne le mit en alerte.

— Vas-y.

Cam le dépassa en courant à toute vitesse. Jeff fit alors un bond en arrière et Hope s'écarta. La course de Cam s'acheva contre le tronc d'un gros arbre. Hope s'approcha tout de suite de lui, pour le palper.

— Ça va ? Tu n'as rien ?

Cam lança un regard à Joël.

— Tout va bien.

— Qu'est-ce que c'est que ça ? s'exclama soudain Jeff en se recroquevillant.

Un bruit saccadé déchirait le ciel vide. Puis un hélicoptère apparut au-dessus des arbres et prit la direction de la clairière. Il y avait suffisamment d'espace pour atterrir, mais cela demandait un peu d'habileté. Heureusement, l'équipe de Corcoran n'en manquait pas, se réjouit Joël.

— La cavalerie.

Oubliée, leur panique. En dehors du fait que la pluie avait enfin cessé, c'était la première bonne nouvelle depuis leur arrivée.

— C'est ton équipe ? demanda Hope, les yeux brillants d'espoir.

— Oui, répondit Joël.

Le courant d'air s'intensifia et le vacarme noya tous les autres bruits. Les arbres autour de la clairière oscillèrent et l'herbe s'aplatit.

Enfin, l'appareil se posa et l'hélice ralentit.

Joël s'avança à leur rencontre en levant la main. Au bout de quelques secondes, l'appareil stoppa. Se penchant au-dehors, Connor cria :

— Qu'est-ce qui se passe ?

— On vient juste d'essuyer un coup de feu ! C'est peut-être une arme montée sur une plate-forme.

Connor hocha la tête et se retira dans l'appareil une seconde. Quand il ressortit, il était armé et deux hommes l'accompagnaient. Joël reconnut l'un d'entre eux : le numéro deux de Corcoran Team, Davis Weeks, un homme à qui il aurait confié la sécurité de Hope sans hésiter.

Les trois hommes traversèrent la clairière en courant, sans déclencher d'autres tirs. Le danger était écarté, supposa Joël. Il serra la main de Connor.

— Il était temps que vous arriviez.

— J'ai dû transgresser une dizaine de lois et ignorer les hurlements du contrôleur de l'aéroport et du chef de la police pour arriver ici.

Connor pointa le pouce dans la direction de l'inconnu.

— Davis est venu avec moi pour piloter l'appareil, et nous avons emmené un garde-forestier.

Ils savaient tous piloter, et Joël ne remit pas en question la présence d'un homme supplémentaire. Le seul problème serait de réussir à les faire tous embarquer, mais c'était celui de Connor.

— Merci. A tous les deux.

Connor remit son arme dans son holster.

— Désolé de poser la question, mais qui est l'homme dans le sac de couchage ?

— Mieux encore, qui est la femme ? demanda Davis.

— C'est Perry, l'un des cadres de Baxter. Il est mort.

Joël fit signe au groupe de les rejoindre.

— Et voici Hope Algier.

Davis sourit à Joël.

— Son père n'est pas content après toi.

— On parlera plus tard de ta manière de passer tes congés, commenta Connor en contournant Joël pour accueillir le groupe.

Davis se pencha vers Joël.

— On parlera aussi de cette femme…

12

Enfin, Hope rentrait chez elle. Elle s'écroula de fatigue. Durant le retour, elle avait eu un aperçu de la personnalité de Connor et de Davis, car ils n'avaient cessé de discuter. Ils avaient mentionné un debriefing, mais lui avaient donné un jour de répit avant de s'y soumettre. Apparemment, elle devrait remplir des papiers et répondre à des questions.

Ils avaient promis de rechercher Mark et d'enquêter sur la mort de Perry. Elle leur en était reconnaissante, mais ce déluge d'informations lui faisait un peu tourner la tête.

A un moment donné, elle avait même dû respirer à fond pour se calmer. Pourtant elle était du genre à se maîtriser en toutes circonstances. Du moins était-ce le cas avant que sa vie ne se désintègre.

Dans le hangar de l'aéroport, quand Joël avait annoncé qu'ils avaient sans doute trouvé la tombe de Mark, un odieux frisson l'avait parcourue. Déjà dans la forêt, elle avait compris que c'était à ça qu'il pensait, mais qu'il énonce ce fait brut à ses collègues l'avait bouleversée.

Tout avait commencé à tourner autour d'elle. Joël lui avait pris la main : « Ça va aller », lui avait-il assuré. Mais c'était Davis, avec des photos de sa femme enceinte, qui avait réussi à la délivrer de ses pensées mortifères.

Davis semblait fou amoureux. Il souriait jusqu'aux oreilles en exhibant ces photos, et sa voix était pleine d'excitation. Hope s'était laissé gagner par son bonheur.

Cette conversation l'avait également remplie d'une étrange tristesse et d'un désir ardent pour ce qu'elle craignait de ne jamais vivre. Elle ne pouvait pas vraiment commencer une nouvelle vie, alors qu'elle était encore engluée dans l'ancienne. Une ancienne vie dont le personnage le plus saillant était en train de fouiller dans sa cuisine.

— Dois-je comprendre que tu restes ici ce soir ? demanda-t-elle en s'asseyant sur un des tabourets.

Joël se figea, une main sur la porte ouverte du réfrigérateur.

— Je n'ai pas envie de conduire jusqu'à Annapolis.

Pourtant, songea Hope, le reste de son équipe avait trouvé à se loger dans les environs. Lui, non. Il l'avait conduite chez elle et avait investi les lieux, sans lui demander son autorisation. A la vérité, cela ne lui déplaisait pas totalement.

— Pas de problème, fit-elle.

Il referma la porte et contourna l'îlot devant lequel elle était assise. Ses pieds nus se balançaient en l'air. Elle s'était douchée et avait enfilé un short écossais et un fin T-shirt, qui attirait le regard de Joël sur ses seins toutes les trente secondes.

Elle avait choisi cette tenue exprès pour le séduire. Certains hommes aimaient voir les femmes en jupes moulantes et en lingerie sexy. Joël, quant à lui, préférait les tenues simples et décontractées. Un vêtement sous lequel il pouvait passer les mains. Pas de sous-vêtements, un éclair de peau nue, et il perdait tout contrôle. Cela marchait chaque fois.

Elle n'était pas la seule à avoir pris une douche. Joël aussi, mais il l'avait fait au rez-de-chaussée au lieu d'utiliser sa salle de bains.

Cette retenue l'avait surprise. Elle s'était attendue qu'il tire le rideau et la rejoigne sous la douche. Elle ne s'en serait pas plainte.

Mais il ne l'avait retrouvée que plus tard, dans la cuisine : les cheveux humides, vêtu d'un jean délavé et d'un T-shirt blanc qui lui faisait comme une seconde peau. Il était très beau et sentait aussi très bon. Manifestement, il savait aussi la séduire.

Et il ne s'en priva pas en s'approchant d'elle et en se plaçant entre ses jambes. Il ne la toucha pas. Il n'en avait pas besoin.

Le lieu était assez petit pour que sa présence se diffuse dans chaque pièce, même s'il n'avait pas vécu là depuis des mois.

En plus du salon, l'appartement comprenait deux chambres et un petit bureau. L'ensemble aurait tenu dans l'aile des invités de la maison de son père, mais cette surface était parfaite pour elle. Elle aimait le confort, et son énorme sofa en angle dominait la pièce principale. Les étagères étaient chargées de livres et d'une collection de mugs dépareillés qu'elle ramenait de ses voyages.

Son père, lui, appréciait les bibelots chromés et les sols en marbre. Il avait de l'argent et aimait le dépenser. Hope ne lui enviait ni sa richesse ni son pouvoir. De toute façon, ni l'une ni l'autre n'étaient révélateurs de sa manière d'être père. C'était un bon père, avec une tendance à la surprotéger et à se mêler de ce qui ne le regardait pas, mais il avait le cœur bien placé. Il voulait qu'elle soit heureuse, et il répétait que Joël était l'homme de sa vie.

Elle était d'accord sur ce point.

Debout devant elle, Joël glissait les mains sous son short pour toucher sa peau nue.

— Tu veux que je m'en aille ?

Il était inutile de feindre. Ils s'aimaient et se faisaient du mal. C'était un cercle vicieux qu'elle n'arrivait pas à briser.

— Non.

— Serait-ce trop hardi de dire que j'ai des préservatifs avec moi ?

Il lui embrassa la joue, puis laissa sa bouche glisser vers son oreille. Elle pencha la tête pour lui faciliter la tâche. Quand il l'embrassait là, tout son corps tremblait d'excitation et elle empoigna ses avant-bras pour garder l'équilibre.

— Encore un vœu pieux ?

— Seulement une bonne préparation, dit-il tout contre sa peau.

Les yeux qu'elle avait à moitié fermés se rouvrirent tout grands. Elle recula et le dévisagea.

— Je ne comprends pas.

— Davis me les a mis dans mon sac quand il a fait le sien.

Un homme marié à une femme enceinte trimballait des préservatifs ? s'étonna-t-elle.

— Bizarre.

— Ils m'étaient destinés. Il a entendu parler de toi.

La conversation ôtait un peu de charme à cette scène de séduction.

— Qu'est-ce que tu veux dire ?

Au lieu de répondre, Joël pencha la tête et l'embrassa. La séduction était de retour. Une vague de désir la transporta avec tant de force qu'elle serait tombée s'il ne l'avait retenue par les hanches.

Bien que l'anxiété et le danger se soient évanouis, elle avait toujours follement envie de lui. Ses sentiments étaient démultipliés, alors qu'elle s'était persuadée qu'ils s'étaient affadis.

— Il sait… Ils savent tous maintenant, toute l'équipe…

Joël lui embrassa le bout du nez.

— … ce que tu représentes pour moi.

Le cœur de Hope fit un saut périlleux dans sa poitrine.

— C'est-à-dire ?

— Tout.

Et voilà. Ses doutes s'envolèrent et son besoin de se protéger flancha. Il venait de prononcer les mots qui ouvraient toutes grandes les portes, lui donnaient envie de faire une autre tentative.

Il y croyait, elle le savait au fond d'elle. Mais s'en souviendrait-il sur le long terme ? C'était une autre histoire.

Cependant, ni les *si* ni les *demain* n'avaient vraiment d'importance en cet instant. Joël effleurait l'intérieur de ses cuisses et pressait sa bouche brûlante sur la sienne. Elle le voulait : sur elle, avec elle, en elle.

— Viens là-haut avec moi, murmura-t-elle contre sa bouche.

Le baiser s'approfondit et la pièce se mit à tourner. Sans qu'elle s'en aperçoive, Joël l'avait soulevée dans ses bras.

Elle noua les chevilles autour de sa taille. Son érection se pressait contre elle et le bruit de son haleine brûlante remplissait sa tête.

Il parvint à les mener jusqu'au sofa. Sans décoller les lèvres des siennes, ni stopper le mouvement de ses mains dans son dos, il s'assit avec elle.

Elle était à califourchon sur lui, les genoux enfoncés dans les coussins du canapé. Tandis qu'il remontait les mains sous son T-shirt, elle plongea les siennes dans ses cheveux.

— Je suis contente que tu sois venu au camp, chuchota-t-elle en posant un baiser sur sa gorge.

Il pencha la tête en arrière.

— Je ne supportais pas de te savoir là-bas sans moi.

— C'est mon travail.

Il plongea ses yeux dans les siens et lui prit le visage entre les mains.

— Je veux que tu sois en sécurité.

Elle effleura de la main son ventre plat et descendit sur ses cuisses. Une vive chaleur émanait de lui. Son érection était tout contre elle, entre ses jambes, et il ne cessait de bouger pour se rapprocher encore.

Quand il se déplaça un peu, elle en profita pour lui déboutonner son jean. Il ne s'était pas donné la peine de mettre une ceinture. Elle abaissa la fermeture Eclair : il n'avait pas mis de sous-vêtement non plus. Quel réalisme de sa part !

Elle posa la main sur lui et effleura sa bouche de ses lèvres.

— Emmène-moi au lit.

Il resserra les mains sur ses cuisses.

— Je me demandais quand tu allais me l'ordonner.

Un peu après 21 heures, Tony pénétra dans la salle de conférences et s'assit en bout de table. Ses hommes venaient de passer des jours difficiles. De quatre, leur nombre s'était réduit à deux. L'horreur de cette expérience se lisait sur leurs visages. Jeff et Lance étaient tous deux pâles et avaient les traits tirés.

Peut-être voulaient-ils rentrer chez eux et oublier ce qui s'était passé, pensa Tony. Il ne pouvait pas le leur reprocher. Lui aussi aurait bien aimé effacer ces derniers jours de sa mémoire.

Sur son ordre, on les avait soigneusement examinés à l'hôpital. Malgré les épreuves, ils étaient en bonne santé. Mais il tenait à juger de leur état émotionnel. Il avait également besoin d'évaluer ce qu'ils savaient.

De la police à la presse, en passant par les gardes-forestiers et Connor, tout le monde voulait les interroger. Tony aurait préféré les isoler sans les laisser communiquer avec l'extérieur, mais ce n'était pas faisable. En l'état des choses, il s'était débrouillé pour ménager une petite réunion et profiter de leur état nerveux. Mais le temps passait.

Et il avait perdu la bataille en ce qui concernait Connor. L'homme semblait avoir pris la direction de l'enquête, et personne dans la police ou l'agence fédérale n'émettait d'objection. Il arrivait, et tout le monde s'inclinait.

Tony poussa un soupir intérieur. Comme il l'avait prévu, Corcoran Team était synonyme d'ennuis. Hope et Joël étaient les pires. Leurs noms couraient sur toutes les lèvres, il en avait la migraine.

Il faudrait qu'il s'occupe d'eux plus tard. Pour le moment, il devait annoncer d'autres mauvaises nouvelles. Le genre de nouvelles qui abattait les hommes ou les lançait dans une croisade. Il n'avait aucune intention de laisser l'une ou l'autre chose se produire. Il voulait qu'ils soient en forme et qu'ils se sentent redevables envers lui. Qu'ils le soutiennent.

— Après qu'on vous a évacués, l'équipe de secours a découvert un corps dans la forêt.

En dépit de tout ce qui avait mal tourné, cette part du plan au moins s'était déroulée comme prévu, ajouta Tony pour lui-même.

Jeff s'avachit et posa les coudes sur la table.

— Quoi ?

— Mark.

Lance secoua la tête.

— C'est Perry qui l'a fait ?

— Nous le pensons, confia Tony.

C'était la version la plus cohérente avec le nouveau scénario qu'il avait concocté.

— Perry n'aurait jamais fait de mal à Mark.

Jeff regarda Lance.

— Non ?

La dernière chose que Tony souhaitait, c'était que ces deux-là se liguent et échangent des impressions.

— Vous devez connaître le reste de l'histoire. Après votre départ au camp, j'ai découvert des irrégularités financières.

Jeff s'affaissa un peu plus sur sa chaise.

— Qu'est-ce que ça veut dire ?

— Apparemment, Mark gonflait ses chiffres pour donner l'illusion que l'entreprise se portait bien.

Il en existait dorénavant des preuves, se réjouit Tony. Des notes et des dossiers, tous antidatés et introduits dans les sauvegardes des ordinateurs. Cela payait d'avoir une équipe d'experts techniques qui transmettaient leur savoir-faire, car il avait appris une ou deux choses au fil des années.

— Ça explique les informations que j'ai recueillies, dit Jeff.

Tony se força à garder une expression neutre.

— De quoi parlez-vous ?

— Des résultats contradictoires d'un de nos départements, le nouveau. J'ai pensé qu'il s'agissait d'une anomalie, mais je voulais m'occuper du problème, au cas où la baisse de productivité aurait été le signe d'autre chose.

— Et vous n'êtes pas venu m'en parler ?

Tony n'avait pu s'empêcher de prendre un ton menaçant. D'ailleurs, Lance plissa les yeux.

Jeff poursuivit, sourcils froncés :

— J'ai évoqué avec Mark les stratégies marketing que nous pouvions utiliser pour stabiliser les chiffres. Je croyais qu'il vous en avait parlé.

Tony acquiesça. Cela répondait à sa question. Il avait craint que Mark n'ait fait part de ces informations à d'autres membres du personnel. Apparemment Jeff en était la source et il était allé voir Mark, qui l'avait écouté sans rien dire. Puis Mark s'était précipité dans son bureau, sans mentionner Jeff, et tout était parti de là.

La décision qu'avait prise Mark de s'attribuer la découverte de Jeff lui facilitait les choses, songea Tony. Il en profita pour planter d'autres jalons.

— Le vrai problème, ce sont les raisons de cette instabilité.

Lance cessa de tapoter sur la table et lui lança un regard.

— Que voulez-vous dire ?

— Apparemment Mark avait créé une combine assez élaborée. Il créait de faux comptes-clients et y injectait de l'argent. Ces mouvements apparaissaient comme des mauvais trimestres, alors qu'en réalité il empochait une partie de l'argent. Il a tenté de couvrir l'opération avec des chiffres gonflés, pour donner l'impression qu'il avait sauvé le département, mais il était trop tard.

Tony arrêta de faire pivoter son fauteuil d'avant en arrière. Il fallait qu'il paraisse calme et rassurant. Il était hors de question de laisser voir sa nervosité.

Lance secoua la tête.

— Ce n'est pas possible.

— Je crains que si.

Tony se dépêcha de dissiper leur envie de le questionner.

— La seule explication logique est que Perry l'a découvert et qu'il a payé de sa vie sa loyauté envers la société.

— Je n'arrive pas à y croire, soupira Jeff.

— Vous avez de la chance que ce n'ait pas été vous. Mais j'imagine que vous auriez été les suivants.

Tony repensa au dernier document qu'il avait créé.

— Je crois que cela explique pourquoi il m'a envoyé ce mémo concernant le stage. Il voulait vous avoir à portée de main et se procurer ainsi une couverture pour ses agissements.

— Mais alors qui l'a tué ? demanda Lance en posant la main sur la table et en se penchant en avant.

Il avait le bras en écharpe après la blessure reçue dans la forêt. Quelque chose à propos d'un tireur embusqué et d'une arme trafiquée. Tony ignorait tout de cela, mais il avait l'intention de le découvrir. Il haussa les épaules.

— Je suppose que c'est Perry.

C'était l'essence du nouveau plan : impliquer les deux hommes. Inventer un scénario où ils s'affrontaient mutuellement. Mark emberlificoté dans ses mensonges et Perry essayant de découvrir la vérité. C'était crédible et plus facile que de continuer à dissimuler les pertes, avait conclu Tony.

Il pouvait présenter l'histoire comme une trahison et jurer de prendre les mesures nécessaires. Revoir toute la procédure comptable et la manière de calculer les frais généraux.

En fin de compte, le subterfuge servirait à dégraisser l'entreprise et à préserver les résultats nets. De plus, cela consoliderait sa position, en lui assurant les bonus dont il avait besoin.

Mais Lance, le rouage le moins important de la hiérarchie, ne semblait pas gober l'histoire. Il ne cessait de secouer la tête, avec un air de scepticisme évident.

— On tourne en rond.

— L'important, c'est que nous soyons de nouveau sur les rails.

Il faudrait le convaincre, décida Tony. Mais plus tard. Ils avaient tous besoin de se reposer et d'assimiler tout ça. Lui-même devrait aussi gérer Connor et l'équipe de Corcoran, ce qui allait demander l'équivalent d'un plein temps.

— Les familles de ces hommes méritent de continuer à croire en eux. Nous allons adopter une attitude prudente, faire le ménage et passer à autre chose.

— Le conseil d'administration approuve cette stratégie ? demanda Jeff.

— Nous y travaillerons. Tout doit être transparent et légal, mais il faut également témoigner du respect aux morts.

Dès qu'il aurait un rapport à présenter, songea Tony, il mettrait le processus en route. Le conseil d'administration, ébranlé par la mort des deux cadres, n'exigerait rien d'autre de lui que des réponses sur les événements. Les questions financières ne seraient pas à l'ordre du jour. Il les y mettrait, mais à sa manière.

— Dans l'intervalle, vous deux, vous devriez prendre une semaine de congé. Bien sûr, dans la mesure où vous auriez besoin d'une assistance médicale ou psychologique, Baxter couvrira tous vos frais.

— Merci, fit Jeff.

Mais Lance resta silencieux.

C'était assez pour le premier jour, estima Tony. Les prochains seraient rudes. Il y avait des obsèques à préparer et une histoire à faire traîner en longueur.

— Vous pouvez rentrer chez vous.

Les deux hommes se levèrent, échangèrent remerciements et poignées de main. Tony serra les dents durant tout ce boniment. Il n'était pas habitué à expliquer ce qu'il faisait. Il donnait des ordres et les gens obéissaient. Puisque Mark était mort et que ses informations avaient disparu avec lui, il pouvait continuer à diriger Baxter.

Enfin, Lance et Jeff sortirent dans la nuit. Il leur fit un dernier signe de la main, et alla même jusqu'à sourire quand le portable bourdonna pour la quatrième fois dans la poche de sa veste. Il savait qui l'appelait. Il le savait et il ne réagissait pas, car c'était le seul problème qu'il n'avait pas prévu.

Il jeta un coup d'œil à l'écran et reconnut le numéro qui n'avait cessé de s'afficher toute la journée. Des textos, des messages. Si son partenaire essayait de laisser des traces, il se débrouillait bien. Le secret de leur relation semblait lui peser.

Tony allait lui mettre les points sur les *i*, mais pas tout de suite. Il avait d'abord besoin de quelques minutes de silence pour réfléchir. Ensuite, quand l'autre rappellerait, il décrocherait.

13

Le lendemain, Joël se tenait silencieux tandis que Connor faisait comme tous les matins : s'asseoir au bout de la table et se verser un café. Sauf que là, ni la table ni les bureaux n'étaient les leurs. La salle ainsi que les ressources techniques nécessaires leur avaient été prêtées par Algier Security, mais cela ne semblait pas décontenancer Connor, ni lui donner l'air moins imposant.

Il versa une tasse pour Hope puis reposa la cafetière sur le plateau devant lui, laissant Davis et Joël se servir. Après avoir passé la nuit dans le lit de Hope et avoir fait l'amour avec elle, Joël n'avait pas besoin de remontant.

Mais Connor était accro à la caféine. Il pouvait descendre une cafetière en une heure et en boire toute la journée. Comment il arrivait à dormir la nuit demeurait un mystère.

Probablement pas très bien, estimait Joël. Son épouse, Jana, était partie et Connor refusait de dire où. Pourtant, il portait toujours son alliance et faisait souvent référence à Jana.

Au début, il avait prétendu qu'elle était allée rendre visite à des parents mais, à mesure que les mois avaient passé, il était devenu évident que leur mariage avait implosé. Il ne s'était plus donné la peine d'essayer de donner des explications.

Ce qui renforçait Joël dans l'idée que les relations de couple n'étaient pas compatibles avec ce métier. Tout le monde trouvait que Connor et Jana formaient le couple idéal : intelligents, concentrés, dévoués l'un à l'autre et à leur travail. Et pourtant, elle l'avait quitté.

— Votre père nous laisse utiliser son bureau comme base arrière, expliqua Connor à Hope.

Elle sourit par-dessus le bord de sa tasse.

— Ça lui ressemble bien.

— Il est en route, mais il est désolé d'avoir été retardé par le temps et de ne pas avoir pu être là pour t'accueillir, dit Joël.

Il le savait car, le matin même, il avait déjà reçu deux appels longs et houleux de Rafe Algier. Le deuxième s'était terminé par l'ordre d'épouser enfin Hope.

En dépit de son argent et de son pouvoir, le père de Hope avait des intentions très simples. Il voulait que sa fille unique soit en sécurité et avec Joël.

Joël était d'accord avec ces deux propositions, mais comment adhérer à la seconde sans nuire à la première ?

Comme si elle avait lu dans ses pensées, Hope glissa une main sous la table pour la poser sur son genou.

— Je vais bien, murmura-t-elle.

Ce simple contact enflamma Joël. C'était tout ce qu'il lui fallait pour s'embraser.

— Je veillerai à ce que ça continue, dit-il.

— En parlant de ça…

Davis regarda sa montre pour la dixième fois depuis qu'ils s'étaient rassemblés et branchés en vidéoconférence avec les bureaux de Corcoran.

— Je pense que je vais retourner au siège. Je coordonnerai les choses depuis Annapolis, en me servant des impressionnants programmes informatiques de Joël pour décortiquer les informations recueillies.

— Je préférerais que tu ne touches pas à mes affaires, mais…

Davis hocha la tête.

— Mais je le ferai quand même.

— Quand votre femme doit-elle accoucher ? demanda Hope.

— Lara.

Davis sourit en prononçant son nom, comme il le faisait toujours.

— Elle est dans son cinquième mois de grossesse.

— Il n'aime pas être loin d'elle, rappela Joël.

— C'est vrai, mais je veux aussi être au bureau pour aider Pax et Ben à analyser les données.

Davis fit un clin d'œil à Hope.

— Passer voir ma femme n'est que la cerise sur le gâteau.

— Qui sont les hommes dont vous parlez ?

Hope ôta sa main de la jambe de Joël. Il la remit tout de suite sur sa cuisse.

— Des membres de l'équipe. Il y en a quelques autres qui travaillent surtout avec Cam, mais ils sont en congé forcé en ce moment.

— Forcé ?

Connor intervint :

— J'ai exigé qu'ils prennent du repos parce qu'ils voyageaient tout le temps. Cam était disponible et il sait piloter, alors il s'est chargé de déposer Joël au camp.

— Ce qui ne m'a pas tellement réussi, souligna Cam en se faufilant dans la pièce et en s'asseyant à côté de Davis.

— Bien, soupira Hope en prenant une autre gorgée de café, je crois que j'ai tout compris maintenant.

— Je suis sûr que nous allons encore t'égarer une ou deux fois, dit Cam. Désolé de ce retard.

— Qu'est-ce qui t'a retenu ? demanda Joël.

— Je vérifiais l'hélico.

Connor ouvrit la bouche, mais Cam fit un geste d'apaisement.

— Tout va bien, on s'occupe du pare-brise. Nous pourrons décoller dès que tu voudras.

Joël voulut demander à quelle fin, mais Cam lui lança un regard appuyé et hocha négativement la tête. Quelle que soit cette mission, Connor voulait manifestement qu'elle reste discrète. Cela ne fit qu'intriguer davantage Joël.

Hope enveloppa son mug de la main.

— Au risque de vous faire douter de mon intelligence, puis-je vous poser une question évidente ? Pourquoi avez-vous besoin d'un bureau ici ? Pourquoi vous ne retournez pas chez vous, maintenant que nous sommes tirés d'affaire ?

Chez vous. Les mots ricochèrent dans le cerveau de Joël. Cela voulait dire la quitter.

— Nous n'avons pas terminé le boulot, expliqua Connor.

Joël acquiesça en silence. Bien sûr, c'était un travail sans caractère officiel, mais Rafe avait insisté pour engager Corcoran afin de comprendre ce qui avait mal tourné durant le stage. Il voulait des réponses, et l'assurance que sa fille ne se retrouverait pas de nouveau en danger.

Joël voulait la même chose, et Connor n'avait pas cillé devant cette requête. Il avait peut-être perdu sa femme, mais il était d'une loyauté à toute épreuve envers son équipe. Si l'un de ses hommes avait besoin d'aide, il intervenait.

Le regard de Hope perdit un peu de sa luminosité.

— Je n'arrive toujours pas à croire que Mark est mort.

Joël lui pressa la main.

— C'est grâce à toi si nous avons pu retrouver son corps.

Tous les hommes approuvèrent. Davis semblait plus qu'un peu impressionné. Que dirait-il s'il connaissait les autres talents de Hope ? se demanda Joël.

— Les gars de la police scientifique grouillent sur le terrain, reprit Connor.

Cam se leva à demi et tendit le bras pour s'emparer de la cafetière.

— Pourquoi est-ce qu'on n'y est pas aussi ?

— Une bête question de juridiction, mais nous avons accès à tout : les données brutes, les échantillons, tout ce qu'il faut.

Davis se mit à rire.

— Tu as réussi à les convaincre de faire ça ?

Connor sourit.

— Je peux être très persuasif quand je veux.

La tension accompagnant l'évocation de la mort de Mark parut s'évaporer, mais Hope fronçait encore les sourcils.

— Je ne saisis toujours pas la raison de votre installation ici.

— Baxter est ici, et je veux être là où Tony Prather se trouve.

Le sourire de Connor s'élargit, comme s'il se réjouissait à l'idée d'affronter l'homme.

— Je veux lui faire savoir que je ne l'ai pas oublié et que je n'ai pas oublié ma promesse de résoudre ce mystère.

— En plus, on a deux meurtres et des explications m…

Hope se mit à rire devant l'interruption soudaine de Davis.

— Oui ?

Il s'éclaircit la gorge.

— Disons… invraisemblables.

— Joli rattrapage, commenta Cam en hochant la tête.

— L'histoire que Tony essaie de vendre, selon laquelle Mark et Perry se seraient entretués, ne tient pas debout.

Connor survola les notes qu'il avait devant lui.

— Comment Perry aurait-il pu allumer un incendie dans son état ? Et pour quelle raison ?

Joël renchérit :

— Nous savons tous que Perry était hors-jeu. Cam lui avait jeté un coup d'œil dix minutes avant que Hope ne sente l'essence, et il était inconscient.

— Donc, poursuivit Connor, Perry se serait réveillé pour aller chercher de l'essence, en verser partout dans le bungalow, gratter une allumette, et ensuite se recoucher et se rendormir ?

Cam ricana.

— Je ne pense pas.

Davis haussa les épaules.

— La police croit à cette version.

Hope reposa son mug sur la table avec un claquement sonore.

— Allons donc !

— Tony Prather leur a servi une bonne histoire, tonna Connor. Il est doué pour la vente, après tout.

— Moi, il ne m'a pas impressionnée, confia Hope. C'est quand même un homme qui ne voulait pas participer au stage qu'il avait lui-même organisé.

Connor fronça les sourcils.

— Attendez, je ne comprends pas. Tony a déclaré que c'était Mark qui voulait organiser ce stage.

— Ah non, fit Hope. Ce n'est pas ce que Tony m'a dit quand nous avons discuté du projet.

Elle prit son portable et fouilla dans ses e-mails. Quand elle trouva le bon, elle tourna l'appareil pour le montrer à Connor.

— Je lui ai demandé pourquoi il ne venait pas, et il a prétexté qu'il ne pouvait pas s'absenter de l'entreprise, mais que le stage était nécessaire pour le moral et la cohésion de l'équipe dirigeante.

— Ce type est comme une anguille, pesta Connor.

Il passa le portable à Davis et ajouta :

— Tony ne voulait pas envoyer une équipe de recherche, et il ne semblait pas si inquiet à propos de Mark, ni convaincu de la nécessité de le rechercher.

— Un gars formidable, par quelque bout qu'on le prenne, conclut Davis.

Il rendit le téléphone à Hope.

Elle le posa devant Joël et remit la main sur sa jambe.

— Mais pourquoi se donner toute cette peine ? Un stage de survie pour des cadres, c'est beaucoup de travail.

— Et beaucoup d'inconnues, compléta Joël.

C'était le point qu'il ne comprenait pas. Quand on voulait se débarrasser d'un cadre, ou monter deux d'entre eux l'un contre l'autre, il y avait des moyens plus faciles. Dans la forêt, il n'était plus possible de contrôler les choses. Il y avait le facteur humain, le temps, les animaux et les accidents possibles.

Connor posa les coudes sur la table et se versa une autre tasse de café.

— Je pense qu'il faut prendre en considération la plus vieille raison du monde : l'argent.

Hope grogna en se frottant les yeux.

— J'aurais parié que vous alliez dire ça.

— Grâce à un membre du conseil d'administration particulièrement sceptique, Ben a pu fouiller dans les archives de Baxter. Il a eu accès à des notes, à des dossiers et à des rapports ennuyeux à en donner le vertige, expliqua Davis.

— Et comment s'est-il retrouvé chargé de ça ? demanda Hope en souriant à demi.

— C'est le dernier arrivé.

Joël se retint de commenter. Il s'était trouvé dans cette position peu enviable, et il avait été ravi que quelqu'un prenne le relais.

Il n'était plus le petit nouveau, bien qu'il en ait parfois encore l'impression. Il continuait d'apprendre. Il possédait les compétences fondamentales et pouvait égaler ou surpasser ses collègues quand il s'agissait de tirer ou de filer, mais la stratégie et la tactique demandaient d'autres dispositions. Connor et Davis y excellaient.

Cam intervint à son tour :

— Ben est un ancien du NCIS, alors il a l'habitude des foutaises du gouvernement. Les foutaises des entreprises, c'est la même chose.

Hope secoua la tête et marmonna quelque chose sur les hommes qui se comportaient comme des enfants. Joël ne comprit pas exactement.

— Donc, reprit-elle, j'en déduis que Tony persiste à présenter Mark comme le méchant de l'histoire.

— En ce qui le concerne, l'affaire est bouclée, indiqua Connor.

— Mais vous n'êtes pas d'accord.

— Certainement pas, lança Davis. Nous allons démonter son entreprise, examiner chaque bout de papier et découvrir tous les angles.

— Nous pensons que c'est Tony qui est au centre de tout ça, résuma Joël.

— Alors il doit payer, riposta Hope en lui pressant la cuisse. Comment puis-je vous aider ?

Cette fois, Davis se mit à rire franchement.

— Je l'aime bien.

— Elle sait aussi tirer à l'arc, ajouta Cam.

Connor haussa un sourcil.

— Impressionnant !

Ils ne se doutaient pas de ses talents, songea Joël. Elle aurait pu tous les surpasser. Ils étaient physiquement en forme car leur métier l'exigeait, mais elle avait plus d'endurance qu'aucun d'entre eux. C'en était sexy, soupira intérieurement Joël.

Cam fit danser son mug sur la table, comme une toupie.

— Et elle s'est débrouillée pour fréquenter Joël sans le tuer.

— Stupéfiant, ironisa Davis.

Joël intervint pour mettre un terme à la conversation avant qu'elle ne lui échappe complètement. La dernière chose qu'il voulait, c'était essuyer un feu nourri de questions sur sa vie amoureuse.

— Ça suffit !

— Et au cas où vous vous poseriez la question, c'est lui qui m'a quittée.

Cette fois, Hope retira sa main et la posa sur la table, où tout le monde pouvait la voir.

Oui, il n'était que temps de changer de sujet, conclut Joël. Il s'en fallait d'un cheveu pour qu'il perde tout à fait le contrôle de la situation.

— Pourrions-nous remettre cette discussion à plus tard ?

Davis était toujours bouche bée.

— Pas possible ?

— Je n'y ai pas cru non plus, renchérit Cam.

Joël chercha du secours du côté de Connor, mais celui-ci semblait presque inquiet pour sa santé mentale.

— Je te croyais plus malin que ça, Joël.

— Je commence à me le demander, marmonna Joël avant d'avoir réfléchi.

Si Hope l'entendit, elle ignora cette remarque, car elle était déjà passée à un autre sujet.

— Il y a autre chose. Cette ou ces… Comment les appelez-vous, plates-formes ? Il n'y a aucune chance pour qu'un des hommes ait pu les installer.

Davis la dévisagea d'un air appréciateur.

— Ça nous laisse un gredin malintentionné ou…

— Charlie, lâcha Joël, car ce nom ne cessait de lui tourner dans la tête.

Charlie se fondait dans le paysage et ne causait pas de problèmes. Il connaissait bien la région et aurait pu bâtir les installations. La question était pourquoi.

— Mon père a vérifié son parcours, indiqua Hope. En dehors de problèmes financiers dus au ralentissement des affaires, comme presque tout le monde aujourd'hui, il n'y avait rien à redire.

Le silence se fit dans la pièce, et Hope regarda les hommes tour à tour.

— Quoi ?

— L'argent, répondit Joël. C'est ce qu'on disait il y a deux minutes.

Davis poussa un long soupir.

— Mieux vaut vérifier une nouvelle fois ses antécédents.

La pièce parut entrer en éruption. Connor se mit à remuer des papiers et Davis s'empara de l'ordinateur portable. Même Cam prit un dossier et se mit à étudier des notes. Seule Hope conserva une expression choquée.

Joël adorait cette partie de leur activité. Ils avaient un point de départ et une mission. A partir de là, ils pouvaient donner à celle-ci n'importe quelle direction, étudier les éléments et examiner différents scénarios.

— Cherche des dépôts récents, dit Connor en tendant un listing à Davis. Regarde si quelqu'un aide Charlie à payer ses factures.

Enfin, Hope sortit de sa léthargie. De vide, son expression se fit furieuse, nota Joël. Ses joues rosirent et elle serra son mug avec assez de force pour le briser entre ses doigts.

— Je lui faisais confiance. Il était là avec nous, armé…

— Ça donne envie de lui mettre son poing dans la figure, non ? souligna Cam.

Joël tendit le bras vers Hope et lui ôta la tasse des mains.

— Faudra que tu fasses la queue.

14

Tony claqua la portière de sa voiture et se dirigea vers le lieu du rendez-vous. Longeant les voitures garées sous l'autoroute de Whitehurst, il continua vers la zone gravillonnée qui se trouvait à l'autre bout du parking, à l'écart de la circulation piétonne.

C'était le milieu de l'après-midi, et le bourdonnement de la circulation se faisait entendre. Les rues de Georgetown étaient bondées de touristes et d'étudiants. Les gens discutaient, se disputaient des places de parking et affluaient en masse vers la rive du fleuve, à la hauteur de Main Street, là où se trouvaient la plupart des restaurants et des boutiques.

Charlie avait insisté pour qu'ils se voient, en menaçant de raconter tout ce qu'il savait. Des paroles dangereuses venant d'un homme qui avait autant de sang sur les mains.

Les chaussures de ville de Tony résonnaient sur la chaussée. Il fit encore quelques pas et s'immobilisa. A cette distance du fleuve, l'odeur de poisson était forte mais il n'avait pas l'intention de s'attarder.

Il dirait ce qu'il avait à dire, agiterait des menaces et s'en irait.

Appuyé contre la portière de sa camionnette noire, Charlie jetait des regards à la ronde. Une telle attitude fit regretter à Tony d'avoir fait affaire avec lui.

Il n'avait pas le temps de bavarder. Après un regard rapide autour de lui pour s'assurer de la discrétion de leur échange, il se jeta à l'eau.

— Nous nous étions mis d'accord pour ne pas nous contacter en ce moment.

Charlie laissa tomber sa cigarette sur le sol et l'écrasa du talon de sa chaussure de randonnée.

— Ouais, mais y a plein de choses qui ont changé entretemps.

— C'est pourquoi il est encore plus important que vous fassiez profil bas.

Si Charlie s'y refusait, pensa Tony, il devrait changer ses plans et se débarrasser de lui.

Charlie était plutôt vieux, mais en forme.

Au début, choisir Charlie avait semblé logique. Il avait besoin d'argent et, lui, Tony, besoin de talents particuliers. L'un des techniciens avait mentionné son oncle quand ils avaient eu besoin de main-d'œuvre pour déménager des cartons de données, et il l'avait décrit comme étant discret et volontaire pour toutes sortes de travaux. Selon lui, c'était un ours solitaire, replié sur lui-même.

Le neveu aurait dû ajouter que c'était un spécialiste du chantage. Charlie possédait quelques informations et s'imaginait que les laisser pendre au-dessus du P-DG de Baxter comme une épée de Damoclès était la bonne solution.

Mais Tony avait été assez malin pour couvrir ses traces et détourner la piste qui menait à lui. Il avait même créé un faux message de Charlie, suggérant que le vieil ours avait tout inventé en échange d'une grosse somme et que, lui, Tony, n'était rien d'autre qu'une victime.

Il avait définitivement consolidé ses arrières. Et, en prévision de cette rencontre, il s'était équipé d'un brouilleur de signal et d'une arme, afin d'empêcher Charlie de le devancer. Entre sa parole et celle d'un vieux cinglé, Tony était sûr de gagner la partie. Il y avait veillé. Personne ne lui reprocherait d'avoir tué un fou qui l'agressait.

Charlie croisa les bras en s'adossant à son véhicule.

— Vous avez ignoré mes appels.

— Je laisse refroidir les choses.

Ce n'était que la moitié d'un mensonge. L'autre moitié concernait l'argent à transférer et les papiers à faire disparaître.

— Une remarque intéressante vu la mort de Perry.

— Vous ne deviez pas le toucher ! s'exclama Tony. Un incendie, qu'est-ce qui vous est passé par la tête ?

— C'était une solution habile.

— C'était bâclé, et cela a rendu l'histoire que nous essayons de faire passer…

— Nous ?

— … plus difficile à gober.

Charlie le dévisagea quelques secondes sans dire un mot.

— Perry est arrivé juste au moment où je déplaçais le corps de Mark.

Charlie ne faisait vraiment rien comme il fallait, enragea Tony. Il lui avait dit de mettre en scène une chute. Ils avaient revu plusieurs fois le plan. Aucun problème. Abandonner un corps là où n'importe qui pouvait trébucher dessus ne faisait pas partie de ses instructions.

Cependant, Tony s'efforça de rester calme pour conserver l'avantage.

— Pourquoi l'avez-vous fait ?

— Vous vouliez que ça ait l'air d'un accident. J'essayais d'arranger les choses.

Charlie haussa les épaules.

— J'ai levé les yeux et j'ai vu Perry. J'avais pas d'autre choix que de le buter.

— Et ensuite, vous avez essayé de simuler un accident commun. Comme s'ils s'étaient affrontés. Vous ne leur avez pas laissé le choix.

Tony referma la bouche dès qu'il prit conscience de ses paroles. Il était un homme d'affaires, un homme d'affaires légitime. Il ne pouvait pas s'engager dans des conversations de ce genre.

Il repoussa son sentiment de culpabilité. Mark et Perry étaient d'honnêtes travailleurs et ils auraient mérité mieux. Mais il ne pouvait supporter que ses plans aient si mal tourné. Trouver une épouse, obtenir ce poste, gagner de l'argent, ça, c'était facile.

Baxter lui avait semblé le lieu idéal pour imprimer sa marque. Puis les choses avaient changé, et il avait dû prendre des mesures pour donner l'image qu'il voulait. Il n'avait jamais prévu de dommages collatéraux et le fait que ceux-ci ne cessent d'augmenter, au point d'inclure Hope et Charlie, lui donnait envie d'en finir au plus vite.

— La femme que vous avez choisie nous a causé des problèmes, souligna Charlie. Elle est allée chercher Mark. Elle a sauté du lit et s'est mise aussitôt en chasse. J'ai dû me décider rapidement, et ça signifiait qu'il fallait cacher le corps.

On en revenait toujours à Hope. Tony s'était dit que mettre ses cadres entre les mains d'une novice déboucherait sur un plan bien huilé et un bouc émissaire tout trouvé. Elle n'avait pas fait attention et quelqu'un avait été blessé. Cela lui était déjà arrivé, et les gens penseraient que l'histoire se répétait. Elle aurait été occupée à trouver son chemin et à s'habituer au travail tandis que Charlie menait leurs projets à bien.

C'était tout le contraire qui s'était passé.

Mais cela n'expliquait pas tout.

— Même comme ça, vous auriez dû laisser Perry en vie.

— C'était une erreur de calcul.

Deux hommes étaient morts, et Charlie le voyait comme un problème de maths. N'était-ce pas un sociopathe plutôt qu'un solitaire ? se demanda Tony.

Avancer avec prudence était la seule chose à faire. Il ravala la frustration qui le taraudait et se mit en devoir de calmer le jeu.

— Il faut que vous lâchiez du lest.

— Je veux mon argent.

Tony attendit qu'un groupe de gens les dépasse. Ils étaient à plus de dix mètres d'eux, mais il ne voulait prendre aucun risque, même s'ils parlaient à voix basse.

— Je ne peux pas faire de retrait maintenant.

Charlie grogna et se décolla de la camionnette.

— On s'est fait des promesses, Tony.

— Et je tiendrai les miennes.

Tony avait porté à la perfection l'art de mentir. Il savait arborer une expression impassible tout en prononçant des mots dénués de toute parcelle de vérité. Toutes ces années passées à redresser des entreprises, à jurer qu'il était là pour prêter main-forte, puis à recommander des licenciements en masse l'avaient endurci. Ce savoir-faire se révélait très utile face à Charlie.

— Je veux le cash, répéta celui-ci.

— Retournez au camp…

— Ce n'est pas vous qui commandez.

Charlie agrippa Tony par le devant de sa chemise pour l'empêcher de s'éloigner.

Tony fixa la main aux ongles sales, puis revint au visage de l'homme. Il abandonna son ton neutre. Il voulait que Charlie sente son dédain et sa haine de lui.

— C'est mon plan.

— Ça a cessé d'être votre plan quand vous m'avez envoyé Hope Algier à gérer.

Comme un couple approchait, Tony repoussa la main de Charlie.

— Elle aurait dû paniquer, appeler à l'aide, et tout aurait été parfait.

— C'est une spécialiste et elle a des amis bien placés.

L'autre épine qui le tourmentait. Entre Hope, Joël et Connor, Tony avait les mains pleines. La solution était-elle de résoudre les problèmes ou de les nier ?

— Je m'occuperai de Corcoran Team.

Tony s'en faisait le serment. Il ne savait pas comment, mais il s'en occuperait.

— Vous arrêtez pas de dire ça, mais je vois rien venir en termes de solutions.

Ils continuèrent à parler à voix basse tandis que le couple traversait la rue. Personne ne regardait dans leur direction, mais des gens marchaient de l'autre côté de la chaussée. C'était trop près, jugea Tony.

Il pivota pour s'adosser à un pilier de l'autoroute, le dos tourné à la rue.

— Ce n'est pas le bon moment.

— Pour moi non plus, grogna Charlie.

Et il passa le bras par la vitre ouverte de sa camionnette.

Aussitôt, Tony rapprocha la main de son arme.

— Il faut que je traite d'abord mes affaires.

Charlie ramena un nouveau paquet de cigarettes, le regard fixé sur les mains de Tony.

— Je m'en fous.

— Ecoutez…

— Non, vous, écoutez !

Charlie frappa la cravate de Tony du bout de son paquet de cigarettes.

— Vous avez une journée pour me donner mon argent. Ensuite, je m'occuperai du dernier détail et je m'en irai.

— Quel détail ?

Il y avait eu assez de morts, estimait Tony, et bien trop de choses à camoufler.

Surtout, Charlie avait fait la preuve de son manque d'habileté. A deux reprises, Tony avait pu écarter les ennuis, il avait couvert ses traces et fabriqué des mobiles. Une troisième fois serait tenter le diable. S'il était pris de nouveau dans le feu des projecteurs, Connor ne laisserait jamais passer ça.

— Hope Algier, marmonna Charlie.

Tony retint un juron. S'en prendre à cette femme garantissait des ennuis à venir. Rafe anéantirait quiconque ferait du mal à sa fille. Selon Charlie, elle couchait avec Joël et ce type avait tendance à la surprotéger.

Non, il fallait qu'elle reste en dehors du jeu.

— Elle a trop de contacts.

— Elle peut mourir aussi bien que n'importe qui, assura Charlie.

— Vous ne comprenez pas.

Tony se pencha vers Charlie et murmura :

— Cette équipe, ce que vous m'avez dit de Joël et de sa relation avec cette femme… Il faut que vous laissiez tomber.

— Non.

Tony serra les dents en se redressant.

— Charlie, il faut être raisonnable.

— Je suis d'accord. Soyez raisonnable.

— Ce qui veut dire ?

Charlie ouvrit le paquet de cigarettes et jeta l'emballage en Cellophane par terre.

— Donnez-moi mon argent et disparaissez de ma vue.

— Je ne veux pas de Connor et son équipe à mes trousses.

Charlie ouvrit la portière de son véhicule.

— Alors faites ce qu'on vous dit.

— Bingo !

Joël se renversa dans le fauteuil en cuir de la salle de conférences et se frotta la nuque.

— Tu nous mets au courant ? demanda Cam en suspendant son geste, car il s'apprêtait à boire de l'eau.

Joël se tourna vers Connor, toujours assis au bout de la table, et Hope, à côté de lui.

— Un crédit.

Hope sourit.

— J'adore quand tu lances des mots comme ça.

Il n'avait fallu que quelques appels de Connor pour obtenir les informations qu'ils n'avaient pas pu découvrir par eux-mêmes. Leur patron était passé maître dans l'art de persuader les gens haut placés de fournir des renseignements personnels au nom de la protection. Dans la police, dans les compagnies d'eau ou d'électricité, peu importait.

Connor possédait les numéros personnels de personnages officiels, et des lignes directes avec les agences gouvernementales. Avec l'aide technique de Joël, l'équipe avait aussi accès à des bases de données dotées de pare-feux que nul n'aurait pu franchir. Mais eux le faisaient.

Le résultat était là : des documents financiers, des factures de téléphone, des relevés de compte, et même des factures d'électricité — sept ans de la vie de Charlie —, étaient étalés sur la table.

— Charlie avait deux hypothèques sur le camp, n'est-ce pas ? s'enquit Hope.

— Toutes deux en souffrance, répondit Joël.

Connor se renversa dans son fauteuil.

— Aucun espoir de sauver la propriété, à moins d'un gros versement.

— Il avait aussi un autre crédit. Avec un taux d'intérêt astronomique. A priori, ça ressemble à une carte de crédit, je n'ai trouvé aucun formulaire de prêt, mais il vient juste de le rembourser en totalité.

Joël passa le document à Hope, qui le lut, puis le fit glisser vers Connor.

— Il a fait le versement il y a trois semaines, dit-elle en fouillant les relevés bancaires devant elle. Mais il n'y a aucune trace d'une rentrée sur son compte personnel ou celui de son entreprise.

— Il faut bien que l'argent vienne de quelque part, rappela Cam.

— Je vais mettre Davis là-dessus, dit Connor en regardant sa montre. Il doit être arrivé maintenant.

— Vaudrait mieux pour lui, ricana Cam. Il est parti depuis des heures.

Son patron lui lança un regard légèrement réprobateur.

— J'imagine qu'il a dû s'arrêter pour voir Lara avant d'aller au bureau.

Joël comprenait son collègue. Pendant plus d'un mois, après sa séparation avec Hope, il avait continué à prendre inconsciemment la route de chez elle. L'habitude était la plus forte.

L'unique fois où il l'avait surprise en train de rentrer chez elle, il était resté des heures assis dans sa voiture, luttant contre la tentation d'aller frapper à sa porte. Finalement, brisé par son besoin d'elle, il s'était dit que mieux valait s'éloigner définitivement, sans regarder en arrière. Mais cette théorie s'était écroulée ces derniers jours.

— Alors qu'est-ce que cela démontre ? reprit Hope. Il ne pourra pas garder le camp avec ses revenus. Ils sont trop bas. Il n'a même pas assez pour couvrir les assurances et les frais généraux.

Cam s'esclaffa.

— Et deux morts ne vont pas arranger ses affaires.

— C'est sans doute la preuve qu'il vient de se recycler, commenta Joël.

Hope frissonna.

— Tueur à gages ? Mais c'est horrible !

— En tout cas, maintenant, on a les moyens de faire pression sur lui.

Joël glissa une main sous la table et noua ses doigts à ceux de Hope, s'efforçant d'absorber ses tremblements. Elle posa son autre main par-dessus.

— S'il a tué Mark et Perry, il faut le dénoncer à la police, non ? avança-t-elle.

— Nous voulons aussi Tony Prather, intervint doucement Connor.

— Bien sûr, c'est logique qu'il soit impliqué, remarqua Hope. Je ne miserais pas ma tête là-dessus, mais c'est plus logique que Perry allumant un incendie.

Elle émit une sorte de grognement.

— J'ai souvent parlé avec Charlie, mais je n'ai jamais eu aucun soupçon.

— Nous non plus, remarqua Cam.

Joël réprima la fureur qui lui montait à la gorge. Il avait eu ce type en face de lui pendant plusieurs jours et n'avait pas bougé. Perry n'aurait peut-être pas survécu en fin de compte, car sa blessure et son hypothermie étaient graves, mais ils auraient tout essayé pour le sauver. C'était Charlie qui l'avait privé de cette chance.

— Nous sommes payés pour repérer ce genre de choses, pesta Joël.

C'était l'idée de *ce qui aurait pu se passer* qui lui nouait les entrailles.

— Mais le plus important, c'est qu'il t'a mise en danger.

Hope resserra ses doigts sur les siens.

— Pourquoi aurait-il voulu me voir morte ?

— Je pense que vous étiez un pion pour lui, dit Connor à sa manière habituelle, directe et posée. Il vous a sous-estimée.

Cam noua les mains derrière la tête et se mit à rire.

— Je crois que tout le monde le fait.

Pas moi, songea Joël. *Je ne commets pas cette erreur, et je ne trouve pas ça drôle.*

— Tony va devoir payer pour tout ça, rugit-il.

— S'il est mouillé, tu veux dire, insista Hope.

Mais Joël songeait déjà à la manière de provoquer la chute de l'homme d'affaires.

— Bon, on a un plan, conclut Connor en prenant son portable. Alors au boulot !

15

Quand elle rentra chez elle, dans la soirée, Hope était épuisée. Son père avait insisté pour la voir avant qu'elle ne rentre. Mais comme il avait raté sa correspondance, ils avaient fini par se parler par webcam depuis un salon d'aéroport. Rafe avait conclu la conversation en jurant de ne plus jamais se déplacer à l'autre bout du monde, à des heures de distance d'un aéroport.

Elle n'avait pas encore eu le temps de défaire ses bagages. Ses sacs et l'étui de son arc étaient posés par terre, près de la porte d'entrée. Il aurait fallu qu'elle les déplace avant de trébucher dessus. Si seulement elle avait eu assez d'énergie ne serait-ce que pour soulever une bouteille d'eau.

Elle s'apprêtait à entrer dans la cuisine pour en trouver justement une quand Joël la prit dans ses bras et la serra contre lui.

— Ça va ?

— Un peu secouée.

Les mots étaient inutiles, il devait sentir ses tremblements.

L'annonce de la mort de Mark, l'accumulation des indices de meurtre, tout l'ébranlait. Tant de dangers et de souffrances. Penser que l'argent était à l'origine de tout cela lui donnait alternativement envie de se recroqueviller et de flanquer des coups dans quelque chose.

Elle avait eu sa part de souffrance mais, pour l'essentiel, elle avait eu plus de chance que la plupart des gens. Son père était aussi prodigue de son argent que de son affection. Elle n'avait jamais eu à s'inquiéter de rien.

Joël, lui, avait manqué de tout, et pourtant elle ne connaissait pas de meilleur homme. Il n'avait aucun ressentiment envers la société, il n'essayait pas de compenser en accumulant les possessions, l'argent lui était indifférent.

Si seulement elle avait pu l'amener à admettre que, puisqu'il l'aimait, il devait rester avec elle. Pour toujours.

Il l'embrassa dans le cou.

— Tu es tendue.

— C'était une dure journée.

— Hé…

Il la fit pivoter pour pouvoir l'embrasser.

— Tout ira bien. On va arrêter Tony et Charlie.

Le pauvre pensait que c'étaient toutes ces horreurs qui causaient son état. Bien sûr, elles y contribuaient : confrontée à la mort, elle avait envie de se cramponner à la vie. Mais sa tristesse venait principalement de Joël et de l'impossibilité de savoir s'ils formeraient de nouveau un couple un jour.

Elle se mit à jouer avec un des boutons du T-shirt à manches longues de Joël.

— Il faut qu'on parle, annonça-t-elle.

— Aucune conversation digne de ce nom n'a jamais commencé par ces mots.

Le sourire de Joël s'évanouit aussi vite qu'il était venu.

— Tu es sérieuse ?

Elle recula d'un pas, car elle ne pouvait lui tenir tête en étant aussi près de lui. Elle avait besoin d'espace pour cette discussion. Une discussion qu'elle n'avait pas prévue, mais dont le besoin s'imposait soudain, dans l'émotion du retour.

— Qu'est-ce que nous sommes en train de faire ? reprit-elle.

Joël fronça les sourcils et la regarda des pieds à la tête, comme s'il ne comprenait pas ce qu'elle disait. Peut-être était-ce une partie du problème, d'ailleurs.

— Je crois qu'on devrait dormir un peu, dit-il en détachant les mots.

Elle reconnut ce ton. C'était celui qu'il prenait quand il sentait venir l'affrontement. En général, à ce moment-là, il se refermait.

Il suggérait de faire l'amour ou disait qu'il avait besoin de sortir. Il éludait et prenait la fuite, un mode opératoire bien connu.

Tout à coup, elle voulait qu'il réponde à la question qui la hantait depuis l'instant où il était descendu de l'hélicoptère : serait-ce différent, cette fois ?

Elle n'avait plus la force de supporter ce petit jeu de reculade. Il partait et elle attendait qu'il revienne. En ce moment précis, il était sans doute là parce que Rafe le lui avait ordonné ou, pire, l'avait payé pour cela.

— Joël, s'il te plaît.

A sa grande surprise, il pâlit.

— Ne fais pas ça, Hope. Pas maintenant.

— Alors quand ? Dans deux mois, quand tu reviendras pour la troisième fois ? L'année prochaine, quand tu décideras de revenir faire un tour ?

Ce cycle allait se répéter à l'infini. Elle n'avait même pas besoin de fermer les yeux pour l'imaginer, elle était déjà passée par là.

Joël se passa la main dans les cheveux et pivota pour aller dans le salon. Il fit mine de s'asseoir sur le canapé, interrompit son mouvement et se mit à faire les cent pas.

Dans un mouvement brusque, qui trahissait la perte de sa maîtrise habituelle, il se tourna vers elle.

— On ne peut pas laisser les choses en l'état pour l'instant ?

Cette question la frappa avec une force imprévue.

— Je ne sais même pas ce que tu veux dire par « les choses ».

— Tu m'as manqué, avoua Joël en serrant les poings.

Hope en frémit, mais ne s'approcha pas de lui. Elle n'avait que trop souvent cédé. Pas cette fois.

— Je sais.

— Je t'aime, Hope.

— Je le sais aussi.

Voilà pourquoi c'était si dur. Joël n'était pas un imbécile, il n'avait pas peur de lui dire ce qu'il ressentait. Peut-être aurait-ce été plus facile de ne pas le savoir, car être si proche de lui sans pouvoir propulser leur relation jusqu'à la ligne d'arrivée était un crève-cœur.

— Je t'aime aussi, Joël.

— Ma vie…

Il ferma les yeux et une lueur de souffrance traversa son visage. Il se laissa tomber sur le canapé, les coudes sur les genoux.

— Je vis avec le danger. Bon sang, j'ai besoin de danger !

— Tu protèges les gens.

— Tu peux le formuler comme tu veux, mais le fond de l'histoire, c'est que je me nourris d'adrénaline. Je ne suis pas du genre à me prélasser sur un canapé. Tu le sais bien, ajouta-t-il en fixant le plafond.

— Je sais que ton passé n'a pas d'importance pour moi, et que ta personnalité ne m'effraie pas.

Pas le moins du monde.

Elle voyait bien l'homme qu'il était et tout ce qu'ils pourraient être ensemble. Qu'il ait survécu à tant d'épreuves, surmonté tant de difficultés pour devenir si honnête et affectueux, le rendait encore plus précieux.

Il laissa tomber sa tête dans les mains, mais demeura silencieux. Se demandant comment le réconforter sans se laisser amadouer, elle se glissa près de lui et posa une main sur son bras. Quelques secondes passèrent avant qu'il ne la regarde.

— Je sais que tu n'es pas ton père, dit-elle en lui effleurant les cheveux de ses lèvres. Tu ne lui ressembles pas du tout.

Joël enveloppa sa main dans les siennes.

— Pas encore.

— Tu ne lui ressembleras jamais.

Il entremêla ses doigts aux siens et les pressa.

— Je suis agité quand je dois rester quelque part, je deviens nerveux.

— Tu as envie de fréquenter d'autres femmes ? demanda-t-elle en déglutissant plusieurs fois pour ravaler le nœud d'anxiété qui lui serrait la gorge.

— Quoi ?

Il fit la grimace, comme s'il venait d'avaler une potion amère.

— Non, bien sûr que non. Ça n'a rien à voir avec le fait de vouloir d'autres femmes. Je n'ai besoin que de toi.

Les choses merveilleuses qu'il disait ne faisaient que rendre la fin prévisible de leur relation encore plus ahurissante.

— Alors explique-moi.

— C'est un truc qui me pousse toujours à partir. Je suis entré à la DIA, un boulot que je croyais adorer, et j'étais nerveux. J'ai travaillé pour ton père et je suis parti.

La boule dans la gorge de Hope était toujours là.

— Tu m'as quittée.

Il souleva sa main et en embrassa le dos.

— J'ai détesté chaque seconde sans toi.

La conversation tournait en rond, et Hope ne savait comment la faire aboutir. Elle lui posa la première question qui lui passa par la tête.

— Tu as l'intention de quitter Corcoran ?

— Non.

C'était catégorique, il n'avait pas hésité.

Ce n'était pas une surprise, pensa-t-elle. La spontanéité de ses rapports avec Cam et Davis, la calme autorité de Connor, tout l'avait convaincue que Joël se sentait chez lui au sein de cette équipe. Il avait découvert des amis. Même s'il le niait, il avait trouvé une sorte de normalité.

Il pouvait toujours prétendre être un solitaire et un paria, ses collègues l'avaient accepté, et il ne montrait aucun signe de vouloir prendre la tangente.

Qu'il ait ainsi trouvé une sorte de foyer la réjouissait, mais ce n'était pas avec elle, et elle en concevait une certaine jalousie.

— Tu veux mettre un terme à ce qui se passe entre nous pour trouver autre chose ? Quelque chose de mieux ?

— Il n'y a rien de mieux.

Il changea de position et se rapprocha d'elle.

— Il faut que tu le croies.

Elle aurait bien voulu.

— Oh Joël !

— Ce ne sont pas des mots.

— Je sais.

Elle fit traîner ses doigts sur sa joue.

— C'est bien le problème. Je suis la seule qui te comprenne.

— Ce n'est pas aussi simple que ça.

Elle fit une dernière tentative pour lui faire comprendre combien ils étaient assortis, malgré leurs passés très différents.

— J'adore avoir une maison, mais l'extérieur me manque. La vie, ce n'est pas une suite de réconforts pour moi. C'est la nature et la randonnée.

— Et l'alpinisme.

Si elle voulait qu'il affronte ses démons, elle devait le faire aussi.

— Oui, ça aussi.

— Tu vas essayer d'en refaire ?

A cet instant, elle aurait dit n'importe quoi pour lui faire plaisir, mais elle ne voulait pas lui mentir. Elle était encore hantée par l'accident sur la montagne. Ce serait sans doute la même chose avec les morts du camp. Tant de responsabilités et tant d'échecs.

Mais avec lui, elle pourrait le surmonter. Il fallait juste qu'il se décide.

— Tu resteras avec moi ?

— Ton besoin d'être dehors et le besoin qui me mine ne sont pas la même chose. Le tien est sain. Le mien provient d'une maladie bizarre transmise par mon père.

— Mais tu es adulte maintenant.

— Je sais bien.

— Alors la seule explication à ton comportement, c'est que tu es lâche.

— Pardon ?

Il ne bougea pas, mais une froideur glaciale s'insinua brutalement entre eux, Hope le sentit. Pour s'empêcher de le toucher ou de le supplier, elle se leva. Le canapé était trop petit et les murs trop proches. Ces dernières minutes, son appartement — son sanctuaire — était devenu une sorte de cage.

Elle savait que ce mot allait le piquer et remettre en question ce qu'il pensait de lui-même. C'est pourquoi elle l'avait prononcé. Il avait besoin d'un coup de semonce. Si c'était là leur dernière chance, et son cœur lui disait que c'était bien le cas, alors il fallait qu'elle se serve de toutes les armes pour gagner la bataille.

Elle poussa un soupir entrecoupé et chercha les mots justes.

— Tu as devant toi une femme qui t'aime. Qui aime tout ce que tu es et qui croit en toi.

Il se leva.

— Hope, écoute…

Elle leva la main et il s'interrompit.

— Nous nous aimons, nous n'avons pas de problèmes au lit…

— Certainement pas.

— … Et pourtant tu me repousses. Qu'est-ce que ça peut être, à part de la lâcheté ?

Il serra les dents.

— Mieux vaudrait trouver un autre terme.

— Je préfère trouver une autre façon de faire.

— C'est-à-dire ?

Elle fit un dernier pas au-dessus de l'abîme émotionnel qui les séparait.

— Il faut que tu t'en ailles.

— Tu veux dire : ce soir ?

Il plissa les yeux, comme s'il n'avait jamais imaginé qu'elle puisse franchir cette ligne.

Mais il fallait qu'elle soit cohérente avec elle-même.

D'une certaine manière, elle lui donnait l'impression qu'il pourrait toujours revenir se faufiler dans sa vie. Pour être juste, c'était une sorte de pacte implicite entre eux. Elle lui avait dit qu'elle serait là quand il aurait compris ce dont il avait besoin. Il lui avait dit de passer à autre chose. Désormais, les paroles prononcées lors de leur rupture les étranglaient.

— Si tu ne peux pas te reprendre en main, Joël, ce n'est pas seulement ce soir, mais pour toujours.

Elle se frotta les bras, sa peau refusait de se réchauffer.

— Je ne peux pas continuer à t'aimer et à t'attendre, ajouta-t-elle. Et c'est exactement ce que j'ai fait jusque-là.

— Ton père m'a dit que tu fréquentais d'autres hommes, lâcha Joël avec un énorme soupir.

La tension montait et semblait absorber l'oxygène de la pièce. Il y avait un mélange de colère et de résignation dans les yeux de Joël. Les muscles crispés, il pinçait fortement les lèvres.

L'homme aimant qui voulait aller se coucher avait disparu. A la place ne restait qu'un combattant endurci. A cause de l'ultimatum qu'elle lui avait lancé ? se demanda Hope. Ou était-ce l'idée qu'un autre homme prenne sa place ?

— Ce n'étaient que quelques dîners, quand j'étais lasse que mon père me supplie d'essayer encore.

Elle ne mentirait pas, ce n'était pas ainsi qu'elle vivait.

— Je ne sais pas ce que mon père t'a dit, mais c'est tout juste si j'ai embrassé l'un d'eux.

— Tout juste ? répéta Joël en levant le menton.

— Je suis là, Joël. Je suis à toi, pour toujours. Il n'y a personne d'autre, et il n'y aura jamais personne si tu prends ce que je t'offre.

Elle planta ses ongles dans la chair de ses bras et jeta son dernier gant.

— Mais je vais cesser de te courir après.

Joël leva les mains.

— Qu'est-ce que ça veut dire, ça ?

Impossible qu'il ne le sache pas. Elle ne voulait pas s'engager dans une joute verbale.

— Cette fois, c'est toi qui dois faire le premier pas, parce que je ne veux plus être la seule à essayer de faire fonctionner notre couple.

Joël laissa retomber les bras.

— Je n'ai jamais voulu te faire du mal.

— Mais tu m'en fais. Chaque fois.

Combien de nuits avait-elle passées, seule, à désespérer et à penser à lui ?

Joël tressaillit, mais elle ne retira pas ses paroles. A petits pas, car c'était tout ce dont elle était capable, elle se dirigea vers la porte d'entrée. La poignée fut lourde à tourner.

— Bonne nuit, Joël... Et j'espère que ce n'est pas un adieu.

Il ne dit mot en la contournant pour sortir dans la nuit.

16

Vingt-quatre heures après que l'amour de sa vie l'eut mis à la porte, Joël se tenait dans son 4x4, au bout d'une rue bordée d'arbres et de grosses villas. Avec Connor et Cam.

Ils s'étaient postés sur un chantier de construction près d'une imposante bâtisse, et une grande benne à gravats dissimulait le 4x4.

En effet, dans ce quartier dénué de badauds ou de colporteurs, des inconnus et une voiture stationnée ne seraient pas passés inaperçus, et les résidents ou leurs bonnes n'auraient pas hésité à appeler la police.

De là où il était, Joël ne voyait pas la maison de Tony, mais elle était située au bout de la rue. Comme on pouvait s'y attendre, Tony avait acheté la plus grande, bâtie sur une double parcelle. Sur les photos, avec sa façade à colonnes et ses trois étages, la villa paraissait assez vaste pour abriter une école.

Joël prit son gilet pare-balles sur le siège arrière du véhicule et, écartant la pensée de Hope, se mit en devoir d'en attacher les lanières et de vérifier son arme. Mais les joues pâles et les yeux étrécis de la jeune femme le poursuivaient.

C'était lui qui avait causé cela, c'était lui qui l'avait poussée à se comporter ainsi.

Il l'avait vue seulement pleurer deux fois au cours de leur relation, et chaque fois, c'était parce qu'il était parti. Chaque fois, son expression bouleversée l'avait atteint au plus profond de lui-même.

Il essaya de se concentrer sur la tâche qui l'attendait. Boucler l'affaire était ce qu'il pouvait faire de mieux pour assurer la sécurité de Hope.

Ensuite, il devrait s'en aller, sans se retourner et sans lui demander si ça irait. Et sans répondre aux appels de son père. Tout contact entre eux ne pouvait que les faire saigner et déboucher sur encore plus de souffrance.

— Vous pouvez me redonner les infos ?

Comme Connor et Cam ne répondaient pas, Joël les dévisagea. L'inquiétude se lisait sur leurs visages.

— Quoi ?

Cam tenait son arme mais, au lieu de la vérifier, il fixait Joël.

— Tu es sûr que ça va ?

A la vérité, il était brisé.

— Je veux juste revoir le plan.

Connor referma la portière du conducteur.

— La maison est sous surveillance.

Etant donné qu'ils n'étaient que trois sur place, Joël ne comprit pas.

— Qui la surveille ?

— Davis et Ben ont concocté quelque chose au quartier général, en se servant des caméras de sécurité et je ne sais quoi d'autre.

Joël lui le savait, car c'était lui qui avait créé le programme qui permettait de s'infiltrer dans les systèmes des particuliers et partout où il n'aurait pas dû.

— Trade Secrets.

Cam fronça les sourcils.

— Quoi ?

— C'est le nom de mon programme. Ben m'a aidé à le concevoir et à l'installer.

Les connaissances techniques de Ben s'étaient révélées très utiles. Il prétendait n'avoir qu'un savoir limité mais, combinées, leurs compétences respectives avaient créé quelque chose de très prometteur dans le domaine de la surveillance.

— Ça doit être ça alors.

Connor prit son portable et leur montra une dernière fois la photo de la maison. Puis, d'une pression du doigt, il fit défiler les plans mémorisés, de même que le schéma du panneau central de la sécurité.

— Charlie est entré il y a environ une heure. Le système de sécurité est débranché depuis.

— Il est entré par la porte principale ?

— Seulement après avoir tambouriné un bon moment, répondit Cam.

Connor secoua la tête.

— Tony devait se douter qu'il allait venir, vu que sa femme est partie et n'est pas revenue. Je parierais qu'il l'a éloignée.

Une grande maison, juste deux hommes, et Corcoran qui contrôlait le système de sécurité, résuma Joël. Les chances étaient de leur côté. C'était un soulagement car, jusque-là, la journée avait été sinistre.

— Quel est le plan ?

Connor s'appuya sur le capot de la voiture et observa Joël en fronçant les sourcils.

— Que s'est-il passé pour que tu sois aussi nerveux ?

Impossible pour Joël de faire face à ces questions. Il doutait même de pouvoir les affronter un jour.

— Rien du tout.

Mais Connor ne céda pas.

— Tu vas avoir besoin de toute ton attention.

— Pas de problème, assura Joël en se jurant de se concentrer sur ce qui les attendait.

Il ne savait que trop bien comment réprimer ses émotions. Il lui suffisait de faire appel aux facultés apprises dans son enfance. Peut-être serviraient-elles finalement à quelque chose de bon, au lieu de lui gâcher simplement la vie.

Cam soupira.

— Hope…

— Je ne veux pas en discuter.

Il n'avait pas d'autre choix que de couper court. Cam et Connor échangèrent un regard, mais ce fut le premier qui formula leur pensée commune.

— J'imagine qu'on a la réponse.

Connor posa son arme sur le capot de la voiture.

— On peut remettre ça à plus tard et…

— Je veux ce type. Je les veux tous les deux.

Il pouvait le faire, et il ne partirait pas avant d'avoir terminé le travail. Ensuite, il pourrait se réfugier à Annapolis pour lécher ses plaies.

— C'est la seule solution pour qu'elle soit en sécurité.

— Et ensuite tu vas de nouveau la quitter ? lâcha Cam en haussant les sourcils. Pas vrai ? C'est ce que tu es en train de nous dire ?

— Pour la dernière fois, intervint Connor en posant la main sur l'épaule de Joël, tu t'en sens capable ? Cam et moi, on peut y aller et Davis peut te remplacer. A cette heure-ci, cela ne lui prendra pas longtemps de venir d'Annapolis. On peut retourner à l'hôtel et…

— Tout va bien, affirma Joël.

Cam s'esclaffa.

— Ouais, t'en as vraiment l'air !

— Tu veux que je te mette un bon coup pour te le prouver ? marmonna Joël.

Vu la réputation de Cam, il le regretterait sans doute, mais il avait un besoin urgent de décharger sa nervosité.

— Vas-y, si c'est ce qu'il te faut pour arrêter de penser à…

— Ça suffit, coupa Connor en levant la main.

— On cause ou on y va ? lança Joël, espérant ramener la conversation sur leur mission.

Connor plissa les yeux et le jaugea une dernière fois.

— On y va.

— Content que ce soit résolu, dit la voix de Davis dans les micros qu'ils portaient tous. Pour l'instant…

Se rappelant les détails de la conversation, Joël jura dans sa barbe.

— Depuis combien de temps es-tu en ligne ?

— Nous sommes tous en ligne : Pax, Ben et moi. Et comme on est tous mariés, on aura un mot à te dire, plus tard. On laissera peut-être même Cam te faire rentrer un peu de bon sens à coups de poing dans la tête, l'avertit Davis.

Et ils le feraient, comprit Joël. Il se promit d'esquiver la rencontre.

— Quelle veine !

Connor prit son arme.

— Allons-y.

Hope se traîna jusqu'au canapé et se roula en boule sur les coussins. C'était la seule solution quand tout s'écroulait : se faire toute petite.

Elle se recroquevilla, les pieds repliés sous elle, et maudit sa décision. Cette fois, elle ne pouvait se faire de reproches qu'à elle-même. Elle aurait pu jouer la partie autrement. Attendre le matin par exemple, après une bonne nuit de sommeil qui les aurait aidés à mettre les choses en perspective.

Ou verbaliser ses inquiétudes par petites touches, au lieu de les débiter d'un seul coup. Avec le recul, toutes ses décisions semblaient désastreuses.

Son but était de forcer Joël à sortir de ses obsessions pour revenir à la réalité. Quel échec lamentable ! Alors qu'elle prétendait s'interdire de jouer, elle avait misé son va-tout en lui posant cet ultimatum, quelque chose qu'elle s'était juré de ne jamais faire.

Après toutes ces épreuves, elle avait cru qu'il choisirait la vie, la vie avec elle. Qu'il lutterait au moins pour trouver une solution. Mais non, il était retombé dans ses vieilles peurs et ses vieux prétextes.

Elle se blottit contre le dossier du canapé. Son regard fixa le vide au-dessus de la cheminée.

Elle resta immobile pendant probablement des heures. Elle avait des courbatures et mal à la tête à force de pleurer. Mais elle n'avait plus de larmes, plus rien, pas même la force de se lever.

Au moment où elle fermait les yeux, un petit grattement à la porte la fit sursauter. Elle redressa la tête et s'efforça de se souvenir : avait-elle rebranché l'alarme quand Joël était parti ?

Joël…

Elle courut à la porte, hésitant à y croire.

Mais soudain une inquiétude surgit en elle. Les leçons de son père sur la nécessité d'être prudente et l'insistance de Joël pour qu'elle équipe la maison du meilleur système de sécurité se mêlèrent en désordre dans son cerveau, le temps qu'elle parvienne dans le hall d'entrée.

Une lumière verte clignotait sur le panneau du système de sécurité. Elle l'avait donc désactivé à un moment quelconque, en entrant le code.

Se haussant sur la pointe des pieds, elle jeta un coup d'œil par l'œilleton.

C'est alors que le panneau de la porte lui heurta le front. Le choc fut suivi d'une douleur aveuglante et des lumières se mirent à danser devant ses yeux.

Elle chancela en arrière et ses chaussettes glissèrent sur le parquet ciré. Elle tendit les bras pour reprendre son équilibre, mais ce geste ne fit qu'empirer les choses. La pièce se mit à tourner, sa vision se brouilla. Elle dut secouer la tête pour reprendre ses esprits. Puis il y eut un déclic et Charlie pénétra dans la maison en refermant la porte derrière lui.

Il sourit.

— Vous auriez besoin d'une meilleure serrure, mais merci de m'avoir facilité les choses en débranchant cette fichue alarme. Ça, je n'aurais pas pu le faire. Pas sans aide, en tout cas.

Hope secoua la tête de nouveau. Quelle heure était-il ? Que se passait-il ?

— Que faites-vous ici ?

Il lui prit le bras et le serra jusqu'à ce qu'elle laisse échapper une exclamation. Elle se débattit, mais il resserra son emprise et le lui tordit.

— Bonsoir, Hope, articula-t-il en l'attirant plus près, au point de lui souffler son haleine sur la joue. Vous et moi allons avoir une petite conversation.

Hope tenta de repousser les brumes de son cerveau.

— Vous êtes censé être au camp, en train de seconder la police…

— J'en ai jusque-là des forces de l'ordre.

Bien sûr, les criminels n'aimaient pas la police, et il ne faisait aucun doute qu'il appartenait à cette catégorie. Elle eut un soudain éclair de conscience.

— Vous êtes associé avec Tony dans cette histoire !

— J'étais, sourit Charlie. Maintenant, je suis votre pire cauchemar.

17

Ils pénétrèrent dans la maison par le portail arrière. En attendant le déclic signalant l'ouverture, Joël serra la poignée entre ses doigts. Puis ils se glissèrent par l'entrée habituellement réservée aux jardiniers.

Courbés, ils avancèrent à vive allure en formation triangulaire, Connor en tête. Leurs tenues de protection se fondaient dans l'obscurité. Leurs chaussures couinèrent un peu sur les dalles d'un patio, et ils contournèrent un bâtiment que le plan indiquait comme le *pool house*.

Levant les yeux, Joël se figea : un projecteur activé par un détecteur de mouvement était installé près d'un hamac. Mais l'engin ne se mit pas en route, et Joël comprit : Davis en avait pris le contrôle, en expert qu'il était.

Leur collègue entendait et voyait la même chose qu'eux, grâce à de petites caméras implantées sur leurs casques.

Joël s'était souvent trouvé à sa place, orchestrant les choses à distance. Bien que cela supprime le risque de recevoir une balle, ce n'était pas aussi facile qu'on pouvait le croire.

L'arrière de la maison était bordé de lampes et le rez-de-chaussée entièrement vitré. Le mobilier semblait luxueux et la cuisine digne de figurer dans un magazine de décoration. Tony ne devait pas souvent y mettre les pieds, jugea Joël.

Mais il n'y avait pas âme qui vive au rez-de-chaussée, et l'étage supérieur était plongé dans l'obscurité.

Connor leur fit signe de se déployer et de prendre position. Se chargeant de la zone intermédiaire, il se dirigea vers les portes vitrées qui donnaient sur la salle à manger. Cam prit sur la gauche, vers le garage, et Joël se chargea de l'aile droite, dans laquelle était percée une porte menant à quelque chose appelé « la remise ». Certainement une buanderie ou une sorte de vestibule.

Contournant le mobilier de jardin et ce qui ressemblait à un appareil de chauffage, il se coula dans l'ombre de la haie, évitant la zone éclairée devant la porte. A Connor de jouer les hommes invisibles, avec tous ces projecteurs au-dessus de sa tête.

L'obscurité nuisait à l'efficacité de certains, mais Joël s'était entraîné à laisser ses autres sens le renseigner. Un parfum d'orange lui parvint aux narines, sans doute un arbre en fleur.

En se faufilant le long de la maison, il perdit de vue les autres. Que faisaient-ils ? Il l'ignorait. Mais comme Davis restait silencieux, il n'y avait probablement pas de problème.

La porte était exactement là où le plan l'indiquait. Il fit jouer la poignée, qui grinça mais ne tourna pas. Le bruit se répercuta dans le silence de la nuit, et Joël se plaqua de nouveau contre le mur, prêt à réagir.

En grimaçant, il attendit le déclenchement aigu d'une alarme. Mais rien ne vint. Soulagé, il souffla doucement.

Le silence radio était de règle. Cela signifiait des échanges limités, à moins qu'une urgence ne se présente. Le quartier-général pouvait leur parler à volonté à l'oreille, mais Davis était un professionnel : il ne parlait qu'à bon escient. Sa voix se fit entendre, à peine plus haute qu'un souffle :

— Ouvert.

Joël tourna la poignée et fit signe qu'il entrait devant la caméra de son casque.

Entrouvrant à peine la porte pour ne pas attirer l'attention, il se faufila à l'intérieur. Le montant de la porte lui écorcha le dos, mais il ignora la douleur.

A moitié accroupi, il tendit l'oreille. C'était une grande maison, et les deux hommes pouvaient se trouver n'importe où. De la musique ou des bruits de voix l'auraient guidé, mais il n'y avait rien, à part le ronronnement du réfrigérateur et les craquements occasionnels de la charpente. Rien qui ressemble à une dispute ou à des négociations.

Se redressant, il dépassa les machines à laver : il y en avait deux, une nécessité absolue pour deux personnes, songea-t-il avec ironie. Il attendit sur le seuil de la pièce et, comme il n'y avait toujours pas de mouvement, pénétra dans la pièce suivante.

Cette fois, un bruit rompit le silence. Des coups sourds et réguliers venant de l'étage supérieur. Ils devaient être très forts pour percer jusqu'au rez-de-chaussée.

Contournant le long comptoir en marbre, il saisit un des couteaux enfoncés dans un bloc de bois. Toujours utile d'avoir une arme en plus. La lame, facile à glisser dans son gant, lui donnerait un avantage supplémentaire, du moins l'espérait-il.

Devant lui se dressaient plusieurs portes, dont l'une donnait sur une vaste pièce équipée d'une télévision. Il ferma les yeux et revit le plan. Il devait pénétrer plus avant dans la maison et trouver le bureau de Tony. Si cela ne marchait pas, il se dirigerait vers l'escalier.

Mais les coups l'intriguaient. Lançant un bref regard autour de lui, il décida de faire l'impasse sur le rez-de-chaussée et prit la direction de l'escalier. Il rencontra Cam au pied des marches, qui leva un doigt. Ils avaient eu la même idée, comprit Joël.

La largeur de l'escalier leur permettait de distinguer une vaste portion de l'étage supérieur, mais pas tout. Les marches se recourbaient vers le haut, si bien que le palier n'était pas entièrement visible. Quelqu'un pouvait être embusqué là, mais ce n'était pas le plus probable.

Tony passait ses journées dans un bureau, il ne planifiait pas d'attaques. La seule qu'il avait essayé de monter avait abouti à deux morts et à beaucoup trop de questions.

En prenant garde de ne pas faire grincer les marches, ils montèrent l'un derrière l'autre. Joël était en tête, l'attention fixée sur l'étage supérieur. La responsabilité de l'étage inférieur et de l'alerte en cas de danger incombait donc à Cam.

Un énorme lustre trônait au-dessus de leurs têtes et la rampe de l'escalier brillait comme si on avait passé des heures à l'astiquer. Ce genre de maison avait un avantage, tout était à sa place. Il n'y avait pas de désordre et la moquette épaisse étouffait le bruit de leurs pas.

Rien ne bougea durant leur ascension, mais le martèlement régulier augmenta en force quand ils parvinrent au sommet des marches. En dépit de ses tentatives, Joël n'arrivait pas à l'identifier. Ce n'était ni une arme ni une machine.

Sur le palier, Joël s'immobilisa une seconde pour se repérer. Sur sa droite, la chambre à coucher principale faisait au moins trente mètres carrés, davantage que son dernier appartement. Il tourna le coin et en prit la direction. Cam lui emboîta le pas.

La porte était ouverte. Quelque chose traînait sur le plancher. Des vêtements peut-être. Ou des papiers, supposa Joël. Il avait remarqué sur le plan que la suite comprenait un grand salon, la chambre à coucher proprement dite et une salle de bains.

Cam et lui prirent position de chaque côté du vaste couloir et se plaquèrent contre le mur, les armes pointées sur la porte. Joël attira l'attention de Cam en posant les yeux au sol. Cam suivit son regard et haussa les épaules. Ils étaient tous deux perplexes quant à ce qui se passait là-dedans.

Le plancher craqua sous le pied de Cam et le martèlement cessa net. Leur approche venait d'être détectée. Encore un pas, et des coups de feu retentirent.

Se jetant à terre, Joël progressa sur les coudes en tirant au fur et à mesure, tandis que Cam se chargeait de la position haute.

Ils avancèrent en vidant leurs chargeurs. Les balles filaient, lacérant les tableaux accrochés aux murs. Un objet de verre explosa non loin de lui et il baissa la tête pour éviter les éclats.

Le plâtre des murs volait en l'air et les rideaux se soulevaient avant de retomber en lambeaux. Leurs balles s'enfonçaient dans les meubles, provoquant un fracas intense.

Un mélange de poussière et de fumée les cernait. Joël renifla, cherchant une odeur d'essence, car c'était apparemment la spécialité de Charlie, mais il n'y avait que l'odeur soufrée des coups de feu.

Un bruit singulier s'éleva alors qu'ils étaient encore sur le seuil de la pièce. Joël fit signe à Cam de cesser de tirer. C'étaient des cris. Sonores, presque hystériques.

— Non, arrêtez !

Cela venait de la chambre. Sans s'émouvoir de cet aveu de reddition, Joël s'adossa au chambranle.

— Sortez !

— Je ne peux pas !

Le martèlement reprit, plus rapide cette fois.

— Qu'est-ce que c'est ? murmura Cam.

Joël n'en avait aucune idée.

— Pourquoi vous ne pouvez pas sortir ?

— Je suis blessé !

Cam secoua la tête. Joël n'y croyait pas non plus, mais faire du surplace dans le couloir dévasté n'était d'aucune utilité.

— C'est Tony Prather, indiqua Davis dans leurs casques.

Davis disposait d'un programme de reconnaissance vocale, et il avait très bonne mémoire. S'il disait que c'était leur homme, Joël le croyait.

— Où est Charlie ?

— Parti.

Un son léger, presque inaudible, s'éleva derrière eux. Cam pivota sur lui-même et baissa son arme quand la tête de Connor apparut au sommet de l'escalier.

— C'est qui là-dedans ? demanda-t-il.

Joël lui répéta ce qu'ils savaient.

— Tony.

Connor contourna les débris en écrasant tout de même quelques gravats.

— J'étais dans le bureau quand j'ai entendu les coups de feu.

— Aidez-moi…

La voix de Tony faiblissait.

Joël fit mine d'entrer, mais Connor le retint.

— Tony, c'est Connor Bowen ! Où est Charlie ?

— Parti ! répondit l'autre d'un ton de panique.

Il grogna et quelque chose tomba à terre. Connor regarda tour à tour Joël et Cam.

— Vous le croyez ?

— Non, riposta Cam.

Connor hocha la tête.

— On entre et on va le chercher.

Tous trois pénétrèrent dans la pièce, Connor en tête. Des meubles brisés et des vêtements jonchaient le sol, recouvert de papiers et de poussière. On aurait dit que quelqu'un s'était servi d'un boulet de démolition, il n'y avait plus rien d'intact. Les coups de feu avaient même lacéré le couvre-lit et les rideaux.

Une partie des dégâts était leur œuvre, estima Joël. Mais pas tout : quelqu'un d'autre avait ouvert les tiroirs et posé un sac de voyage sur le lit.

Le personnage principal de la pièce manquait à l'appel.

A l'unisson, ils ouvrirent les portes des immenses placards et d'une pièce remplie de boîtes que Joël ne parvint pas à identifier. Sur la droite, il y avait des chaussures. Il claqua des doigts pour attirer l'attention de ses coéquipiers. Ils cessèrent leurs recherches et se dirigèrent vers lui.

— Sortez, Tony, lança Connor d'une voix sévère. C'est fini.

— Je ne peux pas, cria celui-ci.

La douleur et la défaite perçaient dans sa voix.

Connor leur fit signe d'avancer.

Tony était affalé sur le sol, la chemise trempée de sang. Il était adossé au lavabo, les jambes allongées et les bras pendants. Apparemment, quelqu'un s'était amusé à le taillader avec un couteau.

Sa tête pendait de côté. Des yeux, Joël survola son corps jusqu'aux pieds. Son talon bloquait la porte d'un autre placard, qui battait contre le mur.

Un téléphone gisait à ses pieds, hors de portée. Tony essayait de l'atteindre quand son corps avait flanché, comprit Joël.

Connor s'accroupit devant le blessé et lui prit le pouls. Tony avait les yeux ouverts mais vitreux. Il s'affaiblissait et ils ne disposaient que de quelques minutes, jugea Joël. Ce ne serait peut-être pas suffisant.

Connor leva les yeux vers Cam.

— Appelle les secours.

— Il y a quelqu'un d'autre ici ? demanda Joël, se souvenant que la femme de Tony était partie.

Tony secoua la tête sans un mot.

Cam se mit à parler à voix basse à l'arrière, tandis que Connor s'efforçait d'étancher les flots de sang qui s'échappaient de la poitrine de l'homme d'affaires. Joël s'agenouilla de l'autre côté et prit une serviette sur le lavabo pour la lui presser sur le ventre. Elle devint presque immédiatement rouge.

Tony ferma les yeux et hoqueta. C'était la fin.

— Hope…

Joël se pencha vers lui, le cœur battant.

— Qu'est-ce que vous dites ?

Les mains de Connor se figèrent. Tony renversa la tête.

— Il veut la tuer…

Joël agrippa la chemise du mourant et le secoua. Il s'agissait de Hope, il n'avait aucun scrupule.

— C'est pas le moment de raconter vos salades !

Tony haleta, et sa poitrine se souleva quand il se força à articuler :

— Charlie pense… qu'elle… a tout gâché.

La panique envahit Joël. Il n'arrivait plus à penser, ni à respirer. Il avait passé tant de temps à détourner le danger d'elle, et voilà qu'elle était seule avec un dingue à ses trousses.

— Je l'appelle pour la prévenir, annonça Cam.

Tout s'était figé autour de Joël. Cam parlait et Davis disait quelque chose dans son micro, mais les bruits se mélangeaient. Plus rien n'avait de sens. On aurait dit qu'on venait de tirer un coup de feu près de son oreille.

Il se pencha vers son patron.

— Connor ?

— Prends Cam avec toi, dit celui-ci. Je reste pour attendre l'ambulance.

Une question se forma finalement dans le cerveau de Joël.

— Tu as réussi à l'avoir ? demanda-t-il à Cam.

Ce dernier secoua la tête.

— Il va la… tuer, bafouilla Tony, les yeux fermés.

Tout son corps se détendit et une de ses mains retomba ouverte à son côté.

— Je ne veux pas… qu'il y arrive.

Hope s'efforça de calmer le cours désordonné de ses pensées. Il fallait qu'elle se reprenne. Un fou se trouvait dans sa maison et son système de sécurité était débranché. Joël ne viendrait pas la secourir. Etait-il seulement encore en ville ?

Cela ne lui laissait que quelques options, dont la principale était de hurler à pleins poumons.

Il y eut une sorte d'éclair et quelque chose de dur se pressa sur sa gorge. Un couteau.

— N'essayez pas de jouer les héroïnes, Hope. Vous en avez déjà bien assez fait.

— Je n'ai pas…

La lame lui entama la peau.

— Un seul cri, et je vous taille en morceaux, vous comprenez ?

— Que me voulez-vous ? demanda-t-elle d'une voix chancelante.

Il fallait qu'elle le fasse parler pendant qu'elle réfléchissait à un plan. La porte d'entrée était la meilleure issue.

— Vous avez tout gâché.

— Je ne faisais que mon travail, protesta-t-elle.

Il la poussa contre le canapé, où elle tomba à la renverse. Avant qu'elle ne puisse se redresser, il s'assit sur la petite table devant elle et lui saisit le poignet, tenant toujours le couteau de sa main libre.

— Mark était censé disparaître, mais vous êtes allée le chercher !

— Oui.

Elle essaya de se dégager, mais Charlie resserra son emprise.

— Je vous ai dit qu'il était en train de lâcher du lest, et qu'il fallait le laisser tranquille.

Charlie secoua la tête, se comportant comme si elle n'était qu'une mouche inopportune.

— Vous ne m'avez pas écouté.

— Mais vous l'avez tué.

— C'était ce qui était convenu.

Cette fois, il lui agita le couteau devant la figure.

— Tony me payait l'hypothèque et, en échange, je résolvais un petit problème pour lui.

— Mark était un être humain, pas un « petit problème ». Et Perry ? Ce n'était qu'une pensée après coup ?

Charlie fit la grimace et se leva.

— Toutes ces questions de petite fille gâtée ! Ne comptez pas sur moi pour y répondre. Vous ne pouvez pas me mener par le bout du nez, comme votre père et Joël.

Charlie se déplaçait dans l'appartement, soulevant au passage les photographies encadrées et s'arrêtant devant la porte pour pousser le verrou. Le système émit un son aigu et le voyant rouge s'alluma.

Hope leva un sourcil. Cela ne la découragerait pas de tenter de fuir.

Mais elle pouvait essayer autre chose avant ça.

— J'ai de l'argent.

— C'est bien pour ça que ça aura l'air d'un cambriolage qui a tourné à l'incendie.

Il entra dans la cuisine et s'empara d'un torchon.

— Vous y passez, et moi je prends le fric et quelques trucs.

Elle bondit vers la porte, mais il fut sur elle avant qu'elle ne puisse atteindre la poignée.

Il la plaqua assez fort pour que le panneau tremble sur ses gonds, puis il l'agrippa par la taille et la jeta par terre. Ses jambes se dérobèrent et elle tendit les mains pour amortir sa chute, mais elle atterrit à plat ventre sur le plancher. Son coude heurta le bois avec un craquement. La douleur se répercuta dans tout son corps, et la tête lui tourna.

— Ça suffit.

Charlie s'accroupit devant elle.

— Vous voulez savoir ce qui va se passer, mademoiselle la spécialiste de la rando et de l'escalade ?

— Joël va arriver d'une minute à l'autre.

Charlie lui rit au nez.

— J'étais dehors et je l'ai vu partir. Il vous a larguée. L'avait l'air plutôt content de s'en aller, si vous voulez mon avis.

— Ce n'est pas…

Hope repoussa cette pensée douloureuse et se concentra sur sa survie. Joël aurait voulu qu'elle se batte de toutes ses forces et qu'elle fasse tout ce qu'il fallait pour survivre.

— Il va revenir.

— Pas ce soir. Il s'occupe de Tony.

Une nouvelle horreur se répandit en elle. Encore un cadavre ?

— Qu'est-ce que vous avez fait ?

— Il était devenu trop rapace. Maintenant il est mort.

Charlie sortit un briquet de sa poche et enflamma le torchon. Le feu prit immédiatement à l'une des extrémités.

— Tout le monde est persuadé que je suis au camp. C'est de là que votre petit copain recevra un appel lui disant qu'il y a eu un accident.

La peur envahit Hope. Elle avait combattu le feu au camp, et il lui avait fallu toute sa force de volonté. Le simple fait de voir cette petite flamme lui tordait l'estomac.

— Vous n'avez pas réussi si bien que ça la dernière fois.

— Cette fois, y'aura pas de raté. Vous allez mourir et la maison va brûler de fond en comble.

Il se leva et jeta le chiffon enflammé sur le canapé. L'un des coussins s'embrasa instantanément.

— Je pense que Joël va piger le message, pas vous ? Il a peut-être arrêté un incendie, mais il arrivera trop tard pour celui-là. Vous voyez, j'ai veillé à apparaître sur les caméras de sécurité chez Tony. J'ai pris la tangente, mais il pensera que je suis toujours là, et dans une maison de cette taille, sans aide, il va y passer un certain temps.

Le feu crépita. Un appel d'air attisa les flammes. Hope déglutit. Il ne lui restait que quelques minutes. Charlie allait vouloir la tuer avant que le feu ne gagne de l'ampleur et ravage la maison.

— Vous ne réussirez jamais à vous en sortir, tenta-t-elle.

— Si je restais ici, peut-être. Mais vous voyez, j'ai le fric que Tony avait l'intention de dissimuler, et maintenant je peux m'en aller. Les banques peuvent bien récupérer le camp, je m'en fous.

— Alors allez-y, partez.

Ça n'avait aucun sens. Il était libre de s'enfuir.

— J'ai décidé que vous aviez besoin d'une petite leçon d'abord, déclara Charlie en reculant un peu.

Hope n'hésita pas. A quatre pattes, elle se rapprocha de l'étui de son arc. Elle ne pourrait jamais tirer, mais les flèches rangées à l'intérieur pouvaient causer des dégâts.

Elle venait de mettre la main dessus quand le pied de Charlie apparut devant son visage. Il lui écrasa la main et elle hurla.

— Je vous ai avertie, dit-il d'un ton de réprimande.

Cela décupla son audace. Avec une sidérante énergie, elle serra le poing et l'abattit de toutes ses forces à l'arrière du genou de Charlie. L'homme se plia en deux, perdant presque l'équilibre. Ce mouvement déplaça le poids de son pied, et Hope plongea de nouveau en avant.

La fumée montait en volutes autour d'elle et le feu léchait les murs. Elle se hâta de défaire la fermeture de l'étui, à tâtons. C'était difficile, mais elle y parvint, juste au moment où quelque chose la poignardait à la hanche. La douleur la fit tressaillir, mais elle s'acharna.

Ouvrant le couvercle, elle arracha une flèche et roula sur elle-même. Charlie était à quatre pattes près de sa jambe, le couteau brandi. Il toussait, son regard était celui d'un fou furieux.

Elle n'aurait qu'une seule chance. Agrippant la flèche à pleines mains, elle la planta dans l'épaule de l'homme aussi fort qu'elle put. Il poussa un hurlement et le couteau tomba à terre. Hope voulut le prendre, mais l'épaisseur de la fumée brouillait sa vision.

Elle leva les yeux. La porte se dressait au loin. Elle avait cru tomber à proximité, mais tout était flou et confus.

Elle essaya de se remettre debout, mais ses forces l'abandonnèrent et elle s'effondra sur le sol.

Quelque part, il y eut un craquement. Un bruit familier. Le même que près du bungalow quand le toit s'était effondré.

Puis une bouffée d'air chaud l'atteignit. Quelqu'un cria son nom. Etait-ce Joël ? Ou délirait-elle ? Elle essaya de crier, mais sa gorge refusait de former un son.

Tout devint flou, et des bras solides se glissèrent sous son corps. Elle se força à ouvrir les yeux : des flammes s'avançaient dans sa direction.

Elle leva la main, s'attendant à ne rencontrer que de l'air. Ses doigts heurtèrent une peau chaude. La réalité la frappa.

En cillant, elle toucha le visage qui oscillait devant elle.

— Joël ?

— Je suis là, chérie.

Sa voix était rauque et plus précipitée que d'habitude, mais il avait l'air réel.

— C'est Charlie !

Illusion ou non, Joël devait le savoir. Le désespoir l'avait poussée à articuler ces mots. Puis elle se mit à flotter. Ses pieds avaient presque quitté le sol quand une main lui entoura la cheville et la tira vers le bas.

Ce contact soudain la ranima. Joël la tenait dans ses bras. Ils étaient en danger.

Elle lança un regard à ses pieds. Charlie semblait furieux, une arme à la main.

Joël lui blottit la tête contre son torse et la serra contre lui. Le claquement du coup de feu retentit par-dessus le rugissement des flammes, assourdissant. Elle se plaqua les mains sur les oreilles.

Il y eut un craquement aigu, et soudain sa jambe fut libre. Joël tituba en arrière. Elle tomba à son tour. Les flammes faisaient rage tout autour d'eux.

Puis il y eut des voix, le miaulement de son alarme, et enfin une bouffée d'air frais. Son dos entra en contact avec le gazon, elle devait rêver. Mais avant de pouvoir se laisser aller, elle fut prise d'une quinte de toux. Elle tourna la tête et cracha tandis que l'odeur de l'herbe pénétrait ses narines.

Au bout de quelques minutes, elle se rallongea. Elle s'efforça d'absorber de l'air frais et eut une soudaine révélation : elle était vivante. Ce qui voulait dire…

Le visage de Joël apparut au-dessus d'elle.

— Tout ira bien, lui dit-il.

Cam et un voisin parlaient quelque part. Des sirènes hurlèrent au loin. Plus rien n'avait de sens. Il faisait noir et elle avait perdu la notion du temps.

— Qu'est-ce qui se passe ?

— Tu es en sécurité.

En un clin d'œil, elle saisit la situation. Elle était dans les bras de Joël et les gens couraient autour d'eux, Cam répétait quelque chose qu'elle ne comprenait pas. Pour une raison inconnue, elle devait dire autre chose à Joël.

Elle agrippa sa chemise et l'attira à elle.

— Je t'aime.

Puis tout devint noir.

18

Joël n'oublierait jamais cet instant. Le 4x4 s'était arrêté en dérapant devant la maison. Tout le rez-de-chaussée était en flammes. Il avait cherché Hope dans la foule, en repoussant les gens sans ménagement.

Ne l'ayant pas trouvée, il s'était précipité vers la porte. Cam l'avait retenu par le bras et lui avait dit de se calmer, mais Joël était au désespoir. Rempli de panique, il avait donné un coup de pied dans la porte qui s'était ouverte en même temps que l'alarme s'éteignait.

Le revolver, le couteau, le sang : c'était trop pour tout assimiler.

Le son de sa voix quand elle lui avait dit qu'elle l'aimait résonnait encore dans sa tête.

Assis à son chevet, à l'hôpital, il se rappelait son serment d'amour final.

L'odeur du désinfectant le tira de ses pensées. Au moins, son engourdissement était en train de passer. Du pouce, il caressa le dos de la main de Hope et fixa le drap blanc qui la recouvrait jusqu'au menton.

Il avait bien failli la perdre. Si quelque chose avait mal tourné, il l'aurait perdue. La circulation avait tourné en leur faveur, grâce à Davis qui avait manipulé les feux. Cam avait conduit à toute allure. Et la porte avait cédé du premier coup.

Et puis Hope s'était sauvée elle-même en blessant Charlie. C'était bien d'elle, forte, confiante et acharnée. La seule mauvaise nouvelle était que l'homme allait survivre à ses blessures.

Tony n'avait pas eu cette chance. Charlie s'était déchaîné sur son ancien associé, ne lui laissant aucun espoir de survie. C'était déjà un miracle que Tony ait plus les prévenir pour Hope, songea Joël.

Cam pointa la tête par la porte.

— Elle s'est réveillée ?

— Pas encore.

Joël observa les vêtements déchirés et ensanglantés de Cam. Comment se faisait-il que personne n'ait appelé la police en le voyant ?

Bien sûr, l'endroit grouillait de policiers, mais Connor avait traité avec eux, comme toujours. Cam avait l'air d'avoir été renversé par un camion. Joël poussa un soupir : lui-même avait sans doute une apparence bien pire.

— Où est Connor ? voulut-il savoir.

— Il discute encore avec le père de Hope.

En parlant d'un qui se sacrifiait pour l'équipe ! Durant tout le trajet en ambulance, Rafe avait hurlé dans le portable de Joël. Il lui avait promis de sérieuses conséquences s'il ne se reprenait pas et ne traitait pas mieux sa fille.

Joël ne lui en voulait pas. Il en avait conscience : il ne s'était pas montré à la hauteur pour la protéger. La seule chose pour laquelle il était doué, c'était partir, et cela avait failli coûter la vie à Hope.

Quel genre de mari il ferait, il ne le savait pas. Bon sang, il n'était même pas sûr d'en être digne, mais il ne la laisserait plus s'éloigner. Plus jamais. Il avait eu un aperçu de la vie sans elle. Mieux valait être égoïste.

— Au moins, le père de Hope a fini par arriver, dit-il en se rappelant l'inquiétude dans la voix de Rafe.

— Il est furieux de tout ce qui s'est passé, confia Cam.

Joël contempla la forme immobile de Hope et une nouvelle vague de colère l'envahit.

— Ça fait deux avec moi.

Une infirmière entra, poussant un petit chariot.

L'équipe de Corcoran filtrait les entrées à la porte de la chambre. Plus d'un médecin avait commenté cet excès de précautions, mais ce n'était rien comparé au contingent de policiers qui s'étaient vus assigner la surveillance de Charlie, à l'étage inférieur.

— Je dois examiner ses pansements, dit l'infirmière en bousculant un peu Joël.

— Je reste, fit-il en campant sur ses positions.

— Vous devez sortir.

La femme mesurait à peine un mètre soixante, mais elle le regardait comme si elle allait le jeter dehors.

Joël eut envie de la contrer, jusqu'à ce qu'il remarque le sourire de Cam. Il céda à contrecœur.

— D'accord.

Il attendit d'être dans le couloir pour dire à Cam ce qu'il aurait dû lui dire depuis des heures.

— Merci, mon vieux.

Il brossa ce qui ressemblait à un morceau de rideau sur le bras de son collègue.

— Pour quoi ?

— Pour tout.

Joël ne savait comment mettre sa gratitude en mots.

— Tu étais censé être en vacances.

— Combattre les incendies, c'est plus intéressant.

Cam donna une tape sur l'épaule de Joël et hocha la tête. Venant de lui, c'était une énorme démonstration d'émotion.

— En plus, j'allais quand même voler.

La façon dont il avait dit cela retint l'attention de Joël.

— Ah bon ?

Cam lança un regard à leur patron, qui faisait les cent pas devant le poste des infirmières.

— A la requête de Connor. Il m'avait demandé de l'emmener voir Jana.

Ça, c'était une nouvelle.

— Quoi ?!

— Il est resté pour nous donner un coup de main.

— Parce que je sais reconnaître un homme amoureux, lança Connor en s'approchant d'eux.

Il dévisagea Joël.

— Pas toi ?

Cet échange laissa Joël muet. Connor qui revenait à Jana, ou qui essayait. Davis et Lara. Cela donnait de l'espoir.

Cam grogna :

— Arrête de faire ça, mon vieux.

Egaré dans ses pensées, Joël avait perdu le fil de la conversation.

— Quoi ?

— Arrête de te trouver des excuses pour dire que ça ne marchera pas.

Avant que Joël puisse répondre, Connor se lança dans un discours.

— Et tu dois te rappeler que ton absence l'a rendue plus vulnérable.

— D'accord, mais…

— Je ne dis pas ça pour que tu te sentes coupable, parce que ce n'était pas ta faute, mais t'éloigner d'elle ne l'a nullement mise à l'abri.

Connor s'interrompit assez longtemps pour respirer.

— Tu n'es pas ton père.

— Je sais.

Pour la première fois, Joël en était convaincu. Contrairement à son père, il se battait pour d'autres gens. Il avait foi en eux. Il avait le sens de l'humanité.

Hope le lui avait répété si souvent. Qu'une femme comme elle l'aime aurait dû le lui faire comprendre. Elle n'aurait pas gaspillé son temps avec un dangereux raté. Il le comprenait enfin.

— Non, tu ne sais pas mais, si tu lui donnes une chance, elle te le démontrera.

Connor lui donnait presque des ordres.

— Montre-toi à moitié aussi malin que je pense que tu l'es.

Cam hocha la tête.

— Ou bien Rafe va te tuer.

— Peu importe ce qu'il pense.

C'était vrai. Le soutien et la bénédiction de Rafe étaient les bienvenus, bien qu'il soit très mécontent en cet instant, mais Joël n'avait pas besoin de son opinion. Il avait Hope, qui croyait en lui, même quand lui-même n'y croyait pas. C'était plus important que tout le reste.

— Allez, Joël !

Il leva les mains. Mieux valait se rendre que d'écouter ces deux-là le persuader pendant des heures de quelque chose qu'il savait déjà.

— Je dis ça parce que vivre sans elle est impossible.

A son tour, Cam leva les bras au ciel.

— Eh ben voilà… C'était pas si dur que ça, si ?

— En fait, je pense que le plus dur reste à venir pour lui, remarqua Connor.

Cam aboya un rire.

— J'espère qu'elle t'en fera baver.

Hope s'éveilla lentement. Un plafond blanc se dessinait au-dessus d'elle et des machines bipaient régulièrement. Elle referma les yeux et articula un petit merci. Elle n'était pas morte.

Un rire grave lui fit tourner la tête. Un rire qu'elle aurait reconnu et savouré n'importe où. Joël était assis dans un fauteuil à côté de son lit, l'air dépenaillé, échevelé, et bien trop délicieux.

Quand leurs yeux se croisèrent, il se leva et s'approcha d'elle. Se penchant, il posa un bras autour de sa tête.

— Non, tu n'es pas morte.

— Tu ne m'aurais pas laissée mourir.

— Jamais.

Il effleura sa peau.

— Mais il faut surtout remercier la rapidité de tes réactions.

Ce n'était pas ainsi qu'elle s'en souvenait.

— C'est toi qui m'as tirée de l'incendie.

Les souvenirs lui revinrent. Elle avait pensé que c'était un mauvais rêve, mais ce n'était pas le cas. Les mains de Joël et ses encouragements. Son étreinte solide, le coup de feu. Elle avait toujours un bourdonnement dans les oreilles, comme un lointain sifflement. Sa fréquentation du stand de tir lui disait que cela finirait par partir.

Joël plongea les doigts dans ses cheveux.

— Tu t'es sauvée toi-même. Je n'étais là que pour le final.

Sa phrase lui fit mal. Elle ferma les yeux pour refouler la douleur d'une nouvelle série de souvenirs. Lui qui s'en allait, elle recroquevillée en boule sur le canapé.

— Hé…

Il lui caressa le front du pouce.

— Tout va bien. Charlie ne peut plus s'en prendre à toi.

Il se trompait de cauchemar, mais elle rouvrit quand même les yeux.

— Il est mort ?

— Non.

D'une certaine façon, cette nouvelle la soulageait. Elle n'était pas responsable de la mort de ce type. Ce n'était pas un accident. Elle l'avait poignardé avec la flèche, en toute conscience, et le referait si nécessaire.

Mais l'idée qu'il était toujours vivant lui tordait l'estomac.

— Vous l'avez attrapé ?

— Facilement, après que tu l'as eu épinglé.

Elle sourit.

— Je ne le regrette pas.

— Moi non plus. Je voudrais juste être arrivé une ou deux minutes plus tôt.

Elle aurait voulu qu'il ne soit jamais parti.

— Tu vas t'en aller ? s'obligea-t-elle à demander.

La douceur du regard de Joël, posé sur elle, suffisait à faire fondre ses résolutions. Elle avait envie de retirer tout ce qu'elle avait dit la veille et le supplier de revenir, à n'importe quel prix. L'expression de ses yeux était la définition même de l'amour. Comment cet homme pouvait-il continuer à la faire tant souffrir ? Elle l'ignorait.

— Non.

Le mot brisa net le fil de ses pensées.

— Quoi ?

— Je t'ai quittée deux fois.

Il se pencha et déposa un petit baiser sur son nez, puis un autre sur ses lèvres.

— Je suis navré de t'avoir fait du mal.

Des larmes s'accumulèrent au fond de ses yeux. Elle ne voulait pas les laisser couler.

— Tu m'as brisé le cœur.

Elle lui avait dit si souvent combien elle l'aimait. Cette fois, elle voulait qu'il comprenne combien il l'avait fait souffrir.

— Plus jamais.

Elle essaya de bouger, et le lit se mit à tanguer. Apparemment, elle était blessée à la tête. A un moment donné, il faudrait qu'elle fasse le compte de ses plaies et bosses, et qu'elle sache pourquoi sa hanche lui faisait si mal.

Ensuite, il faudrait qu'elle s'occupe de la maison, et du fait de n'avoir plus de chez elle. Mais c'était trop tôt pour qu'elle puisse faire face.

Surtout quand elle essayait de saisir ce que Joël disait.

— Qu'est-ce que tu dis ?

Il approcha son visage, en prenant soin de ne pas la heurter ni de bouger l'oreiller. Ses yeux noirs étaient plus brillants que jamais.

— Mon père n'aurait pas mis de côté ses propres besoins pour essayer de te sauver.

Il l'embrassa brièvement sur la bouche.

— Il n'aurait pas aimé une femme forte comme toi.

Cette fois, son baiser s'attarda.

— Il n'aurait pas travaillé dans un endroit comme Corcoran. Je ne suis pas lui, et je ne le serai jamais.

Le cœur de Hope bondit. C'était comme si elle avait dormi et s'était réveillée pour que Joël exprime toutes les choses qu'elle lui disait depuis toujours.

Mais il ne faisait pas que les répéter. Il y croyait, cela ne faisait aucun doute.

— C'est l'incendie qui t'a convaincu ?

Si c'était le cas, elle allait entretenir un bûcher permanent dans sa cuisine. Encore qu'en y réfléchissant…

— C'est toi qui m'as convaincu.

Il lui sourit, d'un de ces sourires sexy qui la mettaient dans tous ses états.

— Tu n'aimerais pas un homme indigne d'amour.

Elle glissa les doigts dans les siens.

— Exactement.

— Et tu n'attendrais pas qu'il se réveille.

Tout à coup, toute sa souffrance s'évanouit. La solitude et la colère s'évaporèrent, et la peur qui lui tordait le ventre se dissipa.

La force de la voix et du regard de Joël l'aurait convaincue si ses baisers ne l'avaient pas fait. Il ne jouait pas un rôle et n'essayait pas d'adoucir sa, ou plutôt ses blessures. C'était un homme qui avait l'intention de rester, l'homme qu'elle espérait depuis toujours.

Elle leva leurs mains nouées et embrassa le dos de celle de Joël.

— C'est comme si tu lisais dans mes pensées.

— Je t'aime plus que tout au monde, déclara-t-il avec une expression sérieuse. Pour toi, je quitterais n'importe quoi : mon boulot, la civilisation… Demande-moi n'importe quoi, et je te le donnerai.

Tout ça paraissait génial. La mort et le danger la hantaient encore, mais elle laisserait tout ça derrière elle, si cela voulait dire passer sa vie avec lui.

— Bon sang, je m'installerais même en banlieue pour toi, dit-il avec une expression sinistre.

Elle éclata de rire. La crispation musculaire que cela produisit l'obligea à se tenir la hanche, là où la douleur la lançait.

— Ça, c'est de l'amour !

Il fronça les sourcils et tendit la main vers le bouton d'appel de l'infirmière.

— Ça va ?

Hope l'arrêta d'un simple mouvement.

— Ça va aller.

— Ne doute jamais de mes sentiments pour toi. Jamais.

Il lui effleura la joue du nez.

— Ils n'ont jamais changé. Même quand j'ai perdu la tête, j'ai continué à t'aimer.

Venant de lui, c'était un serment qui voulait tout dire.

— Je sais. C'est pour ça que j'avais espoir qu'on puisse y arriver.

— Il n'y a eu personne d'autre depuis que je t'ai rencontrée.

Il colla sa bouche contre son cou.

— Il n'y aura jamais personne d'autre.

Cette fois, Hope laissa couler une larme, qui roula sur sa joue. Quand elle mouilla Joël, il leva la tête et intercepta la deuxième de son pouce.

— Qu'est-ce que c'est ?

— Le bonheur.

Il joua avec ses doigts, un par un.

— Je sais que je t'ai négligée par le passé.

Plutôt que de se retenir, Hope se laissa aller.

— Ce que je veux, c'est un futur.

Un immense sourire éclaira le visage de Joël.

— Ça, j'y pourvoirai dès que tu sortiras de ce lit.

— Je veux dire…

— Dès que je t'aurais persuadée que je reste, parce que je reste, je te demanderai en mariage. On le fera tout de suite. Ton père finira par me pardonner et nous donner sa bénédiction.

— Joël, souffla-t-elle.

Elle aurait pu dire oui tout de suite, et son père aussi, mais Joël avait besoin de faire les choses à sa manière, elle le sentait.

Il voulait lui prouver quelque chose. Elle le croyait déjà, mais elle n'avait rien contre le fait d'être courtisée. Ils avaient tout de même un problème bien concret.

— Je crois que j'ai besoin d'une nouvelle maison.

Elle ne pensait pas à tout ce qu'elle avait perdu. Ce n'était que des possessions matérielles. Là, elle avait gagné bien plus.

— J'espérais que tu en chercherais une avec moi, confia-t-il. A Annapolis.

Il lui ouvrait tout grand les bras, et pourtant il avait toujours l'air intimidé.

— Une future demande en mariage. Une nouvelle ville. L'homme que j'aime qui a changé du tout au tout…

Elle lui jeta les bras autour du cou et lui planta un long baiser sur la bouche. Un baiser qui parlait de ses intentions quand elle sortirait de ce lit.

— Une femme ne peut pas demander plus.

— En fait, j'ai deux faveurs à te demander, dit-il, les yeux brillants, si bien qu'elle ne fut pas inquiète.

— Hon-hon.

Il s'assit enfin sur le lit. Le matelas s'enfonça, et il lui frotta le ventre, lui faisant oublier la douleur.

— Juste pour quelque temps…

Il faisait traîner les choses en longueur, comme pour la taquiner.

— Oui ?

— Plus de camping et plus de feu.

Elle éclata de rire.

— Marché conclu !

DEBRA WEBB & REGAN BLACK

Un voisin si énigmatique

Traduction française de
LISA BELLONGUES

BLACK ROSE

HARLEQUIN

Titre original :
THE HUNK NEXT DOOR

Ce roman a déjà été publié en 2015.

Prologue

Washington, D.C.
Vendredi 25 novembre, 18 h 10

Thomas Casey, directeur de l'unité d'élite qu'on appelait les « Spécialistes », se cala plus confortablement dans son fauteuil, et lança une nouvelle fois la vidéo. La femme fixait la caméra, l'air déterminé, farouche même.

« Ce message s'adresse à tous les criminels en puissance. Que ce soit bien clair : aucune activité illégale — trafic de drogue ou autre — ne sera tolérée dans le centre et le port de Belclare. Nous livrerons une guerre sans merci à ceux qui enfreindront la loi. Nous leur confisquerons leurs marchandises et leur argent. Nous les arrêterons, ainsi que leurs complices. Ils ne se serviront pas de cette communauté pour réaliser leurs profits illicites. »

Thomas coupa le son en entendant frapper à la porte de son bureau.

— Entrez !

Un homme en costume gris anthracite pénétra dans la pièce.

— Refermez la porte, dit Thomas à son visiteur, et asseyez-vous.

— Bien, monsieur, fit l'homme d'un ton tranquille.

— Merci d'être venu aussi vite.

Thomas le considéra un instant, soudain pris de scrupules. Les exigences de cette mission étaient démesurées, même pour un spécialiste comme Riley O'Brien.

Si tous ses agents possédaient au plus haut degré les qualités requises pour mener à bien une opération secrète — chacun avec ses compétences particulières —, le curriculum vitæ d'O'Brien faisait de lui le candidat le mieux qualifié pour cette tâche.

— O'Brien, vous avez été choisi pour une nouvelle mission. Avant que vous ne me donniez votre réponse, je tiens à vous assurer que vous êtes en droit de refuser. Ça ne vous pénalisera pas.

Le regard attentif, O'Brien se cala plus profondément dans son siège.

— Entendu, monsieur.

Tous deux savaient déjà qu'il accepterait. Thomas se pencha en avant et appuya ses bras sur le bureau.

— Il s'agit d'une opération d'infiltration à long terme. Vous garderez votre nom, mais votre passé sera modifié en conséquence, et vous résiderez à Belclare, dans le Maryland.

— Dans la baie de Chesapeake ?

Thomas acquiesça.

— Vous avez entendu les nouvelles concernant Belclare, naturellement ?

Il tourna son ordinateur de manière à ce qu'O'Brien voie l'écran.

— Difficile de faire autrement, monsieur. Quand se termine la mission ?

Thomas s'éclaircit la gorge.

— Aucune date n'a été arrêtée. A court terme, votre rôle consiste à veiller à ce qu'Abigail Jensen, le chef de police de Belclare, reste en vie.

— Est-ce que vous craignez des représailles imminentes ?

— Oui. Jensen a réalisé un sacré exploit, mais ça a fait d'elle une cible. Il se peut qu'on s'en prenne directement à elle, mais il est également possible qu'on s'attaque à quelqu'un d'autre en ville, histoire de semer la pagaille. Dans une semaine, un an, ou…

— Dix ans, acheva O'Brien.

— Exact.

Thomas s'adossa à son confortable siège en cuir avec un soupir, et étudia l'agent assis de l'autre côté du bureau.

— D'après les informations dont nous disposons, je crois pouvoir affirmer qu'il y aura du mouvement tout de suite, mais c'est un engagement à vie que j'attends de vous.

— Je comprends.

O'Brien se pencha en avant, les coudes en appui sur les genoux, le regard fixé au sol, et s'enquit :

— Des renforts ?

— Pas directement sur place.

Il leva les yeux.

— Plus précisément ?

Question légitime, pensa Thomas.

— Vous aurez la possibilité de communiquer vos informations à nos experts, mais c'est vous qui prendrez les mesures nécessaires pour protéger la nation du terrorisme. Vous aurez toute l'aide que vous désirez. Simplement, nous ne pourrons être sur place avant un délai d'une heure.

O'Brien hocha la tête pour montrer qu'il comprenait.

— Belclare est trop près du district de Columbia et d'autres cibles potentielles importantes, poursuivit Thomas. Nous avons entendu des échos assez alarmants concernant l'existence d'une cellule dormante dans le secteur. La cargaison de drogue que Jensen a interceptée devait servir à financer une faction terroriste dissidente en train de s'implanter ici, aux Etats-Unis. Depuis le buzz créé par son discours, le département de la sécurité intérieure surveille sa boîte aux lettres électronique. Certaines lettres d'injures paraissent trop bien informées pour avoir été envoyées par un individu lambda. En outre, nous avons récemment arraisonné un navire à destination de Baltimore qui transportait des détonateurs militaires volés.

Au cours de sa carrière, Thomas s'était toujours efforcé de montrer l'exemple, n'attendant jamais de ses agents plus qu'il n'aurait exigé de lui-même. Jusqu'à aujourd'hui. Se mettant à la place d'O'Brien, il se demanda comment il aurait réagi si on lui avait proposé une mission semblable, alors qu'il n'était encore qu'un jeune agent de trente ans.

— Prenez le temps de réfléchir, O'Brien.

En temps normal, il n'aurait pas chargé d'une responsabilité pareille un homme qui n'avait qu'une expérience limitée sur le terrain, mais la réussite de cette opération dépendait essentiellement de la capacité à se fondre dans le décor, à se faire passer pour monsieur Tout-le-monde.

Ayant grandi dans un orphelinat, O'Brien avait dû faire l'effort, dès son plus jeune âge, de s'adapter à sa communauté et à son environnement. Depuis deux ans qu'il était officiellement un « Spécialiste », il avait participé en coulisses à diverses opérations. Il n'en était qu'au début de sa carrière, et de ce fait les techniciens auraient vite fait d'effacer son passé et de lui en créer un nouveau. Par ailleurs, il possédait un talent inné dans le maniement des explosifs, ce qui constituait un atout de plus en sa faveur.

Quelques secondes s'écoulèrent en silence, puis O'Brien hocha la tête d'un air résolu.

— Vous pouvez compter sur moi, monsieur.

— Bien. En ce moment, les habitants de Belclare s'occupent des derniers préparatifs du village de Noël, manifestation qui a lieu chaque année. Grâce à votre expérience dans le bâtiment, vous trouverez du travail facilement.

— Mais je resterai là-bas après les festivités.

— En effet. Vous devrez vous intégrer à la communauté. Le chef Jensen aura besoin de vous, même si elle ignore que vous la protégez. Nous allons vous fabriquer de faux antécédents.

— Merci, monsieur.

Thomas se leva et lui serra la main par-dessus le bureau.

— Permettez-moi d'être le premier — et peut-être le seul — à vous remercier pour ce service rendu à la nation.

— La boutique s'appelle Sadie's, et appartient à la famille Garrison. C'est un bâtiment emblématique dont la construction remonte à l'époque où notre ville a été fondée.

— Intéressant.

Riley jeta un coup d'œil au policier par-dessus l'épaule de Filmore. Agé d'une petite vingtaine d'années, il devait être frais émoulu de l'école de police.

— Et vous, monsieur l'agent ?

— Appelez-moi Danny, répondit l'interpellé en souriant. Je veux bien un chocolat chaud.

Le soulagement se lisait sur son visage.

— Entendu. Guimauve ? Crème fouettée ? Cannelle en poudre ?

— Vous, vous avez déjà fait un tour chez Sadie's ! fit Danny avec un clin d'œil complice.

Riley enfila sa veste.

— Un homme qui ne cuisine pas a intérêt à connaître de bonnes adresses.

Le sourire du policier s'épanouit davantage, lui donnant l'air plus juvénile encore.

Riley se félicita : il venait de se faire un allié. Depuis son arrivée, il avait eu l'occasion de s'apercevoir que les gens de Belclare avaient tendance à se méfier des étrangers. Les gars de son équipe qui y avaient travaillé les années précédentes assuraient que c'était un fait nouveau. Il comprenait les habitants, cela dit. Il n'y avait jamais eu de trafic de drogue jusque-là.

— Guimauve, répondit Danny.

— Bon choix, approuva Riley avec un sourire. Et vous ? demanda-t-il une nouvelle fois à Filmore. Dernier appel.

— Rien, aboya l'autre. Merci. Je suis capable d'aller me chercher du café tout seul.

La main sur la poignée, Riley marqua un arrêt.

— La serveuse m'a dit qu'ils organisaient un atelier de glaçage de biscuits de Noël, cet après-midi.

Danny soupira d'un air mélancolique.

— Je voulais y assister, mais je n'ai pas eu l'autorisation de m'absenter.

Filmore lui jeta un regard furieux.

— Ne me faites pas croire que la police fait passer la sécurité avant tout le reste, alors que nos agents sont plus préoccupés par un atelier de pâtisserie !

— C'est un événement important, rétorqua Danny.

Filmore se lança aussitôt dans une nouvelle diatribe, mêlant reproches et insultes.

Riley se préparait à intervenir de nouveau, quand un sifflement strident retentit, mettant fin à la dispute.

Ils se retournèrent tous les trois d'un seul mouvement. Une femme leur faisait face, campée sur le seuil de la salle servant d'espace de travail commun.

Ce devait être Abigail Jensen, l'héroïne du moment, devina Riley. Des cheveux blonds tirés en arrière, un visage en forme de cœur, et un regard bleu aussi acéré qu'un rayon laser.

Contrairement aux agents qu'il avait vus circuler dans les locaux ce jour-là, elle ne portait pas l'uniforme. Elle arborait un chemisier ivoire et un tailleur vert foncé parfaitement coupé qui épousait ses formes. Essayait-elle de se déguiser en civile, ou se souciait-elle peu de montrer l'exemple ?

Peu importait. Le spectacle était trop joli pour qu'il critique son choix et ses raisons. Il nota les jambes fines et les hauts talons. Les femmes chefs de police étaient-elles censées porter des jupes ? Il l'avait vue à la télévision, s'était renseigné sur sa carrière jalonnée de récompenses, mais c'était seulement en la découvrant en chair et en os qu'il percevait son charisme. Bien que petite et menue, elle imposait son autorité sans prononcer une parole.

Son regard se posa tour à tour sur Danny, Filmore et lui. Il eut alors l'impression qu'un contact physique s'établissait entre elle et lui. L'instant d'après, ses yeux se fixaient sur le vieil homme.

— Que se passe-t-il, monsieur Filmore ?

— Il faut que je vous parle, commença-t-il. Vos précautions sont un obstacle…

Elle leva la main, et il se tut. Pour Riley, cela relevait de l'exploit, car il était évident depuis le début que le président de la Société historique adorait le son de sa propre voix.

Le regard de glace se posa de nouveau sur lui, le détaillant des pieds à la tête, puis de la tête aux pieds.

— Vous êtes… ?

— Je n'ai rien à voir avec tout ça. Je m'occupe de la décoration, dit-il en désignant l'échelle.

Elle la regarda, puis s'avança vers lui, main tendue.

— Nom et carte d'identité, je vous prie.

Riley espéra que c'était une ruse pour impressionner l'irritable M. Filmore.

— Est-ce que j'ai agrafé trop vite la guirlande, madame ?

Elle le fusilla du regard.

— J'ai vérifié ses papiers quand il est arrivé, chef, intervint Danny. Il fait partie de l'équipe des saisonniers.

— Votre nom, insista-t-elle.

Riley lui offrit son plus beau sourire.

— Riley O'Brien.

Sa tentative de charme la laissa visiblement de marbre.

— Vous êtes irlandais ?

— C'est ce que mes parents m'ont laissé entendre.

D'après son nouveau pedigree, fabriqué de toutes pièces par les as de l'informatique de l'équipe, il était américain, fils d'immigrés irlandais. En apprenant par cœur ce passé inventé, il avait eu le sentiment que ses collègues avaient deviné les rêves qui avaient bercé son enfance à l'orphelinat.

— Qu'est-ce qui vous amène à Belclare ?

— Le travail, répondit-il, tandis qu'elle lui rendait son permis de conduire et son contrat de travail.

— Et vous repartez quand ?

— En fait, je pense rester.

— D’habitude, les saisonniers ne s’attardent pas une fois leur mission terminée, riposta Jensen avant que Riley n’ait eu le loisir d’en dire plus.

Il haussa les épaules.

— Le coin me plaît.

Elle examina son travail.

— Pourquoi n’avez-vous pas encore fini ?

— J’étais sur le point de prendre ma pause réglementaire, quand il y a eu cette interruption.

— Eh bien, nous n’abuserons pas plus longtemps de votre temps.

Il rangea son portefeuille dans la poche arrière de son pantalon et remonta à demi la fermeture Eclair de sa veste. Adressant un petit salut à Danny, il s’en alla, tandis qu’Abigail Jensen se tournait vers l’insupportable Filmore.

Le ciel était couvert. Il huma l’air. Il allait neiger. Il n’avait pas besoin de consulter la météo pour savoir qu’un épais manteau blanc recouvrirait Belclare d’ici peu, et prêterait un charme idyllique au village de Noël. Le week-end d’ouverture était le plus rentable selon les rapports d’experts. Tout ce qu’il avait à faire, c’était s’assurer que personne ne compromettrait ce succès en assassinant le chef de police bien-aimé de la ville.

Il n’y avait pas grand monde chez Sadie’s, et les chocolats chauds furent prêts plus vite qu’il ne l’avait espéré. Il devait garder un œil sur Abigail Jensen, mais il avait également besoin de quelques minutes de solitude pour rassembler ses idées et prendre du recul. Il ne savait pas à quoi il s’était attendu, mais certainement pas à une femme aussi… La réalité dépassait l’imagination. Elle était belle et, à l’évidence, avait un pouvoir certain. Il n’aimait pas ce que cela éveillait en lui. Malaise. Attirance. Soudain, l’idée qu’il devrait peut-être rester ici sa vie durant pour la protéger semblait plus risquée. Et prenait une tournure inattendue.

Et s’il lui demandait de sortir avec lui ? Cela lui fournirait un motif valable pour rester auprès d’elle, surtout les premiers jours.

Il reprit le chemin du poste de police, réfléchissant au moyen de soutirer à Danny d'autres renseignements sur le compte de la jeune femme. Il savait poser des questions sans éveiller les soupçons.

Mais il devait se concentrer sur le travail, se rappela-t-il. Ce n'était pas le moment de se laisser distraire.

2

— Je vous demande simplement de réduire la présence policière dans Main Street, répéta Filmore.

Dommage qu'elle n'ait pas de motif pour l'inculper ! se dit Abby. Aucune trace d'instabilité mentale ou d'agression sur autrui ne figurait dans ses antécédents.

Même s'il mettait sa patience à rude épreuve, elle lui accorderait le même traitement qu'aux autres. Tous les citoyens de Belclare méritaient un chef de police juste et équitable. Dommage qu'elle ne puisse plus leur accorder une égale confiance !

Le discours plein d'assurance qu'elle avait prononcé lors de la conférence de presse, retransmis dans tout le pays par les chaînes d'information nationales et les réseaux sociaux, leur avait fait une publicité dont elle se serait bien passée. Après la saisie de drogue, courrier postal et électronique avait afflué au commissariat. Certains messages étaient menaçants. Ils étaient tous analysés, puis écartés ou transmis aux fédéraux.

Ces derniers prétendaient qu'elle était en danger. Ils lui avaient suggéré d'engager une protection rapprochée, sans mettre d'hommes à sa disposition pour autant. De toute façon, il y avait déjà bien assez d'yeux braqués sur elle comme cela ! La population entière la surveillait, guettant son prochain faux pas.

Ces lettres de menaces accaparaient tout son temps, la détournant d'autres tâches quotidiennes plus importantes — un point de vue que ne partageait pas le département de sécurité intérieure. Selon eux, elle avait affaire à une cellule dormante, et leur insistance sur le sujet, bien qu'absurde, l'incitait à se méfier de tout le monde. Elle connaissait les habitants de Belclare. Elle s'inquiétait pour eux, y compris pour l'entêté qui la fusillait du regard en ce moment même.

Evidemment, Martin Filmore se souciait peu de savoir qu'elle agissait dans son intérêt. Pour lui, esthétique et exactitude historique passaient avant tout le reste. Par bonheur, les hommes et les femmes qui travaillaient sous ses ordres approuvaient sa fermeté.

— Je ne réduirai les patrouilles ni dans Main Street ni ailleurs, monsieur Filmore.

— Mais le trafic avait lieu sur les docks ! Pour des raisons d'économie, ne vaudrait-il pas mieux limiter les patrouilles dans cette zone ?

Elle le voyait venir. Il voulait l'amener à réduire les dépenses liées à la sécurité, espérant que les fonds ainsi économisés seraient réalloués à l'association lors du prochain conseil municipal.

Elle sentit sa tension artérielle grimper d'un cran. Elle avait les épaules raides, et ces stupides escarpins lui comprimaient les orteils. Elle ne pouvait se permettre de piquer une crise, se rappela-t-elle. Il y avait d'autres moyens de relâcher la pression que de se mettre à hurler.

Elle entendit de légers coups de marteau et un crissement de semelles. O'Brien était remonté sur son échelle.

En voilà un qui avait tout ce qu'il fallait pour vous faire oublier vos soucis, songea-t-elle rêveusement. Traits virils, carrure sportive… Si seulement elle était sûre que ce n'était pas un individu dangereux déguisé en bricoleur, elle pourrait se laisser tenter.

Est-ce qu'elle venait vraiment de penser *ça* ? Elle se houspilla mentalement. Ce devait être à cause du tricot à manches longues, du jean délavé et de la ceinture à outils — un fantasme féminin universel. Ce n'était pourtant pas son genre de baver d'envie devant un parfait inconnu.

— Eh bien ? insista Filmore.

Elle s'obligea à revenir au présent. Martin Filmore méritait une vraie réponse.

— Je pourrais demander à mes hommes de patrouiller en civil, proposa-t-elle.

— En quoi est-ce que ce serait mieux ?

Elle avait donc vu juste ! Ce n'était pas la présence policière dans les rues qui lui posait problème. Ce qui le dérangeait, c'était la question du budget. En ce cas, fini d'écouter ses jérémiades ! D'ailleurs elle avait un autre rendez-vous dans tout juste quinze minutes. Elle redressa les épaules.

— Mes agents seront présents en ville, en uniforme. La discussion est close. Ils n'embêteront pas les passants, parce qu'ils ont une description claire de ceux qu'ils doivent chercher.

Elle ne se donna pas la peine de lui expliquer que ces profils avaient été établis à partir des informations contenues dans les lettres de menaces.

Filmore fit entendre un son désagréable.

— Vous vous attendez peut-être à ce que je vous remercie !

Se rappelant qu'en dehors de son obsession pour l'exactitude historique, ce n'était pas un mauvais bougre, elle se força à sourire.

— J'attends simplement que vous reconnaissiez la nécessité de ces mesures. Ce n'est qu'en faisant front commun que nous sortirons Belclare de cette mauvaise passe.

Les yeux en bouton de bottines du vieil homme se fixèrent sur les siens.

— Vous auriez peut-être dû prévoir cette mauvaise passe, avant de transformer notre ville en cible !

Avant qu'elle n'ait pu répondre, il tourna les talons et sortit de son bureau d'un pas raide.

Elle lui laissa avoir le dernier mot. Non parce qu'il avait raison, mais parce qu'elle ne voulait pas être en retard à son rendez-vous. Elle anticipait avec plaisir les quelques instants de solitude dans sa voiture, le réconfort d'une tasse de café et d'une conversation avec un ami.

Elle ferma son ordinateur portable, se leva de son bureau, ajusta son écharpe de soie autour de son cou et enfila son manteau de laine noir.

Elle était en train de se demander si elle ne ferait pas mieux de troquer ses talons hauts contre une paire de bottes fourrées, lorsqu'on frappa à la porte. Encore ! Elle se retourna et plaqua un sourire professionnel sur son visage. Il s'effaça quand elle reconnut Riley O'Brien.

— Oui ?

— Danny m'a dit que je pouvais passer par-derrière.

Elle se promit d'avoir une petite conversation avec Danny.

— Je voulais simplement vous faire savoir que j'ai fini de décorer le hall et la façade.

— Je suis certaine que votre patron sera émerveillé de votre efficacité.

— Probablement.

Le sourire charmeur dont il la gratifia lui rappela certains jeunes délinquants qu'elle avait arrêtés par le passé, ceux qui cherchaient à s'en tirer avec un simple avertissement.

— La liste des décorations que j'avais à installer aujourd'hui tenait sur deux pages ! continua-t-il.

Pourquoi croyait-il donc que cela pouvait l'intéresser ?

— C'est… ambitieux. Maintenant, si vous voulez bien m'excuser, j'ai un rendez-vous qui m'attend.

— Oh ! Bien sûr.

Il recula, mais resta dans son dos, tandis qu'elle verrouillait la porte. Les nouvelles mesures de sécurité exigeaient qu'on ferme à clé. Cela ne reflétait pas l'état d'esprit habituel de son service, mais…

— On ne peut se montrer trop prudent, ces jours-ci, dit-il, semblant deviner ses pensées.

— Exact.

Elle dut faire un écart pour passer devant lui, et ne put s'empêcher de remarquer l'odeur de sapin et de cannelle émanant de ses vêtements.

— Les guirlandes sont parfumées, cette année ? Je ne crois pas avoir validé ce choix.

— Je ne suis pas sûr qu'on puisse débarrasser le pin fraîchement coupé de son odeur, madame.

— Cessez, voulez-vous ?

— Quoi donc ?

— De m'appeler « madame ».

Cela lui donnait le sentiment d'être vieille, et elle n'avait pas besoin de ça. Il était déjà bien assez difficile de supporter le surcroît de pression occasionné par la saisie de drogue.

Il enfonça les mains dans ses poches.

— C'est vrai. Danny me l'avait pourtant dit.

Décidément, une conversation avec Danny s'imposait ! Il avait besoin qu'on lui rappelle les règles élémentaires de sécurité à observer en présence d'inconnus.

— Profitez bien de votre séjour à Belclare, monsieur O'Brien.

— Appelez-moi Riley.

Elle n'avait pas l'intention de l'appeler de quelque façon que ce soit. En temps normal, elle n'aurait pas été contre, mais le moment était mal choisi pour se faire de nouveaux amis.

Quand elle leva les yeux, elle vit qu'il la considérait d'un air dégagé, une lueur d'humour au fond du regard. Oui, vraiment, cet homme avait tout ce qu'il fallait pour vous faire oublier vos soucis,

— Cette idée me plaît, décréta-t-il.

— Je vous demande pardon ?

Toute à sa rêverie, elle avait perdu le fil de la conversation. Elle plongea la main dans sa poche, saisit ses clés de voiture et gagna à grands pas l'arrière du bâtiment. Il lui emboîta le pas.

— L'idée de mettre à profit mon séjour ici me plaît. Si vous n'avez rien de prévu ce soir, vous pourriez peut-être me faire visiter la ville ?

Interloquée, elle s'immobilisa, tâchant de rassembler ses esprits.

— Je suis chef de la police, monsieur… Euh, Riley. Si vous avez besoin d'un plan ou d'une visite guidée, adressez-vous à l'office de tourisme.

— Je ne comprends pas, fit-il en secouant la tête.

Elle devait mettre fin à cette conversation. S'il continuait à la retenir, elle serait en retard.

— Quoi donc ?

Il sourit de nouveau.

— J'ai eu l'impression que… que le courant passait entre nous, tout à l'heure.

— Quelle idée absurde ! Vous plaisantez !

Ses yeux pétillèrent.

— A moitié seulement. Appelez ça de la gratitude, si vous préférez. Je pensais que rien ni personne ne pourrait faire taire M. Filmore.

A sa propre surprise, elle faillit éclater de rire. Elle se retint à temps.

— Ce succès était dû à la chance, non à un quelconque mérite. Maintenant, je dois vraiment m'en aller.

— O.K.

Il poussa la porte et la tint ouverte devant elle.

— Si vous changez d'avis, ou si vous avez un travail de décoration à me confier, je suis là.

Elle passa devant lui en l'effleurant. Son sourire oblique, la chaleur qui se dégageait de lui allumèrent une étincelle de désir au fond de son ventre. Un désir purement physique, auquel elle ne pouvait se permettre de céder en ce moment, malgré l'authenticité manifeste de M. O'Brien et ses dons pour les travaux manuels. Un courant d'air froid s'enroula autour de ses mollets et s'engouffra sous sa jupe. Elle remercia intérieurement mère Nature de refroidir ainsi ses ardeurs. Elle s'était échauffée de façon tout à fait inappropriée durant cette conversation bizarre.

— Vous serez dans le coin jusqu'à la fin du mois ?

— Plus longtemps, même. Il y a de belles vues, par ici, dit-il en la fixant dans les yeux. Allez-y avant d'attraper un rhume.

Elle sortit sa clé.

— Laissez, dit-il. Je vais verrouiller de l'intérieur. Danny a précisé que les portes devaient être fermées en permanence.

Elle serra les lèvres. Inutile de lui reprocher les fautes commises par la jeune recrue de la réception.

— Merci, murmura-t-elle en entendant la barre métallique coulisser dans la gâche.

Elle compta jusqu'à dix, puis abaissa la poignée, constatant avec satisfaction que la porte était bien fermée.

Elle gagna en hâte sa voiture. Au moins, cet homme tenait parole concernant les petites choses. Satisfaite, elle se mit en route.

Calme, réservé, artiste de talent, Deke Maynard était devenu au fil du temps un véritable ami pour elle. En dehors de son assistant, elle était sans doute la seule personne à qui il faisait confiance à Belclare. Elle appréciait cet honneur. Ayant récemment fait l'objet de nombreuses critiques, elle accordait beaucoup d'importance aux quelques personnes qui, comme Deke, la soutenaient. Elle avait maintenu cette habitude de prendre le café avec lui chaque semaine, malgré la tension due aux récents événements, et cela lui donnait l'impression rassurante que, bientôt, tout reviendrait à la normale. De plus, en sa présence, elle avait le sentiment agréable d'exister au-delà de son statut de chef de police.

Après tout, il n'y avait rien de mal à vouloir se sentir femme de temps à autre ! Elle songea au bel étranger fraîchement débarqué en ville, et secoua la tête. Aller au-devant de nouvelles complications était vraiment la dernière chose dont elle avait besoin.

Peut-être ferait-elle mieux de se cantonner à son statut de chef de police, en fin de compte.

3

Debout devant l'immense baie vitrée située du côté est de la pièce convertie en atelier, Deke Maynard contemplait la ville endormie à ses pieds. Trois ans plus tôt, il était venu y faire un séjour pendant la période de Noël, et s'était déclaré amoureux du charme du lieu, de son panorama et de ses habitants.

Il avait acheté cette maison et établi sa réputation d'ermite dès le début des travaux de réaménagement. Certes, il lui arrivait quelquefois de se promener dans les rues et de discuter avec les gens, mais c'était là l'effort ultime auquel il puisse consentir sans se mettre à rire au nez de ces ignorants qui satisfaisaient si complaisamment ses caprices et ses excentricités.

Il aurait dû réclamer une prime, lorsqu'il avait accepté d'installer sa base d'opérations dans cette ville. L'assommante monotonie du quotidien risquait de le tuer. Il avait néanmoins quelques petites compensations, admit-il en son for intérieur, alors que le véhicule d'Abigail Jensen tournait dans la longue allée.

C'était une femme belle et intelligente. Mais s'il s'embarrassait de regrets, il risquait d'hésiter au moment de mettre ses plans à exécution. Il se reprocha en silence d'avoir caressé l'idée de la garder pour lui, en trophée. Cela compromettrait l'opération. Il ne pouvait se permettre de courir un tel risque.

— Le chef Jensen est arrivé, monsieur, déclara son assistant, après avoir toqué à la porte.

Les nouvelles étaient mauvaises. Abby avait multiplié par

deux les patrouilles. Un exploit, étant donné la taille limitée de son équipe, mais celle-ci avait au moins le mérite d'être un loyal et vaillant troupeau de moutons.

Il était impressionné qu'elle soit parvenue à intercepter la drogue, d'autant que cette réussite était entièrement due au mérite de la police. Il n'y avait pas eu de fuites. Lorsqu'il avait rencontré Abby, il l'avait prise pour une jolie potiche, non pour un flic digne de ce nom. Ce en quoi il avait eu tort.

Comme la sonnette de l'entrée retentissait, il ne put retenir un petit sourire. Son assistant irait ouvrir et offrirait du café à la jeune femme. Ensuite, l'artiste excentrique qu'elle connaissait ferait son entrée en scène.

Reconnaître ses compétences et admirer sa force ne l'empêchait pas de la considérer comme sa principale ennemie. En l'espace de quelques semaines, elle avait à elle seule ruiné une stratégie qui lui avait pris des années à mettre sur pied. S'il ne rectifiait pas rapidement le tir, sa réputation serait irrémédiablement détruite.

Il examina la toile devant lui. Son don naturel pour l'art ne le mènerait jamais aussi loin que ses autres talents, que des organisations et des hommes puissants étaient prêts à rémunérer grassement.

Il essuya ses mains tachées de peinture, et s'examina dans le miroir du palier avant de descendre. Cela promettait d'être l'une des performances les plus délicates qu'il ait eu à réaliser à ce jour. Et comme toute performance réussie, celle-ci serait plus convaincante si elle s'inspirait de la vérité.

Abby l'avait privé d'une source de revenus essentielle en saisissant la drogue, mais cela ne modifiait en rien l'attirance physique qu'il ressentait pour elle. Il décida donc d'exploiter ce désir afin de gagner en crédibilité.

Il fit une pause au milieu de l'escalier, et respira un grand coup avant de descendre d'un pas rapide les dernières marches.

— Bonjour Abby ! lança-t-il en pénétrant dans le salon. Pardonnez-moi de vous avoir fait attendre.

Un grand sourire éclaira le visage d'Abigail, et elle se leva pour le saluer.

— Vous auriez dû repousser notre rendez-vous, si vous étiez en pleine inspiration.

— Que dites-vous là ? Ce café avec vous est le rayon de soleil de ma semaine !

Ce compliment fit monter une délicate rougeur aux joues de la jeune femme. Il recula pour l'admirer.

— Vous êtes plus jolie que jamais.

— Merci.

Il la reconduisit à son siège, puis se servit une tasse de café.

— Alors, où en sont les préparatifs ? D'après ce que j'ai pu voir du haut de ma tour d'ivoire, vous semblez être dans les temps !

— Vous devriez venir vous en rendre compte par vous-même, suggéra-t-elle avec un doux sourire.

Une nouvelle fois, il ressentit avec force l'envie de la garder pour lui. Il méritait cette récompense en échange des désagréments qu'il endurait jour après jour.

— En cette période, dit-il, je ne ferais que gêner. Je descendrai en ville après le week-end d'ouverture, quand le calme sera un peu revenu.

Elle porta à ses lèvres la tasse en porcelaine. Il dut détourner le regard.

— J'attends votre visite avec impatience, déclara-t-elle. Le maire est passé au poste, hier.

— Vraiment ?

— Oui. Il m'a demandé de vous remercier pour les esquisses dont vous avez fait don, lors de l'encan silencieux.

— Et, bien sûr, il vous a chargée du message.

Il lâcha un petit rire sarcastique et se retroussa les manches, remarquant avec plaisir qu'elle le considérait avec attention.

— Après la façon dont il vous a parlé, il savait que je ne le laisserais pas aller plus loin que l'allée…

— Vous avez probablement raison. Merci encore de m'avoir défendue.

— Vous êtes une héroïne. Et une amie chère.

Il regarda discrètement l'heure, se demandant jusqu'où il pouvait se permettre d'aller ce jour-là.

— Pour être honnête, j'aurais dû me montrer un peu plus mesurée lors de la conférence de presse. Un peu moins sûre de moi.

— Cette saisie de drogue a été une grande victoire.

Il se pencha et posa la main sur son genou. Ce n'était pas la première fois qu'il la touchait, mais cette fois il voulait qu'elle comprenne qu'il s'agissait d'une avance.

— Vous êtes une femme passionnée.

Il vit ses yeux s'agrandir. Elle mordait à l'hameçon. Parfait…

— C'est bien que vous semiez le doute et la peur dans la tête des criminels, Belclare a de la chance.

Il se rassit, retirant lentement sa main afin de lui donner l'impression que la balle était maintenant dans son camp. Il avait appris depuis longtemps à manipuler et diriger les autres, tout en entretenant chez eux l'illusion qu'ils agissaient de leur plein gré.

Elle s'éclaircit la gorge.

— J'ai été surprise de vous voir à la réunion de crise.

— Vous pensez que j'aurais dû rester chez moi ?

— Non.

Elle fronça les sourcils, puis son visage s'éclaira.

— Votre soutien compte beaucoup pour moi. Franchement, après la réprimande que m'a adressée le maire, je ne m'attendais plus à compter pour personne.

Elle avait pris sa décision.

Il voyait la victoire pointer à l'horizon. Ce serait si bon, quand elle lui appartiendrait enfin ! Son corps réagit, anticipant le plaisir qu'il éprouverait à se servir d'elle avant de l'humilier publiquement. Dans quelques jours, elle verrait son univers s'écrouler.

Il jeta un nouveau coup d'œil à la pendule sur le manteau de la cheminée.

— Dans ce cas, je suis encore plus heureux d'avoir pris la peine de vous défendre !

— Vous êtes un atout pour la communauté tout entière.

Il ne saurait jamais ce qu'elle avait eu l'intention de dire ensuite : son portable sonna.

— Excusez-moi, c'est le commissariat.

— Bien sûr, dit-il avec une nonchalance qu'il n'éprouvait pas.

Ce coup de téléphone était peut-être justement le signal annonçant que les hostilités avaient commencé. Il remplit une deuxième fois sa tasse, tandis qu'elle se levait pour prendre l'appel dans le hall. Il n'entendit que les premiers mots de sa conversation, car son propre appareil sonna à son tour. Le moment n'aurait pu être plus mal choisi, mais il décrocha malgré tout.

— Allô ?

— C'est une erreur, annonça son interlocuteur d'une voix tremblante.

— L'erreur, c'est de contester mes décisions.

— On m'a dit que j'avais autorité pour…

— Suffit !

Il s'assura qu'Abby était toujours occupée avant de reprendre :

— Lorsque vous ferez preuve de bon sens, votre autorité sera rétablie. Etes-vous en train de revenir sur votre engagement ?

— N… Non, balbutia la voix.

— Bien.

Il raccrocha et remit son téléphone dans sa poche.

— Deke ?

— Oui, ma chère, dit-il en se levant. Le devoir vous appelle, c'est ça ?

Le regard bleu vif d'Abby glissa sur son visage tandis qu'elle prenait son manteau sur le vestiaire.

— En effet. Merci pour lc café, Deke.

Il s'approcha d'elle et l'aida à enfiler le vêtement. Tout en ajustant son col, il laissa ses doigts s'attarder sur sa nuque douce, et sourit en son for intérieur en la sentant trembler.

— N'attendons pas la semaine prochaine, proposa-t-il. Revenez dîner ici demain soir.

Elle pivota, et il jouit de lire sur son visage le conflit qui se livrait en elle.

— J'aimerais vraiment…

— Mais ?

Les commissures de ses lèvres s'affaissèrent, trahissant sa déception.

— Nous devons mettre à jour les mesures de sécurité, justement demain soir.

— Vous n'avez qu'à passer ensuite. Je vous montrerai ma dernière marine, proposa-t-il, espérant qu'elle rirait.

Ce qu'elle fit.

— Je vous connais, je peux toujours rêver !

— Apprenez à me connaître, je ne demande que ça, murmura-t-il en lui baisant la main.

Elle se recula légèrement, les yeux écarquillés.

Il était allé trop loin, semblait-il. Mais le temps pressait, il avait des délais à tenir.

— Je vous appelle demain, dès que ma réunion est terminée, déclara-t-elle en s'immobilisant sur le seuil. Vous me direz s'il est encore temps ou pas.

Elle ne parlait pas de l'heure, il le savait. Encore une fois, elle le surprenait par sa capacité à saisir les nuances. Il aurait bien voulu que ses propres adjoints possèdent autant de finesse.

Il referma la porte derrière elle, et s'autorisa à goûter l'ivresse d'une nouvelle bouffée de plaisir anticipé. Même s'il lui en voulait d'avoir détourné une cargaison de drogue sur laquelle ses clients comptaient, elle méritait le respect. Quand elle reviendrait après sa réunion, la situation aurait complètement changé. Elle serait sous le choc, traumatisée par l'attaque dont sa précieuse ville aurait fait l'objet, et il serait le seul à pouvoir la consoler. *Demain soir, les réjouissances auront commencé*, se félicita-t-il, et sa réputation serait sauvée.

A travers le panneau vitré de l'entrée, il regarda la voiture s'éloigner. Il lui en voulait, mais elle lui plaisait. Il pouvait envoyer un avertissement aux autres, tout en préservant l'idéalisme qui la rendait si unique. Il se fit la promesse solennelle qu'elle ne vivrait pas assez longtemps pour découvrir à quel point elle s'était trompée sur lui.

Cette dernière politesse, c'était la seule faveur qu'il pouvait lui accorder.

4

Abby quitta la maison, presque soulagée d'avoir été appelée sur une scène de vandalisme aux abords de la ville. Quand Deke l'avait touchée, elle n'avait pas réussi à savoir ce qu'elle éprouvait, peut-être parce qu'il ne la touchait que rarement. Et elle n'était pas certaine de vouloir connaître la réponse.

Lorsqu'ils avaient commencé à boire le café ensemble, elle y avait vu une occasion de garder l'œil sur le mystérieux ermite de Belclare. Aujourd'hui, la vérité était beaucoup plus embarrassante.

Depuis des mois, elle luttait contre son attirance pour cet homme. Il avait une quarantaine d'années, mais ses tempes argentées et sa vision artistique du monde ne le rendaient que plus distingué à ses yeux. Ses manières parfaites, son goût raffiné et sa maturité ne gâchaient rien.

Il la traitait comme quelqu'un de spécial, et elle trouvait agréable de penser qu'une personne au moins dans ce monde voyait en elle la femme derrière le grade et l'insigne. Elle aimait à se considérer comme davantage qu'un agent dédié au respect de la loi et au maintien de l'ordre.

— Et c'est comme ça que tu as accepté ces pauses-café chaque semaine… Pour flatter ton ego, murmura-t-elle, pianotant sur le volant.

Même à ses propres oreilles, cela semblait assez pathétique.

Pourtant, elle n'avait pas eu le sentiment d'être pathétique quand il l'avait qualifiée de « passionnée ». Et cette invitation à dîner… Etait-ce bien ce qu'elle imaginait ?

— Tu es flattée, répéta-t-elle, éludant volontairement le caractère romantique de cette proposition.

Si elle avait limité sa vie sociale depuis qu'elle occupait le plus haut grade de la police de Belclare, c'était afin de ne pas prêter le flanc aux commérages.

— Reprends-toi, Abby ! L'intérêt qu'il te prête est agréable, mais tu ne peux te permettre de te laisser distraire.

Comme par un fait exprès, son téléphone portable se mit à jouer l'air de *I fought the law*, la sonnerie qui signalait ses appels professionnels. Elle activa une des commandes au volant pour répondre.

— Chef Jensen.

— Salut, chef. C'est Danny.

— J'arrive d'ici dix minutes.

— D'accord. C'est juste que…

Il s'éclaircit la gorge. Elle attendit. Les pires scénarios lui effleurèrent l'esprit, mais elle refusa d'y prêter attention avant de connaître les faits.

Sa vie personnelle était peut-être un méli-mélo de doutes et de contretemps, mais sa carrière, en revanche, ne comptait que des succès. Son éthique professionnelle, son bon sens, sa capacité à se concentrer sur un objectif l'avaient servie, et ce n'était certainement pas maintenant qu'elle allait laisser ces qualités s'envoler par la fenêtre.

— Accouche, Danny !

— Les agents appelés sur les lieux vous font dire que les médias sont déjà sur place.

Bon sang !

— Merci d'avoir fait remonter l'info.

Le renseignement était utile, car si les médias étaient là, cela signifiait que Scott, le maire, n'était pas loin. Elle se félicitait doublement d'avoir opté pour un tailleur et des talons, ce matin. Une tenue féminine la rendait plus humaine que l'uniforme aux yeux du public.

Alors qu'elle approchait de la scène de vandalisme, elle eut un mouvement de recul à la vue de l'attroupement qui ne cessait de grossir. Bonté divine ! Comment une équipe de reportage de Baltimore avait-elle pu arriver aussi vite, alors qu'elle-même venait seulement d'apprendre la nouvelle ?

Ses agents faisaient reculer la foule, mais cela avait pour effet d'offrir aux journalistes une meilleure vue d'ensemble pour leurs gros titres.

Le spectacle était pire en vrai que sur l'écran de son téléphone. Le panneau « BIENVENUE À BELCLARE » avait été tagué à la bombe. Les mots « MORT À JENSEN » et « LA CHASSE EST OUVERTE À BELCLARE » défiguraient à présent la reproduction de paysages qui faisaient la fierté de la ville.

Ces menaces n'étaient pas nouvelles, mais jusqu'ici, elles étaient restées ignorées du public. Il s'agissait cette fois d'une provocation qu'elle ne pouvait ignorer, et qui exigeait une réponse stratégique mûrement réfléchie.

Comment le coupable avait-il pu commettre son forfait sans être pris ?

Alors qu'elle rejoignait ses hommes, un reporter lui mit un micro sous le nez.

— Chef, quelle est votre réaction face à des menaces aussi personnelles ?

Elle enfonça plus profondément les poings dans les poches de son manteau.

— Le vandale qui a commis cet acte puéril sera retrouvé et puni.

— Est-ce qu'il y a des caméras de surveillance alentour qui auraient pu le filmer ?

Abby continua d'avancer sans répondre. Quelle question idiote ! Il y avait une plantation de sapins de Noël, gérée par un particulier, juste après le virage, puis plus rien à part des arbres jusqu'au panneau.

— Si vous voulez bien m'excuser, je dois m'entretenir avec mes hommes.

Elle se pencha pour passer sous la bande de plastique servant à délimiter la zone, poursuivie par les questions des journalistes.

— Les habitants de Belclare doivent-ils prendre plus de mesures défensives ?

— Allez-vous interdire l'accès à la ville ?

— Le village de Noël va-t-il être annulé ?

Cette dernière question ne pouvait rester sans réponse. Alors qu'elle se tournait, la voix du maire retentit, sonore, dans l'air hivernal :

— Ce petit méfait, commis dans l'intention d'interrompre les festivités annuelles, ne doit pas vous inquiéter.

Elle n'en crut pas ses oreilles. Il prenait son parti ! *Enfin !*

— Le…

Il hésita quelques secondes.

— L'*enthousiasme* du chef Jensen a de toute évidence créé quelques remous, mais Belclare est une ville forte et soudée, déterminée à faire de cette saison la plus belle de toute son histoire. Nous avons hâte de vous voir tous réunis ce week-end.

Abby éprouva alors une forte envie de lui intimer le silence. Elle parvint à se contenir. Scott était meilleur qu'elle sous le feu des projecteurs, et au bout du compte, qu'il approuve ou non ses méthodes, ils poursuivaient le même but : assurer la sécurité des habitants, et le bon déroulement des festivités.

Elle le laissa continuer à discourir et à se gargariser de petites phrases racoleuses.

— Qu'est-ce qu'on a ? demanda-t-elle à ses hommes.

Elle tâcha d'oublier ses pieds glacés, et écouta leur compte rendu.

— C'est l'un des marchands qui venait ici pour le week-end qui a signalé l'incident, déclara l'agent Gadsden.

— Vous avez pris sa déposition ?

— Oui. Son témoignage nous permettra de déterminer l'intervalle de temps durant lequel les vandales ont agi.

Elle s'approcha du panneau, et appuya son doigt sur une coulure encore fraîche.

— Ce n'est pas sec. On dirait que quelqu'un s'en est donné à cœur joie pendant sa pause-déjeuner.

Elle examina le sol.

— On a une chance de trouver des empreintes de pas ?

— Non.

L'agent Gadsden s'agenouilla. Elle suivit son exemple.

— Ces traces indiquent que plusieurs personnes ont foulé la neige. Elles se prolongent jusqu'à la route.

— Voyez ce que vous pouvez tirer des webcams du réseau autoroutier entre ici et Baltimore. Et allez poser des questions chez Sadie's et dans les autres restaurants. Les vandales ont peut-être pris leur repas en ville.

— Entendu.

Plaçant la main devant la bouche, pour éviter que l'un des journalistes ne lise sur ses lèvres, elle reprit :

— Quand vous prendrez des photos, n'oubliez pas les badauds.

Il n'était pas rare que les individus ayant commis ce genre de délit traînent dans les parages pour regarder les policiers se ruer sur les indices.

— Chef Jensen !

Impossible de faire comme si elle n'avait pas entendu l'appel du maire. Elle se retourna lentement.

— Oui ?

Au moins, il n'avait pas franchi le cordon de sécurité, c'était déjà ça. Fait surprenant, il était seul. Victor Scott adorait pourtant se promener avec sa cour autour de lui, qu'il s'agisse de ses adjoints ou de journalistes.

Il lui fit signe d'approcher. Elle obtempéra, tâchant de ne pas montrer à quel point ces façons cavalières la choquaient.

Au contraire du maire qui se plaisait à prendre des poses, elle n'aimait pas la dimension politique de son travail, même si elle était consciente de ne pouvoir y échapper. Elle préférait les échanges simples et directs, qui permettaient d'éviter bien des malentendus et des contretemps.

— Dans combien de temps aurez-vous réglé tout ça ? demanda-t-il, arborant une mine inquiète de circonstance.

— Vous parlez du panneau ou de l'enquête ?

— Vous ne pouvez pas vous occuper des deux à la fois ?

— Réparer le panneau ne fait pas précisément partie des fonctions de la police, répondit-elle, dans un effort suprême pour ne pas perdre son sang-froid. Quant au délit, poursuivit-elle en pivotant sur elle-même pour jeter un coup d'œil aux dégâts, nous pensons qu'il n'y a pas un seul vandale, mais plusieurs. Nous avons des bases de données de signatures de graffiti et de tags…

— Le criminel a signé son travail ? s'exclama-t-il d'une voix trop forte.

— Nous ne le savons pas encore. En ce qui concerne le panneau, il pourra être réparé et repeint dès que nous aurons fini de prendre nos photos.

— Non ! Non !

C'était Martin Filmore qui venait de pousser ce pitoyable gémissement. Scott leva les yeux au ciel. Abby comprit qu'il était tout aussi agacé qu'elle par l'attitude du président de la Société historique. Et cette découverte était étrangement réconfortante.

— Qu'est-ce qu'il y a encore, Filmore ? lança Scott en l'empêchant de se précipiter à l'intérieur du périmètre protégé.

— Vous n'allez tout de même pas vous contenter de *peindre* ce panneau !

— Nous n'allons pas le laisser dans cet état, rétorqua le maire.

Abby jeta un coup d'œil à ses hommes. Heureusement, ils étaient occupés à prendre des photos, et n'écoutaient pas ce débat ridicule.

— Ce panneau a été méticuleusement entretenu pendant plus de cent quatre-vingts ans. Il faut le nettoyer, non le recouvrir d'une vulgaire couche de peinture !

Le maire domina de toute sa taille la maigre carcasse de Filmore.

— Ces menaces doivent disparaître rapidement. Dépêchez une équipe ici si vous y tenez, mais que ce soit fait dans les plus brefs délais !

Pour une fois, la présence de Filmore arrangeait Abby. Les récriminations stridentes du vieil homme avaient détourné d'elle l'attention du maire.

Elle profita de ce répit pour examiner les visages dans la foule. Elle reconnut les journalistes et les logos des chaînes de télévision. Un nombre important de personnes, attirées par le bruit et l'agitation, s'étaient approchées. Elle sentait la colère gronder parmi les commerçants — ceux-là même qui l'avaient couverte de louanges après la saisie de drogue.

Elle retourna auprès de ses agents.

— Veillez à ce que la zone reste sécurisée. Pouvons-nous recouvrir le panneau, en attendant ?

— J'ai une bâche dans ma voiture.

— Ça conviendra. Des suspects parmi la foule ?

Gadsden secoua la tête.

— Personne n'a l'air particulièrement satisfait, à ce que j'ai pu voir. A part le maire.

Elle éclata de rire.

— Mais lui, il est toujours content de lui !

— Nos chances d'arrêter les vandales sont extrêmement minces.

Elle tira de sa poche ses clés de voiture.

— Nous allons faire de notre mieux. Je vais désigner quelqu'un pour garder le panneau.

Son équipe était déjà surchargée de travail, mais il était hors de question que l'incident se reproduise.

— Nous pourrions installer des caméras dotées de détecteurs de mouvement, suggéra Gadsden.

— Devant toute la galerie ?

Elle secoua la tête.

— L'idée me plaît, mais les vandales reviendraient, et la première chose qu'ils feraient serait de les détruire. Nous en reparlerons au poste, quand nous disposerons d'un peu plus d'éléments.

En regagnant sa voiture, Abby dut se retenir pour ne pas regarder une dernière fois la menace de mort inscrite sur le panneau. Elle ne se laisserait certainement pas effrayer par une stupide provocation, vraisemblablement mise en scène par un adolescent oisif doté d'un sens de l'humour douteux ! Céder à la paranoïa n'était pas professionnel et ne l'aiderait pas.

Elle avait les pieds gelés, et rêvait du calme et de la chaleur de son bureau. Malheureusement, un pick-up bleu foncé lui barrait la route. Il devait appartenir à un travailleur saisonnier ou à un marchand du village de Noël.

— Excusez-moi, chef.

Une portière claqua violemment. Elle sursauta malgré elle.

— Je ne voulais pas vous faire peur.

Elle dévisagea l'inconnu qui, décidément, semblait vouloir faire sans cesse irruption dans sa vie. Il lui avait réellement fait peur, et le nier serait ridicule.

— Ce n'est rien. Monsieur O'Brien, c'est ça ?

— Vous devez faire allusion à mon père. Moi, c'est Riley, vous vous souvenez ?

Il s'appuya contre le flanc de son véhicule. Son sourire provoqua dans le cœur d'Abby d'étranges palpitations.

— J'ai appris la nouvelle en quittant le commissariat, déclara-t-il en posant les yeux sur le panneau. Vous avez des pistes ?

Elle remit les mains dans ses poches.

— Je croyais que vous étiez débordé. Qu'est-ce que vous venez faire ici ?

— Donc, la réponse est non. Et je vous signale que je serais déjà au travail si l'accès à mon chantier n'était pas défendu par un cordon de sécurité.

Déclarant forfait, elle frotta sa nuque douloureuse. Autrefois, les habitants de la ville faisaient leurs préparatifs eux-mêmes, sans une armée de saisonniers. Elle regrettait ce temps-là. Evidemment, étant donné l'ampleur que le village de Noël avait prise, il était devenu impossible de l'installer sans aide extérieure. Et tandis que tout le monde se réjouissait de voir arriver le mois de décembre et sa foule de touristes, la police était en état d'alerte permanent en raison d'une hausse de la petite délinquance.

Depuis qu'elle était à ce poste, le pire qu'ils aient eu à affronter avait été une série de cambriolages et un vol de voiture. Les cambriolages étaient le fait d'adolescents en pleine révolte ; les objets dérobés avaient été retrouvés dans leur totalité et rendus à leur propriétaire. Quant au vol de voiture, c'étaient deux saisonniers qui l'avaient commis, sous l'influence de l'alcool et de la bêtise.

Mais cette année, elle se demandait avec une inquiétude légitime comment elle allait parvenir à protéger efficacement la population. Elle n'avait pas assez de temps ni d'effectifs pour vérifier les antécédents de tous les nouveaux venus. Les réunions avec les commerçants ne s'étaient pas bien passées, la plupart d'entre eux considérant, comme le maire, que ces nouvelles menaces étaient de sa responsabilité, puisque c'était elle qui les avait provoquées.

Autrefois, le chef de police de Belclare aurait été acclamé comme un héros, s'il avait réalisé le tour de force qu'elle avait accompli, et pas seulement l'espace de quelques heures. Cependant, malgré cette réprobation publique, elle comprenait les intérêts financiers qui étaient en jeu, et était résolue à faire le maximum pour que tout se passe bien dans les prochains jours.

Il n'empêchait que cet acte de vandalisme n'augurait rien de bon.

— L'accès à cette zone restera interdit jusqu'à ce que M. Filmore ait pris une décision concernant la restauration du panneau, déclara-t-elle.

— Je vais en informer mon patron, dit-il en tirant un portable de la poche de son blouson sans manches rouge foncé.

Elle fronça les sourcils.

— Vous n'avez pas de vrai manteau ?

— Bien sûr que si, répondit-il, en lui jetant un regard étrange. Mais il me gêne pour travailler.

— Je vois.

— Ne vous inquiétez pas. Je ne vous ferai pas l'insulte de mourir de froid dans votre juridiction.

A en juger par la façon dont son corps réagissait à sa présence, elle ne risquait pas non plus de mourir de froid quand il était dans les parages. Pendant cette conversation impromptue, elle avait presque oublié ses pieds gelés.

— Personne ne mourra de quoi que ce soit ici, affirma-t-elle, en jetant un regard furieux au panneau derrière elle.

— Heureux de l'apprendre, fit-il, les yeux baissés sur son téléphone.

— Pourriez-vous déplacer votre pick-up, s'il vous plaît ? J'ai du travail, et vous m'empêchez de passer.

— Bien sûr.

Le téléphone collé à l'oreille, il s'installa sur son siège. Elle perçut le son grave, à demi étouffé de sa voix, tandis qu'il expliquait la situation à son patron, puis le bruit du moteur recouvrit tout, et il s'éloigna en lui adressant un petit salut de la main.

Elle monta le chauffage dans sa voiture et activa le mode aléatoire de son baladeur numérique. La musique explosive d'AC/DC emplit l'habitacle, et l'accompagna pendant le trajet à travers la ville. Elle avait besoin des pulsations assourdissantes pour s'étourdir.

Il n'y avait pas lieu de remettre en question la ligne de conduite qu'elle s'était fixée. Même si elle en avait la possibilité, elle ne changerait pas un mot de son discours de victoire. Elle en était là de ses réflexions quand elle aperçut le véhicule de Riley, un pâté de maisons derrière elle.

Est-ce qu'il la suivait ? Non. C'était une idée qu'elle refusait d'envisager. Il se rendait simplement aux entrepôts, près des docks, et c'était le chemin le plus court pour s'y rendre. Mais il bifurqua à sa suite vers le nord, tournant le dos à Main Street… et aux docks.

Elle énuméra alors mentalement les différentes tactiques de défense qui s'offraient à elle. Ce n'était pas être paranoïaque que de se tenir prête à toute éventualité, n'est-ce pas ?

Il la suivait toujours. Tandis qu'elle s'engageait dans sa rue, elle manqua défaillir : il la talonnait de si près qu'ils étaient presque pare-chocs contre pare-chocs ! Devait-elle se rendre directement chez elle ? De toute façon, son adresse était connue de tous. Mieux valait affronter la situation. Elle tourna donc dans son allée.

Mais au lieu de se garer derrière elle comme elle s'y attendait, Riley alla se ranger dans l'allée de ses voisins. Les deux propriétés se touchaient, de sorte qu'ils étaient maintenant garés côte à côte.

Soudain, toute trace d'attirance pour cet homme s'envola. Il n'avait cessé de la hanter toute la journée tel un mauvais esprit. La maison d'à côté était vide depuis plusieurs semaines : M. et Mme Hamilton, ses voisins, étaient partis voir leurs petits-enfants en Floride. Il n'avait aucun droit d'entrer chez eux.

Elle attrapa son sac à main sur le siège passager et sortit vivement de la voiture.

— Qu'est-ce que vous faites là, monsieur O'Brien ?

5

Il la salua d'un léger signe de tête, l'air détendu.

— Salut, chef. Appelez-moi Riley, lui rappela-t-il. Mon patron m'a demandé de retourner sur le chantier demain à la première heure. Alors je ne vais pas décharger le matériel ce soir, pour le recharger demain matin.

Elle contourna le capot de sa voiture, tenant son arme à l'intérieur de son sac.

— Ça n'explique pas pourquoi vous me suivez.

— Vous suivre ?

Il regarda les deux voitures, semblant juste s'apercevoir qu'ils étaient garés l'un à côté de l'autre.

— J'aurais bien aimé, mais j'arrive simplement chez moi.

— Chez vous ?

— Temporairement, du moins. J'ai signé le contrat de location pendant ma pause déjeuner.

— Les Hamilton n'ont jamais parlé de louer leur maison.

Il haussa les épaules.

— Je n'en sais rien. Je ne les ai pas rencontrés.

— Pas rencontrés ? répéta-t-elle. Mais il s'agit de leur maison !

Exaspérée, elle fit un pas en avant.

— Prouvez-moi que votre histoire est vraie, monsieur O'Brien.

Il leva les mains en signe de bonne foi.

— Calmez-vous, je vais chercher les papiers.

C'était intolérable ! Elle ne pouvait pas l'avoir pour voisin. Vivre si près d'un inconnu était au-dessus de ses forces, surtout dans le contexte actuel. Elle soupçonnait tout le monde, y compris les gens qu'elle connaissait depuis des années.

Ce n'était pas seulement à cause de son attitude décontractée et de son sex-appeal à l'état brut — deux qualités qui n'avaient jamais été en haut de sa liste des traits de caractère susceptibles d'inspirer la confiance — qu'elle se sentait aussi nerveuse en sa présence. Il la touchait d'une autre façon. Juste au moment où elle avait besoin de se faire confiance, la vie lui envoyait une sublime occasion de douter sous la forme de ce voisin au charme ravageur.

Au comble de l'agacement, elle feuilleta rapidement le dossier qu'il lui tendait. Le papier à en-tête et le nom de l'agence immobilière lui étaient familiers. Bail et signatures, tout semblait en ordre.

— Ils auraient dû me prévenir, maugréa-t-elle.

— Je vous ai dit que votre ville me plaisait.

— C'est loin d'être un argument suffisant pour louer une maison.

— Vous êtes toujours aussi inquiète, quand quelqu'un s'installe ici ?

Saisie par cette question, elle se remit à penser en mode « chef de la police », et non en victime effarouchée prise dans la ligne de mire d'un tireur invisible.

— Non, répondit-elle, soudain très fatiguée.

La journée avait été longue. Elle lui rendit son dossier.

— Toutes mes excuses. Il y a eu pas mal de mouvement ici, ces derniers temps, et je suis surprise que l'agence immobilière ne vous ait pas mis en garde : tout le monde ou presque me considère comme un aimant à problèmes.

— Ils ont glissé une allusion à ce sujet, en effet.

Elle rit. D'un rire qui contenait une pointe d'hystérie, mais qui faisait du bien tout de même.

— C'est donc que vous cherchez les ennuis ?

Riley reposa les documents dans la voiture et fourra les mains dans ses poches. Il s'en voulait presque de ne pouvoir lui dire la vérité, mais lui révéler sa véritable identité ne faisait pas partie de sa mission.

— Je ne suis pas venu chercher les ennuis, juste du travail. Et un endroit où loger, peu importe lequel, tant que ce n'est pas une chambre d'hôtel, répondit-il, jetant un coup d'œil à la maison.

— Vous avez signé un bail d'un an…

Il la regarda frotter discrètement ses mollets l'un contre l'autre. Elle avait froid, mais elle était têtue : elle n'irait pas se mettre à l'abri tant qu'elle ne saurait pas à quoi s'en tenir sur son compte. Etant donné les menaces dont elle faisait l'objet, cela démontrait une remarquable détermination de sa part, ainsi qu'une sacrée dose d'intelligence.

— L'agent immobilier m'a parlé de cette maison le jour où j'ai décoré leur immeuble. Quand il m'a dit que les propriétaires souhaitaient réaliser des travaux de rafraîchissement et cherchaient des idées de décoration, j'ai su que c'était l'endroit qu'il me fallait.

En son for intérieur, il remercia Casey d'avoir élaboré avec tant de minutie ses faux antécédents personnels et professionnels. Etre voisin avec le chef Jensen faciliterait grandement sa mission de surveillance.

— Bienvenue dans le quartier, dit-elle avec une réticence visible, en lui tendant sa main gantée.

Une main menue, mais une poignée ferme.

Elle était visiblement dotée d'une grande force de caractère, et d'une personnalité aux multiples facettes. Elle constituait un mystère qu'il avait envie de résoudre, mais il avait l'intuition qu'il n'obtiendrait aucun résultat en la brusquant.

— Vous devriez rentrer vous réchauffer, lui conseilla-t-il, lui lâchant la main et refermant son coffre. Si vous avez besoin de quelque chose, sonnez à ma porte.

— D'accord. C'est valable pour vous aussi.

— Merci.

Elle s'éloigna en direction de sa maison.

— Une dernière chose, Riley, dit-elle en se retournant.

— Oui ?

— Mme Wilks va probablement débarquer chez vous avec une assiette de biscuits.

— Ça n'a pas l'air si terrible !

— Justement si… Vous constaterez rapidement qu'on ne peut plus s'en passer, de ces biscuits.

Son sourire métamorphosait littéralement son visage, illuminant ses yeux bleus et balayant l'inquiétude qui assombrissait ses traits. Cela donnait un aperçu de ce à quoi elle ressemblait quand elle n'avait pas un nuage de soucis au-dessus de la tête.

— C'est la raison pour laquelle nous supportons avec indulgence son innocente manie de fourrer son nez dans les affaires des autres.

— Message reçu.

Elle le salua d'un signe de tête, poussa la porte de chez elle et disparut.

Il contourna son pick-up, remonta l'allée et entra dans la maison, se demandant ce qu'il allait bien pouvoir faire à présent. Lorsqu'ils avaient quitté la scène de vandalisme, il avait espéré qu'Abigail Jensen se rendrait au poste : il en aurait profité pour inspecter rapidement son domicile.

Son numéro de charme au commissariat n'avait pas pris, et elle ne s'était pas montrée plus chaleureuse en apprenant qu'elle allait l'avoir pour voisin. Il devait trouver un moyen de garder l'œil sur elle tout en restant attentif à ce qui se passait autour, afin de détecter une éventuelle menace. En ville, les gens manifestaient de l'agacement à son égard, quand ce n'était pas une franche colère. Dans ce contexte, il était difficile de deviner qui représentait ou non un véritable danger pour elle.

Il se rendit directement dans la cuisine, et suspendit son blouson au crochet près de la porte de derrière. Elle s'était inquiétée en constatant qu'il ne portait pas de manteau, se souvint-il soudain. Une nouvelle touche au portrait qui était en train de se dessiner. Pourrait-il utiliser cette empathie naturelle à son avantage ?

A travers le mince panneau vitré jouxtant la porte d'entrée, il jeta un coup d'œil à l'allée jumelle de la sienne, puis, résigné, alla prendre une bière dans le réfrigérateur, content d'avoir eu le temps de faire quelques courses au sortir de l'agence immobilière et d'avoir pu installer rapidement ses affaires. Il s'appuya au comptoir et contempla la cuisine démodée des Hamilton.

Ayant laissé son mètre dans sa ceinture à outils, à l'intérieur de la voiture, il prit grossièrement les mesures de la pièce, et soupesa les avantages et coûts respectifs du carrelage et du linoléum. Du parquet recyclé pourrait faire l'affaire, également. Ce n'était pas une très grande pièce. Mais, à cause de la neige, apporter les matériaux jusqu'ici risquait d'être problématique.

De toute façon, il n'était pas pressé. Avec les travaux de rénovation de la maison, il avait largement de quoi s'occuper et maintenir sa couverture, une fois les préparatifs du village de Noël terminés. Il remua ses épaules contractées. Ce travail purement physique lui laisserait le temps de réfléchir et de repérer ceux qui en voulaient au chef de police.

Bien qu'il ne soit sur place que depuis deux jours, il lui paraissait déjà évident que cette tranquille petite ville côtière était une cachette idéale pour des criminels. Jensen contrôlait la situation, mais disposait d'effectifs de police restreints. L'activité commerciale sur les docks était intense, et comme le port était de taille modeste, les rotations étaient nombreuses : les bateaux ne restaient pas assez longtemps à quai pour être appréhendés.

Il se rendit dans le bureau. C'est là qu'il avait rangé son ordinateur portable, dans un petit secrétaire. Il n'avait pas les mêmes goûts que les Hamilton en matière de décoration, mais c'était plus tranquille et plus sûr ici qu'au motel.

Il alluma la télévision, mit une chaîne musicale en fond sonore, puis s'assit pour chercher des renseignements sur Belclare. Il avait déjà examiné une centaine de fois les détails de l'affaire du trafic de drogue, passé en revue tous les articles de presse à ce sujet, mais il ne voyait toujours pas qui avait pu l'organiser.

Il prit une grande gorgée de bière, et ouvrit les dossiers qu'il avait créés sur les personnalités importantes de la ville, en particulier ceux des gens qui avaient exprimé de la réprobation ou de l'inquiétude suite au fameux discours de Jensen. La propriétaire du magasin de bricolage avait fait connaître son point de vue sur une chaîne de télévision de Baltimore. Le maire également, et plusieurs fois. La première pour profiter d'une publicité gratuite, le second pour l'avancement de sa carrière. Dans son genre, l'éloquent politicien était presque aussi agaçant que Filmore.

Riley fouillait le passé de ce dernier lorsque la sonnette de l'entrée retentit. Il ferma rapidement les fenêtres de sa recherche. Depuis le hall, il aperçut Abigail Jensen et une vieille dame derrière la porte de sa cuisine.

Il alla ouvrir.

— Bonsoir, mesdames.

Il adressa à Abby un sourire furtif.

— Pardonnez-nous de faire intrusion sans prévenir, déclara la vieille dame avec entrain. Je m'appelle Matilda Wilks, j'habite juste deux maisons plus bas. Abby m'a proposé de l'accompagner pour vous souhaiter la bienvenue dans le quartier.

La mine sombre d'Abigail démentait cette version. Il sourit, devinant qu'elle avait plutôt été entraînée de force par Mme Wilks, ou qu'elle l'avait rejointe dans le but secret d'inspecter la maison. Il pariait sur la seconde hypothèse.

— Nous vous avons apporté des biscuits, continua Mme Wilks, en levant l'assiette recouverte de papier aluminium qu'elle tenait dans les mains. Ils sortent tout juste du four.

Riley ouvrit la porte en grand.

— Je serais fou de refuser !

Qu'Abby inspecte donc la maison, songea-t-il. Il fallait qu'elle sache qu'il n'était pas un ennemi — même s'il ne pouvait lui dire qu'il était son meilleur allié.

Mme Wilks entra d'un air affairé, et l'arôme des biscuits aux pépites de chocolat encore tièdes vint chatouiller les narines de Riley. Tous ses sens entrèrent en alerte quand ce fut le tour d'Abby de passer devant lui dans l'entrée exiguë. Ses cheveux dénoués, d'un blond éclatant, exhalaient un parfum de fleurs chauffées par le soleil.

Cette odeur le transporta soudain dans le jardin de l'orphelinat, où il avait découvert les joies du travail manuel.

— Avec tous ses soucis, Abby n'était pas au courant pour les Hamilton, dit Mme Wilks.

Très à l'aise, elle posa l'assiette sur la table et ôta la feuille de papier aluminium, révélant une pile d'épais biscuits dorés à souhait. Remarquant la canette de bière sur le comptoir, elle demanda :

— Rassurez-moi, vous avez du lait ? Ou du café ?

— Les deux, fit-il en souriant.

Elle leva vers lui un visage radieux, puis tourna la tête en direction d'Abigail.

— Que préférez-vous, Abby, ma chère ?

— Du lait, s'il vous plaît.

Mme Wilks la considéra pensivement et fit entendre un petit bruit de gorge.

— A cause de tout ce stress, le café doit vous faire mal à l'estomac, évidemment !

Voyant les joues d'Abby se couvrir d'une légère rougeur, Riley fit diversion.

— Asseyez-vous, proposa-t-il, tirant la chaise la plus proche.

La vieille dame y prit place. Riley se tourna alors vers Abigail, engageant, mais celle-ci avait de nouveau endossé son rôle de policier.

— Non merci, dit-elle. Est-ce que ça vous dérange, si je jette un coup d'œil à la maison ?

— Abby, la gronda Mme Wilks. Mangez au moins un biscuit avant de partir enquêter !

Se retenant de rire, Riley versa du lait dans les trois verres.

— Je vous assure que vous la trouverez telle que les Hamilton l'ont laissée. Je n'ai apporté qu'une valise et mon ordinateur portable.

— Cette jeune personne a tout simplement du mal à se détendre, déclara la vieille dame en jetant un coup d'œil acéré à Abby.

Cette dernière leva les mains en signe de reddition et s'assit. Il prit le dernier siège.

— On finit par se fatiguer du froid, était en train de dire Mme Wilks. Si j'avais de la famille en Floride, je ferais exactement comme les Hamilton.

— Je ne sais pas si je vous laisserais partir, objecta Abby en choisissant un biscuit. Sinon, qui me ferait des gâteaux ?

— Vous êtes bonne cuisinière, allons !

Elle tourna vers lui un regard pénétrant.

— Et vous ? Faut-il que je vous concocte un bon petit plat ?

Il la gratifia d'un sourire.

— Je sais me débrouiller, merci.

— En vous nourrissant d'autre chose que de bière et de frites, j'espère !

— Oui, m'dame.

Il cassa en deux un biscuit et en fourra une moitié dans sa bouche. Tout en mâchant, il observa la façon dont Abby trempait son gâteau dans son verre de lait. Appliquée et méthodique, étrangement touchante.

— Ces biscuits sont parfaits, madame Wilks, déclara-t-il. Merci d'être venue m'en offrir.

— Tout a plus de saveur quand on est en bonne compagnie.

Elle regarda autour d'elle, et demanda :

— Quels travaux les Hamilton vous ont-ils demandé de réaliser ?

— Un peu de tout. Je vais commencer par m'occuper de menues réparations.

— Il y a ce bois pourri sous l'évier. Vous vous souvenez de la fuite qu'il y a eu, Abby ?

Celle-ci fit un signe d'assentiment, la bouche pleine.

— J'hésite entre le carrelage et les dalles en vinyle. Une idée, mesdames ?

Tandis que Mme Wilks pérorait, il surprit Abby en train de l'observer. Il haussa les sourcils, et elle s'empressa de reporter son attention sur son verre de lait.

— Un autre biscuit ? proposa-t-il.

Elle secoua la tête et recula sa chaise.

— Vous n'avez pas de préférence en ce qui concerne le revêtement au sol ?

Le regard qu'elle lui décocha était glacial.

— Non. Et je pense que c'est aux propriétaires, surtout, que vous devriez poser la question, répliqua-t-elle, puis elle se leva et alla rincer son verre dans l'évier.

— C'est vrai. Je vais leur soumettre quelques idées, afin qu'ils puissent y réfléchir. Si c'était moi, je choisirais le carrelage.

— Trop dur, lâcha Mme Wilks. On finit toujours par mettre des tapis et des nattes partout.

Alors qu'il évoquait l'idée du parquet de bois recyclé, provoquant une réaction enthousiaste chez Mme Wilks, Abby se glissa hors de la cuisine.

La vieille dame lui fit alors signe d'approcher.

— Ne soyez pas vexé. En ce moment, elle se méfie de tout le monde.

— Apparemment, elle a des raisons de se montrer circonspecte.

— C'est sûr. Prenez le bois recyclé. C'est mieux à tout point de vue.

— D'accord, dit-il, écoutant les marches de l'escalier craquer.

Il ajouta en souriant :

— Je puis vous assurer que je n'ai aucune intention de nuire.

— Oh ! Ça se voit tout de suite ! Elle finira par se détendre, vous verrez… Personnellement, je suis contente d'avoir un jeune homme costaud près de chez moi. Je me sens plus en sécurité.

Elle se leva, posa son verre dans l'évier, et gagna la porte.

— Quand elle est contrariée, elle fait la cuisine. A en juger par la quantité de provisions qu'elle a rapportées chez elle l'autre jour, elle doit avoir des lasagnes au congélateur ou au four. Essayez donc de vous faire inviter à dîner !

Il en resta interdit. Cette vieille dame, une entremetteuse ? Elle s'en alla avant qu'il n'ait le temps de réagir.

Il plaçait les verres dans le lave-vaisselle lorsque Abby réapparut.

— Où est Mme Wilks ?

— Rentrée chez elle, répondit-il en se séchant les mains. Elle a parlé d'un plat qu'elle avait au four.

— Moi aussi, j'ai un plat au four, marmonna Abby.

Il vit qu'elle observait ses mains avec une expression étrange, puis elle releva la tête et ses yeux bleus se fixèrent sur les siens.

Il suspendit le torchon sur le devant du lave-vaisselle, et plongea les mains dans les poches. Elle était désirable dans ce jean sombre bien ajusté et ce pull à torsades gris clair qui faisait ressortir la couleur d'orage de ses yeux.

— Vous êtes satisfaite, à présent ?

Elle lui jeta un regard noir.

— A quel propos ?

— Votre inspection. C'était assez indiscret. Mais quoi que vous pensiez de moi, vous vous trompez.

C'était l'une des rares choses qu'il pouvait lui dire avec une absolue sincérité.

— Vous n'avez pas la moindre idée de ce que je pense de vous.

Il s'avança vers elle, et constata avec plaisir qu'elle ne reculait pas. Peut-être ne le considérait-elle pas comme une menace, après tout.

— Eclairez-moi, alors !

Elle attrapa son manteau sur le dossier de la chaise.

— Je suis toujours en phase d'observation, dit-elle.

Il rit. Elle cessa de boutonner son manteau.

— Qu'est-ce qu'il y a de si drôle ?

— Désolé, fit-il en levant les mains. C'est que nous tournons autour du pot…

— C'est-à-dire ?

— Nous sommes voisins. Tout ce rituel de bienvenue me rappelle une phrase de ma mère.

— Et que disait-elle ?

— Ce n'est pas adapté à la situation.

Et totalement inventé.

— Y a-t-il quelque chose que je puisse dire ou faire pour vous rassurer sur mes intentions ? reprit-il.

— Répétez-moi ce que votre mère disait.

— Une autre fois peut-être.

Il saisit sa bière et en avala une longue gorgée en l'observant.

— Vous avez l'air réglo, admit-elle avec réticence.

— Merci.

Il reposa sa bière sur le comptoir.

— Mais je peux faire du grabuge, si ça doit vous aider à vous sentir mieux.

— Je me sentirais mieux si vous preniez pension à l'hôtel comme le reste des saisonniers.

— Ça… Il n'en est pas question !

— Que disait votre mère ?

Il secoua la tête. Elle était tenace — un trait de caractère qui devait lui être utile.

— Ça avait quelque chose à voir avec les commérages et le fait de fourrer son nez dans les affaires des autres, mais ça ne s'applique pas vraiment dans ce cas.

Une rougeur éloquente se répandit sur les joues d'Abby.

— Pourquoi donc ?

— Vous vouliez vérifier qu'il n'y avait pas de corps ou d'objets volés dans les placards, n'est-ce pas ?

— Possible.

Il haussa les épaules.

— C'est votre boulot, après tout. Pourquoi me sentirais-je offensé, puisque je n'ai rien à cacher ?

Rien que vous puissiez trouver, en tout cas, compléta-t-il en silence.

Les lèvres roses et pleines d'Abby s'avancèrent en une moue boudeuse, et Riley sentit ses pensées dériver dangereusement.

— C'est Mme Wilks qui a eu l'idée de venir.

— Je vous crois, dit-il en souriant. Et vous avez profité de l'occasion. Au vu de ce qui s'est passé dernièrement, je me serais inquiété si vous n'aviez pas inspecté la maison.

Elle remonta sa manche pour consulter sa montre.

— Je n'ai toujours pas vu le sous-sol, cela dit.

Il fit semblant de faire la grimace.

— Ça sent le moisi et ça donne la chair de poule, en bas.

— Dans ce cas, passez le premier.

— C'est risqué. Que me donnerez-vous en échange ?

— Si vous survivez, vous voulez dire ?

Il hocha la tête, charmé par son ton malicieux.

— Soyons optimistes.

Elle regarda de nouveau sa montre.

— Si nous survivons, je vous offre à dîner chez moi.

— Qu'est-ce qu'il y a au menu ?

— Voilà bien une question d'homme ! s'exclama-t-elle en levant les yeux au ciel. Des lasagnes faites maison, et il y en a largement pour deux.

— Parfait ! Suivez-moi.

Il la précéda dans le couloir, et ouvrit la porte du sous-sol.

— Vous ne direz pas que je ne vous ai pas prévenue !

— Contentez-vous d'avancer ! lui ordonna-t-elle.

Il appuya sur l'interrupteur, et un néon s'alluma lentement au bas des escaliers. Une fois arrivé, il s'écarta afin qu'elle puisse examiner la pièce. Elle s'attarda sur la dernière marche, profitant d'être aussi grande que lui pour l'étudier.

Tout en se demandant de quelle façon elle le voyait, il la laissa le dévisager à sa guise. Cela lui donnait le temps de lui retourner la faveur. Contemplant ses yeux bleus élargis, il se prit à haïr les menaces qui l'avaient amenée à se méfier de tout le monde.

Il avait eu un bref aperçu de la femme qu'elle était avant la saisie de drogue, et cette expression de perpétuel mécontentement sur son visage était le signe évident d'une confiance altérée. Elle avait sans doute toujours été prudente, mais aujourd'hui, elle ne se fiait plus à personne, hormis peut-être à Mme Wilks.

Quand, enfin, elle se décida à passer devant lui, il perçut de nouveau l'effluve de son shampoing. Il s'éclaircit la gorge.

— Espace de rangement et buanderie à gauche…

— Et les flippers à droite, acheva-t-elle. Le passe-temps favori de M. Hamilton.

— Vous êtes donc déjà venue ici.

— Pas récemment.

Elle se dirigea vers la première machine.

— Vous voulez qu'on en fasse une partie ? proposa-t-il.

— Non, merci. Si je commence, je ne pourrai plus m'arrêter, et le repas brûlera.

— Dans ce cas, permettez-moi de vous raccompagner là-haut saine et sauve.

Son sourire rendit à Riley sa bonne humeur.

— Merci d'avoir satisfait ma curiosité.

— Avec plaisir.

Il lui fit signe de monter la première, et regretta aussitôt sa galanterie quand il eut devant lui, à hauteur d'yeux, la courbe harmonieuse de ses hanches et de ses fesses. Elle avait une ligne irréprochable. Il fut brusquement dégrisé en songeant à ce que penserait Casey si une remarque aussi peu professionnelle apparaissait dans son rapport.

Elle ne semblait pas s'apercevoir du tour capricieux qu'avaient pris ses pensées, tandis qu'il fermait à clé la porte de chez lui, puis la suivait.

Les deux maisons étaient bâties sur le même modèle architectural — le modèle dit Cape Cod —, mais l'intérieur d'Abby reflétait un goût plus moderne, qui plut à Riley.

— Pas trop dur ? fit-il, en désignant les grands carreaux de céramique.

— Pas du tout.

Au même moment, le four émit un signal sonore. Et lui qui espérait être invité à faire le tour du propriétaire… C'était raté.

— Le vrai problème du carrelage, c'est le froid, reprit-elle. Choisissez le parquet de bois recyclé.

Il acquiesça d'un hochement de tête. Parler décoration ne le dérangeait pas, mais il avait également des questions à lui poser sur la saisie de drogue. Néanmoins, il ne voulait pas refroidir l'ambiance en l'interrogeant d'emblée sur cette affaire.

— Mmm… Ça sent bon. Je peux vous aider ?

En guise de réponse, elle désigna un saladier plein et un bol de vinaigrette sur le plan de travail. Il versa la sauce dans la salade et mélangea, tandis qu'elle sortait les lasagnes du four, dressait le couvert et remplissait les assiettes.

Il n'avait pas spécialement faim, mais le riche arôme de la chair à saucisse, du fromage, de la sauce tomate et de l'origan lui fit venir l'eau à la bouche.

Après la première bouchée, il reposa sa fourchette.

— Mmm… C'est absolument délicieux !

— C'est grâce à la sauce.

— Je croyais que c'était grâce à votre compagnie.

— Vous êtes toujours aussi entreprenant ?

Il haussa les épaules et avala une autre bouchée, prenant le temps de réfléchir avant de répondre.

— Disons que je vais droit au but. Toute ma vie, j'ai vu des gens perdre leur temps et leur énergie à se demander ce qu'ils voulaient et comment l'obtenir.

— Etes-vous en train de me dire que vous me voulez ?

Elle le considérait, sourcils levés, comme si elle le mettait au défi de répondre franchement.

Il lui adressa un grand sourire.

— Je dis juste que j'ai décidé de vivre ma vie autrement. De me concentrer sur l'instant présent.

— Intéressante philosophie.

— Jusqu'ici, ça fonctionne.

Ils mangèrent en silence pendant quelques minutes, puis il reprit :

— D'après ce que j'ai vu de vous, madame le chef de police, votre philosophie semble assez proche de la mienne.

Elle leva son verre à sa santé, avala une gorgée d'eau, puis le reposa sur la table.

— Assez proche, en effet. Et mes amis m'appellent Abby.

— Je suis donc passé du statut d'étranger suspect à celui d'ami ?

Elle laissa échapper un petit rire.

— La route est longue entre les deux. Mais vous progressez. Et puis, vous vous êtes montré gentil avec Mme Wilks…

— Ce n'est pas difficile.

— Souvenez-vous-en quand elle commencera à vous poser des questions personnelles.

— Je n'ai rien à cacher, je suis l'honnêteté même.

Elle pouffa.

— Danny s'est entiché de vous, mais il cerne bien la personnalité des gens.

— Danny est impressionnable, dit-il en riant. Ce sera un bon policier de quartier, un jour.

— Il a besoin d'acquérir de l'expérience. Et vous, il y a longtemps que vous remettez des maisons en état ?

Il était évident qu'elle changeait à dessein de sujet, mais si elle était plus à l'aise ainsi, et si cela lui permettait, à lui, de rester près d'elle et de la protéger, il n'y voyait pas d'inconvénient.

— Un certain temps. J'ai appris à manier un marteau dès l'âge de huit ans.

— Une vocation ?

Il songea à ses jeunes années dans le jardin de l'orphelinat.

— J'imagine que oui. Le travail bien fait est une récompense en soi, récita-t-il, répétant ce que disaient ses éducateurs.

— Encore un précepte de votre mère ?

Il hocha la tête.

— Vous avez besoin d'aide, ici ?

— Pas pour l'instant.

— Vous n'aurez qu'un mot à dire si vous changez d'avis. Et vous, vous faites ce métier par vocation ? Est-ce que vous avez toujours été intéressée par la justice pénale ?

— Mon oncle était policier. C'était mon idole. Dès que j'en avais l'occasion, j'allais passer du temps avec lui au poste de police.

— Ça ne me semble pas être l'endroit le plus indiqué pour un enfant.

— Mes parents étaient inquiets, mais tout dépend de l'enfant.

— Ce n'est pas faux, admit-il. Pensez-vous que le panneau ait été vandalisé par des gosses ?

— J'aimerais que ce soit le cas.

— Ce qui signifie ?

Il s'adossa à son siège, se demandant s'il devait reprendre des lasagnes. Il était repu, mais il voulait qu'elle continue à parler. Danny lui avait livré quelques informations, toutefois elle seule pouvait lui donner une vue d'ensemble de la situation.

— Je ne crois pas que des enfants se seraient montrés si méticuleux.

— Je ne vous suis pas. Ce graffiti m'a tout l'air d'avoir été gribouillé à la va-vite.

— C'est l'impression qu'on a voulu donner, je pense. Mais combien d'enfants songeraient à effacer leurs empreintes de pas, tout en se déplaçant rapidement pour ne pas être vus des automobilistes sur la route ?

— Et s'ils avaient simplement eu de la chance ?

Elle fit « non » de la tête.

— Je suis certaine que les empreintes ont été délibérément effacées.

Elle s'essuya les lèvres sur sa serviette et reposa celle-ci à côté de son assiette.

— Encore des lasagnes ?

— Si vous insistez, dit-il, tendant la main vers le plat. Quel est le secret de votre sauce ?

— Si je vous le disais, ce ne serait plus un secret.

— Dites-le-moi quand même. Vous vous sentirez mieux après.

— Je me sens bien, merci.

— Mais il y a tellement mieux dans la vie que « bien » ! répliqua-t-il, taquin, lui faisant un clin d'œil.

Elle ouvrait la bouche pour répondre, mais fut interrompue par un craquement sonore venant du dehors. D'un même mouvement, ils bondirent sur leurs pieds, et Riley la suivit tandis qu'elle se précipitait vers la porte d'entrée.

De l'autre côté de la rue, un homme était étendu sur le sol, coincé sous une échelle coulissante. Il tenait encore à la main une guirlande qui clignotait. Poussant un juron, Riley saisit son téléphone et composa le numéro des secours, pendant qu'Abby courait vers lui. Mme Wilks et d'autres voisins ne tardèrent pas à les rejoindre, empressés et inquiets.

Tout en traversant la rue à toutes jambes, Abby réclama à la cantonade des couvertures, qui apparurent quelques instants après.

— L'ambulance est en route, lui apprit Riley, surgissant à côté d'elle. Tenez bon, ajouta-t-il à l'intention du blessé.

— J'aurais préféré vous présenter dans des circonstances plus heureuses, dit Abby. Riley O'Brien, voici Roy Calder.

— Tout le monde m'appelle Calder. J'aimerais pouvoir vous dire que c'est un plaisir, mais…

Il étreignait toujours sa guirlande. Riley la lui enleva doucement des mains.

— Vous avez mal partout ?

— Oui.

— C'est un bon point.

— Riley ! s'écria Abby, indignée.

— Il a raison, intervint Calder. Si j'ai toutes mes sensations, c'est que ma moelle épinière n'est pas touchée.

— Ah ! D'accord… C'est une bonne nouvelle, dans ce cas.

Elle n'avait pas songé au risque de paralysie. Elle se frictionna les bras pour se réchauffer, et accepta le manteau que quelqu'un lui tendait. Mme Wilks grondait gentiment Calder parce qu'il avait travaillé sans corde de sécurité.

— J'avais presque fini, protesta-t-il. Est-ce que quelqu'un a vu le misérable qui a poussé l'échelle ?

A ces mots, Abby fut secouée d'un frisson qui n'était pas dû au froid.

— Quelqu'un vous a poussé ?

— Je ne suis pas aussi idiot que j'en ai l'air, chef. Quelqu'un m'a volontairement fait tomber.

Abby parcourut du regard les alentours, se demandant qui avait pu commettre un acte aussi affreux. Mais elle ne vit que les visages, tout aussi effarés que le sien, de ses voisins.

— L'avez-vous aperçu ?

— J'ai juste vu un bonnet de laine noir.

— Faites reculer tout le monde, ordonna-t-elle à Riley, espérant qu'il arriverait à contrôler la foule.

Quel dommage qu'elle n'ait pas pensé à emporter son téléphone ! Elle allait avoir besoin d'aide pour ratisser la zone et chercher des indices. Mais d'abord, le plus important… Elle s'agenouilla de nouveau près de Calder.

— Qu'est-ce que vous avez entendu ?

Il grogna, indice qu'il réfléchissait, ou bien qu'il peinait à respirer.

— Un crissement sur les plates-bandes. On aurait dit des bottes.

Libby Calder avait garni de gravier blanc les parterres de fleurs, et comme ceux-ci étaient recouverts de neige, l'assaillant n'avait pas dû s'en apercevoir.

— OK. Quoi d'autre ? Une voiture ? Un vélo ?

— Non, c'est à peu près tout. Je suis tombé avant d'avoir eu le temps de lui crier d'arrêter.

Elle examina la maison.

— Il est arrivé par la gauche ou par la droite ?

— Par la gauche.

Il poussa un autre grognement.

— Bon sang, Libby va me tuer ! Je voulais avoir fini pour ce soir.

— Je devrais peut-être l'interroger, le taquina Abby.

L'épouse de Calder était considérée comme l'une des personnes les plus douces de Belclare. Sans compter qu'elle était enceinte de leur deuxième enfant.

Le rire de Roy se transforma en toux.

— Je suis sûr qu'il a des jours où elle doit avoir envie de m'étrangler !

Abby afficha un sourire contraint. L'équipe de secours arriva à cet instant et prit le relais. Comme elle reculait pour les laisser passer, son dos heurta ce qui lui sembla un bloc de béton. Avant qu'elle ait eu le temps de s'excuser, elle sentit des mains chaudes la retenir par les épaules.

— Hop là ! Je vous tiens.

Riley… Le contact de ses mains avait quelque chose d'apaisant. Mais ce moment d'abandon fut de courte durée. On embarquait Calder sur un brancard, et à cette vue la colère et l'inquiétude lui vrillèrent l'estomac.

Quand l'ambulance fut partie, elle alla examiner le parterre de fleurs.

— Vous devriez rentrer, fit la voix de Riley juste derrière elle.

— Non.

Elle était si près de lui qu'elle dut lever la tête pour croiser son regard.

— Il est sûr que quelqu'un a poussé l'échelle. Je dois appeler les renforts et examiner les lieux.

Les yeux de Riley s'étrécirent et les coins de ses lèvres, d'ordinaire si prompts à se relever ironiquement, s'abaissèrent en une moue de mécontentement. Il lui tendit son téléphone.

— Appelez-les. Je me charge de disperser les badauds.

Il s'acquitta de cette tâche avec efficacité et courtoisie, pendant qu'elle expliquait la situation à l'agent qui était de service au commissariat ce soir-là.

Quand il revint près d'elle, il régnait dans la rue un calme surnaturel.

— Tenez, dit-il, en lui tendant une lourde lampe torche. Je me suis dit que vous auriez besoin de ça.

— Merci.

Elle ne savait pas ce qu'elle espérait trouver, en balayant la maison et ses abords avec le large faisceau lumineux, mais certainement pas ce vilain message gribouillé sur la façade latérale :

« Un de moins. Qui sera le prochain ? »

— Ce n'est pas de la peinture. On dirait du charbon, fit observer Riley.

— Calder avait raison. On l'a bien poussé.

La chasse était ouverte à Belclare. La télévision diffuserait cette image toute la nuit, et dès que la nouvelle de l'accident se répandrait, la ville entière serait au courant que Calder était à l'hôpital à cause d'elle.

Une crampe lui tordit l'estomac, et elle faillit rendre son dîner.

— Nom d'un chien ! Si c'est à moi qu'ils en veulent, qu'ils s'en prennent donc à *moi* !

— Ils veulent vous faire souffrir.

Il avait raison. Elle se sentit encore plus mal.

— Que suis-je censée faire, quitter la ville ? Qu'est-ce que ça leur apporterait ?

— C'est peut-être la question la plus importante.

Elle lui lança un regard incisif, regrettant qu'il ne fasse pas plus clair.

— Vous parlez comme un policier.

— Venant de vous, je prends ça comme un compliment.

— Ça n'en était pas un.

— Tant pis. Vous devriez savoir que très peu de gens commettent de mauvaises actions par plaisir.

Il lui reprit la torche des mains et la braqua de nouveau sur le sinistre message.

— Il paraît évident que quelqu'un essaie de jouer avec vos nerfs.

Et ça marche, songea-t-elle avec dépit.

Elle ne savait que penser de son nouveau voisin. Son attitude décontractée ne collait pas avec son esprit critique. D'un autre côté, ce n'était pas parce qu'un homme portait une ceinture à outils qu'il ne possédait pas une personnalité complexe. Elle avait assez d'expérience en matière d'êtres humains pour savoir que les choses n'étaient jamais aussi simples qu'elles le paraissaient.

Il n'en demeurait pas moins que Riley O'Brien possédait une aura de mystère. Aura tout à fait étrangère au fait qu'elle sentait sa température grimper de façon vertigineuse quand il s'approchait d'elle. Mais ce n'était vraiment pas le moment de s'interroger sur l'attirance physique qu'il lui inspirait !

— Est-ce que vous voyez des empreintes de pas ?

Le faisceau de sa lampe fendit l'obscurité.

— Il y en a même trop, répondit-il.

L'envie de crier la saisit de nouveau, plus forte que jamais. Mais elle n'offrirait pas cette satisfaction aux auteurs de ces actes odieux. Elle ignorait quelle organisation elle avait dérangée avec cette saisie de drogue, mais une chose était sûre : ses adversaires avaient durci le ton.

Ils avaient eu de la chance que Calder ne soit pas paralysé, ou tué.

Quand elle trouverait les coupables — ce dont elle fit le serment silencieux — elle veillerait à ce qu'ils moisissent derrière des barreaux.

Son équipe d'enquêteurs arriva. Aussitôt après les avoir mis au courant, elle leur abandonna les lieux. Elle avait la tête qui tournait et ne ferait que les gêner.

D'un pas pesant, elle traversa la rue en direction de sa maison, croyant presque entendre dans son dos des murmures désobligeants. Le panneau vandalisé et, maintenant, l'accident de Calder. Elle aurait de la chance si le maire ne la licenciait pas lors du prochain conseil municipal ! Il n'en avait pas précisément le pouvoir, mais il ne se gênerait pas pour faire savoir ce qu'il pensait de la situation. Ce qui aurait pour effet d'affaiblir sa position en tant que chef de police.

Arrivée devant sa porte, elle jeta un dernier regard derrière elle, mais la maison des Calder était masquée par les larges épaules de Riley.

— Que faites-vous ?

— Détendez-vous…

Il lui passa doucement la main sur l'épaule. Elle éprouva alors l'envie subite de se blottir contre lui.

— … je venais simplement vous aider à ranger la cuisine.

— Non, merci. Vous m'avez déjà bien assez aidée ce soir.

Cette fois, c'était un compliment. Il dansa d'un pied sur l'autre, visiblement mal à l'aise. *Intéressant*, songea-t-elle.

— Demain soir chez moi ? dit-il, en montrant du doigt la maison des Hamilton. C'est mon tour de vous inviter.

Elle poussa un soupir. La fréquenter n'était pas la chose la plus intelligente à faire. Pour preuve, l'acte de vandalisme et l'agression de Calder.

— Vous êtes courageux ou inconscient ?

— Je pourrais vous retourner la question, répliqua-t-il avec un sourire.

Les hommes ne la voyaient pas ainsi, en général. A part Deke, Riley était le premier qui ne s'arrêtait pas à son titre et à son insigne.

Elle perçut les flashs des appareils photos, de l'autre côté de la rue. Pourvu que ses enquêteurs trouvent quelque chose d'utile !

— Je suis déjà prise, demain soir.

A condition qu'elle ait le courage d'explorer un nouvel aspect de sa relation avec Deke. La possibilité d'une idylle, qu'elle caressait depuis un certain temps. Et avec ce nouveau voisin résolu à lui tourner autour, il semblait qu'elle ait le choix. Mais le voulait-elle ?

Pour l'instant, elle avait besoin de calme.

— Merci pour votre aide, Riley.

Il hocha la tête, et un léger sourire se dessina sur ses lèvres, infiniment plus séduisant que l'expression charmeuse qu'il arborait habituellement.

— Pensez à fermer votre porte à clé.

— C'est moi qui suis censée faire les recommandations !

— Pas ce soir, Abby. Je suis juste à côté, si vous avez besoin de moi.

Déstabilisée par l'attraction qu'il exerçait sur elle, elle s'enfuit dans sa maison et poussa vivement le verrou et la chaîne de sûreté.

Elle vérifia ensuite que la porte de derrière était verrouillée, puis tira les rideaux. Tandis qu'elle débarrassait la table du dîner, ses pensées se mirent à vagabonder, passant de Deke à Riley. Une ruse de son cerveau pour oblitérer l'accident de ce soir, sans doute. Hélas, il se passerait des années avant que l'horrible image de Calder étendu sous son échelle ne s'efface de sa mémoire.

Elle s'obligea alors à penser à des choses plus légères. Même si elle appréciait Deke, Riley suscitait en elle un émoi étrange, jusque-là inconnu. Ses amies diraient que c'était à cause de la ceinture à outils, ce en quoi elles n'auraient peut-être pas tort. Il avait aussi de belles mains. Grandes. Fortes.

Et chaudes, se dit-elle, songeant à la façon dont il l'avait touchée quand l'ambulance était arrivée.

Elle était assez sage pour ne pas s'arrêter à l'apparence, pour voir au-delà d'un beau visage et d'un corps sexy. Pourtant, en montant l'escalier pour aller au lit, elle fut emportée dans un pur fantasme, dont son beau voisin était le centre.

Que lui arrivait-il donc ? Elle connaissait à peine cet homme…

Et avec la menace qui planait sur elle, la dernière chose dont elle avait besoin était de s'embarrasser d'un homme qu'elle connaissait à peine !

6

— Un appel pour vous, monsieur.

Deke posa son roman. Le salon où il recevait Abby chaque semaine était devenu son lieu favori pour réfléchir et élaborer ses stratégies. Les yeux rivés sur le feu qui brûlait dans la cheminée, il attendit que son assistant ait refermé la porte derrière lui pour prendre la communication.

— Oui ?

— Je suis passé en voiture devant la maison. Il y avait du monde chez elle.

La nouvelle le surprit. Abby n'avait jamais de visiteurs. Il connaissait par cœur ses habitudes.

— Expliquez-vous.

— Grâce au dispositif d'écoute à distance, j'ai entendu des voix.

Il n'y avait pas là de quoi s'alarmer. Il devait simplement s'agir de sa voisine, la vieille femme qui maternait tout le quartier. Elle avait dû entendre parler de la dégradation du panneau, et était passée lui offrir son soutien moral.

Mais cela ne pouvait continuer ainsi, il ne le permettrait pas. Il fallait qu'Abby vienne à lui. Il avait attendu des heures qu'elle sonne à sa porte et pleure sur son épaule ou, d'une manière plus conforme à son caractère, lui demande conseil. En instillant la peur parmi les habitants de sa chère ville, il s'était débrouillé pour être le seul ami qui lui reste, mais il commençait vraiment à perdre patience !

— J'ai attendu un moment, puis je me suis approché. Il semble que le type fasse partie d'une des équipes de saisonniers. C'est lui qui a décoré le poste de police. Ils ont l'air assez intimes.

Le type ? Intimes ? Impossible ! Abby n'aurait pas pris un tel risque ! Avec patience, avec soin, il avait entretenu sa paranoïa, afin qu'elle ne fasse plus confiance à personne.

— Je veux savoir qui c'est. Trouvez-moi tous les renseignements que vous pourrez sur son compte.

— Je m'en occupe.

A quoi pensait-elle donc ? se demanda-t-il, furieux. L'idée que son trophée, sa *récompense*, passe son temps avec l'un des saisonniers déclencha en lui une flambée de rage. Il n'essaya pas de l'éteindre, la laissant au contraire le consumer, réduire à néant l'estime et l'affection qu'il avait placées — à tort — en cette femme. Elle était à présent son ennemie, sans rédemption possible.

— Compte rendu toutes les heures. Et je veux aussi des photos.

— C'est déjà fait.

— Vraiment ?

Il était trop avisé pour demander à son collaborateur comment il s'y était pris pour obtenir ces clichés. C'était une satisfaction de savoir que quelque chose, au moins, fonctionnait correctement. Ses exécutants comprenaient rapidement qu'il ne tolérait aucune erreur. L'homme méritait cependant un encouragement.

— Vous avez fait du bon travail cet après-midi.

— Merci.

— Etes-vous sûr qu'ils garderont le silence ? demanda-t-il, faisant référence aux marginaux qu'ils avaient chargés de vandaliser le panneau.

— Non.

— Bien. En ce cas, je vous laisse vous en charger.

Façon de signifier que les vandales devaient mourir.

Il mit fin à l'appel et marcha jusqu'à la fenêtre qui surplombait l'eau. Lorsque la lune était pleine, la vue sur la petite ville pittoresque était acceptable. Ce soir, en revanche, elle offrait un spectacle gris et maussade. Le ciel était couvert de nuages. Mère

Nature semblait désireuse de satisfaire les espoirs de Belclare en lui offrant un beau manteau neigeux pour le lancement de son événement annuel.

Le seul point positif de la saison touristique, c'était le nombre plus élevé de victimes et de suspects potentiels. La police locale serait sur les dents jusqu'à la fin des festivités. Et quand il en aurait terminé avec Abigail Jensen, quand elle serait complètement anéantie et couchée à ses pieds, morte, il quitterait cet endroit sans intérêt. Il avait envie d'élire domicile dans un lieu plus spacieux, plus ensoleillé, en accord avec son statut anonyme.

Une fois sa stratégie bien au point, il appela son assistant et lui donna ses instructions.

Oui, un manteau de neige fraîche cadrerait parfaitement avec ses plans. Le sang versé ressortait plus vivement sur le blanc immaculé.

7

Poste de police de Belclare
Jeudi 1er décembre, 9 h 15

Abby entra par la porte de derrière et se précipita dans son bureau. Elle avait déjà une heure de retard, et l'esprit encombré de problèmes à régler en urgence. Sa visite à l'hôpital lui avait pris plus de temps que prévu, mais c'était une démarche nécessaire. Calder était non seulement un ami, mais aussi une victime. Il était capital de découvrir qui s'en était pris à lui.

Ensuite, elle s'était aperçue que quelqu'un avait pénétré par effraction dans son garage. A première vue, rien n'avait disparu, aucune déprédation n'était visible — raison pour laquelle elle avait pris la décision de ne pas déclarer l'incident, afin d'éviter les commentaires déplaisants. Si la chef de police n'était pas capable de garder sa propre maison, comment pourrait-elle protéger la ville ? Mais sa fierté en avait pris un coup.

Sans compter que, si elle l'ébruitait, les fédéraux recommenceraient à lui parler de protection rapprochée. Elle préférait la solution des patrouilles supplémentaires. La sécurité de la population passait avant la sienne. Avec un peu de chance, ils attraperaient le fauteur de trouble avant d'être obligés de mettre en place des mesures de sécurité draconiennes.

A cause du retard accumulé, elle n'avait pu se préparer mentalement à son rendez-vous avec le maire et Martin Filmore.

Hélas, il lui était impossible de remettre à plus tard cette rencontre, qui s'annonçait tendue.

Les deux hommes l'attendaient. Ils se levèrent à son entrée.

— Bonjour, dit-elle, sans même essayer de sourire.

— Vous avez un quart d'heure de retard, lui fit remarquer le maire avec aigreur.

— J'espère que le sergent vous a correctement installés.

A en juger par les deux tasses de café posées sur son bureau, ils étaient tout à fait à l'aise.

Elle suspendit son manteau et posa son sac à main, avant de s'installer dans son fauteuil.

— Est-ce que vous avez découvert qui sont les vandales ?

— Pas encore. Mais l'équipe restée sur place hier soir n'a pas rencontré d'autre problème.

Elle regarda Martin Filmore.

— Avez-vous pris une décision concernant la restauration du panneau ?

— J'ai rencontré l'entreprise de décoration. Ils ont accepté de fabriquer un panneau temporaire pendant que l'autre sera en rénovation.

Le maire s'éclaircit la gorge.

— Le conseil municipal a délivré les fonds nécessaires.

— C'est une bonne nouvelle, déclara Abby. Mes hommes ont réorganisé leur emploi du temps et leur itinéraire de patrouille pour…

— Est-ce absolument nécessaire ? l'interrompit Martin Filmore.

— Oui, répondit-elle, luttant pour garder son sang-froid. Comme je vous l'ai expliqué hier, je crois qu'au vu des événements récents les patrouilles supplémentaires sont indispensables pour assurer la sécurité de cette ville. En fait, ajouta-t-elle en jetant un coup d'œil au maire, j'étais sur le point de demander une petite partie du fonds d'urgence pour embaucher quelques agents de Baltimore pendant le week-end d'ouverture.

— Non.

Elle cilla, surprise par ce refus brutal.

— Pardon ?

— Nous avons suffisamment attiré l'attention du public comme ça, et pas dans le bon sens. Nous aurons de la chance si nous ne faisons pas face à une ville fantôme, ce week-end ! Est-ce que vous essayez de nous ruiner ?

Abby pinça les lèvres, médusée. Voilà qui constituait un virage à cent quatre-vingts degrés de la part d'un homme qui n'avait jamais rien eu contre la mauvaise publicité ! Pour quelle raison tout le monde autour d'elle avait-il changé si soudainement ? A peine s'était-elle posé la question que la réponse lui apparut. *La peur*. Celle qu'elle avait suscitée en passant à l'action.

Elle n'y pouvait rien. Protéger les citoyens était son métier. Les tranquilliser, non, si cela devait la ralentir dans son travail.

— Je suis d'accord, lâcha Filmore en levant le menton d'un air arrogant.

Evidemment, qu'il était d'accord ! Ces deux-là s'entendaient dès qu'il s'agissait de faire du drame. Elle joignit les mains, regrettant de ne pas avoir sa propre tasse de café.

— Le conseil municipal approuvera le versement d'heures supplémentaires à mes agents, dit-elle.

Ce n'était pas une question. Heureusement pour le maire, il sembla le comprendre. Un vague signe de tête de sa part indiqua qu'il acquiesçait, même s'il ne l'admettrait jamais à voix haute.

— Les patrouilles n'ont pas pour but d'intimider ou de déranger qui que ce soit, poursuivit-elle. Seulement, nous savons par expérience qu'une présence policière vigilante est un moyen de dissuasion efficace.

— Pas si efficace que ça, hier soir, dans votre rue, laissa tomber Filmore, rouge de dépit. Tout ce que vous avez fait, c'est inviter les criminels à venir vous défier jusque devant chez vous. Et en fin de compte, c'est Belclare qui devra en payer le prix.

Elle ravala la réplique cinglante qui lui montait aux lèvres.

— Quelle autre solution avez-vous à proposer, monsieur Filmore ?

Il ouvrit et referma la bouche plusieurs fois, comme un poisson.

— Je ne suis pas qualifié pour le dire, mais j'ai assez de jugeote pour me rendre compte que celles que vous avez proposées jusqu'ici ne fonctionnent pas.

Se tournant vers le maire, il conclut :

— Tout ce que je sais, c'est que vous êtes en train de gâcher le moment le plus important de l'année.

Des poules mouillées, tous les deux, se dit-elle. Dès que le premier agent fédéral était arrivé, ils lui avaient retiré leur soutien, alors qu'ils avaient été les premiers à saluer sa victoire sur les trafiquants de drogue. A la minute où les menaces avaient commencé à affluer, elle était devenue à leurs yeux l'ennemi public numéro un.

— Les spots publicitaires généreusement financés par Deke Maynard devraient contribuer à sauver notre week-end d'ouverture, concéda le maire, lissant sa cravate de Noël à l'imprimé criard.

Ville fantôme ou week-end d'ouverture sauvé ? Qu'il se décide une fois pour toutes !

Pendant son cours trajet jusqu'au bureau, elle avait entendu une annonce à la radio, selon laquelle Deke avait accepté une interview téléphonique. Il se donnait rarement la peine de se faire de la publicité ; cela le mettait mal à l'aise, elle le savait. S'il avait surmonté sa répugnance pour inciter le public à venir au village de Noël, elle lui devait une fière chandelle !

— Vous allez décorer les voitures de police, au moins ?

— C'est une tradition à laquelle nous sommes très attachés, monsieur Filmore, répondit-elle. Je vais veiller à ce que quelqu'un s'en occupe immédiatement.

Elle avait déjà demandé à Danny de s'en charger, mais jugea inutile de faire savoir à Filmore qu'elle avait eu cette idée avant lui. A ce stade, l'essentiel était de rechercher l'apaisement.

— Merci, fit-il, conciliant.

Ils se levèrent enfin, et après lui avoir serré la main et souhaité un joyeux Noël, ils la laissèrent seule dans son bureau.

Se tournant alors vers son ordinateur, elle se rendit sur le site de la radio locale. L'interview de Deke, diffusée le matin

— Merci.

Quand tout serait terminé, elle rattraperait le temps perdu, se promit-elle.

— Est-ce uniquement le chef de police qui parle ?

Etait-il en train de flirter ?

— Non. Mes vrais amis sont rares en ce moment.

— Je suis là pour vous, Abby.

Elle sentit le rouge lui monter aux joues. Heureusement qu'ils n'avaient pas cette conversation face à face ! Qu'est-ce qui faisait, chez cet homme, qu'elle hésitait sans cesse ? Elle avait envie qu'il devienne plus qu'un ami, et l'instant d'après n'en était plus si sûre.

— Je reste en contact, Deke. Merci encore de nous avoir autant aidés pour le week-end d'ouverture. Je vous en prie, faites attention à vous, et appelez si vous avez besoin d'aide.

— D'accord. Ça vaut pour vous aussi.

— Comptez sur moi.

Elle avait le sourire aux lèvres en raccrochant. Le déchaînement des médias, les méfaits de l'individu qui avait décidé de terrifier la ville, tout cela avait commencé un peu plus d'une semaine auparavant, et les effets négatifs du stress commençaient à se faire sentir.

Elle regarda l'heure. Il était trop tôt pour espérer avoir des nouvelles des agents qui étaient allés examiner son garage à sa demande. Le magasin de bricolage n'ouvrait que dans une demi-heure : elle avait le temps de consulter ses e-mails.

Acheter un nouveau cadenas pour son garage ne constituait pas une priorité absolue, mais elle aurait l'esprit plus tranquille lorsque ce serait fait. Elle avait également besoin d'une nouvelle pelle en prévision de la chute de neige annoncée pour la soirée. La sienne avait été emportée au labo afin d'être analysée, car on avait retrouvé du sang séché sur la lame. L'idée que quelqu'un l'ait empruntée pour commettre une mauvaise action semblait tirée par les cheveux, mais au vu des incidents étranges qui s'étaient produits ces derniers temps, elle ne voulait prendre aucun risque.

Trente minutes suffiraient pour passer en revue sa boîte e-mail pleine à craquer, et transférer aux fédéraux, comme elle le faisait depuis plusieurs jours maintenant, les courriers contenant une menace clairement identifiée.

Se préparant à affronter de nouveaux messages de haine, elle se mit au travail.

Riley baissa le son de la petite radio portative fixée à son échelle. Toute la ville ne jurait plus que par Deke Maynard, le sauveur d'Abby Jensen. C'était la troisième fois ce matin qu'il entendait la nouvelle publicité pour le week-end d'ouverture du village de Noël.

Lui, cet homme le rendait nerveux. Il était certain qu'il y avait du louche derrière les vitres étincelantes de sa maison parfaitement restaurée, les jolies esquisses et peintures à l'huile soigneusement disposées dans la vitrine de la galerie, un peu plus bas dans la rue.

Il savait en quoi consistait son travail ici. Et il ne pouvait pas se lancer dans une chasse aux fantômes alors qu'il était encore en train de reconnaître le terrain. Ce n'était pas une mission à court terme que Casey lui avait confiée.

Il n'en était pas moins vrai que la situation d'Abby Jensen devenait de plus en plus préoccupante. Filmore, le snob collet monté qui voulait empêcher les rondes supplémentaires, et plus particulièrement les patrouilles à pied, figurait en tête de liste de ses suspects. Le bonhomme avait de drôles de priorités. Etre passionné d'histoire et d'architecture était très bien. Mais quel genre de personne préférait l'exactitude historique à la sécurité publique ?

Quelqu'un qui avait quelque chose à cacher. Ou à gagner.

Dans moins de deux jours, le village de Noël accueillerait la première vague de touristes de la saison. Il n'avait pas encore cerné précisément le danger, mais il était clair que quelqu'un redoublait d'efforts pour faire tomber Abigail.

Selon Danny, depuis la saisie de drogue, elle passait beaucoup trop de temps enfermée entre quatre murs, à faire le tri entre les messages de détraqués et les menaces plus sérieuses qui inondaient les boîtes aux lettres postale et électronique de la police. Les plus inquiétants étaient transmis aux fédéraux. Casey lui communiquait en retour toute information pouvant avoir un rapport avec Belclare, mais jusqu'à présent aucun renseignement d'importance ne lui était parvenu.

Les gens évoquaient à mots couverts l'acte de vandalisme et l'agression de Roy Calder, cherchaient des coupables, et montraient du doigt les saisonniers — dont il faisait partie. Mais il n'existait aucune piste réelle. En ce qui le concernait, ces soupçons étaient on ne pouvait plus éloignés de la vérité, il était bien placé pour le savoir. Quant à ses collègues, il ne les considérait pas comme suspects. Mais dans une petite communauté comme celle-ci, il était bien plus commode et confortable d'accuser les étrangers.

Le fauteur de trouble inconnu connaissait la nature humaine et s'en servait comme d'une arme. Un flic aussi intelligent qu'Abby ne suivrait sans doute pas la piste des saisonniers : c'était une explication médiocre et trop évidente. Mais il était intéressant de se demander pourquoi la personne ou le groupe responsable des récentes attaques criminelles pensait qu'elle pourrait s'en contenter.

Son travail, ce matin-là, consistait à décorer la quincaillerie située dans Main Street. Il acheva le travail en un temps record, avec l'aide de deux autres gars de l'équipe.

Pendant qu'ils vérifiaient le bon fonctionnement des guirlandes lumineuses, et apportaient la touche finale aux vitrines, il observa, l'air de rien, les curieux qui les regardaient faire. Il y avait pas mal de passants dans la rue, et la plupart affichaient une affabilité prudente. Une mission à durée indéterminée dans cette ville ne serait pas un calvaire, songea-t-il alors. Ce n'était pas comme si un être cher ou une famille l'attendait quelque part. Un endroit comme celui-là pourrait tout à fait devenir son chez-lui.

En attendant que les décorations suivantes arrivent de l'entrepôt, il alla jeter un coup d'œil à l'intérieur du magasin. Une connaissance parfaite de l'environnement était le meilleur atout d'un agent.

Une femme d'âge mûr était postée derrière le comptoir.

— Bienvenue ! lança-t-elle. Vous avez l'air de quelqu'un qui a besoin d'une nouvelle paire de gants.

Il sortit ses mains froides et rougies des poches de son blouson sans manches, et souffla légèrement dessus.

— Je n'utilise jamais de gants pour les travaux qui exigent de la minutie.

— Ça se comprend, concéda-t-elle. En tout cas, prenez le temps de vous réchauffer un peu.

— Merci ! Ce vent est vraiment pénible ! fit-il, amical.

Il espérait la faire parler. Ecouter les gens bavarder était un excellent moyen d'optimiser les chances de succès d'une mission de ce genre.

Une étincelle de malice brilla dans le regard bleu vif de la commerçante.

— Ça fait partie du charme quand on est aussi près de l'océan. Seuls les plus coriaces arrivent à tenir le coup. Quand partez-vous ?

Immobile devant l'allée des vis et des clous, il hésita avant de répondre :

— Il est possible que je reste un peu.

Il lui adressa un sourire éblouissant, et acheva :

— Je m'habituerai au charme du vent. J'ai déjà un autre travail de prévu à Belclare, quand les décorations seront achevées.

— C'est une bonne nouvelle, je suppose. La compagnie qui vous emploie est au courant de vos projets ?

Il distingua de la curiosité dans sa voix. A l'évidence, son portefeuille l'intéressait tout autant que ses motivations personnelles. Trop heureux de saisir la perche qu'elle lui tendait, il s'approcha du comptoir.

— Ils savent que je mérite chaque penny de mon salaire, et c'est amplement suffisant.

— Mmm…

Il tendit la main.

— Riley O'Brien. Est-ce que vous vendez du matériel sur mesure ?

Les yeux de la femme s'illuminèrent.

— Bien sûr ! Peg Blackwell, à votre service.

— Enchanté de faire votre connaissance, madame Blackwell.

— Appelez-moi Peg.

Il inclina la tête.

— Il se trouve que j'ai besoin de…

Il fut interrompu par le tintement de la clochette au-dessus de la porte. Abby Jensen apparut sur le seuil. Il jeta un coup d'œil à Peg Blackwell. Avait-elle appuyé sur l'alarme silencieuse à son arrivée, pour faire venir le chef de police ? Avait-il l'air suspect à ce point ?

— Bonjour, Peg, fit Abby, en s'essuyant les pieds sur le paillasson.

— Bonjour, chef.

Riley examina sa protégée. Elle était trop habillée pour une visite à la quincaillerie. Elle portait un pull rouge en laine douce, un élégant pantalon anthracite et des bottes à talons trop légères pour la saison. Elle avait les joues rose vif à cause du froid, et une fine mèche blonde échappée de sa queue-de-cheval était prise dans son brillant à lèvres.

Il s'efforça d'ignorer les sentiments qu'elle éveillait en lui. Il avait pour mission de veiller à sa sécurité, mais il en faisait déjà une affaire beaucoup trop personnelle.

Derrière le comptoir, l'attitude de Peg se fit glaciale. Ces deux-là se détestaient cordialement, et Riley se demanda si c'était à cause des événements récents ou si le problème était plus ancien.

— Bonjour, monsieur O'Brien.

Il secoua lentement la tête, en signe de reproche.

Elle poussa un soupir, et ramena une mèche folle derrière son oreille.

— Bonjour, Riley, reprit-elle. Est-ce votre œuvre, la devanture ?

— Oui, répondit Peg à sa place.

— J'ai eu de l'aide en cours de route, précisa-t-il.

Abby le gratifia d'un sourire.

— C'est beau.

Il esquissa une petite révérence.

— Merci. J'allais jeter un coup d'œil aux teintures sur bois en attendant ma prochaine mission de décoration.

— Allée numéro trois, près de l'angle, l'informa Peg avec chaleur.

Son ton se fit nettement plus froid quand elle s'adressa à Abby.

— Qu'est-ce qui vous amène ?

Il s'éloigna d'un pas tranquille, passant mentalement en revue diverses options pour la cuisine des Hamilton, tout en écoutant la conversation des deux femmes.

— J'ai besoin d'un nouveau verrou pour mon garage, déclara Abby. Et d'une pelle à neige.

Une ribambelle de questions s'entrechoquèrent aussitôt dans la tête de Riley, et il espéra que Peg les poserait à sa place. Il n'avait rien remarqué d'anormal chez Abby avant de partir au travail.

— Le verrou a gelé ? Vous auriez pu demander à Calder d'y jeter un coup d'œil. Enfin, vous l'auriez fait, s'il n'était pas à l'hôpital.

C'était donc là le nœud de l'affaire… Calder et Peg étaient probablement amis, et cette dernière rendait Abby responsable de l'accident. C'était injuste. Abby n'était pas l'auteur de l'inscription sur la façade de son voisin ; elle n'avait pas non plus poussé l'échelle. Rien de tout cela n'était sa faute. Que ces gens le veuillent ou non, un mal inconnu rongeait leur petite ville idyllique. Le seul tort d'Abby avait été de le révéler au grand jour.

— Pas gelé. Simplement cassé. Pas aussi solide qu'il aurait dû l'être, j'imagine.

La patience dont elle faisait preuve, sachant qu'elle était constamment en butte aux reproches et à l'agressivité des gens, forçait le respect. Mais un peu de mauvaise humeur devait être facile à supporter, comparée aux menaces plus sérieuses dont elle faisait l'objet. Il dressa l'oreille tandis que Peg la conduisait dans le rayon des verrous.

— Les pelles se trouvent à l'avant du magasin, expliqua-t-elle d'un ton qui sembla un peu plus amical à Riley. Ils annoncent cinq centimètres de neige pour demain soir.

Il n'entendit pas la suite de la conversation, car elles s'éloignaient.

Mais brusquement, Peg changea à nouveau de ton.

— Je respecte le cran dont vous faites preuve dans votre travail, mais à trop parler, vous nous avez mis dans de beaux draps !

Riley se précipita pour prendre la défense d'Abby. Il ne pouvait tout de même pas être le seul à s'apercevoir que ses décisions provenaient d'un dévouement sans limite !

— Qu'est-ce qui s'est passé ? demanda-t-il.

Abby sursauta.

— Les techniciens de scène de crime ont trouvé quelque chose chez Calder ?

Elle s'éclaircit la gorge.

— Non. Quelqu'un a cassé le verrou de mon garage. Rien d'inquiétant.

— Je ne suis pas d'accord ! Vous habitez juste à côté de chez moi. S'il y a un détraqué dans le quartier, j'aimerais savoir comment je peux vous aider à l'attraper.

Peg ouvrit la bouche, stupéfaite. *Bien...* Il fallait que les citoyens de Belclare se rendent compte qu'Abby remplissait admirablement son rôle, quitte à se mettre elle-même en danger. Elle avait lancé un ultimatum aux trafiquants dans l'euphorie de la victoire, mais elle tenait parole. Du moins, elle s'y efforçait.

Une note qui lui avait été adressée par e-mail lui avait appris que des rumeurs annonçaient l'arrivée d'un nouveau chargement de drogue. Celle-ci passerait probablement par les docks, mais pas seulement. Des vendeurs affluaient de partout. Autrement dit, loin de rétrécir, la liste des suspects s'allongeait. Un service de police aussi modeste que celui d'Abby n'était pas de taille à gérer un problème de cette ampleur.

— Je peux gérer ça seule, déclara-t-elle.

— C'est évident, mais recevoir un peu d'aide est toujours appréciable.

Comme elle fronçait les sourcils, il s'empressa de changer de sujet.

— Apparemment, vous êtes en tenue pour donner une nouvelle conférence de presse. Je vais réparer votre verrou pendant que vous vous occupez des journalistes.

Son expression s'assombrit encore.

— Que savez-vous de la façon dont je m'habille ?

— Je me tiens informé de ce qui se passe ici, répliqua-t-il en souriant. Et j'ai entendu les publicités données par cet artiste.

— Deke Maynard ? fit-elle, l'air soudain déconcerté. Eh bien ?

— C'est ce nom-là, oui. Vous allez appuyer cette publicité par une nouvelle déclaration publique, c'est ça ?

Elle hocha la tête.

— En effet.

— Je m'en doutais. Puisque vous êtes occupée à assurer la paix et à pourchasser les méchants, donnez-moi le verrou.

Elle laissa tomber l'objet au creux de sa main.

— Et maintenant, dites-moi ce qui est arrivé à votre pelle à neige.

— Nous l'avons mise sous scellés et envoyée au labo. Il est peu probable qu'il s'agisse de sang sur la lame, mais je serai tranquillisée quand le résultat sera confirmé. Dans la mesure où aucun corps n'a été trouvé, je suis optimiste.

— Pour l'instant, marmonna Peg, tout en retournant à son comptoir. Vous payez tout de suite, ou je le mets sur votre compte ?

— Je paye, dit Abby en la suivant. Merci pour votre aide, Peg.

— Avec plaisir.

La commerçante s'était encore radoucie.

— Vous êtes sûr d'avoir le temps de vous occuper de ça, Riley ? demanda Abby en se tournant vers lui.

Il fit signe que oui, et entendit à cet instant le crissement des freins du camion qui revenait de l'entrepôt.

— Je m'en chargerai dès que je rentrerai à la maison.

— Des patrouilles circulent dans notre rue. Dites-leur bien que vous me donnez un coup de main.

— Entendu !

Tandis qu'elle payait ses achats, Riley se demanda qui souhaitait se débarrasser d'elle au point de dissimuler des preuves dans son garage pour l'incriminer, et pourquoi elle avait omis de déclarer l'incident, alors qu'elle était innocente.

Mais la question la plus importante demeurait : comment faire pour se rapprocher d'elle et la protéger efficacement ?

8

La réunion avec les marchands du village de Noël portait sur les questions de sécurité, et elle ne s'était pas bien passée. Abby rentrait chez elle contrariée, le son de l'autoradio poussé au maximum.

Au moment précis où elle quittait son bureau, l'institut médico-légal avait appelé. Ils avaient identifié l'échantillon sur la lame de sa pelle à neige : il s'agissait de cellules humaines, mais il était trop tôt pour savoir s'il existait des correspondances entre l'ADN retrouvé et d'autres éléments présents dans les bases de données. Le fait le plus remarquable était la présence de traces de peinture aérosol dans le sang recueilli.

Elle s'était juré de veiller à la sécurité de cette ville, quel qu'en soit le prix. Les médias n'auraient pas à forcer beaucoup le trait pour que tous soient convaincus qu'elle avait rendu justice elle-même. L'idée qu'elle puisse tuer quelqu'un à cause d'un graffiti était ridicule, mais la rumeur suffirait à ruiner sa carrière. Il n'était plus possible de passer l'incident sous silence, à présent. En fait, sa décision de taire l'effraction dont elle avait été victime risquait maintenant de jouer contre elle.

Dieu, qu'elle était fatiguée !

Gadsden avait recueilli son témoignage, mais ils savaient tous deux que, même pour le chef de police, être seul dans son lit ne constituait pas un alibi. Elle avait gagné un peu de sympathie et bénéficié d'une certaine liberté d'action à cause des menaces qui pleuvaient sur sa tête ; malheureusement, la nuit précédente ou tôt ce matin-là, quelqu'un de mal intentionné avait réussi à pénétrer chez elle et à maquiller sa pelle à neige en arme de crime. C'était exactement la raison pour laquelle il lui fallait un chien ! Mais quel chien serait heureux dans un foyer où le maître n'était presque jamais là ?

Elle était passée par toute la gamme des émotions au cours de cette journée épouvantable, depuis la stupeur jusqu'au désir de vengeance. Quelqu'un se moquait d'elle, et elle était déterminée à faire la lumière sur cette affaire.

La conférence de presse s'était bien passée, grâce à l'apparition inopinée de leur célébrité locale, Deke Maynard. Celui-ci n'avait pas ouvert la bouche, mais il était évident qu'il se mettait en quatre pour l'aider à affronter la tempête. Elle appréciait son soutien. Malheureusement, en prenant publiquement parti pour elle, il se mettait en danger, et elle craignait qu'il n'ait à regretter de lui avoir prêté main-forte. Elle devinait que c'était un moyen pour lui de lui montrer qu'il se sentait concerné. Ce genre de geste ne devait pas être une habitude, chez lui. Cela signifiait-il qu'elle était spéciale à ses yeux ? Elle n'avait pas encore d'idée très claire sur la question. Leur relation — quelle que soit sa nature — était compliquée.

Le pire, c'était qu'en dehors de quelques journalistes qu'elle n'avait pas reconnus, ceux qui étaient venus assister à la conférence de presse étaient pour la plupart des habitants de longue date.

Après la saisie de drogue, elle s'était surprise à considérer d'un œil méfiant les gens qu'elle connaissait depuis des années, à se demander ce qui se passait derrière les portes closes. Le fait que tout le monde s'observe — et l'observe — avec la même curiosité macabre ne l'aidait pas à se détendre.

Le bon sens aurait voulu qu'ils se serrent les coudes, et pourtant… Même Peg s'était montrée hostile envers elle, préoccupée par les retombées négatives que les événements risquaient d'avoir sur le commerce. Tous les jours, le service de police recevait davantage d'appels de citoyens qui désignaient les saisonniers du village de Noël comme les coupables. Il fallait continuellement les rassurer et cela sapait le moral de ses agents, mais comment rétablir la situation ? Elle n'en avait pas la moindre idée.

Il fallait bien reconnaître qu'elle ne s'était pas montrée très réceptive à l'égard des rares personnes qui lui avaient offert leur appui. Quant aux commerçants, ils semblaient s'être rangés à l'avis du maire, avis selon lequel elle était allée trop loin et avait mis en péril leur moyen de subsistance. Deke avait probablement sauvé le week-end d'ouverture, mais elle n'était pas tirée d'affaire pour autant. Le maire attendait d'elle qu'elle se donne davantage de mal pour apaiser les susceptibilités froissées.

Tandis qu'elle était arrêtée à un feu rouge, elle se demanda si elle n'irait pas chez Deke pour le remercier personnellement de son aide. Puis, se rappelant à quel point il appréciait sa tranquillité, elle décida de rentrer directement chez elle. Inutile de se le mettre à dos, lui aussi, simplement parce qu'elle avait besoin d'une épaule sur laquelle s'appuyer. Bien qu'il ait encore renouvelé son invitation à dîner après le départ des médias, elle estimait qu'il en avait fait assez pour aujourd'hui.

Deke fut oublié dès qu'elle tourna dans sa rue. Ses voisins n'étaient pas restés inactifs pendant qu'elle se débattait avec les menaces, les suspects et l'effroyable absence de témoins. Des guirlandes électriques paraient les toitures et les haies ; des traîneaux tirés par des rennes ou des crèches de Noël luisaient doucement sur les pelouses saupoudrées de neige.

Qui avait fait cela ? Qui avait convaincu les habitants du quartier de garnir les réverbères de ces rubans rouge et blanc qui les faisaient ressembler à des sucres d'orge ?

Elle se gara dans son allée, descendit de voiture et regarda autour d'elle, admirative. Son réverbère aussi était enrubanné. Une bouffée de joie l'envahit à la pensée qu'elle avait été incluse dans le projet.

Cela donnait à la rue une certaine d'unité, assez neutre toutefois pour ne pas jurer avec les compositions personnelles des différentes familles. Tous les ans, quand le centre-ville se transformait en village de Noël, les zones résidentielles suivaient l'exemple, et l'on assistait à une compétition amicale au sein de chaque quartier.

Fatiguée ou non, elle se devait de décorer son jardin avant que ses voisins ne lui tournent définitivement le dos.

Elle avait eu raison de ne pas dîner avec Deke, finalement, et pas seulement pour des raisons de sécurité. Elle avait désespérément besoin de normalité. Elle se tourna en souriant vers sa maison, se demandant par quoi elle allait commencer, tout en s'interrogeant, une fois encore, sur le mystère de l'effraction. Qui était entré dans son garage pour y dissimuler de fausses preuves ?

Cette pensée dérangeante la poussa à pivoter brusquement sur elle-même pour regarder la maison des Calder. Des guirlandes étaient allumées sur le toit et les haies. Alors que partout ailleurs, les lumières étaient blanches, Calder et Libby avaient opté pour un décor coloré qui convenait davantage au goût de leur petite fille. La boule à neige gonflable était nouvelle, tout comme la pancarte accrochée à la cheminée, sur laquelle on pouvait lire : « Père Noël, ne m'oublie pas. »

Calder ne pouvait les avoir installés lui-même. Elle était allée le voir à l'hôpital à l'heure du déjeuner, et les médecins avaient décidé de le garder jusqu'au lendemain. Ce n'était pas non plus Libby avec son gros ventre.

Abby poussa un soupir. Un voisin avait dû s'en charger.

— Ça vous plaît ? J'ai trouvé que la pancarte apportait une touche sympathique.

Riley venait d'apparaître au coin de la maison des Calder. D'un geste, il lui indiqua les minuscules stalactites phosphorescentes qui pendaient du bord de la toiture. Il avait enveloppé le tour des fenêtres d'un large ruban blanc, à la façon d'un paquet cadeau. Il arborait ce sourire qui n'appartenait qu'à lui. Un mètre à la main, les manches retroussées, il portait sa fameuse ceinture à outils très bas autour des hanches. L'archétype du charpentier !

C'est alors qu'elle comprit.

— C'est vous qui avez tout fait, n'est-ce pas ?

Il haussa les épaules.

— J'ai terminé tôt, aujourd'hui. Et je m'ennuyais.

Elle reporta son attention sur la maison. C'était plus sûr que de le fixer avec des yeux de merlan frit.

— Rassurez-moi, vous avez eu de l'aide ?

Après ce qui s'était passé la veille au soir, elle n'aimait pas l'idée que quelqu'un travaille seul sur une échelle. Pas aussi près de chez elle, en tout cas.

— Peg et Danny m'ont aidé. Et quelques gamins aussi, après l'école. C'était un travail d'équipe.

— Peg ? Vous plaisantez ?

Vu la froideur qu'elle lui avait témoignée le matin même, il était surprenant qu'elle se soit déplacée jusqu'ici. D'un autre côté, Calder était aussi un de ses amis.

— Pas du tout, lui assura Riley. Elle est venue jeter un coup d'œil dans la cuisine et discuter du revêtement de sol. C'est elle qui a décoré tous les réverbères. Je crois qu'elle était contente de donner un coup de main.

— Peg ? répéta stupidement Abby.

Il lui paraissait impossible que cette dernière ait accepté de s'approcher de chez elle.

— Vous êtes comme le joueur de flûte de Hamelin, dit-elle en secouant la tête. Vous savez éveiller la bonne volonté chez les gens.

Il haussa de nouveau les épaules d'un air insouciant.

— Les sœurs me comparaient à Tom Sawyer, mais ça revient au même, je suppose.

— Les sœurs ?

Elle nageait en pleine confusion.

Les yeux de Riley se détachèrent de la maison des Calder pour se poser sur elle.

— Mes professeurs. Mes parents sont irlandais, vous vous souvenez ? Fréquenter une école catholique était presque une obligation. La nôtre était tournée vers l'entraide sociale. Théâtre de quartier, travaux de réparation, ce genre de chose… Très tôt, nous avons appris que la besogne est plus facile à abattre quand les gens sont nombreux à participer.

— Je vous suis très reconnaissante de ce que vous avez fait aujourd'hui. C'est magnifique.

— J'ai pensé qu'une pointe de gaieté ne nous ferait pas de mal.

— Et vous avez eu raison.

Il la rejoignit en quelques enjambées et lui tendit une clé en cuivre brillant.

— Votre verrou est réparé, et la nouvelle pelle à neige est dans le garage.

— Merci, dit-elle en sortant son trousseau.

Tout était bon pour cesser de béer d'admiration devant cet homme, qui semblait avoir un impact si positif autour de lui. Tout indiquait qu'il était un atout pour la ville, qu'il faisait partie des gentils. Mais n'avait-elle pas tort de lui accorder si facilement sa confiance ?

Il enfonça les mains dans ses poches.

— Des pistes ?

— Dans quelle affaire ?

— Toutes.

— Aucune piste. A ce stade, je peux m'estimer heureuse d'avoir encore un travail.

— Ce n'est pas de votre faute si Belclare est en état de siège.

Elle secoua la tête, découragée.

— En état de siège, c'est tout à fait ça. Malheureusement…

Elle s'accorda le plaisir de pousser un profond soupir.

Durant toute la journée, les paroles de Riley avaient résonné dans un coin de sa tête. A qui cela profiterait-il le plus si elle s'en allait, ou si elle faisait marche arrière ? Elle ne connaissait pas la réponse, mais c'était la question qu'il fallait se poser, effectivement. Du coup, elle considérait tout le monde comme une menace potentielle. Une attitude qui frisait la paranoïa.

— Comment va Calder ?

Elle se tourna vers lui avec un sourire empreint de soulagement.

— Suffisamment remis pour mener la vie dure au personnel soignant.

Elle sortit son téléphone afin de prendre une photo de la maison.

— Il sera ravi de voir ça.

— Peg lui en a déjà envoyé une.

Elle laissa sa main retomber, se sentant idiote.

— Oh ! Evidemment…

— Mais je suis certain qu'il serait content d'en recevoir une autre. De nuit, avec toutes ces lumières, c'est encore plus joli.

— Exact.

Elle prit la photo et l'envoya.

— Bien. Je ferais mieux de m'occuper de mon jardin, maintenant, ou je vais décrocher le titre de trouble-fête !

— Sérieusement ? Ils distribuent des mauvais points ?

— Ce n'est pas officiel, mais c'est une réalité : quand on vit à Belclare, on doit avoir l'esprit de Noël. Et comme vous pouvez le constater, je suis à la traîne.

— Laissez-moi vous aider.

Elle écarta les bras pour désigner la rue.

— Vous en avez déjà beaucoup fait.

Il examina sa maison, et des petites rides se formèrent au coin de ses yeux.

— Il va vous falloir une échelle.

Elle serra les dents, tentant de repousser le douloureux souvenir de la veille au soir.

— Pas nécessairement, objecta-t-elle.

Elle pouvait simplement disposer des guirlandes lumineuses sur les buissons et autour de la porte d'entrée. Et accrocher des couronnes de Noël sur les volets. Rien de fantastique, mais ce serait déjà cela. Peut-être achèterait-elle un ornement gonflable, cette année.

— Je ne sais pas ce que vous avez en tête, mais il n'est pas question que vous travailliez seule, déclara-t-il. Venez avec moi !

Machinalement, elle lui emboîta le pas, avant de se ressaisir.

— Eh… Attendez ! Depuis quand décidez-vous à ma place ?

Lorsqu'il se retourna, un tremblement lui agitait le coin des lèvres.

— Qui de nous deux s'y connaît en décoration ?

— J'ai beaucoup d'expérience, riposta-t-elle.

— Merveilleux ! Dites-moi ce que vous voulez et où sont rangées les décorations, je me chargerai de l'installation. Mon patron lui-même reconnaît que je suis l'élément le plus rapide de l'équipe.

Elle n'en était pas surprise. Quand elle avait appelé l'entreprise pour en apprendre davantage sur le compte de Riley, elle n'avait entendu que des éloges.

— Je vous félicite. Mais vous n'avez pas besoin de m'aider.

Il s'immobilisa brusquement entre leurs deux allées, et elle faillit se cogner contre lui. Ce qui ne lui aurait pas déplu, d'une certaine façon.

— Besoin ou pas, je vais vous aider, Abby.

Quelque chose dans la façon dont il prononça son prénom lui donna le sentiment d'être quelqu'un de complètement différent. Soudain, elle eut envie de laisser de côté son personnage officiel, et d'être simplement… elle-même. Celle qu'elle était avant d'affronter les catastrophiques conséquences de la saisie de drogue.

— Je ne changerai rien, dit-elle.

— Vous auriez une photo des Noëls précédents, que je voie ?

— Oui, mais je ne parlais pas des décorations. Je pensais à la saisie de drogue.

Il se recula, manifestement étonné, et croisa les bras. Comment faisait-il pour avoir l'air aussi à l'aise par ce froid, alors qu'il ne portait qu'un tricot à manches longues sous sa chemise écossaise en flanelle, un jean et des chaussures montantes ? Il y avait peut-être un chauffage intégré dans sa ceinture à outils. Ou alors, c'était *lui* le chauffage… A cette pensée, elle frissonna.

Chaque nouvelle rencontre avec lui ne faisait que renforcer sa conviction qu'il était quelqu'un de gentil, de compétent et de bon. Le genre d'homme qu'une femme pouvait se féliciter de connaître. C'était là le fond du problème : la connaître, elle, la fréquenter, risquait de se révéler funeste pour lui.

— Vous devriez rentrer et vous reposer, dit-elle. Je peux me débrouiller.

Il secoua la tête d'un air résolu.

— Non.

— Riley, je vous en prie.

Il approcha son visage du sien jusqu'à ce qu'ils soient presque nez à nez.

— Vous ne pourrez pas vous dépêtrer de moi. Faites-vous une raison.

Il était si près qu'elle distinguait des paillettes dorées dans ses prunelles marron. Elle baissa les yeux, les posa sur ses lèvres. Les coins de la bouche de Riley se relevèrent, et elle se força à croiser de nouveau son regard pour ne plus voir son sourire moqueur. Erreur fatale ! Elle se demanda aussitôt à quoi ressemblaient ses baisers. Doux et lents ? Exigeants et passionnés ?

Avant de céder à la tentation de le découvrir, elle fit un pas en arrière. Elle ne voulait pas qu'il arrive malheur à Riley parce qu'un ennemi inconnu voulait la blesser.

Lui ne bougea pas. Etait-il inconscient ? Ou bien était-ce elle qui était folle parce que cela lui faisait plaisir ?

— OK, lâcha-t-elle. Très bien.

Il se redressa.

— Content que vous vous montriez raisonnable. A présent, vous me montrez où sont rangées les décorations ?

D'un mouvement de la tête, elle indiqua le garage.

— Sur la mezzanine.

— D'accord.

Il se dirigea vers son pick-up et ouvrit une caisse de rangement.

— J'attrape juste deux lampes de travail.

— Bonne idée.

Il ferait un noir d'encre sur la mezzanine.

Elle gagna la porte du garage, et essaya sa nouvelle clé. Celle-ci tourna en douceur dans la serrure. Elle n'en attendait pas moins de Riley. Partout où il passait, les gens louaient sa gentillesse et son habileté manuelle.

Elle appuya sur l'interrupteur et fut soulagée quand la lumière s'alluma. L'espace était juste assez large pour garer sa voiture, mais elle la rentrait rarement, se disant que la vue de sa berline dans l'allée procurait un sentiment de sécurité à ses voisins. Mais après ce qui était arrivé à Calder, cette précaution semblait chimérique.

— Vous pensez à votre découverte de ce matin ?

Elle éprouvait l'envie de donner un coup de pied dans quelque chose, mais se retint.

— Je ne comprends pas pourquoi on dissimulerait une fausse preuve ici de façon aussi voyante.

— Pour jouer avec vos nerfs.

— Eh bien, ça marche ! Mais je ne laisserai pas ces scélérats m'amener à douter de ce qui est juste !

— Bien parlé.

Passant devant elle, il saisit l'escabeau et l'installa de façon à pouvoir monter. Le bruit métallique qu'il produisit en l'ouvrant la fit violemment sursauter.

— Ça va ?

— Je suis en colère. Calder n'est pour rien dans tout ça. Pourquoi ne s'en prennent-ils pas directement à moi ?

Riley grimpa quelques marches, jusqu'à ce qu'il soit assez haut pour lire les étiquettes des boîtes en plastique alignées sur la mezzanine.

— Il me semble que c'est ce qu'ils ont fait en entrant par effraction dans votre garage, fit-il. Lesquelles voulez-vous que je descende ?

— La boîte rouge qui contient les couronnes, et la verte avec les guirlandes électriques. Ça devrait suffire.

— Vous en êtes sûre ?

— Je pourrai toujours compléter ma décoration quand les choses se seront calmées.

Le rire de Riley résonna.

— Je ne compterais pas là-dessus de sitôt !

Elle lui prit des mains la boîte rouge et la posa par terre.

— Ce qui signifie ?

La deuxième caisse en équilibre sur l'épaule, il descendit de l'escabeau.

— Ne vous en prenez pas à moi, je ne fais qu'énoncer une évidence. Quelqu'un veut vous rendre la monnaie de votre pièce ou, du moins, vous prouver qu'il n'a aucune intention de respecter la loi.

Si seulement elle était capable de découvrir qui était ce « quelqu'un » !

Tandis qu'il replaçait l'escabeau sur son crochet, elle souleva la boîte et sortit dans le jardin. Riley la suivit avec l'autre.

— Nous avons examiné tous les indices relevés lors de la saisie de drogue, interrogé tous les employés et toutes les personnes pouvant s'identifier à un témoin. Et nous ne sommes pas plus avancés sur l'identité des trafiquants.

Elle ouvrit les caisses et en sortit les photos qu'elle avait prises l'année précédente, pendant qu'il branchait les lampes de travail. Il regarda les clichés par-dessus son épaule, contempla la façade de la maison et éclata de rire.

— C'est si laid que ça ? demanda-t-elle, légèrement vexée.

— Pas du tout ! Simplement, je n'avais jamais rencontré quelqu'un d'aussi organisé.

— Votre père vous a appris à manier un marteau. Le mien m'a enseigné l'art de planifier et de se documenter.

Riley se rembrunit, mais avant qu'elle n'ait pu lui demander ce qu'il avait, il tendit la main vers les photos.

— J'aurai terminé dans une heure.

— Je suis contre le deux poids, deux mesures. Nous allons travailler ensemble.

Ce n'était pas seulement pour des raisons de sécurité qu'elle louait le travail d'équipe.

— Vous voulez aller vous changer ? Je peux attendre.

— Je vais juste chercher mes bottes derrière la maison. Donnez-moi une seconde.

Tandis qu'ils travaillaient, elle constata qu'elle appréciait sa compagnie. Pourtant, dans quelque temps, il la haïrait à son tour, déplora-t-elle en son for intérieur. Fâchée de se laisser aller à un autoapitoiement qui ne lui ressemblait pas, elle sortit la guirlande destinée à décorer la porte et la lui tendit.

— Vous devriez y arriver sans escabeau.

Il la considéra, sourcil levé, mais obtempéra. Quand la guirlande fut correctement installée, elle la brancha et sourit.

— Parfait !

— Merci, dit-il en faisant une large révérence. Ensuite ?

— Je vais décorer les haies. Si vous voulez, vous pouvez suspendre les couronnes.

— Affaire conclue !

A la lumière crue des lampes de travail, ils achevèrent de transformer sa maison en un temps record. Les quelques modifications qu'il apporta à l'ensemble plurent à Abby.

— Vous êtes doué !

— J'ai eu pas mal d'entraînement ces derniers jours, dit-il en rangeant les lampes.

Elle empila les caisses vides et les rapporta dans le garage. Quand elle ressortit, il l'attendait dans l'allée.

— Un tour en voiture, ça vous dirait ?

Elle en avait tellement envie que cela l'effraya.

— Vous n'êtes pas fatigué de voir des lumières et des décorations de Noël, à cette heure ?

— Et vous, vous n'êtes pas fatiguée de votre travail de policier ?

— Un petit peu, avoua-t-elle.

Surpris tous deux, ils se mirent à rire.

— Faites un tour avec moi. Je vous offre un verre.

— Il n'était pas question que vous me prépariez à dîner, hier soir ?

Il dégrafa sa ceinture à outils et la rangea dans le pick-up.

— Il se peut que je laisse ce soin à un professionnel. Je ne voudrais pas vous étourdir en vous montrant tous mes talents à la fois.

— Quel affreux dragueur !

— C'est ce que je me suis laissé dire.

Tout en lui ouvrant la portière côté passager, il lui adressa un clin d'œil.

— Je voulais dire que vous êtes *mauvais* à ce jeu-là.

— Vous voulez que je joue mieux ?

Oui. Non. Elle ne savait pas trop ce qu'elle voulait. Elle claqua sa portière. Quand il se glissa sur le siège à côté, elle répondit :

— Je ne veux pas de jeu entre nous. Je préfère que vous soyez vous-même.

— Ce n'est pas très difficile.

Il la contempla pendant un long, long moment, et elle s'aperçut qu'elle retenait son souffle.

— Il n'y a pas de vice caché, Abby.

Comment faisait-il ? Comment arrivait-il à lui donner l'impression d'être si désirable, si vivante, en quelques mots à peine ?

Elle s'efforça d'analyser la situation de façon rationnelle, de le considérer comme elle l'aurait fait d'un suspect, en cherchant un éventuel mobile. Mais elle ne parvenait pas à le cerner. Son langage corporel proclamait l'intérêt sincère qu'il lui portait : de cela au moins, elle était sûre. En revanche, impossible de deviner ce qu'il pensait de l'étincelle de désir qu'elle croyait percevoir entre eux.

— J'ai entendu dire que vous aviez eu des informations confidentielles à propos de la cargaison, dit-il alors qu'ils laissaient leur rue derrière eux.

— C'est ce que prétend la rumeur.

— Ce n'est pas vrai ?

Elle secoua la tête. Lui révéler la vérité serait idiot de sa part. D'un autre côté, il leur manquait un regard neuf sur l'affaire. Or, cet homme possédait de vraies qualités relationnelles.

— Vous avez fait la connaissance de beaucoup de monde à Belclare, fit-elle observer.

— Etes-vous en train de suggérer que j'ai rencontré votre informateur ?

— Je viens de vous dire qu'il n'y avait pas d'informateur. Pourquoi êtes-vous si curieux à ce sujet ?

Il effleura le volant du bout des doigts, attendant que le feu passe au vert.

— Je suis surtout curieux de savoir comment vous procédez. Manifestement, vous vous consacrez sans réserve à votre travail, ce qui est une bonne chose pour la communauté. Ces menaces ont un effet négatif sur tout le monde, et ça me dérange. Je ne supporte pas les lâches qui se servent d'innocents pour arriver à leur but.

— Totalement d'accord avec vous sur ce point.

— Vous devez bien avoir une idée de qui est derrière ces crimes ?

— Après ce qui est arrivé à Calder, je suspecte tout le monde. C'est embêtant.

Il tourna dans Main Street, et elle profita de cette diversion, admirant un nouveau traîneau décoré de motifs sophistiqués et empli de cadeaux, tiré par un renne brillamment harnaché et flanqué d'arbres de Noël.

— Waouh ! Les touristes vont adorer.

— Attendez de découvrir la suite !

— Allons voir !

Elle se retourna sur son siège, essayant d'apercevoir le parc au moment où ils franchissaient l'intersection.

— Après le dîner. Les décorations ne bougeront pas pendant un mois.

A la légère surprise de Riley, Abby ne discuta pas. Il trouva une place libre sur le parking d'un pub qu'il avait testé deux soirs plus tôt. Il éteignit le moteur et ôta la clé de contact.

Alors qu'il s'apprêtait à ouvrir sa portière, elle posa une main légère sur son bras.

— Réfléchissez bien, Riley… Vous avez dit que vous vouliez rester à Belclare.

— Exact. Je vous ai même montré mon bail de location.

— C'est là que je veux en venir. Dîner avec moi pourrait vous causer du tort durablement.

Une femme aussi loyale qu'elle, dotée d'un parcours brillant, ne devrait pas avoir à subir ce genre de pression ignoble. Ni de la part de la communauté, ni de celle des minables qui exploitaient son dévouement.

— Vous avez faim ?

Un doux sourire se dessina sur ses lèvres.

— Oui. Mais j'ai largement de quoi manger à la maison.

Il se demanda comment elle réagirait, s'il l'embrassait comme il rêvait de le faire. Ce qu'il ressentait pour elle était inattendu, peu professionnel, mais cela n'amoindrissait en rien son désir. Songeant à la façon dont elle l'avait regardé un peu plus tôt, il se dit qu'il pourrait tirer profit d'une relation avec elle : il serait ainsi toujours à ses côtés pour mieux veiller sur elle. Mais si elle découvrait son identité et ses motifs véritables, cela la blesserait. Il ne la connaissait pas encore bien mais devinait que l'honnêteté était une valeur importante à ses yeux. Or, même ses secrets étaient des mensonges.

Dis-lui la vérité, chuchota une voix dans sa tête.

Si seulement c'était aussi simple !

Elle serait choquée, peinée de découvrir qui il était en réalité. Ou plutôt, ce qu'il n'était pas. Or, il ne voulait pas lui donner une nouvelle occasion de douter de sa clairvoyance, lui apporter angoisse et déception. Elle ne le méritait pas.

— Ce que les autres pensent ne me regarde pas, dit-il, pas plus que ce que je pense ou fais ne les concerne.

— Il ne s'agit pas seulement de ce qu'ils pensent…

— Mais de ce que feront ceux qui ont proféré les menaces. J'ai compris.

— Et ça ne vous importe pas ?

— Bien sûr que si !

Il était surpris de constater à quel point sa mission, Abby, et même Belclare lui importaient.

— Simplement, j'ai déjà vécu des situations de stress.

— Comme… ?

— Ce n'est pas le moment d'en parler.

Il la gratifia d'un nouveau sourire — celui qui la faisait fondre. Cette fois encore, elle posa les yeux sur ses lèvres, comme une caresse.

— Tout ira bien pour moi, Abby, quoi qu'il arrive.

Elle avait vu juste. Toutes les têtes se tournèrent dans leur direction quand ils entrèrent dans le pub. Ils choisirent une petite table dans un coin, près du vieux bar au bois éraflé.

— Ce truc-là aurait besoin d'un coup de ponçage.

Un sourire s'épanouit sur les lèvres d'Abby.

— Vous avez prévu de rénover la ville entière ? s'enquit-elle, une fois que la serveuse eut pris leur commande.

— Certainement pas ! Mais réparer, j'ai ça dans le sang.

Elle sembla méditer là-dessus pendant un moment, puis revint à l'attaque :

— Vos parents ont prévu de vous rendre visite ? Je suis certaine qu'ils seraient enchantés de voir ce que vous avez accompli.

L'arrivée des boissons et d'un panier de frites maison lui procura un court répit. Mentir était la condition indispensable au succès de sa mission. Il était absolument essentiel qu'il puisse veiller à la sécurité d'Abby et qu'il trouve les coupables. Alors pourquoi donc résistait-il avec tant de force ?

Il ramena la conversation sur des sujets plus anodins, tout en ruminant en son for intérieur sur sa nature trop prévisible. Depuis aussi longtemps qu'il s'en souvenait, son besoin de s'attacher et d'être approuvé avait été une gêne.

Il savait que c'était parce qu'il était orphelin et ne connaissait pas ses origines. Enfant, il s'inventait des histoires. C'était amusant, et personne n'était en mesure de vérifier la véracité de ses propos. Certains jours, il était le fils d'humbles fermiers, et d'autres, il avait du sang de superhéros dans les veines.

Aux grands maux les grands remèdes : la solution à ce manque avait été d'entrer dans l'équipe des Spécialistes. Il était devenu partie intégrante d'une famille professionnelle où le passé ne comptait pas. Bénéficiant de l'enseignement des meilleurs agents et experts techniques, ses compagnons et lui avaient acquis ensemble les compétences nécessaires pour réaliser des missions que les autres unités spéciales étaient incapables de mener à bien.

A présent, il était seul ici. Sur une île. Casey l'avait prié de réfléchir avant d'accepter. Il se demanda si son mentor avait anticipé l'apparition de ce genre de contrecoup émotionnel.

— Qu'est-ce qui vous tracasse ?

Il leva les yeux de son assiette ; Abby le fixait d'un regard inquiet.

— Je pensais simplement à mes parents, dit-il.

Ce n'était pas totalement faux. Le fait d'être adulte ne l'empêchait pas de continuer à être curieux de ses origines.

— Vous avez raison, ajouta-t-il. Ils seraient fiers du travail que j'ai accompli ici.

Elle sourit.

— Vous allez les inviter ?

— Tout ce qui vous intéresse, c'est de rameuter le plus grand nombre de touristes possible, hein ? la taquina-t-il. Je leur ai envoyé des photos. Ils ne voyagent pas à cette époque de l'année.

Il préféra ne pas songer aux circonstances désastreuses qui pourraient amener son « parent » professionnel, Thomas Casey, à venir jusqu'ici.

— Vous me direz ce qu'ils en ont pensé.

— D'accord.

Le téléphone d'Abby émit un signal sonore à l'intérieur de son sac à main.

— Vous êtes joignable vingt-quatre heures sur vingt-quatre ?

— En ce moment, oui. Ce n'est rien, un simple rapport sur la circulation.

Se penchant en avant, elle poursuivit, baissant la voix :

— Je suis inquiète pour ce week-end. Aujourd'hui, nous avons reçu des menaces concernant des cibles précises.

— Ils ont intérêt à ne pas abîmer notre installation dans le parc. Elle nous a demandé beaucoup de travail.

Elle sourit, mais ses yeux demeurèrent graves.

— Le parc. Le poste de police. Les docks. Le département de la sécurité intérieure m'a encore rappelée, mais je n'ai pas de nouvelles informations à leur donner.

— S'ils sont si inquiets, ils n'ont qu'à vous envoyer des renforts.

Elle ouvrit de grands yeux et hocha la tête.

— C'est ce que je leur ai dit. Je pense qu'il faut concentrer l'enquête sur les citoyens de Belclare. Ce doit être quelqu'un du coin. J'ai retourné chaque pierre, vérifié toutes les rumeurs, mais rien, nous n'avançons pas d'un iota.

— Vous allez trouver.

— Après ce qui est arrivé à Calder, je ne peux m'empêcher d'envisager les pires scénarios.

— C'est normal.

— Je sais. Deke a vraisemblablement sauvé le week-end d'ouverture avec cette publicité, mais je n'ai pas envie que les touristes deviennent les victimes d'un groupe de déséquilibrés.

Il lui prit la main.

— Les gens sont résistants. Même si le pire arrivait, ils se rassembleraient autour de vous.

— Ils se rassembleraient pour lancer des confettis et des cris de joie le jour de mon pot de départ !

— Je ne crois pas. Tous les gens à qui j'ai parlé ont de l'affection pour vous.

— Vous mentez !

Il s'éclaircit la gorge et nuança :

— Je n'ai pas dit qu'ils avaient aimé votre discours de victoire.

— C'est gentil.

Elle retira soudain sa main, comme si elle venait de s'apercevoir qu'ils se touchaient. *En public*.

— Je ne connais pas grand-chose à votre travail, mais si vous avez besoin de tester vos idées sur quelqu'un, je suis là.

— Merci, dit-elle d'un ton sincère.

Il aurait aimé la rassurer davantage. Ses propres recherches sur le compte de ceux qui la critiquaient avec le plus de véhémence n'avaient révélé aucun lien avec les milieux terroristes connus.

En haut lieu, on était convaincu qu'il s'agissait d'une cellule dormante. Si tel était le cas, les terroristes implantés à Belclare devaient avoir une couverture en béton.

Comme leurs assiettes arrivaient, il décida d'oublier le travail et de profiter du repas.

— Oh ! non !

Elle regardait son téléphone, l'air assommé. Aussitôt, il fut en alerte.

— Un problème ?

— On peut dire ça. L'ADN prélevé sur ma pelle à neige concorde avec l'un des profils de leur base de données.

— Vous pouvez m'en parler ?

— Je ne devrais sans doute pas…

Elle baissa les yeux sur l'appareil puis les releva vers lui.

— Il semble qu'on se soit servi de cette pelle contre un type au casier judiciaire long comme le bras.

— Parce qu'il y a quelqu'un, à Belclare, qui a un casier long comme le bras ?

Elle se remit à examiner son téléphone, sourcils froncés, tandis qu'il engloutissait son hamburger.

— Non. Le type est actuellement dans une morgue de Baltimore. L'examen préliminaire a révélé qu'un traumatisme crânien était à l'origine du décès.

Une alarme se déclencha aussitôt dans la tête de Riley. Tout cela ne signifiait qu'une chose à ses yeux : Abby était en danger.

— Je devrais aller au bureau, conclut-elle.

Elle regarda son assiette avec une expression de regret, manifestement contrariée de ne pouvoir terminer son repas.

— J'adore les hamburgers, mais mon appétit a disparu.

Elle esquissa une grimace et laissa tomber son portable dans son sac.

— Ça ne peut pas attendre demain matin ?

Elle secoua la tête.

— Je dois m'entretenir avec la police de Baltimore.

Quelqu'un essayait de la faire accuser de meurtre, et il était aisé de deviner pourquoi : si elle avait des ennuis judiciaires, elle serait mise hors course. Mais qui cherchait à l'évincer ? Et qu'avait prévu de faire cette personne, une fois son but atteint ? Elle n'irait pas forcément plus loin : salir la réputation du chef de police, amoindrir le mérite et les effets positifs de sa grande et belle action pouvait représenter une victoire en soi.

Mais ces manigances n'auraient aucun résultat. Abby était l'une des personnes les plus reconnues et les plus respectées de la ville. A moins que la mort n'ait eu lieu au milieu de la nuit, il y aurait bien quelqu'un, à Belclare, en mesure de lui fournir un alibi. Lui-même, en tant que voisin, pourrait facilement attester que sa voiture était restée garée dans l'allée toute la nuit.

— Etes-vous inquiète ?

Elle plissa ses yeux bleus, l'air soudain méfiant.

— Vous êtes en train de me demander si j'ai commis ce meurtre ?

Il eut un reniflement de dérision.

— Je sais que ce n'est pas vous.

Elle s'adossa à sa chaise et croisa les bras.

— Comment pouvez-vous en être sûr ? Je ne vous ai donné aucun détail sur l'affaire.

— C'est inutile. Vous habitez la maison d'à côté et j'ai le sommeil léger.

Se penchant vers elle, il ajouta :

— Je me sers de la salle de bains qui donne sur l'allée. Votre voiture n'a pas bougé, la nuit dernière.

— Vous n'auriez pas vu quelqu'un s'introduire dans mon garage, par hasard ?

— Non, avoua-t-il en secouant la tête. Ils sont entrés après que je suis parti au travail.

— Vous pensez qu'ils voulaient que je découvre la pelle ?

Il haussa les épaules.

— Bien sûr. Et vous avez été affectée par cette découverte, pas vrai ?

— C'était une violation de domicile ! Et cette histoire pourrait me coûter mon travail, que je sois innocente ou non.

— C'est justement où je veux en venir. On joue avec vos nerfs, on vous retarde dans votre emploi du temps et, maintenant que vous avez une pelle ensanglantée et un corps sur les bras, vous allez être sérieusement, et pour longtemps, détournée de vos responsabilités à Belclare.

— Pour un saisonnier, vous êtes bien au courant de ce qui se passe ici !

Il lui décocha un sourire éclatant.

— Je n'arrête pas de vous répéter que j'aime votre ville. Quand vous déciderez-vous à me croire ?

Elle tressaillit.

— Ce ne sera peut-être plus ma ville très longtemps.

— J'en doute, fit-il d'un ton léger. Vous ne m'avez pas donné l'impression de quelqu'un qui abandonne sans se battre. J'ai vu la vidéo qui le prouve, acheva-t-il avec un clin d'œil.

Elle leva les yeux au ciel.

— Si je pouvais revenir en arrière et m'ordonner de me taire, je le ferais !

Il rit.

Un camion de pompier passa en trombe devant le pub, et au même moment le téléphone d'Abby émit un nouveau signal sonore.

Elle le tira de son sac. Elle lut le message, et le sang se retira de son visage.

— Il y a le feu au commissariat.

Riley attira l'attention de la serveuse, et lui fit signe d'apporter l'addition.

— Je vous y conduis.

— Je peux y aller à pied.

— Certainement pas !

Ce pouvait être l'occasion qu'attendaient ses ennemis. Il laissa plusieurs billets sur la table et l'escorta à travers le pub, une main au creux de son dos.

Elle faisait preuve d'un sang-froid impressionnant. La tête haute, elle avançait d'un pas décontracté, mais il sentait sous ses doigts ses muscles crispés par la tension nerveuse.

Ce genre de surprise — s'ajoutant à tant d'autres — viendrait à bout de n'importe qui, mais il ne pensait pas qu'Abby craquerait. Ni maintenant, ni jamais. Il admirait sa force et, dans le même temps, craignait que sa nature inflexible n'incite les coupables à faire monter les enchères.

Ses inquiétudes étaient fondées : en arrivant devant le poste de police, ils découvrirent que l'extrémité du bâtiment, celle qui était la plus proche du parking des employés, était la proie des flammes.

— Parfois, je rêve d'un monde où YouTube n'existerait pas, se lamenta-t-elle, alors qu'il se garait de l'autre côté de la rue, à bonne distance des pompiers en pleine action.

— Si nous avons affaire à une cellule dormante, YouTube n'a rien à voir là-dedans, fit-il observer.

Comme il se tournait vers elle, il s'aperçut qu'elle le dévisageait avec intensité.

— Quoi ?

— Encore une fois, vous ne parlez pas comme un charpentier.

Il haussa les épaules.

— Je sais lire et j'écoute les informations. Et puis, entre le panneau de bienvenue, Internet et votre allusion au département de la Sécurité intérieure, il aurait fallu que je sois aveugle ou idiot pour ne pas arriver à cette conclusion.

— Bien sûr.

Zut ! Il avait encore éveillé sa méfiance. C'était une femme intelligente : elle avait dû déceler chez lui un mécanisme de déduction qui allait au-delà de la simple capacité à faire le rapprochement entre divers éléments.

— Si vous avez des questions à me poser, allez-y, je suis prêt à y répondre.

Il ne lui révélerait pas sa véritable identité, évidemment. Cette opération avait pour but d'assurer sa protection. Et pour ce faire, il devait gagner sa confiance.

Elle détacha son regard de l'incendie et le considéra avec attention.

— J'en suis sûre. Mais l'interrogatoire devra attendre, dit-elle en ouvrant sa portière.

Il la suivit, tandis qu'elle se dirigeait d'un pas décidé vers le capitaine des pompiers. Après un bref échange avec elle, ce dernier lui enjoignit de rejoindre les autres policiers, qu'on avait contraints, malgré eux, à évacuer les lieux. Mais elle refusa d'obtempérer et resta sur place, à l'écart, à regarder sombrement les flammes lécher la toiture.

— Qu'est-ce qu'il vous a dit ?

— Que le feu serait bientôt maîtrisé.

— C'est une bonne nouvelle.

Sa fureur était manifeste. Elle n'avait visiblement pas envie d'entendre les théories et suggestions d'un étranger.

— Je vous ramène chez vous quand vous voulez, dit-il.

— Je n'irai nulle part tant que le feu ne sera pas éteint.

— Je m'en doutais.

Elle finit par s'arracher au spectacle des flammes.

— Vous n'êtes pas obligé de rester. Un de mes agents me raccompagnera chez moi.

— Ça ne me dérange pas d'attendre.

Au bout de quelques instants, elle s'éloigna pour rejoindre ses collègues. Riley ne bougea pas ; il avait une idée assez claire de la façon dont leur conversation se déroulerait. Au lieu de la suivre — et de passer pour un indiscret et un pot de colle —, il parcourut du regard la foule des badauds, essayant de découvrir un signe suspect.

Repérant Martin Filmore derrière les camions de pompiers, il se dirigea vers lui.

— Bonsoir, monsieur Filmore, dit-il, la main tendue.

L'homme lui jeta un regard oblique derrière ses lunettes.

— Vous êtes… ? Ah, oui, le type qui s'occupe de la décoration.

— C'est ça.

Riley ne fut pas surpris que Filmore refuse de lui serrer la main. Il était impossible d'être plus stressé que cet homme, obsédé par l'exactitude historique du moindre flocon de neige à Belclare.

— Qu'est-ce que vous faites ici ?

C'était exactement la question que Riley voulait lui poser.

— Je mangeais un morceau au pub et j'ai entendu du bruit, répondit-il.

Inutile de lui donner des munitions contre Abby.

— E vous ? poursuivit-il. Vous étiez à l'intérieur ?

— Oui… J'avais un autre sujet à aborder avec le chef Jensen.

— La question du panneau de bienvenue est réglée ?

Sa restauration avait fait partie des projets de l'après-midi inscrits au tableau de l'entrepôt, mais Riley avait travaillé dans le parc avec une autre équipe.

— Aussi bien que possible, grommela Filmore.

Puis il pivota brusquement. La lueur du feu et des gyrophares dessina des ombres sinistres sur ses traits pincés.

— Elle *doit* faire quelque chose ! glapit-il. Assister à cette horreur est intolérable !

Que voulait-il qu'elle fasse, au juste ? Qu'elle s'excuse auprès des criminels ? Qu'elle s'empare d'une lance à incendie ?

— Vous seriez surpris de la vitesse à laquelle les choses peuvent être remises à neuf. Je donnerai un coup de main.

Filmore l'ignora.

— Cette saison est condamnée à être catastrophique. Belclare ne s'en remettra peut-être jamais !

— Le reste de la ville est splendide. Et je parie que le chef Jensen est déjà en train de prendre les mesures nécessaires pour assurer la sécurité de tout le monde samedi.

— Je connais les individus de votre espèce, siffla-t-il, nez à nez avec lui. Chaque année, on fait venir de plus en plus de gens comme vous. Vous prononcez les mots qu'on attend de vous… Comme si vous étiez concerné !

Riley ouvrit la bouche pour parler, mais l'autre était lancé.

— Ce bâtiment a quatre-vingts ans ! J'ai supervisé en personne toutes les modifications qui y ont été apportées ces vingt et quelques dernières années.

Les lumières criardes faisaient ressortir ses yeux fous.

— C'est un pur désastre, et tout ça à cause d'elle ! cracha-t-il, lançant son bras en direction d'Abigail. Elle parle de sécurité, mais c'est une hypocrite. Ce bâtiment ne mérite pas de souffrir.

Riley commençait à lui trouver l'esprit assez tordu.

— Détendez-vous, monsieur Filmore.

— Que je me détende ? Elle est en train de détruire cette ville à elle toute seule !

Riley se contint pour ne pas faire taire ce casse-pieds une bonne fois pour toutes. Un ou deux coups de poing bien assenés auraient pu lui remettre les idées à l'endroit.

Au lieu de cela, il murmura des paroles apaisantes pour tenter de le calmer. Peine perdue : le bonhomme se lança dans une nouvelle tirade.

Riley n'eut pas le temps d'empêcher Abby de s'approcher. Filmore le poussa brutalement.

— C'est de votre faute ! l'apostropha-t-il.

Elle posa calmement la main sur son épaule.

— Monsieur Filmore, vous allez bien ?

Il se dégagea d'un mouvement d'épaule.

— Pas du tout, non !

— Vous voulez que je fasse venir un médecin ?

D'un regard, elle fit signe à Riley d'appeler, sans attendre la réponse du vieil homme.

— Je suis navrée que vous soyez aussi bouleversé, dit-elle, comme il s'interrompait pour reprendre son souffle. Je sais ce que Belclare signifie à vos yeux.

— Vous êtes une incapable ! Il n'y a jamais eu autant d'insécurité dans cette ville ! Le week-end d'ouverture est fichu. La population mérite mieux que vous !

Riley s'avança, prêt à intervenir, mais il vit Abby glisser son bras sous celui de l'énergumène, comme s'ils étaient les meilleurs amis du monde.

— Je comprends votre inquiétude. Est-ce que vous avez vu le parc ?

— Bien sûr.

— Je trouve que l'équipe des décorateurs s'est surpassée. Etes-vous content ?

— Oui. Mais à ce rythme, tout sera parti en fumée demain.

Riley les suivit, peu désireux de laisser Abby seule avec un enragé pareil. Il pourrait peut-être lui suggérer d'embaucher quelques-uns des saisonniers avec lesquels il avait travaillé, en guise de renforts. Il n'était pas certain qu'elle accepterait l'idée ; en tout cas, cela résoudrait en partie son problème d'effectifs. Tout en marchant, il envisagea d'autres solutions, et réfléchit à ce qu'il écrirait dans son prochain rapport. Arrivés au coin de la rue, tous trois s'arrêtèrent.

Memorial Park était comme un joyau au cœur de Belclare. Un parfum de verdure embaumait l'air froid. Impossible de croire que le poste de police brûlait à quelques mètres seulement. Riley avait beau savoir que c'était le vent qui emportait la fumée dans la direction opposée, l'effet n'en était pas moins surprenant.

— N'est-ce pas joli, monsieur Filmore ? On dirait une carte postale des années quarante.

— En effet, concéda-t-il d'un ton pincé. Ils ont fait du bon travail.

— Je suis d'accord.

La voix d'Abby s'élevait, claire et posée, dans la nuit froide. Riley se garda d'intervenir. Elle progressait.

— Les touristes vont adorer. Ils vont affluer ici en masse, prendre des photos et faire le plein de souvenirs. Tout ira bien.

— Mais le poste de police est une verrue ! gémit Filmore.

— Vous avez remarqué ?

— Quoi donc ?

— Les flammes n'ont pas atteint l'avant du bâtiment.

Riley prit soudain conscience qu'elle avait raison. Le toit et l'arrière avaient brûlé, mais pas la façade. La plupart des vitres étaient même encore intactes.

— Le service de police devra peut-être élire domicile au Sadie's pendant quelques jours, poursuivit-elle. Mais, à moins de mettre le nez dessus, les touristes ne verront pas la différence.

— Vous avez l'air bien sûre de vous, grommela Filmore.

— Je le suis. Les bâtiments qui sont sous votre protection existaient bien avant nous et seront encore là longtemps après, grâce à votre dévouement. Et ce, malgré l'accident de parcours de ce soir.

— Vous avez raison. Je suis désolé de m'être emporté.

Il avait des larmes dans la voix.

— Nous traversons une période éprouvante, ajouta-elle avec douceur, mais nous la surmonterons ensemble.

Il s'arrêta soudain au milieu du trottoir et prit les mains gantées d'Abby dans les siennes. Riley fut aussitôt sur ses gardes.

— Oui, nous ne serons pas trop de deux pour en finir, déclara Filmore.

La façon dont il prononça ces paroles ne fut pas du goût de Riley. Et la formulation utilisée n'était-elle pas étrange ?

Mais Abby se contenta de sourire.

— Parfois, notre passion nous pousse à commettre des actes dont nous ne nous serions jamais crus capables, dit-elle.

— Il y a des moments où il faut savoir prendre des mesures radicales. Belclare a tant d'importance pour moi, chef Jensen ! Toutes mes excuses.

Elle leur fit faire demi-tour, en direction de l'incendie et du tumulte.

Riley remarqua alors que des agents de police s'étaient déployés à intervalle régulier de chaque côté de Main Street.

— Quand une cause nous tient vraiment à cœur, il arrive qu'on veuille nuire aux gens et aux endroits qu'on aime, poursuivit-elle.

Filmore tressaillit et tenta de se dégager, mais elle le retint fermement par la main.

— Je ne comprends pas de quoi vous parlez, protesta-t-il. Lâchez-moi !

— Ça m'est impossible.

De sa main libre, elle fit signe à l'un des hommes de l'autre côté de la rue.

— Monsieur Filmore, je vous arrête pour incendie criminel.

Elle commença à lui énoncer ses droits, mais il l'interrompit.

— Cessez cette comédie immédiatement ! C'est absurde !

Il frotta ses mains gantées l'une contre l'autre.

— J'étais… J'étais à l'intérieur du poste quand le feu est parti.

— C'est ce qu'on m'a dit, fit-elle, avant de continuer à énumérer ses droits.

— Chef Jensen, j'aime cette vieille bâtisse. Vous savez bien que je n'aurais jamais pu commettre un acte aussi odieux.

Il pleurait à chaudes larmes à présent, tout en continuant à nier. S'il était coupable, songea Riley, il avait joué parfaitement la comédie du badaud indigné. Il en informerait Casey au plus vite.

— Je sais que vous ne le vouliez pas, dit-elle.

Elle le laissa continuer à radoter pendant qu'un agent lui passait les menottes et le faisait monter avec douceur à l'arrière d'une voiture de patrouille. Le poste de police étant en train de brûler, il fallait trouver un autre endroit où l'interroger.

Quand Filmore fut parti, et que les pompiers se furent assurés que le feu était complètement éteint, Abby rejoignit Riley près du pick-up.

— Vous êtes resté…

Il lui ouvrit la portière.

— Je vous l'avais dit.

— J'apprécie.

— Aucun problème.

Il referma la portière, fit le tour du véhicule et se glissa derrière le volant. Pendant toute cette épreuve, elle n'avait montré aucun signe de faiblesse ; à présent, elle semblait lasse.

— Pourquoi l'avez-vous arrêté ?

— Mes agents ont trouvé qu'il avait un comportement étrange. En outre, il ne cessait de regarder en direction de mon bureau, d'où il semble que le feu soit parti.

Riley serra les poings. Tout le monde en ville savait qu'elle travaillait tard le soir. Avait-elle conscience que Filmore aurait pu la tuer ? Et même si elle était absente à ce moment-là, faire partir le feu dans cette pièce précisément n'était pas innocent : cela aurait des répercussions négatives sur elle, salissant davantage sa réputation.

— Au-delà de ces preuves indirectes, poursuivit-elle, il est déjà venu au poste ce matin pour me parler du graffiti. Il a eu accès à mon bureau. De plus, il vient rarement me déranger plus d'une fois par semaine, alors deux fois dans la même journée…

Riley songea aux détonateurs.

— L'a-t-on vu poser quelque chose dans la pièce ?

— Non, mais j'avais d'autres soucis en tête et je n'ai pas forcément fait attention.

— C'est visiblement quelqu'un de difficile à vivre.

— Si c'est bien lui qui a mis le feu — ce que je crois — ça signifie qu'il a réussi à me tromper pendant des années.

Il perçut le chagrin dans sa voix, et devina qu'elle se demandait qui d'autre à Belclare lui jouait la comédie.

— Cela dit, j'ai du mal à croire qu'il ait organisé le trafic de drogue, et qu'il soit l'auteur de toutes ces menaces à mon encontre.

— Je ne le vois pas non plus renverser l'échelle de Calder, renchérit Riley.

— Tout à fait d'accord.

— Et maintenant ?

Elle paraissait si fatiguée ! Il aurait voulu pouvoir la ramener chez elle.

— Il nous faut un mandat de perquisition pour fouiller sa maison, répondit-elle d'une voix lasse. Ensuite, dès que nous aurons des preuves, je devrai rédiger un rapport pour les fédéraux.

— Voulez-vous que je vous dépose chez Filmore ?

— Non, inutile que j'aille là-bas. Mes agents font très bien leur travail.

Avec un soupir, elle se renversa contre l'appuie-tête.

— Tout ce dont j'ai envie pour l'instant, c'est de rentrer chez moi et de me plonger dans un bain moussant.

Voilà une image qui le hanterait pour le reste de la nuit. Le corps nu d'Abby, couvert en tout et pour tout de quelques bulles fragiles … à quelques mètres seulement de lui. Les rebondissements de l'affaire, le rapport à rédiger ne lui seraient que d'un maigre secours pour détourner ses pensées de cette vision.

Au moins, elle avait décidé de s'en tenir là pour aujourd'hui. Une bonne nuit de sommeil ne serait pas du luxe. Bien qu'il doute de fermer l'œil.

Il avait encore bien des interrogations, mais préférait ne pas les exprimer. Il avait déjà posé beaucoup de questions, même pour un voisin curieux. Il laissait ce rôle à Mme Wilks, du moins pour ce soir.

Après l'arrestation de Filmore, Abby allait être obligée d'admettre que le département de la Sécurité intérieure avait peut-être vu juste en suggérant qu'une cellule dormante opérait à Belclare. Elle aurait sans doute du mal à l'accepter. Il s'agissait de sa ville, après tout. Personne n'aimait à se dire qu'il était incapable de reconnaître le mal quand il l'avait sous les yeux.

Mais si Riley était sûr d'une chose, c'est que le mal était parfois au-dessus de tout soupçon.

9

Après le raffut causé par les pompiers, les plaintes de ses agents et le radotage incohérent de Filmore, le silence confortable qui s'installa dans la voiture pendant le voyage du retour fut un merveilleux soulagement pour Abby. Avec un peu de chance, la perquisition chez Martin Filmore donnerait des résultats concluants.

Se dire qu'il l'avait bernée toutes ces années lui était odieux ; cependant, son arrestation était un succès qu'il convenait de fêter, et qui rassurerait la population comme les touristes.

En tant qu'officier de police, il n'y avait rien de pire que de savoir que la communauté souffrait d'un sentiment d'insécurité collectif. Certes, la vie comportait une part de risque, mais quand les gens commençaient à douter des compétences de la police, la situation devenait critique.

— Vous voulez en parler ?

Elle se tourna vers Riley — transformé en chauffeur pour la soirée.

— Je ne préfère pas.

— Si vous changez d'avis, vous savez où me trouver.

Elle ne risquait pas d'accepter sa proposition. Cela avait été déjà assez difficile comme cela la nuit précédente : son image l'avait poursuivie jusque dans ses rêves. S'était-elle déjà entichée de quelqu'un à ce point ? Non, pas depuis qu'elle était adulte.

Sa journée avait merveilleusement bien commencé : elle s'était réveillée en pensant à lui. Et, vu la façon dont son pouls s'accélérait quand elle le voyait, le phénomène n'était pas près de s'arrêter. Du moins, pas tant qu'elle n'aurait pas décidé de faire quelque chose à ce sujet. Mais c'était le pire moment pour envisager une relation amoureuse ou même simplement sexuelle avec quelqu'un.

Quand il se gara dans l'allée, elle rassembla ses forces pour sortir de la voiture. Elle prévoyait de prendre une douche afin d'éliminer l'odeur de fumée qui imprégnait ses cheveux, puis d'enchaîner avec un long bain moussant. Elle laisserait son manteau sur la rampe devant la cuisine, pour l'aérer.

Filmore s'était attaqué au poste de police, et plus spécifiquement à son bureau. Elle n'avait pas besoin de menaces tracées à la bombe pour mesurer les conséquences fatales que ce geste aurait pu avoir.

De ce point de vue, au moins, il avait échoué. Une fois de plus, un intense soulagement l'envahit. Personne n'était blessé. Au milieu de tout ce chaos, c'était déjà un point positif.

Quelque chose avait poussé Filmore à s'en prendre à ce qu'il avait de plus cher : un bâtiment historique. Avec de la chance, l'interrogatoire et la perquisition leur fourniraient une piste solide. Son instinct lui soufflait qu'il n'était qu'un rouage mais, dans ce cas, qui menait la danse ? Qui avait le pouvoir de pousser à bout le directeur de la Société historique ?

Il lui paraissait fou d'envisager que des personnes qu'elle connaissait depuis des années puissent être des criminels.

— Hé ! fit Riley en lui touchant l'épaule pour attirer son attention. Vous êtes plutôt du genre authentique ou artificiel ?

Cette question irrita ses nerfs déjà éprouvés. Elle le fusilla du regard.

— Que signifie cette question ?

Il se recula légèrement.

— Doucement, Abby. Je faisais allusion aux sapins de Noël.

— Oh !

Elle aurait voulu rire, ne plus être constamment à fleur de peau, mais elle n'y parvenait pas.

— J'en ai un faux au grenier, que je descendrai dès que j'en aurai le temps. L'idée d'aller dans une jardinerie acheter un sapin…

Sa voix mourut.

— Pourquoi ? Vous avez reçu des menaces en rapport avec l'achat d'un sapin ?

Elle tendit la main vers la poignée, regrettant déjà ses paroles imprudentes. A ce degré de fatigue, elle n'était plus bonne à rien. Riley poussa un juron étouffé.

— Pas exactement.

Elle ne devait pas lui parler, et pourtant elle eut soudain envie de tout lui dire. Elle brûlait de se décharger de son fardeau, même si Riley était un quasi-inconnu.

Ou peut-être *parce qu*'il était un quasi-inconnu. Il n'aurait pas d'idées préconçues sur ce qui était censé l'inquiéter ou non.

Il y avait eu des menaces ridicules, conséquence de sa récente notoriété, qui provenaient de cinglés. Et il y avait eu des menaces plus ciblées, émises par des gens qui connaissaient les traditions de Belclare.

— Vraiment ? Je suis sûr que, si vous me disiez la vérité, je ne serais pas d'accord avec vous.

Elle plaqua un sourire rassurant sur ses lèvres.

— C'était une menace idiote.

Comment pouvait-elle se montrer si forte dans son travail, tenir tête à des gens comme le maire ou Filmore, et se sentir si vulnérable en présence de Riley ?

Avec lui, elle était trop facilement tentée de confesser ses faiblesses et ses inquiétudes. Même si elle n'était pas prête à se laisser influencer dans ses décisions, elle éprouvait le désir irrationnel d'en discuter avec lui. Il réveillait une part d'elle, depuis longtemps endormie, qui accordait sa confiance aux autres. La part d'elle qu'elle avait dû laisser de côté pour diriger le club très masculin du service de police. Elle avait été assez facilement acceptée par ses hommes, mais cela ne signifiait pas pour autant qu'elle se déchargeait de ses soucis sur eux.

Jusqu'à la saisie de drogue, elle n'en avait pas ressenti le besoin. Elle assumait sans mal, de bon gré même, la responsabilité qui lui incombait en tant que chef de police. Mais jusqu'à peu, elle n'avait eu à gérer que des larcins ou des bagarres dans des bars de temps à autre. Belclare avait alors la réputation d'être une ville sûre. Elle ne permettrait pas que cela change. Pas pendant qu'elle était en poste, et encore moins pendant la saison touristique — qui maintenait la municipalité à flot d'année en année.

Riley lui avait offert soutien et gentillesse, mais elle ferait bien de se souvenir qu'elle ne le connaissait pas vraiment.

— Vous êtes de nouveau perdue dans vos pensées…

Elle cligna des paupières. Il était debout devant elle. En fait, il avait quitté son siège et était venu lui ouvrir la portière pendant que ses pensées dérivaient. Elle le regarda stupidement.

— Allez, venez, dit-il en lui tendant la main. Je vous accompagne à l'intérieur.

Pensait-il qu'elle allait se perdre entre l'allée et la porte ? Craignait-il qu'elle aille chez lui au lieu de rentrer chez elle ? Voilà qui était une idée tentante…

Elle glissa sa main dans la sienne, devinant avant même de l'avoir touchée que sa peau serait chaude, et sa paume, rugueuse — une paume de travailleur manuel.

— J'allais vous parler, prononça-t-elle.

Elle n'avait pas encore décidé si elle lui confierait ses problèmes d'ordre professionnel ou ses désirs personnels et intimes.

— Alors dites-moi.

Il pressa doucement ses doigts dans les siens pour l'encourager à se lever, mais elle ne bougea pas de son siège.

Tétanisée par le caractère décisif de l'instant, elle sentait son cœur battre à grands coups dans sa poitrine. Il devait forcément l'entendre aussi. Levant la main, elle essuya une trace de suie à la naissance de ses cheveux. Emplie de désir, intensément lucide, partagée entre l'envie de s'élancer vers lui et celle d'arrêter le temps, elle approcha son visage et posa ses lèvres sur les siennes.

Il resta sans réaction. Ses doigts — il lui tenait toujours la main — n'eurent même pas la plus petite crispation.

Idiote ! Imbécile ! Se morigénant en son for intérieur, elle recula et chercha des paroles appropriées. Elle devait bien pouvoir trouver une petite phrase légère qui pourrait expliquer cette intrusion malvenue dans l'espace vital de Riley. Elle serait peut-être forcée de déménager. De quitter le quartier. S'il lâchait sa main, elle pourrait même se mettre en quête d'un hôtel tout de suite.

Un rire hystérique se forma dans sa poitrine, mais elle le réprima. Ce baiser volé réussirait probablement là où les menaces criminelles avaient échoué : il la chasserait de Belclare.

— Excusez-moi.

Elle ne pouvait pas sortir de la voiture. Riley semblait cloué au sol, lui barrant la seule issue logique. Si elle se glissait sur le siège conducteur et descendait de l'autre côté, risquait-elle de perdre sa dignité ? Si tant est qu'il lui en restât… Elle avait pris à tort sa gentillesse pour le reflet de sa propre attirance. C'était… stupide. Elle était trop lasse pour trouver un mot plus adapté. Dieu du ciel, quelle gourde ! Comment son intuition avait-elle pu lui faire défaut à ce point ?

Et pourquoi ne disait-il rien ? Elle regarda leurs mains jointes, les sourcils froncés. Pourquoi ne la lâchait-il pas ?

— Excusez-moi, répéta-t-elle, se sentant à chaque seconde plus humiliée.

Elle tenta de se dégager, pressée d'échapper à l'expression étrange, perplexe qui se lisait sur le visage de Riley.

— Attendez, fit-il d'une voix tendue.

Elle se figea, trop embarrassée pour le regarder.

— Abby…

— Mmm ?

— Vous m'avez surpris.

— D'accord. Désolée, balbutia-t-elle.

De mieux en mieux ! Cela ne lui ressemblait pourtant pas de bredouiller. Rien de tout ça ne lui ressemblait.

— Merci pour votre aide. Bonne…

Elle poussa une exclamation étranglée tandis qu'il la tirait d'un mouvement brusque vers le bord du siège. Il ramena ses genoux autour de ses hanches et noua ses mains au creux de ses reins. Elle sentit son souffle caresser sa peau, puis se mêler à sa propre respiration quand il posa ses lèvres sur les siennes. Légères d'abord, puis plus exigeantes. Son pouls s'emballa.

Elle agrippa le devant de sa veste comme si sa vie en dépendait. La langue de Riley s'insinua dans sa bouche, caressante, lui faisant tourner la tête. Il avait un goût de fumée, de frites au poivron, et une saveur particulière qui n'était qu'à lui. Elle enroula les jambes autour de ses hanches, le cœur battant à se rompre. L'embarras des minutes précédentes avait été balayé par ce baiser passionné.

— Vous m'avez surpris, murmura-t-il une nouvelle fois contre sa joue.

— Rappelez-moi de vous surprendre plus souvent, plaisanta-t-elle, lui mordillant la mâchoire. Votre réaction est intéressante.

Il rit doucement, et l'attira si près qu'elle sentit la force de son désir à travers son jean. Elle vit ses yeux marron étinceler à la faible lueur du plafonnier.

— Oh ! fit-elle, cachant son visage au creux de son épaule. On va nous voir.

Décidément, elle perdait tout bon sens quand il s'agissait de lui.

— Dans ce cas, venez à la maison, suggéra-t-il. J'ai des biscuits.

Il fit courir ses grandes mains le long de son dos et glissa ses doigts sous l'attache de son soutien-gorge.

— Je ne peux pas, répondit-elle.

Elle aurait été cependant bien en peine de lui expliquer pourquoi.

— Chez vous, alors. Nous nous passerons des biscuits.

Elle rit.

— Non, chez moi non plus.

Il l'embrassa de nouveau, et elle sentit qu'elle était sur le point de céder. Il leva la main, et l'habitacle fut plongé dans l'obscurité.

— D'accord, chuchota-t-il. Faire ça ici est un défi, mais je suis capable de le relever.

Elle aurait dû trouver cela offensant, mais ne parvint qu'à en rire. Dans son souvenir, personne ne l'avait jamais fait rire ainsi, ou ne lui avait procuré un tel sentiment de légèreté.

— Vous ne perdez pas de temps !

La bouche de Riley était chaude et tendre tandis qu'il déposait un chapelet de baisers sur sa joue et son oreille.

— Vous le saviez déjà, murmura-t-il.

Elle laissa ces mots pénétrer en elle comme un frisson et renversa la tête en arrière, lui offrant sa gorge. Une douce sensation inonda sa poitrine — quelque chose de plus que la fièvre sensuelle qu'il attisait par ses caresses. Oui, elle le savait. Et, en cet instant, elle appréciait ce trait de caractère.

Il y avait trop peu de gens qui acceptaient de dire ouvertement ce qu'ils voulaient. Riley avait envie d'elle — elle en avait la preuve physique. Elle le désirait aussi, mais ne pouvait se résoudre à étancher cette soif mutuelle dans son pick-up, à la vue des voisins et des patrouilles de police. Le maire se ferait un plaisir de brandir contre elle une contravention pour outrage public à la pudeur lors du prochain conseil municipal.

Elle le repoussa.

— Hé ! Est-ce que vous essayez de détruire ma carrière ?

— Quoi ?

— Mon contrat comprend une clause de moralité.

Il fit pleuvoir une kyrielle de baisers aériens sur la peau sensible de son cou.

— Arrêtez ! gloussa-t-elle. Sérieusement.

— Je suis obligé ?

— Oui. Pour le moment.

Il recula en grommelant. L'air de la nuit était vivifiant, mais pas assez toutefois pour refroidir complètement le désir ardent qui brûlait au fond d'elle. Seul l'homme qui se tenait devant elle était en mesure d'éteindre ce feu.

— Je ne suis pas une allumeuse, déclara-t-elle, tâchant de se montrer aussi franche et directe qu'il l'avait été avec elle.

— Je ne vous ai pas accusée d'une telle chose.

— Tant mieux. Je tenais à aborder ce sujet ouvertement. Je, heu…

Elle se passa la main dans les cheveux, et acheva :

— J'en ai envie. Mais pas ce soir. Pas dehors.

— Je suis tout à fait en faveur d'un lieu plus chaud.

Il lui entoura la taille de ses mains et l'aida à descendre de la voiture, la faisant glisser contre lui en une lente, délicieuse caresse.

— Je vous accompagne jusqu'à votre porte.

Son regard de braise, le contact de son corps chaud et vigoureux, si manifestement plein de désir pour elle, faillirent venir à bout de sa résolution.

— Vous êtes la tentation incarnée, fit-elle, accusatrice.

— Je peux en dire autant de vous.

Il s'immobilisa, un pied sur la première marche.

— Je suis juste à côté.

Elle sentit ses lèvres s'incurver.

— Croyez-moi, j'en suis consciente !

— Je n'aime pas vous savoir seule chez vous cette nuit.

— Ça présente certains désavantages, dit-elle en promenant son doigt le long de sa mâchoire ombrée d'une barbe naissante. Mais je me débrouillerai.

Il baisa le creux de sa paume.

— Enfermez-vous à clé, lui recommanda-t-il.

Sans pour autant la lâcher.

Riley sonda les yeux bleus écarquillés d'Abby, et son sang se mit à bouillir. Pas seulement en raison des baisers qu'ils avaient échangés. Il était furieux à cause de l'incendie, et plus qu'inquiet au sujet du sang sur sa pelle à neige. Plus il y réfléchissait, plus il lui paraissait probable qu'on avait attenté à la vie de la jeune femme — et en tout cas à sa liberté.

Il avait du mal à croire que Filmore ait pu commettre un tel acte de sa propre initiative. Tous ces coups d'éclat étaient-ils l'œuvre d'une seule personne ? Ou avaient-ils plusieurs ennemis à combattre ? Combien de temps s'écoulerait-il avant que cet adversaire sans visage ne passe de nouveau à l'attaque ?

Le plus sage était de se retirer, d'éviter toute ambiguïté, même s'il devait pour cela faire taire son désir. Il ne voulait pas donner à Abby de raison de douter de lui ou de ses motivations.

Il ne s'était pas attendu à éprouver une attirance aussi violente envers elle. Le fait était qu'elle le captivait, par sa force et sa détermination constantes dans l'adversité, comme par la passion qu'elle mettait dans ses baisers.

— Comment la police va-t-elle gérer les urgences, ce soir ?

Le commissariat étant fermé, c'était le moment idéal pour une attaque. Il scruta l'obscurité, aux aguets.

— Tout est sous contrôle, Riley. Ça va aller.

— Laissez-moi au moins dormir sur le canapé.

— Non. Le canapé n'est pas assez grand pour nous deux, dit-elle avec un sourire plein de sous-entendus. Et puis, j'ai besoin de repos.

Il recula d'un pas, résigné. De toute façon, après les incidents de ce soir, il avait un certain nombre de choses à faire.

— Donnez-moi votre téléphone.

Le même sourire sensuel flottant sur ses lèvres, elle sortit l'appareil de sa poche et le lui tendit. Il ajouta son nom et son numéro dans ses contacts, avant de le lui rendre.

— Gardez-le à proximité.

Elle acquiesça d'un hochement de tête. Il attendit qu'elle ait refermé la porte puis, la gardant à l'œil à travers la vitre de l'entrée, il s'éloigna à reculons. Son instinct lui criait que la laisser seule était une erreur.

Tout en verrouillant sa porte de derrière, elle lui adressa un petit signe de la main. Il lui rendit son salut juste avant qu'elle ne laisse retomber le rideau. Elle avait étendu son manteau sur la rampe de l'escalier afin de l'aérer, nota-t-il. Suivant son exemple, il suspendit son blouson sur la balustrade.

Mais au moment de refermer la moustiquaire, il sentit une résistance. Quelque chose était coincé près des gonds. Se baissant, il vit ce que c'était : une écharpe en laine.

Elle lui parut familière, mais elle ne sentait pas le frais parfum d'agrumes d'Abby, et il ne l'avait jamais vue porter de couleur pastel. Mme Wilks pourrait lui dire à qui elle appartenait, elle savait tout sur tout le monde dans le quartier, mais il ne voulait pas la déranger à cette heure, et de toute façon il avait des problèmes plus urgents à régler.

Il alla se chercher une bière et la dégusta lentement pendant que son ordinateur portable se mettait en marche. Il résista à l'envie d'aller se poster devant l'une des fenêtres latérales pour surveiller la maison d'Abby. Casey lui avait donné pour mission de la protéger, or il n'était pas convaincu que l'arrestation de Filmore était synonyme de retour au calme. Il fallait s'attendre à des attaques plus graves que quelques actes de vandalisme. Ce n'était probablement que le début.

Les gens seraient certainement affectés si leur chef de police était blessé, tué ou simplement révoqué ; cependant, la plupart ne seraient pas personnellement atteints. Qui donc était à ce point déterminé à faire payer Abby, et quel était son plan ?

A 23 heures, il sortit éteindre les guirlandes électriques. Alors qu'il s'attardait devant sa porte pour surveiller les environs, il vit une voiture de patrouille passer au croisement, un peu plus bas.

Seules les fenêtres d'Abby étaient encore éclairées. Il l'imagina dans sa baignoire, la peau toute chaude et empourprée sous un manteau de mousse. Une série de scénarios alarmants défila alors à toute vitesse dans son esprit et, au moment où il se décidait à aller chercher son revolver dans la cuisine, elle sortit éteindre les lumières.

Elle était jolie à souhait dans son peignoir moelleux, les cheveux ramassés en un chignon flou sur le haut du crâne. Il ne put résister à la tentation de l'imaginer en train d'émerger du bain, de sécher son corps sublime et de s'envelopper dans ce peignoir douillet. Seule l'habitude de se maîtriser lui permit de rester où il était, alors que chaque fibre de son être lui criait de franchir en courant la courte distance qui les séparait, et de la soulever dans ses bras pour l'emporter à l'étage.

Mieux valait ne pas compromettre ses chances de succès à long terme à cause d'un geste irréfléchi aux conséquences imprévisibles, qui risquait de leur faire du tort à tous deux. Entre la difficulté d'Abby à accorder sa confiance et ses mensonges à lui, tout était contre eux.

Elle retourna à l'intérieur, et il l'imita. Il termina le rapport destiné à Casey, demandant que les antécédents de Filmore soient passés au crible. Ses sources locales ne lui avaient rien appris d'intéressant sur son compte.

Il étala sur le sol les cartes de la ville que lui avait fournies l'entreprise de décoration. Quels avantages Belclare pouvait-elle présenter pour des terroristes ? C'était une petite communauté, unie et soudée. Y implanter une cellule dormante n'avait pas de sens.

Elle était proche de Baltimore, ainsi que de Washington. Les docks, situés dans la baie de Chesapeake, offraient un accès facile au littoral est. Mais cela expliquait seulement le trafic de drogue.

— Pourquoi cacher des terroristes ici ? se demanda-t-il à voix haute, nouant les mains derrière sa tête. Qu'est-ce qui les intéresse ?

Les docks ? Le village de Noël ? En dehors de ces deux attractions, le seul titre de noblesse de Belclare était l'artiste solitaire qui, le matin même, avait encouragé sur les ondes le public à faire le déplacement jusqu'ici.

Il laissa échapper un grognement de frustration. Il tournait en rond. Ses hypothèses ne menaient nulle part. Il avait considéré Filmore comme un snob pleurnichard, et le bonhomme avait mis le feu à un monument historique.

Qu'est-ce que je ne vois pas ?

Tout en tournant cette question dans sa tête, il replia les cartes, puis jeta la bouteille de bière dans le bac de recyclage. Il n'avait plus qu'à espérer une révélation dans son sommeil. Son patron voulait qu'il arrive tôt le lendemain à l'entrepôt, et se présenter là-bas complètement endormi serait contre-productif. Pour le travail comme pour sa mission.

Il n'avait pas identifié le mal, mais il le sentait qui guettait, invisible, prêt à frapper.

10

Vendredi 2 décembre, 8 h 45

Abby détourna les yeux de son ordinateur pour les fixer sur son téléphone portable. Elle s'était rendue au commissariat à 6 heures pour s'assurer que tout allait bien et avait décidé que ce serait mieux pour tout le monde si elle travaillait chez elle aujourd'hui. Les journalistes la suivant partout à la trace, il était préférable qu'elle garde ses distances.

D'ailleurs, il était aussi bien que personne ne la voie : elle était dans la lune depuis son réveil. Malgré une boîte e-mail pleine à craquer de courriers urgents et de menaces la visant personnellement, elle ne parvenait pas à chasser les baisers de Riley de son esprit.

De toute évidence, les talents de ce dernier ne se limitaient pas à la décoration et à son apparence sexy. Loin s'en fallait ! La première chose qu'elle avait faite en se levant avait été de regarder par la fenêtre dans l'espoir de l'apercevoir, mais son pick-up n'était plus dans l'allée.

Elle était donc chez elle, et tâchait de lire ses courriers — ce en quoi, si l'on se fiait à sa boîte de réception surchargée, elle échouait lamentablement. Lors des réunions qui avaient suivi la saisie de drogue, le FBI comme le département de la Sécurité intérieure lui avaient conseillé de confier cette tâche à quelqu'un de son personnel. Conseil fondé — elle ne remettait nullement en question leur expérience —, cependant, après avoir passé en revue son modeste service, elle n'avait pu se résoudre à imposer ce fardeau à l'un de ses agents.

Il y avait un certain temps maintenant qu'elle s'occupait de cette corvée ; elle savait distinguer rapidement les spams ou les messages de déséquilibrés des menaces à prendre au sérieux. Ne disposant pas d'expert en cybercriminalité, la police de Belclare ne pouvait exploiter elle-même ces indices, c'était la raison pour laquelle elle les transmettait aux fédéraux.

Elle était en train de se refaire du café quand la sonnette de l'entrée retentit. Espérant que c'était Mme Wilks qui lui apportait des biscuits, elle se dépêcha d'aller ouvrir. Elle vérifia cependant en jetant un coup d'œil à travers le judas, mais aperçut seulement des fleurs — un bouquet si gros qu'il dissimulait le visage du livreur.

Mme Wilks, songea-t-elle alors, aurait frappé à la porte de la cuisine et non à celle de devant. Méfiante, elle ouvrit.

— Oui ?

— Livraison pour le chef Jensen !

Elle sourit, reconnaissant la voix de Deke derrière le papier de soie vert.

— Que faites-vous ici ?

Elle ouvrit plus largement le battant et l'invita à entrer.

— Après ce qui s'est passé, j'ai pensé que vous méritiez ceci, dit-il en lui tendant la composition florale.

Tandis qu'elle la posait sur la table basse, le parfum des lis et des roses se répandit dans le salon. Elle défit l'emballage et s'émerveilla devant les fleurs, disposées dans un vase en cristal.

— Pour quelqu'un de timide, vous passez beaucoup de temps dehors, fit-elle remarquer.

— Pour une chef de police, vous passez beaucoup de temps sur le terrain, répliqua-t-il du tac au tac.

Il n'avait pas tort.

— Je vous offre un café ?

— Non, merci. Je ne peux pas m'attarder très longtemps.

Il ôta sa casquette et ses gants, et s'installa dans une bergère, en face d'elle.

— Dans quel état est le poste de police ?

— Il n'est pas détruit, ce qui est un bon point.

— C'est l'acte d'un incendiaire intelligent. Vous êtes sûre d'avoir arrêté la bonne personne ?

Elle hocha tristement la tête.

— J'ai vu la vidéo de l'interrogatoire. Filmore a pleuré pendant toute la durée de ses aveux.

— Il porte un amour sincère à ces vieilles pierres.

— En effet. Nous essayons toujours de comprendre ce qui a pu le pousser à bout.

— Quelle chance que vous vous soyez trouvée juste à côté et que vous ayez pu le mettre hors d'état de nuire !

Elle frotta ses paumes l'une contre l'autre, embarrassée, rassemblant ses idées. Comment expliquer qu'elle ait refusé de dîner avec Deke, pour ensuite manger dans un pub avec Riley ? Il n'y avait rien d'officiel entre Deke et elle, au-delà de leur tasse de café hebdomadaire, mais elle avait l'intuition qu'il espérait autre chose. Elle avait cru le vouloir, elle aussi, même si une réticence l'avait empêchée de franchir la ligne.

Eh bien, songea-t-elle en rougissant, cette ligne, elle l'avait franchie allègrement la veille au soir avec Riley ! Et sans réserve… Ce qui signifiait qu'il était temps de mettre les choses au point avec Deke.

Elle s'éclaircit la gorge.

— J'étais tout près, en effet, mais ce n'était pas prévu. Après vous avoir eu au téléphone, je suis rentrée et j'ai eu la surprise de trouver ma rue entièrement décorée. En comparaison, mon jardin avait l'air piteux. Un de mes voisins m'a alors aidée à l'embellir. Le moins que je puisse faire, ensuite, était de lui offrir un hamburger au pub.

— Bien sûr. Votre passion pour votre communauté est ce qui vous distingue. C'est ce qui fait que les habitants vous aiment tant, dit-il, balayant ses inquiétudes d'un geste de la main. N'y pensez plus, ma chère. Nos arrangements n'étaient que provisoires, au mieux. Je suis seulement venu témoigner mon soutien à une amie frappée par le sort.

« Frappée par le sort » étaient des termes un peu forts, mais Deke avait le goût de l'emphase et du drame. Cela se voyait dans son œuvre, ainsi que dans toutes les facettes de sa vie. Il l'avait montré en se déguisant en livreur. Elle n'allait pas chipoter sur des questions de vocabulaire.

— Merci. Les fleurs sont splendides et égayent ma journée, incontestablement.

Il promena son regard autour de lui. Elle n'osa pas lui demander ce qu'il pensait. Comparée à son imposante demeure, cette maison devait lui paraître ridiculement ordinaire. Mais son visage ne trahit aucune émotion.

— J'ai entendu dire que vous aviez eu des ennuis personnels ?

— Oui. Quelqu'un est entré par effraction dans mon garage et a tenté de me coller un meurtre sur le dos.

— C'est absurde ! Vous faut-il un avocat ?

Il pouvait s'offrir les services des meilleurs professionnels, elle en était certaine.

— Non. J'ai résolu le problème avec la police de Baltimore à la première heure, ce matin. Personne ne sait à quoi ma pelle à neige a servi, mais une chose est sûre : ce n'est pas l'arme du crime.

— Quel soulagement !

Un sourire amical aux lèvres, il se leva, enfila ses gants, puis remit sa casquette.

— L'ouverture du village de Noël demain sera un succès retentissant, déclara-t-il. Et la ville pourra vous dire merci, ajouta-t-il en la serrant brièvement contre lui.

— Je ne suis pas la seule qu'elle pourra remercier, répondit-elle, gênée par ses louanges excessives. Tout le monde a participé aux préparatifs. Merci, Deke.

— Avec plaisir.

Quand il eut regagné sa voiture, elle verrouilla la porte. En retournant dans la cuisine, elle s'arrêta un instant pour admirer les fleurs. C'était un geste attentionné — un peu outré, mais attentionné. Le bouquet étant trop imposant pour sa petite table de cuisine, il resterait dans le salon.

Si c'était là la décision la plus grave qu'elle ait à prendre de la journée, on pouvait espérer que la situation était en train de s'améliorer !

11

De retour chez lui, Deke pianota nerveusement sur la vitre froide de la fenêtre.

Il était entouré d'incapables ! Le type à l'échelle n'avait pas eu la décence de mourir. Par un extraordinaire hasard, personne n'avait menotté Abby, censée avoir assommé un récidiviste avec sa pelle à neige. Et voilà que l'incendie, au lieu de semer la terreur, l'avait apparemment conduite à durcir le ton vis-à-vis des criminels qui attaquaient la ville.

Ce n'était pas son rôle d'affronter les forces de l'ordre sur le terrain. Pourtant, les gens qui l'employaient insistaient pour qu'il règle la situation lui-même. Les imbéciles ! Ils gâchaient son talent !

Son vrai travail consistait à imaginer les stratégies qui serviraient la cause. Il fut un instant tenté d'ignorer les ordres et de prendre des initiatives plus musclées. Il se consola à l'idée qu'il avait fait quelques progrès du côté du chef de police.

Autre source de consolation : le village de Noël ne rapporterait pas autant cette année, compte tenu des troubles actuels. Aucun déploiement de guirlandes végétales ou lumineuses ne pourrait dissimuler la souillure qui déparait Belclare. Les commerçants, qui avaient besoin de la rentrée d'argent conséquente que cette opération leur procurait, congédieraient leur chef de police désormais en disgrâce, et il aurait enfin la voie libre pour regagner à pas de géant le terrain perdu.

La dernière cargaison de drogue était deux fois moins importante que celle qui avait été saisie. Grâce à la diversion créée par l'incendie du commissariat, le navire avait pu arriver et repartir sans que personne remarque quoi que ce soit. Et maintenant que ses supérieurs étaient tranquillisés, il allait pouvoir se concentrer sur sa vengeance. Il décrocha le téléphone et transmit ses nouvelles instructions.

Ensuite, il envisagea tous les scénarios possibles — bons ou mauvais. S'il ne parvenait pas à attirer Abby à lui par une promesse d'amitié, il pourrait exploiter son besoin de protéger et défendre autrui. Quoi qu'il en soit, il serait ravi de la voir courir tête baissée dans le piège qu'il lui préparait.

Quant à ce nouveau voisin, ce n'était pas un adversaire à sa taille, pensa-t-il avec mépris. S'il devenait gênant, il ne serait qu'une victime de plus dans cette guerre.

12

Riley passa la matinée comme il avait passé la soirée précédente : uniquement occupé d'Abby. Il repensait à leur baiser, mais aussi au danger grave qui la menaçait. Cette femme exigeait toute son attention, d'un point de vue personnel et professionnel.

Les bras chargés d'emballages en plastique et en carton, il se dirigea vers la benne à ordures et les conteneurs de tri sélectif. Il sortit son couteau et se mit à fendre les rubans adhésifs pour pouvoir aplatir les cartons destinés au recyclage. Son équipe et lui avaient presque terminé les préparatifs. Il était temps. On annonçait une légère chute de neige dans la soirée.

En retournant à l'entrepôt, il remarqua un objet noir coincé entre la benne et le mur du bâtiment. Il le ramassa et s'aperçut qu'il s'agissait d'un portefeuille de femme. Il regarda autour de lui, mais ne vit aucune de ses collègues féminines. Il se rendit dans le bureau du responsable.

— Est-ce que quelqu'un a réclamé ceci ? demanda-t-il en brandissant sa trouvaille.

Son patron ôta ses lunettes.

— Personne ne m'a signalé quoi que ce soit.

— Je l'ai trouvé près des poubelles, et je préférerais l'ouvrir devant témoin.

— Allez-y, fit son patron en hochant la tête. Ensuite, j'aimerais que vous alliez vous assurer que la restauration du panneau de bienvenue se fait correctement.

Riley ouvrit le portefeuille, et demeura figé d'étonnement en reconnaissant Mme Wilks sur la photo du permis de conduire.

— Que diable…

— Vous la connaissez ?

— Elle vit dans la même rue que moi.

Son patron consulta l'horloge murale.

— Rapportez-le-lui, prenez votre pause déjeuner, et ensuite vous passerez jeter un coup d'œil au panneau. Les deux gus qui s'en occupent sont du genre à fabriquer des bonshommes de neige au lieu de terminer dans les délais.

— Pas de problème.

Un quart d'heure plus tard, Riley était de l'autre côté de la ville et se garait dans son allée, à côté de la voiture d'Abby. Il savait qu'elle travaillait chez elle à cause de l'incendie. Il eut d'envie d'aller frapper à sa porte, pour le seul plaisir de lui dire bonjour.

S'il avançait ses pions intelligemment, il parviendrait peut-être à faire en sorte que le scénario de la veille au soir se répète. Mais Casey ne l'avait pas envoyé ici pour embrasser Abby. Il s'obligea à regarder droit devant lui et continua à avancer sur le trottoir.

— Riley ?

Abby…

Il se retourna pour la saluer. Elle était en jean et en pull. Il ne savait pas encore s'il la préférait en tailleur ou dans un style plus décontracté. Quoi qu'elle porte, elle était terriblement sexy.

— Vous avez terminé votre journée ?

Etait-ce de l'espoir qu'il percevait dans sa voix ? Il voulait le croire.

— Non.

Il lui montra le portefeuille.

— Qu'est-ce que c'est ?

— Le portefeuille de Mme Wilks. Je le lui rapporte.

Malgré la distance — il était sur le trottoir et, elle, sur le seuil de sa maison — il vit le doute s'inscrire sur son visage. Elle sortit et tira la porte derrière elle.

— Où l'avez-vous trouvé ?

— Derrière l'entrepôt, à côté de la benne à ordures.

— Quand ?

Il consulta sa montre.

— Il y a environ une heure.

— Et vous avez marché jusqu'ici ?

— Non, dit-il en montrant son pick-up. C'est l'heure de ma pause déjeuner, alors j'en profite pour le lui rapporter. J'imagine qu'elle n'a pas dû se rendre compte qu'elle l'a perdu. Ou qu'on le lui a volé.

— Cela ne vous semble-t-il pas étrange ?

— Si, admit-il. Est-ce que vous êtes en train de m'accuser ?

Elle hésita, puis secoua la tête, avant de descendre l'allée pour le rejoindre.

— Non. Je peux y jeter un coup d'œil ?

— Si vous préférez le lui donner vous-même, je vous en prie, ne vous gênez pas.

Irrité par la façon dont elle déformait ses intentions, il lui tendit le portefeuille et fit demi-tour en direction de sa maison.

— Attendez !

Elle tendit la main et le toucha légèrement à la taille. Le contact de ses doigts chauds et vigoureux le surprit, ainsi que le frisson électrique que cela provoqua en lui. Mais après ce qui s'était passé entre eux, il aurait dû s'y attendre.

— Je ne fais pas exprès de surprotéger les gens à qui je tiens, dit-elle d'un ton d'excuse.

Il hocha la tête.

— C'est probablement devenu une seconde nature, chez vous.

— De plus, je suis responsable de sa sécurité.

Il posa les mains sur les siennes.

— Je comprends. Prenez le relais.

Il hésita, ne sachant que faire. Il avait envie de l'embrasser, mais il était conscient qu'elle ne voulait pas que quelqu'un dans la rue assiste à ce genre de spectacle. En outre, il n'était pas sûr de réussir à maîtriser sa fougue. Voyant qu'elle restait immobile, il fronça les sourcils.

— Qu'y a-t-il ? Vous avez l'air bouleversée.

— Je ne suis pas bouleversée.

Le teint pâle, le souffle précipité, elle était l'image même de la terreur. Mais il jugea plus prudent de ne pas lui faire part de son avis.

— Je comprends. Vous tenez à elle, et vous êtes inquiète. Allez vous assurer qu'elle va bien, dit-il en lui indiquant la rue d'un mouvement de la tête.

— C'est que…

Elle s'éclaircit la gorge, mais refusa de croiser son regard.

— Depuis quelque temps, je… j'imagine toujours le pire. S'il vous plaît, allons-y ensemble.

Cet aveu témoignait de la rapidité à laquelle leur relation avait évolué. Elle commençait à lui faire confiance. Ce qui constituait pour lui une victoire, à plus d'un titre.

Lorsqu'ils furent devant chez Mme Wilks, Abby appuya sur le bouton de la sonnette, et ils écoutèrent le joyeux carillon résonner derrière la porte close. Puis la mélodie familière mourut, et le silence retomba.

Plusieurs secondes s'écoulèrent.

— Elle fait la sieste, l'après-midi ? s'enquit-il.

— Elle est trop occupée pour ça.

Elle pivota sur elle-même et fit le tour de la maison.

— Dans ce cas, elle est sortie, conclut-il. Sans son portefeuille. Sa voiture n'est pas dans l'allée.

Ignorant sa remarque, elle frappa à la porte de derrière et appela. Comme personne ne répondait, elle tourna la poignée, mais la porte était verrouillée.

— Tournez-vous, ordonna-t-elle. Je sais où est cachée la clé de secours.

Et lui qui venait de décider qu'elle commençait à lui faire confiance ! S'efforçant de ne pas rire, il obéit. Inutile de lui apprendre qu'il avait tout de suite repéré l'endroit où était caché le double : sous la deuxième marche, près de la rampe.

Elle introduisit la clé dans la serrure. Rien n'indiquait a priori que quelque chose clochait, à part le portefeuille qu'il tenait à la main. Il ne connaissait pas bien Mme Wilks, mais elle n'avait pas l'air du genre à jeter par erreur son portefeuille à la poubelle. D'ailleurs, que serait-elle allée faire près des docks ? Abby avait l'air soucieuse. Ses pensées suivaient sans doute le même cours.

— Madame Wilks ? cria-t-elle, entrant dans la cuisine.

Riley la suivit à l'intérieur, remarquant qu'aucune lumière n'était allumée ; seul le jour qui entrait par la fenêtre au-dessus de l'évier éclairait la pièce. La cafetière électrique, sur le comptoir, était pleine, mais le voyant éteint. Il devait s'agir d'un modèle avec programmateur, se dit-il.

Abby appela de nouveau. Il s'efforça de ne pas tirer de conclusion hâtive de ce silence, mais le détail de la cafetière n'augurait rien de bon.

— Est-ce qu'elle a de la famille dans le coin ?

— Un fils qui vit à Baltimore. Madame Wilks ? C'est Abby et… Nom d'un chien !

Elle venait d'allumer la lumière du vestibule. Il y régnait une pagaille indescriptible. De là où il se trouvait, il distingua un porte-parapluie renversé, des cadres contenant des photographies de petits-enfants brisés en mille morceaux, des bibelots en miettes sur le sol.

Manifestement, la personne qui s'était introduite dans la maison était partie sans s'inquiéter de laisser du désordre. Une rapide inspection de la maison confirma que Mme Wilks n'était pas chez elle.

Abby se tourna vers lui, et cette fois c'était le policier qui parlait.

— Quand l'avez-vous vue pour la dernière fois ?

— Encore un interrogatoire ?

— Non. Peut-être.

Elle serra les poings et ajouta :

— Contentez-vous de répondre. J'ai besoin d'un cadre temporel.

Il réfléchit.

— Je ne l'ai pas revue depuis le soir où Calder a été blessé.

Les épaules d'Abby se voûtèrent.

— Je craignais que vous ne disiez ça. Elle n'a pas participé à la décoration du quartier, hier ?

Il secoua la tête en signe de dénégation.

— Et vous, quand l'avez-vous vue pour la dernière fois ?

Les lèvres d'Abby tremblèrent.

— Je lui ai rendu visite hier matin après avoir découvert que le verrou de mon garage était cassé. Comment ai-je pu laisser passer une journée entière sans m'apercevoir de son absence ?

Il aurait pu lui énumérer un certain nombre de raisons, mais cela n'aurait fait qu'aggraver son absurde sentiment de culpabilité.

— Nous pourrions interroger le voisinage, suggéra-t-il.

— C'est une bonne idée.

Elle tendit la main vers le portefeuille.

— Je vais m'accrocher à cet espoir. J'appelle le poste pour signaler sa disparition et faire rechercher sa voiture.

Il aurait voulu la serrer contre lui pour la réconforter, mais il savait d'avance qu'elle résisterait. Elle était passée en mode « chef de police », et tout ce qu'il pouvait faire pour l'instant, c'était essayer de l'aider.

Il avait vu son expression quand Calder avait été blessé, ou quand le poste de police brûlait, et il pensait maintenant reconnaître la peine sur son visage. Mais aucun de ces deux incidents n'avait provoqué le tourment qui hantait à présent ses yeux d'un bleu saisissant. Elle se jugeait responsable de la disparition de Mme Wilks, et il ne trouvait pas de mots pour la rassurer.

— Je n'aurais pas dû toucher au portefeuille, dit-il pour la soulager d'une partie du poids de la culpabilité.

Mais rien n'y fit.

— Je ne crois pas que ça changera quoi que ce soit. Je dépêcherai tout de même une équipe là-bas, par acquit de conscience.

Il l'entendit pester et jurer à mi-voix, tandis qu'elle téléphonait. Quand il ressortit par la porte de derrière, deux des meilleurs agents de Belclare émergeaient de leurs véhicules, l'arme au poing.

— Plus un geste !

Riley s'immobilisa et leva les mains.

— Du calme, messieurs. Le chef Jensen est à l'intérieur.

— Qu'avez-vous fait d'elle ?

— Abby ! appela-t-il par-dessus son épaule.

— Non, dit d'un ton brusque l'agent qui était le plus près de l'escalier. Qu'avez-vous fait de Mme Wilks ?

— Rien.

— Riley ?

Abby sortit par la porte latérale, et poussa une exclamation à la vue de ses hommes.

— Gadsden, qu'est-ce qui se passe ?

Riley aurait préféré qu'elle commence par leur demander de baisser leur arme, mais tout espoir n'était pas encore perdu.

— Nous avons découvert la voiture de Mme Wilks près des docks. Elle contenait un indice qui nous a conduits à la maison des Hamilton, où nous venons de trouver une écharpe lui appartenant. L'écharpe était suspendue à la rampe des escaliers derrière la maison. Etant donné que c'est là que M. O'Brien habite, il est naturel de penser qu'il sait quelque chose sur sa soudaine disparition.

— Riley ?

Horrifié, il entendit la suspicion dans la voix d'Abby. Qui avait organisé ce complot ? Il s'était renseigné sur chacun des membres de la police de Belclare, et n'avait rien décelé de suspect. Il avait également découvert que Calder n'avait pas d'ennemis, ce qui le confortait dans l'idée que quelqu'un prenait la communauté en otage pour atteindre Abby. Il n'était pas difficile de voir le monstrueux potentiel qu'offrait un tel chantage. Il fallait absolument trouver un moyen de déjouer ce stratagème.

— J'ai trouvé l'écharpe hier soir en rentrant, expliqua-t-il, sans quitter du regard les armes pointées sur lui. Elle était coincée sous la porte-moustiquaire. Je l'ai ramassée et suspendue à la rampe, mais je n'ai pas la moindre idée de la façon dont elle est arrivée là.

— Vous allez devoir nous accompagner, monsieur O'Brien.

— Attendez une seconde, intervint Abby d'un ton sans réplique. Rangez vos armes.

Enfin ! Prudemment, Riley laissa retomber ses mains.

— Merci, murmura-t-il, tandis que les agents s'exécutaient.

— Quel est l'indice qui vous a conduits chez des Hamilton ? s'enquit-elle.

— Un outil marqué au nom d'O'Brien. Tout le monde en ville sait qu'il y a emménagé.

— Je n'ai pas essayé de dissimuler ce fait.

— Silence ! siffla Abby. Quel genre d'outil ?

Visiblement, Gadsden aurait préféré que Riley réponde lui-même, mais il s'inclina.

— Un marteau.

— Je n'ai enlevé personne, se défendit Riley. J'ai au moins trois marteaux dans mon pick-up, et il y en a toujours un dans ma ceinture à outils. Je m'en suis servi hier dans le parc, puis de nouveau quand nous avons décoré notre rue. Vous n'avez qu'à demander à mes collègues ou aux voisins.

— Nous vérifierons l'exactitude de votre déclaration, répondit Gadsden. Allons faire un tour. Nous avons encore quelques questions à vous poser.

— Non, s'interposa Abby. Avez-vous une idée de l'heure à laquelle Mme Wicks a disparu ?

— Les ouvriers portuaires qui ont signalé la présence de la voiture ne se souviennent pas de l'avoir vue avant ce matin.

— Donc, ce serait arrivé hier soir…

Gadsden hocha la tête.

— Il est possible que l'incendie ait été un moyen de diversion.

— Je suis d'accord avec vous, dit-elle, exprimant à voix haute ce que Riley pensait tout bas.

Il ne pouvait se permettre de perdre du temps dans une cellule, pas plus qu'elle ne pouvait se passer de sa protection. Certes, elle ignorait sa véritable fonction. Une fois encore, il fut tenté de lui révéler la vérité, mais il ne voulait pas parler devant ses hommes.

— J'ai trouvé l'écharpe en rentrant chez moi, répéta-t-il en évitant son regard. Vers 23 heures.

— L'avez-vous vu arriver, chef ?

— Oui.

Elle indiqua la porte par laquelle elle venait de sortir.

— Il y a là une scène de crime à examiner. D'après ce que j'ai pu constater, Mme Wilks a été attaquée et enlevée hier soir : son lit n'est pas défait, et la cafetière, qui s'est déclenchée automatiquement ce matin, n'a pas été touchée.

— Vous n'avez pas aperçu de rôdeur ? interrogea Gadsden.

— Non, répondit Abby d'un ton ferme.

Riley étudiait les policiers. Ils devaient savoir qu'il avait raccompagné Abby chez elle la veille au soir : entre les clients du pub et la foule qui était venue observer l'incendie, beaucoup de monde les avait vus ensemble. Alors à quoi jouaient-ils ?

— Nous aimerions l'emmener pour l'interroger.

— Non, répéta-t-elle. Il était avec moi. Quand je suis rentrée, en fin d'après-midi, il m'a aidée à décorer mon jardin. Et avant ça, il s'est occupé de la décoration de la rue — Danny et Peg pourront en témoigner.

— Oui, m'dame. Mais ensuite ?

— Ensuite, j'ai emmené M. O'Brien dîner au pub. Nous n'avons pas pu finir notre repas parce que Martin Filmore a été pris d'un coup de folie et a mis le feu au poste de police.

Gadsden se balança d'avant en arrière.

— Et après ça ?

Le regard dont elle le gratifia avait le tranchant d'un rayon laser.

— Je l'ai vu marcher en direction de sa maison.

— L'avez-vous vu entrer chez lui ?

— Non.

— Dans ce cas, vous n'êtes pas en mesure de confirmer ses dires à propos de l'écharpe.

— Mais je peux me porter garante de tout le reste, y compris de sa personnalité, agent Gadsden, répliqua-t-elle d'un ton tranchant.

Riley dissimula le choc que lui causait cette déclaration. Elle devait avoir confiance en lui plus qu'il ne l'avait cru. Mais elle l'avait embrassé la première, il est vrai. Et une fois qu'il avait été remis de sa surprise, elle ne s'était pas opposée à ce qu'il l'embrasse.

— Oui, m'dame, fit Gadsden, passant la main sur son holster. Mais pourquoi l'aurait-on piégé ?

Le policier était tenace, il fallait lui accorder ce mérite.

— Bonne question, Gadsden. Pourquoi ne pas vous attacher tout de suite à trouver la réponse ? Les traces de lutte à l'intérieur et les indices que vous avez découverts nous obligent à imaginer le pire. En tout cas, Riley n'a rien à voir là-dedans.

— D'accord.

— Indiquez-moi l'adresse où a été retrouvée la voiture. Je vais me rendre là-bas. Vous deux, vous prenez la relève ici.

— Oui, m'dame.

— Allons-y, dit-elle à Riley. On prend ma voiture. Donnez-leur vos clés.

Il leva les sourcils, mais obéit.

— Quand vous en aurez fini avec la scène de crime, inspectez son pick-up. A fond, précisa-t-elle. Je veillerai à ce que ses empreintes soient enregistrées dans la base de données afin qu'on puisse l'éliminer de la liste des suspects.

La couverture élaborée par les Spécialistes résisterait à l'examen de la police de Belclare, songea-t-il, tandis qu'elle rentrait chez elle en courant et réapparaissait quelques secondes plus tard avec son sac à main.

Elle se dirigea vers sa voiture d'un pas vif, et il la suivit.

— Comment peuvent-ils mener l'enquête sans locaux ?

— Filmore a eu l'amabilité d'épargner la moitié du bâtiment.

— Pas la moitié où se trouve votre bureau, en tout cas.

— En effet, dit-elle en ouvrant sa portière. Nous perdons du temps. Montez.

Il eut à peine le temps de boucler sa ceinture qu'elle mettait en route la sirène et démarrait.

— Vous êtes en colère…

Tout en slalomant parmi les voitures — heureusement, il y avait peu de circulation —, Abby songeait que s'installer dans une petite ville avait été la meilleure initiative qu'elle ait jamais prise. Pour sa carrière comme pour elle-même. Et elle n'allait pas laisser un désaxé supprimer ses amis et tout gâcher.

— Oui.

— Parce que vous avez dû me servir d'alibi ?

— Un petit peu, admit-elle.

— Vos agents sont loyaux et dévoués. C'est un bon point.

En arrivant dans Main Street, elle dut ralentir à cause des encombrements. Elle en profita pour lui jeter un coup d'œil à la dérobée. Il gardait les yeux fixés sur la route. Sa mâchoire rasée de frais était crispée en une expression sévère et résolue. Il s'était montré si calme, si plein de sang-froid lorsque Calder était tombé, puis de nouveau au moment de l'incendie. Et il avait à peine cillé quand Gadsden et Miller avaient été sur le point de l'embarquer.

Cette idée l'aida à se sentir moins coupable d'emmener un civil sur une autre scène de crime. Pendant un quart de seconde, elle se demanda si elle n'avait pas tort de le laisser s'approcher si près. Elle s'était trompée sur le compte de Filmore, mais elle ne pouvait s'attarder éternellement sur cette erreur.

— Je suis en colère parce qu'un dangereux inadapté social me tourmente et s'en prend à mes amis. Mais au-delà de ça, je suis inquiète pour Mme Wilks.

Comme ils sortaient des embouteillages, elle écrasa l'accélérateur.

— Nous allons la retrouver, fit Riley.

— Il y a intérêt à ce que nous la retrouvions vivante ! S'il l'a tuée…

— « Il » ? souligna-t-il.

Elle se concentra sur la route. A cette vitesse, c'était préférable.

— C'est un terme générique.

— Mais… ?

Comment avait-il deviné qu'il y avait un « mais » ? Il devait l'avoir lu sur son visage, supposa-t-elle.

— Certains des e-mails les plus récents, les menaces les plus personnelles ont l'air d'avoir été écrits par une seule et même personne. Un homme. Grâce à la technologie moderne, ces messages peuvent avoir été envoyés de n'importe où sur la planète, mais je suis persuadée qu'un seul et même homme mène cette *vendetta* contre moi.

— C'est une supposition risquée, Abby. La vidéo a eu un énorme succès.

Poussant un juron, elle bifurqua vers les docks.

— Vous m'appellerez chef Jensen sur la scène de crime.

— Oui, m'dame.

Il parlait comme Gadsden. Elle n'avait pas le temps de se demander s'il se moquait d'elle. Comme ils approchaient de leur but, elle coupa la sirène, mais laissa les gyrophares allumés.

— Je sais que ce n'est pas vous qui l'avez enlevée. En arrivant, si vous voulez vérifier qu'il s'agit bien de votre marteau, ne vous gênez pas.

— Ce ne sera peut-être pas le mien.

— Ce ne sera peut-être pas le vôtre, répéta-t-elle.

Elle voyait mal Riley kidnapper Mme Wilks avec un marteau ou avec quelque autre arme que ce soit. Peut-être la retenait-il en otage pour avoir plus de biscuits. Cette idée lui donna envie de rire. Mais avant tout, elle devait retrouver son amie.

Elle gara la voiture, tout en se préparant au pire. Cela dit, si Mme Wilks avait été retrouvée, on lui aurait communiqué l'information en route, par radio.

— Chef Jensen ?

— Oui ?

Elle se tourna vers lui, et fut frappée par l'intensité de son regard ambré.

— Je ne l'ai pas enlevée.

— Je sais.

Son instinct ne pouvait être faussé à ce point par un baiser enflammé et quelques gestes prévenants. Elle se détourna et promena son regard sur les docks. Au mieux, ce décor pouvait être décrit comme un paysage industriel usé par le temps. Saupoudrés de neige, les éléments disparates — entrepôts, grues, conteneurs — n'offraient pas un spectacle très engageant.

— Il faut que nous la retrouvions, dit-elle. Je ne laisserai pas des terroristes sans visage emporter la victoire.

Elle sortit de la voiture, se félicitant d'avoir choisi un jean solide et un épais sweat-shirt pour travailler à la maison.

En voyant la mine sombre des agents présents sur les lieux, elle comprit qu'ils n'avaient pas de bonne nouvelle à lui annoncer, mais elle les interrogea malgré tout.

— Rien de nouveau ?

L'inspecteur Calloway coula un regard hostile à Riley.

— Que fait-il ici ?

Ainsi, Gadsden ne l'avait pas appelé pour le prévenir que Riley était avec elle. Intéressant.

— Il n'est pour rien dans cette histoire, dit-elle d'un ton sans réplique. Accessoirement, il va pouvoir vérifier que l'objet qui le compromet est réellement à lui.

— Venez, dans ce cas, dit Calloway à Riley. C'est par là.

Elle observa ce dernier, mais ne décela pas le moindre signe de nervosité dans son attitude. Soit il dissimulait à merveille ses émotions, soit il ne se rendait absolument pas compte de l'enjeu. Bien qu'elle soit convaincue de son innocence, ils seraient forcés de prendre les mesures qui s'imposaient si les preuves l'incriminaient.

L'inspecteur lui mit sous le nez le marteau, enveloppé dans un sachet en plastique scellé.

— Il y a votre nom marqué dessus, O'Brien.

Nullement troublé, Riley manipula le sachet pour distinguer l'inscription.

— Les saisonniers se sont tous servis d'un marteau comme celui-ci cette semaine, dit-il en le rendant au policier. Il appartient à l'entreprise. Ce n'est pas le mien.

— C'est pourtant bien votre nom qui est écrit dessus, argua Abby.

— Oui. Mais ce n'est pas mon écriture.

— Comment ?

L'inspecteur et elle se rapprochèrent en même temps pour regarder l'objet de plus près.

— Vous n'avez qu'à le comparer aux outils qui sont dans mon pick-up, et vous verrez. Quelqu'un d'autre a inscrit mon nom sur ce marteau.

Elle adressa un signe de tête à Calloway, qui téléphona à Gadsden pour lui demander de compter et photographier les marteaux se trouvant dans le pick-up. Quand ils reçurent la preuve en image que Riley avait dit vrai, Abby poussa un soupir, se sentant à la fois soulagée et frustrée. Elle était satisfaite d'avoir la confirmation de son innocence ; cependant, ils n'avaient pas avancé d'un millimètre dans leurs recherches.

— Et maintenant ? s'enquit Calloway.

— Allons interroger les gars qui ont signalé la voiture abandonnée.

D'un signe de tête, elle invita Riley à les accompagner.

Les ouvriers qui travaillaient sur le site n'avaient vu personne entrer ou sortir du véhicule. Les docks étaient équipés de quelques caméras — celles-là même qui lui avaient permis de mettre la main sur les trafiquants de drogue —, malheureusement, la voiture de Mme Wilks était garée dans un angle mort.

— Ils l'ont fait exprès, dit Riley tandis qu'ils faisaient le tour de la zone. Ce coup monté contre moi est du travail bâclé.

Abby laissa son regard courir le long des docks. L'entreprise qui employait Riley louait un espace dans l'entrepôt le plus éloigné de l'eau. C'était le plus grand, mais également le mieux sécurisé, et les places de parking y étaient plus nombreuses.

— Vous avez des caméras dans votre entrepôt ?

— Vous n'êtes pas au courant ? s'étonna-t-il. Avec tout ce qui s'est passé, le patron a fait installer son propre système de vidéosurveillance. Selon lui, c'était la première fois qu'il en ressentait la nécessité.

— Tout le monde le sait, dans l'équipe ?

Il haussa les épaules.

— Je pense que oui, mais je n'en suis pas sûr.

Elle rejoignit Calloway qui supervisait l'arrivée du dépanneur chargé d'emporter la voiture de Mme Wilks.

— Allez récupérer les films des caméras de surveillance de l'entrepôt. Nous pourrons peut-être identifier la personne qui a jeté le portefeuille dans la benne à ordures.

Calloway s'éloigna rapidement. Restait une dernière chose à faire : examiner la voiture avant que celle-ci ne soit emportée. Les chances de trouver un indice ayant échappé à ses agents étaient presque égales à néant, mais elle se devait d'essayer. Pour sa voisine.

— Allons-y, dit-elle à Riley, en lui tendant des gants en latex.

Elle n'avait aucune envie de se charger seule de ce travail. Tant pis pour les rumeurs que cela ne manquerait pas de susciter au sein de son service. Elle avait besoin de son soutien à cet instant, à titre tout à fait personnel.

Mme Wilks n'était pas seulement une voisine, mais une amie chère. Ce qui était précisément la raison pour laquelle elle avait été enlevée. A chaque pas, le fardeau devenait de plus en plus lourd à porter. D'abord, l'acte de vandalisme. Ensuite, Calder. Puis sa pelle à neige, qui avait servi à éliminer l'un des vandales. Puis Filmore et l'incendie.

Elle s'immobilisa devant la portière du conducteur, et regarda Riley par-dessus le toit de la voiture.

— J'en ai assez d'avoir toujours un train de retard. Nous allons retrouver Mme Wilks. Ensuite, je ferai ce qu'il faut pour mettre fin à ce cirque.

— C'est un bon programme.

Elle ignorait encore comment elle s'y prendrait, mais elle savait qu'il était plus que temps de passer à l'action. Il devait bien y avoir un moyen de relier les faits entre eux ! Belclare était sa ville, et elle n'allait pas rester tapie dans un coin pendant que quelqu'un terrorisait la population !

Elle enfila ses gants et ouvrit la portière.

Le siège du conducteur était bien trop reculé pour une personne aussi menue que Mme Wilks.

— Ce n'est pas elle qui a conduit la voiture, nota Abby.

— Ce qui signifie qu'il y avait deux agresseurs : un qui tenait le volant, et un autre qui immobilisait l'otage.

Elle hocha la tête, et se pencha pour examiner de plus près les tapis de sol.

— Elle a un fort tempérament. Deux hommes auront peut-être été nécessaires pour la maîtriser.

— Quand prépare-t-elle sa cafetière ?

— Pardon ?

— Sa cafetière était pleine, quand nous sommes entrés dans sa maison. Il a bien fallu qu'elle la programme à un moment ou un autre.

— Normalement, elle s'en occupe pendant la page de publicité qui précède le journal télévisé. En tout cas, c'est ce qu'elle a fait les rares fois où j'étais chez elle à cette heure-là.

— D'accord. Et nous n'avons pas remarqué de voiture suspecte dans la rue hier soir, après l'incendie…

Elle rougit en se rappelant les baisers ardents qu'ils avaient échangés.

— Nous ne prêtions pas spécialement attention à ce qui se passait autour de nous.

Il lui décocha un sourire ravageur, ce sourire sexy et plein de promesses qui la faisait chavirer. Son cœur s'emballa.

Tu es sur une scène de crime, se morigéna-t-elle.

— Regardez ça !

Il pointait du doigt l'assise du siège arrière. Ouvrant la portière de son côté, elle distingua une trace rose sur le tissu.

— Du rouge à lèvres. Bon sang !

Elle se redressa et inspira l'air froid à pleins poumons.

— Eh bien, nous avons la confirmation que Mme Wilks — ou une personne portant du rouge à lèvres — est bien montée à l'arrière de cette voiture, déclara-t-il.

Elle ouvrit la bouche pour lui faire remarquer qu'ils le savaient déjà, puis se ravisa. Etant donné qu'ils n'avaient pas de témoins oculaires, la présence de la vieille dame sur le siège arrière n'avait été jusqu'ici qu'une hypothèse. De nouveau, elle prit une profonde inspiration.

— OK. Nous sommes arrivés dans le voisinage juste après 22 heures. Elle a dû préparer son café avant. Donc, un ou deux hommes l'ont enlevée avant la fin du journal télévisé.

Si elle n'était pas restée sous la douche, à regretter de ne pas avoir le courage d'inviter Riley à lui frotter le dos, elle aurait peut-être perçu un bruit suspect. Elle laissa échapper un petit rire empreint de dérision. Si elle l'avait invité, et qu'il était sorti de chez lui, il aurait vu ou entendu quelque chose.

— Ce n'est pas de votre faute, chef Jensen.

— Ce n'est pas tout à fait ce que j'avais à l'esprit, mais vous n'êtes pas tombé loin.

Elle lui montra les roues.

— Je ne vois rien sur les pneus ou sur les passages de roues qui indique qu'ils se soient éloignés de Belclare.

— Alors, qu'ont-ils fait entre le moment où ils l'ont enlevée et celui où ils ont abandonné la voiture ?

Refusant de laisser ses pensées s'égarer sur une pente dangereuse, elle posa les poings sur ses hanches.

— Inspectons le coffre.

— Vous ne croyez pas que ça a déjà été fait ?

— Si, mais je veux tout de même y jeter un coup d'œil.

Elle fit le tour du véhicule, ouvrit la boîte à gants et tourna la manette de déverrouillage du coffre. La voiture bougea légèrement quand l'abattant se souleva.

— Il doit bien y avoir un indice qui nous mette sur la piste !

— Arrêtez !

Riley leva la main, les yeux rivés sur l'intérieur du coffre.

— Quoi ? demanda-t-elle.

— Reculez, et faites reculer les autres.

— Dites-moi ce qu'il y a, insista-t-elle.

— Une bombe.

Ce mot, prononcé si calmement, fit à Abby l'effet d'une décharge électrique.

— Personne n'a pu installer une bombe là-dedans depuis l'arrivée de mes hommes.

— Abby, écoutez-moi, s'il vous plaît.

Que pouvait-il y connaître en matière de bombes ? Il était pâle et tendu. Il semblait réellement inquiet.

— Je ne partirai pas avant d'avoir regardé ! décréta-t-elle.

Secouant la tête, il lui jeta un regard féroce. Elle l'ignora. Il devait se tromper. Ses hommes avaient déclaré que le coffre était vide.

— D'accord. Mais appelez une équipe de déminage en même temps.

Belclare n'en disposait pas. La plus proche était à Baltimore.

— Est-ce qu'il y a une minuterie ?

— Je ne sais pas encore.

Elle vint se placer à côté de lui mais ne vit rien, hormis le revêtement rugueux qui tapissait le fond du coffre.

— Je ne comprends pas, Riley.

— Il y a trop de fils dans ces feux stop.

Du doigt, il lui indiqua la différence entre le côté gauche et le côté droit.

— Appelez quelqu'un, Abby, *tout de suite* !

— Je n'ai personne sur place, murmura-t-elle, tout en composant le numéro de la police d'Etat. Si nous avons de la chance, ils arriveront dans une demi-heure.

Elle venait juste de raccrocher quand son attention fut attirée par un bruit de moteur sur le parking derrière eux. Deux camions de télévision s'arrêtèrent à la limite du périmètre de sécurité.

— Génial… Nous avons un public, à présent !

— Quelqu'un les a avertis.

— C'est possible, mais n'importe qui peut se brancher sur les fréquences de la police. Dites-moi ce que je dois faire.

— Est-ce qu'il y a une chance pour que vous acceptiez de reculer pendant que je regarde de plus près ?

— Aucune.

Il promena son regard le long des docks.

— Vous avez senti la voiture bouger quand vous avez tourné la manette d'ouverture du coffre, n'est-ce pas ?

— Oui.

— Je vais voir si je trouve une minuterie.

Elle retint son souffle pendant qu'il se penchait à l'intérieur du coffre et tirait un couteau de sa poche. Elle appréciait son aide, mais si les terroristes voulaient qu'elle meure, ils avaient la possibilité de faire sauter la bombe à tout moment. Ce qui signifiait qu'ils les observaient peut-être en ce moment même.

Elle téléphona à ses hommes pour les informer de ce qui se passait et leur ordonner de faire évacuer la zone.

La tension était intolérable. Finalement, elle n'y tint plus.

— Riley ?

— Le compte à rebours est lancé, Abby. S'il vous plaît, éloignez-vous. Allez vous mettre en sécurité.

Elle sentit l'effroi lui glacer les veines.

— Seulement si vous m'accompagnez.

— Je vous suis.

— Je ne vous crois pas.

Elle parvint à rire faiblement en l'entendant jurer.

— Est-ce que vous pouvez la désamorcer ?

— Pas sûr.

Chaque seconde qui s'écoulait semblait avoir une vie propre.

— Combien de temps ?

— Suffisamment.

— Bien.

— Demandez-vous qui a intérêt à faire sauter cette voiture pendant que vous assistez au spectacle.

Elle jeta un coup d'œil aux journalistes par-dessus son épaule.

— Je sais qui ça blesse : Belclare tout entière. Voyez-vous quoi que ce soit qui ressemble à une preuve ?

— Il doit y en avoir une, mais l'explosion la détruira. Apportez-moi la clé de contact.

— Pourquoi ?

— Faites-le, chef Jensen. Plus vite ce problème sera résolu, plus vite nous pourrons retrouver Mme Wilks.

Elle rejoignit Calloway en courant. Celui-ci trouva le bon sachet en plastique parmi les scellés, et le lui lança. Ce n'est qu'en faisant demi-tour qu'elle se rendit compte que Riley s'était servi de ce prétexte pour l'éloigner.

Il avait réussi à faire démarrer la voiture sans clé de contact, et la pilotait en direction de la mer, pour éviter que la bombe n'explose dans les environs immédiats, comprit-elle. Comment avait-il su de quelle façon fonctionnait cette bombe ? Et pour quelle raison les terroristes n'avaient-ils pas déjà appuyé sur le détonateur ? Rien de tout cela n'avait de sens.

Qui a intérêt à faire sauter cette voiture ? La question de Riley ne cessait de revenir, obsédante, et elle pria en silence pour que ce ne soient pas les dernières paroles qu'il ait prononcées.

Au comble de l'angoisse, elle surveillait alternativement la course de la berline et les badauds qui assistaient au drame. L'un d'eux avait peut-être le doigt sur le détonateur, prêt à déclencher une tragédie spectaculaire.

Qui a intérêt à faire sauter cette voiture ? Impossible de trouver une réponse à cette question, alors qu'un civil, un inconnu qui était si rapidement venu à bout de ses défenses, était en train de se sacrifier. S'il survivait, elle lui ferait amèrement regretter de lui avoir imposé cette épreuve !

Soudain, le moteur de la berline s'emballa. Elle attendit l'explosion. Au même instant, Riley bondit hors du siège conducteur, et la voiture décolla du quai, plongeant dans le vide.

A peine s'était-il relevé que l'explosion projeta une immense gerbe d'eau dans les airs.

Sans se soucier des médias ni de l'opinion publique, elle se précipita à sa rencontre en courant.

— Qu'est-ce qui vous a pris ? cria-t-elle.

— Je vais bien, merci de vous en inquiéter.

— C'était idiot !

— Vous auriez sans doute préféré que ce truc explose sur le quai ? Imaginez les retombées. La perte financière. Les travaux de remise en état.

— Cessez avec vos arguments logiques ! Vous auriez pu être tué.

— Je ne crois pas.

— Qu'est-ce que vous voulez dire ?

Elle était partagée entre l'envie de le frapper et de le serrer dans ses bras.

— Je devrais vous faire arrêter !

— Pour quel motif ?

— Vous êtes un danger pour vous-même.

— Mais pas pour les autres ?

Elle n'eut pas le temps de riposter. Ils étaient parvenus à l'endroit où la police contenait la foule. Un tonnerre d'applaudissements et d'acclamations les accueillit.

— Souriez, lui ordonna-t-elle, tout en sachant que c'était une recommandation inutile. Vous êtes un héros.

— Il y a une heure, j'étais un suspect.

— Pas pour moi.

Elle répondit aux questions que lui posaient les reporters de la radio locale, puis laissa le maire, qui avait flairé une fois encore une bonne occasion de soigner son image de marque, prendre le relais. Quand elle eut donné ses instructions aux agents présents sur les lieux, elle entraîna Riley loin du bruit et du tumulte.

— Même si la bombe a été neutralisée, ce sera un miracle si une seule personne ose sortir de chez elle demain, grommela-t-elle.

— Ce sera la plus grosse journée d'ouverture de l'histoire de Belclare.

— Ce n'est pas drôle ! Et je vous rappelle que nous sommes toujours à la recherche de Mme Wilks.

— J'ai une idée, mais je ne suis pas certain qu'elle vous plaise.

— Dites toujours.

Dès qu'elle aurait retrouvé la vieille dame, elle prendrait le temps de lui demander d'où il tenait une connaissance aussi approfondie des bombes. Il devait y avoir une explication à cela, elle en était sûre, mais elle souhaitait l'entendre de sa bouche. Les policiers de Belclare n'étaient pas des imbéciles ; pourtant, ils n'avaient pas repéré la menace quand ils avaient fouillé le coffre. A moins, bien sûr, que l'un d'entre eux soit de mèche avec les terroristes.

Elle repoussa vivement cette idée. Tomber dans la paranoïa ne l'aiderait pas à résoudre plus vite le mystère de la disparition de sa voisine.

— Regardez, dit Riley, en lui tendant un morceau de papier enroulé.

— Qu'est-ce que c'est ?

Elle l'ouvrit et eut la surprise de découvrir une esquisse représentant le littoral de Belclare. Trois endroits étaient marqués d'une croix et accompagnés de chiffres.

— C'était enroulé autour des fils électriques.

— Dieu du ciel ! souffla-t-elle. C'est pour ça qu'ils ont laissé sa voiture ici. Il s'agit d'un compte à rebours. D'un jeu !

— D'une espèce de chasse au trésor perverse. Si le point de départ est l'explosion de la voiture, il ne nous reste que dix minutes pour arriver à la première étape.

— Mme Wilks n'y sera pas.

— Vous ne pouvez pas en être certaine, dit-il doucement. Sans compter qu'il pourrait y avoir un autre otage.

Il avait raison. Elle sentit son estomac se soulever. Mais ni la peur ni la colère ne l'aideraient à sauver son amie.

— C'est une vieille dame innocente. Elle est peut-être déjà morte d'hypothermie.

L'idée que des êtres chers souffraient parce qu'elle faisait bien son travail, parce qu'elle avait juré de prévenir le crime à Belclare, la mettait en fureur.

Riley lui frictionna les bras, dissipant la sensation de froid glacial qui s'insinuait dans ses veines.

— Vous devez rester optimiste.

Sans doute, mais cela commençait à devenir épuisant !

— Tout en me préparant au pire, compléta-t-elle.

Il acquiesça d'un signe de tête.

— Je peux y aller pendant que vous organisez une battue.

— Non. Ce défi s'adresse à moi seule, et je ne veux plus mettre en danger la vie de ceux qui ont confiance en moi.

— Abby, si vous laissez tomber le protocole et le règlement maintenant, tous vos efforts auront été vains. Restez fidèle à vos méthodes. Elles sont efficaces.

Encore une fois, il avait raison. Et pour Mme Wilks, il fallait qu'elle reste en pleine possession de ses moyens.

— Je vais me diriger vers la première étape, poursuivit-il. Rassemblez une équipe et faites les choses comme il se doit.

— D'accord. Je vous suis, dit-elle, reprenant les termes qu'il avait employés un peu plus tôt.

Il lui sourit.

— Je vous crois.

Elle mourait d'envie de l'embrasser, mais le faire risquait de le rendre encore plus vulnérable qu'il ne l'était déjà.

Tandis qu'elle étudiait la carte de la ville avec Calloway et répartissait ses hommes disponibles en binômes, les envoyant dans différentes directions, elle continuait de retourner dans son esprit cette question : à qui profitait toute cette machination ?

Les événements de la journée confirmaient ses pires craintes. Ils n'étaient pas simplement le fait de voyous isolés déferlant sur sa ville pour réaliser un coup d'éclat. Non, ces attaques étaient préparées avec soin et exécutées par des gens d'ici, depuis le cœur même de Belclare.

Les fédéraux l'avaient prévenue : le trafic de drogue servait peut-être à financer une cellule dormante. Mais elle avait refusé de croire que quelqu'un, parmi les citoyens de cette ville, ait pu tromper ainsi toute une communauté. Elle n'avait pas voulu admettre qu'elle avait été dupée.

C'était pourtant le propre des terroristes infiltrés de se fondre dans le décor, de participer à la vie collective et de tenir dans la durée, en se faisant passer pour des membres respectables de la communauté. Jusqu'au jour où ils passaient à l'action.

Le trafic de drogue n'était pas été un événement isolé. Pas plus que l'acte de vandalisme, l'agression envers Calder, l'incendie perpétré par Filmore, l'enlèvement de Mme Wilks, ou les coups montés dont Riley et elle avaient été victimes, visant à les faire accuser à tort. Rien de tout cela n'était le fruit du hasard.

Tandis que les équipes se mettaient en route, elle partit en courant dans la direction empruntée par Riley. Elle n'allait pas laisser son nouvel allié affronter seul ses ennemis !

13

Tout en se dépêchant de descendre vers la grève hérissée de rochers, Riley songeait qu'il y avait peu de chances pour qu'il retrouve Mme Wilks dès la première étape. Ce serait trop facile. Il tira son téléphone de sa poche, vérifia qu'il captait correctement le réseau, puis composa le numéro personnel de Casey.

— Je ne m'attendais pas à cet appel, fit la voix du directeur.

— C'est que les événements se précipitent, monsieur. Avez-vous trouvé un lien quelconque entre les noms que je vous ai envoyés ?

— Pas encore.

Riley marqua une pause, le temps de contourner un amas de roches tranchantes couleur ardoise.

— Calder est hors de cause, dit-il.

Il avait envisagé un moment la possibilité que l'accident de ce dernier soit une mise en scène destinée à cacher sa complicité avec les terroristes, mais il n'y croyait plus. Calder n'avait aucun lien avec les trafiquants de drogue et, si Filmore et lui se connaissaient, leur association était strictement professionnelle.

— Nous sommes au courant qu'un appel a été passé à la police d'Etat pour demander des renforts, reprit Casey. Pour votre information, il est peu probable que l'équipe de déminage arrive à temps.

Sur cette note déprimante, Riley raccrocha. Il rangea son appareil et consulta sa montre. Il devait se hâter. Il jeta un coup d'œil par-dessus son épaule en direction des docks, constatant que des agents passaient au peigne fin d'autres parties de la côte.

Son regard balaya la surface de l'eau. Un remorqueur circulait dans la baie. Il était à espérer que l'équipage était de leur côté, et non de celui des terroristes.

Il regarda de nouveau sa montre. Plus que trois minutes pour trouver le point indiqué sur la carte, sans quoi — si l'heure précisée était exacte — une autre explosion surviendrait.

— Madame Wilks ! cria-t-il, priant pour qu'il n'y ait pas une autre victime à secourir, ou… à déplorer.

Il fit davantage attention où il mettait les pieds, à l'affût d'un fil piège ou du moindre signe indiquant que quelqu'un était passé par là. C'est alors qu'il le vit : un tas de pierres légèrement arrondi, qui semblait moins naturel que le reste du décor. Il s'approcha avec d'extrêmes précautions, bien que le temps imparti soit presque épuisé : il craignait de déclencher une catastrophe par un excès de précipitation.

Une balle siffla au-dessus de sa tête et alla percuter la plus haute pierre du monticule. Il fit un bond en arrière et se mit à couvert. Au même instant, il entendit un faible gémissement.

— Madame Wilks ?

La même plainte étouffée s'éleva sur sa gauche, près des arbres rabougris et déformés par le vent, tandis que des cailloux et des brindilles roulaient le long de la pente dans sa direction.

Il prit cela comme un oui.

Le petit éboulement avait mis au jour des fils verts et rouges émergeant du monticule pierreux, et grimpant dans les arbres. Une bombe, sans le moindre doute, songea-t-il sombrement.

— Ne bougez pas ! cria-t-il à la vieille dame.

Si elle déclenchait la bombe par inadvertance, c'en était fini d'eux.

Il leva les yeux, mais ne put distinguer le tireur. Celui-ci pouvait se trouver n'importe où, dans un arbre ou à l'abri derrière un accident de terrain.

Dans sa tête, une horloge égrenait les secondes. Quel esprit tordu était capable d'aller aussi loin pour se venger d'Abby ? Mais avant de chercher à comprendre le motif de tout cela, il devait d'abord régler ce problème.

Il progressa à plat ventre vers les fils. Une autre balle frappa le sol, à quelques millimètres seulement de ses doigts. Des éclats de pierre lui mordirent le visage. Même s'il avait eu une arme, cela ne lui aurait pas servi à grand-chose en cet instant précis. Il n'avait pas le temps de s'arrêter et de riposter.

Il était tout aussi résolu que le tireur à vaincre, et la vie de Mme Wilks était l'enjeu de ce duel. Riley rampait aussi vite que possible vers le haut de la pente, quand son talkie-walkie grésilla. La voix d'Abby en sortit.

— Je vous couvre !

Malgré l'inconfort de sa position, il sourit. Bien sûr qu'elle le couvrait… Se rappelant la façon dont la bombe de la voiture avait été conçue, il décida de s'occuper d'abord de la charge d'explosifs qui se trouvait le plus près de l'eau. Il ne pouvait se permettre de perdre de précieuses secondes à calmer un otage affolé.

Cette fois, quand le tireur embusqué fit feu, une autre arme riposta. Par habitude, Riley compta le nombre de coups tirés par Abby. La police de Belclare se servait généralement de pistolets à quinze coups en 9mm mais, à en juger par le son qu'elle produisait, l'arme dont Abby se servait devait être plus puissante.

Concentrant toute son attention sur la bombe, il ne prêta pas attention aux éclats de voix derrière lui. Il savait que, suivant le protocole, elle enjoignait au tireur de se rendre. Le minuteur avait entamé les vingt dernières secondes, quand il débrancha le détonateur. Il remonta la pente, tandis qu'une nouvelle volée de balles sifflait autour de sa tête.

— Madame Wilks ! s'exclama-t-il, soulagé de trouver la vieille dame vivante.

Il faillit pousser un cri de victoire quand il vit que le minuteur du dispositif attaché autour de sa taille était arrêté à douze secondes.

— Tout va bien. C'est fini, dit-il, en tranchant le ruban adhésif d'un coup de lame, la débarrassant ainsi des explosifs.

Le visage rond de Mme Wilks était pâle sous la poussière qui le maculait, et ses yeux brillants de larmes.

— Ça risque de vous faire un peu mal, la prévint-il en tirant doucement sur le morceau de scotch qui lui couvrait la bouche.

Il remarqua que la face interne du fragment d'adhésif était tachée de rouge à lèvres rose.

— Merci ! s'écria-t-elle en se jetant dans ses bras.

Il la serra contre lui.

— Vous êtes blessée ?

— Ma fierté seule l'est…

Les larmes coulaient librement sur ses joues, à présent.

— Les bleus disparaîtront rapidement, j'en suis sûre, mais j'ai si froid !

Il tira son talkie-walkie de sa poche et appela les secours.

— Rien de cassé ? Vous ne saignez pas ?

— Je vais bien, promis. C'est vous qui avez servi de cible, pas moi.

Cette femme devait avoir un tempérament d'acier pour s'inquiéter de lui au lieu de penser à elle.

— Est-ce que vous avez vu vos agresseurs ? Vous pouvez nous dire à quoi ils ressemblent ?

Soudain, un détail le frappa.

— Vous n'avez pas vos lunettes.

— Ma vision de loin est toujours excellente, jeune homme !

Des branches craquèrent, puis se rompirent, et quelque chose s'écrasa juste à côté d'eux.

— A terre ! cria Abby.

Sans la moindre hésitation, il poussa Mme Wilks dans le trou qui avait failli devenir sa tombe.

Un coup de feu fut tiré par Abby, suivi d'un bruit terrifiant qui déchira l'air. Le souffle de l'explosion projeta Riley à terre, et une vague de chaleur brûlante le maintint cloué au sol, tandis qu'une pluie de pierres, de cendres et de morceaux de branches tombait autour d'eux.

Deux autres déflagrations secouèrent le sol, beaucoup trop près à son goût. Cela lui rappela le jour où il avait assisté à la démolition d'un vieil immeuble, non loin de l'orphelinat. Il espéra que toutes les charges avaient explosé, et que le calvaire était terminé.

Un silence irréel les enveloppa. Risquant un coup d'œil en direction du rivage, il discerna des restes de corps sur les rochers. Celui du tireur, certainement.

— Où est Abby ? cria Mme Wilks. Est-ce qu'elle est saine et sauve ?

Il pivota dans la direction où il l'avait vue pour la dernière fois, et sourit en l'apercevant, à demi couchée sur le versant, son arme pendant au bout de son bras.

— Je suis là, madame Wilks ! lança-t-elle, haletante. Ne vous inquiétez pas pour moi.

Riley se décala légèrement de façon à ce que la vieille dame puisse la voir.

— Dieu merci ! Vous êtes saufs tous les deux ! s'exclama-t-elle, plaquant ses deux mains sur son cœur.

Il l'aida à se relever, veillant à ce qu'elle tourne le dos au macabre spectacle sur la plage. Abby les rejoignit et donna à sa voisine une chaleureuse accolade.

— Vous n'avez pas besoin de marcher, lui dit-elle. Les secours vont arriver.

— Je veux juste sortir de ce trou. Dieu seul sait comment ils ont fait pour me faire descendre là-dedans !

Abby jeta un bref regard à Riley.

— « Ils » ?

— Oui. Je venais de préparer le café et je m'apprêtais à monter me coucher, quand ils sont apparus dans mon salon.

— Vous avez vu leur visage ?

— Non. Ils avaient des cagoules noires sur la tête.

— Nous avons constaté les dégâts chez vous, dit Abby. Vous vous êtes bien défendue.

— J'en ai frappé un au genou avec le bâton en noyer que je garde dans le porte-parapluies.

Il faudrait donc rechercher un individu boitant depuis peu, nota mentalement Riley. A en juger par la façon dont Abby arqua les sourcils, il comprit qu'elle avait eu la même idée, et elle ne manquerait pas de communiquer ce détail à ses hommes.

Leurs radios se mirent à grésiller, et une voix leur annonça que les autres binômes avaient neutralisé les bombes restantes et qu'il n'y avait pas eu de victimes. A première vue, il n'y avait pas eu non plus de nouvelle prise d'otage. Ils pouvaient être fiers d'avoir réussi, sans l'aide d'une équipe de déminage, à évacuer la zone et à faire en sorte que les explosions ne tuent ou ne blessent personne.

Après l'arrivée des secours, Riley attrapa Abby par la main.

— Merci de m'avoir couvert.

— C'était le moins que je puisse faire.

Comme elle paraissait éviter son regard, il demanda :

— Que se passe-t-il ?

— Je crois qu'il s'est fait sauter volontairement…

Elle serra les lèvres et inspira profondément par le nez, avant d'ajouter :

— J'ai tiré à ses pieds, pour le mettre en garde. Mais il…

— Est-ce que vous l'avez reconnu ? lui demanda Riley pour la distraire de ces sombres pensées. Est-ce qu'il boitait ?

— Non. Il était grimé et portait une tenue de camouflage. Il ne m'a pas semblé familier. Et comment savoir s'il boitait sur ce terrain ?

Elle n'avait pas tort.

— Les fédéraux vont prendre les choses en main.

— Je sais.

Elle rentra le cou dans les épaules et se frictionna les bras.

— Et je leur laisse cette scène de crime avec plaisir !

— C'est fini.

Du moins, pour le moment, compléta-t-il en son for intérieur.

Elle hocha la tête.

— Nous allons devoir faire une déposition. J'ai de la paperasse en retard. Et aussi… Zut ! Une conférence de presse.

— Dans ce cas, nous devrions nous mettre en route tout de suite.

— J'ai l'air d'un épouvantail, se plaignit-elle, ôtant une brindille de sa manche. Ce pull est bon pour la poubelle.

Tendant la main, il retira une feuille de ses cheveux.

— Vous êtes magnifique.

Il avait envie de l'embrasser pour célébrer le fait qu'elle était saine et sauve.

— Vous dites ça pour me consoler.

— Je le dis parce que c'est la vérité.

Tenant tendrement ses mains dans les siennes, il attendit qu'elle lève enfin les yeux vers lui.

— Votre service et toute la population devraient vous acclamer. Vous êtes une héroïne, Abby.

— C'est vous qui avez fait le plus dur, protesta-t-elle.

— N'esquivez pas le compliment.

Elle prit une grande inspiration et jeta un dernier regard vers la mer.

— Très bien. Mais je suis une héroïne qui a une tonne de papiers à faire.

Il était rudement content qu'ils soient tous là, bien vivants, pour faire des papiers. Ils n'étaient pas passés loin de la catastrophe, aujourd'hui.

Abby tourna le dos au podium et à l'avalanche de questions, laissant au maire le soin de clôturer la conférence de presse. Cette fois, elle avait choisi ses mots avec prudence, sans toutefois faire de concessions sur le fond. Elle était déterminée à remettre de l'ordre dans sa ville.

Elle avait remporté une double victoire sur ses ennemis. Non seulement Mme Wilks était rentrée chez elle vivante, mais le sauvetage de la vieille dame avait restauré sa popularité. Même s'il le voulait, Scott ne pourrait plus l'évincer, à présent.

Elle aurait dû être rassurée par cette certitude, mais au lieu de cela, elle se demandait avec anxiété quelle nouvelle catastrophe allait arriver. Qui serait la prochaine victime ?

Ce n'était pas le moment de se préoccuper de cela ; les appareils photo risquaient sinon de capturer son expression inquiète. Mais les journalistes étaient surtout curieux de savoir qui était l'homme qui avait précipité la voiture de Mme Wilks dans la baie.

Elle aussi avait quelques questions à adresser à Riley O'Brien. Elle lui serait éternellement reconnaissante de ce qu'il avait fait, mais elle ne pouvait s'empêcher de se demander comment un ouvrier du bâtiment, transformé en gourou de la décoration de Noël, avait su désamorcer une telle bombe.

Le maire éluda les questions difficiles et formula des réponses qui allaient dans le sens de ses intérêts. Il appela Riley le « héros de Belclare », déclara que ce dernier s'était rendu à l'hôpital par simple précaution, et qu'il irait le voir là-bas en personne après la conférence. Et oui, bien sûr, on veillerait à ce que le nouveau héros reçoive dans les prochains jours l'hommage qu'il méritait.

Cela n'en finissait plus. Abby écoutait juste assez pour applaudir ou hocher stoïquement la tête quand il le fallait. Enfin, ce fut terminé, et elle put se retirer à l'intérieur du poste de police pendant que les employés de mairie faisaient disparaître le podium.

— Bon travail, Jensen, la félicita Scott.

Il lui serra la main et lui donna même une petite tape sur l'épaule.

Elle avait pris une douche et passé un tailleur propre ; malgré cela, elle se sentait lasse et irritée. La politique était le dernier de ses soucis pour le moment.

— C'était un travail d'équipe, dit-elle.

Elle souhaitait d'ailleurs que cette équipe épluche sans délai les films des caméras de sécurité. Deux hommes avaient agressé Mme Wilks, et seul l'un d'entre eux était mort. Il fallait retrouver le second afin de démanteler la cellule dormante.

Quand le maire eut fini de serrer des mains, ses agents et elle purent enfin se mettre à l'ouvrage. Elle s'installa à un bureau libre, et laissa son regard s'égarer vers la bâche en plastique qui protégeait la partie incendiée du bâtiment. L'entreprise chargée de la réfection avait annoncé que les travaux seraient terminés dans la journée, mais ces quelques couches de peinture et les équipements neufs ne constituaient que la première étape dans le processus de guérison. Il faudrait des semaines — au moins — pour que s'effacent les séquelles psychologiques de l'incident. D'instinct, elle devinait que c'était là le vrai motif de l'incendie.

Elle inséra la clé USB dans son ordinateur et fouilla une nouvelle fois la vie de Filmore. Qui avait pu le contraindre à allumer ce feu ?

— Chef !

Levant les yeux, elle vit Gadsden lui faire signe d'approcher.

— J'ai le moment où le portefeuille a été jeté dans la benne à ordures, annonça-t-il.

Galvanisée par cette nouvelle, elle s'empressa de le rejoindre. Il pointa du doigt l'image, sur laquelle on voyait le portefeuille volant dans les airs.

— Ça nous donne un cadre temporel, ajouta-t-il, désignant la date et l'heure dans le coin de l'écran. On a forcément disposé de Mme Wilks et de sa voiture avant ça.

Abby acquiesça. En matière de pistes, elle avait connu plus solide, mais c'était un point de départ.

— Et ce geste révèle la volonté flagrante d'impliquer Ri… M. O'Brien ou l'un de ses collègues, observa-t-elle.

— Oui, convint Gadsden. Vous avez eu raison de supposer que l'écharpe avait été cachée chez lui pour l'incriminer. Qui aurait pu penser que vous lui serviriez d'alibi ?

Elle ignora ostensiblement cette dernière remarque.

— Voyez si vous pouvez trouver d'autres séquences, ou d'autres angles de vue dans ce laps de temps. Je veux des visages, dit-elle en serrant les poings.

— Si M. O'Brien a su désamorcer les bombes, c'est peut-être parce qu'il était impliqué dans l'attentat.

— Prouvez votre théorie, et nous aviserons, dit-elle sèchement.

Elle avait toujours agi selon les règles : ils avaient pris en compte les preuves incriminant Riley avant d'éliminer cette piste. Et elle continuerait à se montrer professionnelle, même si la situation devenait inconfortable ou déplaisante pour elle.

Néanmoins, Gadsden avait raison. Les connaissances et le savoir-faire dont Riley avait fait montre ne pouvaient être issus que de l'entraînement et de l'expérience. Il lui devait des explications. A elle de laisser ses sentiments de côté, et de trouver le courage et l'objectivité nécessaires pour poser les bonnes questions.

Son sang-froid était en train de l'abandonner, même si elle n'en montrait rien à l'extérieur. Elle avait envie de claquer des portes, de jeter des objets contre les murs, de déclarer l'état d'urgence et de lancer une gigantesque perquisition à l'échelle de la ville. Elle faillit éclater de rire en songeant à la réaction du maire si elle prenait une telle mesure.

Ils avaient perdu leur meilleur atout : le témoignage d'un des agresseurs, un fanatique si enragé qu'il avait préféré se donner la mort plutôt que de se rendre. Cela augurait mal de la suite. En tout cas, pour ce qu'elle en savait, personne ne manquait à l'appel à Belclare.

Les autres charges d'explosif disséminées sur la côte avaient sauté dans les secondes qui avaient suivi la mort du tireur. Ce détail seul révélait l'existence d'un chef prompt à appuyer sur le détonateur.

C'était un miracle qu'aucun de ses hommes n'ait été grièvement blessé. L'intervention rapide de Riley avait sauvé Dieu sait combien de vies. Heureusement qu'il avait trouvé le dessin dans le coffre. Cette découverte faisait-elle partie du plan ?

Elle chassa cette idée et regarda autour d'elle. Les hommes et les femmes qui formaient les rangs de la police de Belclare avaient beau être d'excellents éléments, ils n'étaient pas assez nombreux pour surveiller tous les endroits à risque vingt-quatre heures sur vingt-quatre.

Les docks constituaient une cible de choix. Main Street, bondée de touristes, ferait certainement la une des journaux en cas d'attaque. Quant à ce qui se produirait si la cellule dormante passait à l'action au moment où le parc était envahi de familles, elle préférait ne pas l'envisager.

Elle avait demandé aux citoyens d'ouvrir l'œil et de signaler tout comportement suspect. Les dockers, dont l'intervention avait grandement contribué au sauvetage de ce jour, avaient été chaudement félicités. Sans leur aide et leur vigilance, avait-elle déclaré, Mme Wilks serait certainement morte.

— Nous les débusquerons, chef !

Cette déclaration pleine d'assurance, prononcée par Gadsden, la tira brusquement de ses pensées.

— Oui. Nous les débusquerons jusqu'au dernier.

Retournant à son bureau, elle remarqua qu'un nouvel e-mail était arrivé dans sa boîte de réception.

Elle se laissa tomber sur son siège et, pleine d'appréhension, cliqua sur l'enveloppe.

Félicitations, chef Jensen. Vous avez gagné cette manche, mais la partie n'est pas terminée.

Il y avait une pièce jointe. Pleine d'appréhension, elle l'ouvrit. C'était une bande dessinée, trois vignettes précisément. Sur la première, on voyait le kiosque à musique du parc grossièrement représenté. La même image était ensuite reprise, mais on y avait superposé une animation imitant des flammes. La dernière case montrait une petite pile de cendres, sur laquelle reposait un insigne de police surdimensionné portant le numéro de sa propre plaque.

Ils mettraient leur menace à exécution. D'instinct, elle le savait. Que l'attaque ait lieu pendant le week-end d'ouverture ou plus tard, ils avaient la volonté et les moyens de transformer ses pires cauchemars en réalité.

— Lâches, murmura-t-elle. Venez donc ! Je vous attends.

Elle transféra le dossier aux fédéraux. Elle leur était reconnaissante de s'occuper des preuves matérielles laissées par les bombes ; cela dit, elle aurait davantage apprécié une aide plus substantielle, sous la forme de soldats sur le terrain.

Elle s'adossa à son siège. L'ensemble de son personnel se serrait dans un espace de travail réduit de moitié. Ses hommes étaient fatigués et sur les nerfs. A cause des patrouilles supplémentaires, ils étaient obligés de mettre les bouchées doubles. On ne pouvait leur demander de maintenir ce rythme indéfiniment. Il fallait qu'elle change de stratégie, qu'elle passe à l'offensive, afin de provoquer une réaction chez l'ennemi.

Si cette cellule terroriste réussissait à semer le désordre en se servant de gens aussi différents que des petits délinquants, des snipers ou des directeurs de Société historique, elle-même disposait, avec toute une population derrière elle, d'une fantastique force de frappe.

En admettant que cette population soit de son côté.

Mais la liste des gens qui la soutenaient était extrêmement réduite. Peut-être valait-il mieux faire appel à des gens de l'extérieur.

Une idée folle surgit alors dans son esprit. Oui, se dit-elle, un parti neutre, rompu aux techniques d'autodéfense, était sa meilleure option.

Elle promena les doigts sur le bord de son bureau. Normalement, elle ne devait en aucun cas impliquer des civils dans un combat. Cependant, les terroristes s'en étaient déjà chargés, et ne semblaient pas avoir l'intention de cesser.

Les Lewiston vivaient aux abords de la ville, et profitaient de toutes les façons possibles de cette position. Depuis qu'elle était chef de police, elle les avait nombre de fois verbalisés pour fabrication de whisky de contrebande. Ils réfutaient tout simplement la légitimité de la présence policière sur leur propriété. C'étaient d'excellents chasseurs qui visaient juste, et qui — les agents d'Abby le savaient par expérience — étaient toujours armés.

Toutefois, une fois l'an, au mois de décembre, les Lewiston rentraient dans le droit chemin et se procuraient les permis nécessaires, car leur sapinière empiétait légèrement sur le terrain communal. Ils étaient connus pour proposer les plus beaux arbres de Noël de la région, et attiraient un nombre record de clients chaque année. Il s'était donc mis en place entre cette famille et la municipalité un partenariat tacite où tout le monde trouvait son avantage.

Passant en revue les courriers de menaces, elle finit par retrouver celui qui faisait allusion à la sapinière — et dont elle avait parlé à Riley. A en juger par la formulation employée, l'auteur connaissait la réputation de fauteurs de trouble des Lewiston.

Elle aurait dû prêter attention plus tôt à ce détail. Mais il n'était pas trop tard pour s'en servir à son avantage. Posant les mains avec légèreté sur le clavier, elle choisit ses mots avec soin.

Elle ne pouvait pas être sûre que son e-mail serait lu à temps, et par la bonne personne, mais il fallait essayer. Quand elle fut certaine que son invitation contenait la juste dose de bravade et de séduction, elle cliqua sur « Envoyer ». Tandis que le message traversait le cyberespace en direction des trois adresses qui apparaissaient le plus fréquemment dans les courriers de menace, elle murmura une prière.

Il se pouvait que les fédéraux aient vent de son initiative, mais c'était un risque à prendre. Ne rien faire, laisser ces terroristes détruire sa ville et sa confiance, était intolérable.

— Pour Noël, vous aurez une jolie cellule en prison, dit-elle à mi-voix.

Elle saisit son ordinateur, son portable, son sac à main, et souhaita le bonsoir à tout le monde. Cependant, elle n'avait pas l'intention de rentrer directement chez elle.

Prenant son temps, elle se rendit en voiture à l'extérieur de la ville pour admirer le nouveau panneau de bienvenue. Elle espérait que les touristes afflueraient en masse le lendemain.

Sur le chemin du retour, elle éprouva un émerveillement d'enfant en découvrant le centre-ville métamorphosé. Chaque rue était décorée selon un thème particulier, élégant ou féerique.

Elle se rendit ensuite au parc. Le portail en fer forgé était illuminé de petites ampoules blanches et de guirlandes végétales tressées d'un ruban scintillant. Tout en traversant le parc à faible allure, elle songea à Riley. Il s'était comporté en héros aujourd'hui, sur les docks.

Peut-être se trouvait-il simplement, comme il l'avait dit, au bon endroit au bon moment. Peut-être souhait-il rester à Belclare parce qu'il aimait cette ville. Mais elle n'y croyait pas, même s'il embrassait merveilleusement bien.

Il n'était pas ce qu'il prétendait être, elle en était sûre. Le cœur battant, elle s'aperçut qu'elle était impatiente d'avoir des réponses. Pas seulement dans le cadre de l'affaire Wilks, mais aussi pour elle-même.

La neige se mit à tomber alors qu'elle parvenait devant le kiosque. Des stands de marchands ambulants étaient installés çà et là derrière la vaste pelouse en pente sur laquelle les habitants aimaient à s'installer pour profiter des concerts et des spectacles réalisés par la compagnie de théâtre locale. Le Père Noël et ses lutins collecteraient les lettres des petits enfants de 10 à 16 heures. La grande roue, symbole coloré et joyeux de la période des fêtes, tournerait du matin au soir pendant les trois prochaines semaines.

Elle ne laisserait personne gâcher cela !

Elle se gara et descendit de voiture, goûtant le profond silence qui régnait alentour, tandis que de gros flocons de neige s'accrochaient à ses cheveux et à ses cils. Quand elle se fut imprégnée de cette paix, que toute tension nerveuse eut disparu, elle prit quelques photos à l'aide de son téléphone.

Elle connaissait déjà la vérité, cependant : les décors de cette année avaient servi de modèle aux dessins de mauvais goût trouvés dans sa boîte e-mail.

Le lendemain, normalement, cet endroit serait noir de monde. Si tout se déroulait comme prévu à la sapinière des Lewiston, les touristes pourraient profiter en toute sérénité de l'atmosphère festive et de ce paysage hivernal de carte postale.

Satisfaite de son plan, elle décida de rentrer chez elle. En passant devant les maisons de ses voisins, elle aperçut les arbres de Noël derrière les fenêtres. Il fallait vraiment qu'elle s'occupe d'installer le sien.

Elle se gara à côté du pick-up de Riley. Ce dernier avait branché pour elle les guirlandes lumineuses de son jardin, mais hélas, la fenêtre du salon, encore obscure, n'en paraissait que plus désolée. Même Riley et Mme Wilks avaient trouvé le temps de décorer leur sapin, malgré leur journée plus que chargée.

La lumière se fit chez Riley, au-dessus de la porte de derrière, et elle le regarda, fascinée, passer ses chaussures de chantier et enfiler le blouson rouge dont il ne se séparait jamais. Il avait une façon de se mouvoir qui n'appartenait qu'à lui.

Il se dirigea vers sa voiture et lui ouvrit la portière.

— Quelle galanterie ! dit-elle, posant le pied par terre.

— Je vous attendais, avoua-t-il, un grand sourire aux lèvres. Vous avez été magnifique à la conférence de presse.

Des flocons scintillants s'accrochaient à ses cheveux.

— Merci. Vous n'étiez donc pas à l'hôpital ?

— Si, mais ils m'ont relâché tout de suite.

Comme elle examinait son visage, il ajouta :

— Ce ne sont que des égratignures.

Du bout des doigts, elle effleura la suture adhésive qui ornait sa pommette. C'était un miracle que son œil n'ait pas été touché.

Tournant la tête, il déposa un baiser au creux de sa paume.

— J'ai une surprise pour vous.

Il se dirigea à reculons vers sa maison, comme s'il ne pouvait détacher son regard d'elle. Extrêmement flattée par cette attention, elle lui rendit son sourire, puis se rappela les paroles de Gadsden. Il était possible que Riley, lui aussi, soit au service des terroristes.

— Pourquoi ?

— Est-ce qu'il faut une raison ?

Tout le monde avait des raisons d'agir, se dit-elle.

— Je suppose que non.

— Vous devez être fatiguée.

— Pourquoi dites-vous ça ?

Elle avança d'un pas, incapable de résister à l'attirance qu'il exerçait sur elle, malgré le risque. Ou peut-être *à cause* du risque.

— Je m'attendais à un interrogatoire serré, expliqua-t-il, les sourcils levés.

Il ouvrit la porte de chez lui. Elle le suivit à l'intérieur.

— Qu'est-ce que vous mijotez ?

Il sourit.

— Attendez ici.

Elle croisa les bras sur sa poitrine, espérant qu'elle n'était pas en train de se comporter comme la dernière des idiotes.

Il disparut à l'arrière de la maison.

— J'ai vu que Mme Wilks avait installé son sapin..., commença-t-elle.

Elle s'interrompit en le voyant réapparaître. Ou plutôt, en voyant se profiler dans l'encadrement un énorme sapin fraîchement coupé.

— Qu'est-ce que c'est ?

Il se pencha sur le côté pour la regarder.

— C'est un véritable arbre de Noël.

Son sourire balaya tous les doutes d'Abby. Quelqu'un de mal intentionné ne pourrait être ainsi mis en joie par quelque chose d'aussi sentimental qu'un sapin.

La riche odeur de résineux l'enveloppa.

— Il est énorme !

— Mme Wilks m'a aidé à en choisir trois à la ferme des Lewiston. D'après elle, ils ont les plus beaux arbres de la région.

La mention des Lewiston éveilla de nouveau ses soupçons. Etrange coïncidence...

— Trois ?

— Oui. Un pour elle, un pour moi, et celui-là pour vous.

— Je les ai vus par la fenêtre, en me garant.

— Pendant que vous étiez occupée à travailler, nous nous sommes amusés à les décorer, dit-il en posant l'arbre entre eux. Si vous n'en voulez pas, je lui trouverai un autre foyer.

— Je le veux ! Il est parfait.

Pour masquer son trouble, elle retourna à sa voiture chercher son sac. La journée avait été très longue, et n'aurait pu avoir de meilleure conclusion. Mais peut-être avait-elle perdu l'esprit et s'était-elle résolue à l'inévitable.

— Comme je ne savais pas où était le vôtre, je vous ai aussi acheté un socle.

— Il semble que vous pensiez à tout.

Il haussa les épaules.

— J'ai le sens du détail.

— Oui, j'avais remarqué.

Déverrouillant sa porte, elle le laissa porter l'arbre à l'intérieur.

— Où voulez-vous que je le mette ?

— Dans la pièce de gauche, au bout du hall.

Admirative, elle le regarda manœuvrer dans l'étroit vestibule sans rien casser ni bousculer. Le désagréable souvenir des dégâts causés chez Mme Wilks lui revint en mémoire. Elle fut alors frappée par une autre idée. Mais elle attendit qu'il ait appuyé le sapin contre le mur pour demander :

— Vous l'avez amenée à la sapinière et aidée à décorer son arbre pour pouvoir garder un œil sur elle, n'est-ce pas ?

Il plongea les mains dans ses poches.

— Je plaide coupable.

— Je parie que vous lui avez aussi donné un coup de main pour remettre de l'ordre chez elle.

— C'est une femme qui a du tempérament, dit-il, mais personne ne devrait traverser seul ce genre d'épreuve. Et puis, elle m'a encore offert des biscuits.

— Vous en avez, de la chance !

Elle appréciait le caractère normal de l'instant. En la présence de Riley, elle avait l'étrange sensation que tout finirait bien. Qui aurait pu deviner qu'un étranger lui procurerait ce sentiment de sécurité et d'équilibre au moment où Belclare était la cible de violentes attaques ?

— Je vais chercher le socle et je reviens, annonça-t-il.

— Un reste de lasagnes, ça vous tente ?

Il planta son regard dans le sien, puis laissa ses yeux descendre lentement vers sa bouche. Avait-il le même désir qu'elle de l'embrasser ? Elle l'espérait.

— Ça me tente…

— D'accord. Je lance le four pendant que vous installez le sapin.

Il ne fit pas mine de bouger. Jetant un coup d'œil autour de lui, il demanda :

— Voulez-vous que je l'installe devant la fenêtre ?

— Oui, s'il vous plaît.

Son regard passa du plafond aux meubles, puis tomba sur le bouquet offert par Deke.

— Un admirateur ? s'enquit-il, sourcils froncés.

La joie d'Abby s'évanouit aussitôt.

— Pas du tout. C'est une attention de Deke Maynard.

— Oh ! Bien…

Elle se débarrassa de son manteau et le suspendit au vestiaire, près de l'entrée. Avec Riley dans son salon, elle était bien loin de penser à Deke.

— Il souhaitait m'encourager.

— C'est un encouragement très sérieux, glissa-t-il doucement. Vous savez, si je suis sur une chasse gardée…

— Une chasse gardée ? le coupa-t-elle, offusquée. Vous me prenez pour du gibier ?

— Ce n'est pas ce que j'ai voulu dire, vous le savez bien…

Elle planta les poings sur ses hanches.

— Vous m'offrez un sapin de Noël, et l'instant d'après vous m'accusez d'être volage !

Il fit un pas vers elle, mais elle leva la main.

— Ce n'est pas ce que j'ai voulu dire, répéta-t-il.

— Dites clairement ce que vous pensez, dans ce cas.

— Vous me plaisez.

Il s'avança encore, s'arrêtant quand ton torse toucha le bout de ses doigts.

— J'ai envie de vous, ajouta-t-il, une flamme dansant dans son regard. Et je cherche toujours à obtenir ce que je désire. Parfois, j'y vais un peu fort.

Abasourdie, elle sentit faiblir son indignation. Elle était surprise que ses genoux ne se dérobent pas sous elle. Il se tenait seulement à quelques centimètres d'elle, et elle ne pouvait s'empêcher d'imaginer le contact de ses mains et de sa bouche sur elle. Cet homme était effroyablement sexy !

— Je vous ai embrassé la première, marmonna-t-elle. Ça aurait pu vous mettre sur la piste.

Elle vit frémir le coin de ses lèvres.

— Je m'en souviens. Mais je suis nouveau ici, et je ne possède pas bien les codes en vigueur. Ce que je sais, c'est que je n'aime pas partager.

Soudain, elle comprit.

— Danny vous a dit que je voyais Deke toutes les semaines.

Il hocha la tête, sans la quitter des yeux.

— Nous prenons seulement le café ensemble. En amis.

Levant les bras, elle ôta les épingles qui retenaient son chignon, puis les glissa dans sa poche et se passa les doigts dans les cheveux. Il ne lui échappa pas que Riley suivait des yeux chacun de ses mouvements.

— Il a du talent, mais il est très timide. Il est aussi extrêmement influent.

— J'ai entendu les publicités à la radio.

— Précisément. Il a été d'un grand soutien. Les fleurs étaient une gentille attention.

— Il vous les a livrées en personne ?

L'insistance de Riley sur ce point lui parut étrange.

— Vous venez bien de m'apporter un arbre, lui fit-elle observer. Deke est seulement un ami.

Pendant une brève période, elle avait espéré qu'il deviendrait plus que cela ; mais là, auprès de Riley, elle se rendait compte à quel point elle s'était sentie seule. Deke ne serait jamais rien d'autre qu'une relation amicale.

— Je comprends.

— Vraiment ?

— Oui.

Il lui prit la main et la porta à ses lèvres.

— Vous êtes une femme sublime et courageuse. Pouvez-vous m'en vouloir d'avoir pensé que je n'étais pas le seul sur les rangs ?

Elle leva les yeux au ciel, mais le compliment lui fit chaud au cœur. Elle retira sa main, puis, cédant à la tentation, déposa un baiser sur sa joue.

— Allez chercher le socle. Je m'occupe du dîner.

— Oui, m'dame.

Elle enfila un tablier, mit le four en marche et prépara une salade pour accompagner les lasagnes. Au bout de quelques instants, Riley revint avec le socle et une scie. Avoir un homme prévoyant à ses côtés était une bénédiction, pensa-t-elle en enfournant le plat.

Riley l'appela du salon pour lui demander son avis.

— Eh bien ?

L'arbre qu'il avait choisi était parfait. Il occupait idéalement l'espace.

— C'est magnifique ! Vous n'avez pas perdu de temps.

— Le présent, c'est tout ce que nous possédons.

Cette philosophie pragmatique lui rappela qu'elle avait certainement ouvert la boîte de Pandore tout à l'heure, en envoyant cet e-mail. Si elle avait mal joué, elle verrait peut-être sa carrière s'arrêter dès le lendemain.

— Dans combien de temps le dîner sera-t-il prêt ?

— Quinze minutes environ.

— Parfait. Montrez-moi où vous rangez vos décorations. Je me charge de les descendre.

— D'accord. Elles sont au grenier, dit-elle en le précédant dans l'escalier.

Il était juste deux marches derrière elle. Elle tâcha de ne pas y penser. Un seul regard de cet homme, et son cœur s'affolait. *Le présent, c'est tout ce que nous possédons.* Tel un écho, la formule retentit dans sa tête, moqueuse, tentatrice. Si les lasagnes n'avaient pas risqué de brûler dans le four, elle l'aurait emmené dans sa chambre sans plus attendre.

Elle tira la trappe du grenier et déplia l'échelle qui permettait d'y accéder.

— Vous trouverez les cartons de Noël tout de suite à droite.

Elle se serra contre le mur pour passer devant lui et commença à descendre l'escalier.

— Riley ?

Il interrompit son ascension pour la regarder.

— Merci, dit-elle.

— Vos lasagnes valent bien cet effort !

Puis, ayant ainsi détendu l'atmosphère et l'ayant mise, elle, à l'aise, il disparut.

Le sourire aux lèvres, elle retourna au rez-de-chaussée, et se trouva en proie à un bref dilemme. Où devait-elle dresser le couvert ? Dans la cuisine, cela ne sortait pas assez de l'ordinaire, et dans la salle à manger, ce serait trop formel. Elle trancha la question en disposant une nappe rouge vif, des sets de table verts et une bougie sur la table de la cuisine. Une décoration tout droit sortie d'un magazine des années cinquante, songea-t-elle. Mais elle n'avait plus le temps de rien modifier : les pas de Riley résonnaient dans le couloir.

— Que c'est mignon ! s'exclama-t-il, s'immobilisant sur le seuil pour admirer la décoration de table.

Veiller à la sécurité d'Abby constituait une part importante de sa mission, mais offrait aussi beaucoup d'agrément. Il lui avait dit la vérité en déclarant qu'elle lui plaisait. Elle lui plaisait, oui… Que ce soit en uniforme, en pleine action comme tout à l'heure sur la côte, ou élégamment vêtue d'un chemisier ivoire, d'une jupe noire et de talons hauts, comme à présent.

Il aimait l'embrasser, lui parler, et même se disputer avec elle à propos de bombes ou de fleurs.

— Ça sent encore meilleur que la première fois, dit-il, s'efforçant de revenir à des préoccupations plus terre à terre.

Il souhaitait aborder certains points de l'affaire avec elle, lui demander si elle en savait plus sur le tireur embusqué ou les agresseurs de Mme Wilks.

Le village de Noël commençant officiellement le lendemain, ce serait plus pratique s'ils pouvaient réduire l'éventail des suspects.

— Merci. Asseyez-vous, dit-elle. Je vous offre du vin ?

— Non, merci.

Il la regarda s'en verser une bonne rasade, puis jeta un coup d'œil à l'horloge du four. Six minutes lui suffiraient.

— Ça vous ennuie, si je vais me chercher une bière chez moi ?

— Pas du tout.

Il se rendit dans la maison voisine en marchant aussi vite que possible, puis, dès qu'il fut à l'intérieur, il gravit l'escalier quatre à quatre. Il enfila rapidement un pantalon beige et une chemise à col boutonné. Il s'était douché après l'épreuve des docks, bien sûr, mais il avait manipulé des sapins et des cartons poussiéreux depuis. Il trouvait plus respectueux de paraître au dîner autrement qu'en jean de travail et tricot à manches longues. Elégante comme elle l'était ce soir, Abby méritait bien cela.

C'était ce dont il voulait se persuader, en tout cas. Il était trop pressé pour s'interroger sur son besoin soudain de l'impressionner. Il se passa un coup de brosse dans les cheveux, avant de mettre des chaussettes et des chaussures bateau.

Quand il revint sur le seuil de sa cuisine, une bière à la main, Abby était en train de sortir le plat du four. Elle le posa sur la table, et demeura bouche bée en l'apercevant.

— Que… ? Vous n'étiez pas obligé de… de vous mettre sur votre trente et un.

— Mais si…

La façon dont elle le considérait en cet instant lui prouvait qu'il avait eu cent fois raison de le faire. Il fit le tour de la table et tira une chaise pour elle, remarquant au passage que le niveau de son verre de vin n'avait pas baissé, mais qu'il y avait maintenant une trace de rouge à lèvres sur le bord.

Ainsi, il n'était pas le seul à être nerveux. Tant mieux. Une grande question demeurait, cependant : était-elle fébrile à cause des événements de la journée, ou à cause de lui ? Un mélange des deux lui allait, décida-t-il, du moment qu'il contribuait à son trouble.

Tout en parlant de tout et de rien, elle remplit leurs assiettes. Bien qu'il ait envie de connaître les derniers développements de l'affaire, il respecta son besoin de prendre un peu de distance.

— Vous êtes très élégant, dit-elle en cueillant une feuille de salade du bout de sa fourchette.

— Merci.

Au lieu de manger, elle se contentait de déplacer sa nourriture dans son assiette. Il était assez avisé pour savoir que son coup d'éclat vestimentaire n'était pas la cause de ce manque d'appétit.

— Qu'est-ce qui vous préoccupe ?

— Rien... Tout.

Elle piqua un autre morceau de laitue et une tomate cerise sur sa fourchette, mais ne les porta pas à sa bouche.

— Je sais écouter, dit-il.

Elle leva les yeux vers lui en souriant.

— J'ai remarqué. Mais ce n'est pas le moment.

Il avala une gorgée de bière.

— Mon offre vaut sur le long terme. Vous savez où me trouver.

Soucieux de la distraire de ses préoccupations, il changea d'angle d'attaque :

— Etes-vous difficile en ce qui concerne la façon d'accrocher les guirlandes électriques ?

Elle le considéra, les yeux étrécis.

— Que voulez-vous dire par « difficile » ?

Il repoussa son assiette et se pencha légèrement vers elle.

— Eh bien, voilà. J'ai remarqué qu'il y avait trois sortes de gens. Ceux qui se fichent de la méthode employée. Ceux qui sont regardants sur un détail en particulier — sur le fait de commencer par le bas ou par le haut, par exemple.

Elle hocha la tête, la bouche pleine de salade. Se félicitant de son succès, il continua :

— Et puis il y a les maniaques qui s'opposent à tout ce qui ne correspond pas exactement à leur définition du parfait éclairage, qui se sentent moralement offensés si l'équilibre entre les branches n'est pas respecté, si les fils ne sont pas invisibles et raccordés derrière l'arbre... Ce genre de choses. Vous voyez.

— Oui, dit-elle en enfournant une grosse bouchée de lasagnes.

— Mme Wilks est difficile de façon charmante, dans le genre traditionnel. L'ange qui trône au sommet du sapin doit être auréolé de lumière. Elle aime les guirlandes lumineuses blanches, et que celles-ci soient disposées de bas en haut.

Abby leva son verre à sa santé.

— Vous, en revanche, vous les préférez multicolores.

— Pour être honnête, j'ai récupéré les guirlandes inutilisées du village de Noël. Comme je n'ai pas eu le temps de faire des courses, je les ai rachetées à mon patron hier.

— Et en ce qui concerne les autres accessoires, qu'est-ce que vous avez prévu ?

— Peg a un joli choix à la quincaillerie. J'ai prévu d'y passer demain.

A la mention de Peg, le visage d'Abby se ferma.

— Quand j'étais petit, se hâta-t-il de dire, je décorais tous les ans le sapin de Noël de l'église avec ma classe.

— A en juger par ce que vous avez réalisé ici, vous avez dû y prendre beaucoup de plaisir.

— Pas quand sœur Mary-Catherine était responsable de la décoration. Elle, c'était une vraie maniaque de la guirlande !

Elle rit, à nouveau détendue, et il se sentit soulagé d'avoir partagé avec elle un vrai souvenir de son passé.

— Est-ce que vous allez répondre à ma question ?

Elle repoussa sa chaise et alla poser son verre sur le comptoir. Puis elle le considéra, et une lueur malicieuse passa dans son regard.

— Que ferez-vous si je vous avoue que je fais partie de la catégorie des maniaques ?

— Je vous laisserai accrocher vos guirlandes toute seule.

— Aucun souci. Je fais ça tous les ans.

— Vous êtes rodée, donc. Je suis curieux de voir ça, dit-il d'un ton taquin, tout en empilant les assiettes.

Elle les lui prit des mains.

— Laissez, vous n'allez pas débarrasser, en plus !

Avec des talons, elle était presque aussi grande que lui. Il se pencha et l'embrassa sur les lèvres. C'était un baiser doux, léger, tout en retenue, mais terriblement troublant.

— Vous avez préparé le repas, dit-il. Je débarrasse.

Elle lui jeta un regard suspicieux.

— Soit votre mère vous a très bien élevé, soit le parfum du sapin vous est monté à la tête.

— C'est peut-être les deux, répondit-il en souriant. Et puis, vous avez fait allusion à votre expérience en matière de guirlande…

Elle recula et leva les mains en signe de reddition.

— D'accord. Vous débarrassez, j'accroche les guirlandes, par pitié pour vous.

Il rangea la cuisine en un temps record, non seulement parce qu'il avait envie de la voir à l'œuvre, mais aussi parce qu'il se rappela — trop tard — que le sapin pourrait abîmer son chemisier.

Lorsqu'il la rejoignit dans le salon, il la trouva agenouillée près de la prise de courant située sous la fenêtre, une guirlande allumée, et apparemment oubliée, entre les mains. Elle regardait la maison de Calder, visiblement plongée dans le souvenir de l'accident.

La neige tombait un peu plus dru, à présent. L'ambiance serait au rendez-vous le lendemain, pour le village de Noël. Il fut surpris de constater à quel point il souhaitait que l'événement ne soit pas gâché par la folie meurtrière des terroristes. Il se sentait déjà chez lui dans cette ville, alors qu'il venait à peine d'y arriver. Il contempla Abby, conscient qu'elle était en grande partie responsable de cet état de fait.

— Hé, fit-il doucement, pour ne pas la surprendre.

Elle se retourna, et la dureté de son regard le fit tressaillir. Ce n'était pas l'expression de quelqu'un qui se lamentait sur le sort de son ami, ou qui se sentait responsable de l'accident. Non, ce qu'on lisait dans ses yeux, c'était une détermination sans faille et sans limites.

— Vous avez fait quelque chose, dit-il.

— Quoi ?

Elle cligna des yeux, et son visage s'éclaira.

— Non. Je ne sais simplement pas par où commencer.

Il s'agenouilla à côté d'elle.

— Balivernes ! Vous ne vous souvenez même plus de ce que vous êtes venue faire. Donnez-moi cette guirlande avant de salir votre chemisier.

— Je suis capable de le faire.

— Je sais, Abby.

Ce qui ne manquait pas de l'inquiéter, compte tenu de ce qu'elle se préparait à affronter. Il aurait aimé qu'elle se confie à lui, mais pourquoi l'aurait-elle fait ? A ses yeux, il n'était qu'un charpentier doté d'une certaine expérience de la vie.

— Mais je suis sûr que vous n'avez pas pour habitude de décorer votre sapin dans cette tenue.

— Riley…

— Quoi ? Il n'y a pas de honte à accepter un peu d'aide.

Il ne parvenait pas à la regarder, se sentant sur le point de lui révéler plus que ce qu'elle avait besoin de savoir.

Evaluant d'un coup d'œil la distance entre l'arbre et la prise électrique, il accrocha la guirlande sur les branches les plus basses en moins de temps qu'il ne fallait pour le dire. Ses mains agissaient toutes seules, ce qui était une chance, étant donné qu'il était incapable de réfléchir.

— Riley ?

Il ajusta le fil de façon à le rendre invisible.

— Guirlande suivante, dit-il, tendant la main.

— Regardez-moi.

Il s'accroupit sur ses talons.

— Avec plaisir.

Elle avait ôté ses chaussures, ses jambes étaient ramenées sous elle, et sa jupe lui arrivait juste au-dessus des genoux.

— Je réfléchissais à ce que vous disiez à propos du présent.

Faisait-elle allusion à des questions d'ordre professionnel, ou s'agissait-il d'une invitation déguisée plus personnelle ? Rien dans son attitude ne lui permettait de deviner ce qu'elle avait en tête.

— Je peux continuer à travailler dans le présent, dit-il.

— En effet, acquiesça-t-elle.

Un joli sourire illumina son visage, doucement éclairé par la lampe qui brillait dans un angle. Elle lui mit une guirlande dans la main. Soulagé, il poursuivit son ouvrage.

— Vous êtes un homme doué de nombreux talents. Pouvez-vous me dire d'où vous vient votre expérience des bombes ?

— J'ai acquis des connaissances sur les explosifs dans l'exercice de mon métier, répondit-il, sans préciser de quel métier il s'agissait.

— Mais il ne s'agissait pas seulement d'explosifs. Vous avez identifié des fils. Et le mot.

— Des fils qui n'avaient rien à faire dans un phare, et qui étaient rattachés à des explosifs. Le mot était disposé de façon à être trouvé. Un autre policier ou vous-même en auriez fait autant.

Lui jetant un bref regard par-dessus son épaule, il vit qu'elle fronçait les sourcils, l'air pensif. Quelqu'un avait dû instiller le doute dans son esprit.

— Dans le bâtiment, on est souvent amené à se servir d'explosifs. J'ai été confronté plus d'une fois à ce genre de situations. Je m'y connais un peu dans beaucoup de domaines, Abby. Les voitures, les revêtements de sol ou les guirlandes électriques. C'est la raison pour laquelle j'ai accepté ce poste ici. Et que je loge dans la maison des Hamilton.

Cela aussi, c'était partiellement la vérité, mais il doutait qu'elle lui pardonne un jour d'avoir omis le principal.

— OK.

— Branchez-la, fit-il, lui indiquant la prise. Et dites-moi si ça vous convient pour l'instant.

Elle se pencha vers la prise, à quatre pattes, le mettant à rude épreuve. Il tourna les yeux vers le sapin avant qu'elle ne le surprenne en train d'admirer d'un œil concupiscent la courbe douce et épanouie de ses fesses.

— Oh ! Que c'est joli ! murmura-t-elle.

Un homme doué de nombreux talents, songea-t-il.

— A mon avis, vous êtes plus du type « décontracté » que « difficile », déclara-t-il.

— Vous pouvez toujours rêver… Pardon de vous avoir posé cette question, mais comme vous avez fait preuve d'un calme olympien aujourd'hui, je me suis demandé si vous aviez été flic ou…

— Criminel ?

— Il arrive qu'ils se promènent dans la nature.

— Un criminel aurait-il aidé Mme Wilks ?

— Un escroc, oui.

— Ses biscuits aux pépites de chocolat sont à se damner, c'est vrai, mais je ne suis ni un criminel ni un escroc.

— D'après le maire, vous êtes le héros de Belclare.

— Je me passe aisément de ce genre de titre. Vous pouvez me faire confiance, Abby, je suis de votre côté. Je propose que nous terminions.

Disant cela, il ne faisait pas seulement allusion au sapin.

— C'est peut-être en moi que je n'ai pas confiance, avoua-t-elle en lui tendant une autre guirlande. Dès que j'ai le dos tourné, une nouvelle personne est blessée ou menacée.

— Vous avez gagné, aujourd'hui.

Elle fit entendre un reniflement de dérision, et se mit à marcher de long en large dans la pièce.

— Nous n'avons personne à interroger. Ce n'est pas ce que j'appellerais une victoire. Et on n'a relevé aucune empreinte utilisable chez Mme Wilks.

— Filmore a dit quelque chose de plus ?

— Non.

Son impatience manifeste le frappa. Il eut soudain la quasi-certitude qu'elle avait pris des mesures extrêmes.

— Moi, j'ai confiance en vous, tout comme Mme Wilks, Calder, Peg, et votre équipe. Ce ne sont pas des idiots, Abby.

Non sans mal, il se fraya un chemin à travers les branches intermédiaires. Au moins, tant qu'il avait les mains occupées, il ne risquait pas d'attirer Abby dans ses bras.

Elle lui apporta une échelle afin qu'il puisse accéder à la partie haute de l'arbre, et quand ce fut fini il vit qu'elle était contente du résultat.

— Je déteste accrocher les guirlandes électriques, admit-elle.

— Content d'avoir pu vous aider.

— Que je commence par le bas ou par le haut, je m'énerve avant la fin et je bâcle le travail.

— Voilà qui ne vous ressemble guère.

— C'est un domaine dans lequel je manque de patience.

Riant d'elle-même, elle lui tendit l'étoile destinée à parer le sommet de l'arbre. Il l'accrocha et descendit de l'échelle.

— Sans vouloir me vanter, c'est réussi !

Elle tira les rideaux.

— Je suis d'accord.

Mais elle ne faisait pas attention à l'arbre. C'était lui qu'elle regardait.

— Vous avez de la sève sur votre chemise, observa-t-elle en s'approchant de lui.

— Ça partira au lavage.

— J'espère que ce n'est pas votre seule chemise habillée ?

— Non.

— Tant mieux !

D'un coup sec, elle écarta les pans de sa chemise, faisant sauter les boutons.

— Abby ?

— Je vis au présent, déclara-t-elle. J'ai toujours eu envie de faire ça, mais jusqu'à maintenant je n'avais jamais trouvé l'inspiration nécessaire.

Ses mains, douces et chaudes, se posèrent sur son torse nu.

— Dites-moi que je vous ai surpris, je vous en prie.

Se haussant sur la pointe des pieds, elle lui effleura les lèvres d'un baiser.

— Que vous m'avez surpris ? fit-il sans comprendre.

Puis il se souvint des mots qu'il avait prononcés la veille dans le pick-up.

— Oh oui, vous m'avez surpris ! souffla-t-il.

Il l'entoura de ses bras et l'attira contre lui, le chemisier de soie d'Abby formant entre eux une barrière presquc immatérielle, affriolante. Avec une lenteur délibérée, il se pencha sur sa bouchc.

Scs lèvres étaient douces et avides, et sa langue, plus caressante que la veille, avait encore le goût du vin qu'elle avait bu au dîner — une saveur sombre, voluptueuse, offrant un contraste harmonieux avec le parfum délicat des roses et la fraîche odeur de sapin.

Elle fit glisser sa chemise le long de ses bras. A regret, il relâcha son étreinte pour se débarrasser du vêtement. Il était fou de désir. Il voulait connaître chaque centimètre carré de sa peau. Il brûlait de savoir comment leurs corps s'entendraient, de découvrir ce qu'elle aimait, ce qui lui faisait perdre la tête.

Il lui effleura la gorge de baisers et lui mordilla doucement le creux de l'épaule, tandis que les mains d'Abby allaient et venaient sur ses bras. Ses doux soupirs, ses caresses, ses baisers menaçaient de lui faire perdre toute retenue.

— Abby, murmura-t-il contre sa peau.

Le sang battait avec force dans ses veines. S'il y avait eu d'autres femmes avant elle, il ne s'en souvenait plus.

Il n'y avait plus qu'elle, ici et maintenant. Sa main remonta le long de sa cage thoracique et prit en coupe un de ses seins, dont la pointe durcit sous sa paume. Elle poussa un gémissement et s'arqua contre lui. Il ne pouvait plus attendre… Il voulait avoir son goût dans la bouche.

Il perçut un bruit de fermeture Eclair, puis un froissement d'étoffe quand sa jupe tomba à ses pieds. Sentant qu'elle se détachait de lui, il fut sur le point de protester mais, à la vue des jarretières en dentelle qui faisaient ressortir la blancheur crémeuse de sa peau délicate, il eut le souffle coupé et ne put articuler un mot.

Elle revint vers lui et noua les bras autour de son cou. Il la souleva, calant ses longues cuisses fines autour de ses hanches, puis pivota sur lui-même et la plaqua contre le mur. Il serait heureux de la prendre ici, tout de suite, sur le canapé ou même sur les marches de l'escalier.

Il opta pour le canapé et s'y laissa tomber au milieu des coussins. Elle était à califourchon sur lui, ouverte et offerte à ses caresses. Il lui enleva son chemisier et fit courir ses doigts le long des bretelles de son soutien-gorge, qu'il dégrafa et laissa tomber sur le sol.

Il la caressa, attentif à ce qui lui donnait du plaisir. Il explora chaque parcelle de sa peau, décidé à lui montrer combien il la trouvait belle. Combien, à son tour, elle lui donnait le sentiment d'être désirable. Il l'attira à lui et cueillit l'un de ses seins dans sa bouche, puis l'autre, agaçant la chair délicate avec sa langue, la mordillant. Agrippée à ses épaules, elle l'encourageait doucement en poussant de petits gémissements.

Au bout d'un moment, elle s'écarta légèrement de lui, baissa la tête et posa ses lèvres sur les siennes. Leur baiser s'approfondit et se transforma bientôt en un véritable duel sensuel. Les mains d'Abby se promenèrent sur son torse avant de s'aventurer plus bas, enserrant son érection en une délicieuse caresse.

Tandis qu'elle ouvrait son pantalon et le prenait à pleine main, il glissa un doigt sous la dentelle de sa culotte et la trouva mouillée, chaude, prête à l'accueillir.

— Abby, murmura-t-il, au comble de l'excitation.

Il se souleva sur un coude et se débarrassa de ses vêtements. La seule barrière qui restait entre eux était la culotte d'Abby. En un clin d'œil, il la lui arracha.

Vêtue en tout et pour tout de ses bas, elle descendit alors sur lui lentement, jusqu'à ce qu'il soit entièrement en elle. Se contenant par miracle, il attendit qu'elle donne le rythme. Son effort fut récompensé. Quand elle se mit à bouger, ce fut le paradis. Il lui agrippa les hanches, rencontrant son corps à chaque coup de rein, jusqu'à ce que les ongles d'Abby s'enfoncent dans ses épaules, que le frisson de l'orgasme la secoue des pieds à la tête, et qu'il la sente palpiter autour de lui.

Il jouit à son tour, et elle laissa retomber sa tête sur son épaule, haletante, tandis qu'ils revenaient peu à peu à la réalité.

Au bout de quelques instants, elle fit un mouvement.

— Je t'avais bien dit que le canapé était trop petit !

Elle se leva, sans lâcher sa main.

— Dors avec moi.

Il ignorait qu'il était possible de passer de l'état de plénitude absolue à celui d'excitation maximale en quelques secondes — le temps de gravir une volée de marches —, mais ce fut pourtant ce qui se produisit.

Quand ils atteignirent sa chambre, le tendre baiser qu'elle lui prodigua fut le début d'un nouveau corps à corps endiablé qui les laissa tous deux hors d'haleine.

Epuisée, Abby s'affaissa sur lui. Il l'entendit murmurer à son oreille, mais ne comprit pas ce qu'elle disait.

— Comment ?

Elle leva la tête et posa le menton dans ses mains pour le regarder.

— « Les âmes se rencontrent sur les lèvres des amants. »

Il fit courir sa main le long de sa colonne vertébrale.

— Tu cites Shelley ?

— Ça me semble adapté, dit-elle avec un sourire radieux. Tu connais donc cette citation ?

— Oui.

— Tu ne cesses de me surprendre, Riley !

Il lui passa la main dans les cheveux.

— Je pourrais en dire autant de toi, Abby.

Elle tira les couvertures sur eux et se lova contre lui.

— Je suis contente que tu sois là.

— Moi aussi.

Il déposa un baiser sur ses cheveux et, goûtant la perfection de l'instant, l'écouta respirer jusqu'à ce qu'elle s'endorme.

14

Samedi 3 décembre, 6 h 43

Abby se glissa hors du lit, veillant à ne pas déranger Riley. Il était étendu de tout son long sur le ventre, et les draps emmêlés révélaient sa nudité plus qu'ils ne la couvraient. De toutes les épreuves qu'elle avait traversées dernièrement, s'en aller maintenant était la plus difficile.

Avec un soupir de regret, elle s'obligea à avancer. Elle se rattraperait plus tard. Ce soir, quand les terroristes seraient en garde à vue, ils fêteraient ensemble la victoire. Ils pourraient même se rendre au parc et profiter de l'ambiance du village de Noël.

Elle prit un jean foncé et un pull dans son armoire et s'habilla dans la chambre d'amis pour ne pas le réveiller. Puis elle lui laissa un mot sur l'oreiller. Avec un peu de chance, tout serait terminé avant qu'il ne s'aperçoive de son absence.

En entendant Abby quitter la maison, Riley ouvrit les yeux. Il roula sur le dos et contempla le plafond, écoutant le bruit du moteur qui s'éloignait. Alors seulement il se leva.

Il aurait dû se sentir flatté qu'elle lui fasse assez confiance pour le laisser seul chez elle. Et puis, c'était l'occasion qu'il attendait depuis son arrivée à Belclare. Il ramassa ses vêtements et s'habilla rapidement, ne s'interrompant que pour lire le mot d'Abby. Elle s'excusait, expliquant qu'elle avait été appelée au poste pour une urgence.

Il avait dormi d'un sommeil profond, le corps souple de la jeune femme lové contre le sien ; malgré tout, il savait que son téléphone n'avait pas émis le bip exaspérant qui lui signalait les urgences. Au cours de leur nuit passionnée, elle avait profité d'une pause pour placer l'appareil dans son chargeur, au pied du lit.

S'il ne s'agissait pas d'un problème professionnel, alors où donc avait-elle couru si tôt ce matin ? Les réponses qui se présentèrent à son esprit ne lui plurent guère. La veille au soir, déjà, l'idée lui était venue qu'elle avait peut-être mis au point un stratagème pour contrarier les plans de l'ennemi. A présent, il avait la certitude qu'elle avait manigancé quelque chose en secret.

Il fixa sa montre à son poignet et regarda l'heure. Le village de Noël ouvrait officiellement ses portes deux heures plus tard.

Il procéda à une rapide inspection avant de quitter les lieux. Dans la cuisine, il trouva un second mot l'invitant à se servir du café et à déjeuner, et lui demandant de fermer la porte à clé en partant. Mais manger n'était pas sa priorité. Il voulait savoir ce qu'elle avait en tête.

Surmontant sa répugnance à violer sa vie privée, il ouvrit l'ordinateur portable qu'elle avait laissé sur la table de la cuisine. Il n'avait pas d'autre choix, s'il voulait assurer sa sécurité.

En découvrant l'e-mail dans lequel elle donnait rendez-vous au chef de la cellule dormante, il reçut un choc. Malgré lui, il en éprouva de la colère et un étrange sentiment de trahison. Il savait qu'elle ne lui faisait pas totalement confiance et comprenait ses raisons. Mais tenter ce pari sans renfort était complètement fou ! Les terroristes pouvaient la supprimer sans états d'âme et brandir cet exemple pour décourager toute autre tentative d'arrestation.

Il referma l'ordinateur et, après avoir tourné la clé dans la serrure de l'entrée, fit un rapide saut chez lui. Sa réaction instinctive fut de sortir son équipement militaire et ses armes de leur cachette, mais il se ravisa aussitôt : ce n'était pas la réponse appropriée.

Au lieu de cela, il troqua sa tenue de la veille contre un jean et un tricot à manches longues, puis enfila un holster d'épaule et vérifia que son 9mm était chargé. Il passa ensuite une épaisse chemise et redescendit au rez-de-chaussée, où il récupéra ses chaussures de chantier et son blouson sans manches.

Il réfléchirait en route au prétexte qu'il invoquerait pour expliquer cette nouvelle visite à la plantation de sapins.

15

Abby se gara près de l'entrée de la plantation, nullement surprise de constater que sa voiture était la seule sur le parking. Elle avait choisi ce lieu en raison de la présence de la famille Lewiston, et aussi parce que l'ennemi croirait — à tort — qu'il était facile d'y accéder et d'en ressortir.

La clôture en grillage ne constituait pas un obstacle suffisant pour décourager les intrus. Bien que leur propriété n'ait jamais été violée, les Lewiston montaient la garde vingt-quatre heures sur vingt-quatre, sept jours sur sept. L'un d'eux au moins serait en train de faire le guet, muni d'une arme.

Elle vérifia que son revolver était chargé et glissa des munitions supplémentaires dans les poches de son manteau.

Si son e-mail avait été lu par le bon destinataire, et si son défi avait été relevé, Belclare était sur le point d'être débarrassée de l'emprise terroriste.

Son insigne bien en vue sur la poitrine, son Glock au poing, elle sortit de la voiture. Malgré le soleil qui brillait dans le ciel, il faisait très froid. Le vent lui mordit les joues et plaqua son jean glacé sur ses jambes. La couche de neige qui recouvrait le gravier du parking craquait sous ses bottes fourrées. S'arrêtant régulièrement pour écouter, son arme pointée vers le sol, elle pénétra prudemment dans la forêt de conifères, répartis avec soin selon leur taille et leur espèce.

Elle sentit immédiatement que des yeux l'observaient. L'un des membres de la famille Lewiston, sans aucun doute. Grâce à l'augmentation du nombre de patrouilles, des agents pourraient être sur place en trois minutes, si elle les appelait en renfort. En trois minutes, elle avait largement le temps de soutirer des aveux, ou du moins d'identifier un suspect crédible.

Sa radio crépita.

— Salut, chef, fit une voix rocailleuse. Un intrus à l'angle nord-est. Pas d'arme a priori.

Les Lewiston connaissaient les fréquences radio de la police, évidemment. Elle hocha la tête, appréciant le renseignement et cette coopération spontanée. Elle avançait d'un pas plus assuré dans la direction indiquée, quand la voix s'éleva de nouveau.

— Deuxième individu à l'est de votre position. Il a un holster d'épaule. Je ne sais pas ce que vous mijotez, mais on dirait que ça intéresse du monde.

Elle sentit un frisson glacé lui parcourir l'échine. Elle ne s'était pas attendue à ce que ce soit facile, mais en avançant ses pions intelligemment, elle pouvait réussir cette opération. Elle n'avait pas le droit d'échouer.

Veillant à ce qu'il y ait toujours plusieurs rangées d'arbres entre elle et la bordure est de la parcelle, elle se rapprocha de l'angle nord, impatiente de découvrir qui l'attendait.

Une détonation retentit, et des oiseaux s'envolèrent. Les branches les plus basses d'un sapin volèrent en éclats sur sa droite. Une odeur de sève fraîche emplit l'air. L'arbre s'effondra, et elle aperçut un blouson rouge familier qui plongeait à couvert.

L'homme ne pouvait pas être Riley… Non, cet abruti de terroriste se moquait d'elle. Elle n'avait pas pu se tromper au point de coucher avec son ennemi !

— Montrez-vous ! ordonna-t-elle en se couchant sur le ventre, à l'affût d'un mouvement ou d'un bruit.

— Je crois qu'il est venu vous tuer, Abby !

Deke ? Que diable faisait-il ici ?

Des pieds apparurent alors dans son champ de vision. Les chaussures vernies et le pantalon noir indiquaient qu'il s'agissait bien de Deke Maynard. Avait-elle si mal jugé sa personnalité ?

Elle mesura la distance qui les séparait et décida de rester couchée.

— Qu'est-ce qui vous amène ici, ce matin, Deke ?

— Il y a des siècles que je voulais vous le dire, très chère, répondit-il sans bouger. Mes activités dépassent largement le cadre de la peinture.

C'était donc lui ! Quelle idiote elle avait été ! Tellement reconnaissante de ce qu'il faisait pour sa ville et pour elle, qu'elle était restée aveugle face à l'évidence.

— Eh bien, parlez, il n'est pas trop tard, fit-elle, apercevant un autre individu qui s'approchait de lui.

Cette fois, pas d'erreur : il s'agissait bien des chaussures de Riley. Si c'était lui, pourquoi ne se défendait-il pas ? Ne la défendait-il pas, elle ? Son cœur se figea, aussi glacé que le sol sous sa poitrine. Elle sentit des larmes lui piquer les yeux.

Mais elle pleurerait plus tard. Pour l'instant, elle avait des aveux à recueillir et un coupable — peut-être deux — à arrêter.

— Je ne suis pas sûre que vous soyez capable d'endurer la vérité, douce Abby, railla Deke.

— Votre présence ici veut tout dire. Cet e-mail ne s'adressait qu'aux gens qui me menacent. J'en sais déjà bien trop long !

— En êtes-vous sûre ? Il y a plus d'un agent fédéral en mission secrète à Belclare. On m'a envoyé ici pour vous protéger.

Il semblait aussi calme que lors de leurs conversations autour d'un café, dans son salon.

— Levez-vous et parlons-en tranquillement. Vous me connaissez, Abby. Pourquoi vous cacher ? Si j'avais voulu vous tuer, ce serait fait, depuis le temps. Je n'ai pas manqué d'occasions.

Sur ce point au moins, il ne mentait pas.

— En effet, dit-elle en se mettant debout.

Elle en avait assez. Elle voulait entendre la vérité.

— Pourquoi ne pas en discuter tous les trois ?

— D'accord, déclara Riley, émergeant du couvert des arbres.

Il pointait un revolver sur la poitrine du peintre, qui leva les mains. Abby avait l'impression qu'elle le voyait pour la première fois. A sa façon de se tenir, il était clair que le métier de charpentier n'était pas sa vocation principale. Une foule de questions lui vint, mais aucune n'avait de rapport avec l'instant présent, et toutes lui faisaient terriblement mal.

— Baisse ton arme, lui commanda-t-elle d'une voix tremblante.

Il ne cilla pas.

— Non. Deke Maynard est un assassin, le cerveau de toute cette affaire ! Nous venons d'en avoir la confirmation.

— Mensonges commodes de la part d'un tueur qualifié, répliqua Deke, secouant la tête comme si ces accusations n'étaient rien de plus que les récriminations d'un enfant mécontent. J'ai vu à la télévision les images de votre charpentier en train de jeter à l'eau la voiture de cette pauvre vieille dame. Un exploit héroïque destiné à vous impressionner, Abby. Il vous a menti depuis le début. J'ai fait quelques recherches de mon côté, et je sais que Riley O'Brien n'est pas celui qu'il prétend être.

— Tu sais très bien que je n'ai rien à voir là-dedans, Abby ! protesta Riley, le visage assombri par la fureur.

Deke émit un « tut tut » désapprobateur.

— Il est donc proche de vous à ce point-là ? Ne vous en veuillez pas. Ses… talents particuliers sont bien connus dans certains milieux douteux.

Abby essaya de parler, mais sa voix ne lui obéissait plus. La seule chose dont elle était capable était de dévisager les deux hommes qui l'avaient si superbement roulée dans la farine. Peut-être ne méritait-elle pas son titre de chef de police de Belclare, après tout.

— Deke est un terroriste, Abby, insista Riley. Les relevés téléphoniques de Filmore montrent qu'ils étaient liés.

— Nous discutions souvent de ce qui était bon pour la ville, Filmore et moi, se justifia Deke. Vous savez combien il est obsédé par la préservation des monuments.

Qui croire ? Ils étaient tous deux si convaincants ! Elle chercha la question qui ferait la différence, qui démasquerait le menteur.

— Quelqu'un a convaincu Filmore de mettre le feu au commissariat, dit-elle.

— La perquisition de son domicile n'a rien donné, lui rappela Deke, en plongeant les mains dans ses poches, visiblement persuadé qu'on ne lui tirerait pas dessus. Ma théorie est qu'il s'est dit qu'il sauverait Belclare s'il salissait votre réputation.

Il jeta un bref regard derrière elle, sur sa gauche. Que cherchait-il ? Elle risqua un coup d'œil par-dessus son épaule, mais ne perçut aucun mouvement. Si quelqu'un tentait de les approcher subrepticement, Lewiston ferait feu ou, du moins, l'avertirait.

— Réfléchis, Abby, lança Riley.

Il visait toujours Deke.

— Baisse ton arme, répéta-t-elle, sentant grandir dans sa poitrine une boule de douleur et de colère mêlées qui l'empêchait de respirer.

Il lui jeta un regard empreint de déception, mais cette fois il obtempéra. Elle les considéra tour à tour. Son cœur lui criait de faire le bon choix, tandis que son instinct lui ordonnait de les traîner tous deux en prison.

— Oui, réfléchissez bien, répéta Deke d'une voix lisse et douce comme la soie. Cet homme, cet *étranger*, vous a trompée pour mieux servir ses monstrueux projets.

— Combien de temps vas-tu encore écouter ses boniments ? Le connais-tu vraiment, Abby ?

Deke était la figure même de l'artiste excentrique, un ermite qui ne sortait de son atelier que rarement, mais doté d'assez de sagesse et de charme pour rester populaire parmi les habitants. Au-delà des cafés hebdomadaires et des toiles exposées dans la vitrine de la galerie, que savait-elle de lui, en effet ? Comment employait-il son temps ? D'où lui venaient ses biens ?

Elle refusait de croire qu'il était le méchant qu'ils recherchaient, mais elle n'arrivait pas non plus à se persuader que c'était un agent fédéral.

Une bouffée de culpabilité l'envahit. Elle avait apprécié ses attentions, convaincue que son intérêt et son amitié étaient sincères. Avait-elle laissé ses flatteries l'aveugler sur sa vraie nature ?

— Il faut conclure, Abby, lâcha Riley. Ne commets pas d'erreur, ou nous risquons d'y rester tous les deux.

Sa voix, grave et dure, résonna à travers elle comme ses mains de travailleur avaient fait vibrer son corps la veille au soir. S'il était l'assassin que Deke décrivait, il aurait eu bien des occasions de la supprimer.

C'était là le pire duel à la mexicaine qui puisse exister. Elle avait devant elle un meurtrier et un héros. A elle de deviner qui était qui. Un mauvais choix pouvait lui coûter la vie. Dans tous les cas, elle risquait de perdre l'amour de sa vie. *Et moi qui ai toujours cru que j'aimais prendre des décisions difficiles !* songea-t-elle avec une ironie amère.

Des sirènes se rapprochèrent. Les renforts arrivaient. Qui allait-elle arrêter ?

— Abby, la supplia Deke, enjôleur. Vous me connaissez !

— C'est un menteur ! cria Riley.

Elle croisa le regard de ce dernier, et soudain elle sut. Son cœur et son instinct s'alignèrent l'espace d'un instant de parfaite lucidité. Riley l'avait prévenue que cette affaire cachait quelque chose, et il lui avait demandé à plusieurs reprises à qui profitaient les crimes. Il s'agissait d'une intime conviction qu'elle ne pouvait prouver officiellement. Normalement, elle n'aurait pas à le faire.

Sauf si elle se trompait.

Ses hommes se déployèrent autour d'elle.

— Arrêtez M. Maynard, dit-elle.

Elle le tint en joue jusqu'à ce que l'agent Gadsden lui ait passé les menottes.

— Je vais prévenir le département de la Sécurité intérieure.

Elle risqua un coup d'œil vers Riley.

— Monsieur O'Brien ?

— Oui ?

— Vous allez devoir me suivre et faire une déposition.

Une déposition dans laquelle il avait intérêt à expliquer dans le moindre détail en quoi consistait la « confirmation » dont il avait parlé, ainsi que la raison de son apparition surprise sur les lieux.

Il leva un sourcil. Elle ignorait si ce signe discret trahissait sa surprise d'être interpellé sur ce ton officiel, ou s'il voulait dire autre chose. Et cela ne l'intéressait pas d'y réfléchir pour l'instant.

— Entendu. Quoi d'autre ?

Oh ! Il y avait encore beaucoup à dire, songea-t-elle, mais ce n'était ni le moment ni l'endroit pour aborder les sujets personnels.

— La ville de Belclare vous remercie.

Sur ces mots, elle lui tourna le dos, au bord des larmes. Un chef de police ne s'effondrait pas devant des terroristes et des citoyens curieux.

— Hé, chef !

C'était Jerry, le chef de la tribu Lewiston, qui la hélait. Il se tenait près de l'endroit où Deke avait dirigé ses regards un peu plus tôt.

— Oui ?

— On peut garder la bombe ?

— Comment ?

L'étonnement balaya d'un coup les émotions qui lui brouillaient l'esprit.

— Je trouve que ce serait pas mal, en échange de l'arbre abattu.

— Navrée de vous décevoir, dit-elle en faisant un grand pas de côté pour voir ce dont il s'agissait. C'est une preuve.

— Mais c'est mon fiston qu'a aidé votre ami en blouson rouge à la désamorcer ! Il vous a sauvé la vie !

Elle baissa les yeux. Elle en avait les genoux qui tremblaient rétrospectivement. Lewiston avait raison, elle l'avait échappé belle. Si cette bombe avait explosé…

— Vous avez vu qui l'a installée ?

— Ouais.

Du menton, il désigna Deke.

— C'est le type en toilette, là. Il a dû croire qu'on dormait. Il connaît pas les Lewiston, pour sûr !

Elle avait donc la preuve qu'elle avait fait le bon choix. Cela aurait dû la satisfaire, mais tout ce dont elle était capable, c'était de se répéter à quel point elle avait été idiote d'accorder sa confiance à Deke Maynard. Et de se demander combien de mensonges Riley lui avait fait avaler.

— Juste lui ?

— Oui, m'dame.

— Je vais devoir emporter la bombe.

Lewiston était manifestement déçu. Elle l'attira à l'écart.

— Vous avez conscience que je vous suis redevable, n'est-ce pas ?

Il sourit, comprenant l'allusion.

— Topez là, dans ce cas. Ça me semble équitable.

Après avoir fait le récit détaillé des événements aux fédéraux, elle donna à ses agents les instructions appropriées. Puis elle put s'en aller. Enfin.

S'installant au volant de sa voiture, elle jeta un coup d'œil furtif à Riley. Il se tenait près de l'entrée de la sapinière et la regardait.

Il quitterait Belclare aussitôt sa déposition signée. Pourquoi ne partirait-il pas ? De toute évidence, il était en mission, et une merveilleuse entente sexuelle ne constituait sans doute pas à ses yeux une raison suffisante pour rester. D'ailleurs, elle ne pouvait pas lui faire confiance. Elle ne le connaissait pas du tout.

Si elle avait été n'importe quelle autre femme, elle aurait couru droit vers lui pour se réfugier dans ses bras. D'un autre côté, si elle avait été une autre femme, elle ne se serait pas retrouvée face à cet impossible dilemme. Si elle avait été une autre femme, des hommes tels que Deke Maynard ou Riley O'Brien ne l'auraient même pas remarquée. L'autorité, les responsabilités participaient à son pouvoir de séduction autant que ses cheveux blonds ou sa préférence pour le vernis à ongles rouge grenadine sur les orteils.

Apparemment, Deke avait été le seul à percevoir en elle un reste de naïveté à exploiter. Elle n'arrivait pas à savoir ce qu'elle ressentait devant cette révélation.

En tout cas, c'était une bonne leçon. Elle n'accorderait plus sa confiance sans s'être renseignée au préalable sur la personne. Elle ne donnerait plus à aucun homme le pouvoir de la blesser.

Elle démarra et suivit le véhicule qui emmenait Deke au poste de police.

Voilà… C'était terminé.

— La ville de Belclare vous remercie… Et puis quoi encore ? fulminait Riley, tandis qu'il se rendait au poste de police.

Le seul remerciement qu'il acceptait, c'était un chèque en échange d'une bonne journée de travail. Il ne voulait pas de la gratitude de Belclare ou du chef Jensen.

Il voulait la femme derrière l'insigne. Il avait besoin d'elle. Plus encore, il avait besoin qu'elle comprenne que ce qu'ils partageaient était réel, pas simplement une des facettes de la comédie que l'ignoble Maynard lui avait jouée.

Pourquoi n'arrivait-elle pas à faire la différence ?

Ses doigts se crispèrent autour du volant en cuir, puis se détendirent. Mais si, elle avait dû faire la différence, sans quoi elle serait en train de lui lire ses droits à cette heure. Son image flotta devant ses yeux. Non pas le joli visage de la femme qui lui citait de la poésie, la veille, mais le masque sceptique, accusateur qui avait recouvert ses traits au moment où elle avait dû décider qui croire.

Certes, il était nouveau en ville, mais elle ne pouvait raisonnablement le qualifier d'« étranger » après ce qui s'était passé entre eux la nuit précédente, et tout ce qu'ils avaient partagé avant. Il devait trouver un moyen de l'obliger à l'écouter. *Les âmes se rencontrent sur les lèvres des amants.* C'est elle qui avait cité Shelley, alors qu'elle se tenait nue au-dessus de lui.

Quand elle avait prononcés ces mots, il était en train de songer à ce qu'impliquait une mission à vie à Belclare. Auprès d'elle. Et il avait ressenti profondément la vérité de ce vers. Il avait compris, à cet instant, qui il était vraiment. Il était *à elle*.

Il n'avait jamais vécu dans sa vie de moment aussi parfait, aussi plein de promesses et de potentiel que celui-là. Pas question de renoncer, de la laisser tourner le dos à ce qu'ils avaient commencé.

Sourdement irrité contre elle, il entra d'un pas raide dans le commissariat. Il fit sa déposition, puis fut chaudement remercié d'avoir sauvé la vie du chef de police et aidé à résoudre l'affaire. Apparemment, il n'était plus un étranger pour personne, sauf pour elle. Il n'avait pas besoin d'aller voir un psy pour comprendre pourquoi cela le blessait autant.

Cette formalité effectuée, il s'attarda au poste. Mieux valait régler cela avec elle maintenant, plutôt que d'attendre.

On interrogeait Maynard, mais apparemment celui-ci refusait de coopérer, alors que Gadsden avait trouvé le détonateur dans sa poche.

Abby était enfermée dans la salle de conférences avec le maire et une huile du département de la Sécurité intérieure. En attendant qu'elle ait fini, il sortit son téléphone pour consulter ses mails.

Il savait être très, très patient.

16

Abby referma la porte derrière elle, se contrôlant à grand-peine.

— Vous m'avez menti ! Du début à la fin.

Elle tira sur le cordon du store de la fenêtre de la salle de conférences pour se protéger du regard curieux de ses collègues.

— Non, pas du début à la fin, rétorqua Riley.

— Si je ne vous ai pas passé les menottes, c'est uniquement parce que vous avez sauvé la vie de Mme Wilks.

— Et la tienne.

Elle réprima un hoquet de surprise. Quel culot ! Mais il avait raison, même s'il lui coûtait de l'admettre.

— Et la mienne, acquiesça-t-elle, les dents serrées. Mais j'aurais pu me débrouiller sans vous. Mon plan a marché : le terroriste est sorti de sa tanière.

— Certes, mais tu avais contre toi…

— Quoi ? Qui ? cria-t-elle.

Elle pinça les lèvres et attendit d'avoir recouvré son calme pour reprendre :

— Asseyez-vous, et dites-moi tout ce que vous savez sur les menaces me concernant.

Quand ils furent installés, elle plaça soigneusement son Glock de calibre .40 sur la table.

— Persuadez-moi que vous n'êtes pas vous-même une menace.

Il jeta un coup d'œil sur l'arme, puis la regarda.

— Je pense que tu le sais déjà.

Faux, songea-t-elle. Plus maintenant. Elle désirait le croire, mais ne se fiait plus à ce que lui dictait son cœur.

Le ministère de la Sécurité intérieure venait de lui révéler l'existence d'une unité opérationnelle qui intervenait dans les endroits à haut risque, les « Spécialistes ». Apparemment, Riley en faisait partie. Il n'en demeurait pas moins un menteur, quelqu'un qui s'était servi d'elle.

— Vous avez prétendu que vous aviez la preuve que Deke était impliqué.

Les fédéraux avaient démenti cette affirmation. Ils étaient en train de fouiller sa maison en ce moment même.

— Abby…

— Chef Jensen ! Et cessez de me tutoyer.

— Chef Jensen, répéta-t-il d'une voix tendue, vous n'êtes pas habil…

— Si vous prononcez le mot « habilitée », je vous abats !

— Ce serait beaucoup de paperasse ensuite, vous ne pensez pas ?

— Les accidents arrivent. Les armes à feu sont dangereuses.

Et toi aussi, Abby… Peut-être avait-il intérêt à ne pas remuer d'un cil, songea Riley.

— Dans ce cas, rangez-la, suggéra-t-il. Où Maynard est-il détenu ?

— Ce ne sont pas vos affaires.

Il aurait dû lui avouer la vérité, la veille soir, faire fi du protocole. Le jour où l'un des sbires de Maynard avait fait tomber Calder de l'échelle, il avait eu envie de lui dire qu'elle n'était pas seule dans cette épreuve.

A présent, il était trop tard. Ses magnifiques yeux bleus s'étaient transformés en glace. Elle se sentait trahie, et il ne pouvait lui en vouloir. Mais il fallait justement que ce soit maintenant, au moment où son identité véritable lui apparaissait clairement pour la première fois de sa vie, que la femme qui l'avait révélé à lui-même refuse de le croire. Cela ne manquait pas d'ironie.

— Monsieur O'Brien ?

— Riley, grommela-t-il, irrité par son insistance à revenir à des rapports formels.

Il ne pourrait quitter la ville même s'il le voulait. Si Casey l'y avait envoyé en mission secrète, c'est qu'il y avait une raison. Belclare restait une cible de choix. Quoi qu'en pense Abby, ce n'était pas encore fini.

— Parlez maintenant, ou je vous fais jeter dans une cellule de détention provisoire !

— Pour quel motif ? Tout le monde me considère comme un héros.

— Je suppose que c'était le but recherché. Arriver ici en terrain conquis, charmer les habitants et séduire la petite dame qui dirige le service de police.

Il ne serait venu à l'idée de personne de la décrire ainsi.

— La nuit dernière, j'ai été séduit autant que vous, affirma-t-il en se penchant vers elle.

Le sang afflua aux joues d'Abby.

— Concentrons-nous sur aujourd'hui, aboya-t-elle. Qui êtes-vous ? Quel est votre vrai nom, pour commencer ?

Il agrippa les bras de son siège. Autant tout lui avouer. Il doutait qu'elle lui accorde une autre chance de clarifier les choses, de toute façon.

— J'ignore comment je m'appelle réellement. Riley O'Brien est le nom qu'on m'a donné à l'orphelinat où j'ai grandi. Après avoir obtenu ma licence, j'ai passé quelques années dans l'armée pour rembourser mes études. Et me voici.

— Pas de parents irlandais ?

— Vous en savez autant que moi.

Il secoua la tête. Le fragile espoir de la faire revenir à de meilleurs sentiments venait de s'éteindre sous son implacable regard bleu.

— Il semble qu'il y ait un grand trou dans l'histoire de votre vie.

— En effet.

Il refusait de s'étendre davantage sur ce sujet. Même si elle le haïssait à cause de ce qui s'était passé entre eux, il avait un rôle à remplir à Belclare, et il s'en acquitterait. Si sa couverture sautait, ou si on lui retirait la mission, qui la protégerait ?

Elle avait le droit de lui en vouloir d'avoir menti sur son passé, mais il ne s'en irait pas, ne laisserait personne d'autre veiller à sa sécurité.

— Qui vous a envoyé ici ? demanda-t-elle, puis ses yeux flamboyèrent comme si elle était frappée d'une idée subite. Que diable avez-vous fait aux Hamilton ?

Il leva les yeux au ciel. Quelle imagination débordante, tout à coup !

— Appelez l'agent immobilier, prenez de leurs nouvelles. Vous savez que j'ai loué la maison de façon honnête. Appelez. Vérifiez. Je ne bouge pas d'ici.

— Oh que si ! Vous allez quitter la ville, dès que vous m'aurez dit la vérité.

— Je vous ai déjà dit la vérité.

Toutefois, il n'avait osé soulever une autre question plus délicate. Deke était sous les verrous, certes, mais ses hommes de main n'allaient-ils pas appliquer des ordres qu'il leur aurait donnés ?

Si elle acceptait de se calmer, il pourrait peut-être lui en parler.

Il était furieux que Deke ait révélé son identité et réussi à détruire la confiance qu'Abby avait en lui, car cela la rendait plus vulnérable encore.

— *Toute* la vérité, exigea-t-elle.

La seule vérité qui lui importait se tenait de l'autre côté du bureau. Abby était l'objet de sa mission, mais elle était bien plus que cela. S'il le lui avouait, elle ne voudrait certainement pas l'écouter. Elle ne voudrait pas entendre à quel point il l'admirait. Même maintenant, alors qu'elle était folle de rage contre lui, il l'admirait et la désirait.

— Ce qu'il importe de retenir, c'est que je suis ici pour vous protéger d'une menace terroriste bien réelle. Malgré votre succès de ce matin, mes ordres n'ont pas changé. Vous n'êtes pas habilitée à me renvoyer.

Sur le plan professionnel, en tout cas, ajouta-t-il en son for intérieur.

Elle poussa un juron.

— Les explosifs ont été mis à l'abri. Le coupable est en garde à vue. Belclare est de nouveau une ville sûre. Vous pouvez partir.

— Je dois rester, dit-il en se levant. Je suis désolé que ça vous mette mal à l'aise, Abby.

Elle rangea son arme dans son sac à main et se mit debout à son tour.

— Monsieur O'Brien, je ne veux plus vous voir, ni à côté de chez moi, ni dans mon commissariat, ni au pub. Obéissez à vos prétendus ordres s'il ne vous est pas possible de faire autrement, mais restez hors de ma vue.

— A une seule condition.

— Vous n'avez pas à imposer vos conditions ! s'écria-t-elle, tremblante de rage.

— Invitez quelqu'un à demeurer chez vous. Je ne crois pas que ce soit terminé.

— Est-ce une menace ?

— Bien sûr que non.

Il avait l'impression qu'un poids immense lui écrasait la poitrine. C'était peut-être la dernière fois qu'il se tenait aussi près d'elle. Il ne pouvait laisser la peur gâcher cet instant.

— Je resterai hors de votre vue, mais je serai à côté si vous avez besoin de moi.

— Ça ne risque pas d'arriver !

Il la croyait sur parole. Une main sur la poignée, il se retourna pour la regarder.

— La nuit dernière…

— Ne vous avisez pas de le dire !

— … signifie tout pour moi.

— Dehors !

— Vous m'avez demandé de dire toute la vérité.

Il quitta la pièce puis le poste de police, les yeux fixés droit devant lui, évitant de croiser le regard de qui que ce soit. Quand Danny l'interpella, il se contenta de lui faire signe de la main, peu désireux d'engager la conversation. Demain serait un autre jour. L'embarras serait moins cuisant, et elle se calmerait. Elle ne lui pardonnerait peut-être jamais, mais il était résolu à la garder en vie, même si elle devait passer son existence à le haïr.

Il quittait son emplacement de parking quand son portable sonna. Il s'agissait d'un numéro masqué. Riley s'arrêta pour prendre l'appel.

— Joli travail, fit la voix de Casey.

— Les nouvelles vont vite !

— Vous n'avez pas l'air satisfait.

— Jensen a arrêté Deke Maynard, mais c'était trop facile, répondit-il, formulant enfin à voix haute ce qui le tracassait. La bombe était rudimentaire, n'importe qui aurait pu la désamorcer.

— Vous vous attendiez à un adversaire plus expérimenté sur le plan tactique ?

— Quand une menace est assez sérieuse pour inquiéter les agences fédérales, je m'attends à devoir affronter des gens expérimentés sur le terrain.

— Les cellules dormantes sont souvent constituées de civils. C'est la définition même de ce terme.

— Mais il y a une différence entre être amateur et être ignorant. Laissez-moi rester encore.

— C'était bien mon intention. Il s'agit d'une mission à long terme, vous vous souvenez ?

Riley poussa un soupir de soulagement.

— Merci.

— Vous avez une théorie ?

— Deke Maynard a le chef Jensen dans le collimateur. Il est peut-être un maître de la stratégie, mais je crois qu'à un moment donné c'est devenu personnel.

— Les artistes ont parfois un tempérament nerveux.

— En tout cas, la police fouille son domicile et interroge le maître d'hôtel.

— Une dernière chose, O'Brien… Une nouvelle version du discours de Jensen est apparue sur YouTube il y a une heure.

Nous l'avons retirée, et nous cherchons maintenant qui l'a mise en ligne.

— A quoi ressemble cette vidéo ?

— On lui a barré le visage d'une croix rouge, et le décor est différent. Les experts n'ont pas encore identifié l'arrière-plan, mais il s'agit d'un paysage enneigé. Nous ne savons pas si ce sont des images récentes ou anciennes. Votre pressentiment est donc bon, semble-t-il. Ne vous éloignez pas d'elle.

— Aucun problème, mentit Riley. Pouvez-vous m'envoyer la vidéo ?

— C'est déjà fait.

— Merci, monsieur.

— Si vous avez besoin de renforts, n'hésitez pas à le faire savoir. Nous pouvons mettre quelqu'un en place dès maintenant, avant que ça ne chauffe de nouveau.

— D'accord, monsieur. Je vous tiens au courant.

Le genre de renforts dont il avait vraiment besoin, Casey ne pouvait les lui offrir. Aucune expertise tactique ne pourrait réparer les dégâts qu'il avait causés.

Il ouvrit la vidéo, et son sang se glaça dans ses veines quand il découvrit les images. L'arrière-plan était composé de photos du parc — avec le décor de Noël de cette année —, et du podium où Abby avait donné sa dernière conférence de presse.

Mais c'était l'angle de vue qui était le plus parlant.

Aussitôt, il demanda des renforts, conscient que l'assassin était sur le point de passer à l'action. Peu importait ce qu'Abby pensait de lui. Il allait prendre les mesures qui s'imposaient.

Aucun détail n'était trop insignifiant, aucune précaution exagérée quand il s'agissait de la vie d'Abby.

17

Pour la première fois depuis l'incendie, Abby était contente que son bureau ait brûlé. Le fait que les travaux de réparation prennent plus de temps que prévu ne la dérangeait pas. Elle travaillerait de chez elle, et ce n'était pas plus mal. A la maison, au moins, elle pourrait pleurer en paix. Crier dans son oreiller. Laisser libre cours à son chagrin sans se soucier du mascara qui dégoulinait sur ses joues ou de son nez rouge et gonflé.

Elle ne parvenait pas à croire que Maynard ait réussi à obtenir sa mise en liberté provisoire ! A l'évidence, il avait au moins un juge dans sa poche. Bien sûr, on lui avait confisqué son passeport, mais à quoi cela les avançait-il ? Pour ce qu'ils en savaient, il en avait peut-être une vingtaine d'autres.

Elle entra sa voiture au garage, n'ayant aucune envie d'apercevoir Riley. Elle gagna sa maison en hâte, puis laissa tomber son sac à main sur la table de la cuisine et tira les rideaux.

Mais rien ne pouvait masquer l'odeur du sapin de Noël. La veille, elle trouvait que c'était le plus beau parfum qu'elle ait jamais humé. A présent, il lui donnait la nausée. Elle traversa l'entrée à contrecœur. C'était comme arracher un pansement. Elle devait affronter la réalité, et trouver un moyen d'oublier Riley.

Les genoux tremblants, elle pénétra dans le salon.

Et s'immobilisa, pétrifiée.

— Bienvenue chez vous, ma chère.

Deke se tenait au milieu de la pièce, une arme à la main. Il leva le bras lentement, jusqu'à ce que le canon du revolver soit à hauteur de sa poitrine.

Elle perçut le froid mortel dans son regard, tout en étant consciente qu'il serait vain d'essayer de s'enfuir. Comment avait-elle pu se tromper à ce point sur son compte ?

— Vous ne vous en tirerez pas, cette fois, dit-elle.

— Mais je m'en suis déjà tiré, très chère. Des témoins fiables sont prêts à attester que j'étais dans le bureau de mon avocat à l'instant de votre mort tragique.

La main du peintre ne tremblait pas, et elle, elle était à court de temps et d'options. Son arme était dans son sac à main, sur la table de la cuisine. Elle fit un pas de côté pour contourner la table basse.

— Non, non, fit-il. Asseyez-vous, plutôt. Ça ne prendra pas longtemps.

Elle resta debout.

— Quoi donc ? Vous allez maquiller ma mort en suicide ? Les gens n'y croiront pas.

Elle devait continuer à le faire parler. Et trouver une solution pendant ce temps-là.

Il pencha la tête sur le côté.

— J'y ai pensé. Mais vous avez raison, les gens n'y croiront pas. Et puis, l'impact sera bien plus grand, si l'on se demande si votre assassin se balade en liberté dans Belclare.

— Vous êtes un monstre ! C'est vous qui avez poussé Filmore à bout.

— Non, fit-il sèchement, s'avançant d'un pas. Filmore était son propre ennemi. Il n'était qu'un petit rouage dans une vaste machine. J'ai bien plus de valeur. Vous, vous étiez un atout, au début, puis vous êtes devenue une gêne. Maintenant, vous devez disparaître. Et sachez que mes avocats démontreront que vous vous étiez trompée de suspect. Vous allez mourir en sachant que vous n'avez pas réussi à m'arrêter.

Il était fou, et malheureusement il avait concentré toute sa folie sur elle. Il n'éprouvait visiblement aucun remords. Elle était désarçonnée par son aplomb, mais elle ne renoncerait pas sans se battre.

Il avait fait entrer de la drogue dans sa ville, failli tuer deux de ses voisins — trois en comptant Riley, et brûlé son commissariat. Oui, elle se battrait, aussi longtemps qu'il lui resterait un souffle de vie.

Elle s'obligea à s'asseoir sur le bord du canapé. Il fallait qu'il croie qu'elle avait abandonné la lutte.

— Pourquoi ne partez-vous pas ? murmura-t-elle. Je ne vous poursuivrai pas. Je dirai à tout le monde que je me suis trompée.

Il se mit à rire.

— Vous me laisseriez peut-être un peu d'avance, mais jamais vous ne mentiriez ou ne renonceriez à m'attraper. Vous êtes bien trop intègre. Je suis sincèrement désolé de vous annoncer que c'est la fin.

— Vous seriez ma baleine blanche, trop colossale pour que je puisse jamais la capturer.

Il fit le tour de la table basse et s'assit à côté d'elle avec cette grâce élégante qu'elle avait admirée, et qu'elle détestait à présent.

— Vous me tentez. Malheureusement, il y a dans la mer de plus gros poissons qui veulent que vous disparaissiez.

Tendant la main vers elle, il prit une mèche de ses cheveux et l'enroula autour de ses doigts.

— Je misais mes espoirs sur vous. Sur nous.

— Dites-moi, chuchota-t-elle, tâchant de dissimuler son dégoût.

Elle devait le désarmer, c'était sa seule chance.

Une marche de l'escalier grinça, et l'attitude de Maynard changea brusquement. Il jeta un coup d'œil rapide dans la direction du bruit, les lèvres retroussées en une grimace hargneuse. Puis il l'empoigna par les cheveux et lui tira la tête en arrière. Elle sentit le canon froid de son arme s'enfoncer dans sa gorge, juste sous sa mâchoire.

— Montrez-vous, ou je lui fais exploser la cervelle !

— A qui parlez-vous ? demanda-t-elle.

— A votre amant, je parie. Je n'arrive pas à croire que vous lui ayez donné la préférence. Vous ne le connaissez même pas. Il vous a menti autant que moi !

Il avait raison. Mais elle connaissait Deke depuis des années, et n'avait jamais perçu la noirceur de son âme.

— Il n'y a personne ici, Deke.

Tout le monde croyait le coupable arrêté. Et elle avait repoussé Riley de toutes ses forces.

Si elle ne trouvait pas un moyen de s'en sortir, elle n'aurait jamais l'occasion de lui demander pardon. Un sentiment de regret intense l'envahit. Elle ferma les yeux pour arrêter le flot de larmes qui affluait sous ses paupières, mais l'une d'elles s'échappa, et roula sur sa tempe.

— Pour qui pleurez-vous, très chère ?

Dans la bouche de Deke, même la tendresse paraissait laide. Cela la tira aussitôt de son accès d'autoapitoiement.

— Tuez-moi maintenant ou prenez la fuite, dit-elle, rassemblant son courage. Mais prenez une décision, bon sang !

Sur ces mots, elle lui décocha un coup de coude dans le ventre, et lui écrasa le pied. A défaut d'être suffisamment efficace, cette attaque lui permit de dévier le canon de son visage et de gagner de précieuses secondes. Il la tenait toujours par les cheveux. Elle ramena ses genoux vers elle et détendit brusquement les jambes, l'atteignant dans la poitrine. Suffocant, il la lâcha. Le coup partit, et la balle lui frôla la tête. Elle l'entendit crier des menaces, tandis qu'elle roulait sur le sol, mais elle n'en tint pas compte, cherchant une arme, n'importe laquelle. La table basse se fendit et le vase se renversa, l'arrosant au passage.

Elle s'en saisit et le lui jeta à la tête. Une autre détonation retentit, et Deke s'effondra sur elle, inerte.

Elle le repoussa, se demandant s'il était mort ou seulement inconscient. Le sol se mit à trembler sous les pas de gens qui entraient en courant dans la maison, et d'un coup, elle fut entourée d'hommes vêtus de l'uniforme noir du Swat. Ils n'étaient ni de Belclare, ni de Baltimore, c'était tout ce qu'elle savait. Ils soulevèrent le corps de Deke et l'emportèrent, ainsi que son arme, hors de la maison.

— Est-ce que vous êtes blessée ?

Elle fit « non » de la tête. Elle n'avait que quelques écorchures.

— Quelqu'un va venir prendre votre déposition, lui dit un des membres de l'équipe, puis tous quittèrent la maison.

Le silence qui l'enveloppa alors la surprit presque autant que leur arrivée. Elle repoussa ses cheveux en arrière, se releva, les jambes flageolantes, et tourna le dos au salon dévasté. Elle n'était pas capable d'affronter ce chaos pour l'instant.

La salle de bains de l'étage était trop loin. Autant essayer de gravir l'Everest. Elle se débarrassa de ses chaussures et gagna la cuisine en titubant.

Un homme portant l'uniforme et l'équipement des forces d'élite s'y trouvait déjà, emplissant tout l'espace. Il avait le dos tourné, mais il était tête nue, et elle reconnut les cheveux châtain clair et la ligne familière des épaules. Des épaules sur lesquelles elle s'était appuyée plus d'une fois au cours de ces derniers jours. Plus particulièrement la nuit précédente…

— Riley ?

— Assieds-toi, Abby.

Ce qu'elle fit aussitôt. C'était à peine si elle tenait sur ses jambes.

— Tu… Tu es ici pour prendre ma déposition ?

— Oui, tout à l'heure. D'abord, tu as besoin de soins.

— Je vais bien.

Il retira son gilet pare-balles et le déposa sur le sol, près de la porte.

— Tu es en état de choc.

— C'est vrai, admit elle. Tu m'as sauvé la vie. Pourtant, je…

L'émotion lui nouait la gorge. Elle dut s'éclaircir la voix.

— … je t'ai dit des choses horribles au commissariat.

— Je l'avais sans doute mérité. Je t'ai blessée.

Il passa sous l'eau chaude une feuille de papier absorbant, l'essora légèrement, puis, approchant une chaise de la sienne, entreprit de lui laver la figure.

— Je peux le faire moi-même, protesta-t-elle, brusquement irritée par sa sollicitude.

Normalement, il devrait être en colère contre elle. Quelle était la vraie raison de sa présence ici ? Etait-il là uniquement pour le travail ?

Elle fut effrayée de constater à quel point elle souhaitait que ce soit pour une autre raison.

Quand il eut fini de lui nettoyer le visage, il s'adossa à son siège et la considéra. Son doux regard brun était plein d'interrogations, les mêmes peut-être que celles qui se bousculaient dans sa propre tête.

— Tu t'es bien défendue, dit-il.

— Il est mort ?

— Je ne sais pas. Est-ce important ?

— Dans la mesure où il pourrait recommencer à nuire, oui.

— Eh bien, mort ou vif, Deke Maynard ne nuira plus à personne, c'est moi qui te le dis.

— Tu en es sûr ?

— Aucun avocat ne pourra plus le faire libérer sous caution.

La preuve de ce qu'il avançait était là, dans son regard loyal et clair.

— Je veux un nouveau canapé, lâcha-t-elle.

— C'est compréhensible.

— Plus grand que l'ancien.

Il arqua un sourcil, et le coin de ses lèvres frémit.

— Assez grand pour deux ?

Elle hocha la tête.

— Un canapé d'angle, pourquoi pas ?

Il s'esclaffa, et l'aida à se remettre debout, un bras passé autour de sa taille.

— A présent, nous voilà avec deux maisons à réparer !

Elle posa les mains à plat sur son torse, remonta jusqu'à ses épaules, puis redescendit le long de ses bras. Elle sentait à travers son pull noir à côtes le contour ferme de ses muscles.

— Je connais quelqu'un qui est habile de ses mains.

Elle lui prit la main et baisa tour à tour chacun de ses doigts.

— Ah oui ?

Levant les yeux, elle croisa son regard mordoré et sentit le poids du monde glisser d'un coup de ses épaules.

— Oui.

— Tu as été longue à choisir entre Deke et moi, aujourd'hui !

Pourrait-il lui pardonner son hésitation, ou bien ce doute momentané sonnerait-il la fin de leur histoire ?

— J'ai eu tort, mais j'avais des circonstances atténuantes.

— Parlons-en, de ces circonstances !

— Tu sais, dit-elle sans le regarder, tu es libre de partir, à présent. Tu as arrêté le méchant. Et tu m'as sauvé la vie pour la deuxième fois de la journée…

— Si seulement c'était vrai !

— Qu'est-ce que tu veux dire ?

Avait-elle envie de le savoir, d'ailleurs ? Elle se laissa aller contre lui, trop fatiguée pour faire semblant.

Avec douceur, il entoura son visage de ses mains, et elle le regarda réduire la distance qui les séparait, fermant les yeux au moment où leurs lèvres se rencontraient. Ce fut un baiser léger, plus léger qu'elle ne l'aurait souhaité, et bientôt elle sentit son souffle lui caresser la peau.

— Je ne suis pas libre, dit-il.

Elle rouvrit les paupières et se noya dans la lumière mordorée, empreinte de tendresse, de ses prunelles.

— Quoi ?

— Tu m'as emprisonné, Abby Jensen.

Désorientée, inquiète, elle demanda :

— Qu'est-ce que tu attends de moi ?

Il lui passa la main sur les cheveux, cherchant son regard.

— Ce que je n'ai jamais eu. Des racines. Un foyer, une famille. Toi, pour toujours.

C'était réciproque. Tellement réciproque !

Mais « pour toujours », cela semblait démesuré. Elle le connaissait à peine. D'un autre côté, « pour toujours », c'était autant de temps qu'elle le souhaitait pour apprendre à le découvrir.

— Penses-y, chuchota-t-il contre sa bouche. Je ne quitterai pas Belclare. Il est prévu que je reste.

— Pourquoi ?

Elle voulait qu'il l'embrasse comme la nuit précédente. Elle avait envie d'un baiser qui efface ses pensées, qui ne laisse aucune place aux questions sur le passé et le présent, ou à l'inquiétude concernant l'avenir.

— Tu sais pourquoi.

Les lèvres de Riley se posèrent sur les siennes, douces et chaudes. Elle noua les bras autour de son cou et l'attira plus près, mettant toute son âme dans ce baiser. Elle voulait qu'il ressente ce qu'elle n'osait lui dire, ou lui demander. Etrange, cette impression que son cœur était en sécurité, alors que le reste de son être tremblait de peur…

Elle était confrontée à la peur tous les jours dans son travail. Mais avec Riley, il ne s'agissait pas de cela. L'enjeu était plus grand, et hors de son contrôle.

Il mit fin à leur baiser et la regarda.

— A quoi penses-tu ?

— A toi. Moi. Nous.

— « Nous », c'est bien.

— Je suis d'accord.

Elle inspira profondément et aborda un sujet que ni l'un ni l'autre ne pouvait se permettre d'éluder.

— Le département de la Sécurité intérieure m'a fait clairement comprendre que je reste une cible.

— Dis-moi que le maire ne les a pas entendus !

— Si, répondit-elle en souriant, mais c'est surtout ce que tu en penses, toi, qui m'inquiète. Le maire, j'en fais mon affaire.

— Je ne pars pas.

Il la pressa contre lui, et déposa un baiser sur le bout de son nez.

— Je ne te quitte pas.

Puis sur ses lèvres.

— Je ne nous quitte pas.

— A cause de ta mission ? demanda-t-elle, furieuse d'entendre trembler sa voix.

— A cause de toi. Je t'aime, Abby. Il va falloir que tu t'habitues à cette idée.

Elle se haussa sur la pointe des pieds et l'embrassa.

— Ce n'est pas un problème.

— Et ?

— Et quoi ? le taquina-t-elle.

Du bout du doigt, elle lui effleura la lèvre inférieure. Il le saisit entre ses dents et gronda légèrement.

— Je dois le dire ?

Autre grognement.

— Je croyais que tu le savais…

Il la mordit plus fort. Elle rit.

— D'accord, je le dis… Moi aussi, je t'aime. Que tu sois charpentier, garde du corps, ou juste un voisin très sexy. Je t'aime *pour la vie*.

Épilogue

Thomas Casey acheva de lire le rapport de l'agent spécial O'Brien. Il était satisfait : la menace pesant sur Belclare était écartée pour l'instant. Le chef Jensen n'était pas à proprement parler tirée d'affaire — elle ne le serait peut-être jamais —, mais elle avait sur place la meilleure protection dont elle puisse rêver.

Il contempla la pile gigantesque de dossiers sur son bureau. Belclare n'était que le commencement.

ADRIENNE GIORDANO

La vérité en question

Traduction française de
CATHY RIQUEUR

BLACK ROSE

HARLEQUIN

Titre original :
THE PROSECUTOR

Ce roman a déjà été publié en 2014.

1

Zac venait de s'adosser à son fauteuil en cuir lorsqu'un journal atterrit avec un bruit sec sur son bureau.

— Si cette annonce est suivie d'effet, lui lança Ray Gardner, l'affaire est à vous.

Zac jeta un coup d'œil au journal. Au bas de la première page se trouvait la photographie d'une jeune femme brune regardant par une fenêtre qu'encadraient des tentures dorées. L'article avait pour titre :

Elle se bat pour obtenir justice.

Zac parcourut rapidement les premiers paragraphes. Il s'agissait du meurtre de Chelsea Moore.

En tant que procureur adjoint du comté, Zac n'avait pas besoin d'en lire plus pour comprendre : c'était une grosse affaire. Une décharge d'adrénaline le traversa et il releva la tête vers Ray.

Pour une fois, son patron n'était pas trop mal habillé : un costume gris de bonne facture, mais dont le tombé laissait un peu à désirer, songea Zac. Cependant, il se garda bien de le faire remarquer à Ray.

Celui-ci désigna le journal.

— Les Sinclair disposent désormais d'un moyen de pression. Steve Bennett…

— L'inspecteur ? Celui qui est décédé la semaine dernière ?

— Exactement. Tumeur cérébrale. Mais avant de mourir, il a envoyé une vidéo à Emma Sinclair. C'est ce que raconte le journal. Bennett y dit que Brian Sinclair, le frère d'Emma, ne serait peut-être pas coupable. Le témoin qui l'avait identifié ne serait plus sûr de lui : les inspecteurs l'auraient un peu trop poussé à charger Sinclair.

Zac prit le temps d'assimiler l'information.

— Nous avons emprisonné Brian Sinclair pour meurtre, et nous héritons à présent des révélations d'un inspecteur décédé ?

— Il semblerait. Mme le procureur m'a appelé à 6 heures, ce matin, après avoir lu le journal. Elle veut que je mette le « pit-bull » du service sur cette affaire. A propos, le pit-bull, c'est vous, Zac Hennings. Vous aurez tous les dossiers cet après-midi.

Encore des dossiers ! soupira Zac intérieurement. Chaque espace libre de son bureau était envahi de piles de chemises, pour autant de crimes. Le comté de Cook, et surtout la ville de Chicago qui en était le siège, avait recensé plus de cinq cents homicides l'année précédente.

Zac se tendit sous le poids de ses responsabilités, puis retint sa respiration et s'attacha à éliminer cette nervosité. A la différence de certains de ses collègues, il vivait pour des moments tels que celui-là. Des moments où la perspective excitante de remporter une affaire importante faisait de lui l'homme du jour : il prenait d'assaut le tribunal, livrait bataille et laminait la partie adverse.

Les procès étaient souvent houleux, pour ne pas dire émotionnellement déstabilisants, mais son objectif était toujours le même : offrir aux proches de la victime un verdict de culpabilité. Et ce, sans exception. Dans le cas présent, quelqu'un avait déjà été condamné. Zac devait confirmer ce verdict.

Mais au drame lui-même s'ajoutait le fait que le père de Chelsea était un enquêteur chevronné de la police criminelle de Chicago. Un policier honnête et compétent qui avait perdu sa fille à cause d'un acte de violence absurde.

En bref, Zac voulait gagner.

— Nous avons déjà un train de retard avec cet article, pesta Ray.

— Je vais nous remettre dans la course, promit Zac.

Au moment où s'était produit le meurtre de Chelsea Moore, il commençait à faire son chemin en traitant les délits mineurs. Après avoir été promu aux affaires criminelles, il avait travaillé d'arrache-pied afin de remporter ses procès et il venait d'être récompensé. Au-delà de ses espérances. Ray lui assignait une affaire explosive, tant d'un point de vue émotionnel que politique, et il suerait sang et eau pour maintenir le meurtrier de Chelsea derrière les barreaux. Emma Sinclair pouvait bien être déterminée à sauver son frère, la fille de Dave Moore méritait que justice lui soit rendue. Et Zac veillerait à ce qu'elle l'obtienne. Il allait étudier les transcriptions du procès et se plonger dans l'affaire.

— Les services de police vont monter au créneau pour soutenir Dave Moore, ajouta Ray.

— Oui, cet homme résout des affaires qu'aucun autre policier ne parvient à élucider. Il ne tolérera pas que le meurtrier de sa fille soit libéré. Et ses amis ne l'admettront pas non plus.

Si Emma Sinclair parvenait à faire casser le jugement condamnant son frère, les services de police de Chicago seraient non seulement indignés, mais ils s'assureraient également que Helen Jergins, le nouveau procureur d'Etat, qui avait promu Zac, soit bannie de la ville. Avec pertes et fracas.

Ray se dirigea vers la porte puis se retourna.

— Faites-moi savoir ce dont vous aurez besoin, quoi que ce puisse être. Nous devons remporter cette affaire.

— C'est entendu, répondit Zac. Vous pouvez y compter.

Emma relut pour la énième fois l'article puis releva la tête. Elle avait fait du sous-sol de la maison de sa mère son quartier général, et l'article était un élément essentiel de son plan d'attaque.

Dix-huit mois plus tôt, son frère, âgé de vingt-deux ans, un garçon qui n'éprouvait qu'amour pour tous ceux qui l'entouraient, avait été reconnu coupable d'avoir étranglé une jeune femme à l'extérieur d'une boîte de nuit. Il n'y avait aucune preuve : ni empreintes, ni traces ADN. Mais Brian avait été envoyé en prison.

Face à une telle injustice, Emma avait contacté tous les avocats de la ville pour obtenir la libération de son frère. Elle en avait même dressé une liste sur un grand tableau blanc qu'elle avait installé dans la cave. On lui avait claqué la porte à la figure et raccroché au nez des dizaines de fois, elle s'en fichait. Elle n'avait pas le droit de renoncer. Elle se battrait pour Brian.

Dans ces conditions, la vidéo de l'inspecteur Bennett était une bénédiction et l'article dans la presse du matin allait certainement changer les choses. L'affaire présentait soudain tout le suspense politique et mélodramatique — corruption, faux témoignage, rétention d'informations — dont se repaissaient les avocats de la défense. L'un d'eux allait bien finir par la contacter, non ?

Et l'aider bénévolement, car elle n'avait pas un sou en poche…

Après la condamnation de son frère, elle s'était inscrite en fac de droit, une matière qu'elle n'aurait jamais imaginé étudier. Elle y passait ses journées et accumulait toute la documentation qui pouvait l'aider.

Elle repoussa une boîte à archives et saisit le classeur contenant ses dernières recherches. Il lui faudrait se renseigner sur l'affaire Giglio, une affaire où la défense avait pu récuser un témoin et des preuves, parce que l'accusation ne les avait pas partagées avec elle.

Au-dessus de sa tête, un bruit sourd retentit dans la canalisation d'eau : sa mère avait tiré la chasse. Emma soupira. Elle avait quitté son ravissant appartement de Wrigleyville et rejoint sa mère pour que celle-ci n'affronte pas seule ses démons. A cinquante ans, c'était une femme fragile. L'emprisonnement de son fils avait été le coup de grâce après la mort de son mari, dix ans plus tôt. Il était décédé suite à un anévrisme cérébral.

Emma avait seize ans à l'époque et s'attachait depuis à ne pas se laisser consumer par ce drame. Mais sa mère, elle, n'y était pas parvenue, encore moins depuis le procès de Brian. C'était d'ailleurs pour cela qu'Emma avait préféré s'installer dans ce sous-sol froid et sale, plutôt qu'au premier étage : par discrétion vis à vis sa mère, pour ne pas lui rappeler à chaque instant que son fils était en prison.

Emma déglutit. Elle n'avait pas le droit de flancher, elle était le pilier de la famille. Elle devait veiller sur sa mère et faire libérer Brian.

Un claquement rapide de talons sur le parquet usé lui parvint du rez-de-chaussée et la sortit de ses pensées. Elle tendit l'oreille. Auraient-elles de la visite ?

— Emma ? appela sa mère depuis l'entrée du sous-sol.

— Oui ?

— Penny Hennings est venue pour te voir.

Emma déglutit. Penny Hennings. Elle parcourut le tableau où elle avait inscrit les noms des avocats par ordre alphabétique.

Hennings.

Il s'y trouvait, en effet. Toutefois, ce n'était pas Penny mais Gerald Hennings, de Hennings et Solomon, qu'elle avait contacté. Peut-être Penny était-elle une parente, envoyée par Gerald Hennings, qui pourrait être intéressé par l'affaire. Et si la parente en question avait affronté la circulation du centre-ville, un matin en semaine, pour faire ensuite le trajet jusqu'à Parkland, ce devait être sérieux. Emma croisa les doigts avec ferveur.

Je vous en prie, faites que cela marche !

— Je viens dans un instant, maman.

Son regard se posa sur son survêtement, son T-shirt et ses chaussons en peluche rose. Génial ! Elle allait devoir affronter une femme chic, dépêchée par un cabinet d'avocats de tout premier ordre, dans cet accoutrement. Elle prit un élastique dans la coupelle où elle rangeait les trombones. Le moins qu'elle pût faire était d'attacher ses cheveux.

Quelle poisse !

Oublie cela.

Elle ne devait pas penser à son apparence. Après tout, Penny Hennings pourrait aussi bien être une représentante en cosmétiques.

Mais quelles chances y avait-il que ce soit le cas ? En particulier à 9 heures du matin, le jour de la parution d'un article concernant Brian ?

Elle se redressa. Si Penny Hennings représentait vraiment Hennings et Solomon, il fallait foncer et se montrer convaincante. La chance lui souriait peut-être enfin.

Elle abandonna ses chaussons au pied de l'escalier et gravit celui-ci d'un pas déterminé. Elle ressemblait à un épouvantail, mais elle éblouirait cette femme, qu'elle soit avocate ou représentante, par son pouvoir de persuasion.

La porte du sous-sol était restée ouverte et la voix de sa mère lui parvint du salon. Elle ferma les yeux.

Ça peut marcher.

Après un long soupir, elle émergea du petit couloir.

Une femme minuscule — âgée d'à peine trente ans — aux cheveux blonds mi-longs, était assise sur le canapé. Le siège écossais ultra-rembourré tentait de l'avaler, mais son tailleur rouge rebelle refusait de se laisser engloutir. Cette graine d'avocat exprimait force, défi et espoir. C'était plutôt bon signe, songea Emma.

Elle s'approcha de la jeune femme. Celle-ci se leva et la regarda droit dans les yeux, sans prêter attention à sa tenue. Un autre bon point, se réjouit Emma.

— Bonjour, je suis Emma Sinclair.

— Penny Hennings, bonjour. Je suis avocate chez Hennings et Solomon. Je suis désolée de faire irruption chez vous, mais j'ai vu l'article concernant votre frère ce matin.

Emma lança un regard à sa mère. Celle-ci avait le visage triste et fatigué. Elle ne semblait plus croire à rien, et la même amertume envahit brusquement Emma. Avait-elle la moindre chance de sauver son frère ?

— Mademoiselle Sinclair ?

Emma se força à se ressaisir.

— Pardonnez-moi. Je… eh bien, j'essaie de ne pas trop m'avancer, mais vous êtes la première avocate qui me contacte en dix-huit mois et je suis vraiment, vraiment heureuse de vous voir.

Penny lui offrit un large sourire et Emma reprit confiance.

— Je vous en prie, asseyez-vous. Voulez-vous un café ?

— Non, merci. Je ne peux pas m'attarder. J'ai parlé à mon père, Gerald Hennings, en chemin. Il m'a indiqué que vous l'aviez contacté à propos de cette affaire il y a quelques mois.

Emma s'assit sur le canapé à deux places et posa sa main sur celle de sa mère. Peut-être auraient-elles enfin le répit qu'elles méritaient.

— En effet. Il a été assez aimable pour réexaminer le dossier mais il m'a dit qu'il n'y avait rien qu'il puisse faire.

— A l'époque, c'était vrai. Mais je suis intriguée par cette vidéo que vous avez obtenue. Si son contenu se révèle exact, nous pourrions être en mesure de prouver que les droits constitutionnels de votre frère ont été violés. Toute information relative à la déposition du témoin aurait dû être communiquée à la défense avant le procès.

— En référence à l'affaire Giglio, c'est bien cela ? s'enquit Emma.

Penny pencha la tête de côté.

— Vous vous êtes renseignée.

— Oui. Je suis inscrite en première année de droit à NorthWestern. J'ai quitté mon emploi dans une agence de relations publiques afin d'être disponible en journée pour travailler sur le dossier de mon frère. Je suis serveuse le soir et je potasse mes cours le reste du temps.

— Eh bien ! Vous êtes douée.

Emma haussa les épaules.

— Pas vraiment. Mon frère est innocent et il est condamné à passer les vingt-cinq prochaines années en prison. Je ne peux laisser une telle chose se produire.

Penny garda une expression neutre, sans pincement de lèvres ni sourire forcé. Pas de pitié. Tant mieux, se dit Emma. Elles n'avaient pas besoin de pitié. Elles avaient besoin d'une avocate habile, faiseuse de miracle.

— C'est la raison de ma venue ici, reprit Penny. J'aimerais passer en revue les informations que vous avez recueillies et probablement me charger de votre dossier. Bénévolement. Je ne vous mentirai pas : ce sera difficile. Le père de la victime est un inspecteur des services de police de Chicago. Le procureur d'Etat entrera en guerre contre nous pour maintenir votre frère en prison, mais je ne céderai pas. Si les droits de Brian ont été bafoués, je le prouverai. Par ailleurs, je veux décrocher une affaire retentissante et je pense que la vôtre pourrait être exactement celle qu'il me faut.

Emma détailla Penny. Elle semblait soudain très jeune. Peut-être aussi idéaliste. Sans commune mesure avec l'avocat de la défense aguerri qu'était son père. Manifestement, elle voulait se démarquer de lui et se faire un prénom.

Elle est une faiseuse de miracle, intelligente et déterminée, songea Emma.

Elle lui désigna l'entrée du sous-sol à l'autre bout du couloir.

— Aimeriez-vous voïr ma documentation sur l'affaire ?

Penny lui sourit.

— A votre avis ?

Le chariot de Zac croulait sous les dossiers, et il le poussa de la salle d'audience jusqu'à son bureau du quatrième étage. En cours de route, il croisa d'autres avocats traînant leurs propres charges. Leur visage de marbre ou leur sourire suffisant trahissaient leurs succès ou leurs revers.

La journée de Zac avait consisté à sélectionner un jury en prévision d'un procès pour homicide où il était prévu qu'il représente la partie civile. Le groupe de candidats n'était pas idéal mais les éléments à charge étaient solides et il en retirerait une victoire.

Il laissa le chariot à l'entrée de son bureau et repartit en direction de la salle d'attente, adjacente à la salle d'audience, pour la pause de 16 heures. Presque chaque jour, les avocats du ministère public s'y réunissaient pour comparer leurs notes, partager des informations ou déblatérer sur les juges et les avocats adverses.

Chacun s'en donnait à cœur joie, et Zac n'était pas le dernier à y manier l'humour noir. C'était un moyen de se protéger, de préserver sa santé mentale face au mal qu'il combattait tous les jours.

— Zac, l'interpella Stew Henry. Pierson s'est fait remonter les bretelles par le juge Alred, aujourd'hui.

— Sérieusement ? Alred est le juge le plus débonnaire de la cour. Qu'est-ce qui l'a énervé ?

Mais son portable se mit à sonner, l'empêchant d'en savoir plus.

C'était Alex Belson, l'avocat commis d'office lors du procès Sinclair. Il le rappelait suite à son message.

— Je dois prendre cet appel, s'excusa Zac.

Puis il se rendit dans son bureau et reprit la communication :

— Alex, bonjour. Merci de me rappeler.

— Pas de problème. Par une étrange coïncidence, votre sœur m'a appelé, elle aussi, aujourd'hui.

— Ma sœur ?

Qu'est-ce que cela signifiait ?

— Oui. Elle reprend l'affaire Sinclair. Elle veut des copies de toutes mes notes.

Zac se laissa tomber sur son fauteuil pour digérer l'information.

— Vous l'ignoriez ? lui demanda Alex.

Penny lui avait laissé un message vocal, plus tôt dans la journée, mais il n'avait pas eu l'occasion de la rappeler.

— Je ne lui ai pas parlé aujourd'hui.

Zac eut un autre appel entrant. Penny.

— Alex, je vous rappelle plus tard, si vous permettez.

Il prit l'appel émanant de sa sœur.

— Pen ?

Le bruit d'un Klaxon retentit. Elle était à l'extérieur.

— Bonjour, lui répondit-elle. Tu es au bureau ?

— Oui.

— J'entre à l'instant dans le hall. Je te rejoins dans deux minutes.

— C'est quoi, cette histoire ? Tu reprends l'affaire Sinclair ?

— Les nouvelles vont vite. Comment l'as-tu appris ?

— L'avocat commis d'office m'en a informé. Pen, j'ai été affecté à ce dossier.

Silence.

Eh oui, médite là-dessus, Pen.

Si cette affaire allait plus loin, il affronterait sa petite sœur au tribunal. A vingt-neuf ans, de seulement deux ans sa cadette, elle affichait le même esprit de compétition que lui. Et en plus, elle était secondée par leur légendaire père.

En résumé, ce serait un bain de sang.

— Donc, reprit Penny, il semblerait que mon appel visant à te demander qui Ray avait chargé de cette affaire se soit révélé fructueux.

— Tu ne vas pas reprendre ce dossier. C'est une affaire lamentable.

— Aucune chance de me dissuader, grand frère. A tout de suite.

Zac raccrocha et se pencha vers la porte ouverte en direction de la salle d'attente. L'hilarité tapageuse des avocats y faisait rage. Cette histoire de juge Alred devait être drôle. Il aurait dû rester. Rire ne lui ferait pas de mal.

Deux minutes plus tard, Penny entra d'un pas allègre dans son bureau. Derrière elle s'avançait une femme vêtue d'un pantalon brun clair et d'une veste noire. Emma Sinclair. Il ne l'avait jamais rencontrée, mais il avait vu des photographies d'elle, incluant celle du journal du matin toujours posé sur son bureau. Cette photographie ne rendait pas justice à Emma Sinclair. Ses cheveux foncés descendaient au-dessous de ses épaules, elle avait des yeux bruns magnifiques et un visage aux courbes bien dessinées. Un léger frisson parcourut Zac. L'affection d'une femme lui manquait désespérément.

Excepté que cette femme était son adversaire.

Pourquoi diable Penny l'avait-elle amenée dans son bureau ?

— Bonjour « Zachary », lui lança Penny de cette voix sarcastique et chantante avec laquelle elle s'adressait à lui depuis des années.

Elle s'avança pour lui donner l'habituel baiser sur la joue mais se ravisa. La situation était incongrue. Pour la première fois, ils se mesuraient l'un à l'autre dans l'arène professionnelle. Considérant que son père, son frère et sa sœur étaient tous avocats, Zac avait toujours su qu'il finirait par être confronté à l'un d'eux au tribunal. La seule chose qui l'en ait préservé jusque-là était le taux de criminalité de Chicago, générant suffisamment d'affaires pour éviter que cela ne se produise.

Jusqu'alors.

Pen fit un geste en direction d'Emma.

— Zachary Hennings, Emma Sinclair, la sœur de Brian Sinclair.

Zac contourna son bureau et serra la main d'Emma. C'était une poignée de main ferme et chaude et, sans comprendre pourquoi, il en fut surpris. Leurs regards se croisèrent durant une fraction de seconde et le brun chaud et intense, couleur de café, des yeux d'Emma faillit le faire tomber à la renverse. Il se ressaisit immédiatement : il devait penser à Chelsea Moore.

A la défunte Chelsea Moore.

Il lâcha la main d'Emma et se pencha pour enlever les dossiers du second siège devant son bureau. Cet endroit était un véritable capharnaüm.

— Asseyez-vous.

En retournant à son bureau, il décocha à Penny un regard excédé. Elle lui sourit. Puisqu'elle voulait jouer à ce jeu, il y jouerait. Et gagnerait !

Emma s'assit et détailla Zachary Hennings. Il se laissait aller contre son fauteuil de bureau. Visiblement, il voulait jouer le M. Désinvolte. Pouvait-il vraiment l'être ? se demanda-t-elle. Face à sa sœur comme rivale ?

En tout cas, il réussissait sans problème à donner le change. Il avait également l'allure typique d'un membre de yacht-club. Ses cheveux blonds courts, soigneusement disciplinés, ainsi que l'ossature parfaite de son visage concouraient à parfaire son image de patricien. Les seules choses légèrement négligées chez lui étaient le bouton du haut de sa chemise ouvert et sa cravate desserrée. Cependant, ce style « country-club rebelle » lui allait à merveille.

Si elle l'avait rencontré en un autre lieu, elle l'aurait délibérément évité. D'après son expérience, les hommes qui ressemblaient à cela étaient arrogants et condescendants ou alors, ils l'ignoraient totalement. Etant tout à fait dans la moyenne, elle n'avait pas l'allure extrêmement sophistiquée que recherchaient les hommes tels que lui et cela lui convenait parfaitement. Ce qu'il lui fallait, c'était un homme sur qui elle puisse compter, un compagnon solide comme un roc, capable de composer avec l'aberration de son existence.

Zachary Hennings ne risquait certainement pas de s'intéresser à une femme ayant une vie compliquée.

— Alors, reprit Penny, parlons de cette vidéo.

Zachary leva une main et esquissa un signe de tête à peine perceptible en direction d'Emma.

— Est-ce approprié ?

— Elle est ma stagiaire.

Sa stagiaire ? s'étonna Emma. Et quoi encore ?

— Pardon ? fit Zachary.

— Elle est étudiante en droit et elle connaît l'affaire mieux que quiconque. Fais-moi confiance, à Northwestern, elle en sait plus que toi et moi réunis quand nous étions nous aussi en première année. Prends-en ton parti. Elle reste.

Manifestement amusé par les facéties de sa sœur, il afficha un large sourire.

Emma jeta un regard à Penny et à Zachary, puis elle se mordit la lèvre. La guerrière qui sommeillait en elle avait envie de se mêler à la bagarre mais voir ces deux-là s'écharper serait au final tout aussi amusant.

— Tu parlais de la vidéo ? reprit Zachary. Bien entendu, j'ai besoin d'une copie.

— Bien sûr, acquiesça Penny.

Elle sortit son téléphone, tapota l'écran et le rangea dans son sac.

— Tu vas la recevoir. Je prévois de demander la révision du procès. Avec une telle vidéo, tu sais que nous obtiendrons notre audience sur la base d'un élément nouveau.

Il haussa les épaules.

— Aucun juge du comté de Cook n'annulera une sentence sanctionnant le meurtre de la fille d'un policier si on ne lui présente pas quelque chose de mieux que cette vidéo. Et, d'ailleurs, cet inspecteur n'avait-il pas une tumeur cérébrale ? Qu'est-ce qui nous prouve que la maladie n'a pas généré des hallucinations ?

— Je t'en prie, Zachary. Il te faudra plus que cela.

Penny se leva et ajusta l'ourlet de sa veste.

— Quoi qu'il en soit, j'étais seulement passée pour savoir quel chanceux confrère m'affronterait au tribunal. A présent que je suis renseignée, je repars prendre des notes sur ce nouveau témoignage. Tu devrais commencer à penser à la réponse de l'Etat, grand frère. On se voit samedi, au dîner. A plus tard. Je t'adore.

Emma resta assise, sans voix, tandis que Penny sortait d'un pas vif du bureau. Son avocate était une excentrique. A première vue, cela pouvait être inquiétant, mais Penny n'était certainement pas que cela. Instinctivement, Emma lui faisait confiance.

Zachary, lui, n'avait pas bougé de son fauteuil et raillait sa sœur :

— Elle est folle. Il faudra vous y faire.

Emma se leva pour prendre congé.

— Peut-être, mais j'aime son audace.

— Elle n'en manque pas.

A ces mots, Emma le toisa.

— Mon frère est innocent.

— Il a été reconnu coupable par un jury populaire.

— Et les jurés ne commettent jamais d'erreurs ?

Zachary ne releva pas.

— J'ai étudié les indices, poursuivit-elle. L'avocat commis d'office a torpillé cette affaire. Je peux vous jurer que mon frère n'a étranglé personne. Je le saurais.

Selon la théorie de l'accusation, Brian avait quitté le Magic — la boîte de nuit — pour retrouver la victime dans la ruelle latérale. Après l'avoir tuée, en utilisant apparemment la ceinture de la veste de la jeune femme, il aurait regagné la discothèque et aurait fait la fête pendant encore une heure.

— Etiez-vous avec lui cette nuit-là ?

— Non, mais je connais mon frère. Quand il avait douze ans, il a volé quatre dollars dans mon portefeuille. Une heure plus tard, rongé par la culpabilité, il s'est confessé.

Zachary haussa les épaules.

— Il avait douze ans. C'est un homme, à présent. Les gens changent.

— Pas mon frère. Il vivait à la maison avec ma mère au moment du meurtre. Vous voulez savoir pourquoi ?

— Est-ce en rapport avec mon affaire ?

— Mon frère est en prison. Chaque chose a son importance.

Zachary tambourina des doigts sur le bureau.

— Je vous écoute. Pourquoi vivait-il chez votre mère ?

— Parce que notre père est décédé il y a dix ans et que j'avais quitté la maison. Il avait un bon emploi et il aurait aisément pu se permettre d'avoir son propre logement, mais il ne pouvait supporter l'idée que notre mère se retrouve seule. Ce n'est pas le profil d'un homme capable de commettre un meurtre.

Sur ce, elle se tut. L'année qui venait de s'écouler lui avait enseigné la valeur du silence. Il permettait, parfois, de faire fléchir l'adversaire.

Zachary fléchirait-il ? Ou était-il seulement séduisant ?

Finalement, il se leva. Il était plus grand qu'elle d'une vingtaine de centimètres, mais elle tint bon et garda la tête haute.

— N'y voyez pas d'offense, mademoiselle Sinclair, mais vous êtes loin d'être impartiale et la fille d'un policier respecté est morte. N'importe lequel d'entre nous, placé dans les circonstances propices, est capable de commettre un meurtre.

— Pas mon frère, monsieur Hennings. Vous verrez.

— C'est Zac, la corrigea-t-il. Mon père est M. Hennings. Moi, c'est Zac. Et je peux vous dire que j'étudierai le dossier. J'adore gagner mais je n'ai aucun intérêt à maintenir un homme innocent en prison. Cela étant dit, douze personnes sensées ont décidé de son sort après avoir entendu les divers témoignages. Je ne vais pas simplement asséner au juge que c'était une erreur. Prouvez-le-moi et nous en reparlerons.

2

En sortant du bureau de Zac, Emma retrouva Penny qui l'attendait. Elles se dirigèrent vers l'ascenseur d'un pas alerte.

— Je vais commencer à travailler sur notre requête, déclara l'avocate. Quel est votre emploi du temps des prochains jours ?

— Demain, j'ai un cours dans la matinée puis je travaille le soir. Samedi, je prends mon poste à 16 heures, mais je suis libre toute la matinée et en début d'après-midi. Dimanche, je dois étudier. De quoi avez-vous besoin ?

— Nous devons analyser la vidéo et comparer les déclarations de Steve Bennett à ce que nous savons être arrivé à l'heure du meurtre. Il faudrait que nous trouvions autre chose pour étayer notre demande. Je pense que nous obtiendrons notre audience de toute façon, parce que cette vidéo est terriblement convaincante, mais cela ne serait pas superflu d'avoir davantage d'éléments.

Emma poussa la porte du hall et une bourrasque de vent froid de ce début d'avril rejeta ses cheveux en arrière. Penny demeura imperturbable, ses cheveux parfaitement en ordre alors qu'elle sortait. Emma aurait adoré être aussi élégante mais elle n'en avait pas les moyens. Elle s'en tenait donc aux basiques, pantalons et vestes et rares visites chez le coiffeur.

Penny s'arrêta sur les marches de l'imposante bâtisse. Derrière elles surgit la ruée des employés quittant le bureau après leur journée.

— J'ai déjà établi une chronologie des faits, reprit Emma. Je vais en établir une seconde en me référant à ce que dit l'inspecteur sur la vidéo. Oh ! Et aussi, je m'inscrirai sur la liste pour rendre visite à Brian demain. Je peux caser cela avant mon travail et lui montrer les deux chronologies. Peut-être pourra-t-il nous aider.

— Bien. Notez tout ce qui vous paraîtra bizarre et je demanderai à l'un de nos enquêteurs de le vérifier.

Des enquêteurs !

Durant tout ce temps, Emma avait arpenté la ville d'un pas laborieux, suppliant chaque avocat, chaque journaliste, chaque blogueur, toute personne susceptible de l'aider. Enfin, quelqu'un croyait en elle ! Le souffle court, elle posa une main sur sa poitrine.

Penny fronça les sourcils, altérant l'harmonie de son visage parfait au teint de porcelaine

— Vous vous sentez bien ?

— Vous avez des enquêteurs ?

— Le cabinet en emploie, en effet.

Des mois d'inquiétude permanente, débilitante, trouvèrent leur exutoire dans un rire hystérique.

— Des enquêteurs !

Penny écarquilla les yeux. Elle devait la prendre pour une folle, songea Emma. Mais elle ne pouvait se retenir de rire et saisit le bras de son avocate.

— Je suis seule avec cela depuis si longtemps ! Personne ne m'a aidée. Personne. Même ma mère était trop déprimée pour me prêter main-forte, et voilà que vous me dites que vous avez des enquêteurs. Et que ça ne me coûtera rien. Vous n'imaginez pas ce que cela représente pour moi.

Finalement vinrent les larmes. Un torrent de larmes remonta à la surface et ruissela sur son visage. Seigneur, elle était si lasse ! Peut-être la folie la guettait-elle vraiment.

Penny s'approcha d'elle.

— Ecoutez, le chemin sera long. Je suis une bonne avocate mais nous sommes aux prises avec le meurtre de la fille d'un policier. Nous nous apprêtons à gravir l'Everest sans oxygène. En serez-vous capable ?

Emma hocha la tête. Cela ne faisait pas le moindre doute.

— Je suis déjà montée à trois mille mètres sans oxygène. Je ne m'arrêterai pas maintenant.

— Bien. Dans ce cas, faisons-le. Appelez-moi dès que vous aurez du nouveau. Je dois partir.

Penny s'élança sur les marches et Emma sortit son portable de la poche de sa veste. Deux appels manqués. Dont un venant de sa mère. Elle rappela.

— Allô ? Maman ?

— Emma, tu as reçu un appel. De Melody. La fille que Brian fréquentait.

L'ancienne petite amie de Brian… Enfin, elle ne pouvait pas vraiment être qualifiée de petite amie. Au dire de Brian, Melody était plutôt une amie avec qui il couchait à l'occasion. Que cette amie appelle précisément le jour de l'article sur Brian ne pouvait être une coïncidence. En particulier alors que Melody, toujours selon Brian, avait passé quelques minutes avec lui aux alentours de l'heure du meurtre. Il avait quitté la discothèque et il l'avait accompagnée jusqu'à sa voiture vers minuit et demi.

Emma reprit la conversation avec sa mère :

— Que voulait Melody ?

— Je l'ignore. Elle a seulement dit qu'elle avait besoin de te parler. Voilà son numéro.

Emma le nota, puis s'empressa de raccrocher pour appeler Melody.

Celle-ci n'avait pas témoigné au procès de Brian. L'avocat commis d'office avait jugé cela inutile, car Melody ne pouvait pas prouver que Brian était avec elle ce soir-là. D'après lui, elle pouvait chercher à le couvrir.

Comme si une simple amie prendrait le risque d'être accusée de parjure ! songea Emma.

N'importe quoi !

— Melody ? C'est Emma Sinclair.

— Bonjour, Emma. Merci de me rappeler.

— Je t'en prie. En quoi puis-je t'aider ?

— Comment va Brian ?

— Il tient le coup.

— J'ai vu l'article dans le journal.

— Ils ont fait du bon travail, confirma Emma.

Elle préférait éviter de donner trop d'informations à une personne extérieure à l'affaire.

— Y a-t-il quelque chose que je puisse faire pour aider ? insista Melody. J'ai dit aux avocats du ministère public et de la défense que j'étais prête à témoigner. Ils ne m'ont jamais contactée même après que j'ai donné aux inspecteurs le reçu du parking.

Emma se raidit d'un coup.

— Il y avait un reçu de parking ?

Respire. Détends-toi.

Trop d'espoirs avaient été cruellement anéantis par l'injustice et elle avait appris à tempérer son optimisme. Quoi que prouve ce reçu, ce ne devait pas être décisif. Sinon, l'avocat de la défense l'aurait produit. Du moins l'espérait-elle.

— Absolument, répondit Melody. J'ai payé par carte de crédit. C'était l'une de ces machines qui délivre un ticket pour sortir du parking. Brian était avec moi.

Emma marqua une pause. Où pouvait être ce reçu ? Elle avait amassé des boîtes entières de notes sur cette affaire et n'avait jamais entendu parler d'un reçu de parking. Bien sûr, il pouvait être classé quelque part, mais elle n'était jamais tombée dessus.

Et quand bien même ! se raisonna-t-elle. L'avocat de la partie civile rétorquerait que cela ne prouvait pas que Brian était avec Melody et que cette dernière tentait juste de protéger son amant.

— Malheureusement, rien de tout cela ne prouve où se trouvait Brian à cette heure-là, soupira Emma. Néanmoins, j'ai engagé une nouvelle avocate. Puis-je lui demander de te contacter ?

— Certainement. Brian ne devrait pas être en prison. Il est innocent.

— Je sais, je ne renoncerai pas, promit Emma.

Elle serra plus fort le téléphone.

— Merci d'avoir appelé, Melody. J'apprécie ton geste. Et je suis sûre que Brian sera touché, lui aussi.

Emma raccrocha. Elle avait à présent un reçu de parking à retrouver. Autour d'elle, les employés continuaient à sortir du bâtiment.

Elle consulta son portable : 16 h 40.

Au vu des montagnes de dossiers qui encombraient son bureau, Zac était certainement encore en train de travailler. Il semblait assidu à la tâche, capable de s'absorber dans l'étude de ses notes, au point d'en perdre la notion du temps. Pouvait-elle retourner le voir pour exiger — non, plutôt pour demander — d'en savoir plus sur ce reçu ? Une approche en douceur lui assurerait peut-être la coopération de Zac.

Sinon, tant pis. Elle voulait des réponses.

Zac était parvenu à une conclusion. La vidéo devait être évincée. La confession sur son lit de mort d'un inspecteur était déjà, en temps normal, un scénario cauchemardesque. Associée à la pugnacité de sa sœur et à l'opiniâtreté d'Emma Sinclair, elle devenait un problème de taille. Emma n'affichait ni les vêtements tape-à-l'œil ni les manières sarcastiques de Penny mais, à l'évidence, elle avait l'esprit vif et un climat conflictuel ne la déroutait pas. Avec ces deux-là, il aurait fort à faire.

En tout premier lieu, il devait obtenir des copies de toutes les pièces du dossier et interroger les inspecteurs.

Toujours assis à son bureau, il effleura l'écran de son portable et le visage du policier mourant y apparut en vidéo. Bon sang, il faisait peine à voir. Cela risquait d'être un problème majeur au tribunal. Qui ne compatirait pas avec un malade du cancer en phase terminale ?

Il posa le téléphone et prit des notes tandis que s'exprimait l'inspecteur.

Témoin indécis.
Ruelle sombre.
Incapable de l'identifier formellement.
Présentation de photographies anthropométriques.

C'était la traditionnelle séance d'identification où le témoin se voyait présenter des photographies de suspects et où il lui était demandé s'il pouvait identifier l'un d'entre eux. Dans ce cas, au dire de l'inspecteur en fin de vie, le témoin avait déclaré « penser » que « peut-être » Brian Sinclair « pourrait être » l'homme en question.

Tout cela devait être repris, documents à l'appui, dans le dossier.

Zac secoua la tête. L'inspecteur confessait que le témoin avait été influencé à l'aide de questions orientées :

Il avait les cheveux foncés, n'est-ce pas ?

Et il portait une chemise blanche, c'est bien cela ?

Zac étudia le visage au teint cireux de l'inspecteur. Y avait-il des signes que la tumeur cérébrale aurait pu causer des troubles mentaux ? En dehors de l'aspect parcheminé et flasque de la peau, induit par les séances de chimiothérapie, son discours était clair et il paraissait lucide.

Zac consulta la date inscrite au bas de l'écran. La vidéo datait de six semaines. Il devrait se renseigner sur les effets du cancer dans les semaines précédant la mort. Pour réfuter ce témoignage, il lui suffirait de prouver que les fonctions cognitives de l'homme avaient été altérées. Auquel cas, tout ce qui se trouvait sur cette vidéo serait écarté.

Problème résolu.

Etape suivante. L'identification de la chemise blanche portée par l'accusé pourrait apporter de l'eau au moulin de Penny. Le meurtre avait été perpétré en mars. Il pouvait avoir fait froid. L'agresseur portait-il une veste ? Cela avait dû être évoqué devant la cour.

Une fois encore, tous ces renseignements devaient se trouver dans le dossier. Mais Zac ne l'avait toujours pas reçu. Il appela son assistante.

— Beth, avez-vous vu arriver le dossier Sinclair ?

— Je l'ai déposé dans votre bureau. Il est dans une boîte, près de la fenêtre d'angle.

Une boîte d'environ trente centimètres sur quarante était effectivement posée par terre.

— C'est tout ?

— C'est tout ce qui nous a été livré.

Une boîte ? Pour six mois d'enquête ?

Il aurait dû y avoir des tas de rapports, en particulier des rapports d'avancement de l'enquête où les inspecteurs rassemblaient leurs notes. Traditionnellement rédigés à la main par les inspecteurs, ces rapports retranscrivaient fidèlement qui avait dit quoi. Toute la progression de l'enquête aurait dû être illustrée par des documents exploitables devant la cour.

Alors pourquoi n'y avait-il qu'une malheureuse boîte ?

Zac poussa un soupir. Il devrait retrouver le précédent procureur-adjoint en charge du dossier — celui qui avait été remercié par le nouveau procureur d'Etat — et découvrir ce qu'il était advenu du reste des documents.

Il aurait deux mots à lui dire.

Il se leva, attrapa la boîte et la posa sur son bureau. Au moins pesait-elle un certain poids. A l'intérieur, il y avait quelques rapports supplémentaires, incluant un rapport de séance d'identification.

Il parcourut la première page en quête de la mention d'une chemise blanche.

Rien.

Il consulta la page suivante.

Rien non plus.

Voilà qui n'augurait rien de bon.

Il continua à feuilleter le dossier. Absolument rien concernant une chemise blanche. Il rangea la pile de documents dans la boîte et posa les mains sur ses hanches. Il devrait étudier attentivement chaque document.

Quelqu'un avait déclaré aux inspecteurs que Brian Sinclair portait, ce soir-là, une chemise blanche et ce n'était pas leur témoin vedette. L'homme avait seulement confirmé la couleur de la chemise. Zac relut sa déposition. De toute évidence, les inspecteurs, *via* une manœuvre typique d'intimidation, avaient convaincu le témoin qu'ils avaient réussi à coincer Brian Sinclair et que tout ce qu'il leur fallait était la confirmation qu'il portait une chemise blanche.

Chose qu'ils avaient obtenue. Seulement, il y avait désormais la vidéo, pesta Zac intérieurement. S'il ne parvenait pas à discréditer ce trouble-fête d'inspecteur, Penny arguerait que les droits constitutionnels de Brian Sinclair avaient été bafoués en vertu de l'arrêt Giglio contre les Etats-Unis.

Dans l'arrêt Giglio, la Cour suprême édictait que l'accusation devait communiquer toute information relative à la crédibilité de ses témoins, y compris les officiers de police.

Dans le pire des cas, si les policiers avaient fait pression sur le témoin pour qu'il identifie à tort Brian Sinclair, sa déposition pourrait être rejetée.

Et alors, l'accusation s'effondrerait, anticipa Zac.

Affrontant la cohue des personnes qui sortaient du bâtiment, Emma reprit l'ascenseur jusqu'au septième étage. Comme elle le soupçonnait, Zac était toujours à son bureau, ses larges épaules penchées au-dessus d'un bloc de papier tandis qu'il prenait des notes. Un désir âpre s'empara d'elle. Elle avait toujours été attirée par les hommes à la carrure imposante et par la manière dont son corps plus menu se lovait dans la chaleur et la sécurité de leur étreinte. *Bah!* Pour l'instant, elle ne se rappelait même pas la dernière fois où elle était sortie avec un homme, encore moins celle où elle avait partagé une étreinte.

Elle devait rester concentrée sur Brian. Ensuite, un jour, elle rassemblerait les fragments épars de sa vie.

Elle frappa à la porte ouverte.

— Entrez, répondit Zac, le regard rivé sur ses notes.

— Re-bonjour.

Il releva vivement la tête et une mèche de ses cheveux blonds courts lui tomba sur le front.

Une envie soudaine de remettre en place cette mèche rebelle la démangea. *Eh bien!* Cela faisait manifestement trop longtemps qu'elle n'avait pas eu de compagnie masculine. Si même l'homme qui voulait maintenir son frère en prison l'attirait, il y avait péril en la demeure.

— Mademoiselle Sinclair ?

Elle entra, restant éloignée d'un bon mètre du bureau.

— Je vous en prie, Zac, appelez-moi Emma.

Il posa son stylo et se renfonça dans son fauteuil.

— Puis-je vous être utile ?

Plus que vous l'imaginez.

Elle brandit son téléphone.

— Je viens de recevoir un appel d'une amie de Brian.

L'idée qu'elle aurait dû prendre conseil auprès de Penny avant de s'adresser à l'avocat de la partie adverse lui traversa soudain l'esprit. Peut-être était-elle allée un peu vite en besogne. Mais, jusque-là, cela ne l'avait jamais arrêtée. Son cerveau fonctionnait mieux de cette manière, perpétuellement en effervescence et passant d'une tâche à l'autre. Pendant un an et demi, mener la bataille juridique pour défendre son frère avait été une entreprise solitaire. Désormais, elle avait une alliée. La prochaine fois, elle tâcherait de se le rappeler.

Elle s'approcha du bureau et son regard croisa celui, interrogateur, de Zac.

— Melody était avec mon frère approximativement à l'heure du meurtre.

Zac ouvrit la bouche, mais elle l'interrompit d'un geste.

— Laissez-moi terminer. Je sais que ce que dit Melody ne prouve rien, j'ai entendu cela des dizaines de fois. Cependant, elle m'a appris qu'elle avait fourni son reçu de parking.

— Et ?

Comme il était suffisant ! s'agaça-t-elle sans le montrer.

— J'ai des boîtes entières d'informations relatives à l'affaire de mon frère. Dix-huit boîtes, pour être exacte. Elles sont stockées dans le sous-sol de la maison de ma mère. Cela représente une boîte par mois depuis la condamnation de mon frère.

— Vraiment ? répliqua-t-il.

Sa voix était montée d'un ton, sous l'effet d'un mélange d'étonnement et peut-être, peut-être seulement, de respect.

On n'est plus aussi suffisant.

— Je n'ai vu aucun reçu de parking, ajouta-t-elle.

— Avec dix-huit boîtes, ne pensez-vous pas que vous ayez pu le rater ? En outre, je suis sûr que vous avez conscience qu'un reçu de parking ne prouvera pas où il se trouvait.

Au temps pour le respect. Maudits avocats !

Il fallait toujours qu'ils s'évertuent à démontrer qu'ils étaient plus malins que vous.

— Evidemment, j'en ai conscience. Ce qui me préoccupe est de savoir pourquoi j'ignorais son existence et quelles sont les autres informations dont je pourrais ne pas avoir connaissance. Je voudrais une copie de ce reçu.

Il demeura silencieux, soutenant son regard, la jaugeant, attendant manifestement qu'elle batte en retraite.

— Zac, je me ferai un plaisir d'appeler Penny pour l'en informer. Je suis sûre que vous avez conscience que toute preuve doit être communiquée à la défense.

Pour faire bonne mesure, elle lui sourit.

Il se pencha en avant, les coudes posés sur son bureau dans une position qui clamait haut et fort : « Je ne vais pas m'en laisser conter par une étudiante en droit. ».

— Ma sœur et vous allez très bien vous entendre.

— Parfait, j'aimerais avoir ce reçu, s'il vous plaît.

— Bien sûr.

Il lui désigna la boîte ouverte sur son bureau.

— Il se trouve probablement là-dedans.

Lentement, elle se tourna vers une boîte cartonnée posée sur le bureau.

Une boîte.

Une petite boîte, en plus de cela.

— C'est le dossier de mon frère ?

Son regard embrassa le bureau.

— Où est le reste ?

Zac se leva, sa silhouette imposante se dressant au-dessus du bureau, son regard fixé sur le dossier.

— Nous commencerons par ceci.

Un sentiment lancinant de panique vrilla les entrailles d'Emma.

— Dites-moi qu'il y a davantage que cela ! Dites-moi que mon frère n'a pas été reconnu coupable de meurtre sur la base d'un dossier qui occupe une demi-boîte.

Le procureur-adjoint ne lui accorda pas un regard. Il s'affaira à fouiller dans la boîte. La liberté de son frère reposait sur le contenu d'une minuscule boîte. Comment osaient-ils ? Dix-huit mois passés à empêcher Brian de sombrer, à continuer de creuser, à supplier les avocats de l'aider… tout cela se mit à bouillonner en elle. Elle serra les mâchoires et prit sur elle pour résister à l'explosion de colère qui la consumait. Qui la faisait brûler vive de l'intérieur. Ces gens étaient tellement insensibles !

Elle attrapa la boîte et la tira vers elle. Enfin, Zac la regarda et si ses yeux étaient un peu durs et inflexibles, tant pis.

— Dites-moi qu'il y a plus.

Malgré elle, sa voix s'était brisée.

Il continuait à la dévisager, mais quelque chose avait vacillé dans ses yeux bleus, adoucissant son regard.

— Pour l'instant, c'est tout ce que j'ai. Il y a plus. Sur une enquête de six mois, il y a forcément plus.

— Où est-ce ?

Il posa les mains sur ses hanches et secoua la tête. Emma croisa les bras sur sa poitrine. Elle voulait savoir où était le reste du dossier.

— Emma, je ne me présenterai pas au tribunal sans avoir réuni jusqu'au dernier fragment de preuve du premier procès. Une jeune femme est morte et je veux que son meurtrier soit incarcéré. Toutefois, si votre frère est innocent, je serai le premier à en faire état.

Un silence tomba sur la pièce. Zac n'avait pas répondu à sa question. Elle aurait pu tempêter, faire un scandale à propos de l'injustice de la situation, mais à quoi bon ? Elle ne réussirait qu'à s'aliéner l'homme qui avait le pouvoir de maintenir son frère en prison. Cela ne semblait pas un excellent plan.

Pire, pour une mystérieuse raison, elle croyait Zac. Elle lui faisait presque confiance. Peut-être était-ce à cause de ses yeux et de leur capacité à passer en un éclair de la dureté à la malice ou de la manière dont son assurance insufflait force et volonté de se battre. Zac Hennings respirait l'honneur et l'intégrité.

Visiblement, peu de choses étaient susceptibles de le faire vaciller, et un désir ardent de le voir en action la traversa. Peut-être ferait-elle une incursion en salle d'audience afin de jauger son ennemi. Identifier les points forts de son adversaire — ainsi que ses faiblesses — l'aiderait à gagner la bataille.

Elle repoussa la boîte dans sa direction.

— Je persiste à vouloir une copie de ce reçu. Si vous ne l'avez pas, je demanderai à Melody d'appeler l'organisme qui lui a fourni la carte de crédit. D'une manière ou d'une autre, j'obtiendrai ce reçu.

Il la scruta longuement, puis un sourire fugace étira la commissure de ses lèvres et il plongea la main dans la boîte. Il en sortit une épaisse enveloppe en papier kraft.

— Je devrais vous proposer de tout faire photocopier et de faire envoyer les copies au bureau de Penny. C'est ce que je devrais faire.

— Mais vous ne le ferez pas ?

— Non. Et c'est parfaitement inapproprié. Le reçu que vous voulez est probablement dans cette enveloppe. Je vais en inventorier le contenu avec vous. C'est le mieux que je puisse faire.

Le reçu ne s'y trouvait pas. Zac s'adossa à son fauteuil et contempla la ravissante et dérangeante Emma Sinclair. Elle feuilletait la dernière pile de documents trouvée dans la boîte. Ils avaient compulsé tout son contenu — non qu'il y eût grand-chose — et n'avaient rien trouvé.

Que se passait-il avec cette affaire ? Il avait à peine commencé et déjà tout semblait… aller de travers.

Emma rajusta la pile de documents qu'elle venait de parcourir et la rangea dans l'enveloppe.

— Pas de reçu.

— Je vais me renseigner. Immédiatement, en fait.

Il prit son téléphone et composa le numéro du commissariat du deuxième district pour parler à John Cutler, l'un des inspecteurs qui avaient enquêté sur l'affaire. Cet homme était une légende du comté de Cook. Les policiers avaient coutume de dire en plaisantant qu'il pourrait soutirer des aveux à une brique. Le problème était que certains des auteurs de ces aveux se rétractaient ensuite. Dans ce cas particulier, Brian Sinclair n'avait jamais fait d'aveux.

Les inspecteurs l'avaient gardé dans la salle d'interrogatoire et ils l'avaient questionné pendant plus d'une journée sans jamais le laisser se reposer ni manger, et ils n'avaient pas recueilli d'aveux.

D'après ce que se rappelait Zac, Brian Sinclair avait eu quatre avocats commis d'office. L'un d'eux était décédé, un autre avait été licencié, le troisième avait démissionné et, finalement, Brian Sinclair s'était trouvé représenté par Alex Belson, un avocat que Zac avait affronté à de nombreuses reprises au tribunal et avec qui il n'avait pas de problèmes. Certains des avocats commis d'office étaient réfractaires, refusant systématiquement de coopérer. Belson, lui, se montrait raisonnable. Zac pouvait l'appeler, discuter d'une affaire et ils finissaient par trouver un accord à présenter au juge. En revanche, Zac n'était pas un fan de l'inspecteur Cutler. Ses méthodes étaient trop douteuses. Les aveux qu'il obtenait étaient toujours examinés attentivement. Zac n'était pas disposé à se présenter devant la cour pour voir ensuite des aveux réfutés parce que les droits du suspect auraient été bafoués. C'était hors de question.

Il attendit que Cutler prenne la ligne, Emma assise en face de lui, le dos droit et le regard concentré. Elle était focalisée sur le dossier et ne partirait certainement pas sans qu'il lui ait donné quelque chose. Et une invitation à dîner ne ferait probablement pas l'affaire.

En tant qu'homme qui aimait les défis, il appréciait sa pugnacité. Et cela ne faisait pas de mal qu'elle soit agréable à regarder. Pas à la manière voyante et artificielle de la plupart des femmes qu'il avait fréquentées. La raison pour laquelle il était attiré par ces femmes n'était pas un mystère, et elle manquait assurément de profondeur. Les hommes n'étaient que des hommes et la plupart, pensa Zac, appréciaient la compagnie d'une femme superbe.

Emma était différente. Elle possédait une beauté naturelle, sans artifices. Si elle avait été quelqu'un d'autre, une femme qu'il aurait rencontrée par hasard, il l'aurait invitée à sortir. Purement et simplement.

Mais à en juger par l'intensité de ses magnifiques yeux bruns, elle avait envie de l'étriper.

La standardiste reprit la ligne :

— L'inspecteur Cutler est sorti.

Bien sûr.

— Merci, répondit tout de même Zac. Demandez-lui de me rappeler dès que possible.

Après avoir raccroché, il précisa à Emma :

— Il est sur une affaire.

Elle hocha la tête puis se leva.

— Evidemment, Penny aura besoin d'une copie de tout ce qui se trouve dans cette boîte.

Elle se tourna pour partir, le corps raide et distant, et quelque chose propulsa Zac hors de son fauteuil. Bon sang ! Il n'allait pas la laisser filer ainsi. Pourquoi cela le préoccupait-il, il l'ignorait, mais c'était éminemment important. Il contourna rapidement le bureau.

— Emma, écoutez, j'ignore où est passé ce dossier, mais je le découvrirai. D'une manière ou d'une autre.

— Oui, parce que votre travail consiste à maintenir mon frère en prison. Vous voulez gagner.

— S'il est coupable, vous pouvez compter que je le ferai. Mais s'il est innocent, si ses droits ont été bafoués et que vous pouvez le prouver, il aura droit à un nouveau procès. C'est la façon dont fonctionne notre système. Il n'est rien que je puisse y changer. Je n'en ai d'ailleurs pas la volonté.

Elle posa sur lui un regard scrutateur.

— Qu'en pensez-vous ?

Elle lui désigna le dossier posé sur son bureau.

— En voyant le contenu de cette boîte, avez-vous le sentiment que les droits de mon frère ont été bafoués ?

Il est exclu que je réponde à cette question, ma jolie.

— Je pense qu'il nous manque le reste du dossier. Lorsque nous l'aurons retrouvé, j'aurai une vision plus claire de cette affaire. Jusque-là, je crois que ses droits n'ont pas été bafoués et qu'il a été reconnu coupable sur la base de preuves tangibles.

Elle sourit.

— Logique. C'est ce que vous devez croire. Toutefois, quelque chose me dit que, au fond de vous…

Elle appuya son index sur son torse.

— … vous n'êtes pas forcément d'accord avec ce que vous êtes censé croire.

A ce contact, une onde de désir parcourut Zac. Il n'était pas un saint et il ne lui était pas si difficile, moyennant un petit effort, de se trouver une compagnie féminine. Cependant, il n'avait pas éprouvé, depuis longtemps, une telle ardeur. Prenait-il ses désirs pour des réalités ou avait-il simplement besoin d'action, il l'ignorait. Et de toute façon, aucune relation n'était possible avec Emma : il était l'avocat de l'accusation contre son frère…

Emma retira son doigt. Il lui sourit et, aussitôt, les joues de la jeune femme s'empourprèrent.

Trop adorable.

— Je dois partir, annonça-t-elle.

Zac s'écarta suffisamment pour s'empêcher de faire quelque chose de stupide, comme la toucher.

Il la regarda quitter le bureau, tandis que son cœur lui tapait dans la poitrine. Cette affaire pourrait lui permettre d'asseoir sa carrière et il entretenait des pensées incongrues vis à vis de la sœur du coupable. Quelle brillante façon de tout gâcher !

Il était temps pour lui de se recentrer et de s'organiser. Il composa le numéro d'Alex Belson afin de découvrir où se trouvaient les autres éléments du dossier. En l'espace d'une journée de travail, il avait pris un important retard sur une affaire qui aurait dû être gagnée d'avance. Une maudite condamnation pour meurtre pour laquelle il n'avait même pas de dossier !

— Alex, bonjour. C'est Zac Hennings.

— Ne quittez pas.

Alex s'entretint avec quelqu'un à l'autre bout de la ligne, puis revint vers lui.

— Désolé. C'est de la folie, ici. Qu'y a-t-il ?

— L'affaire Sinclair. Que s'est-il passé ? J'ai récupéré une boîte… à demi pleine. Je devrais en avoir une cargaison.

Alex grommela.

— Je compatis, mon vieux. J'ai hérité exactement de la même chose.

— Et ?

— Et quoi ? J'étais le quatrième à représenter cet homme. J'ai tout de même tenté de remonter la piste du dossier. Le premier avocat est décédé et les deux autres ne travaillent plus pour le bureau des avocats commis d'office. J'imagine que lorsque le premier est décédé, certaines des pièces du dossier n'ont pas été retrouvées. Ensuite, ses successeurs sont partis, et tout ce que j'ai pu sauver se trouve dans cette boîte.

Une affaire de meurtre sans indices… Zac se massa le front. Il allait devoir retrouver les deux avocats restants, où qu'ils soient.

— Dois-je comprendre que cette unique boîte est tout ce qu'il y a ?

— Pour autant que je le sache. Je n'ai pas les enquêteurs sous la main. En plus, nous avons affaire au meurtre de la fille d'un policier. Je savais que c'était peine perdue, que je serais confronté à la loi du silence.

Zac acquiesça intérieurement. Les policiers de Chicago étaient réputés pour leur capacité à étouffer les crimes impliquant d'autres policiers. La loi du silence y faisait figure d'institution et, par ailleurs, les inspecteurs étaient peu enclins à aider la défense. Pour la plupart, les officiers de police de Chicago étaient des enquêteurs intègres qui poursuivaient leur tâche jusqu'à ce qu'ils parviennent à une conclusion logique. Mais, dans certains cas, une intuition, juste ou non, leur donnait l'intime conviction qu'une personne était coupable. Ils trouvaient alors le moyen d'instrumentaliser les preuves pour obtenir une condamnation.

Dans l'affaire Chelsea Moore, les inspecteurs s'étaient arrangés pour que les preuves concordent. Ils l'avaient fait par égard pour Dave. En un sens, Zac le comprenait.

Et cela l'inquiétait.

— Mais je vais vous dire une chose, poursuivit Alex. Emma Sinclair aurait fait une excellente enquêtrice. Elle n'a cessé de me harceler à propos du petit ami de la victime. Enfin, son ex-petit ami. Ben Leeks fils.

Zac nota le nom.

— Qu'y a-t-il à savoir sur lui ?

— Son père — Ben Leeks — est inspecteur au commissariat du premier district.

Un amer pressentiment gagna Zac. Il jeta un coup d'œil à la boîte contenant les indices. Il devait s'y trouver quelque chose concernant le petit ami.

— A-t-il été interrogé ?

— D'après les inspecteurs, il a été rapidement mis hors de cause. Mon prédécesseur lui a parlé. Rien de ce côté.

— J'imagine qu'Emma n'était pas ravie.

— Elle a trouvé que c'était fort commode. Je ne le lui reprocherais pas. Je me suis basé sur ce que j'avais.

Après que trois autres avocats commis d'office eurent fait de même, songea Zac. Une véritable histoire de fous.

— Que s'est-il passé avec le petit ami ? reprit-il.

— Une amie de Chelsea a dit qu'il était violent. Qu'il avait tendance à la frapper.

— Et il a été mis hors de cause ?

— La loi du silence, mon ami. La loi du silence…

Zac nota sur son bloc-notes :

Ben Leeks

Loi du silence.

Puis il traça une large croix sur cette expression. Il briserait cette loi du silence, quel qu'en soit le prix.

3

Le lendemain matin, Emma sécha son cours à la fac pour aller rendre visite à son frère. Il se montra réservé au sujet de leur nouvelle avocate.

Simple mécanisme de défense, se rassura Emma. Brian vivait dans une cellule de quatre mètres carrés. Son espoir s'amenuisait forcément.

Elle lui présenta ensuite sa chronologie de la nuit du meurtre et Brian y apporta quelques modifications. Restait à voir dans quelle mesure ces ajustements différeraient des transcriptions de la vidéo et du procès. Emma se promit de le faire dès son retour chez sa mère et elle sortit de la prison plus optimiste qu'elle ne l'avait jamais été ces deux dernières années.

Elle regagna sa voiture, s'élança sur l'autoroute et se mit à chanter en écoutant la radio. Les choses s'amélioraient ! Même le ciel morne et gris n'entamerait pas son insouciance.

Son téléphone portable sonna et elle bascula en Bluetooth.

— Allôooo ? chantonna-t-elle.

— Penny Hennings. Où êtes-vous ?

Bonjour à vous aussi, Penny, rectifia Emma intérieurement.

— Je reviens de la prison où j'ai rendu visite à Brian. Je suis à une demi-heure du centre-ville. Pourquoi ?

— Je me rends au palais de justice. J'ai besoin de l'aide de ma stagiaire. Pouvez-vous vous présenter au parking qui est à côté du Magic ?

Emma resta interdite.

— La boîte de nuit ?

— La seule et unique. L'un de mes enquêteurs a appelé le propriétaire du parking concernant le reçu manquant. Il a un bureau de l'autre côté de la rue, au-dessus de la sandwicherie. Il a également cinq années d'enregistrements des caméras de sécurité et il peut ressortir la date que nous voulons. J'adore la technologie.

Voilà qui était prometteur.

— Il est disposé à me laisser les parcourir ?

— Oui. Et si vous trouvez quelque chose, il nous en fournira une copie. Je vais appeler Zac. Je veux qu'une personne du bureau du procureur soit présente avec vous pour que nous ne soyons pas accusées de falsification de preuves. L'authenticité de cette vidéo sera inattaquable. Mon frère va faire une attaque. Je meurs d'impatience. Sérieusement, parfois j'adore mon travail !

Emma sursauta presque. Peut-être Zac avait-il raison en disant que sa sœur était folle à lier.

— Je m'en charge, conclut Emma.

Arrivée au parking, elle se gara puis traversa la rue. C'était l'heure du déjeuner, et une ruée de clients prenait d'assaut la sandwicherie. Elle-même n'avait mangé qu'une banane au petit déjeuner et décida de s'acheter un sandwich après son rendez-vous. Près de la boutique se trouvait une porte portant l'inscription « England Management ». Elle entra et gravit l'escalier.

Au sommet des marches, il y avait une seconde porte vitrée à franchir. Emma la poussa et une réceptionniste lui fit signe d'entrer.

— Bonjour, je suis Emma Sinclair.

La jeune femme lui sourit.

— Il vous attend. Entrez.

La réceptionniste la guida jusqu'à un bureau où se tenait un homme d'une cinquantaine d'années. Celui-ci se leva aussitôt. Un sourire accueillant étirait ses lèvres et des ridules se dessinaient autour de ses yeux. Emma l'apprécia immédiatement. Que quelqu'un sourie à la sœur d'un homme condamné pour meurtre lui faisait toujours chaud au cœur.

— Je m'appelle Emma Sinclair. Penny Hennings a dû vous avertir de ma visite.

— Tout à fait. Je suis Glen. Glen Beckett. Asseyez-vous.

Il lui désigna l'une des deux chaises face au bureau.

— Vous savez quelle date vous cherchez ?

— Oui, le vingt et un mars… il y a deux ans.

Glen se tourna vers l'ordinateur et saisit la souris.

Emma se pencha en avant.

— A la réflexion, Glen, voudriez-vous, je vous prie, attendre une seconde ? Quelqu'un doit venir me retrouver ici et je ne veux pas commencer sans lui. Laissez-moi passer un appel rapide.

Elle appela Penny qui décrocha à la deuxième sonnerie.

— Il arrive.

— Qui ?

— Zac.

— Vraiment ? Vous n'envoyez pas un enquêteur ?

— Mon frère n'est pas un idiot. Si je demande que quelqu'un soit présent à vos côtés, il sait que je ne plaisante pas. Zac, qui est extrêmement intelligent, veut voir par lui-même quelle preuve je vais utiliser pour le battre.

La porte du bureau s'ouvrit brusquement et Zac, avec ses larges épaules et son mètre quatre-vingt-dix, fit irruption dans la pièce. Emma eut un mouvement de recul. Zac savait à coup sûr faire une entrée remarquée et autoritaire.

— Il est ici.

Emma mit fin à la communication et rangea son portable dans la poche de sa veste.

— Bonjour.

Zac fit un signe de tête.

— Emma.

Il se tourna vers Glen, lui tendant la main.

— Zac Hennings. Je suis adjoint au procureur d'Etat du comté de Cook.

— Seigneur…

Glen lança un regard à Emma puis il reporta les yeux sur Zac.

Celui-ci le rassura :

— Je suis seulement venu authentifier la vidéo si nous trouvons quelque chose.

— Oh ! intervint Emma. Nous allons trouver quelque chose ! Mon frère m'a affirmé qu'il avait escorté Melody jusqu'à sa voiture et qu'elle l'avait redéposé au Magic.

Glen se replaça face à l'ordinateur.

— Dans ce cas, nous devrions l'avoir. La caméra installée près de la sortie filme tous les véhicules qui quittent le parking. Connaissez-vous l'heure ?

— Aux alentours de minuit et demie.

Quelques clics plus tard, une vidéo s'afficha à l'écran. Emma bondit de son siège et percuta Zac, lui enfonçant son épaule dans le plexus solaire alors qu'ils tentaient tous deux de contourner le bureau. L'air s'échappa brusquement des poumons de Zac et il saisit les bras d'Emma pour l'empêcher de trébucher. Il avait des mains puissantes, des mains qui devaient être capables de toutes sortes de choses, et elle déglutit.

— Désolée ! Je suis confuse. Vous allez bien ?

— Pas de problème.

Il l'invita d'un geste à le devancer.

— Allez-y. Vous le reconnaîtrez avant moi.

Elle se faufila entre le bureau et lui et se tint près de Glen qui parcourait une vidéo tout en surveillant le code temporel.

— Je peux arrêter aux environs de 00 h 25, si vous le voulez. Ensuite vous pourrez regarder la vidéo au ralenti.

— Merci, fit Emma.

Zac se tenait juste derrière elle, et sa simple présence la déconcentrait. Il avait une autorité naturelle qui la troublait profondément, quelque chose d'à la fois impérieux et réservé.

Cela lui plaisait assez. Ou peut-être se sentait-elle simplement seule. En tout cas, elle ne pouvait se permettre de trop y penser. Son frère était en prison, et l'homme derrière elle projetait de l'y laisser. C'était sans issue : cet homme lui briserait le cœur, d'une manière ou d'une autre.

— Savons-nous quel genre de voiture nous cherchons ? s'enquit Glen.

Emma s'avança, s'écartant un peu de Zac.

— C'est une Dodge Neon.

Glenn hocha la tête et Emma se focalisa sur l'écran. Trois minutes plus tard, elle consulta l'heure de l'enregistrement : 00 h 35. Pas de Dodge Neon. Ni de Melody. Ni de Brian.

Allez!

Le sang se mit à lui battre aux tempes tandis que les secondes s'égrenaient.

Je vous en prie, faites qu'ils y soient!

— La voilà ! s'écria Glen.

Emma détailla la voiture à l'écran. Sa tête lui sembla sur le point d'éclater et elle serra les poings.

C'était sûrement ça.

Zac se pencha en avant, son torse effleurant l'épaule d'Emma.

— Pouvez-vous ralentir ?

S'ils s'étaient trouvés en un autre lieu, elle lui aurait donné un coup de coude assorti d'un regard incendiaire, mais elle refusa de se détourner de l'écran.

Glen actionna la souris et la voiture ralentit presque totalement tandis qu'elle franchissait la barrière ouverte.

— Nous y voilà. Ce doit être ça, reprit Emma tandis que deux silhouettes — l'une masculine, l'autre féminine — apparaissaient.

Alors que la voiture avançait, la caméra finit par capter leurs visages. Emma écarquilla les yeux : c'était bien son frère, souriant et l'air heureux. Un regain d'énergie envahit son corps, lui faisant légèrement tourner la tête, et elle déglutit à deux reprises.

Il y est.

— Mettez en pause ! s'écria-t-elle avant que la voiture ne sorte de l'écran.

Elle se tourna vers Zac.

— C'est lui. C'est Brian. Avec Melody.

— 00 h 37, releva-t-il. D'accord.

— D'accord ? Comment ça, d'accord ?

Zac haussa les épaules.

— Nous l'avons sur la vidéo. Cet élément constitue une preuve valable.

Il se tourna vers Glen.

— J'aurai besoin d'une copie de cette vidéo.

A l'évidence, le procureur-adjoint refusait d'en dire plus devant Glen, comprit Emma. Elle attendrait. Au moins jusqu'à ce qu'ils soient à l'extérieur. Ensuite, ils auraient une conversation.

— Faites en deux, demanda-t-elle.

Zac sortit sur le trottoir et retint un juron. Sa sœur se délecterait de cette vidéo. Non seulement elle flairerait l'odeur du sang, mais elle redoublerait d'efforts.

Emma se planta devant lui d'un air triomphant.

— 00 h 37 ! Cela prouve où il se trouvait.

— Oui. A 00 h 37. Cela ne nous aide pas forcément. L'horaire de la mort a été estimé avec une marge d'erreur d'une heure. Il pourrait l'avoir fait après que Melody l'eut redéposé à la discothèque.

— Oh ! Je vous en prie ! Voilà un homme assez prévenant pour escorter son amie jusqu'à son véhicule puis ressortir en voiture du parking avec elle. Vous le voyez tuer quelqu'un ? Ça n'a pas de sens.

Il toisa Emma.

— Rien n'a jamais de sens, dans mon travail. Je me base sur les preuves. Parlez-moi de l'ex-petit ami de la victime et de ses accès de violence.

Emma rejeta la tête en arrière et le fixa de ses grands yeux bruns qui évoquaient le chocolat liquide ainsi que toutes les choses auxquelles il préférait ne pas penser.

— Oui, reprit-il, sûr de lui. Je suis au courant de cela. J'ai parlé à l'avocat commis d'office de votre frère. Il m'a dit que vous aviez insisté pour qu'il s'intéresse à l'ex-petit ami de la victime. Alors pourquoi n'y a-t-il rien à ce sujet dans le dossier ? Je trouve cela dérangeant.

Emma parut hésiter, se mordillant la lèvre. Ses lèvres aussi semblaient appeler le chocolat liquide, et bien d'autres choses.

— Ça m'a ébranlée que la police ne mentionne pas le petit copain, reprit-elle. Car Chelsea Moore en avait parlé à Brian.

— Comment ça ?

— Chelsea et Brian avaient le même âge et étaient des habitués du Magic. Après sa rupture avec son copain, Chelsea a envoyé plusieurs textos à mon frère. Je crois qu'elle aurait bien voulu une aventure avec lui, mais Brian n'était pas intéressé. Il n'a pas donné suite. En tout cas, quand il a été interrogé, il a parlé à la police de cet ex-petit ami. Mais ils n'ont rien fait.

— Comment le savez-vous ?

— J'ai posé la question à son avocat. Le prédécesseur d'Alex Belson. Il n'avait rien là-dessus.

— Dans ce cas, comment savez-vous que l'ex en question était violent ?

— Eh bien, voyez-vous Zac, lui répondit Emma sur un ton sarcastique, j'ai fait une chose qui relève du pur génie d'investigation. J'ai fait une chose que la police de Chicago n'a jamais eu l'idée de faire !

— Inutile d'en faire des tonnes, Emma. J'ai compris.

Elle leva un doigt.

— J'ai parlé aux amis de la victime. N'est-ce pas prodigieux ?

Zac leva les yeux au ciel mais il ne pouvait lui reprocher son attitude. Si c'était son frère ou sa sœur qui était jugé, la même colère bouillonnante le tenaillerait. Toute cette affaire donnait à penser que les policiers avaient tenté de protéger l'ex-petit ami qui s'avérait être le fils d'un des leurs.

Ben Leeks.

La loi du silence.

Il prit Emma par le coude et la conduisit à l'angle de l'immeuble.

— Etes-vous garée sur le parking ?

— Oui, mais j'ai d'abord besoin d'un sandwich. Je n'ai pas mangé de la journée.

— Bien. Je vais vous attendre, puis je vous accompagnerai à votre voiture. Ensuite, il faudra que j'aie une conversation avec certains inspecteurs.

L'air renfrogné, l'inspecteur John Cutler entra d'un pas martial dans le bureau de Zac. De toute évidence, l'homme n'appréciait pas d'être convoqué, en plein milieu de journée, au bureau du procureur adjoint. Zac n'en avait cure.

Pas alors que l'une des enquêtes de Cutler était sur le point de se faire laminer devant la cour.

Il posa son stylo sur son bureau couvert de dossiers et se renfonça dans son fauteuil.

— Asseyez-vous, inspecteur.

Cutler considéra les deux sièges, afficha un rictus devant celui qui était encombré de dossiers et laissa tomber son corps boursouflé sur le siège libre. Il mit quelques secondes à s'installer puis tendit le cou dont la peau flasque débordait de son col.

Zac attendit, pour garder l'avantage psychologique sur l'inspecteur. Il voulait contrôler les festivités.

Finalement, Cutler leva les mains.

— Que vous faut-il ?

Zac se pencha, ramassa une boîte par terre et la posa sur le bureau.

— L'affaire Sinclair. Voici le dossier. Rassemblé en six mois d'enquête. Ai-je raté quelque chose ?

Le regard de Cutler dévia vers la gauche puis revint vers Zach.

— Comment saurais-je ce que votre bureau a fait de ce dossier ?

Ce n'était pas une réponse.

— Cette boîte est-elle la seule ? Si vous me dites oui, je travaillerai avec ce dont je dispose. Si vous me dites non, des pièces ont disparu.

Cutler croisa les mains sur son ventre.

— Il faudrait que je voie ce qu'il y a dans cette boîte.

— Pas de problème.

Cutler fit mine de se lever.

— Je n'ai pas terminé, inspecteur.

L'homme consulta sa montre et Zac faillit se mettre à rire. Il avait grandi dans une famille qui avait engendré trois avocats. Le conflit était son élément de prédilection.

Cutler se rassit.

— Plusieurs choses, reprit Zac. Que vous rappelez-vous à propos d'un reçu de parking qui vous a été donné par Melody Clayton ? C'est une amie de Brian Sinclair. Elle affirme qu'il était avec elle aux alentours de l'heure du meurtre.

Lentement, Cutler secoua la tête.

Patience, Zac. Patience.

— Vous n'avez pas le souvenir d'un reçu ?

— Non. Il se peut qu'elle l'ait donné à Steve et que je ne sois pas au courant.

— Steve Bennett ? L'autre inspecteur ?

— Oui.

Evidemment, encore une faute qui incombait à un mort. Les morts abondaient, dans cette affaire.

— Je vérifierai, promit Zac. Je présume que vous avez visionné la vidéo de l'inspecteur. Que vous rappelez-vous à propos de ce témoin qu'il évoque ?

Cutler haussa les épaules.

— Ce n'est pas comme si nous avions fait pression sur lui. Nous lui avons montré des photographies, nous l'avons aidé à préciser son témoignage.

— « Aidé à » préciser son témoignage. Et pour ce qui est de la chemise blanche ? Qui lui a dit que Brian Sinclair portait une chemise blanche ?

— Je ne sais rien à ce propos. Steve, sans doute.

Bien sûr.

Zac prit quelques notes supplémentaires et l'inspecteur tira sur son col trop serré.

En effet, inspecteur, vous avez raison d'être nerveux.

En vérité, Zac griffonnait n'importe quoi. Les inspecteurs du deuxième district n'étaient pas les seuls à savoir jouer avec les nerfs d'autrui.

— Melody Clayton a dit à Emma Sinclair que Ben Leeks avait des accès de violence. C'est le fils d'un policier de Chicago. Je ne doute pas que vous le savez…

Cutler décocha à Zac un regard dur. Enfin, peut-être Cutler estimait-il que c'était un regard dur, songea Zac. Mais cela ressemblait plus à la tentative désespérée d'un homme sur la défensive pour intimider son adversaire.

— Le gamin a rapidement été mis hors de cause.

— Comment a-t-il été mis hors de cause ?

— Il était à l'intérieur de la boîte. Il a des témoins qui l'ont vu s'intéresser de près à une jeune femme brune. Il n'a pas quitté les lieux avant la fermeture. Et, lorsqu'il est reparti, il faisait partie d'un groupe et ils sont tous allés au snack voisin.

Zac hocha la tête.

— Il me faut des noms. Ils ne sont pas dans le dossier.

Cutler agrippa l'un des accoudoirs et déplaça son corps massif.

— Je vous l'ai dit, je n'ai rien. J'ai transmis tous les rapports.

— Même les rapports d'avancement de l'enquête ? Je n'en ai vu aucun.

— Je vous ai absolument tout donné.

— Vous n'avez pas rédigé de rapports ?

De nouveau, l'inspecteur tenta de paraître intimidant, mais Zac insista.

— J'ai conscience que vous n'appréciez pas mes questions. Je n'en ai que faire. Je suis sur le point de me retrouver devant la cour pour défendre votre travail. J'imagine que vous voulez que j'aie confiance en ce travail. Or, c'est loin d'être le cas. Alors assez d'inepties, répondez à mes questions.

Cutler soupira.

— J'ai rédigé des rapports. J'ignore ce qu'ils sont devenus.

— En avez-vous fait des copies ?

— Non.

— Et cela ne vous choque pas qu'un rapport mentionnant le fils supposément violent d'un officier de police n'ait pas été joint au dossier d'une affaire de meurtre ?

Cutler resta muet.

La loi du silence.

Zac reposa la boîte par terre.

— Je pense que nous avons terminé. Pour l'instant.

En face de lui, l'inspecteur, le souffle court, les joues en feu, fulminait.

Tant mieux, pensa Zac. Il s'apprêtait à passer un sale quart d'heure devant la cour et face à sa petite sœur. Il ne tomberait pas seul. Ignorant la colère de Cutler, il ouvrit l'un de ses nombreux dossiers et se mit à lire.

Cutler finit par se lever de son siège.

— Ce Sinclair est coupable, lâcha-t-il. Il ne peut en être autrement.

Zac ne prit même pas la peine de lever les yeux.

— Une vidéo le montrant en train de quitter le parking à 00 h 37 pourrait bien le disculper. Nous entamons un rude périple.

Emma se gara dans l'allée à minuit et quart. Elle avait enduré le chaos du restaurant toute la soirée. Comme à son habitude, sa mère avait laissé allumées les lumières du perron et des abords du garage. Emma sourit intérieurement : sa mère continuait de veiller sur elle.

Elle prit son tablier et ouvrit la portière. Dès que ses pieds touchèrent le bitume, elle faillit pousser un gémissement. Porter des plateaux toute la soirée lui avait provoqué des douleurs dans les bras et dans le dos et, combinées à la fatigue de ses pieds, celles-ci la pressaient de se mettre au lit.

Rien n'était facile dans le métier de serveuse, mais le salaire était intéressant. Plus qu'intéressant : elle avait eu la chance de trouver un emploi dans un grill haut de gamme. Néanmoins, elle attendait avec impatience le jour où elle reprendrait un emploi de bureau et laisserait derrière elle ce type de douleurs.

Bientôt, Emma.

Si son plan fonctionnait et que Brian rentrait à la maison, elle retrouverait sa vie et des horaires normaux. Elle pourrait étudier le droit en cours du soir, ce qui lui permettrait de travailler en journée. Qui sait, peut-être Penny l'engagerait-elle comme assistante.

Emma verrouilla les portières de sa voiture. Un bip résonna, tandis qu'elle jetait un coup d'œil derrière elle. Rien. Leur quartier avait toujours été sûr, mais elle avait appris à être prudente, partout où elle allait. Les criminels ne se préoccupaient pas nécessairement du quartier où ils se trouvaient si une cible leur semblait une proie facile.

Fredonnant, elle jeta son tablier par-dessus son épaule. Elle le mettrait avec son uniforme dans le lave-linge avant de se coucher, de manière à les récupérer le lendemain.

— Mademoiselle Sinclair ?

Elle se figea, son corps se pétrifiant littéralement, incapable de bouger. C'était une voix grave — masculine — derrière elle.

Il connaît mon nom.

Un afflux de sang lui battit aux tempes. Sa clé de voiture pointant vers l'extérieur, elle fit volte-face. Un homme vêtu d'une veste en cuir et d'un jean se tenait dans la petite allée juste sous le luminaire du garage. Il n'était pas grand mais semblait en bonne condition physique. Musclé. Coriace.

Etablis une description.

Des cheveux courts foncés. La cinquantaine. Son nez était épaté et crochu. Plusieurs fois cassé, peut-être.

Il s'avança vers elle.

Ne le laisse pas trop s'approcher.

Elle recula, toujours sa clé à la main, prête à lui crever un œil si nécessaire. Il sourit. D'un sourire écœurant qui disait « Je te tiens »

La gorge d'Emma se noua. Elle déglutit, serra plus fort la clé.

— Détendez-vous, mademoiselle Sinclair. Je suis l'inspecteur Ben Leeks, de la police de Chicago.

Emma poussa un long soupir mais une tension douloureuse lui paralysait encore les épaules. Aucun inspecteur respectueux du règlement ne lui rendrait visite chez elle à une telle heure. En particulier s'il était le père d'un jeune homme dont la petite amie avait été assassinée.

De sa main libre, elle chercha son téléphone dans la poche de sa veste. Dans le pire des cas, elle enfoncerait le bouton d'alarme de son porte-clés pour mettre en marche le Klaxon de la voiture.

— Inspecteur, il est tard. Ceci est déplacé.

Lentement, elle recula vers le perron. Une voiture passa.

Mets-toi à hurler.

C'était ce qu'elle aurait dû faire. Excepté qu'elle pourrait avoir l'air d'une folle et qu'une personne dérangée n'obtiendrait pas que l'on casse le jugement condamnant son frère.

L'inspecteur ne bougea pas. Il se contenta de rester sur place, les bras le long du corps, le dos droit mais l'allure désinvolte, ne présentant pas la moindre menace.

— Aucun juge du comté de Cook ne cassera ce jugement, mademoiselle. Résignez-vous à ce que votre frère soit en prison et cessez de faire des histoires. Dans cette ville, on se charge des fauteurs de troubles. Parfois de manière brutale.

Emma se tint immobile, en état de choc, comme détachée de la réalité.

Ben Leeks quitta l'allée d'un pas nonchalant, tel un simple promeneur profitant d'une soirée de printemps.

Entre dans la maison.

Elle courut vers la porte, tenta d'une main tremblante d'introduire la clé dans la serrure mais celle-ci résista.

Saisie d'un horrible doute, Emma se retourna brusquement.

Il n'y avait plus personne. Ben Leeks père était bel et bien parti.

Elle inspira, se forçant à retrouver son calme. A la seconde tentative, la clé obtempéra.

Emma se précipita à l'intérieur de la maison, tira le verrou et s'affala contre la porte.

Il venait de la menacer. Toutefois, il le nierait si elle l'en accusait. Cela ne faisait aucun doute.

Dans ces conditions, que devait-elle faire ?

4

Zac ouvrit péniblement un œil et consulta sa montre sur la table de chevet. 7 heures du matin. Pourquoi sa sœur tambourinait-elle si tôt à sa porte, un samedi ? Qu'est-ce qui lui prenait ? Un homme ne pouvait-il faire la grasse matinée le jour où il était de repos ? Il n'aurait jamais dû lui donner une clé du rez-de-chaussée. Et d'ailleurs, pourquoi n'utilisait-elle pas son autre clé pour ouvrir la porte de l'appartement ?

Il roula hors du lit et cligna plusieurs fois des yeux, ébloui par la lumière du soleil qui filtrait à travers les stores. En maugréant, il prit un pantalon de survêtement dans le fauteuil. Il était beaucoup trop tôt. Le tapage que Penny faisait risquait de réveiller les autres locataires. Pire, il était au premier étage, donc les deux autres appartements profitaient également du vacarme. Ayant enfilé le pantalon, il ramassa par terre le T-shirt de la veille. Cela conviendrait. Provisoirement.

— Zachary ! Ouvre cette porte !

— Un peu de patience, Pen, j'arrive. Pourquoi tu ne te sers pas de ta clé ?

S'apprêtant à l'incendier, il ouvrit la porte à la volée. Sa sœur était vêtue d'un manteau d'un rose vif renversant. Il se frotta les yeux.

— Tu ressembles à une glace à l'eau. Sérieusement, un peu de sobriété ne te ferait pas de mal.

Lorsqu'il rouvrit les yeux, un mouvement attira son attention derrière la glace à l'eau. Aussitôt, son visage s'empourpra. Penny avait amené avec elle Emma Sinclair. Celle-ci était vêtue d'un bonnet et d'un trench-coat blanc qu'il eut immédiatement envie de lui arracher.

Penny passa devant lui, entra dans son appartement et fit un signe du pouce par-dessus son épaule.

— Elle… est la raison pour laquelle je n'ai pas utilisé ma clé. Comment aurais-je pu savoir si tu n'étais pas nu ? Ou si tu n'avais pas de la compagnie ?

Emma resta debout dans le couloir et il lui fit signe d'entrer.

— Autant que vous entriez. Excusez le désordre. Et aussi ma tenue inadéquate pour un rendez-vous professionnel.

Il se retourna vers sa sœur.

— Dans mon appartement ? Pendant mon jour de repos !

— Blablabla ! le railla Penny. Tu ne vas pas le croire, Zachary.

— Je t'écoute, éclaire ma lanterne.

— Je vais me gêner. L'inspecteur Ben Leeks a rendu visite à Emma chez elle hier soir. Il l'attendait. Il l'a suivie quand elle est rentrée de son travail à 1 heure du matin.

Le regard de Zac se reporta sur Emma : elle se tenait tranquillement au milieu du salon.

— Il a fait quoi ? répéta-t-il.

S'il était une chose dont il n'avait pas besoin dans cette affaire déjà déroutante, c'était qu'un inspecteur surexcité se mette à faire n'importe quoi pour sauver son fils violent.

Penny leva les bras au ciel, cultivant le mélodrame.

— Il s'est planté devant elle dans l'allée de sa maison et il lui a fait une peur bleue.

Zac revint vers Emma et étudia son visage à la recherche d'un signe de traumatisme. Il n'y en avait pas. Rien d'autre que ces lèvres douces et ces grands yeux langoureux.

— Vous allez bien ?

Le téléphone de Pen se mit à sonner. Le thème du *Parrain*.

— Oh ! fit-elle. Attendez, c'est papa.

Elle sortit le portable du sac immense qu'elle transportait.

— Bonjour, papa.

Zac s'adressa à Emma.

— Elle a attribué *Le Parrain* comme sonnerie à mon père. Quand je vous disais qu'elle était cinglée…

Penny haussa les sourcils.

— Très bien. C'est entendu. Je m'en charge, papa.

Elle raccrocha.

— Je dois partir.

— Comment ? Tu me balances cette information et tu repars ?

Il lui montra sa tenue puis lui désigna Emma.

— Il faut que j'y aille, insista sa sœur. Le fils de l'un de nos clients a été arrêté. Maman et papa sont partis pour le Wisconsin tôt ce matin, et ils sont déjà à la maison du lac. Il a besoin que je le sorte de prison et je ne dis pas non à notre père.

Elle se tourna vers Emma.

— Je suis désolée de vous faire cela. Pouvez-vous expliquer la situation à Zac et prendre un taxi pour rentrer ?

Emma les regarda tour à tour.

— Euh, bien sûr.

Dans un tourbillon rose, Penny s'élança vers la porte et Zac la lui ouvrit.

— Pourquoi devrait-elle prendre un taxi ? Je la raccompagnerai.

Sa sœur lui donna une tape amicale sur la joue.

— Tu es un bon garçon, Zachary. N'oublie pas, nous devons être au lac à 17 heures Ne sois pas en retard. Maman te tuerait. Et moi aussi parce que tu es mon chauffeur.

— Je serai à l'heure.

Il ferma la porte et fit face à Emma, terriblement embarrassé. Depuis qu'elle avait posé sa main sur son torse l'avant-veille, il avait du mal à ne pas penser à elle. Et voilà que sa sœur la lui confiait. *Incorrigible Penny !*

— Désolée de vous avoir réveillé, dit-elle. J'ai commis l'erreur de dire à votre sœur que j'avais la matinée et le début de l'après-midi libres. Apparemment, elle pense que ça veut dire qu'elle peut m'appeler à 6 heures du matin.

Zac se mit à rire.

— Je vous assure que c'est un vampire. Elle a toujours été ainsi. Cinq heures de sommeil lui suffisent alors qu'il m'en faut énormément. En quoi est-ce juste alors que nous avons le même patrimoine génétique ?

— Je l'ignore. Ne vous méprenez pas, j'apprécie son dévouement.

— Elle est dévouée, c'est vrai. C'est une chose que j'adore chez elle. Seulement, pas un samedi. Alors que je dors encore.

Emma contempla l'appartement et son regard s'arrêta un instant sur l'entrée de la cuisine. Excellente idée, songea Zac. La pièce la plus sûre. Il pourrait préparer rapidement du café. La caféine lui donnerait un coup de fouet, et cela lui occuperait les mains. Ce serait mieux que de dévêtir Emma Sinclair.

— Que diriez-vous d'un café ?

Elle hocha la tête et le suivit dans la cuisine dont la table croulait, elle aussi, sous les dossiers professionnels.

— Je présume que vous ne mangez pas souvent ici, commenta Emma.

— J'ai dégagé un endroit. J'ai l'habitude de m'y asseoir et de lire en mangeant.

Il dégagea une seconde place. Du moins pouvaient-ils tous deux s'asseoir.

— Donc, les dossiers dans votre bureau ainsi que tous ceux-ci ont trait à vos affaires en cours ?

— En effet. Je n'ai pas le temps de m'ennuyer.

Il prépara le café.

— Parlez-moi de l'inspecteur Leeks.

— C'était angoissant. Il m'attendait lorsque je suis rentrée hier soir. Je ne l'ai pas vu quand je me suis garée, mais le temps que je rejoigne ma porte d'entrée, il est apparu dans l'allée.

Zac s'appuya contre le comptoir et croisa les bras.

— A quelle heure était-ce ?

— Environ minuit et quart.

Zac réprima un juron. Que croyait Leeks ? Qu'il pouvait interférer comme ça dans une enquête ? C'était un inspecteur de premier ordre, mais cela ne lui donnait pas tous les droits.

— Si l'on occulte le fait qu'il n'est pas très prudent de vous déplacer seule aussi tard…

Le rouge monta aux joues d'Emma et elle releva vivement la tête.

— Excusez-moi ? Un policier véreux me rend visite au milieu de la nuit et c'est ma faute ?

— Je n'ai pas dit cela. Vous ne m'avez pas laissé finir.

Eh bien… elle était plutôt remontée, nota Zac. Il ferait mieux d'apaiser rapidement la tension.

— Je suis désolé. Ce ne sont pas mes affaires. Ce qu'il a fait était totalement inadmissible. Je vais m'occuper de lui.

— Voilà qui est mieux, monsieur le procureur.

Elle l'appelait « monsieur le procureur ». Peut-être méritait-il cet accès de froideur. Souligner l'évidence — qu'une femme ne devrait pas être seule, dehors, tard le soir — était apparemment inacceptable. Après tout ce qu'il avait vu — des femmes mutilées, assassinées, violées — voilà que soudain il ne devrait pas se permettre de la mettre en garde contre la possible cruauté de ce monde ?

Ou peut-être sa vision déjà désabusée de la société s'était-elle encore aggravée au contact de telles atrocités. Une personne telle qu'Emma Sinclair, dotée de cette attitude volontaire, ne voyait certainement pas le monde à sa façon. Elle rencontrait un problème, elle tentait de le résoudre. Lui rencontrait un problème, il cherchait qui mettre en prison.

La cafetière se mit à gargouiller. Enfin. Se tournant vers le vaisselier, il sortit deux grandes tasses et les remplit. L'arôme puissant du café corsé lui titilla les narines.

— Lait ou sucre ?

— Noir avec du sucre.

Il prit quelques sachets d'édulcorant et lui tendit la tasse fumante.

— Dites-moi quels ont été les propos de l'inspecteur Leeks.

— Je les ai retranscrits.

Elle sortit de la poche de son manteau une feuille pliée.

Elle les a retranscrits.

Emma Sinclair ferait une excellente avocate. Avant de lire, il but une gorgée de café qui lui brûla la langue. Puis il reposa sa tasse, déplia la feuille et lut.

Résignez-vous à ce que votre frère soit en prison et cessez de faire des histoires. Dans cette ville, on se charge des fauteurs de troubles. Parfois de manière brutale.

A ces mots, sa nuque se noua. Faisant craquer les vertèbres, il évacua la tension.

Puis il relut la note, pour être certain de ne rien rater.

Après une troisième lecture, il releva les yeux vers Emma dont le regard était fixé sur lui.

— C'est exactement ce qu'il a dit ?

— Mot pour mot. Je l'ai noté dès que je suis entrée dans la maison. Il a aussi précisé qu'aucun juge du comté de Cook ne casserait la condamnation de Brian.

Zac but deux autres gorgées de café, puis jeta le reste dans l'évier. Il devait immédiatement mettre un terme à cela.

— Je prends une douche rapide puis je rendrai visite à ce brave inspecteur. Cela vous convient-il ?

— Je peux vous accompagner ?

— Si vous le souhaitez. Sinon, je vous dépose chez vous. C'est ce genre d'infamie — la pression exercée sur un témoin — qui nous a mis dans un tel pétrin. Ben Leeks a besoin d'être rappelé à l'ordre.

Un sourire se dessina sur le visage d'Emma.

— Je vous attends…

A l'évidence, elle avait développé le goût du conflit, de l'affrontement des volontés. De la guerre. Zac la comprenait parfaitement. Une affaire pouvait être macabre, atroce ; chaque fois qu'il entrait dans la salle d'audience, une enivrante euphorie s'emparait de lui.

Zac Hennings était peut-être aussi fou que sa sœur.

Emma adorait cela. L'expression de son visage quand il avait lu la note, dure, brutale, était impressionnante. Il était peut-être l'ennemi, mais il voulait gagner à la loyale. Elle appréciait cela. Ou peut-être cherchait-elle quelque chose à admirer en dehors des fesses parfaites qu'avait laissé deviner son pantalon de survêtement.

Elle devait sérieusement se reconcentrer sur l'affaire. Cet homme avait le pouvoir de maintenir Brian en prison et de pulvériser ce qu'il restait de sa famille. Eprouver pour lui une attirance physique ne réussirait qu'à la détruire.

Il fallait qu'elle se ressaisisse. Elle se battait pour obtenir justice et elle avait enfin une chance d'y parvenir. Son attirance pour Zac ne devait pas faire avorter ses projets.

Elle but une autre gorgée de café. Infect, vraiment. Qui pouvait boire un café aussi incroyablement fort ?

Devant elle se trouvaient étalées des piles de dossiers et par simple curiosité, par ennui aussi, elle eut envie d'y jeter un coup d'œil.

Elle s'en abstiendrait néanmoins. Zac l'avait laissée seule en lui accordant le crédit qu'elle ne violerait pas son intimité. Elle ne trahirait pas cette confiance.

Son regard se posa sur le reste de la pièce. La cuisine pratique d'un célibataire. En un sens, elle s'était attendue à plus de sophistication de la part d'un homme dont le père était un ténor du barreau. Cela lui apprendrait à avoir des préjugés.

Pour s'occuper les mains, elle alla verser son café dans l'évier. Le bruit de l'eau dans la douche lui fit relever la tête. Elle aimerait assez avoir un aperçu de ce procureur au style « rebelle du country-club » vêtu d'une simple serviette. Sans chemise, la peau encore humide.

Elle soupira. A la manière dont ses chemises laissaient deviner sa musculature, ce serait sans aucun doute une expérience intéressante. Oui, cela vaudrait le coup d'œil.

— Emma, marmonna-t-elle, tu es impossible.

Impossible ou pas, elle coula un regard dans le couloir. Etait-il sorti de la salle de bains à demi nu ? Non, personne.

Pas de chance. Comme d'habitude.

Suis-je à ce point aux abois ?

Entre l'attrait des dossiers et de Zac en tenue d'Adam, elle ferait mieux de s'éloigner. Le salon serait peut-être une meilleure idée.

Elle ralentit en passant devant une pièce à la porte entrouverte. Une chambre. Par espièglerie, elle y risqua un coup d'œil. La pièce était étonnamment dépouillée en comparaison du bureau et de la cuisine.

Derrière elle, la porte de la salle de bains s'ouvrit et, bien que l'envie de se retourner soit très forte, elle poursuivit son chemin.

— Je vous attends dans le salon, lança-t-elle à son hôte.

— Tout va bien ?

Prenant le risque de le voir à demi-nu, elle se retourna. Il était tout habillé.

— Oui. Vos dossiers me distrayaient.

Il regarda en direction de la cuisine, prenant manifestement conscience de l'erreur qu'il venait peut-être de commettre. Mais elle le rassura.

— Je vous jure que je n'ai pas regardé. J'ai emporté ma curiosité dans le salon.

Pour diverses raisons.

— Merci de ne pas avoir regardé. Aucun de ces dossiers ne traite du procès de votre frère, cependant…

— Je sais, l'interrompit Emma. Pour autant que mon cerveau aime à s'activer, vous m'avez fait confiance. J'ai voulu respecter cela.

Il s'approcha d'elle et l'odeur de son savon, fraîche et pure — un parfum d'embruns — taquina ses narines. Ses cheveux blonds étaient mouillés et, plus encore que s'il avait été vêtu d'une simple serviette, il accapara toute son attention.

— Vous êtes quelqu'un de rare, Emma. Directe. Sans affectation. J'aime cela.

Ce compliment lui alla droit au cœur et un élan de bonheur la traversa.

Ce n'est pas un homme pour toi, s'admonesta-t-elle aussitôt.

Même si elle avait des centaines d'arguments en faveur de Zac, aucun n'était recevable. Pas si cela devait mettre en danger la liberté de son frère.

Elle haussa les épaules.

— Je suis ce que je suis. La vie ne s'est pas exactement déroulée comme prévu, mais je refuse de renoncer. Il y a, quelque part, une conclusion heureuse pour ma famille. J'ignore quand, où et comment je la trouverai, mais je sais qu'elle existe.

Il l'observa durant quelques instants, d'un regard intense, et toute cette attention virile et déterminée la fit flageoler un peu. Elle avait besoin d'un homme. De préférence un homme comme Zac Hennings.

Au plus tôt.

Finalement, il déclara :

— J'espère que vous accéderez à cette conclusion heureuse. Votre mère et votre frère ont de la chance de vous avoir.

En son for intérieur, elle le savait. Bien entendu, parfois, elle rêvait de s'enfuir, disparaître, appuyer sur le bouton « Reset » et tout recommencer, mais il n'était pas dans sa nature de tout quitter. Elle aimait trop sa famille.

Soudain, l'espace silencieux qui la séparait de Zac s'emplit d'une énergie trépidante et son cœur battit la chamade. Elle crut défaillir. Toutes ces évocations de procureur sexy, de fuite pour retrouver sa liberté, c'était presque trop. Comme un rêve inaccessible.

— Je… euh…

Elle secoua la tête.

— Je l'ignore.

Zac détourna les yeux.

Dieu merci.

Il prit un jeu de clés sur la table basse.

— Allons traquer notre inspecteur indélicat.

5

Zac monta les quelques marches qui menaient au commissariat du deuxième district, laissant Emma dans sa voiture. De voluptueuses pensés envahissaient son esprit. Le trajet avec Emma n'avait fait qu'échauffer un peu plus ses sens, et il avait bien du mal à se concentrer sur son entrevue à venir avec l'inspecteur Leeks.

A l'intérieur du bâtiment, il s'identifia et intima au sergent de l'accueil de lui faire rencontrer Ben Leeks.

Cinq minutes plus tard, il fut orienté vers un long couloir et on lui indiqua la dernière porte sur la gauche. Elle menait à une salle d'interrogatoire, mais il n'en fut pas surpris. Ces imbéciles espéraient se jouer de lui en le laissant mariner dans une salle d'interrogatoire. Cette farce ne fit qu'aviver la fureur qui couvait déjà en lui.

Il tira une chaise, s'y installa, rejeta les épaules en arrière et inspira. Ce serait lui qui prendrait le contrôle de cet entretien. Pas Leeks.

Durant dix minutes, ils le firent attendre. A chaque seconde qui s'égrenait, Zac était plus remonté, toute cette énergie négative fusant dans son cerveau. La contenir. Voilà ce qu'il ferait. Il la contiendrait et il la canaliserait. Il avait été élevé par un stratège expert. Il taillerait Leeks en pièces.

Enfin, celui-ci entra dans la pièce. L'homme mesurait une bonne dizaine de centimètres de moins que lui. Aussi se leva-t-il pour l'accueillir.

Toujours laisser l'homme plus petit se sentir obligé de lever la tête.

Leeks posa sur lui un regard sombre et inexpressif. Ni vie ni colère dans ces yeux, remarqua Zac. Sa tentative d'intimidation ne fonctionnait pas.

Leeks pinça les lèvres puis fit un bruit de bouche et tira la chaise face à celle de Zac.

Zac attendit qu'il s'assoie, puis hésita encore quelques instants avant de reprendre sa place. L'inspecteur afficha un sourire suffisant. Lui aussi connaissait la stratégie du mâle alpha consistant à se tenir au-dessus de quelqu'un aussi longtemps que possible. Du moins se comprenaient-ils.

— Je serai bref, inspecteur. Je suis le procureur en charge du dossier Sinclair. J'imagine que vous le savez déjà ?

— Affirmatif.

— Bien. Laissez-moi vous informer que vous devez rester éloigné de toute personne impliquée dans cette affaire. *Quelle qu'elle soit.* Comprenez-vous ?

Leeks haussa les épaules.

— Je prendrai cela pour un oui parce que, la prochaine fois que vous menacerez Emma Sinclair, j'exhumerai assez de squelettes de vos placards pour que vos supérieurs n'aient d'autre choix que de vous retirer votre insigne.

Leeks finit par se pencher en avant, roulant des mécaniques et grimaçant.

— Ecoutez, je n'ai pas menacé Emma Sinclair.

Excellent.

C'était précisément ce que Zac voulait entendre. Il plaqua la note d'Emma sur la table.

— Vous n'avez pas dit cela ?

Leeks le dévisagea puis prit le papier. Après l'avoir lu, il le rejeta et le feuillet flotta dans l'air pendant un moment.

Se penchant en avant, Zac mima le langage corporel de l'inspecteur.

— Vous espérez me faire croire qu'Emma Sinclair a menti en disant que vous êtes venu la voir chez elle au milieu de la nuit pour lui dire que l'on se chargeait dans cette ville des fauteurs de troubles ? Vous n'avez pas dit cela ?

— Dites donc, monsieur le…

— Dites donc, inspecteur. Cela ne m'intéresse pas d'avoir une conversation avec vous. Je suis venu vous dire ce que vous devez faire. Suis-je clair ?

Leeks se recula sur son siège… battant presque en retraite, mais il croisa les bras sur sa poitrine dans un geste de défi.

— Oui, c'est clair. Comme de l'eau de roche. Toutefois, vous feriez mieux de trouver un moyen de garder ce type en prison. Il a tué une jeune femme, et sa ravissante sœur sans défense met la ville sens dessus dessous. Faites votre travail, monsieur l'avocat.

Zac étouffa un juron. Comme s'il allait laisser ce pauvre type lui faire la leçon !

— Après la pagaille que vous avez mise, vous croyez que je vais vous laisser me dire comment faire mon travail ? La dernière fois que j'ai vérifié, mon taux de condamnation était irréprochable. Je mettrai le meurtrier derrière les barreaux aussitôt que des policiers pressés d'en finir ne saboteront plus l'enquête.

Sur ce, il se leva et se dirigea vers la porte.

— Une dernière chose : assurez-vous que votre fils se rende disponible pour moi.

Leeks se leva d'un bond de sa chaise.

— Pardon ?

— Vous m'avez compris. Dites à votre fils de m'appeler. J'ai des questions à lui poser sur sa liaison avec Chelsea Moore. Plus tôt ces questions obtiendront des réponses, plus tôt nous serons débarrassés de cette affaire. Je vous fais là une faveur. Si votre fils et vous choisissez de ne pas en profiter, je l'assignerai à comparaître. A vous de voir, inspecteur, mais, d'une façon ou d'une autre, votre fils me parlera.

Emma était assise dans la BMW racée de Zac, exactement la même que celle de Penny. N'était-ce pas adorable ?

Elle s'attendait à ce qu'il revienne d'une minute à l'autre, mais cela semblait durer. Bon sang, combien de temps fallait-il pour entrer, dire à cet inspecteur minable de la laisser en paix, puis revenir ?

Son portable se mit à sonner. C'était Penny.

— Allô ?

— Allô ? comment les choses se passent-elles avec Zac ?

— Je l'ignore encore. Il s'entretient actuellement avec l'inspecteur.

— Oh ! mon Dieu ! minauda Penny. J'adore mon frère. Il est tellement prévisible. Il est probablement en train de l'incendier, à l'heure où nous parlons. Ecoutez Emma, les bons avocats utilisent les faiblesses de leurs adversaires. C'est une chance que notre adversaire soit mon frère et qu'il soit doté d'un infaillible sens de l'honneur.

— Vous l'avez manipulé ?

— Quel vilain terme ! J'ai utilisé ma connaissance de sa personnalité. Je me suis assurée qu'il allait informer Leeks qu'il assignerait son fils à comparaître.

— Eh bien, nous devrions le savoir rapidement. J'attends dans la voiture. D'ailleurs, je trouve ça touchant que vous ayez la même.

— La sienne a deux ans de plus que la mienne. Nos parents nous les ont offertes quand nous avons été diplômés. Notre frère aîné a réduit la sienne à l'état d'épave il y a un an. Ces voitures sont les seules que nos parents nous aient offertes. Nous avons dû payer nous-mêmes nos premiers véhicules. C'était un bon moyen pour nous apprendre à gérer notre budget.

Emma releva la tête : Zac dévalait les marches du commissariat.

— Voilà Zac. Vous voulez attendre qu'il arrive ?

— Certainement.

Il monta dans la voiture et Emma mit le haut-parleur.

— J'ai Penny en ligne.

— Salut, lança-t-il. As-tu fait relâcher ton client ?

— Oui. Il avait été arrêté pour ivresse publique et manifeste. Comment ça s'est passé avec Leeks ?

— Je l'ai prévenu qu'il devait rester à l'écart de mon affaire. Il va également m'amener son fils pour que je l'interroge.

Un frisson parcourt Emma.

— Vous plaisantez ?

Zac démarra puis se fraya un chemin dans la circulation dense du samedi matin.

— Je veux parler à ce gamin.

— Et il va te l'amener, tout simplement ? s'étonna Penny à l'autre bout de la ligne.

— Je suis doué, Pen, mais pas à ce point. Je lui ai laissé le choix : soit il me l'amène, soit je l'assigne à comparaître. Voyons ce qu'ils décideront.

— Tu es quelqu'un de bien, Zachary.

— Oui, oui, oui. Tu crois que je ne sais pas que tu m'as manipulé ? Pen, tu ne cesses de le faire depuis tes douze ans. Je te connais aussi bien que tu me connais. Dans le cas présent, cela joue en notre faveur à tous deux, mais je ne m'explique toujours pas pourquoi je te laisse faire.

— C'est à cause de mon pouvoir de persuasion, grand frère.

Zac sourit.

— Passe me prendre à 16 heures, conclut Penny. Pour le dîner avec les parents. Et, quoi que tu fasses, n'essaie pas de coucher avec ma cliente.

Emma fut interloquée et Zac leva les yeux au ciel.

— Bravo, Pen. Très délicat.

— Je vous aurai avertis tous les deux. Je ne suis pas aveugle, encore moins stupide.

De sa main libre, Zac fit machinalement un geste lui intimant de se taire.

— Au revoir, Pen.

Emma coupa la communication et posa le téléphone sur ses genoux.

— Eh bien, c'était… embarrassant.

— Non. C'est Penny, tout simplement. Vous avez dû remarquer qu'elle aimait faire de la provocation.

— Oui, j'ai remarqué.

— Elle est incroyable. J'ai parfois le sentiment qu'elle me fera avoir une attaque, mais elle est tellement drôle… C'est le problème des hommes de la famille. Nous lui avons toujours tout laissé faire parce qu'elle nous amuse.

— Vous avez créé un monstre.

— En effet, acquiesça Zac.

Il s'arrêta à un feu rouge et se tourna vers elle, son regard bleu trop pétillant pour qu'Emma se sente à l'aise. Peut-être Penny avait-elle mis le doigt sur quelque chose, avec cette mise en garde.

En outre, ce badinage entre le frère et la sœur avait rouvert l'abîme émotionnel contre lequel Emma luttait. A une époque, Brian et elle s'étaient taquinés l'un l'autre de la même manière. Depuis un an et demi, c'était difficilement envisageable. Cette pensée lui pesa.

Pas de tristesse.

Pas alors qu'ils progressaient.

Bientôt, les choses changeraient. Elle le pressentait. Enfin, quelqu'un allait interroger le petit ami de la victime.

— Merci, Zac.

— De quoi ?

— De suivre la piste du petit ami. Personne n'a jamais fait cela pour nous.

Il s'arrêta à un autre feu rouge et pencha la tête vers elle.

— Pas de problème. Merci à vous. Sans vous, ce jeune homme ne serait même pas relié à l'affaire. Au moins, à présent, allons-nous entendre ce qu'il a à dire.

Leurs regards se croisèrent et le même silence trépidant qu'ils avaient partagé plus tôt s'imposa de nouveau. Emma déglutit, espérant une diversion venant de l'extérieur.

Un Klaxon retentit alors et Zac regarda le feu. Vert.

— J'ai faim, lança-t-il. Et vous ? Nous pourrions aller manger un morceau.

Elle ne devrait pas faire cela. Il était le procureur en charge du dossier de son frère. Et le fantasme de le découvrir vêtu d'une simple serviette hantait toujours son esprit.

Comme elle ne répondait pas, il lui décocha un regard disant : « Allô ? Emma ? Ici la terre »

Elle lui tapa légèrement le bras.

— Nous pourrions discuter de l'affaire de votre frère, insista-t-il.

— Oh ! C'est tellement déloyal ! Vous savez que je ne peux pas résister à ça.

— Un bon avocat connaît les faiblesses de ses adversaires.

Incroyable.

— C'est exactement ce que vient de me dire votre sœur ! Juste avant que vous ne montiez dans la voiture.

Il haussa les épaules.

— Nous avons appris du même maître. Alors, où allons-nous manger ?

6

Emma posa l'assiette de pâtes fumantes devant son dernier client. Comme chaque samedi soir, ses pieds et son corps ressentaient la fatigue du coup de feu, mais elle rentrerait chez elle avec une épaisse liasse de billets qui contribuerait à régler ses prochains frais de scolarité. Elle n'avait pas à se plaindre.

Un mouvement à quelques mètres d'elle lui fit tourner la tête. Quelqu'un se glissait dans un box. Non, vraiment ? Ils allaient fermer une demi-heure plus tard et des clients s'installaient encore dans sa section ? Elle se dirigea vers le nouvel arrivant et examina l'arrière de cette tête blonde. Pas possible.

Puis l'homme se tourna sur le côté et… oui… Zac Hennings. Son cœur se serra et tout son corps se contracta. Comment pouvait-il se trouver là alors qu'il lui avait dit que Penny et lui passeraient la nuit chez leurs parents, à la maison du lac ?

Il y avait forcément un problème.

Cela devait être l'inspecteur véreux. Son fils avait probablement disparu de la surface de la terre. Ou alors il avait été mis hors de cause.

Dans un coin de sa tête, une peur lancinante, paralysante, insistante, qui parfois s'atténuait sans toutefois jamais disparaître, se réveilla avec violence. L'image du corps ensanglanté de Brian, gisant sur le sol de la prison où il se viderait de son sang suite à une bagarre, assaillit son esprit.

Ne pense pas à cela !

Zac se tourna de côté et regarda par-dessus son épaule, le visage neutre. Si, au moins, il avait souri, pesta Emma, elle n'aurait plus eu peur.

Allez, Zac.

Cependant, ses lèvres restèrent inexpressives. Il lui fit signe mais elle demeura immobile, terrifiée à l'idée d'approcher et d'apprendre les nouvelles qu'il apportait.

Comme s'il avait perçu son sentiment de panique, il lui enjoignit d'un geste de le rejoindre. Elle retint sa respiration, ignorant les battements désordonnés de son cœur, et elle força ses pieds à avancer. Peut-être ce qu'il avait à lui dire n'était-il pas si terrible, après tout.

Elle s'arrêta devant sa table. Il portait un pantalon bleu marine et une chemise blanche, pas de cravate. Il devait être venu tout droit de chez ses parents, après le dîner. Traduction : les nouvelles étaient mauvaises. Horribles, s'il avait fait la route depuis le Wisconsin pour les lui donner.

Il lui prit le poignet. Une énergie réconfortante et virile la réchauffa.

— Tout va bien, la rassura-t-il.

Emma détendit les épaules et respira de nouveau librement. A chaque expiration, son pouls se ralentit un peu plus et elle s'attacha à relâcher la tension qui avait si étroitement enserré son corps. S'était-elle tellement habituée aux mauvaises nouvelles que son esprit s'orientait toujours aussitôt dans cette direction ?

Au bout de quelques instants, ayant recouvré son calme, elle releva la tête.

— Ça m'a rendue nerveuse de vous voir.

— Je vois cela.

Elle lança un regard furtif à ses clients. Tous étaient occupés à manger. Elle reporta son attention sur Zac.

— Je suis désolée. Les procureurs sont généralement porteurs de mauvaises nouvelles. J'ai été conditionnée.

— Je comprends.

Les lèvres de Zac esquissèrent un sourire subtil et espiègle. Un frisson d'émoi la parcourut.

— Peut-être puis-je inverser la tendance ? poursuivit-il.

Non, nous ne pouvons pas nous permettre cela.

Elle avait eu son lot de blessures intimes, et Zac menaçait d'engendrer un autre de ces abîmes prêts à l'engloutir. La liberté de son frère était en jeu. Sinon, elle se serait intéressée de très près à cet homme. Cela ne faisait aucun doute. Mais là, le travail de ce séduisant procureur était de maintenir son frère incarcéré.

Elle changea de sujet de conversation.

— Que faites-vous ici ? Je vous croyais parti dans le Wisconsin ?

— J'y étais. Nous avons dîné et j'ai décidé de rentrer. Penny est restée avec mes parents. Tous rentreront demain.

— Vous n'êtes donc pas venu ici pour dîner.

Il sourit.

— Vous êtes terriblement perspicace.

Oh ! Ce sourire… charmeur, enjôleur et espiègle. Cet homme savait s'y prendre pour conquérir le cœur d'une femme. Ainsi que, vraisemblablement, d'autres parties de son corps.

Attention, Emma. Méfie-toi.

— Je suis venu parce que je ne veux pas que vous rentriez seule. Je vais vous suivre et je m'assurerai que vous ne recevez pas de visite inopinée.

Elle tressaillit, stupéfaite. Après ce qui lui était arrivé la veille au soir, sachant combien elle était seule, Zac Hennings, l'homme qui avait le pouvoir de détruire sa famille, voulait la protéger.

J'ai un problème. Un gros problème.

Rien dans cette situation ne présageait un dénouement heureux. Sa chance ne tiendrait pas jusque-là. Loin de là. Elle tomberait amoureuse de lui et il finirait par maintenir Brian en prison. Elle ne se remettrait probablement pas de cet anéantissement émotionnel. Cela, elle le comprenait.

Intellectuellement.

Physiquement, elle mourait d'envie qu'ils aient une relation. Une relation régulière.

Attention, Emma. Méfie-toi.

Elle devait se ressaisir.

— Je reviens. Je dois m'occuper de cette table.

Ses clients lui fournissaient sans doute une piètre excuse, mais elle devait réfléchir à la proposition du procureur au regard envoûtant. Elle ne dédaignerait pas qu'il l'escorte chez elle. Ensuite, elle l'inviterait à boire un verre et commencerait à le déshabiller…

Elle se força à se ressaisir.

Etait-ce Penny qui avait suggéré à Zac de venir la raccompagner ?

Cela semblait possible. Ou alors, il était simplement prévenant. Ce ne serait pas étonnant. Le matin même, il l'avait divertie en lui racontant les facéties et les frasques de son enfance avec Penny. Elle en avait ri à gorge déployée. Pour la première fois en deux ans, elle s'était octroyé une heure de détente. Elle s'était autorisée à ne penser ni à sa mère ni à Brian ni à la solution qu'elle devrait trouver au chaos qu'était devenue son existence.

Cependant, le soir venu, l'heure n'était plus au divertissement. Elle devait oublier l'heure tardive et qu'un homme ne l'avait pas tenue dans ses bras depuis terriblement longtemps.

Elle alla vérifier si ses clients avaient besoin d'autre chose. Non, tout était parfait. Elle s'en doutait. Un détour par la cuisine n'aurait pas été une bonne tactique pour repousser l'échéance. De nouveau, la chance la boudait.

Elle revint vers le charmant procureur.

— Désolée. L'appel du devoir.

— Pas de problème. Dois-je commander quelque chose en vous attendant ?

— Non, je vais simplement prévenir que vous êtes venu pour me raccompagner. Toutefois, si vous avez envie d'un dessert, le cheese-cake est fabuleux.

— Non, pas de cheese-cake. Quelque chose au chocolat ?

— Nous avons un brownie avec sa boule de glace. Il est redoutable.

De nouveau, ce sourire espiègle.

— J'adore ce qui est redoutable.

Je l'aurais parié. Attention, Emma. Méfie-toi.

— Alors, c'est entendu. Un brownie redoutable pour le redoutable procureur. Je reviens tout de suite.

Tandis qu'elle regagnait la cuisine, Kelly, l'une des autres serveuses, se faufila près d'elle. Ces derniers mois, Emma n'avait pas tellement eu l'occasion de se confier. Le travail, les études et le procès de Brian l'accaparaient. Mais Kelly était ce qui se rapprochait le plus dans sa vie d'une amie et d'une confidente.

Kelly poussa la porte de la cuisine et la tint ouverte.

— Qui est cet homme ?

— Le procureur en charge du dossier de mon frère. Je pense que je craque vraiment pour lui. Il est si incroyablement sexy et aucun homme n'a posé les mains sur moi depuis… trop longtemps.

Elle entraîna Kelly à l'écart.

— Je suis folle, non ? Comment puis-je ressentir ça pour un homme qui veut garder Brian enfermé dans une cellule ?

— Si l'on considère que je n'ai jamais vécu un tel scénario, je ne peux pas vraiment dire si tu es folle. Mais une chose est sûre, cet homme est canon. Si tu ne couches pas avec lui, c'est là que je te considérerai comme folle.

Emma voulut rire, mais tout ce qu'elle réussit à émettre fut un petit cri de panique hystérique.

— C'est dément.

— Ne sois pas nerveuse. Vois où cela te mène. Peut-être finiras-tu par le détester.

En effet. Elle connaissait à peine Zac et extrapoler sur leur relation — quelle que puisse en être la nature — ne l'aiderait pas. Peut-être était-il simplement venu au restaurant pour rendre service à Penny.

— Tu as raison. Lorsque nous en aurons terminé avec l'affaire de Brian, je le mépriserai probablement.

Emma souligna ses propos d'un vigoureux hochement de tête. Elle avait le contrôle de la situation. Du moins voulait-elle le faire croire à Kelly.

Zac tourna dans la rue d'Emma, s'efforçant de garder son calme. Il commettait une énorme erreur et le savait. Il n'était pas seulement un homme prévenant qui voulait raccompagner une femme menacée. Il était Zac Hennings qui voulait mettre Emma Sinclair dans son lit. Et pas seulement pour une aventure d'un soir.

Durant tout le dîner chez ses parents, il s'était demandé si Ben Leeks rendrait de nouveau visite à Emma. Il imaginait sans peine ce flic corrompu faire une telle chose simplement pour le narguer.

Surtout, l'avocat chevaleresque avait un alter ego lascif, tapi sous le vernis professionnel. Zac ne pouvait plus se mentir. Emma le faisait rêver.

Aussi avait-il parcouru en sens inverse les kilomètres le séparant de Chicago.

Il suivit la voiture d'Emma dans la minuscule allée, se gara derrière elle, puis étudia la maison. Il avait toujours aimé la diversité culturelle de Parkland. Il émanait de certaines rues une ambiance de quartier, alors même qu'elles faisaient partie intégrante de la ville.

La petite maison coloniale des Sinclair gagnerait sans doute à être davantage éclairée de l'extérieur mais, songea-t-il, deux femmes vivant seules n'avaient pas nécessairement l'envie, ni d'ailleurs les moyens, d'entreprendre d'importants travaux.

Emma ouvrit sa portière et la retint à l'aide de son pied.

Je sais ce que je fais, se répéta Zac.

A son tour, il sortit de son véhicule, inspirant l'air froid.

Concentre-toi.

Elle prit sur le siège du passager son sac ainsi que le repas rapporté du restaurant, jonglant avec les deux. Il rattrapa le sac contenant le repas avant qu'il ne tombe par terre.

— Merci, fit-elle. Ma mère aurait été déçue que je renverse son dîner de demain dans l'allée.

Elle verrouilla les portières et s'appuya contre la voiture. L'éclairage extérieur illumina ses yeux bruns. Des yeux merveilleux, pensa Zac.

— Lui rapportez-vous toujours son repas du restaurant ?

Elle haussa les épaules.

— Elle ne sort plus beaucoup.

— C'est dommage.

— Certainement.

L'air froid les enveloppa et il retint son souffle, le laissant imprégner son corps et, avec un peu de chance, calmer ses ardeurs. Il désigna à Emma sa veste restée ouverte.

— Il fait froid. Vous devriez boutonner votre veste.

Par ailleurs, cela ferait une barrière supplémentaire entre eux.

— Il ne me faut pas longtemps pour marcher jusqu'à la maison, protesta Emma.

A moins que je ne vous garde ici.

— Rentrez, je vais porter cela pour vous jusqu'à l'entrée.

Elle leva vers lui ses yeux qui le faisaient fantasmer et un petit sourire s'épanouit sur ses lèvres charnues. Des lèvres parfaites. Celle du haut un poil plus large que celle du bas, juste comme il fallait pour mettre un homme à genoux.

Se ressaisissant, il la poussa gentiment en direction de la porte tout en épiant les alentours, à l'affût d'un certain inspecteur qui aurait tout intérêt à ne pas être dans les parages.

Emma gravit les trois marches du perron-terrasse et Zac la suivit. Une planche était mal fixée sur la marche intermédiaire. Il se baissa pour vérifier. Lorsqu'il appuya sur l'extrémité, la planche se souleva.

— Vous devez la faire fixer. Quelqu'un risque de se blesser.

— Je sais. Elle a commencé à bouger la semaine dernière et je n'ai pas encore eu le temps de m'en occuper.

Il passa au-dessus de la planche et donna le sac à Emma.

— L'un de mes amis est entrepreneur. Je lui demanderai de passer.

— Merci, mais ne le dérangez pas.

— Ça ne le dérangera pas. D'ailleurs, il me doit un service.

Emma regarda la marche cassée et soupira.

— Cela peut paraître idiot, mais même réparer une stupide planche me paraît une tâche monumentale.

Une bourrasque arracha une mèche de cheveux à sa queue-de-cheval et il tendit instinctivement la main dans sa direction. Emma tressaillit et il suspendit son geste. Le regard de la jeune femme ricocha sur la main qu'il tendait, puis revint vers lui. Allait-elle battre en retraite ou lui donner son feu vert ?

Je sais ce que je fais.

Excepté qu'ils se tenaient debout sur ce perron où ce maudit inspecteur pouvait les espionner.

Des branches d'arbre vinrent claquer contre la maison. Zac retint son souffle et — était-ce possible ? — elle ne s'éloigna pas.

Feu vert.

Ce qu'impliquait ce feu vert n'était pas évident, mais il n'avait jamais craint de tenter sa chance. En particulier quand cela concernait des femmes dont il mourait d'envie qu'elles soient allongées nues sous lui, affairées à des choses indécentes. Lentement, il replaça la mèche rebelle derrière son oreille.

— Les maisons nécessitent que l'on en prenne soin, murmura-t-il.

— Oui, mais les personnes aussi.

Elle se frappa le front de sa main libre, ses grands yeux horrifiés.

— Oh ! mon Dieu ! C'est plutôt inapproprié.

Seigneur, elle était charmante. Riant de sa confusion, il posa une main sur son épaule et l'attira dans ses bras pour une accolade amicale. Enfin peut-être dans son esprit était-ce plus qu'amical… Mais il s'assura que cela reste politiquement correct pour le cas où son radar se serait trompé et où Emma ne lui aurait pas donné de feu vert.

Toutefois, son radar était toujours opérationnel. Il lui embrassa le sommet de la tête et une vision d'elle étendue sur son lit, lovée dans ses draps, dans ses bras, emplit son esprit. Complètement pris au piège. Voilà ce qu'il était. Il avait envie d'elle et son alter ego lascif et pétrifié se moquait de savoir qui pourrait les observer.

Elle posa le front sur son torse.

Quelques instants s'écoulèrent. Puis plusieurs autres.

Il aurait pu rester ainsi toute la nuit. Blottie entre ses bras, Emma exacerbait son désir avec une intensité dont il n'avait plus fait l'expérience depuis longtemps. Il relâcha ses épaules, s'efforça de rester détendu et de contrôler son corps en effervescence. Quelque chose était en train de se produire. Quelque chose de délicieux, d'excitant et de gratifiant, et il voulait toujours plus de sensations délicieuses, excitantes et gratifiantes.

— C'est une mauvaise idée, soupira-t-elle.

— Probablement.

Elle se serra contre lui et il l'enveloppa plus étroitement de ses bras, lui caressant la nuque.

— Ce n'est pas qu'une probabilité, Zac.

— Je ne vous contredirai pas, mais je n'ai pas l'habitude de renoncer à quelque chose d'aussi agréable.

— Vous êtes le procureur en charge du dossier de mon frère. Vous avez le pouvoir de détruire ma famille. Je ne peux pas prendre ce risque.

De ses lèvres, il effleura son oreille. Elle se raidit.

— Vous êtes convaincue de son innocence, Emma. Convainquez-moi et je serai l'homme qui réunira votre famille.

De nouveau, une branche d'arbre vint claquer contre la maison. Soudain, l'air fut chargé d'électricité et la peau de Zac s'embrasa. Emma l'empoigna par la veste et l'attira à elle. Il pencha la tête, ses lèvres hésitant au-dessus des siennes.

— En ce cas, susurra-t-elle, je suppose que je vais devoir vous convaincre.

Il inclina davantage la tête, attendant qu'elle fasse l'autre moitié du chemin. Elle leva le menton et leurs lèvres se touchèrent. Il se lança alors, l'attirant contre lui et passant sa langue sur ses lèvres. Elle s'agrippa plus fermement à sa veste et se plaqua contre lui. Avec un bruit sourd, son sac atterrit sur le sol. Tenant toujours le sac de nourriture, il l'entoura de ses bras et la maintint enlacée, son corps menu s'adaptant aux courbes du sien. Il se délectait de ses lèvres, les mordillant, les goûtant, animé d'un désir insatiable.

Une part d'Emma s'était insinuée en lui et les instants qu'il passait en sa compagnie s'avéraient toujours trop brefs. Lentement, elle s'écarta mais il lui déroba un dernier baiser.

Elle se mit à rire.

— Zac Hennings, vous êtes un démon.

— Avide de plaisir, c'est certain.

Il passa sa main sur le bras d'Emma.

— Il fait froid. Vous devriez rentrer.

Elle jeta un coup d'œil en direction de la porte.

— Sans doute. Même si je n'en ai pas forcément envie.

— Je comprends. Mais nous avons le temps, Emma.

Etant donné les divagations de son esprit, il n'y aurait jamais assez de temps. Néanmoins, il s'en accommoderait. Il avait envie d'elle. Quelle que soit l'interférence avec son travail, que ce soit bien ou mal, il s'arrangerait.

— Zac, cela risque d'être compliqué.

— Oui, je ne vois pas comment contourner l'obstacle. Autant ne pas essayer. Nous avancerons un jour à la fois. Et nous verrons où cela nous mène. Marché conclu ?

— Marché conclu.

7

Emma adorait le dimanche matin. Son emploi du temps ne lui ménageait guère de pauses et, avec tout ce qu'elle avait à étudier, le dimanche n'y faisait pas exception. Du moins ce travail pouvait-il se faire en pyjama, tout en buvant une tasse de thé à la pêche.

Un mug à la main, son pyjama de flanelle lui tenant chaud, elle prit place à la table de la salle à manger devant ses livres épars. Les libertés individuelles et le droit constitutionnel ne l'intéressaient pas outre mesure, mais elle était une étudiante irréprochable et s'absorbait facilement dans son travail. Toutefois, après son baiser de la veille avec Zac, son esprit avait du mal à rester concentré.

De toute évidence, Zac était un charmeur, habitué à conquérir et à plaire. Mais c'était un charmeur sympathique. Zac n'avait rien du requin sans scrupule. Sinon, ce baiser aurait eu un goût amer, et elle aurait pu détester ce maudit procureur. Elle aurait pu laisser éclater sa colère contre lui. Là, c'était impossible.

Parce qu'il était quelqu'un de bien, Zac gâchait tout.

Au-dessus de sa tête, une lame du parquet craqua. Sa mère changeait probablement les draps dans sa chambre. Une autre tâche qui se répétait chaque dimanche. S'adonner à la routine empêchait sa mère de trop penser à Brian, avait compris Emma.

Elle soupira et revint à son livre de droit constitutionnel.

Mais le téléphone de la maison se mit à sonner et elle se leva pour répondre, puis consulta l'écran de l'appareil. C'était le numéro, trop familier, de la prison. Un appel de Brian.

— Allô ?

— Madame Sinclair ?

Ce n'était pas Brian. La panique gagna Emma.

— Non, c'est sa fille, Emma.

— Emma, bonjour. Trent Daniel à l'appareil.

C'était l'éducateur spécialisé de Brian en prison. Ils s'étaient déjà entretenus, se rappela Emma. Elle eut soudain très mal à la tête.

Je vous en prie, faites qu'il aille bien !

— Votre frère s'est trouvé mêlé à un incident.

Non, il ne va pas bien.

— Est-il souffrant ?

— Il a été agressé ce matin dans la blanchisserie de la prison. L'infirmier pense qu'il a plusieurs côtes cassées. Nous l'avons transféré à l'hôpital.

Emma s'appuya contre le mur, tremblante.

Il est en vie, se répéta-t-elle.

Elle se força à se concentrer sur ce point.

— Pourquoi a-t-il été agressé ?

— Nous enquêtons toujours. Il semble qu'il ne soit pas à l'origine de la bagarre.

— Dans quel hôpital a-t-il été transféré ?

— Le Bon Samaritain. Ils le garderont sans doute cette nuit.

Une nuit à l'hôpital lui permettrait de se reposer. C'était un point positif. Elle ne devait pas s'apitoyer, se lamenter. Brian avait besoin d'elle.

— Pouvons-nous lui rendre visite ?

— Oui.

— Merci.

Elle raccrocha et leva les yeux vers le plafond. Sa mère n'était pas encore descendue. Devait-elle même la mettre au courant ? Omettre de lui divulguer cette information ferait-il d'elle une fille indigne ? Ou, au contraire, humaine ? Depuis que Penny avait accepté leur affaire, le moral de sa mère s'était un peu amélioré. Cette nouvelle pourrait la faire replonger dans la dépression.

Et Emma n'était pas sûre de pouvoir gérer cela. Etait-ce égoïste ? Sans doute. Pour l'instant, au vu des derniers développements, elle devait parer au plus urgent en attendant de pouvoir assurer à sa mère que Brian allait bien.

Elle effaça le numéro de la prison de la liste des appels. Puis elle descendit à la hâte l'escalier menant au sous-sol. Elle y appela Penny, mais tomba sur sa boîte vocale. Il n'était que 10 heures, réalisa Emma : Penny se trouvait probablement encore à la maison du lac avec ses parents. Emma lui laissa donc un message expliquant la situation de Brian. Elle allait de ce pas lui rendre visite, ajouta-t-elle.

Mais comment expliquer à sa mère son départ soudain ? Parce qu'une amie lui aurait proposé de la rejoindre pour étudier ? Cela valait toujours mieux que d'apprendre la vérité à sa mère.

Elle regagna le rez-de-chaussée. Sa mère était dans la cuisine, occupée à préparer du café.

— Veux-tu du café ?

— Non. Merci. Je dois me doucher avant de sortir.

— Tu sors ? Pourquoi ?

Emma brandit le téléphone.

— C'était une amie de la fac. Nous étudions ensemble. Est-ce que ça ira si je te laisse un moment ?

Sa mère haussa les épaules.

— Bien sûr. Prends ton temps. Tu devrais sortir manger un morceau. Te distraire un peu.

— Je pourrais t'en dire autant.

— Peut-être le ferons-nous cette semaine. Rien que nous deux.

Comment ? Sa mère, qui vivait recluse, venait d'accepter de sortir dîner ?

— Vraiment ?

— Vraiment.

Sa mère jeta un regard circulaire dans la cuisine qui était la sienne depuis trente ans.

— Je commence à étouffer dans cette maison.

Emma se rua vers elle, l'étreignit farouchement, et les larmes lui montèrent aux yeux… Quelle matinée !

— Merci. Ça me peine que tu restes toujours cloîtrée.

Elle s'écarta.

— Faisons cela, maman. Un soir de cette semaine. Nous irons dîner quelque part. Qu'en dis-tu ?

— J'en serai ravie.

Enfin, un pas en avant, songea Emma. Mais un pas fragile si Brian ne se rétablissait pas au plus vite.

Trente minutes plus tard, elle roulait en direction de l'hôpital. Son portable se mit à sonner et, sans prendre la peine de consulter l'écran, elle appuya sur le bouton de l'oreillette.

— Allô ?

— C'est Zac.

Avait-il appris la mésaventure de Brian ?

— Bonjour.

— Où êtes-vous ?

— En route pour le Wisconsin car mon frère a été blessé dans une rixe. Il est à l'hôpital.

— Je sais, Penny m'a appelé. Arrêtez-vous chez moi. Je vous accompagne. Ma sœur nous rejoindra à l'hôpital.

C'était trop d'informations en même temps et Emma secoua la tête. Soudain, elle avait à ses côtés toutes ces personnes qui s'inquiétaient pour son frère. C'était sans doute une bonne chose, mais tellement inhabituel.

— Attendez. Vous pouvez répéter ?

— Penny m'a appelé. Mes parents habitent à une demi-heure de cet hôpital. Elle va emprunter une voiture et nous y retrouver.

— Vous n'êtes pas obligé de venir.

Il sembla hésiter.

— Je veux vous accompagner. Par ailleurs, j'ai besoin de vérifier que cet incident est sans lien avec l'affaire.

— Vous pensez que quelqu'un l'a tabassé à cause de cela ?

— Je l'ignore. Mais je vais le découvrir. C'est un détenu exemplaire… Oui, je me suis renseigné. Soudain, il est agressé. Ce n'est pas logique.

Emma se rangea sur le bas-côté de la route.

Respire profondément.

Mais un abominable doute s'était emparé d'elle : quelqu'un avait-il agressé son frère parce qu'elle cherchait à le faire libérer ? Parce qu'elle voulait faire éclater la vérité ?

— Emma ?

— Et si c'était ma faute ?

— Ça ne l'est pas. Venez jusque chez moi et je conduirai. Cela vous permettra de faire une pause.

Emma resta assise en silence, son cerveau analysant les événements de l'heure qui venait de s'écouler. L'abîme creusé en elle s'ouvrait démesurément, prêt à l'engloutir. Non seulement, elle avait menti à sa mère, mais en plus Brian avait peut-être été blessé à cause d'elle.

— Emma ?

Ne pense pas à cela.

Elle redémarra et reprit la route.

— Je vous retrouve dans vingt minutes, Zac.

Zac suivit Emma qui avançait au pas de charge dans le couloir de l'hôpital. Elle faillit même renverser une infirmière et se confondit en excuses sans ralentir pour autant. Mieux valait se tenir hors de son chemin quand elle était en mission, se rappela Zac. C'était une chose qu'il adorait chez elle.

Un garde armé était en faction devant la porte de Brian et Emma s'arrêta devant lui. Après avoir décliné leur identité, ils furent admis dans la chambre.

Penny était assise dans le fauteuil près de Brian Sinclair. Celui-ci était couvert de coups. Son visage donnait l'impression qu'une moissonneuse-batteuse lui était passée dessus. Sa lèvre inférieure était enflée et portait des points de suture la balafre noire qu'ils formaient offrait un spectacle effrayant. Son œil droit n'était guère plus engageant. De vilains hématomes foncés déparaient la paupière, le côté et le dessous de l'œil.

Emma s'arrêta net et poussa un cri.

— Oh Brian ! Je suis vraiment désolée !

Son frère leva la main, comme pour la rassurer.

— Ne panique pas.

Penny approuva d'un signe de tête.

— Le médecin sort de la chambre à l'instant. Il a plusieurs côtes cassées, mais c'est le pire qu'il y ait.

Zac contourna Emma et tendit la main à Brian.

— Je suis Zac Hennings.

— Oui, votre sœur m'a prévenu de votre arrivée.

— Zachary, reprit Penny, ne songe même pas à l'interroger.

Bon sang !

Penny ne lui laissait pas un instant de répit.

— Détends-toi, Pen. Je veux seulement savoir ce qui est arrivé. Ensuite, je quitterai la chambre afin que vous puissiez tous discuter.

— Parfait. Mais pas de blague, je te connais.

— Pen ! J'ai compris. Calme-toi et laisse-le m'expliquer ce qui s'est passé.

Brian se tourna vers Emma.

— Ils sont divertissants, tu ne trouves pas ?

— Et encore, ce n'est rien. Je suis impatiente de les voir au tribunal.

Elle se mordit la lèvre inférieure, ferma les yeux un instant et caressa la main de son frère.

— Je suis si heureuse de te voir ! Tu es sûr que tu vas bien ?

— Ça va. Ne t'inquiète pas. Maman est-elle est au courant ?

— Je ne pouvais pas lui infliger cela. Je le lui dirai peut-être plus tard mais je voulais d'abord te voir.

Elle jeta un regard à Zac puis reposa les yeux sur son frère.

— Zac est quelqu'un de bien. Tu peux lui dire ce qui est arrivé.

— Je garderai un œil sur lui, plaisanta Penny.

Zac faillit sourire. Sa sœur ne désarmait jamais.

Quelle folle, cette Penny !

— Quoi que tu sois en train de penser, Zachary, arrête !

Il l'éconduisit d'un revers de main et s'adossa au mur tandis qu'Emma prenait le second fauteuil de l'autre côté du lit.

— Allez-y Brian, l'encouragea Penny.

Après s'être redressé dans le lit, il grimaça.

— J'étais dans la blanchisserie. C'est là que je travaille. L'un des détenus, j'ignore son identité mais il était baraqué et remonté contre moi, est arrivé par-derrière. Il m'a frappé à la tête avec un objet. Tout ce dont je me souviens ensuite, c'est que je me suis retrouvé par terre et qu'il m'a roué de coups.

— Avez-vous une idée de ses raisons ? s'enquit Zac.

Brian jeta un regard à Emma puis détourna les yeux. Il ferait un joueur de poker exécrable, songea Zac.

Emma haussa les sourcils.

— Qu'y a-t-il ?

— Rien.

— Brian, insista Penny. Répétez-leur ce qu'il vous a dit.

— Tu peux le raconter, l'encouragea Emma.

— Promets de ne pas te tracasser pour moi.

— Tu peux toujours rêver, soupira-t-elle.

— Il connaissait mon nom. Il m'a dit de dire à ma sœur de se taire. Voilà.

Les paroles s'étaient échappées à toute allure de ses lèvres, comme une bombe à retardement dont il aurait voulu se débarrasser. Pour ne pas donner à Emma le temps de trop réfléchir à la situation. Zac se redressa.

— C'est tout ce dont j'avais besoin. Je vais faire des recherches. Essayer de savoir avec qui ce détenu est en lien.

Emma se retourna vers lui, levant les bras au ciel.

— Non. Si vous faites ça, ce sera encore pire pour mon frère quand il retournera là-bas.

— Hé ! intervint Brian. Je m'en accommoderai.

— Brian !

— Oublie ça, Emma. Grâce à toi, les choses bougent enfin. Si je dois me faire passer à tabac pour sortir de ce trou à rats, j'en passerai par là. Il n'y a pas de problème.

Elle posa sur son frère un regard horrifié. Zac se tourna alors vers Penny, escomptant d'elle une réaction, mais sa sœur l'ignora.

— Ils vont te tuer !

La voix d'Emma était montée dans les aigus, trahissant sa panique.

— C'est ce que tu veux, Brian ?

— Si cela sert à prouver que je suis innocent, je m'en contenterai. Tu as pensé à ce qu'est ma vie ? Incarcéré pour un crime que je n'ai pas commis ? J'aimais bien Chelsea. C'était une fille sympathique et cela me dégoûte que les gens pensent que j'aie pu lui faire une telle chose… et elle me manque.

Penny se leva. Apparemment, elle en avait assez entendu.

— Zac, je veux qu'il soit isolé des autres prisonniers. Au moins, jusqu'à ce que tout ceci soit terminé. Me soutiendras-tu ? Ma demande aura plus de poids avec l'appui du procureur.

Zac haussa les épaules.

— Evidemment. Nous ne pouvons laisser se produire un nouvel incident. Je vais passer quelques coups de fil.

Emma se tourna de nouveau vers lui. Pour la première fois de la matinée, ses traits semblaient moins tirés. Y était-il pour quelque chose ?

— Merci, Zac.

Oui, il y était pour quelque chose.

Il esquissa un geste en direction de la porte.

— Je vous attends à l'extérieur. Prenez votre temps.

— Zac ? lança Brian. Ou monsieur Hennings ? Comment dois-je vous appeler ?

— Comme je l'ai dit à votre sœur, M. Hennings est mon père. Appelez-moi Zac.

— D'accord. Zac. Cela doit être bizarre que votre sœur soit mon avocate mais, en tout cas, merci.

« Bizarre » était sans conteste le mot qui convenait. Zac sourit.

— C'est assurément bizarre. Mais tenez pour certain que rien ne lui ferait plus plaisir que de me laminer au tribunal.

— Et tu ne veux pas de cela ? le taquina Penny.

— Si. Mais si tu gagnes à la loyale. Je ne pars pas en croisade.

Il se tourna vers Brian.

— C'est une enquiquineuse, mais elle s'occupera bien de votre affaire.

— Emma dit qu'elle est une faiseuse de miracle.

C'était typique d'Emma, s'amusa Zac intérieurement.

— Penny est coriace et elle s'assurera que vos droits soient protégés. C'est à peu près tout ce que vous pouvez demander.

Il posa sa main sur l'épaule d'Emma.

— Prenez votre temps. Vous pouvez rester jusqu'à la fin des horaires de visite.

Le soir tombant avait presque cédé la place à l'obscurité lorsque Emma attacha sa ceinture de sécurité. Tandis qu'elle attendait que Zac mette le moteur en marche, elle leva la tête vers l'enseigne au néon qui trônait au sommet de l'hôpital. Pour la première fois depuis son incarcération, son frère dormirait en sécurité.

Mais elle, elle avait toujours un terrible mal de crâne et il lui restait encore à affronter sa mère. Avec un peu de chance, celle-ci serait déjà couchée et la discussion serait reportée au lendemain, peut-être même à jamais si Brian se rétablissait rapidement.

Emma retint un soupir.

Une mère avait-elle besoin de voir sur son fils les cruels stigmates d'un passage à tabac ? Voudrait-elle d'ailleurs voir une telle chose ?

Un lent frisson parcourut l'échine d'Emma.

Qu'ai-je fait ?

Cacher l'état de Brian à leur mère n'était peut-être pas juste.

Seigneur, je ne sais plus.

Une mère agirait seulement guidée par son instinct maternel et elle se rendrait au chevet de son enfant quand cet enfant avait besoin de soins. Emma frissonna. N'avait-elle pas ravi cette opportunité à sa mère ?

Son estomac se révulsa et elle retint sa respiration.

Qu'ai-je fait ?

Un sentiment de panique, féroce, insidieux l'envahit et son cœur se mit à cogner dans sa poitrine. Puis les larmes montèrent.

Ne pleure pas. Pas ici.

Elle se mordit la lèvre inférieure et serra les paupières.

Tout en faisant une marche arrière pour sortir du parking, Zac lui lança un regard inquiet.

— Vous allez bien ?

Non.

— Oui, lui répondit-elle d'une voix rauque en se détournant de lui.

Ne lui laisse pas voir.

— Je suis simplement fatiguée. La journée a été longue.

— C'est le moins que l'on puisse dire. Je peux vous proposer de manger quelque chose ? J'ai faim.

Elle n'avait rien mangé depuis le matin.

— Oui, je suppose que nous devrions manger.

Elle leva les bras au ciel.

— Oh ! Quelle idiote je fais. Nous aurions dû apporter à Brian de la nourriture décente. Où ai-je la tête ? J'ai tout fait de travers.

— Attendez.

Zac freina sur le parking.

— Qu'entendez-vous par « tout fait de travers » ?

Emma baissa sa vitre et inspira l'air froid, le laissant emplir ses poumons et apaiser sa conscience atterrée. Elle ne pouvait regarder Zac. Pas à cet instant. Il ne comprendrait pas. Comment le pourrait-il ? Lui, l'homme à la famille parfaite, qui maîtrisait tout en permanence.

Arrête !

Il était la dernière personne à mériter cela. Depuis le début, il l'aidait, la soutenait. Rares étaient les procureurs à agir ainsi.

— Hé ! fit-il.

Du revers de la main, il lui caressa la joue, un doux effleurement qui apaisa la tension de son corps.

— Parlez-moi.

Il y avait de la compassion dans ses yeux, un besoin impérieux de l'aider.

Elle pencha la tête, appuya sa joue contre la chaleur de sa main. Le pouvoir d'un simple contact physique était sous-estimé.

Ou alors peut-être n'avait-elle pas été touchée de cette façon depuis des lustres.

— J'ai échafaudé un plan à la hâte et j'ai privé ma mère de l'occasion de voir son fils hors de la prison. A présent, je n'arrive pas à décider si je dois le lui dire ou laisser les choses en l'état. D'une manière ou d'une autre, je lui briserai probablement le cœur. Je ne la blâmerais pas si elle était furieuse contre moi.

Il ne détourna pas le regard, ne leva pas les yeux au ciel ni ne parut la juger.

Quel homme ! Je pourrais l'aimer.

Et, oui, c'était un gros problème. Ce mode de pensée la conduirait immanquablement à avoir le cœur brisé lorsque Zac convaincrait un juge que son frère devait rester en prison. Ce serait alors un jour faste pour cet abîme qu'elle portait en elle.

— Tout d'abord, répondit Zac, il n'y a ni bonne ni mauvaise réponse. Vous n'aviez aucune idée de l'état dans lequel il se trouverait. Vous vouliez la protéger.

Voilà qu'il recommence, M. Parfait.

— Quand j'ai vu qu'il allait plutôt bien, j'aurais dû l'appeler. J'aurais dû retourner la chercher à la maison pour qu'elle puisse le voir.

Il laissa retomber sa main.

— Voyons, Emma. Que croyez-vous devoir faire de plus ?

M. Parfait n'est pas si parfait, Dieu merci.

— Cela fait un trajet d'une heure et demie, reprit-il. Le temps de retourner la chercher et de revenir, les visites auraient été terminées.

— Alors, j'aurais dû demander à quelqu'un de l'amener ici.

Il poussa un soupir. S'il était frustré, elle pouvait l'être cent fois plus, songea-t-elle.

Elle détacha sa ceinture et se tourna pour lui faire face.

— Vous trouvez que je me rends ridicule ?

Il se pencha vers elle, son regard bleu lançant des étincelles.

— Je n'ai pas dit cela.

Sa voix, tellement calme et maîtrisée, prit soudain un ton rauque, étranglé.

— Si je l'avais pensé, je l'aurais dit. Je crois que vous êtes exténuée et que vous analysez trop les choses.

— A juste titre.

— Faux ! s'insurgea-t-il.

— Dites donc !

Il leva la main et garda les lèvres scellées pendant un instant.

— Ce que je veux dire, c'est que vous devriez vous en remettre à votre instinct pour gérer une situation qui est ingérable. Il n'existe pas, dans ce cas, de manuel d'instructions. Comment quelqu'un pourrait-il connaître l'attitude à adopter ? Vous avez fait le choix de prendre soin de votre frère et d'épargner tout souci à votre mère. Vous auto-flageller ne vous aidera ni vous, ni votre frère, ni votre mère. Voilà ce que je pense.

Emma resta silencieuse mais elle croisa les bras. Parce que, au plus profond d'elle, la rongeant comme un mal progressant lentement, couvait l'envie de le gifler. Elle n'était pas disposée à le laisser rationaliser sa vie. Tout ce qu'elle voulait, c'était dormir, manger, et trouver le moyen d'oublier sa vie pendant un moment.

Zac soupira et renversa la tête en arrière.

— Je suis désolé d'avoir haussé le ton. Je veux que vous compreniez qu'il n'y a pas de recette miracle, Emma. Ne soyez pas trop dure avec vous-même. Vous êtes extraordinaire et vous ne devez pas affronter cela seule.

Le retour de M. Parfait.

— Vous ne pouvez pas m'aider, Zac. Votre travail est de maintenir Brian en prison.

— Mon travail est de me présenter devant la cour et de prouver qu'il est coupable.

Ils abordaient la question essentielle.

— Croyez-vous qu'il soit coupable ?

Il regarda à travers le pare-brise, tambourinant de ses doigts sur sa cuisse. Au bout d'un moment, il se tourna vers elle.

— Je l'ignore. Sincèrement, je l'ignore. Il faut que je parle aux témoins, que je trouve le reste des rapports qui auraient dû se trouver dans cette boîte et que je découvre ce qui se passe avec cette affaire.

Son attitude réchauffa le cœur d'Emma. Peut-être ne s'impliquerait-il pas dans la recherche du véritable meurtrier, mais c'était plus qu'elle n'avait obtenu jusque-là des différents procureurs-adjoints ou de la police.

— Je peux vous y aider, Zac.

La lueur du tableau de bord illumina son regard scrutateur.

— Comment ?

— Vous m'avez dit de vous le prouver. Je vous donnerai des copies de toutes mes notes. Si Penny veut les utiliser au tribunal, nous devrons d'ailleurs vous les communiquer. Mais je vous les donnerai toutes. Même celles que nous n'utiliserons pas.

Pour son frère, elle pouvait faire cela. Elle aiderait même Zac à s'y retrouver et elle lui expliquerait ces notes.

Il la fixa du regard.

— Vous disiez qu'il y avait dix-huit boîtes. Vous me donnerez le contenu intégral de ces dix-huit boîtes ?

— Je vous donnerai des copies. Non que je ne vous fasse pas confiance… Votre sœur et vous êtes les deux seules personnes en qui j'aie confiance. Tous les autres me terrifient. Je dois protéger mes originaux, mais cela ne me pose aucun problème de les compulser avec vous. Je vous démontrerai les incohérences de l'accusation.

Zac lui sourit. Il se tourna et mit le moteur en marche.

— Marché conclu, mademoiselle Sinclair.

— Parfait. Vous verrez, mon frère est innocent.

8

Zac entra dans son bureau, tenant son maxi-café d'une main et sa serviette de l'autre. Il appuya sur l'interrupteur à l'aide de son coude et la lumière artificielle éclaira les montagnes de dossiers empilées partout.

Parviendrait-il un jour à s'en débarrasser ? se demanda-t-il. Dans une ville de la taille de Chicago, probablement pas.

Il posa son gobelet sur le bureau et ouvrit sa serviette afin de préparer les dossiers dont il aurait besoin au tribunal.

Quelqu'un frappa alors à la porte, et il leva la tête. Ray Gardner s'avançait vers lui. Une visite du patron, à la première heure un lundi matin, n'augurait rien de bon.

— Bonjour, s'exclama Zac, tout en sortant les dossiers de sa serviette. Quoi de neuf ?

— Que s'est-il passé avec Ben Leeks ?

Zac poussa un soupir désabusé. Bien sûr, l'inspecteur avait rapporté sa visite à son supérieur. Mais il avait probablement omis de faire mention de sa démarche inappropriée auprès d'Emma.

Zac referma sa serviette, la posa par terre et invita son patron à s'asseoir.

— Ray, nous sommes dans le pétrin. Je ne comprends pas comment le prévenu a pu être condamné.

— Comment cela ?

— Il n'y a aucune preuve. J'ai récupéré une seule boîte, à demi pleine, de dossiers. Aucun rapport manuscrit, aucune déposition de témoin, rien. Par ailleurs, Leeks s'est présenté à

1 heure du matin chez Emma Sinclair pour lui dire d'abandonner ses recherches.

— Il a vraiment fait cela ?

— Oui, je lui ai rendu visite samedi et je lui ai ordonné d'arrêter et d'obtenir que son fils m'appelle. Ce jeune homme est l'ex-petit ami de Chelsea Moore, et il avait la réputation d'être violent. Ils l'ont mis hors de cause en quelques heures. Qu'est-ce que ça veut dire ? Vous pouvez ajouter à cela que Brian Sinclair a passé la nuit dernière à l'hôpital parce que quelqu'un voulait envoyer un message à sa sœur. Pensez-vous que ce soit une coïncidence ? Avec les contacts que Ben Leeks a dans les gangs ?

Ray afficha une moue méditative. Plusieurs secondes s'écoulèrent — rien là d'inhabituel chez son patron.

— Ecoutez, reprit-il finalement. Mme le procureur me harcèle. Elle a reçu un appel de Grossman au cours du week-end et il est sur le point de faire un scandale. Il faut que vous régliez le problème.

Leeks avait fait remonter l'affaire jusqu'au chef de la police, comprit Zac.

— Et alors ? Peu importe que l'enquête ait été une farce ? Je ne prétends pas que Sinclair est innocent, mais je m'interroge. J'ai également une copie de la vidéo d'une caméra de sécurité qui montre Sinclair quittant un parking plus loin dans la rue de la discothèque à 00 h 37 cette nuit-là.

Ray afficha un air surpris.

— Quelle vidéo ?

— Ma sœur se l'est procurée grâce à la déposition d'un témoin. Un témoin qui n'a jamais été appelé à la barre mais qui était avec Sinclair dans le parking et qui l'a reconduit à la discothèque. D'après la chronologie des faits, il aurait dû quitter la voiture de son amie et s'engager ensuite dans cette ruelle pour tuer Chelsea Moore. Est-ce un solide alibi ? Pas nécessairement. Mais pourquoi le témoignage de cette amie n'a-t-il pas été retenu ? Ce n'est pas normal.

La secrétaire de Ray apparut à l'entrée du bureau et Zac lui tendit la main. Ray se retourna, la vit et se leva.

— J'ai une réunion. Veillez à régler le problème. En toute discrétion. S'il vous plaît.

Zac pesta intérieurement. Ray se berçait d'illusions s'il pensait que cette affaire serait discrètement étouffée, en particulier avec Penny en charge de la défense. Faire de l'esclandre était la spécialité de sa sœur. Elle s'y était mise dès l'âge de dix ans et était devenue une virtuose en la matière.

Le téléphone sur son bureau sonna et il mit le haut-parleur.

— Zac Hennings.

— Bonjour, Zac, lui répondit la réceptionniste. Dave Moore souhaiterait que vous lui accordiez un moment.

Dave Moore. La journée n'aurait pas pu commencer plus mal. Que pourrait-il dire à cet homme ?

Je suis désolé, Dave, mais l'enquête sur le meurtre de votre fille Chelsea a été complètement bâclée.

Zac consulta sa montre. Plus qu'une heure avant sa première plaidoirie, et il lui restait des notes à revoir. Néanmoins, il prendrait le temps de recevoir Dave — il devait au moins cela à cet homme.

— Envoyez-le-moi.

Deux minutes plus tard, Dave entra dans le bureau. Il semblait avoir vieilli de dix ans depuis la dernière fois que Zac l'avait rencontré, quelques semaines plus tôt. Les valises sous ses yeux en disaient long. Il manquait sérieusement de sommeil.

Zac se leva et lui tendit la main.

— Zac, merci de me recevoir sans rendez-vous.

Zac l'invita à s'asseoir.

L'imposante stature de Dave peina à s'insérer dans le fauteuil mais il finit par trouver une position convenable.

— Ces fauteuils ne s'améliorent pas, dirait-on.

— Pas d'après mon expérience.

Dave hocha la tête puis balaya du regard les piles de dossiers. Bizarrement, son attention se fixa sur une boîte sans référence, posée par terre. Le dossier de sa fille. Il ne pouvait pas le savoir, mais un frisson parcourut Zac.

— Dave, parlez-moi. De quoi avez-vous besoin ?

— J'ai besoin que vous me disiez que le meurtrier de Chelsea ne va pas sortir de prison. Après la vidéo de Steve Bennett, cet article dans le journal et la rumeur de votre altercation avec Ben Leeks, je m'inquiète.

Quel salaud, ce Ben Leeks !

Il avait fait feu de tout bois. Allant jusqu'à exploiter le chagrin d'un père.

Zac se renfonça dans son fauteuil.

— J'ai eu en effet une conversation avec Ben Leeks. Il a rendu une visite déplacée à Emma Sinclair. Cette affaire a des implications politiques et il ne nous rend pas service.

Pas plus que moi lorsque j'embrasse sans retenue la sœur du prévenu.

Chacun n'en faisait qu'à sa tête, dans cette affaire.

— Je m'efforce de consulter les dépositions des témoins, les preuves, de communiquer avec les services de police, mais je préfère être honnête avec vous. Il y a des problèmes.

Le regard de Dave se fit pénétrant.

— Quel genre de problèmes ?

— Un manque de sérieux dans l'enquête d'une part. Je devrais avoir une montagne d'indices et de témoignages. Je ne dispose que d'une demi-boîte à archives. Mais je vous promets que je découvrirai le fin mot de l'histoire. Votre fille le mérite, et justice lui sera rendue.

— Vous pensez que nous avons arrêté le mauvais suspect ? Que parce qu'il s'agissait de ma fille, l'enquête a été menée de façon expéditive ?

Zac réprima un soupir. Il n'allait tout de même pas dire à un inspecteur de police que ses collègues avaient manipulé des preuves pour obtenir une condamnation.

— Je l'ignore encore. Sinclair a été reconnu coupable. Quelqu'un en a persuadé le jury. Je devrais recevoir les transcriptions du procès. J'étudierai chaque document et si Brian

Sinclair mérite de se trouver là où il est, il y restera. Je peux vous le promettre.

— Mais vous vous interrogez.

— Je ne vous mentirai pas, je me pose des questions. Si Sinclair est innocent, la personne qui a fait cela à Chelsea se promène en toute liberté. Aucun de nous ne souhaite cela. Pour l'instant, j'ai besoin de parler au fils de Ben Leeks afin de me renseigner sur sa relation avec Chelsea.

Dave hocha la tête.

— Je m'assurerai que cela se fasse.

— Ne prenez pas cette peine. J'en ai déjà parlé à son père. Il sait que j'assignerai son fils à comparaître si nécessaire. Pour le moment, je vous demande de ne pas être un inspecteur faisant jouer ses relations. J'ai simplement besoin que vous soyez le père de Chelsea. Si Brian Sinclair obtient une audience sur la base de ce nouvel élément, je veux me présenter au tribunal en toute transparence. Plus de passe-droit. Ma sœur, qui représente Sinclair pour sa demande de révision du procès, nous mettra en pièces s'il y a le moindre soupçon d'irrégularité.

— Sinclair l'a tuée, Zac. J'en ai l'intuition. Nous devons le faire enfermer pour de bon. Mon épouse est anéantie et je ne sais pas quoi lui dire. Nous avons tous deux besoin que tout cela s'arrête enfin.

Pauvre homme !

Sa fille avait été assassinée. Ses collègues avaient saboté l'enquête, et voilà que sa famille devait revivre ce calvaire. Comment était-il censé faire face ?

— Je suis désolé que vous soyez replongé dans cet enfer. Je vous donne ma parole que l'enquête sera inattaquable. Lorsque j'en aurai terminé, il ne subsistera plus de question.

L'inspecteur le regarda fixement pendant un long moment puis, au prix d'un gros effort, se leva de son siège.

— Je sais que vous êtes leur meilleur élément et j'apprécie ce que vous faites. Si vous avez besoin d'aide, faites-le-moi savoir.

Zac attendit que Dave ait quitté son bureau puis il composa le numéro d'Emma, un brin nerveux. Jusqu'alors, la pression

n'avait jamais été un problème. Il vivait en partie pour elle, pour le pic d'énergie, l'excitation de la bataille, le regain d'euphorie chaque fois qu'il entrait dans l'arène du tribunal pour décimer la partie adverse.

Excepté qu'il éprouvait quelque chose pour Emma Sinclair… la susdite partie adverse. Pire, elle pourrait avoir raison concernant l'innocence de son frère — qu'en savait-il ? — et cela pourrait ébranler une ville déjà gangrénée par les scandales politiques.

Emma décrocha à la troisième sonnerie.

— Bonjour, Emma.

— Bonjour, Zachary.

Cette parfaite imitation de Penny lui fit un effet bizarre. Il se surprit à rire pour la première fois de la journée. Une autre raison d'apprécier Emma. Elle parvenait à le faire rire alors que tout le reste menaçait de lui provoquer un ulcère.

— C'est fou. On croirait vraiment entendre Penny.

— Je me suis entraînée. Je n'ai pas pu m'en empêcher. C'est un tel personnage. Comment allez-vous ?

— Bien. Et vous ?

— Vous voulez dire après mon incursion au pays de la psychose d'hier soir ?

Il se mit à rire.

— Je ne le formulerais pas ainsi, mais oui.

— Je vais bien. J'ai dormi correctement. Je suis votre conseil et je cesse de m'autoflageller. Ce qui est fait est fait.

Sage décision.

— Qu'avez-vous décidé à propos de votre mère ?

— Je ne lui ai rien dit. L'éducateur de Brian vient d'appeler et il retourne en prison. Je ne vois pas l'intérêt d'en parler à ma mère à présent.

— C'est probablement le bon choix.

— J'espère que vous avez raison, Zachary.

Elle se mit à rire.

— Je suis désolée. Je déborde d'un trop-plein d'énergie. J'étudie le droit constitutionnel depuis 5 heures ce matin.

En plus de tout cela, elle poursuivait ses études de droit.

— J'adore cette matière, elle est passionnante, commenta-t-il. Toutefois, je vous appelle pour autre chose.

— Allez savoir pourquoi, je m'en doutais.

Touché. Il aurait dû l'appeler pour prendre de ses nouvelles après la journée qu'elle avait passée la veille. La frontière entre les aspects personnel et professionnel de son implication dans cette affaire devenait floue. En dépit de ses sentiments pour Emma, il devait se concentrer sur la victoire afin de donner à David Moore et à sa famille les réponses qu'ils méritaient.

— Quand pourrai-je venir consulter vos dossiers ?

— Zachary, vous êtes terriblement direct.

— Ne m'entraînez pas sur cette voie, Emma. Avec moi, les propos à double sens pourraient vite passer à la vitesse supérieure.

Silence. C'était bien ce qu'il pensait. Son érection aussi. *Bon… sang.*

— Alors, les dossiers ? insista-t-il pour couper court à toute dérive.

Elle s'éclaircit la voix.

— Oui, oui. Les dossiers… Bien sûr… Eh bien, après l'arrivée du photocopieur.

— Quel photocopieur ?

— Celui que votre sœur a insisté pour me faire livrer parce qu'elle refuse de vous laisser emporter le moindre feuillet de ce sous-sol.

Du moins les frais seraient-ils imputés au budget de Penny et non à celui de l'Etat, songea-t-il.

— Ce sera pratique. Quand arrivera-t-il ?

— Dans la journée. Je serai de repos ce soir, si vous voulez passer.

Il consulta son agenda ; il devrait annuler le match de basket-ball de 19 heures.

— Ce soir, c'est très bien. Je passerai après le travail. J'apporterai même le dîner.

— Parfait. Prévoyez pour trois. Ma mère sera présente.

Emma ouvrit la porte d'entrée. Zac jonglait avec sa serviette de travail et assez de pizzas pour nourrir un régiment. Elle lui en prit deux boîtes.

— Zac, nous sommes seulement trois.

— Je me suis dit qu'il en resterait pour demain.

C'était incroyablement prévenant de sa part.

— Eh bien, ne restez pas planté là. Entrez.

Il entra dans le salon et regarda autour de lui. A peine quelques jours plus tôt, sa sœur s'était tenue exactement au même endroit. Bien sûr, les raisons de leur présence étaient diamétralement opposées. Emma s'en amusa presque : personne ne pourrait lui reprocher de mener une vie ennuyeuse.

Tout en guidant Zac vers la cuisine, elle attira son attention sur le sol, là où il allait poser le pied.

— Ne trébuchez pas. Le lino se décolle.

Il s'accroupit et le remit en place.

— Merci, mais il se décollera de nouveau. C'est l'un des projets sur la liste des tâches qui attendent Brian à son retour à la maison. Il est habile de ses mains.

Zac hocha la tête. L'hypothèse d'un retour de Brian ne semblait pas l'émouvoir.

— Où est votre mère ?

— Elle est sortie.

— Elle ne souhaite pas me voir ici, c'est cela ?

Autant lui dire la vérité, pensa Emma. Futé comme il l'était, il la devinerait de toute manière.

— Ce n'est pas cela. Je lui ai dit que vous étiez sympathique.

Il lui décocha un sourire.

— Vous a-t-elle traitée de menteuse ?

— Non, elle adore Penny. Il ne lui a donc pas été difficile de me croire. Je pense plutôt qu'elle craint de vous apprécier.

— Pardon ?

Emma ouvrit l'une des boîtes de pizza.

— Je pense que cela l'effraie de penser qu'elle pourrait vous trouver sympathique alors que vous vous emploierez peut-être à maintenir son fils en prison.

Un peu comme moi.

— Je n'avais jamais considéré les choses sous cet angle.

— Je ne suis pas certaine qu'elle parvienne à concilier ces deux choses. Elle a l'habitude d'être malmenée par la vie mais cela risquerait d'être trop pour elle.

Emma mit la table. Elle s'ingéniait à gagner du temps et Zac s'en était certainement rendu compte.

— Que voulez-vous boire ? Soda, thé glacé ? Je pourrais probablement trouver une bière au fond du réfrigérateur mais je ne pourrais vous garantir depuis combien de temps elle s'y trouve.

Il afficha une moue sexy et une légère excitation gagna Emma, ce désir fugace qui l'avait distraite à de trop nombreuses reprises ces derniers jours.

— Un soda, ce sera parfait. Merci.

— Nous pourrions manger et descendre ensuite. Toute nourriture est proscrite au sous-sol. J'ai eu la mésaventure d'y renverser un bol de chili et il a éclaboussé toutes mes notes. Désormais, il est interdit d'y apporter de la nourriture. Et les boissons n'y sont autorisées qu'à distance de l'espace de travail.

Elle ajouta en souriant :

— Règles probatoires…

— Vous êtes une femme avisée, Emma Sinclair.

— Complimentez-moi autant que vous le voudrez, vous ne serez toujours pas autorisé à apporter nourriture ou boisson dans mon espace de travail.

— Vos règles me conviennent. Elles sont appropriées.

Une fois qu'ils eurent dévoré la pizza, Emma chargea le lave-vaisselle et conduisit Zac au sous-sol. Un soudain vertige s'empara d'elle. Pour la première fois, elle allait autoriser l'ennemi à voir ses notes. Ce fait, à lui seul, était un monumental pas en avant et cela la réconforta : elle avait assez confiance en cet homme pour lui donner accès à sa vie.

Arrivée au bas des marches, elle actionna l'interrupteur et son espace de travail s'illumina.

Zac s'extasia à la vue des boîtes remplies de documents.

— Voici le poste de commandement de l'Opération Sinclair.

Le photocopieur qu'avait fait livrer Penny était installé dans l'angle du fond, près des boîtes. Zac s'approcha et parcourut les étiquettes.

— Emma, c'est incroyable.

— Je vous ai dit que j'avais dix-huit boîtes.

— Les voir est une chose différente. J'ai vu des équipes d'inspecteurs incapables de réunir autant d'informations.

Ces équipes d'inspecteurs n'avaient pas un frère en prison et une mère dépressive, compléta Emma intérieurement.

— Quand l'enjeu est personnel, on y travaille plus dur. Où voulez-vous commencer ? J'ai trois boîtes de dépositions de personnes qui étaient au bar ce soir-là.

Elle prit l'une des boîtes et la posa sur la longue table pliante qu'elle utilisait comme bureau.

— Voici la première.

Zac souleva le couvercle, en sortit quelques dossiers et les ouvrit.

— Vous avez obtenu ce type de déposition de chacune des personnes ?

— Oui.

— Emma, vous serez une avocate extraordinaire.

Après toutes ces heures passées dans le sous-sol, à compulser des notes, à étudier des affaires, à organiser des dossiers, Emma vacilla presque sous le compliment.

— Merci. Venant de vous, c'est terriblement élogieux.

Elle fit un geste en direction des dossiers.

— J'ai retrouvé tous les amis de Brian qui étaient à la discothèque. Puis j'ai fait de même pour ceux de Chelsea. Certains d'entre eux n'étaient pas ravis de me parler. Je l'ai compris mais j'ai persévéré et j'ai finalement retrouvé de plus en plus de personnes présentes. Oh ! Et j'ai aussi passé une annonce dans le journal pour chercher des témoins. Je ne le referai jamais. Vous auriez dû voir ces fêlés !

— Dites-moi que vous n'avez pas mis votre numéro dans l'annonce.

— Non, j'ai créé une adresse e-mail uniquement pour ça. Mais je suis quand même tombée sur quelques hallucinés.

— Je n'en doute pas.

— Cela en valait néanmoins la peine. J'ai plus de deux cents témoignages.

Il secoua de nouveau la tête.

— Je suis impressionné. Quel dommage que Penny vous ait déjà prise comme stagiaire ! Vous pourriez m'être utile.

— Excepté que vous êtes l'ennemi.

Il posa les yeux sur elle, l'air soudain sérieux.

— En cet instant, je suis seulement un homme qui s'efforce de comprendre les tenants et les aboutissants de cette affaire.

Il souleva un dossier.

— Par où est-ce que je commence ?

Emma eut besoin d'un instant pour répondre. Une personne de la partie adverse voulait l'aider ! Après tous ces mois de contacts avec la presse, de démarches incessantes auprès d'avocats, elle avait encore du mal à y croire.

— Eh bien, Zachary, ça dépend de ce que vous cherchez.

— La chemise blanche me pose problème.

— Celle que Brian portait ce soir-là ?

— Oui. Le témoin a déclaré que l'homme dans la ruelle portait une chemise blanche. C'était en mars. J'ai vérifié la température de cette nuit. Six degrés. Brian portait-il une veste ?

— Il a dit qu'il l'avait laissée dans la voiture. C'était une belle veste en cuir et il ne voulait pas l'emporter dans la boîte de nuit.

— Ce qui réduit à néant cette théorie.

Zac déboutonna les manches de sa chemise et les remonta.

— Je suppose que je vais devoir creuser.

— Merci.

— De quoi ?

Leurs regards restèrent rivés l'un à l'autre pendant une longue minute et ce même désir, cette envie irrésistible de faire une chose qu'elle ne devrait pas faire envahit Emma.

Attention, méfie-toi.

— Pour tout. Merci de prendre le temps d'élucider cette affaire.

— C'est mon travail.

— Tout ce que vous avez fait ne relevait pas de votre travail. Me ramener chez moi l'autre soir, me conduire hier à l'hôpital…

M'embrasser.

— Vous n'étiez pas obligé de faire ces choses.

Un sourire se dessina lentement sur le visage de Zac.

— Peut-être est-ce parce que j'ai un faible pour la sœur du défendeur.

Emma s'éventa. Elle était de plus en plus d'humeur badine — et quand lui était-ce arrivé pour la dernière fois ?

— Il se pourrait que j'aie, de mon côté, un faible pour le procureur.

— Ce pourrait être amusant.

— Cela pourrait surtout semer la pagaille.

Un silence gêné s'ensuivit, heureusement rompu par le bruit de la chaudière qui se remettait en marche.

Zac tapota du doigt sur l'un des dossiers.

— Je découvrirai ce qui s'est passé pour Chelsea, mais il se pourrait que vous n'appréciiez pas le résultat de mon enquête. Vous devez vous y préparer. Ma sœur est une excellente avocate et elle a mon père pour l'aider, mais…

— Je comprends. Vous ne voulez pas que nous entretenions de faux espoirs.

— Je ne veux pas que vous souffriez.

S'il savait ! La souffrance lui était devenue tellement coutumière qu'elle n'avait plus prise sur elle, excepté lorsqu'il s'agissait d'un séduisant procureur…

— Zac, tout ce qu'il nous reste, c'est l'espoir. Si les choses ne se déroulent pas comme nous l'espérons, nous nous en accommoderons. La famille Sinclair, malheureusement, a l'habitude des déceptions.

Le regard de Zac glissa sur elle, et l'atmosphère chargée d'électricité qui les avait enveloppés quelques instants plus tôt réapparut soudain. Il l'examina posément, de la tête aux pieds, et sa puissante capacité de contrôle la troubla.

Finalement, il s'avança vers elle, l'attira contre lui et lui embrassa le sommet de la tête.

— Tout ceci est compliqué.

Compliqué.

C'était le terme adéquat. Le cœur de Zac battait contre la joue d'Emma et elle s'abandonna, savourant le contact réconfortant des bras d'un homme autour d'elle. Elle n'avait plus aucune envie de bouger.

Mais il s'écarta. Il fallait s'y attendre. Quand avait-elle eu de la chance dans la vie ? Elle leva la tête vers lui et ses yeux d'un bleu limpide se posèrent sur elle. Agrippant sa chemise, elle l'attira alors vers elle et l'embrassa. Tendrement, d'abord, mais lorsqu'il resserra son étreinte, quelque chose en elle de plus fort réagit. Elle était entièrement dans l'instant. En particulier alors que les mains de Zac se frayaient un chemin sous son pull vers sa peau nue. Son corps exultait. C'était une véritable explosion libérant le désir et le plaisir qui la consumaient de l'intérieur.

Elle se plaqua contre lui tandis qu'il lui mordillait les lèvres, l'amenant à en vouloir encore et encore parce que… Oh ! il y avait si longtemps que cette envie torride de partager l'intimité de quelqu'un ne l'avait pas transportée ! L'avait-elle d'ailleurs jamais ressentie à ce point ?

Mon corps est en ébullition.

La solitude, le désir insatiable. C'était trop.

Il va me détruire.

Elle s'agrippa plus fort à sa chemise, intimant à son esprit l'ordre de sc taire.

Jc souffrirai quand il me quittera.

Après un dernier baiser, Zac s'écarta.

— Vous allez bien ?

Elle le scruta. Il avait un visage si séduisant. Volontaire, anguleux et si agréable à caresser.

— Non.

Vraiment, Emma ?

Qu'est-ce qui n'allait pas chez elle ?

Mais Zac lui décocha un sourire ravageur et fit glisser sa main sur ses cheveux. Un geste doux, manifestement destiné à lui faire savoir qu'il comprenait son excentricité. Et cela acheva de la séduire. Elle était en sécurité avec cet homme. Ou alors peut-être ses innombrables nuits solitaires lui donnaient-elles l'illusion d'être enfin en sécurité.

— Je suis désolée. Mon esprit est en effervescence. Mais j'ai adoré chaque instant de ce baiser. Je suis vivante de nouveau, et c'est un don précieux.

Elle tira sur la chemise de Zac.

— Un don que je veux continuer d'expérimenter.

Il la prit de nouveau dans ses bras et elle posa sa tête contre son torse tandis qu'il lui caressait le dos. De haut en bas. De haut en bas. De haut en bas. Un mouvement répétitif qui fit des miracles sur ses sens survoltés. Le torse de Zac se gonflait puis s'abaissait sous sa tête et elle laissa échapper un profond soupir.

— Je pense que ça peut s'arranger, Emma. Mais montrez-moi d'abord vos dossiers.

— C'est du chantage, « Zachary »

— Sérieusement, il faut que vous cessiez de parler comme ma sœur. Ça m'effraie.

— Vous n'êtes pas drôle.

D'un geste, elle lui désigna les boîtes. Elle était sur le point de laisser la partie adverse y avoir accès.

Et aussi avoir accès à elle.

Au cours des dix dernières minutes, elle s'était livrée à l'ennemi dans toute sa vulnérabilité. Elle devrait se préparer à en affronter les conséquences. Mais cela attendrait.

Elle frappa dans ses mains.

— Au travail !

9

Après trois heures passées à examiner les dossiers et à décomposer la chronologie des faits, Zac parvint à la conclusion suivante : durant plus de trente minutes, rien n'attestait des allées et venues de Brian. Au soudain silence qui s'était abattu sur le sous-sol, Emma l'avait compris, elle aussi.

Brian avait quitté la voiture de Melody vers 0 h 45. Ses amis avaient tous témoigné qu'il était avec eux, mais aucun n'avait pu préciser à quelle heure exactement, du moins pas avant 1 h 20, heure à laquelle l'un d'eux avait reçu un message et s'était souvenu l'avoir montré à Brian.

Trente-cinq minutes.

C'était amplement suffisant pour sortir de la boîte de nuit, se rendre dans la ruelle voisine, étrangler une femme et revenir.

Les yeux de Zac restaient rivés sur la déposition posée en face de lui. Il ne la lisait pas vraiment, mais il n'était pas encore prêt à se tourner vers Emma.

Aussi doués que soient Penny et son père, ces trente-cinq minutes joueraient en sa faveur, conclut Zac. Même avec les lacunes du dossier, il pouvait mettre sur pied une argumentation assez convaincante pour satisfaire un juge, contenter son patron, apporter à Dave Moore un semblant de justice et maintenir Brian Sinclair en prison.

Mission accomplie.

Toutefois, était-ce le bon choix ? Pour la première fois de sa carrière, une carrière remplie de procès sensibles qu'il avait, tour à tour, remportés et perdus, il remettait en question son propre jugement. Et pourquoi ? Pour une affaire de cœur !

Imbécile !

Assise près de lui à la table, Emma soupira et ce doux gémissement le frappa en pleine poitrine.

Il avait envie d'elle, cela ne faisait aucun doute. Le problème était qu'il ne s'agissait pas seulement de désir. Elle comptait pour lui. Cette femme avait mis sa vie entre parenthèses pour sauver les vestiges de sa famille. Elle voyait les problèmes comme des opportunités. Les difficultés, elle les prenait en charge. Quel homme serait assez fou pour ne pas être séduit par une telle femme ?

Il approcha sa chaise de la sienne.

— Il est 22 h 30. Je devrais peut-être partir.

Au lieu de le repousser, elle inclina la tête, lui offrant son cou.

— Oui, vous devriez. Ma mère va rentrer d'un moment à l'autre. J'ai l'impression d'être une adolescente qui flirte en cachette. Vous êtes un vilain garçon, « Zachary ».

— Allons bon, la voix de ma sœur.

Emma éclata de rire.

— Désolée.

Zac l'embrassa. Ce fut un long baiser langoureux.

— Alors, c'est entendu, je vais partir avant d'essayer de vous convaincre de coucher avec moi.

Elle afficha un air mutin.

— En cet instant, il ne faudrait pas grand-chose pour me convaincre.

— Cruelle.

— Vous survivrez, j'en suis sûre.

Elle lui désigna la pile de dossiers qu'il avait mis de côté.

— Voulez-vous une copie du contenu de ces dossiers ? J'ai un cours demain matin et ensuite j'assure le service du midi. Mais j'aurai le temps de le faire après.

Il prit sa veste sur le dossier de la chaise et l'enfila.

— Emma, entre le travail et les études, vous n'avez pas de temps à perdre avec des photocopies. J'enverrai quelqu'un le faire.

— Si ça peut aider mon frère, je trouverai le temps.

Elle se haussa sur la pointe des pieds pour lui donner un baiser rapide.

— Par ailleurs, je ne veux pas que quelqu'un touche à mes notes. Non que je ne vous fasse pas confiance, mais un accident est vite arrivé et quelque chose pourrait disparaître.

— Vous prêchez un convaincu. Un procureur qui a hérité d'une demi-boîte de pièces de dossier ne pourrait vous contredire. Et si nous poursuivions nos recherches demain ? Chez moi, afin que votre mère ne se sente pas obligée de sortir.

Emma se mordit la lèvre et regarda ses pieds.

— Je ne sais pas.

C'est un jeu dangereux, Zac.

— Ma sœur insistera pour qu'un garde armé veille sur ces dossiers, mais je la convaincrai que je ne m'enfuirai pas en emportant des preuves.

Riant, elle leva les yeux au ciel.

— Elle vous a pourtant laissé entrer ici.

— Peut-être a-t-elle confiance en moi, après tout. Et vous ? Avez-vous confiance en moi ?

— Je vous ai laissé entrer ici, non ?

Il haussa les épaules.

De nouveau, elle se mordit la lèvre. L'indécision était un mal insidieux. Finalement, elle secoua la tête.

— Je ne voudrais pas faire quelque chose de stupide. Penny est notre seul espoir. Ensuite vous entrez ici, vous m'embrassez et je me dis alors : « Penny qui ? ». Ça m'ennuie.

— Si cela peut vous aider à vous sentir mieux, moi aussi, ça me perturbe. Néanmoins, j'aime vous embrasser. Alors, je ne peux m'en empêcher. Qu'en dites-vous, on se voit demain soir ?

— Vous vous tiendrez bien ?

— Selon toute vraisemblance, non.

Elle se mit à rire et quelque chose de merveilleux s'anima en lui.

— Je pense que je vous verrai demain, conclut-elle.

Il se pencha vers elle et, oubliant déjà sa résolution de bien se tenir, il l'embrassa, mordillant ses lèvres sensuelles.

— Je le pense aussi.

Après le départ de Zac, Emma téléphona à sa mère : elle était sur le chemin du retour après s'être arrêtée chez une amie. C'était au moins une bonne chose qu'elle ressorte, songea Emma. Elle empila les dossiers à reproduire sur la petite table qu'elle avait installée près du photocopieur. Elle gagnerait ainsi du temps sur sa matinée du lendemain.

Et puis, de toute façon, elle était trop excitée pour s'endormir. L'intimité, décréta-t-elle, était une chose merveilleuse. Elle avait trop longtemps vécu privée de cet excitant sentiment de bonheur que procurait l'homme idéal.

Pour de nombreuses raisons, Zac Hennings pourrait ne pas être cet homme à long terme mais il l'était assurément pour le moment. Mis à part qu'il était la partie adverse, c'était quelqu'un de bien. Un homme désireux d'aller au-delà des apparences dans l'affaire de son frère alors que les autres s'en étaient désintéressés.

Debout devant la machine, elle prit le premier dossier, celui qui contenait ses notes à propos du témoignage mentionnant la chemise blanche. Zac semblait un peu obsédé par celle-ci. Elle aurait aimé pouvoir lui dire que Brian ne portait pas de blanc ce soir-là. Le simple fait d'avoir mis du bleu l'aurait disculpé.

Pourquoi n'avait-il pas porté une chemise bleue ?

Inutile de s'appesantir sur cela.

Elle ouvrit le dossier et parcourut ses notes.

Témoin à l'extrémité de la ruelle.

A vu l'homme venir vers lui.

A quitté les lieux.

Son regard repartit vers la gauche. « L'extrémité de la ruelle »

Par une nuit sans lune. Elle se rappela soudain ce détail. Elle avait vérifié. Le temps avait été très couvert, ce soir-là. Il faisait sombre. Vraiment sombre.

L'extrémité de la ruelle.

Emma laissa tomber le dossier, les feuilles s'éparpillèrent à ses pieds.

— Oh mon…

Elle ramassa son téléphone, se rua dans sa chambre à l'étage, s'y empara de l'un de ses chemisiers blancs de travail, d'une veste, de son sac, de ses clés, et sortit en trombe de la maison.

Tout en courant vers sa voiture, elle chercha le numéro de Zac. Avec un peu de chance, il la rejoindrait sur place car seule une femme stupide se rendrait dans une ruelle sombre, tard le soir. Et elle n'était pas stupide. En même temps, cette mission ne pouvait être menée qu'à la nuit tombée.

Son appel atterrit directement dans la messagerie et elle raccrocha. Elle rappellerait en chemin.

Une fois en route, elle tenta de nouveau de joindre Zac mais il était en communication. Elle laissa un message.

— C'est Emma. Je me rends sur la scène du crime pour vérifier quelque chose. Pouvez-vous m'y retrouver ?

Elle passa devant le Magic où, même un lundi, les clients affluaient pour faire la fête. Elle s'arrêta sur une zone de stationnement interdit à l'entrée de la ruelle et alluma ses feux de détresse. Un taxi la dépassa à toute allure, klaxonnant furieusement, et le son discordant lui vrilla les nerfs.

— Inutile de vous énerver, monsieur, marmonna-t-elle.

Un son strident lui signala l'arrivée d'un message vocal sur son portable. Il émanait de Zac. Elle enclencha le haut-parleur et sa voix chaude emplit l'habitacle.

— C'est moi, disait-il. Je suis à trois minutes. Attendez-moi.

Une autre voiture la dépassa et elle se mâchouilla la lèvre inférieure. Tôt ou tard un policier l'obligerait à partir. L'horloge du tableau de bord clignota. Plus que deux minutes et Zac la rejoindrait.

Quelqu'un frappa à la vitre du côté passager. Son sang se figea dans ses veines et elle tourna la tête. L'un des videurs de la boîte l'interpella.

— Madame, vous ne pouvez pas rester là.

Elle attrapa son sac, descendit de voiture et referma sa portière avant qu'un véhicule ne l'arrache au passage. Elle se fraya un chemin jusqu'au trottoir et leva la tête vers l'imposant agent de sécurité.

— Bonsoir, je suis enquêtrice. Je travaille sur une affaire de meurtre. Je dois vérifier quelque chose dans cette ruelle. Ce sera très rapide. Je vous le promets.

Plongeant la main dans son sac, elle en sortit vingt dollars.

— Voulez-vous garder un œil sur ma voiture pendant un instant ?

— Madame…

— Deux minutes, c'est tout ce dont j'ai besoin.

Le videur regarda autour de lui, prit les vingt dollars et hocha la tête.

— Allez-y. Dépêchez-vous.

— Merci.

Elle prit le chemisier blanc sur le siège du passager et s'avança dans la ruelle.

Tant pis s'il n'était pas malin de s'aventurer seule dans une ruelle sombre. Il fallait parfois recourir à des mesures désespérées. Et puis, Zac arriverait d'un moment à l'autre.

Elle s'avança donc, progressant d'abord lentement afin de laisser ses yeux s'adapter à l'obscurité. Les seuls éclairages se trouvaient à mi-chemin de la ruelle, au-dessus de deux portes. Derrière elle, dans la rue, il y eut un Klaxon puis un crissement de pneus. Un frisson d'angoisse la parcourut. Même dans le froid de cette nuit d'avril, l'air de la ruelle était étouffant. Son regard allait de droite à gauche. N'importe qui pouvait se cacher là.

Inspire.

Elle se retourna. Pas de videur en vue.

Etait-ce là ce que Chelsea avait entendu juste avant de mourir ?

A ce propos, Chelsea devait avoir eu une bonne raison de venir seule dans ce lieu effrayant. Ce serait un point à creuser.

Oui, c'est ça. Concentre-toi sur l'affaire.

Un vent léger se leva et une odeur nauséabonde lui fit froncer le nez et retenir sa respiration. Elle devait se trouver à proximité d'une benne à ordures.

Elle s'arrêta approximativement à l'endroit où Chelsea Moore avait vécu ses derniers instants. Entre les odeurs rances et la vision de la jeune femme acculée contre le mur, se faisant étrangler, Emma retint un haut-le-cœur.

Elle s'approcha un peu plus des éclairages, et l'odieux conteneur débordant d'ordures apparut plus nettement. Probablement l'accumulation du week-end. Sur sa droite, une fine gaine électrique remontait sur le côté du bâtiment. Ce n'était pas un excellent support de test, mais cela suffirait. Elle coinça le chemisier dans l'interstice. Voilà. Tout ce qu'il lui restait à faire était de repartir en courant jusqu'à l'entrée de la ruelle et de vérifier si le chemisier était visible de cet endroit.

Derrière elle un bruit de semelles claqua sur la chaussée humide.

Zac.

Elle voulut se retourner, mais une poussée violente l'envoya valser contre le mur en brique. Sa joue s'écrasa contre la surface froide et rugueuse. Un sentiment de déchirement l'envahit et ses poumons se figèrent, privés d'air.

Quelle idiote !

— Tu ne veux donc pas comprendre ? chuchota une voix gutturale.

Ce son, grave, dur et repoussant, déclencha en elle une violente explosion de panique.

Elle ouvrit la bouche pour crier mais aucun son n'en sortit. Elle était paralysée. Le souffle chaud de l'homme s'insinua sur sa peau et elle resta pétrifiée.

Ne le laisse pas gagner.

Ses yeux s'embuèrent. Elle cligna des paupières, lutta contre les larmes qui menaçaient de couler.

Respire, Emma.

Le chaos et la peur se mirent à tourbillonner dans son esprit.

Retourne-toi. Regarde-le.

Ses cours basiques de self-défense lui revinrent à la mémoire. Si elle pouvait l'atteindre à la gorge ou aux yeux, elle aurait une chance.

Elle remua, tenta de faire volte-face, mais il la plaqua contre le mur, l'écrasant de son corps plus massif.

— A l'aide ! lança-t-elle d'une voix rauque.

Son agresseur se mit à rire et poussa davantage encore son corps contre le sien.

— Vous voulez mourir ici même, comme Chelsea Moore ?

Elle avait envie de vomir.

Je vous en prie, que quelqu'un m'aide !

J'aurais dû attendre Zac…

Bats-toi !

Ne le laisse pas gagner !

Les messages et les mises en garde l'assaillaient, mettant à rude épreuve ses nerfs déjà à vif.

Le coude.

Projetant son coude en arrière, elle rencontra un obstacle — son bras, peut-être — mais il se déroba.

Soudain, sa fureur prit le dessus. Elle n'était pas une petite chose fragile et allait le montrer à ce pauvre type.

— Non ! hurla-t-elle, sa voix venant soudain à sa rescousse.

— Emma ! appela Zac, de l'entrée de la ruelle.

— Ici !

La pression exercée par le corps répugnant de l'homme se relâcha et elle inspira, tout cet air rance s'engouffrant dans ses poumons. Elle se retourna et vacilla.

Rien, là.

Une ombre s'élança de l'autre bout de la ruelle. Le bruit des chaussures — les chaussures de ville de Zac — résonna derrière elle.

Attrape-le !

Zac la suivrait ; elle prit donc l'homme en chasse.

— L'avez-vous vu ? lança-t-elle par-dessus son épaule.

— Non.

Elle devait le rattraper. Qui était-il ? Que savait-il à propos de Chelsea Moore ?

Zac la rejoignit, ses longues jambes lui facilitant la tâche.

— Emma, attendez !

Il la saisit par le bras et la força à s'arrêter, mais elle lutta pour se libérer de son étreinte tandis que son agresseur s'échappait.

Non. Non. Non.

— Il s'enfuit !

Elle se dégagea et courut jusqu'au bout de la ruelle.

Je dois le retrouver.

Ses yeux scrutèrent chaque recoin, et une terrible déception la submergea. L'homme avait disparu.

— Non !

L'écho de sa rage fut renvoyé par les immeubles environnants et elle serra les poings. La pression était si forte !

Puis Zac fut de nouveau près d'elle, l'enveloppant de ses bras et l'enlaçant si ardemment que cela raviva le même désir que dans la soirée.

Emma, concentre-toi.

— Que s'est-il passé ? s'enquit-il.

Refusant de se laisser infantiliser, elle se dégagea et contempla l'obscurité où son agresseur s'était évanoui.

Bon sang !

— Il m'a bousculée.

Zac lui saisit les bras et la ramena vers lui.

— Il voulait vous voler ?

— Non. Il a dit…

Qu'avait-il dit ?

Réfléchis, Emma.

Elle était debout à cet endroit précis, coinçant le chemisier dans la gaine électrique et, soudain, il l'avait poussée. Alors qu'elle se remémorait l'agression, sa voix lui revint à la mémoire, grave, vile, malveillante. Les mots se bousculèrent dans son cerveau et elle les remit dans l'ordre.

— Il a dit : « Vous voulez mourir comme Chelsea Moore ? »

— Oh ! chérie, je suis vraiment désolé ! A-t-il dit autre chose ?

Zac l'étreignit de nouveau et la chaleur de son corps l'attira contre lui. Après toutes les batailles qu'elle avait livrées seule, quelqu'un voulait prendre soin d'elle.

— Oui.

Emma s'écarta.

— Il a dit : « Tu ne veux donc pas comprendre ? »

Zac bougea un peu.

— J'appelle les secours.

Emma l'empêcha de composer le numéro.

— Attendez. Nous devons nous rapprocher de quelque chose que l'on ne veut pas que nous découvrions. Cet homme m'a suivie jusqu'ici…

— Madame ! l'interrompit une voix.

C'était le videur de la boîte de nuit.

— Vous devez bouger cette voiture !

— Je viens.

Elle se retourna vers Zac.

— Le videur me pressait de partir. Je l'ai payé vingt dollars. C'est la raison pour laquelle je ne vous ai pas attendu.

— Que faisons-nous ici ? demanda Zac.

— Madame !

— Nous venons, lui répondit Zac d'un ton qui n'admettait pas de réplique.

Le prenant par la main, Emma l'emmena jusqu'à l'endroit où elle avait coincé son chemisier, sous l'éclairage.

— Je voulais savoir si l'on pouvait voir quelque chose de blanc de la position où se tenait le témoin. Peut-être était-ce ce qui vous perturbait dans ce témoignage.

Il lui serra la main plus fort.

— Venez avec moi.

Tous deux remontèrent la ruelle. Puis, à l'entrée de celle-ci, ils firent volte-face. Derrière eux les voitures se succédaient à toute allure tandis qu'ils plongeaient le regard dans l'obscurité où l'éclairage avare faisait apparaître deux portes. Deux portes uniquement.

Et pas de chemisier blanc, remarqua Emma.

Zac réfléchit : quelqu'un devrait se tenir debout dans la ruelle, portant ce chemisier. Mais c'était celui d'Emma et il n'était pas disposé à la renvoyer là-bas.

— Bon sang, s'impatienta le videur, vous devez bouger vos véhicules. C'est un couloir d'urgence.

Toutefois Zac était distrait par un chemisier qu'il ne pouvait pas voir. Il jaugea le videur. Costaud mais pas énorme. Une taille ou deux de plus que lui.

Je porte une chemise blanche.

Suivant l'exemple d'Emma, il sortit cinquante dollars de son portefeuille.

— Je m'appelle Zac Hennings. Je suis adjoint au procureur d'Etat du comté de Cook. Nous enquêtons sur un homicide qui s'est produit ici il y a deux ans.

— La fille du policier ?

— En effet.

Zac tint le billet de cinquante entre deux doigts.

— Il est à vous si vous enfilez ma chemise et que vous vous placez au milieu de cette ruelle. C'est tout. Cinquante dollars. Cela vous prendra deux minutes.

Il avait besoin de vérifier. Cette chemise était-elle visible depuis l'extrémité de la ruelle ? Dans le cas contraire, il traînerait les inspecteurs sur place afin de leur prouver que l'on ne pouvait pas la voir à cette distance. Chose qu'ils auraient dû vérifier et que le bureau du procureur aurait dû confirmer.

Zac ne savait plus trop que penser. Devait-il se sentir frustré par cette enquête bâclée ? Evidemment. Craindre que l'accusation ne s'effondre ? Assurément. S'inquiéter pour Emma ? Absolument.

Et pourtant, si la déposition du témoin était réfutée, cela aiderait Emma. Mais c'était son travail, et son patron voulait sauver la face pour Mme le procureur.

Le videur jeta un coup d'œil à l'entrée de la boîte. Zac agita le billet. Un instant plus tard, les cinquante dollars avaient disparu. Zac ôta rapidement sa veste et Emma la lui prit, l'observant tandis qu'il se dévêtait. Avait-il vraiment besoin de faire cela ? L'air froid souffla sur sa peau nue, ramenant son esprit vers son travail de procureur plutôt que sur son désir d'homme.

Emma lui présenta sa veste et il l'enfila.

— Merci.

Il revint vers le videur.

— Avancez jusqu'au milieu de la ruelle puis arrêtez-vous.

Tandis que l'agent de sécurité s'engageait dans la ruelle, Zac se tourna vers Emma : elle avait sur le visage une écorchure qu'il n'avait pas notée de prime abord. Son visage s'empourpra et son tempérament d'ordinaire maîtrisé s'enflamma.

J'aurais dû arriver plus rapidement.

Il ne s'était jamais considéré comme un mâle dominant, mais qu'un autre homme puisse poser les mains sur Emma lui donnait des envies de meurtre.

Et il était procureur.

Quel désastre !

Il lui souleva le menton.

— Vous avez une écorchure. Vous a-t-il frappée ?

— Non. Il m'a projetée contre l'immeuble et ma joue s'est écrasée contre la brique.

— Je suis désolé.

Il se pencha et déposa un baiser sur la blessure.

— Je suis désolé que vous ayez été blessée et que je ne sois pas arrivé plus tôt. Nous devons nous montrer plus prudents.

Elle lui serra le poignet.

— J'aurais dû vous attendre. La prochaine fois, j'attendrai.

— Comme ça, c'est assez loin ? cria le videur, du milieu de la ruelle.

— Oui. C'est parfait. Restez sur place un instant.

Zac avança de quelques pas, se séparant d'Emma. Il devait se concentrer sur son travail, ne pas laisser ses sentiments grandissants pour cette femme influencer son jugement.

Ses yeux sondèrent l'obscurité de la ruelle. Rien. Il fit deux pas en avant.

— Vous vous rappelez où se tenait le témoin ? demanda-t-il à Emma.

— Il a dit qu'il passait devant la boîte en retournant au parking. Il devait donc se trouver sur le trottoir et s'apprêter à traverser. Vous êtes probablement plus près qu'il ne l'était.

L'instant d'après, elle se trouvait près de lui et un courant électrique parcourut le corps de Zac. Tous deux scrutèrent l'entrée sombre de la ruelle. La chemise blanche était invisible.

10

Après son cours de 8 heures, Emma partit retrouver Penny au domicile de Stanley Vernon. Celui-ci était le témoin clé de l'accusation. Il avait identifié Brian comme étant l'homme qui portait la chemise blanche.

Or, Emma avait informé Penny du test de la nuit précédente : Stanley Vernon n'avait pas pu voir la chemise dans la ruelle.

Aussitôt, Penny avait flairé l'odeur du sang. Si elle obtenait la rétractation de Stanley Vernon, la révision du procès de Brian devenait nettement plus probable.

Emma n'osait trop y croire. En tout cas, cette rencontre avec M. Vernon était cruciale et elle en serrait le volant.

Détends-toi. Laisse parler Penny.

Les mains moites, elle roula jusqu'au pâté de maisons où vivait Stanley Vernon. Penny l'y attendait. Toujours aussi pétulante, elle portait son immanquable manteau rose. Le souvenir de l'irritation feinte Zac devant ce vêtement arracha un sourire à Emma.

En tant que frère et sœur, Zac et Penny formaient un duo divertissant. A l'évidence, ils se vouaient une profonde affection mais lorsqu'ils se livraient un combat, celui-ci était certainement sans merci.

Du fait de leur métier d'avocat, ils devaient être habitués aux conflits, mais tout de même, songea Emma. Pour sa part, elle ne pourrait affronter son frère au tribunal. Son instinct protecteur entrerait en jeu et elle s'inquiéterait à l'idée de le battre.

Manifestement, Zac et Penny n'avaient pas ce genre de problème. Pas avec leur instinct qui leur dictait de tuer pour éviter d'être tué. Ils adoraient les jeux de massacre. Ne juraient que par la victoire. Emma ne put réprimer un soupir.

Elle trouva une place de stationnement à un demi-pâté de maisons du domicile de M. Vernon. Cette courte marche ainsi que l'air frais l'aideraient à se vider la tête en prévision de la conversation à venir. Une part d'elle rechignait à y participer. Elle allait devoir affronter l'homme qui avait aidé à condamner son frère. Peut-être, à l'époque, avait-il eu l'impression de remplir un devoir civique, mais il avait menti.

Cela ne faisait plus aucun doute. Elle en avait la preuve, suite au test avec la chemise blanche de Zac.

Elle descendit de voiture, ajusta son trench-coat et en lissa le devant. Pour cette entrevue, elle avait opté pour une jupe bleu marine s'arrêtant au genou et une veste bleu clair. Ni trop formel ni trop osé. Elle fit un pas et — oups — son fin talon glissa sur la pelouse du trottoir, la terre molle la retenant en otage. Super.

En dehors de certaines occasions spéciales, elle ne portait jamais de talons. Voilà pourquoi ! Elle se déchaussa et s'accroupit pour libérer sa chaussure.

— Que se passe-t-il ? lui demanda Penny, à quatre maisons de là.

— Patience. Ma chaussure est coincée.

Prenant manifestement plaisir au spectacle, Penny secoua la tête.

— Emma, je vous adore.

Emma retira la chaussure et sortit un mouchoir pour en essuyer le talon. Contrarier les Vernon en laissant une traînée de boue dans leur maison ne servirait pas leur cause. Sa chaussure nettoyée, elle rejoignit Penny.

— Je suis désolée. Je déteste les talons.

Penny exerça une légère pression sur son bras, comme pour la rassurer.

— Détendez-vous. Je maîtrise la situation. Contentez-vous de rester assise et d'avoir l'air sincère. La culpabilité que ressentira M. Vernon fera le reste.

Un élancement soudain vrilla le crâne d'Emma, et elle se massa les tempes.

— J'ai peur de tout faire rater. Et s'il refusait de parler devant moi ?

— En ce cas, je vous demanderais de sortir. Mais j'ai l'intuition que cela n'arrivera pas. Quand je lui aurai dit que nous avons mis à l'épreuve la théorie de la chemise blanche, il suffira qu'il pose les yeux sur vous pour craquer. Faites-moi confiance. Ça va très bien se passer.

Emma ferma les yeux. Penny, la seule avocate de la ville dotée de suffisamment d'assurance, voire de témérité, pour accepter leur affaire, avait besoin d'elle et voilà qu'elle s'effondrait. Ce n'était pas le moment. Le nœud qui contractait ses épaules se resserra et elle tourna la tête d'un côté puis de l'autre. Elle pouvait le faire. N'avait-elle pas interrogé plus de deux cents témoins, dont certains l'avaient fuie littéralement ? Mais elle avait persévéré. Elle les avait traqués. Et elle les avait persuadés de lui parler.

Je peux le faire.

Elle rouvrit les yeux et releva la tête.

— Merci. Et, sans vouloir vous mettre la pression, rappelez-vous que la vie de mon frère est entre vos mains.

— Oh ! Je vous en prie. Comme si cela allait marcher avec moi.

Elle passa son bras sous celui d'Emma.

— Allons dévorer tout cru ce témoin.

Ah! les avocats !

Elles montèrent les quatre marches du perron et Penny frappa à la porte.

Emma se concentra sur son mantra.

Je peux le faire.

Une femme replète, d'une cinquantaine d'années environ, ouvrit la porte. A la vue de Penny dans son manteau rose, elle sourit. Puis elle se tourna vers Emma. Son sourire s'évanouit aussitôt.

Je peux le faire.

Penny lui tendit la main.

— Madame Vernon ? Je suis Penny Hennings. Nous nous sommes parlé au téléphone.

Le regard de la femme revint vers Penny et son sourire réapparut.

— En effet. Bonjour. Entrez. Mon époux nous rejoindra dans un instant.

— Merci.

Mme Vernon les introduisit dans un coin salon, à l'arrière de la maison. Les trois fenêtres de la véranda donnaient sur un petit jardin où pointait la végétation de ce début de printemps. L'été, ce devait être un lieu paisible et confortable pour la lecture, pensa Emma. Mais en dehors de ses manuels de droit, elle n'avait pas le temps de lire grand-chose, ces derniers temps.

Leur hôtesse les invita à prendre place sur le canapé, leur offrit du café et s'adonna à toutes les civilités habituelles. C'était plutôt chic de sa part, se dit Emma, car elle et son mari ne devaient pas être ravis de les voir débarquer toutes les deux.

Tandis que Mme Vernon s'occupait des boissons, Penny se tenait droite et immobile, les mains croisées sur ses genoux. Mais même dans cet état d'immobilité, son énergie trépidante se propageait dans la pièce.

Manteau rose et beauté diaphane mis à part, Penny était une panthère prête à bondir.

Un homme entra dans la pièce. M. Vernon. Emma l'avait vu au tribunal. Mais là, il était plus mince et semblait avoir rapetissé. Comme si la vie lui avait confisqué quelques centimètres. La raison ne devait pas en être compliquée…

Durant un moment, elle resta sous le choc de la rencontre. Le témoignage de cet homme avait brisé l'avenir de son frère et fait sombrer sa mère dans la dépression.

Ne t'égare pas dans cette direction.

Penny se leva du canapé, décocha à M. Vernon son sourire glamour et lui tendit la main.

— Bonjour, monsieur Vernon. Merci de nous recevoir. C'est très aimable à vous.

Emma s'arracha au siège et se leva.

— Permettez-moi de vous présenter Emma.

Bizarrement, elle oublia de préciser son nom de famille. M. Vernon tendit la main. Son regard gris-bleu se fit scrutateur, sans exprimer d'animosité, mais plutôt de l'étonnement. En l'espace de quelques instants, ses sourcils se haussèrent. Reconnaissance accomplie. Le pauvre homme fit un effort pour sourire, mais ce sourire resta figé.

Apparemment, songea Emma, elle n'était pas la seule à ressentir la tension.

— Ravi de vous rencontrer, Emma.

Menteur.

— Moi de même, monsieur.

Menteuse.

— Et si nous nous asseyions ? suggéra Penny.

— Je vous en prie. Mon épouse vous a offert une boisson ?

— Oui, merci.

Penny se rassit et elle attendit qu'Emma et leur témoin aient fait de même.

— Monsieur Vernon, comme je l'ai mentionné au téléphone, nous aimerions vous poser quelques questions à propos de votre témoignage.

Le regard de l'homme se posa sur Emma, puis revint à Penny.

— Je ne vois pas ce que je peux vous dire de plus.

Même pas comment il se fait que vous ayez menti ?

Emma joignit les mains sur ses genoux, se forçant à se taire.

Penny prit alors un bloc dans sa serviette.

— Cela vous ennuie-t-il que je prenne des notes ?

— Pas de problème.

Le sourire glamour de Penny, tout sucre, tout miel, s'épanouit sur son visage.

— Merci. J'aimerais vous interroger sur la chemise blanche que vous avez dit avoir vue, portée par l'homme dans la ruelle.

La pomme d'Adam de Vernon tressaillit.

Intéressant.

— Monsieur, nous avons procédé à une reconstitution dans la ruelle.

— Je ne comprends pas.

— Un homme portant une chemise blanche a été placé dans la ruelle, là où le corps de Chelsea Moore a été découvert. Nous l'avons fait en pleine nuit, bien entendu.

Penny but une gorgée de son café, puis reposa la tasse sur la table.

— Monsieur Vernon, je n'ai pas l'intention d'ergoter et je ne remets pas en question ce que vous avez vu…

Elle afficha ce sourire angélique qui avait probablement déjà décimé tout un contingent d'hommes.

— Enfin, si, peut-être. Vous comprenez. Je dois clarifier les détails.

— Quels détails ?

— A propos de la chemise. Quand nous avons fait le test, l'homme portant du blanc n'était pas visible de l'endroit où vous avez dit vous tenir.

— Comment est-ce possible ?

— Je l'ignore, monsieur. Etes-vous certain de la position que vous occupiez ? Ou peut-être l'homme dans la ruelle était-il plus proche que vous ne l'avez estimé.

M. Vernon lança un regard à Emma. Puis il secoua la tête.

— Non.

Menteur.

Emma but une gorgée de son café mais elle aurait aimé tempêter et le sommer de dire la vérité. L'avenir de son frère avait été mis en pièces, et cet homme avait l'aplomb de lui mentir ?

Ses mains se mirent à trembler et, craignant de renverser son café, elle reposa la tasse. Puis elle replia ses doigts tremblants. Cela tournait au désastre. Mais elle resterait silencieuse et laisserait Penny mener l'entretien. Pour une fois, quelqu'un d'autre pouvait s'acquitter de la sale besogne.

Excepté que Penny n'avait pas vécu avec sa mère, nuit après nuit, l'entendant pleurer sans relâche. Parfois, les nuits les plus difficiles, les pleurs se muaient en sanglots et Emma mettait des bouchons d'oreilles parce qu'elle ne supportait plus la torture qu'endurait sa mère.

Même dix-huit mois après le procès, sa mère s'endormait toujours en pleurant.

Emma se mordit la lèvre.

Laisse Penny gérer cela.

Mais était-il si difficile pour M. Vernon de dire la vérité ? Allait-il les balader encore longtemps ?

Elle ne pouvait pas rester sans rien faire.

— Monsieur Vernon, êtes-vous parent ?

Avec une lenteur certainement calculée, Penny se tourna vers elle et lui lança un regard impérieux.

— J'ai trois enfants, répondit M. Vernon.

Emma hocha la tête.

— Monsieur, je sais que vous vouliez aider à appréhender un meurtrier en témoignant, et j'apprécie votre volonté de vous impliquer.

— Mais ?

— Mais ma mère a un fils en prison. Si quelqu'un devait accuser l'un de vos enfants d'un crime, d'un crime qui l'enverrait en prison pour la majeure partie de sa vie d'adulte, ne voudriez-vous pas que cette personne soit sûre de ce qu'elle a vu ?

— J'en suis sûr.

Emma agrippa un coussin du canapé et le serra.

— Je ne pense pas que vous le soyez, monsieur. Je me tenais moi-même à l'entrée de cette ruelle hier soir et je ne pouvais pas voir la chemise blanche. Nous étions deux, et aucun de nous ne la voyait.

Penny reprit la parole.

— Monsieur Vernon…

— M'accusez-vous de mentir ?

Oh ! Oh ! Penny allait l'étriper, pensa Emma.

— Non, monsieur. Je tente de comprendre ce que vous avez vu.

Penny posa sa main sur le bras d'Emma.

Compris.

Elle se tairait désormais.

— Monsieur Vernon. Vous savez, je pense, qu'une vidéo a fait surface dans laquelle l'un des inspecteurs confesse avoir fait pression sur les témoins.

Penny prit son téléphone portable dans sa serviette.

— J'ai une copie de cette vidéo si vous voulez la voir.

— Ce n'est pas la peine.

— Non ?

— Non.

Elle rangea le portable dans son sac.

— Très bien. Parlons du soir où la police vous a interrogé. On vous a montré une série de photographies, c'est exact ? Six, si je ne m'abuse.

— C'est bien cela.

— Ensuite, vous avez participé à une séance d'identification, exact ?

Un instant, M. Vernon baissa le regard.

— En effet.

— Et vous avez identifié Brian Sinclair ?

— Oui.

— Monsieur Vernon, combien, parmi les hommes de la séance d'identification portaient une chemise blanche ?

Vernon ouvrit la bouche puis se ravisa, baissant la tête, comme décontenancé.

— Monsieur ?

— Un seul.

Penny prit des notes. M. Vernon semblait ne plus savoir où se mettre. Seigneur ! l'avocate était douée, se félicita Emma.

— Je vois, reprit Penny. Le seul à porter une chemise blanche était Brian Sinclair ?

— Oui.

— Et à quel moment de la conversation a-t-il été fait mention de la chemise blanche ?

De nouveau, M. Vernon parut mal à l'aise, ses épaules s'affaissant légèrement. Le cœur d'Emma se mit à cogner dans sa poitrine.

Je vous en prie, faites que ça marche !

— Avant la séance d'identification, répondit M. Vernon. Les inspecteurs m'ont demandé si je me souvenais de la personne dans la ruelle portant une chemise blanche.

— Donc, les inspecteurs vous ont suggéré cet élément ?

— Eh bien, ils m'ont posé la question.

— Et vous vous l'êtes rappelé ?

M. Vernon s'humecta les lèvres.

— J'ai identifié le jeune homme. C'est lui que j'ai vu dans la ruelle.

Il se tourna vers Emma.

— Je suis désolé pour votre famille. Je ne le souhaiterais à personne. Toutefois, je ne peux vous aider.

Il se leva.

— Merci d'être venues. Je vous raccompagne.

Emma demeura bouche bée tandis que M. Vernon quittait précipitamment la pièce. Pourquoi, soudain, tout avait capoté ?

Elle se tourna vers Penny qui rangeait son bloc-notes dans sa serviette. L'avocate posa un doigt sur ses lèvres et articula silencieusement : « Tout va bien »

Emma hocha la tête. Qu'aurait-elle pu faire d'autre ? Elle devait se montrer professionnelle. Elle ne pouvait être la sœur désespérée, au cœur brisé. Elle suivit Penny dans la maison et salua M. Vernon d'un signe de tête en franchissant le seuil.

— Eh bien, quel fiasco ! constata-t-elle lorsqu'elles atteignirent le trottoir.

Elle se retourna vers la maison où elle avait ruiné l'occasion d'aider son frère. Penny marchait d'un pas vif devant elle. Elle devait s'être garée dans le même secteur.

— Depuis quand êtes-vous aussi négative, Emma ? Courage ! Je vous ai dit que nous nous apprêtions à gravir l'Everest. Nous sommes à peine arrivées au premier camp de base et vous faites déjà la tête.

Elle n'allait pas s'y mettre, elle aussi ! pesta Emma.

— Pardon ? Vous oubliez qui mène cette ascension depuis déjà deux ans !

— Oui, sans sherpa. Je suis le sherpa. Je vous mènerai au sommet. Vous ne pouvez pas renoncer.

Elle s'interrompit et croisa les bras.

— C'était notre première intervention auprès de lui. Je ne m'attendais pas à repartir avec une confession. Nous avons présenté nos arguments. Nous l'avons déstabilisé. A présent, nous le laissons mariner. Il va craquer. Vous avez vu la manière dont il vous a regardée quand vous lui avez servi votre discours sur le père et ses enfants ? Vous ferez une excellente avocate.

N'était-ce pas ce que Zac lui avait dit ? Etant donné la lignée dont ces deux-là étaient issus, elle pourrait peut-être commencer à le croire.

— J'ai craint avoir tout gâché.

— Je reconnais que, l'espace d'un instant, vous m'avez effrayée. Donc, la prochaine fois, nous nous en tiendrons au script. Mais ça a fonctionné. A l'évidence, cet homme a une conscience. A mon avis, en ce moment même, il appelle ses amis les inspecteurs pour savoir s'ils l'ont manipulé. J'adore ce travail, Emma. C'est tellement excitant !

— Je pense que vous êtes folle.

— Vous n'êtes pas la première à me le dire. Voici ma voiture. Pour votre information, j'envoie un enquêteur parler à l'ex-petit ami de Chelsea.

— Vraiment ?

— J'imagine que, après la visite que vous a rendue son père l'autre soir et avec la pression que lui met Zac, ça ne ferait pas de mal de secouer un peu le gamin. Qui sait s'il n'en sortira pas quelque chose ? Je suppose que non car son père lui conseillera de se taire, mais on ne sait jamais. Ce serait intéressant de savoir si ce n'était pas lui qui vous a agressée dans cette ruelle hier soir.

Emma ferma les yeux, laissant son esprit dériver.

— Je ne pourrai pas oublier cette voix. Malveillante. Cruelle.

— Bien. C'est important. Montrez-vous prudente, d'accord ? Mon père pense que vous avez besoin d'être protégée. J'ai tendance à le croire aussi.

— Je ne peux pas me le permettre. Je ferai attention. Plus d'escapade. C'est promis.

— Nous pouvons probablement demander une aide financière pour les frais de protection. Je me renseignerai auprès de mon père.

Emma secoua la tête. C'était hors de question. Elle ne pourrait accepter davantage la charité.

— Je refuse votre argent. Vous en faites déjà assez.

Penny déverrouilla les portières de sa voiture.

— Réfléchissez. Beau travail, aujourd'hui. Ne vous inquiétez pas. Nous sommes sur la bonne voie. Contentez-vous de vous accrocher à moi, d'accord ?

— Entendu. Merci.

— Non, merci à vous.

— De quoi ?

— De me faire passer pour un as du barreau, bien sûr ! Et, quoi que vous fassiez, ne couchez pas avec mon frère.

Emma se figea sans que cela ait rien à voir avec un talon coincé.

— Comment ?

Penny ouvrit sa portière et jeta sa serviette sur le siège du côté passager.

— Je connais mon frère et il a envie de vous. Une relation sexuelle entre vous deux engendrerait un conflit d'ordre émotionnel. Il veut gagner autant que nous. S'il gagne, vous perdez. Si vous gagnez, il perd. D'une manière comme d'une autre, l'un de vous souffrira.

Zac frappa à la porte du bureau de son patron. Elle était entrouverte et il passa la tête à l'intérieur.

— Vous auriez un instant ?

Ray leva les yeux des documents qu'il lisait, posa ses lunettes sur le bureau et se carra dans son fauteuil.

— Qu'avez-vous découvert ?

Zac ferma la porte.

— Oh non ! souffla Ray. Vous allez gâcher ma journée. J'ai raison ?

Un peu, oui.

Zac s'assit sur le canapé installé contre le mur.

— Je me suis rendu dans la ruelle. Là où Chelsea Moore a été tuée.

Ray soupira de nouveau. Zac poursuivit quand même :

— Nous avons un témoin qui dit avoir vu Brian Sinclair dans cette ruelle, vêtu d'une chemise blanche. Hier soir, j'ai demandé au videur de la boîte de se tenir au milieu de la ruelle, vêtu d'une chemise blanche.

Ray acquiesça en silence.

— Je pense que nous devons avoir recours à un enquêteur. Ma sœur est obnubilée par cette histoire de chemise.

Ray écarquilla les yeux.

— Attendez. Vous l'avez dit à votre sœur ?

— Non, Emma Sinclair était avec moi. C'est elle qui en a informé ma sœur.

Ray parut plus stupéfait encore.

— Pardon ?

Vas-y doucement.

Cela n'aiderait en rien que le patron pique une colère.

— Emma Sinclair m'a appelé hier soir pour me faire part de cette théorie à propos de la chemise blanche. Elle voulait que je valide l'authenticité de son expérience.

Assez proche de la vérité.

— Je l'ai retrouvée sur place. La chemise n'était pas visible. Telle que je connais ma sœur, elle tente déjà d'influencer le témoin pour l'amener à se rétracter.

Ray prit un bloc et se mit à écrire.

— Nous avons la vidéo et la chemise. Et n'oublions pas le petit numéro de Ben Leeks chez Emma Sinclair.

— Ajoutez à cela : pas de rapports d'avancement de l'enquête dans le dossier.

— Exact.

— Ray, ces inspecteurs ont bâclé l'enquête. Il y a trop de lacunes. Ils se sont acharnés sur Brian Sinclair et ont fait concorder les preuves. A ce jour, je ne suis pas certain que ce jeune homme soit coupable.

Ray releva vivement la tête.

— Eh bien…

— Je n'affirme pas qu'il est innocent. Je dis que nous ne disposons pas d'assez d'éléments pour le savoir.

Ray reposa son stylo et se passa les mains dans les cheveux. La tension dans le bureau était palpable. Zac attendit. Prendre la parole à cet instant serait du suicide.

Soudain, le radiateur claqua. Zac se força à l'ignorer. Il ne devait pas bouger.

Enfin, Ray reposa les mains sur le bureau, tapotant des doigts sur ses notes.

— Tout ce que vous aviez à faire était de régler ce problème. A présent, vous me dites que vous ne le pouvez pas.

La colère fit bouillir Zac. Il avait travaillé d'arrache-pied sur ce dossier et son patron était contrarié parce que cette affaire sentait le soufre ? Tant pis pour l'homme qu'ils avaient fait incarcérer, et qui était peut-être innocent ?

— Suis-je supposé fabriquer des preuves ? Parler aux inspecteurs afin de comprendre en quel honneur ils ont cru bon de ne pas rédiger le moindre rapport ?

— Il doit y avoir quelque chose.

Bien sûr.

Pourquoi se fatiguer ?

— Cette affaire est un désastre. Et non, je ne peux pas régler le problème.

— Cela fait moins d'une semaine. Comment pouvez-vous le savoir ?

Incroyable !

— Enfin, voyons. Je reconnais un dossier calamiteux quand j'en vois un.

— Dans ce cas, travaillez plus dur. Trouvez une solution.

Zac en eut un haut-le-cœur. Pour la première fois, son patron l'écœurait : Ray était prêt à sacrifier un innocent de vingt-deux ans pour préserver le système policier et judiciaire de toute remise en cause. Quel monde était-ce ? s'insurgea-t-il.

Il n'était pas franchement idéaliste, mais là, cela dépassait les bornes.

Il se leva d'un bond et ouvrit la porte à la volée. Celle-ci heurta violemment le mur et Ray la regarda fixement, les joues en feu.

— Qui vous a permis de sortir ?

Au diable ces foutaises !

— Je pense que le débat est clos.

— Hennings !

Mais Zac poursuivit son chemin. A quoi bon s'arrêter ? Il venait d'alerter son supérieur sur le fait qu'ils rencontraient des problèmes catastrophiques avec une condamnation pour meurtre, et on lui demandait de régler le problème. Ce n'était pas aussi simple. Il ne pouvait continuer à vivre normalement alors qu'ils avaient fait emprisonner ce jeune homme sur la base d'un témoignage mensonger. Fût-il le dernier homme honnête en ce monde, si son patron voulait le sanctionner, le rétrograder, qu'il le fasse. Il ne prendrait pas le risque d'être radié du barreau pour avoir trafiqué une affaire.

11

Emma gravit les marches menant à l'appartement de Zac au premier étage et un soudain accès de nervosité fit s'emballer son pouls. Elle s'arrêta au milieu de l'escalier.

Enfuis-toi.

Se retrouver là avec lui — en tête à tête — était probablement une erreur.

Probablement ?

La question ne se posait même pas. Le risque était colossal. Après le baiser torride dont elle s'était délectée la veille, il se pouvait qu'elle ait perdu quelques neurones. Ou alors, son corps, privé de l'attention d'un homme depuis trop longtemps, avait pris le contrôle.

Elle étouffa un soupir. Après tout, ils étaient adultes et tout à fait capables de se contrôler. Elle jeta un coup d'œil aux dossiers qu'elle tenait sous son bras droit.

Tout va bien.

Soulevant de son autre main le sac contenant leur repas, qu'elle arrima à son poignet, elle saisit la boule de la rampe d'escalier en chêne poli et se hissa. Elle adorait ces anciennes demeures regorgeant de moulures de bois foncé.

La porte de l'appartement s'ouvrit et Zac apparut, vêtu d'un pantalon de survêtement noir et d'un T-shirt moulant ses épaules, du meilleur effet. Ses cheveux blonds étaient encore humides de la douche.

Emma déglutit. Cela se confirmait : elle avait besoin d'un homme.

Zac lui prit la pile de dossiers.

— Un problème ?

Oui, un problème de taille.

Où avait-elle la tête pour entamer une liaison avec le procureur en charge du dossier de son frère ? C'était sa seule occasion d'aider réellement Brian en dix-huit mois, et elle laissait ses hormones la jeter dans les bras du sexy procureur. Elle devrait plutôt dévaler l'escalier et prendre la porte. Ainsi, elle limiterait les dégâts. Excepté qu'elle ne pouvait ignorer les baisers qu'ils avaient échangés. Ils étaient vraiment fabuleux.

Cependant, elle n'avait pas couché avec lui. Même si la façon de bouger de Zac Hennings la faisait fantasmer sur les choses qu'ils pourraient faire ensemble.

— Emma ?

Va-t'en.

Elle lui tendit le sac de repas à emporter.

Trop tard.

— Désolée. Trop de pensées se bousculent dans ma tête.

— Je connais ce sentiment. Entrez.

Il referma la porte derrière elle et posa les dossiers sur la table basse. Lorsqu'il se retourna vers elle, son regard était dur, ses joues tendues et ses mâchoires serrées. A une distance aussi réduite, l'énergie brute qui se dégageait de lui la toucha de plein fouet, faisant naître en elle un soudain accès de désir.

Ne fait-il pas étouffant, ici ?

— Mauvaise journée ? s'enquit-elle.

— Exécrable.

— Désolée d'entendre cela.

Il s'approcha, baissant les yeux sur elle, s'arrêtant à ses lèvres, puis descendant sur son trench-coat.

Va-t'en.

— Vous sentez cela ? demanda-t-il.

Bien sûr.

Elle déglutit.

— Euh…

— C'est fou. Dès l'instant où je m'approche de vous, c'est une explosion.

Il glissa ses mains dans l'échancrure de son manteau, le fit descendre le long de ses bras et le rattrapa avant qu'il ne tombe par terre. Il le jeta ensuite sur le canapé.

Cependant, ses yeux étaient de nouveau posés sur elle, sur ses lèvres.

Le désir la pétrifia, son ventre se noua et la tête lui tourna.

Deux adultes rationnels.

Il pencha légèrement la tête, comme s'il la titillait, la testait. Ferait-elle l'autre moitié du chemin ?

Non.

Elle recula, rentra les épaules.

— Aucun de nous ne se conduit comme il le devrait.

Ce n'aurait pas dû être mal. Pas alors que cela semblait si juste, naturel et agréable. Depuis que le cauchemar de Brian avait commencé, elle s'était privée du besoin humain d'être touchée. D'être aimée. Désormais, cette chance lui était offerte. A elle, Emma Sinclair. Pas à qui que ce soit d'autre. Pour une fois, elle seule comptait.

J'ai besoin d'un homme.

De cet homme.

Zac se raidit. Il secoua la tête.

— Vous avez raison. Je suis désolé. C'est ma faute.

Il se frappa la tête des deux mains.

— J'ai la tête à l'envers. Je sais que c'est mal, mais j'en ai très envie.

Il n'était pas le seul. Peut-être, juste une fois… Qu'y aurait-il de mal à cela ? Sans engagement. Même si elle n'avait jamais été le genre de personne à refuser de s'engager, elle pouvait faire une exception.

J'en ai très envie.

Cette envie la hissa sur la pointe des pieds. Elle se tendit vers lui, penchant la tête jusqu'à ce que ses lèvres soient assez proches pour que le souffle de Zac caresse son visage. Elle attendit, hésita.

Au diable la prudence.

Plaquant sa main contre la nuque de Zac, elle l'attira à elle. Leurs lèvres s'épousèrent et elle empoigna son T-shirt tandis que la mise en garde de Penny résonnait, tonitruante, dans sa tête.

Penny qui ?

Elle se concentra sur la douceur de ses lèvres parfaites posées sur les siennes et elle se pressa contre lui, avide du contact de son corps. Cela faisait si longtemps qu'elle se languissait d'affection, de la caresse des mains d'un homme ! Soudain, sa peau s'embrasa et, glissant ses bras autour de la taille de Zac elle l'attira un peu plus à elle. Jusqu'où pourrait-elle s'approcher de lui ? Quelle que soit la réponse, ce ne serait pas suffisant. Elle voudrait toujours plus.

S'arrachant à ses lèvres, il lui embrassa la mâchoire. Emma leva le menton, lui offrant son cou.

— Bien, l'encouragea-t-il.

— Penny dit que nous ne devrions pas faire l'amour, objecta-t-elle.

— Penny est une enquiquineuse.

D'autres baisers suivirent, plus fougueux encore, et les mains de Zac se glissèrent sous son chemisier. Il lui caressa le ventre.

Penny qui ?

— Vous pourriez avoir raison.

Apparemment, c'était tout ce qu'il attendait car il leva la tête et lui décocha son sourire ravageur de membre du country-club.

Puis, il s'attaqua aux boutons de son chemisier. Elle le laissa faire. Un bouton, deux boutons, trois boutons… Puis, celui-ci ouvert, ses mains se posèrent sur ses seins faisant un détour pour faire glisser le chemisier le long de ses bras.

Il la désirait, c'était délicieusement évident. Toutefois, il semblait éprouver plus qu'une simple attirance sexuelle. Peut-être était-ce la délicatesse de ses gestes ou cette brève hésitation, qui lui laissait une chance de suivre les consignes de Penny, mais quelque chose lui enjoignit de s'abandonner.

Penny qui ?

Il la poussa d'un geste taquin en direction de la chambre.

L'un de nous souffrira. Moi, probablement.

Néanmoins, en cet instant, consumée par le désir qui brûlait en elle, elle prit le risque. Tout ce temps où elle était restée spectatrice de la vie des autres… Si elle pouvait avoir une nuit qui lui soit consacrée, une nuit qui lui permette d'oublier tous ses problèmes et ses déchirements, une nuit d'extase, elle acceptait l'éventualité d'une nouvelle peine de cœur. En ce domaine, elle était devenue une experte.

Dans la chambre, Zac enleva son T-shirt et le lança. La lumière provenant du couloir projetait des ombres et le T-shirt flotta dans les airs, puis atterrit sur le dossier d'une chaise dans l'angle de la chambre.

Emma posa ses mains sur le torse de Zac, s'accordant un moment pour explorer sa peau si lisse. Oui, cela faisait trop longtemps. Fermant les yeux, elle laissa ce moment se prolonger afin qu'il soit gravé à jamais dans sa mémoire.

— Tu vas bien ? s'enquit-il

— Très bien. C'est seulement que…

Sa voix se mit à trembler et elle se tut.

Emma, tu ne vas pas perdre pied maintenant ?

Il s'écarta, prit son visage entre ses mains.

— Qu'y a-t-il ?

— C'est agréable. Et je ne me suis plus accordé de plaisir depuis si longtemps…

— Prendre du plaisir est une bonne chose.

Il la poussa doucement vers le lit.

Elle retint sa respiration, battant des bras tandis qu'elle basculait en arrière pour atterrir ensuite dans un souffle. Le procureur voulait s'amuser. Allongée sur le dos, elle plaça un pied sur son ventre et le repoussa.

— Tu vas le regretter, Zachary.

— Vas-y, Emma. Je t'attends.

Lentement, il souleva son pied puis fit courir ses mains le long de sa jambe, ses doigts frôlant son jean. C'était tellement bon. Peu à peu, quelque chose en elle céda et elle abandonna tout contrôle.

Il posa un genou sur le lit et s'attaqua au bouton de son jean.

— Je m'en charge.

Elle ouvrit la boutonnière, fit glisser la fermeture Eclair.

M. le Procureur se remit au travail. Il lui enleva son jean, ses mains dangereuses évoluant lentement au-dessus de ses jambes nues. Il leva les yeux et la lumière oblique provenant du couloir illumina son visage au sourire serein.

La poitrine d'Emma se contracta de nouveau. Elle était séduite. Totalement séduite.

Il me détruira.

Mais elle s'en moquait. Elle se redressa en position assise, agrippa la ceinture de son pantalon et tira dessus.

— Enlève-le.

Quelque chose se produisit alors. Comme une éruption d'énergie. L'air autour d'elle se chargea d'électricité. Sa peau fut parcourue d'un frisson et elle retint son souffle. A cet instant précis, Zac l'embrassa, sa langue produisant sur elle un effet magique. Avide de son contact, elle crispa les doigts sur ses épaules.

Zac s'écarta, il la fit se retourner et lui dégrafa son soutien-gorge. Elle se retourna de nouveau, portant toujours ses sous-vêtements, mais s'offrant à son regard. Même dans l'obscurité, les yeux bleus de Zac brillaient d'envie.

— Déshabille-toi, Zac. Je ne peux plus attendre.

Il éclata de rire mais s'exécuta. Comme elle aimait cela, un homme qui obéissait aux ordres ! Il tendit la main au-dessus d'elle en direction de la table de chevet et son érection exerça une pression sur sa jambe. Cela faisait vraiment un moment qu'elle n'avait pas vécu cela.

Le bruit de l'emballage qui se déchirait brisa le silence et Emma s'efforça de ne pas trop réfléchir : Zac gardait des préservatifs sur sa table de chevet, et elle n'était certainement pas la première femme dans ce lit.

Mais ne t'égare pas dans cette direction.

Quelques instants plus tard, il était revenu auprès d'elle, déposant une succession de baisers sur sa poitrine, ses mains expertes explorant ses seins et son ventre. Elle s'accrocha au lit, serrant la couverture. Toute cette attention finirait par la tuer.

Elle écarta les jambes et il se glissa entre elles. Seigneur ! Il était sublime ! Elle avait envie de cela, envie de lui.

Prenant son visage entre ses mains, elle l'attira vers elle et l'embrassa. Un long baiser langoureux. Puis il s'enfonça en elle et elle s'abandonna. C'était trop bon.

Ensemble, ils chavirèrent, ses jambes nouées autour de lui et ses mains caressant son dos puis son visage et son torse. Quand il prit appui sur ses coudes et qu'il entreprit de l'embrasser de nouveau, ce fut trop pour elle. Elle était restée seule depuis si longtemps…

Elle tint bon et s'accorda à son rythme, leurs corps parfaitement à l'unisson, puis son ventre se noua et elle poussa un soupir. Zac lécha la zone sensible derrière son oreille, la titillant. Alors, il accéléra la cadence, de plus en plus, jusqu'à ce qu'elle lâche complètement prise, que son esprit se dissolve et que son corps adopte un rythme frénétique. Elle ne désirait plus qu'une chose, prolonger ce moment avant l'inéluctable apothéose.

Trop tard.

Son monde explosa en un tourbillon d'éclairs lumineux et d'extase. Elle se concentra sur sa respiration, savourant le plaisir trop longtemps contenu. Son monde ne fut pas le seul à exploser. Zac s'effondra sur elle, le souffle court, tandis qu'elle promenait ses mains sur les muscles frémissants de son dos.

— C'est le moyen parfait pour mettre un terme à une mauvaise journée, déclara-t-il.

— Je confirme.

Après quelques instants, il roula sur le côté, emportant toute la chaleur avec lui, et le froid soudain donna la chair de poule à Emma. Zac leva son bras, l'invitant sans équivoque à se blottir contre lui. Elle ne s'en plaindrait pas. Elle se lova contre lui, glissant la main dans les poils blonds de son torse.

— Emma Sinclair, je ne vous voyais pas aussi câline.

— D'ordinaire, je ne le suis pas.

Quel effet la solitude n'avait-elle pas sur une femme !

— Donc, tu avais vu juste, Zac.

Il lui bécota le cou.

— Pour ma part, j'aime les câlins.

Cet homme est véritablement destructeur.

Néanmoins, elle l'entoura de ses bras et se serra contre lui. C'était normal. Naturel.

La perfection même.

Ne t'aventure pas sur cette voie, Emma.

La perfection n'existait pas. Du moins pas pour elle.

Elle posa la main sur la hanche de Zac, décrivant de petits cercles et se délectant de leur intimité.

— Il y a des repas dans le sac. Nous devrions manger.

— Il y a aussi à manger ?

Gros malin !

— Oui, il y a à manger. Et ensuite, le travail nous attend. Donc, pas de distractions.

Finalement, Zac se leva. Une part d'elle en éprouva de la déception. Que ne restait-il près d'elle, lui procurant un peu plus longtemps le sentiment d'être aimée ?

Elle sursauta intérieurement. Depuis quand était-elle devenue aussi dépendante ?

Peut-être depuis qu'elle avait été aussi longtemps privée d'affection.

Zac rassembla ses vêtements et enfila son pantalon.

Emma l'observa. Elle avait déjà envie de recommencer.

— Emma, cesse de me regarder ainsi ou sinon tu ne mangeras pas. Je te garderai dans ce lit toute la nuit.

Promesses. Promesses…

Zac remit son T-shirt et, à l'extérieur de la chambre, un portable sonna. Cette distraction fut la bienvenue pour le détourner de ses pensées charnelles et de l'envie de se remettre au lit.

— C'est mon téléphone, lui dit Emma.

— Je te l'apporte. Il est dans la poche de ton manteau ?

— Oui.

Il quitta la chambre en quête du téléphone et aussi pour accorder à son cerveau le temps de réfléchir à ce qui venait de se produire. C'était sans doute le meilleur moyen de ruiner sa carrière.

Toutefois, Emma Sinclair le valait amplement. Il ne pouvait en être autrement, car il n'avait jamais franchi la ligne jaune concernant son travail.

Mais, pour l'instant, il s'en moquait. Tout ce qu'il voulait, c'était Emma. Encore et encore.

Il prit le téléphone, attrapa le sac contenant les repas et s'engagea dans le couloir. Il réchaufferait le dîner pendant qu'elle s'habillerait, leur laissant à chacun un peu d'intimité. Lorsqu'il revint dans la chambre, elle avait déjà remis son chemisier.

— Ne t'habille pas pour moi, lança-t-il.

Elle lui donna une tape et se baissa pour ramasser son jean.

— Puis-je allumer la lumière ?

— Bien sûr.

Zac actionna l'interrupteur, illuminant la chambre. Emma avait les yeux fermés et les ouvrit lentement. Il imagina des réveils nonchalants à côté d'elle.

Du calme.

Il lui tendit le téléphone et elle consulta l'écran.

— Tiens, c'est bizarre.

— Quoi donc ?

— C'est un message de Penny. Voyons l'heure. Oh ! Oh ! Ça alors !

Ce devait être une bonne nouvelle, songea Zac. Il attendit. Allait-elle lui dire de quoi il s'agissait ? Et était-ce logique de se le demander ? De l'espérer ?

Est-ce que je sais ?

Au bout d'un moment, le silence devint embarrassant et il souleva le sac.

— Je vais réchauffer le repas.

Finalement, Emma releva la tête.

— Zac ?

— Oui ?

— Elle a reçu un appel de Ray Gardner.

Bon sang !

S'il avait voulu le décharger de l'affaire, il le lui aurait dit. Quoique. Ray était plutôt furieux contre lui lorsqu'il avait quitté le bureau.

— Ray est mon supérieur.

— Il affecte un enquêteur du bureau du procureur à l'affaire de Brian.

L'air afflua de nouveau dans les poumons de Zac. Etait-ce dû au soulagement ou à la satisfaction ? En tout cas, son patron s'était racheté. S'appuyant contre le chambranle, il fixa le visage d'Emma où s'affichait un sourire hésitant. Des larmes emplirent ses yeux et elle cligna des paupières pour les réprimer.

— Tu as le droit d'être heureuse. Tu as travaillé tellement dur pour y arriver.

— Je sais. J'ai seulement du mal à y croire. Enfin, quelqu'un m'écoute.

— Et c'est le fruit de ton travail acharné.

Il leva le sac.

— Je m'occupe du repas. Prends ton temps.

Il se retourna. Sinon, elle allait lui poser des questions à propos de cet enquêteur. Il devait sans délai — peut-être même était-il déjà trop tard — séparer son travail et ce dossier de ses sentiments pour Emma. Tout cela était trop entremêlé et confus.

— Zac ?

Il passa la tête à la porte et elle brandit le téléphone.

— As-tu quelque chose à voir avec l'affectation d'un enquêteur à cette affaire ?

— Il se peut que je l'aie suggéré, par précaution.

— Tu penses que mon frère est innocent ?

Problème.

L'homme amoureux était d'accord avec elle, mais le procureur voulait croire que le jury avait vu juste et qu'il n'avait pas condamné un homme innocent. En même temps, il n'était pas nouveau dans le métier. Avant Brian Sinclair, d'autres innocents avaient été envoyés en prison, il le savait pertinemment.

Il tapota contre l'encadrement de la porte. Les grands yeux bruns d'Emma étaient emplis d'espoir.

— Je pense qu'il y a des incohérences dans le dossier de Brian qui méritent que l'on s'y intéresse.

Si elle fut déçue, elle ne le montra pas. Emma Sinclair était un roc. Il devait cependant dire quelque chose. Même s'il n'était pas disposé à admettre que Brian pouvait être innocent, il devait dire quelque chose. Là était le problème.

— Emma…

Levant les mains, elle afficha un sourire fugace qui trahissait son dilemme.

— Pas de souci. Tu es procureur. Je sais en quoi consiste ton travail. Merci d'avoir suggéré l'affectation d'un enquêteur. Personne n'avait fait ça depuis le début de ce cauchemar. Cela signifie beaucoup pour moi. Lorsque tout ça sera terminé, tu auras la preuve que Brian est innocent.

Il l'espéra sincèrement, pour le bien d'Emma.

12

Après son cours du mercredi matin, Emma prit le chemin du restaurant italien préféré de sa mère, un endroit discret situé près de l'United Center. Avec son emploi du temps surchargé, sa mère et elle n'étaient pas parvenues à trouver une date pour sortir dîner. Elles avaient donc reporté le rendez-vous à l'heure du déjeuner.

Tout en conduisant, Emma monta le volume de la radio et se mit à chanter. Arrivée au feu, chantant toujours à tue-tête, elle jeta un coup d'œil à la voiture arrêtée à sa hauteur : un jeune homme portant une casquette de base-ball riait d'elle.

Et alors ?

Elle leva les bras et se trémoussa. Riant toujours, il secoua la tête et lui fit signe d'avancer. C'était amusant. Cela faisait longtemps qu'elle ne s'était pas autorisée à se détendre, à ne pas tout prendre au sérieux.

C'était à mettre sur le compte de ses orgasmes… multiples. Grâces en soient rendues à Zachary Hennings. Elle ne cessait de penser à lui. Un véritable tombeur.

Attention, Emma. Méfie-toi.

Elle trouva une place de stationnement à un pâté de maisons du restaurant. Ce n'était pas un mauvais jour pour une petite balade. Même si la température n'avait toujours pas dépassé les cinq degrés, la chaleur du soleil l'enveloppa. C'était agréable, après l'hiver rigoureux qu'ils venaient de subir. Au-dessus d'elle, quelques oiseaux se mirent à pépier dans le ciel bleu qui s'étendait à perte de vue. Elle s'arrêta, renversa la tête, et l'odeur humide de ce début de printemps lui chatouilla les narines.

Deux années de sa vie lui avaient échappé. Deux années écoulées sans qu'elle s'accorde quelques instants pour apprécier une belle journée ou pour chanter une chanson à tue-tête. Deux années qu'elle avait vécues oppressée par l'accusation portée à tort contre son frère.

Exemple typique de ce qu'était devenue sa vie, le hurlement strident d'une sirène de police vint interrompre ce délicieux moment. Curieuse, elle se retourna : une voiture de police venait d'arrêter un véhicule au carrefour. Une voiture ressemblant à s'y méprendre à celle de sa mère.

Oh ! Ce n'était pas possible !

Sa mère se décidait enfin à sortir de chez elle et elle se faisait arrêter ? Et pour quelle raison ? Elle respectait scrupuleusement les limites de vitesse. Tout ce que l'on pourrait lui reprocher serait, à la rigueur, de conduire trop lentement.

Emma s'approcha et, en effet, c'était bien sa mère qui se trouvait sur le siège du conducteur. Le policier ne lui avait pas encore ordonné de sortir de la voiture et elle fouillait dans la boîte à gants, probablement à la recherche des papiers du véhicule. Emma frappa à la vitre du côté passager. Sa mère sursauta, leva les yeux et posa une main sur sa poitrine.

— Ouvre la vitre, lui dit Emma.

Sa mère s'exécuta et Emma passa la tête par la portière.

— Que se passe-t-il ?

— Je l'ignore. Il m'a simplement fait signe de m'arrêter.

— As-tu grillé un feu ou fait autre chose ?

Sa mère lui lança un regard incrédule. Peut-être le moment était-il mal choisi, mais Emma ne put s'empêcher de rire.

— Désolée. C'est une question idiote.

Le policier s'avança vers elle. Emma se redressa.

— Bonjour, monsieur l'agent.

— Eloignez-vous du véhicule, je vous prie.

Il portait un blouson léger, manifestement doublé d'un gilet pare-balles. A Chicago, ce serait folie pour un policier de ne pas en porter, se rappela Emma.

— C'est ma mère. Nous avons rendez-vous pour déjeuner.

— Bien, mais éloignez-vous du véhicule.

Le regard du policier se fit plus menaçant.

— Bougez-vous. Obtempérez.

Que se passait-il ?

Un second policier sortit de la voiture de police et s'avança vers elle à son tour.

— Madame, écartez-vous, s'il vous plaît.

— Tout va bien, Emma, la rassura sa mère.

Le second policier pinça les lèvres, regarda son collègue et lui fit un léger signe de tête.

Emma les fusilla tous deux du regard.

— Pourquoi l'arrêtez-vous ?

— Feu arrière cassé. Permis et papiers du véhicule, je vous prie.

Emma contourna le second policier pour contrôler les feux arrière. Tous deux étaient intacts.

— Ils sont parfaits.

Le premier policier repartit d'un pas nonchalant vers l'arrière de la voiture et désigna le feu arrière du côté conducteur.

— Celui-ci est grillé. Je l'ai constaté quand elle a tourné.

— Maman, freine.

Les deux feux arrière s'allumèrent. Emma décocha au premier policier un regard dur, le mettant au défi de la contredire.

— Il semble que vous ayez tort.

Le policier haussa les épaules.

— Il doit y avoir un faux contact. Mieux vaut le faire contrôler avant qu'elle n'ait un accident, « Emma ».

Il prononça son prénom sur un ton sarcastique en étirant les « m ».

Soudain, elle eut une révélation. Sa mère n'avait aucun feu arrière cassé. Ce qu'elle avait, c'était une fille qui nuisait à la réputation des services de police de Chicago. Cela leur déplaisait manifestement car, non seulement ils avaient ordonné à sa mère de se ranger en inventant une infraction au Code de la route, mais ils avaient également laissé entendre qu'elle pourrait avoir un accident.

Cela, Emma ne le tolérerait pas. Elle rejeta les épaules en arrière et releva la tête.

— Nous menacez-vous ?

Le policier mit une main sur sa poitrine, feignant d'être horrifié, et le sang d'Emma ne fit qu'un tour. Elle eut envie de passer par-dessus la voiture pour le rouer de coups, le laissant sans connaissance pour le punir d'être un imbécile.

Le second policier s'adressa à sa mère de l'autre côté de la voiture.

— Madame, nous vous laisserons repartir aujourd'hui avec un simple avertissement, mais vous devrez faire contrôler ce feu.

Un avertissement. C'était le cas de le dire.

Le second policier passa devant Emma et il retourna à leur voiture. Elle se concentra sur le nom inscrit sur son badge.

Collins.

Elle reporta son attention sur l'abruti numéro un. Elle n'avait pu relever son nom mais elle connaissait celui de son coéquipier. Elle les retrouverait.

L'abruti numéro un la salua.

— Bon appétit, « Emma »

Avec tous les crimes perpétrés dans une ville de la taille de Chicago, ces sales types n'avaient rien de mieux à faire que de harceler une veuve dont le fils était en prison pour un crime qu'il n'avait pas commis.

En dépit de l'air frais, Emma était en nage. Ils ne harcelaient pas sa mère. C'était elle qu'ils harcelaient. D'abord, il y avait eu cet inspecteur venu chez elle, et maintenant ceci.

La voiture de police s'éloigna. De toute évidence, c'était un coup monté. Ces deux flics n'avaient pu tomber par hasard sur sa mère, en plein Chicago. Ils l'avaient donc suivie depuis chez elle, puis fait arrêter pour la contrôler et lui causer des ennuis.

La colère faisait bouillir Emma, mais elle s'efforça de n'en rien montrer à sa mère. Ce serait trop d'honneur pour ces maudits policiers

Elle se baissa et, par la vitre restée ouverte, s'adressa à sa mère.

— Tu vas bien ?

— Très bien. Je ne comprends pas ce qui s'est passé avec ce feu arrière. Je vais devoir le faire contrôler.

Emma réprima un soupir. Elle n'allait pas dire la vérité à sa mère alors que celle-ci commençait enfin à sortir de sa dépression. Une fois de plus, elle n'avait d'autre choix que de mentir.

Elle ouvrit la portière et se glissa sur le siège.

— Je m'en occuperai. Trouvons une place de stationnement et profitons de ce déjeuner. Peut-être pourrons-nous même prendre un verre de vin ? Qu'en dis-tu ?

— Pourquoi pas, après tout ?

Très bien et, juste après le déjeuner, elle appellerait son avocate et lui parlerait de ce harcèlement policier. Penny démarrerait au quart de tour, se délecta Emma.

Le juge prit pitié et prononça une suspension de séance jusqu'au lendemain. Zac n'y vit aucun inconvénient. Il traîna son chariot bondé hors de la salle d'audience. Il était 14 heures et il n'avait toujours pas déjeuné. Son taux de glycémie en chute libre se rappela à lui par le biais d'une douleur lancinante à la tête. Une fois qu'il aurait déposé le chariot dans son bureau, il irait manger un morceau au restaurant du coin. Ensuite, il étudierait les dossiers du lendemain.

Dans la poche droite de sa veste, son portable — sa ligne personnelle — se mit à sonner.

Il consulta l'écran. Penny.

— Salut.

— Zachary. Je me suis dit que tu aimerais savoir que je m'apprête à déposer une plainte contre la municipalité de Chicago.

Zac leva les yeux au ciel.

— Je t'écoute, Penny. Quel est l'objet de ta plainte ?

— Son point de départ est le harcèlement par la police de Chicago d'Emma Sinclair. A partir de là, je suis sûre que je mettrai au jour de nombreuses autres infractions à la loi.

Le mal de crâne de Zac s'exacerba et il ferma les yeux. A quoi diable Penny faisait-elle allusion ? Que s'était-il passé ?

Arrivé devant les ascenseurs, il se réfugia contre un appui de fenêtre. Le soleil de l'après-midi dardait ses rayons et Zac se plaça sur leur trajectoire afin d'en absorber la chaleur.

— Emma et sa mère avaient rendez-vous pour déjeuner et Mme Sinclair a été arrêtée pour un feu arrière cassé. Et devine quoi, Zachary ?

Le mal de tête devint soudain insoutenable, son crâne menaçant d'imploser.

— Il n'y avait pas de feu cassé ?

— Excellente déduction.

— Emma était avec elle ?

— Elles devaient se retrouver au restaurant. Emma venait de se garer et elle a assisté à toute la scène.

— Qu'ont dit les policiers ?

Lisant manifestement ses notes, Penny récita tout ce que lui avait rapporté Emma. Il resta silencieux, absorbant toute l'information, ignorant la tension de son dos et restant concentré tandis que la chaleur du soleil lui donnait des envies de vacances.

— Attends. Reprends la partie à propos de l'accident. Ils lui ont dit qu'elle aurait un « accident » ?

— Ils l'ont insinué, oui.

Il y eut un bruit de papiers à l'autre bout de la ligne.

— Ils ont dit qu'elle devrait le faire contrôler avant qu'elle n'ait un accident.

Cela le mit hors de lui. C'était une chose que de demander à un véhicule de s'arrêter, mais de là à insinuer que quelqu'un serait blessé…

Erreur monumentale.

Zac se redressa, étirant les épaules pour détendre son dos.

— Tu es certaine que ce sont leurs propos ? Pas une paraphrase ?

— Oui. C'est ce qu'a dit Emma. Sa mère l'a entendu.

— Je m'en charge.

— Mettez-le en attente, dit Penny à une autre personne. Eh bien, que dis-tu de cela ? reprit-elle. Le *Herald Tribune* me rappelle sur l'autre ligne.

Bon sang, Penny!

— Tu as pris contact avec la presse ?

— J'allais me gêner. J'ai fini de jouer. Je dois te laisser.

La ligne devint muette et Zac serra le téléphone à s'en briser une articulation. Ce maudit dossier. Il ne lui laisserait donc aucun répit. Les témoins. Emma qui recevait des menaces. Ça, il ne le supportait pas. Emma... avec qui il avait l'amour la nuit précédente, pour la première fois. Mais il comptait bien que ce ne soit pas la dernière.

Soudain, la réalité le rattrapa cruellement : il était en train de tout mélanger. Le travail, ses sentiments. Sa sœur, Emma, la mère d'Emma...

— Mais qu'est-ce que je fais ?

Il pencha la tête pour l'exposer au soleil : cela apaiserait peut-être son cerveau en ébullition.

Peine perdue.

Et puis, il avait faim.

Il rouvrit les yeux. En contrebas de la fenêtre, la rue grouillait de monde et un afflux régulier de piétons entrait et sortait du bâtiment. Le camion à sandwichs était toujours stationné au bord du trottoir.

Il devait parer au plus pressé. Il allait descendre s'acheter à manger puis regagner son bureau. Ensuite, il appellerait Emma et lui demanderait sa version de l'histoire.

Après quoi, il distribuerait quelques semonces.

Du moins avait-il un plan à court terme.

Un excellent plan. Etant donné la tournure que prenait cette affaire, ce plan serait probablement réduit à néant dans les cinq minutes qui suivraient mais, dans l'immédiat, il ferait l'affaire.

Après avoir avalé son sandwich et s'être installé à son bureau, Zac prit trois ibuprofènes. C'était excessif, mais le martèlement dans sa tête était intolérable.

Il appela Emma sur son portable. Messagerie. Elle était peut-être déjà à son travail.

Ensuite il composa le numéro de l'inspecteur Leeks. Si Leeks voulait la guerre des nerfs, il la lui livrerait. Il ne laisserait pas ce salaud menacer Emma. Pas sans lui rendre la monnaie de sa pièce, et il disposait d'assez de force de frappe pour retenir l'attention de l'inspecteur.

Encore une messagerie. Il attendit le bip.

— Inspecteur Leeks, ici le procureur adjoint Zac Hennings. Arrangez-vous pour que votre fils soit dans mon bureau demain matin à 9 heures S'il ne s'y présente pas, je l'assignerai à comparaître. A vous de voir, inspecteur.

Satisfait du message, il raccrocha. Voilà qui mettrait un coup de pied dans la fourmilière.

— Que diable faites-vous ?

Ray entra dans son bureau, le visage empourpré. Lorsqu'il referma la porte derrière lui, Zac s'attendit au pire. C'était souvent le prélude à une exécution sommaire.

— Vous n'êtes pas enquêteur, que je sache. C'est son rôle, et non le vôtre, d'interroger les témoins. Vous voulez entendre des réponses de la bouche du fils de Leeks ? Vous pourrez toujours assister à l'interrogatoire de la pièce voisine.

Ray s'interrompit afin de reprendre son souffle.

— J'ignore ce qui vous arrive, mais vous êtes trop impliqué. Cela altère votre jugement.

Zac se leva et fixa son supérieur dans les yeux. Fidèle à lui-même, il ne recourrait ni aux hurlements, ni aux sarcasmes, ni à l'arrogance. Il se contenterait d'énoncer les faits, comme il le faisait toujours.

— Ce qui altère mon jugement, ce sont les menaces proférées à l'encontre de témoins par des inspecteurs et des agents de police. La mère d'Emma Sinclair a été sommée d'arrêter son véhicule aujourd'hui sur la base d'une infraction inventée de toutes pièces, concernant un feu arrière prétendument défectueux. Emma Sinclair était présente et l'agent lui a dit qu'elles feraient mieux de le faire réparer avant que sa mère ne soit blessée.

Ray soupira.

Eh oui, mon vieux, nous en sommes là.

— Aussi, si je suis excédé, c'est parce que j'en ai assez de ce petit groupe de tête brûlées de la police de Chicago. Nous devons faire venir ici le fils de Leeks et lui demander s'il portait une chemise blanche la nuit où Chelsea Moore a été assassinée. C'est aussi simple que cela.

Ray fit un geste d'apaisement.

— D'accord. D'accord. Détendez-vous. Faisons venir le fils de Leeks demain matin. Nous demanderons à l'enquêteur de l'interroger. Un simple entretien, rien de trop violent, et nous verrons ce qu'il en ressort. Donnez-moi la liste des questions que vous voulez qu'il lui pose.

— Ray…

— C'est le mieux que je puisse faire. Il est hors de question que je vous laisse interroger ce jeune homme. Et je ne vous laisserai pas non plus entrer dans la pièce. Quel que soit le différend qui vous oppose à l'inspecteur Leeks, je ne laisserai pas les choses dégénérer en ma présence. Rendez-nous service à tous les deux en levant le pied. C'est compris ?

Zac ne répondit pas.

— Je considérerai cela comme un oui.

Ray sortit du bureau et Zac se mit à bougonner. Lever le pied ? Ray lui confiait un dossier explosif et, dès l'instant où il mettait au jour des manœuvres douteuses, il était supposé faire machine arrière ? N'étaient-ils pas censés justifier la victoire politique du nouveau procureur d'Etat, une femme qui, dans sa campagne, avait prôné l'intégrité dans une ville rongée par la corruption ?

Que Brian Sinclair soit coupable ou pas, cette affaire méritait d'être révisée. La justice l'exigeait. Une justice pour Chelsea

Moore, pour Brian Sinclair, et pour Emma qui menait cette bataille depuis si longtemps.

Zac soupira. Peut-être ses émotions entraient-elles en ligne de compte mais quelqu'un devait découvrir la vérité. Ne serait-ce que pour comprendre ce qui était arrivé à une jeune femme dans une ruelle sombre.

Zac voulait des réponses.

Quelles qu'elles puissent être, il les voulait.

Trente minutes avant l'heure de la fermeture, Emma se tenait au bar, attendant la commande de boissons de ses clients, lorsque Zac entra dans le restaurant. Aussitôt, un profond soulagement la gagna. La présence de Zac avait le don d'apporter un sentiment de réconfort et de sécurité dans sa vie qui manquait singulièrement de l'un comme de l'autre.

Il l'aperçut, pencha la tête, et leurs regards se croisèrent. Cette fois, elle ne fut pas prise de panique. Après l'incident survenu à midi, elle s'attendait presque à son arrivée. Penny avait raison à propos de son frère. Il était prévisible.

Mais quelque chose en lui paraissait étrange. A cette heure tardive, il portait encore son costume, moins la cravate. Son bouton de col était ouvert et sa veste aurait eu besoin d'être déposée au pressing. Il avait plaqué un sourire sur son visage, mais ses épaules étaient voûtées et c'était une chose qu'elle n'avait jamais remarquée chez lui. Zac entrait systématiquement dans une pièce la tête haute et les épaules rejetées en arrière, une aura de puissance et de maîtrise émanant de toute sa personne. Là, cette aura brillait par son absence.

Emma posa les boissons sur son plateau et fit un détour en direction de Zac avant de rejoindre la table de ses clients.

— Bonsoir, dit-elle, je parie que tu es partant pour un autre de nos brownies.

— Je me suis dit que je t'escorterais jusque chez toi suite à l'incident de ce midi avec les policiers.

Elle hocha la tête, reconnaissante.

— J'en serai ravie. Tu sembles triste, « Zachary ».

Sa boutade lui arracha un sourire.

Quand rien d'autre ne marche, essaie la voix de Penny.

— Je vais bien. Je suis seulement fatigué.

— Est-ce que tout va bien ?

Il jeta un regard circulaire au restaurant pratiquement désert.

— Oui.

Elle fit un signe de tête en direction du bar.

— Assieds-toi. Je t'envoie un brownie.

A peine l'ombre d'un sourire. C'était évident, il souffrait. Elle déposa leur commande à ses clients et retourna en cuisine prendre le dessert de Zac. En chemin, elle croisa l'hôtesse, une nymphette blonde très sexy, qui rôdait autour du bar.

Pas touche à mon homme, chérie.

Quoique, vraiment, elle ne pouvait blâmer la jeune fille. Même fatigué, Zac était incroyablement attirant.

Sa collègue et amie Kelly fit son apparition dans la cuisine et lui donna une tape, du revers de la main, sur les fesses.

— Je vois que le procureur sexy est de retour. On dirait que Mlle Emma a un petit ami.

Emma leva les yeux au ciel.

— Emma a quelqu'un. Elle n'est pas sûre que l'on puisse le qualifier de petit ami, mais il a sur elle un effet prodigieux. Et c'est tout ce que je te dirai, inutile de m'en demander plus.

— Allez. Dis-m'en un peu plus. Un tout petit peu plus.

Emma mit le brownie de Zac au micro-ondes et sourit.

— Il a un corps sublime.

— Vous avez fait l'amour. Je le savais !

La sonnerie du micro-ondes retentit. Elle retira le brownie, lui ajouta une boule de glace et termina par de la sauce au chocolat, de la crème fouettée et une cerise. Il allait adorer.

— Au revoir, Kelly.

— Oh ! Allez !

Elle poussa la porte de la cuisine, tourna en direction du bar et déposa le brownie devant Zac.

— Et voilà, beau gosse, je l'ai fait moi-même.

Elle se pencha et passa une main sur ses épaules. Elles étaient tendues à l'extrême.

L'homme avait besoin de se déstresser.

— Il semble que tu aies eu une nouvelle journée difficile, j'ai donc rajouté de la glace. Je n'aime pas te voir triste. Ce n'est pas toi.

— Je vais bien.

Ça ne pouvait être vrai. Cependant, elle devait encore s'occuper de deux tables. Elle repoussa donc à plus tard les questions.

— Il me reste des clients. Bon appétit.

Une heure et demie plus tard, Emma se gara dans sa minuscule allée et Zac stationna derrière elle, bloquant momentanément le trottoir. Elle était de retour chez elle. Saine et sauve. Quelle journée ! songea-t-elle.

Elle avait appelé sa mère à plusieurs reprises dans la soirée et tout était calme. Il n'y avait pas de policiers tapis dans le voisinage.

Zac lui ouvrit la portière et lui tendit la main.

— Merci, monsieur.

— Je t'en prie. Tu m'as offert un brownie. C'est le moins que je puisse faire.

Une fois descendue de voiture, elle fit mine de retirer sa main, mais il entremêla ses doigts aux siens. Ils s'avancèrent ainsi vers la porte et Emma ralentit le pas, pour prolonger le moment. A quand remontait sa dernière promenade avec un homme, main dans la main ? Etait-il pathétique qu'un geste aussi simple puisse la faire rêver à ce point ?

La solitude l'avait apparemment privée de son bon sens car il était plus que probable qu'un odieux inspecteur les observait et qu'il prenait note du geste tendre du procureur.

Arrivée à la porte, elle s'arrêta et fit face à Zac.

— Merci de m'avoir raccompagnée.

Pendant un instant, il contempla simplement son visage puis il lui caressa la joue du revers de sa main.

— Tu aurais dû m'appeler, ce midi. Je t'aurais aidée.

Elle haussa les épaules.

— J'ai eu envie de le faire.

— Et ?

— Je n'ai pas réussi à déterminer si je t'appelais parce que tu étais le procureur en charge du dossier de mon frère ou parce que tu étais l'homme avec qui j'avais couché la nuit précédente. C'était déroutant.

Il ôta sa main de son visage.

— C'est certain.

— Que s'est-il passé, Zac ? Pourquoi es-tu triste ?

— Je ne suis pas triste. Je suis frustré. Mon patron pense que me suis laissé impliquer émotionnellement dans cette affaire et je ne peux le contester.

Il poussa un long soupir.

— C'est difficile à admettre, pour un avocat.

— Je l'imagine.

Il se pencha et déposa un baiser léger sur ses lèvres.

— Je m'inquiète pour toi, Emma. Je ne m'en excuserai pas. Je suis debout sur ce perron tout en sachant pertinemment que quelqu'un peut nous observer. Mais je ne suis pas sûr que cela m'importe car je n'ai rien fait d'autre que mon travail.

Rêvait-elle ? Sans doute. Il n'était pas concevable qu'une telle chose lui arrive. Qu'un tel homme entre dans sa vie, quelqu'un qui se batte pour elle, qui prenne soin d'elle et qui l'amène à penser que la vie n'était pas, après tout, qu'une succession de crises à gérer les unes après les autres.

— Mais je ne veux pas que tu risques ton poste pour moi. C'est la raison pour laquelle je ne t'ai pas appelé aujourd'hui. Ce n'est pas juste pour toi. Penny maîtrise la situation.

— Je le sais. Mais le fils de Leeks vient au bureau demain. C'est ce qui m'a valu d'être réprimandé.

— Oh ! Zac.

Il haussa les épaules.

— J'étais énervé. Je savais que, ce midi, les policiers avaient agi à l'instigation de Leeks. J'ai voulu lui mettre la pression. Ray m'a entendu au téléphone et il m'a remonté les bretelles.

— Je suis désolée.

— Il faut que quelqu'un le fasse, Emma. Ce n'est que justice. Quelqu'un doit interroger ce gamin sans que son père n'oriente l'entretien.

Une femme ne pouvait qu'aimer un homme prêt à se dresser contre l'establishment.

— Je suis évidemment d'accord, Zac, mais ce n'est peut-être pas à toi de le faire.

— Ce n'est pas moi qui le ferai. Ray m'a ordonné d'oublier cela. Sur le moment, ça m'a encore plus énervé. Mais en fait, il a raison. Je dois être prudent. Quelqu'un de neutre doit interroger ce jeune homme et je ne suis plus impartial. Pas avec ce que j'éprouve pour toi et encore moins avec ce que je ressens pour ce salaud de Leeks.

Emma leva les mains au ciel.

— Tout doux, monsieur le procureur. Je t'interdis de ruiner ta carrière pour moi. La culpabilité me rongerait et, ensuite, je passerais les deux années à venir à trouver le moyen de te sauver, toi aussi.

Elle esquissa un sourire.

— Je suis un peu fatiguée de sauver tout le monde. C'est un travail épuisant.

Il l'attrapa par le cou et l'embrassa. Un baiser fougueux, torride, qui fit déferler la passion en elle.

Je suis folle de lui.

Depuis qu'il était entré dans sa vie, elle ne se sentait plus aussi seule ni autant en guerre contre le monde entier. La compagnie de Zac lui procurait quiétude et sérénité. Comment faisait-il cela ? Elle l'ignorait, mais il était de ces hommes qui insufflaient de l'espoir à autrui.

La porte d'entrée s'ouvrit.

— Oh !

Emma sursauta et se retourna. Sa mère ! Elle semblait horrifiée.

— Je suis vraiment désolée, s'excusa-t-elle.

— Il n'y a pas de souci, maman. Je voudrais te présenter quelqu'un. Voici Zac Hennings. Le frère de Penny.

Le regard de sa mère glissa de l'un à l'autre.

— Il est le…

Le procureur.

— Oui.

Zac tendit la main.

— Madame Sinclair, ravi de vous rencontrer. Vous avez une fille incroyable.

— Je suis d'accord avec vous sur ce point.

La mère d'Emma lui serra la main.

— Enchantée. Merci pour tout ce que vous avez fait. Ce doit être embarrassant.

Emma toussota.

Comme si elle venait seulement de prendre conscience de sa bévue, sa mère écarquilla les yeux.

— Je veux dire, que Penny soit notre avocate. Pas…

Elle se passa la main sur le front.

— Je pense que je vais refermer cette porte. Je suis désolée, Emma. Je t'ai entendue te garer et je me demandais où tu étais passée. J'ignorais que tu avais de la compagnie.

— Zac est venu me retrouver au restaurant. Il ne voulait pas que je rentre seule.

Un léger sourire se dessina sur le visage de sa mère.

— Merci de prendre soin d'elle.

— Pas de problème, madame.

Il exerça une pression sur le bras d'Emma.

— Je ferais mieux d'y aller. La journée de demain promet d'être mouvementée.

Le fils de Leeks.

— C'est vrai. Merci de m'avoir raccompagnée.

Elle ne lui demanderait pas de la tenir informée. Il était toujours la partie civile et elle, la défense.

Déroutant.

Par ailleurs, Penny avait ses espions et elle lui rendrait compte de l'entretien.

Zac hocha la tête.

— Assure-toi de fermer à clé. Je t'appellerai demain.

13

Ben Leeks fils était encore plus sournois que son père, pesta Zac. Une vraie petite racaille !

Zac l'observait sur un écran géant, installé dans un bureau adjacent à la salle de conférences où les enquêteurs « conversaient » avec le rejeton de Leeks.

Il fulminait en silence. Tout, dans l'attitude de ce morveux, sa posture désinvolte, ses mimiques railleuses, tout était abject. Du moins était-il vêtu d'un pantalon et d'une chemise destinés à faire bonne impression, probablement sur les conseils de son avocat. Mais ce gamin savait avec certitude qu'il repartirait libre, même s'il était coupable.

Son père y veillerait.

Et il ne répondait à aucune question, contournait, éludait, son avocat acquiesçant à chacune de ses manœuvres.

Ray se tenait debout près de Zac, étudiant l'écran.

— Il ne nous apporte rien.

— Non, parce que son avocat l'en empêche. Ils ont admis qu'il se trouvait dans la boîte et qu'il était reparti avec un groupe de personnes. Nous le savions avant qu'il n'entre ici. Nous devons insister davantage, voir si Chelsea et lui se sont disputés ce soir-là.

Ray ignora cette remarque. Zac n'en fut pas étonné. Il lui avait clairement fait comprendre qu'il n'avait aucun intérêt à insister.

Zac concentra son regard sur l'écran et sur le fils à la stature imposante de Leeks. Lui-même fréquentait la salle de sport quatre ou cinq fois par semaine, il soulevait des haltères, et pourtant le suspect était au moins deux fois plus musclé que lui. Sa musculature était impressionnante.

Anormale.

— Demandez-lui s'il utilise des stéroïdes.

— Pardon ?

— Les amis de Chelsea nous ont dit qu'il était violent. Regardez ce corps. Il est énorme. S'il prend des stéroïdes, Chelsea a peut-être été victime de « la rage des stéroïdes ».

Ray soupira.

— Ce sont des choses qui arrivent.

— Je vais demander à l'enquêteur de lui poser la question. Juste après, nous lui ferons admettre qu'il portait une chemise blanche ce soir-là.

Comme par hasard, le fils de Leeks ne put se rappeler de quelle couleur était la chemise qu'il portait le soir où Chelsea était morte.

Le téléphone de Zac sonna. C'était Beth, son assistante.

Bizarre.

Ils étaient dans le même couloir. Pourquoi ne venait-elle pas le trouver directement ?

— Je dois prendre cet appel.

Il sortit répondre dans le couloir.

— Bonjour, Beth. Que se passe-t-il ?

— Désolée de vous déranger. Aviez-vous un rendez-vous ce matin ?

Zac passa mentalement en revue son agenda. A part le tribunal l'après-midi, il n'avait que l'interrogatoire de Leeks.

— Je ne pense pas. Pourquoi ?

— Un certain Stanley Vernon demande à vous voir.

Zac releva vivement la tête. Stanley Vernon. Le témoin vedette du ministère public.

— Il n'a pas cité votre nom, mais il veut parler au procureur en charge du dossier Sinclair.

Un afflux de sang monta au cerveau de Zac et il secoua la tête.

Stanley Vernon.

— J'arrive immédiatement. Enfermez-le dans mon bureau s'il le faut, mais ne le laissez pas repartir.

Il raccrocha puis passa la tête à la porte du bureau où Ray continuait de suivre l'interrogatoire de Leeks.

— Je dois partir.

Ray haussa les sourcils, affichant cette mimique péremptoire dont Zac était coutumier.

— Je sais que c'est mon affaire, mais j'ai soudain le témoin clé de l'accusation qui veut me rencontrer.

— Il est ici ?

— A la réception.

Ray le libéra d'un signe de tête.

— Allez-y. Ne vous plantez pas.

Merci pour la confiance.

— Ce n'est pas ce que je préférerais.

Pour changer, Ray se mit à rire. C'était un progrès, après les quelques jours chargés de tension qu'ils venaient de vivre.

Renonçant à faire un détour par son bureau pour prendre sa veste, Zac se précipita dans le couloir en direction de l'accueil.

Beth l'aperçut et lui désigna Stanley Vernon, un homme d'âge moyen, de taille normale. Mince, les épaules voûtées, il était vêtu d'un coupe-vent et d'un jean, et il affichait l'accablement de quelqu'un qui porte un lourd fardeau.

Dans ses mains, il tenait une casquette de vendeur de journaux qu'il tournait puis retournait sans relâche. Oh oui ! quelque chose pesait assurément sur la conscience de cet homme.

Une certaine tension gagna Zac.

Du calme.

Il lui tendit la main.

— Monsieur Vernon, je suis Zac Hennings. Le nouveau procureur en charge du dossier Sinclair.

— Hennings ?

— En effet, monsieur.

Manifestement, Vernon connaissait son nom.

— Vous avez rencontré ma sœur l'autre jour, reprit Zac. Elle est l'avocate de la défense sur cette affaire.

Vernon écarquilla les yeux.

— C'est… Différent.

Sans rire.

— Ça l'est, certainement.

Zac invita l'homme à le suivre dans le couloir.

— Allons en discuter en privé.

De retour dans son bureau, Zac referma la porte derrière eux tandis que Vernon contemplait les dossiers alignés dans la pièce.

— Vous êtes en charge de toutes ces affaires ?

— Oui.

— C'est incroyable.

— Nous vivons dans un monde de fous.

Zac s'installa tranquillement dans son fauteuil.

— Que puis-je faire pour vous ?

Vernon fixa sa casquette, la retourna encore.

— Je, euh…

Il releva la tête et regarda Zac droit dans les yeux, l'air désespéré. Le martèlement dans le crâne de Zac reprit de plus belle. Ce que cet homme avait à dire le mettait au supplice.

— Monsieur Vernon, confiez-vous à moi. Je vous assure que j'ai sans doute déjà entendu pire.

Espérant apaiser la tension qui emplissait soudain la pièce, il esquissa un sourire.

— Vous pouvez me faire confiance.

De nouveau, la casquette en mouvement.

— Votre sœur et cette demoiselle Sinclair…

— Oui, eh bien ?

— Elles m'ont posé des questions. Ça m'a amené à réfléchir à propos de ce soir-là.

Nous y voilà.

— Poursuivez.

— Je marchais dans la ruelle. C'était très bruyant. La porte de la boîte de nuit était ouverte et les clients faisaient la queue pour entrer. Entre les discussions et la musique provenant de l'intérieur, je ne pouvais pratiquement rien entendre.

— Je vois.

— J'ai bien vu quelqu'un dans la ruelle. Un homme. J'en suis certain, c'était un homme.

— J'ai lu cela dans votre déposition.

Zac ne lui apporterait aucune aide. Vernon devait confesser ce qu'il avait sur le cœur sans rappel ni assistance.

— Votre sœur. Elle m'a interrogé à propos de la chemise blanche.

— En effet. Vous avez témoigné avoir vu un homme portant une chemise blanche. Cela figure dans la transcription.

Vernon hocha la tête.

— Je me suis mis à y repenser et, vous savez, quand les inspecteurs m'ont interrogé, je n'ai jamais rien dit à propos d'une chemise blanche.

Zac planta ses pieds dans le sol, se forçant à rester serein.

— Vous n'avez pas vu de chemise blanche ?

Lentement, au prix d'un effort qui semblait surhumain, Vernon remua la tête de gauche à droite.

— Ils m'ont dit que quelqu'un d'autre avait vu une chemise blanche.

Quelqu'un d'autre ? Mais qui diable ? pensa Zac. Il allait devoir examiner les dossiers d'Emma pour retrouver cet autre témoin.

Après avoir récupéré les transcriptions, il avait appris que d'autres témoins avaient été appelés à la barre mais, dans son souvenir, aucun d'eux n'avait fait mention d'une chemise blanche. Emma le saurait.

Il se pencha en avant et posa les coudes sur son bureau.

— Vous souvenez-vous d'une chemise blanche ?

De nouveau, la casquette se retourna. Une, deux, trois fois.

— Je ne pense pas.

Aussi brutale que fut cette révélation, Zac ne bougea pas. Il aurait aimé prendre un bloc-notes, mais cela pourrait effrayer son interlocuteur. Par ailleurs, si Vernon était sur le point de se rétracter — ce qui semblait être le cas — ils devraient rédiger sa déposition.

— Lorsque vous avez été interrogé, les inspecteurs vous ont-ils demandé si vous vous rappeliez la chemise blanche ?

— Oui. Ils me l'ont demandé et j'ai répondu que je n'en étais pas sûr. Ils m'ont dit d'y réfléchir parce qu'ils avaient un autre témoin qui avait déclaré avoir vu quelqu'un portant une chemise blanche. Et que si je confirmais ce fait, ils pourraient coincer cet homme.

Parfait.

Cet autre témoin était une pure invention. Il n'avait jamais existé. Zac en était désormais certain. Les inspecteurs avaient probablement établi que Brian portait une chemise blanche. Brian le leur avait probablement lui-même dit. Et lorsqu'il était devenu le suspect numéro un, la police avait eu besoin d'un témoin qui prétende avoir vu un homme portant une chemise blanche dans cette ruelle. Stanley Vernon avait été ce témoin.

— Vous le leur avez confirmé ?

Vernon finit par poser sa casquette sur le bureau de Zac, puis répondit :

— Ils paraissaient intimement convaincus que ce Sinclair était coupable. Leur façon de me présenter les choses induisait que mon témoignage ne ferait que corroborer un fait acquis. Je me suis dit que puisque quelqu'un d'autre leur avait dit avoir vu une chemise blanche, ma déposition ne serait pas décisive.

Il posa les yeux sur ses mains vides — pas de casquette à triturer — et il secoua la tête.

— Je voulais seulement aider.

Pendant un instant, Zac eut pitié de cet homme. Durant deux ans, il avait pensé qu'il avait aidé à mettre un meurtrier derrière les barreaux. Là, il n'en était plus aussi sûr, et la culpabilité lui était tombée dessus comme un couperet.

— Détendez-vous, monsieur Vernon. Vous faites ce qui est juste. J'apprécie que vous soyez venu me trouver. Nous devons mettre au clair ce que vous me dites. D'accord ?

— D'accord.

Zac prit un bloc-notes et un stylo.

— Reprenons au début. Vous ne vous rappelez pas avoir vu un homme portant une chemise blanche ?

— J'ai vu un homme qui sortait de la ruelle, mais j'ignore quelle était la couleur de sa chemise.

Attelée à la tâche depuis 6 heures du matin, Emma avait déjà passé quatre heures de sa journée à étudier le droit constitutionnel. Il ne lui restait plus que deux jours avant l'examen, et l'idée de le rater la paniquait. Elle n'avait jamais échoué à une épreuve de sa vie.

Jamais.

Peut-être que Zac, qui adorait le droit constitutionnel, pourrait l'interroger. Ou peut-être cherchait-elle seulement une excuse pour le voir.

Et faire l'amour avec lui, renouvelant ses ébats torrides qui la laissaient pantelante et béate… Elle baissa la tête et pouffa de rire.

Attention, Emma. Méfie-toi.

Son portable se mit à sonner. Zac. Leurs phéromones devaient être sur la même longueur d'onde.

— Bonjour, beau gosse. Justement, je pensais à toi.

— Que sais-tu à propos d'un autre témoin qui aurait reconnu la chemise blanche ?

Bonjour à toi aussi.

Au temps pour la béatitude.

— En référence avec la chemise blanche, il n'y a pas d'autre témoin. M. Vernon était le seul.

— Tu en es certaine ?

Etait-il sérieux ?

— Bien sûr. Je peux te sortir les dossiers des témoins. Je les ai classés par tranche horaire. Si un autre témoin avait vu un homme portant une chemise blanche, sa déposition se trouverait dans le même dossier que celle de M. Vernon.

— J'ai besoin de ces dossiers.

Un étrange frisson doublé d'un déclic parcourut Emma.

— Que se passe-t-il ?

— Je ne peux pas te le dire. Pour l'instant.

— Tu veux que je te donne mes dossiers et tu refuses de me dire pourquoi ?

Silence.

— As-tu confiance en moi ?

Evidemment, elle avait confiance en lui.

— Absolument.

— Alors, j'ai besoin de ces dossiers. Tu découvriras bientôt pourquoi.

Donne-lui les dossiers.

Elle devrait d'abord en parler à Penny.

Donne-lui les dossiers.

— C'est une bonne nouvelle ?

— Je le crois, oui.

Il avait répondu sans la moindre hésitation. Sans s'accorder de pause, ni de moment de réflexion. Cela devait être significatif. Si elle avait vraiment confiance en lui, cela impliquerait de lui remettre ces informations sans savoir pourquoi. Ce qu'elle n'avait pas été encline à accepter jusque-là lorsque Brian était en cause.

Mais ce déclic dans son cerveau était nouveau. Peut-être était-ce bon signe.

Prends le risque.

— Donne-moi une heure pour photocopier les dossiers et les apporter à ton bureau.

— Merci.

Il fallut cinquante-deux minutes à Emma pour appeler Penny, prendre une douche rapide, photocopier les dossiers et les emporter jusqu'au centre-ville.

Penny étant ce qu'elle était, elle mit ses contacts à contribution pour découvrir ce que manigançait le procureur.

Tout en conduisant, Emma spécula sur le soudain besoin qu'avait Zac de ces dossiers. Ce devait être en rapport avec l'interrogatoire de Ben Leeks. Arrêtée à un feu rouge, elle tapota sur le volant en passant en revue les options. Peut-être l'entretien avait-il fait état d'un nouveau témoin et Zac voulait-il savoir si elle avait une déposition de ce témoin.

Le téléphone posé sur le siège du passager sonna. Attendant toujours le passage au feu vert, Emma consulta l'écran puis mit le haut-parleur.

— Bonjour, Penny.

Le feu changea et elle tourna à gauche en direction du parking.

— Vous êtes déjà arrivée ?

— Non. Je vais me garer.

— Garez-vous et appelez-moi. Ne mettez pas un pied dans ce bureau avant de m'avoir parlé.

Le ventre d'Emma se noua et elle rejoignit le distributeur de tickets du parking.

— Est-ce si grave ?

— Non. Simplement, je ne veux pas que vous conduisiez quand je vous le dirai.

— Avons-nous obtenu un nouveau procès ?

— Je ne dirai pas un mot de plus. Garez-vous et appelez-moi.

Cette folle raccrocha. Ça rimait à quoi ? Elle l'appelait, elle jouait avec ses nerfs, puis elle la laissait en plan ? maugréa Emma.

Toutefois, son corps s'était mis à vibrer d'une énergie nouvelle. Quelque chose d'énorme était sur le point de se produire, elle le sentait.

Il lui fallut ratisser cinq niveaux avant de trouver une place disponible. Elle attendait depuis si longtemps ! Pourquoi pas quelques minutes de plus ?

Elle se gara et appela Penny. Le téléphone émit une série de bips. Pas de signal.

— Stupide parking !

Elle attrapa les dossiers ainsi que son sac et s'élança vers l'ascenseur. Elle appuya sur le bouton. Attendit et attendit. Cette fichue cabine semblait être au premier depuis une éternité. Au diable l'ascenseur ! Elle se rua vers la cage d'escalier, cherchant sans discontinuer un signal. Rien.

Courir dans l'escalier la laissa hors d'haleine. Elle n'avait pas fait d'exercice depuis des mois. Les priorités avaient été ailleurs. Mais avec un peu de chance, bientôt, elle aurait le temps de s'y remettre. Il n'était pas interdit de rêver.

Une fois qu'elle eut rejoint la rue, trois magnifiques barres apparurent sur son téléphone.

Merci à toi, Dieu du réseau.

Elle composa le numéro de Penny.

— Qu'est-ce qui vous a pris autant de temps ? lui demanda son avocate.

— Ne commencez pas. Il n'y avait pas de signal dans le parking et l'ascenseur tardait à arriver. S'il vous plaît, dites-moi ce qui se passe.

Après avoir jeté un œil de chaque côté de la rue, elle descendit du trottoir.

— M. Vernon vient de se rétracter.

Avant qu'Emma ne repose le pied, son genou droit se bloqua et se déroba sous elle. Une douleur fulgurante remonta le long de sa cuisse et elle trébucha, rattrapant les dossiers avant qu'ils ne tombent par terre. Un Klaxon retentit, des freins hurlèrent et un taxi fit une embardée. Il l'avait évitée de justesse. Pétrifiée, elle s'accrocha à ses dossiers tandis que le chauffeur lui montrait son poing. Un autre coup de Klaxon lui fit regagner le trottoir en toute hâte. Ne serait-ce pas le comble qu'elle meure au moment même où son frère obtenait un nouveau procès ?

— Emma ?

Vernon se rétractait.

C'était ce que Penny avait dit.

Seigneur, je vous en prie !

Elle inspira avec difficulté, les poumons en feu.

— J'essaie de ne pas me faire écraser.

Elle se redressa, inspira profondément et rajusta ses dossiers.

— C'est bon. Je vais bien.

— Nous ne sommes pas censées le savoir pour l'instant, mais M. Vernon vient de dire à Zac qu'il n'avait jamais vu d'homme portant une chemise blanche. Il est sûr d'avoir vu un homme. Mais pas de chemise blanche. Les inspecteurs lui ont dit qu'un autre témoin avait vu un homme vêtu d'une chemise blanche et ils lui ont demandé de le confirmer.

Emma acquiesça : tout s'éclairait.

— Zac cherche le témoin. C'est pourquoi il a besoin de mes dossiers.

— Je viens de parler à mon père, reprit Penny. Nous ne pensons pas qu'il y ait un autre témoin. Nous croyons que les policiers savaient que Brian portait une chemise blanche ce soir-là. Ils ont donc inventé cet autre témoin afin de convaincre M. Vernon qu'ils détenaient le bon suspect.

Je vous en prie, mon Dieu…

Penny poursuivait :

— Cela suffit pour que nous déposions une demande de révision du procès et probablement pour que nous obtenions une audience.

— Oh ! Seigneur !

Emma traversa la rue et gravit à toute allure les marches menant à l'immeuble où se trouvait le bureau de Zac.

— Ne vous réjouissez pas trop vite, Emma. Nous sommes encore à plusieurs mois de cette audience. Ces choses-là demandent du temps, mais c'est un élément favorable. Un immense progrès, en fait.

Emma pouvait à peine contenir sa joie. Au cours des deux dernières années, les Sinclair n'avaient pas rencontré beaucoup d'éléments favorables. Soudain, le frère et la sœur Hennings leur en offraient en abondance.

— Je me dépêche. Je vous appellerai quand j'en aurai terminé avec Zac.

— Ne lui dites pas que vous êtes au courant. Jouez les innocentes. Laissez-le se débattre un peu.

Emma n'en crut pas ses oreilles. Tout était prétexte à compétition entre Penny et son frère. Ils s'y complaisaient vraiment.

— Vous me rendrez folle, tous les deux.

— J'adore l'amener à se demander ce que je complote.

La file d'attente des visiteurs devant le portail de sécurité s'étendait jusqu'à la porte d'entrée, et Emma faillit éclater de rire. Se précipiter pour devoir ensuite attendre, voilà à quoi se résumaient les deux dernières années de sa vie.

Son téléphone sonna de nouveau. Elle était populaire, ces temps-ci.

Zac.

— Je suis coincée à la sécurité.

— Entendu, dit-il.

Il n'y eut plus que le silence.

— Allô ?

Pas de réponse.

— Je n'y crois pas. Il m'a raccroché au nez !

Furieuse, elle coupa son téléphone.

Ça leur apprendra.

Assis à son bureau, Zac relut la déposition de Vernon pour la énième fois. L'homme l'avait signée et, la conscience un peu soulagée, il était reparti. Cette déposition ne suffirait pas à faire libérer Brian de prison et qui savait, d'ailleurs, s'il n'y était pas à sa place ? Mais, petit à petit, l'affaire commençait à se décanter.

Alex Belson, le dernier avocat en date de Brian, fit irruption dans le bureau.

Intéressant comme timing.

Sa veste de costume froissée et ses cheveux décoiffés indiquaient qu'il avait dû avoir une rude journée.

Zac referma le dossier contenant la déposition de Vernon.

— Bonjour, Alex. En visite du côté obscur ?

L'avocat esquissa un sourire, sans grand enthousiasme.

— J'imagine que cela me rappelle pourquoi j'ai ma place ailleurs.

Zac se carra dans son fauteuil

— Que se passe-t-il ?

— J'étais au tribunal et j'ai entendu dire qu'un témoin de l'affaire Sinclair s'est rétracté.

Les nouvelles circulaient vite dans cet immeuble. Zac l'avait toujours su mais, cette fois, elles atteignaient des records de vitesse. Ayant assuré la défense du prévenu lors du procès, Alex voulait sans doute s'assurer que ses arrières étaient couverts. Mais dans cet inextricable marasme, personne n'était à l'abri.

— Vous avez bien entendu. Stanley Vernon.

Les épaules d'Alex s'affaissèrent légèrement.

— L'homme de la ruelle ?

— Oui. Il est venu ce matin. Il a dit que les inspecteurs lui avaient laissé entendre qu'ils avaient des preuves tangibles incriminant Brian Sinclair. Que tout ce qu'il leur manquait était une confirmation.

— Oh ! Mince !

Alex fit la moue.

— J'aurais dû le comprendre.

Probablement.

Mais étant donné qu'il avait été le quatrième défenseur de Brian Sinclair sur cette affaire, il avait pu se produire n'importe quoi, songea Zac. Avant que Sinclair ne soit défendu par Alex Belson, les policiers l'avaient irrémédiablement piégé.

— Votre sœur va sauter sur l'occasion.

— Elle va déposer sans délai sa demande de révision du procès.

Alex secoua la tête.

— Cette affaire... Quel cauchemar ! On ne se débarrassera donc jamais de cette chose ?

Rares étaient les propos des avocats qui puissent encore choquer Zac, mais qu'un meurtre soit qualifié de « chose » le prit de court. Peut-être était-il trop tendu après cette semaine de folie, mais une jeune femme était morte, sauvagement assassinée, et ils avaient peut-être incarcéré le mauvais suspect.

— Des questions se posent, c'est certain.

Alex tapota des doigts sur sa jambe.

— Si je peux faire quoi que ce soit, faites-le-moi savoir.

C'était peu probable, pensa Zac. Mais il se garda de le faire remarquer.

Emma se rua hors de l'ascenseur et se dirigea vers le bureau de Beth. Cette dernière l'avait déjà repérée et lui fit signe d'entrer.

— Il vous attend.

— Merci.

Emma prit à gauche et tomba presque sur un homme qui venait en sens inverse.

Alex Belson. Le soi-disant avocat de la défense qui n'avait rien — mais absolument rien — fait pour Brian. Même quand elle lui avait fourni des informations provenant de ses recherches, il avait toujours trouvé des raisons de les écarter.

Quel parasite !

Alors qu'ils se rapprochaient l'un de l'autre, les yeux de Belson se posèrent sur elle et l'étudièrent, en quête d'une réminiscence. Il ralentit le pas.

Oui, vous me connaissez.

Elle s'arrêta en face de lui, lui barrant le passage.

— Vous avez appris, je suppose, que le procureur d'Etat a affecté un enquêteur à l'affaire de mon frère ?

— En effet. Tant mieux pour vous.

Quel être suffisant !

— Pour mon frère, surtout.

Alex Belson croisa les bras et la regarda d'un air méprisant.

— Si vous avez quelque chose à me dire, dites-le.

Telle une gifle, sa voix grave, gutturale, atteignit Emma de plein fouet. Ses mâchoires se crispèrent. Etait-ce possible ?

Elle serra les dossiers à s'en faire mal aux doigts.

Vous voulez mourir ici même, comme Chelsea Moore ?

Non, ce ne pouvait être lui.

Mais toutes ces fois où il avait refusé de prendre en compte les indices qu'elle lui fournissait…

Elle battit en retraite et le contourna lentement.

— Qu'y a-t-il ? lui lança-t-il. Vous pensez que je n'ai pas fait du bon travail pour votre frère ?

— Emma ?

Elle se tourna : Zac s'avançait vers elle, ses longues jambes réduisant rapidement l'espace qui les séparait. Elle n'avait sans doute jamais été aussi heureuse de voir quelqu'un. Mais la teneur angoissante de ses pensées lui donna la nausée. Que se passait-il ? Le malaise la submergea, la faisant tanguer, vaciller, et elle recula encore d'un pas. Elle avait besoin d'air, d'espace.

— J'ai été ravi de vous revoir, mademoiselle Sinclair, conclut Alex Belson.

Mais c'était une voix lointaine ; elle ne se sentait vraiment pas bien.

Zac lui posa la main sur l'épaule. Instantanément, les battements de son cœur s'apaisèrent. Ce simple contact lui remit de l'ordre dans les idées.

— Tu as une mine effroyable. Tu te sens bien ?

— C'est lui.

— Qui ?

Elle se retourna. Pas d'Alex en vue. Il était reparti.

— Alex Belson. C'était lui dans la ruelle.

Zac entraîna Emma jusque dans son bureau afin de mieux comprendre. Quelque chose avait dû la terroriser car son visage était devenu blême.

Quelles surprises cette journée pourrait-elle encore lui réserver ?

Il referma la porte derrière eux, lui prit les dossiers des mains et la guida vers l'un des fauteuils.

— Alex Belson t'a-t-il dit quelque chose ?

Il s'assit sur le bord du bureau, juste en face d'elle. Emma plongea son regard dans le sien.

— C'est lui qui m'a agressée dans la ruelle.

Voilà à présent qu'elle craquait complètement. Zac afficha son masque neutre de procureur.

— Emma…

— C'est lui. J'ai reconnu sa voix. Le ton était le même.

Elle délirait totalement. Zac se passa les mains sur le visage et leva les yeux au plafond. Une aide divine ne serait pas de refus.

— Tu crois que je suis folle, assena Emma.

— Je pense que tu es sous pression.

— Je sais ce que j'ai entendu.

— Nous avons tous l'accent de Chicago.

— Rien à voir avec le sien. Le ton qu'il a utilisé était malveillant. Je sais ce que j'ai entendu.

Entêtée. Voilà ce qu'elle était. Et ce ne serait pas chose aisée de la détourner de cette idée. Toutefois, la laisser porter des accusations contre un avocat commis d'office ne leur vaudrait rien de bon, ni à elle ni à Brian.

Il afficha une moue perplexe.

— Dis-le, Zac.

— Je connais cet homme depuis quatre ans. C'est un fonctionnaire, tu le vois assassiner quelqu'un ?

— Je n'ai pas dit cela. Je pense qu'il m'a agressée dans cette ruelle. Pourquoi a-t-il pu faire une telle chose, je l'ignore, mais j'ai renoncé à tenter de comprendre les choses qui m'arrivent.

S'avançant au bord du fauteuil, elle lui posa la main sur le genou.

— Je suis sûre que c'était lui.

Aucun dieu ne semblait disposé à lui insuffler la force à laquelle il aspirait. Ne pourrait-il obtenir un répit ? Il secoua la tête puis fixa Emma.

— Que veux-tu ? Je ne peux pas entrer dans le bureau de mon patron et lui dire cela. J'ai besoin de preuves. Tu le sais. Depuis l'incident avec le fils de Leeks, Ray pense déjà que je suis beaucoup trop impliqué. Je ferais aussi bien de démissionner immédiatement car accuser un avocat commis d'office d'avoir agressé la femme avec qui je couche ne fera pas bonne impression dans mon dossier.

Emma écarquilla les yeux.

— C'est tout ce qui t'intéresse, faire bonne impression ?

— Non, je veux te soutenir. Je ne fais que cela depuis le début.

— Ce n'est pas vrai.

Un grondement dans son cerveau le mit en garde : sa colère allait éclater.

Contrôle-toi, Zac.

Il respira calmement et pencha la tête de côté.

— J'ai suivi chaque piste que j'ai pu trouver dans ce dossier.

— Tu as suivi ces pistes en espérant démontrer la culpabilité de Brian. Tu ne le pensais pas innocent. C'est normal car tu es procureur et je le conçois. Ce que je ne comprends pas, c'est comment tu oses prétendre m'avoir soutenue. Tu m'as soutenue parce que tout était logique. Soudain, un élément paraît discordant et tu bats en retraite. Je suis assez bien pour que tu couches avec moi quand les circonstances sont favorables mais, à présent, je deviens un frein à ta carrière.

Elle se leva, agitée.

— Quand es-tu devenu un tel lâche ?

Oh ! Bon sang, non ! Les muscles de son cou étaient désormais tendus à l'extrême. Qu'elle le traite de lâche, ça ne passerait pas.

— Tu te moques de moi ? Crois-tu que quelqu'un d'autre ici aurait accepté de se pencher sur un tel désastre ?

Dès l'instant où ces paroles eurent franchi ses lèvres, il les regretta.

Fichue colère !

— A présent, je suis un désastre. Le fait que mon frère ait été condamné à tort, voilà le désastre.

— Ce n'est pas ce que je voulais dire.

D'un geste, elle lui intima le silence. Elle rejeta les épaules en arrière, ferma les yeux et serra les poings. Puis elle rouvrit les yeux, le corps visiblement plus détendu.

— Oublie cela. Ça ne nous mène nulle part et ça ne nous montre pas sous notre meilleur jour. Je sais que cela te contrarie, mais je pense qu'il est temps pour toi d'apprendre que la vie n'est pas toujours juste. Crois-moi.

Elle se détourna de lui et se dirigea vers la porte.

— Emma !

— Je pense que nous en avons terminé, dit-elle en ouvrant la porte, sans un regard en arrière. Merci pour le temps que tu m'as accordé.

Emma se précipita hors de l'ascenseur, se fraya un chemin dans le hall et se focalisa sur la sortie, celle qui menait vers l'air frais. Elle avait vraiment été stupide de croire qu'elle pourrait se reposer sur quiconque appartenant au bureau du procureur pour les aider, Brian et elle.

Et elle avait couché avec Zac. Elle l'avait laissé envahir son cœur. A ce stade, un chagrin d'amour était la dernière chose dont elle avait besoin.

Mais n'était-ce pas trop tard ?

Une douloureuse sensation s'était installée dans sa poitrine, dont elle ne voulait pas. Cela commençait toujours ainsi. Elle connaissait la suite. Elle ignorerait la souffrance, l'étudierait, la justifierait…

Puis, un matin, elle s'éveillerait paralysée, incapable de respirer et de vaquer à ses occupations. Son monde lui paraîtrait désert et suffocant, et elle aurait envie de se défouler sur quelque chose jusqu'à ce que cette douleur et cette colère disparaissent.

14

Après sa discussion houleuse avec Emma, Zac sortit déjeuner et prendre un peu l'air. Cela ne lui ferait pas de mal. En l'espace de quelques jours, à cause d'Emma, sa situation professionnelle avait dangereusement vacillé. Ray, son patron, l'avait toujours vu comme le pit-bull du service. Il le considérait dorénavant comme le mouton noir, celui à qui on ne pouvait plus faire confiance car ses sentiments l'aveuglaient.

Il y avait de quoi être perdu. Aussi, Zac appela-t-il son père :

— Je peux passer te voir ? J'ai besoin de tes conseils.

— Maintenant ?

— C'est possible ?

— Bien sûr. Je t'attends.

Zac sourit intérieurement. Son père s'était toujours montré disponible pour lui et Penny. Il avait toujours placé ses enfants en tête de ses priorités. C'était une leçon utile à se rappeler. Soudain, une vision d'Emma avec des enfants s'imposa à lui : leurs enfants.

Où est-ce que je m'égare ?

Il chassa cette pensée. Pas de temps à perdre avec ce genre de délire. Elle avait quitté son bureau en claquant presque la porte. Alors des enfants avec elle…

Il entra dans l'immeuble où son père travaillait et adressa un signe de la main au garde. Hennings et Solomon ne possédaient pas tout le bâtiment. Ils occupaient néanmoins trois étages, et les gardes avaient assez souvent vu Zac pour le reconnaître.

Il signa le registre de la réception et monta au neuvième étage. Jonglant avec de multiples lignes, la réceptionniste l'invita d'un geste à s'avancer vers le bureau de son père.

Celui-ci était au téléphone et se balançait d'avant en arrière dans son fauteuil. Il lui signe d'entrer.

— Mon fils vient d'arriver. Je vous rappellerai.

Comme d'habitude, son père lui serra la main puis il lui donna une accolade tout en lui tapant sur l'épaule.

— Je suis ravi de te voir, fils.

— Moi aussi, papa.

— Assieds-toi.

— Puis-je fermer la porte ?

— Une visite à l'heure du déjeuner… Je me doutais qu'il s'agirait d'une session à huis clos.

Au moment où Zac fermait la porte, Penny passa en trombe dans le couloir et s'arrêta brusquement. Plus rapide que son frère, elle posa la main sur la porte et se faufila dans le bureau.

Ses yeux bleus transpercèrent Zac.

— Que se passe-t-il ?

— Je suis venu voir papa.

Penny ignora sa remarque.

— Emma m'a mise au courant, pour Alex Belson.

— Je ne souhaite pas évoquer ce sujet avec toi.

— Que se passe-t-il avec Alex Belson ? voulut savoir son père.

Penny garda les yeux rivés sur Zac.

— Cette piste vaut la peine d'être creusée. Elle m'a dit que tu avais même refusé de l'envisager.

Sa sœur savait se montrer exaspérante.

— Cela te choquera peut-être, Pen, mais je ne peux pas accuser un avocat de la défense sans preuves.

— Que se passe-t-il avec Alex ? demanda de nouveau son père.

Le regard accusateur de Penny rendit Zac muet. Quelque chose était en train de germer dans le cerveau délirant de sa sœur, ce qui ne présageait rien de bon. Pas à la manière dont elle le fixait, plongée dans une profonde réflexion.

— Ohé ! intervint leur père de cette voix maîtrisée qui annonçait que sa patience s'amenuisait. Quelqu'un va-t-il me répondre ?

Zac lui fit face. Du moins jusqu'à ce que Penny lui assène sur le bras droit un coup de poing, pas des plus tendres, qui déclencha une douleur fulgurante. Pour une femme menue, elle avait de l'énergie à revendre.

— Ouille. Qu'est-ce que j'ai encore fait ?

— Tu as couché avec ma cliente ! Je le lis sur ton visage, Zachary. Tu devrais avoir honte. Espèce de porc !

— Enfin, qu'est-ce…

Zac glissa un regard désespéré à son père.

S'il te plaît, aide-moi !

— Penny, lança son père. Dehors. Maintenant.

Mais Penny campa sur ses positions, les lèvres pincées, et réfrénant de toute évidence une bonne dose d'aigreur.

— Je savais que tu avais un faible pour elle, Zachary. Je ne peux pas le croire.

Elle le frappa de nouveau. Mais il en avait assez. Son numéro de diva l'agaçait au plus haut point.

— Frappe-moi encore une fois et c'est moi qui te sortirai d'ici.

Leur père se leva.

— Penny, dehors.

— Papa ?

Son père lui désigna la porte.

— Dehors.

Soudain, Penny retrouva ses douze ans, comme lorsqu'elle piquait une crise parce que ses frères sortaient jouer dans le jardin à la nuit tombée.

Son parfait petit nez se fronça et elle brandit son poing en direction de Zac.

— Tu n'es qu'un porc !

Blessé, Zac appuya les paumes de ses mains sur ses yeux. La situation était sérieusement compromise. Il ôta enfin ses mains.

— Elle est complètement folle. Y a-t-il une chance que nous ne soyons pas issus des mêmes gènes ? Peut-être m'avez-vous adopté et me l'avez-vous caché ?

Son père sourit.

— A moins que ta mère n'ait un secret, je suis sûr que vous êtes mes enfants.

Il l'invita à s'asseoir.

— Dis-moi ce qui te préoccupe.

Zac se laissa tomber dans le luxueux fauteuil en cuir, si différent de ceux de son bureau. Les bois somptueux, les étagères garnies de livres de droit parfaitement ordonnés, le bureau rangé : tout respirait le contrôle et l'organisation.

— Je crois que j'ai commis une erreur.

— Si tu as couché avec sa cliente, je dirais que tu as raison.

— Emma…

Bon sang !

Reconnaître cette transgression ne serait pas facile. Son estomac se révulsa.

— Je, euh…

Son père se pencha en avant et posa les mains sur le bureau.

— La supposition de ta sœur est-elle exacte ?

— Oui. Mais ce n'est pas aussi sordide qu'elle le fait paraître. Emma est incroyable, intelligente et dévouée. Qui pourrait ne pas être attiré par elle ?

Son père leva les mains.

— Vous êtes tous deux des adultes libres et responsables. Ce sont des choses qui arrivent. Mais tu es procureur. Une relation intime expose ton affaire à un examen critique. Tu sais cela.

— Parfaitement.

— Tu aurais dû t'abstenir de la toucher jusqu'au terme de cette affaire.

Il frappa du plat de la main sur le bureau.

— Il n'en a pas été ainsi. Alors, tâchons de trouver la solution. Tu as eu une dispute avec Emma à propos d'Alex Belson ?

Exactement. Alex.

— Papa, tu sais qu'Emma a été agressée dans la ruelle ?

— Oui.

— Alex est passé à mon bureau ce matin. Il avait appris que Stanley Vernon était revenu sur sa déposition.

Son père resta silencieux.

— Papa, je sais que tu es au courant. Tu as des espions partout.

— Nous avons eu connaissance de quelque chose, en effet.

— Alex était intéressé par la déposition de Vernon. Ça ne m'a pas particulièrement étonné. Je sais que cela éveillerait ma curiosité si le témoin d'une affaire sur laquelle j'ai travaillé se rétractait. Emma est tombée sur lui alors qu'il quittait mon bureau. Elle paraissait bouleversée et je lui ai demandé ce qui se passait.

Il eut besoin de prendre une grande inspiration pour continuer.

— D'après elle, Alex est l'homme qui l'a agressée dans la ruelle.

Son père resta imperturbable. Si les avocats se voyaient décerner des Oscars, il pourrait en décrocher un, songea Zac.

— Tu penses qu'elle l'a imaginé ? demanda son père.

— Non.

— Dans ce cas, quel est le problème ?

— Je ne suis plus objectif. Je me suis figé. Une part de moi avait envie de monter au créneau et de la protéger. Elle fait tout elle-même. Ça m'ennuie vraiment. Mais Ray ne me lâche pas, avec cette affaire. J'étais censé régler le problème.

— Et tu ne l'as pas fait ?

— J'aurais aimé pouvoir le faire. J'aurais aimé que Brian Sinclair soit coupable. J'aurais surtout aimé dire à la famille de Chelsea Moore que nous avions vu juste la première fois. Au lieu de cela, j'ai dit à mon patron de missionner un enquêteur indépendant parce que cette affaire comporte de graves lacunes.

Son père se carra dans son fauteuil et se plongea dans ses réflexions. Zac redoutait un sermon. Ceux de son père étaient légendaires et, en l'occurrence, il y avait de quoi faire.

Finalement, son père s'avança sur son siège et se pencha en avant, l'air engageant.

— Que puis-je faire ?

Pas de sermon, se réjouit Zac.

J'ai de la chance.

Il se passa les doigts dans les cheveux. Seigneur, sa tête le faisait souffrir. Comment en était-il venu à se sentir aussi vieux et épuisé ? Cette affaire et ce conflit émotionnel, voilà ce qui en était à l'origine.

— Je l'ignore. J'avais besoin d'en parler.

— Je vois cela.

Son père laissa échapper ce fameux soupir qu'il détestait.

— Il faut que tu parles à Emma. Que tu lui dises que tu tiens à elle. A mon avis, elle ignore que, pour toi, cette relation est sérieuse. Elle pense que tu es prêt à la sacrifier pour ta carrière.

Là, il marque un point.

— Est-ce le cas, fils ?

Zac releva la tête, fixa son père droit dans les yeux. La réponse était évidente.

— Non.

— Alors tu as décroché le gros lot.

— Merci, papa.

— Ce que tu dois faire, c'est lui faire comprendre que tu tiens à elle, mais rester en retrait. Elle sait aussi bien que toi que cette relation est dangereuse.

— Je sais.

— Alors laisse la piste Alex Belson de côté. Je vais mettre l'un de mes enquêteurs dessus. Cette affaire est très complexe. Tout est possible. Tu dois rester éloigné d'Emma jusqu'à ce que tout soit terminé. Tu m'entends ?

— Je sais.

— Mais tu l'as tout de même fait.

— Papa…

— Pas d'excuses. Une conduite inappropriée pourrait détruire ta carrière et maintenir ce jeune homme en prison alors qu'il n'y a pas sa place.

Une bouffée de culpabilité étrangla Zac. Son père avait raison. Prendre ses distances par rapport à Emma était la solution. Il lui parlerait. Il lui expliquerait sa position. Il la convaincrait que c'était le mieux à faire pour eux deux. Ensuite, il partirait.

Temporairement.

Si c'était possible…

Après ce sermon édifiant, Zac fit un détour par le bureau de Penny. Il poussa la porte entrebâillée. Sa sœur était assise derrière son bureau massif, affairée à son ordinateur. Elle l'aperçut et lui décocha de nouveau son regard meurtrier.

Puis elle croisa les bras sur sa poitrine.

— Zachary.

— Où est Emma ?

— Tu peux toujours rêver. Tu en as assez fait pour aujourd'hui.

Elle se redressa et pointa sur lui un doigt accusateur.

— Tu as bouleversé ma cliente. Pour cela, je te mettrai en pièces au tribunal. Tu me supplieras d'arrêter.

Sa petite sœur, guerrière émérite.

— Epargne-moi. Je tiens à elle.

Elle ouvrit la bouche mais il l'interrompit d'un geste.

— Oublie. Je n'ai pas envie d'en discuter. Il faut que je voie ta cliente. Où se trouvait-elle quand tu lui as parlé ?

Penny retourna à son ordinateur et Zac leva les yeux au plafond.

Ce sera un miracle si je ne la tue pas.

Il ferma les yeux, prit plusieurs inspirations et pensa à une bière glacée sur une plage, dans un hamac peut-être. Les vagues de l'océan venant se briser sur le rivage…

Un instant plus tard, ayant retrouvé la patience nécessaire pour ne pas étrangler sa sœur, il se pencha vers elle.

— Génial. Merci pour ton aide.

Alors qu'il s'apprêtait à sortir du bureau, Penny lui lança :

— Elle est repartie chez elle.

Il se retourna.

— Merci.

— Tu me rends folle, Zachary.

— Si cela peut t'aider à te sentir mieux, moi aussi, ça me rend fou. Cette relation avec Emma, ce n'est pas…

Il s'interrompit. Comment décrire ce qu'il ressentait ?

— Je ne m'attendais pas à tenir à elle.

Posant les mains sur le bureau, Penny le regarda droit dans les yeux.

— Elle a traversé beaucoup d'épreuves. J'ai appris à la connaître et elle semble heureuse. Aussi heureuse que l'on puisse l'être dans sa situation. Elle revient de loin.

— J'en ai conscience.

— Alors, ne lui brise pas le cœur ou je devrai te tuer.

Elle ne plaisantait pas. Il esquissa un sourire, fit mine de lever les yeux au ciel mais, en réalité, il avait envie de la serrer dans ses bras. Elle affectionnait un peu trop le mélodrame, mais il l'adorait.

— Je vais arranger les choses.

Il lui fallut trente-cinq minutes pour traverser la circulation du centre-ville et atteindre les abords de Parkland. En chemin, il appela Diane, son avocate en second sur l'affaire de meurtre dont ils sélectionnaient le jury : elle allait devoir gérer la séance de l'après-midi. Le dossier lui était de toute façon plus familier et elle s'en tirerait parfaitement seule.

Il tourna à gauche pour rejoindre la rue d'Emma, mais celle-ci était bloquée par des camions de pompiers et des voitures de police. A trois maisons de là, des volutes de fumée noire s'élevaient dans les airs.

La sueur perla sur sa lèvre supérieure et il l'essuya.

Que se passe-t-il encore ?

Il se gara le long du trottoir et descendit de voiture. Un policier lui fit signe de rester à l'écart. Zac lui montra sa carte et désigna les véhicules des secours.

— Que se passe-t-il ?

— Un incendie.

Son ventre se noua.

— Vous connaissez l'adresse ?

— Au 225. La maison blanche à étage.

Sa vision se brouilla un instant.

Concentre-toi.

— Vous vous sentez bien ? s'enquit le policier.

La vision d'Emma, piégée dans une maison en feu, cernée par la fumée, le terrassait.

Arrête !

— Y a-t-il des blessés ? C'est là que je me rendais. Je suis… un ami de la famille. Quelle est l'ampleur des dégâts ?

— Personne ne se trouvait à l'intérieur. Les pompiers n'ont pas fini d'éteindre le feu.

Une voiture se gara derrière Zac, le bruit de son moteur beaucoup trop familier. Pendant un moment il ne put bouger, pétrifié par le soulagement. Il se massa le front, son esprit déjà orienté vers la tâche suivante.

Il s'écarta légèrement.

— Voici la fille de la propriétaire. Elle vit ici.

— Elle ne peut pas approcher.

— Je sais. Je vais y veiller.

Emma coupa le contact et scruta l'épaisse fumée noire provenant du pâté de maisons.

Pendant un moment, elle resta blottie sur son siège, tentant vaillamment d'ignorer les signaux d'alerte de son corps. Le sang qui lui battait aux tempes, la douleur qui lui vrillait le front et les éclairs blancs aveuglants.

Puis elle ouvrit la portière et s'avança vers le barrage où se tenait un policier en compagnie de… Zac.

Pourquoi se trouvait-il là ?

Elle accéléra le pas, aimantée par le tourbillon de lueurs rouges au centre du pâté de maisons.

Zac affichait un visage macabre, comme s'il était sur le point d'être attaché à une chaise électrique.

Un frisson d'effroi la parcourut, mais elle continua d'avancer.

Arrivée à un mètre de lui, elle lui demanda :

— Est-ce ma maison ?

Bizarrement, les mots fusèrent, directs, sans que sa voix ne tremble, sans le moindre signe de panique. Si seulement ils savaient !

— Emma…

Elle passa devant lui.

— Qu'est-ce qui est en feu ?

Le policier se glissa devant elle.

— Désolé, madame.

— Est-ce ma maison ?

Zac lui prit le bras mais elle se dégagea.

— Dis-le-moi.

— Oui.

Le sang se mit à pulser dans ses veines. Un déferlement incontrôlable, brutal, harassant qui mit son corps à mal.

— Où est ma mère ?

Zac regarda le policier.

— Il n'y a personne à l'intérieur, la rassura celui-ci.

Pour une fois elle céda, elle laissa cet élan l'emporter et recula, tremblante. Sa mère était saine et sauve. Elle étouffa un sanglot.

Zac lui prit le coude. Lentement, son corps fonctionnant au ralenti, progressant à travers l'épais magma d'informations, elle se tourna vers lui.

— Emma ? Parle-moi.

Sa mère était saine et sauve. Cela aurait dû lui suffire. Mais il y avait toutes ses boîtes stockées au sous-sol, tout ce qu'elle avait amassé pour sauver Brian.

Mon Dieu !

Ils avaient à peine commencé à en photocopier le contenu. Son travail, ses espoirs, les rêves de sa mère s'envolaient peut-être en fumée.

Elle devait aller voir ce qu'il en restait. Elle ne pouvait rester là à attendre. Seigneur ! Elle en avait tellement assez d'attendre !

Elle inspira, fixant l'épaisse fumée noire, submergée par l'envie de laisser libre cours à sa fureur et à son désespoir.

— Emma ?

La voix de Zac, l'homme qui avait perdu confiance en elle et qui la croyait folle, ne fit qu'ajouter à sa douleur.

Il faut que j'aille voir.

La radio du policier émit un grésillement et il lui tourna le dos pour répondre.

Cours !

Elle piqua un sprint, contournant le barrage.

— Emma ! cria Zac.

Le policier la somma de s'arrêter mais elle s'en fichait. Elle y serait en quelques instants.

Tout lui apparut en même temps, la maison, les camions, les pompiers, la fumée s'élevant en volutes, et elle s'arrêta au milieu de la rue. D'horribles flammes s'échappaient des fenêtres du rez-de-chaussée tandis que les pompiers hurlaient des ordres et dirigeaient la lance à eau au cœur du brasier.

Ses craintes empirèrent et elle retint sa respiration, se forçant à s'approcher de la fenêtre du sous-sol.

Peut-être le feu l'a-t-il épargné.

Mais des flammes à l'extrémité orange, presque belles dans leurs nuances de couleur, surgirent de la fenêtre et Emma comprit.

Un hurlement dément s'échappa alors de sa gorge et ses jambes vacillèrent. La tête lui tourna. Elle écarta les bras, cherchant quelque chose de solide à quoi se raccrocher.

— Emma ! s'écria Zac.

Elle s'affala au sol en sanglotant. L'émotion, le désespoir avaient gagné.

Tous les indices avaient disparu. Les dossiers, les photographies, les chronologies… absolument tout.

Sa poitrine lui faisait mal, la rendant un peu vulnérable. Elle se mit à hurler.

Un énorme fracas lui fit cependant relever la tête. Le toit du perron-terrasse s'effondrait.

Je ne peux plus respirer.

Privée d'oxygène, elle cessa finalement de crier. Elle aspira de grandes goulées d'air. A quatre pattes dans l'herbe, elle baissa la tête et les larmes tombèrent de ses yeux sur ses mains.

Zac s'agenouilla en face d'elle et elle s'assit sur ses talons. Il prit délicatement son visage entre ses mains. Ses lèvres bougèrent, mais elle n'y comprenait rien.

Le chaos. Partout.

Faites que cela cesse !

Elle libéra sa tête des mains de Zac. L'homme qui la croyait folle.

— Emma !

Pourquoi est-il ici ?

Le son de sa voix, autoritaire mais tendre, parvint jusqu'à elle et elle s'appliqua à calmer sa respiration. Tout mouvement aux alentours s'évanouit. La douleur dans sa poitrine s'apaisa. Elle retrouva la raison.

— Zac ?

— Ça va aller, chérie. Ça va aller.

Il l'entoura de ses bras et la tint serrée contre lui. En l'espace de quelques heures, il l'avait anéantie puis il était revenu l'aider. Sa vie cesserait-elle un jour d'être aussi compliquée ?

— Que fais-tu ici ? Etais-tu au courant ?

Il s'écarta légèrement.

— Non. Je suis venu te parler de ce matin.

Oh ! Seigneur !

Elle n'était pas prête pour cela. Pas avec cette colère qui couvait, ce chagrin de s'être autorisée à tomber amoureuse d'un homme qui la sacrifierait pour obtenir une victoire.

— Tous mes dossiers. Ils ont disparu.

— Nous ne le savons pas encore.

Un pompier cria quelque chose et Emma détourna le regard, préférant ne pas affronter les vestiges calcinés de leur maison.

Maman.

— Je dois trouver ma mère. Il faut que je la prévienne.

— Où est-elle ?

— Je pense qu'elle est allée faire des courses.

Elle se massa les tempes.

— Ça va la tuer.

Zac se redressa et lui tendit la main.

— Appelle-la. Je vais tâcher d'obtenir des informations des pompiers.

Il se dirigea vers la maison.

— Peut-être n'est-ce que le rez-de-chaussée.

Et le sous-sol.

Là où tous les dossiers étaient stockés.

— Je pense que quelqu'un a mis le feu à ma maison pour détruire mes dossiers.

— Laisse-moi parler au chef des pompiers.

Emma prit son téléphone dans la poche de sa veste.

— Bien sûr. Mais ce n'était pas une coïncidence, Zac. Et tu le sais.

Les pensées de Zac étaient en effervescence. La maison était ancienne, elle avait au moins soixante-quinze ans. Il était donc possible qu'il y ait eu un court-circuit et qu'elle ait flambé. Mais ce n'était pas le plus probable. Emma avait raison.

Il grommela. Emma et sa mère étaient assises à l'arrière de l'ambulance, dans les bras l'une de l'autre. Mme Sinclair paraissait effondrée.

Un éclair rose attira l'attention de Zac. Penny fonçait droit en direction d'Emma et de Mme Sinclair. Il se hâta de l'intercepter.

— Comment vont-elles ? demanda aussitôt Penny.

Il haussa les épaules.

— Comment crois-tu qu'elles aillent ? Nous devons leur trouver un endroit où résider.

— C'est déjà fait.

Probablement un hôtel.

— Quelque chose de mieux qu'un hôtel. Un endroit accueillant et confortable.

— Zac, je m'en charge. L'un de nos clients est à l'étranger pour un an. Son appartement est vide. Papa l'a appelé et il a accepté qu'elles y séjournent. Il fait sept cents mètres carrés et il a vue sur le Navy Pier. Je pense qu'elles y seront bien installées.

Sans le moindre doute.

— Penny ?

Emma appelait l'avocate.

Penny lui adressa un signe de la main.

— Laisse-moi leur parler. Il faudra ensuite établir une stratégie. Les choses commencent sérieusement à dégénérer.

Il se tint à l'écart pour qu'elle puisse s'entretenir en toute confidentialité avec ses clientes. Elle s'était accroupie à leur hauteur et avait posé la main sur le genou de Mme Sinclair. Sa sœur était une excentrique, mais elle savait établir un contact affectif avec autrui. Un don qu'elle choisissait ou non d'exploiter au gré de ses envies.

Une autre curiosité génétique, songea Zac, car lui n'avait pas hérité de ce don.

Il sortit son portable de sa poche et appela Tom Carson, l'enquêteur affecté à l'affaire Sinclair.

— Carson, aboya l'homme à l'autre bout de la ligne.

Il ne serait jamais avenant, mais faisait bien son travail.

— Bonjour, Tom. Zac Hennings.

— Qu'y a-t-il ?

— Rendez-moi un service. Voyez si vous pouvez savoir où se trouvait Ben Leeks cet après-midi.

— Le fils ou le père ? Et pourquoi ?

Zac observa les décombres fumants de la maison puis Emma toujours assise à l'arrière de l'ambulance, qui discutait avec Penny. Elle ne méritait pas cela.

— Les deux. La maison des Sinclair a été détruite par un incendie.

— Criminel ?

— Ce n'est pas certain. Dans le cas contraire, ce serait une étrange coïncidence. A première vue, tous les dossiers d'Emma sont partis en fumée.

— Ah ! c'est dommage ! Je vais me renseigner.

— Merci. Où en sommes-nous avec le fils de Leeks ?

— Son alibi semble se confirmer. J'ai parlé à plusieurs de ses amis ainsi qu'à certains de ceux de Chelsea. A sa manière tordue, je pense qu'il l'aimait. Ce gosse est un crétin. Mais un meurtre ? Je n'y crois pas.

Zac n'en était pas vraiment surpris.

— Et la chemise blanche ?

— Je ne trouve aucun autre témoin qui ait vu un homme en blanc. Si vous voulez mon avis, les inspecteurs savaient que Sinclair portait une chemise blanche et ils ont manipulé Stanley Vernon.

— En résumé, Leeks est innocent, la chemise blanche n'est plus d'actualité, et Vernon s'est rétracté.

L'accusation venait officiellement d'être démantelée.

— Vous avez tout compris, patron. Autre chose ?

Alex.

Zac pinça les lèvres.

Je ne peux pas m'aventurer dans cette direction.

Sans preuves, s'il demandait à un enquêteur de creuser cette piste, quelqu'un de plus haut placé que lui le découvrirait un jour ou l'autre et il aurait de gros problèmes. Pires que ceux qu'il avait déjà.

— Vous êtes là ?

Un pompier s'avança en traînant derrière lui un outil métallique géant. Zac n'avait aucune idée de ce que c'était, mais cela le décida. Une injustice venait de se produire.

— Encore une chose, Tom. J'apprécierais que cela reste confidentiel, mais veuillez vérifier où se trouvait Alex Belson aujourd'hui. Il est avocat commis d'office au comté de Cook.

Tom émit un lent sifflement.

— Exactement. Je vous demande là quelque chose d'un peu particulier. Ce n'est probablement rien.

— Je vérifierai.

— Merci. J'aurais besoin d'une dernière chose.

— De quoi donc ?

— Son adresse.

15

Emma ne put retenir un soupir face aux vestiges de la maison de sa mère. De « sa » maison.

D'après le chef de brigade des pompiers, l'incendie s'était cantonné au rez-de-chaussée mais les dégâts causés par l'eau étaient importants. La maison devrait sans doute être rasée. Tout ce qu'il restait dans le sous-sol était la carcasse calcinée du photocopieur de Penny.

Fascinant.

Des mois et des mois d'efforts partis en fumée et, avec eux, probablement, la chance de Brian de recouvrer la liberté. Mais elle n'abandonnerait pas.

Jamais.

Elle recommencerait, tout simplement.

S'il s'avérait que cet incendie était criminel, elle traquerait la personne responsable. Elle avait rencontré assez de résistance dans sa vie pour savoir rendre coup pour coup. Chaque jour, elle avait travaillé pour que sa mère retrouve sa vie d'avant, même si cela avait impliqué de renoncer à ses propres rêves.

— Bien, fit Penny. Appelons votre compagnie d'assurance. Ils feront condamner la maison.

— Je les contacterai, lui répondit la mère d'Emma.

Emma tourna la tête sans pouvoir tout à fait dissimuler son étonnement.

— Ne sois pas si surprise, lui lança sa mère d'un ton cassant. C'est encore ma maison.

Bravo, Emma! Excellent moyen de donner à ta mère le sentiment d'être inutile.

— Je sais. Je suis désolée. Je pensais seulement… Je peux le faire.

— Je sais ce que tu pensais et je ne te fais pas de reproche. Je me rends simplement compte du poids qui repose sur tes épaules. Je m'occuperai de la compagnie d'assurance. Si j'ai besoin d'aide, je t'appellerai. Ne t'inquiète pas.

Merci.

Emma mit son bras autour des épaules de sa mère et l'étreignit.

— C'est génial, maman. Je t'aime. Je te promets que nous arrangerons tout cela.

Penny se redressa et contempla le désastre à son tour.

— Je vais demander au chef des pompiers si vous êtes autorisées à entrer. Je doute que ce soit possible avant la fin de l'enquête, mais nous verrons. Ensuite, je vous emmènerai dans votre nouvel appartement. Il est luxueux. Cela vous convient-il ?

— Oui, répondit Mme Sinclair d'une voix ferme.

— C'est très bien, renchérit Emma.

Peut-être ma mère est-elle de retour.

Emma se leva et serra Penny dans ses bras.

— Merci.

— Je vous en prie. Je suis désolée de ce qui vous arrive.

A quelques mètres d'elles, Zac discutait avec l'un des pompiers. Que faisait-il là, alors qu'elle s'était disputée avec lui le matin même ?

— Il faut que je parle à votre frère, lança-t-elle à Penny.

Celle-ci recula et la regarda d'un air réprobateur.

— Vous êtes tous les deux des têtes à claques. Je vous avais dit de ne pas coucher avec lui.

Emma fut saisie d'horreur. Il était terriblement embarrassant que Penny les ait percés à jour.

— Allez-y, parlez-lui. Mais je ne veux rien entendre.

— Bien madame.

Elle s'avança vers Zac, ralentissant à mesure qu'elle s'approchait de lui. Ce n'était peut-être pas une très bonne idée d'aller lui parler. Pas après qu'elle se soit donnée en spectacle en pleine rue.

Mais Zac se détourna du pompier et fit un pas vers elle, lui tendant la main.

Ah! quel homme !

Tout ce qu'elle avait à faire était de prendre sa main. Un simple geste. Bien sûr, ils avaient des choses à régler mais, si elle choisissait de le rejeter, tout serait terminé entre eux. Comme tout homme, Zac avait sa fierté et elle ne pouvait lui manquer de respect. Pas après tout ce qu'il avait fait pour sa famille et elle.

Le pompier s'écarta. La main de Zac était toujours tendue vers elle.

Prends-la. Ne l'embarrasse pas.

Elle saisit la main tendue. Sans la serrer, sans la caresser, sans aucune indication de quoi que ce soit. Un compromis brutal. A la manière relâchée dont il lui tint la main, Zac l'avait comprise.

Oui, nous avons du chemin à parcourir.

— Je vous présente Emma Sinclair.

— Désolé pour ceci, lui dit le pompier. Nous aurons bientôt terminé.

L'homme les laissa et Zac fit face à Emma, ses doigts toujours mêlés aux siens, les retenant à peine.

— Penny vous a parlé de l'appartement ?

Emma plongea son regard dans ces yeux bleus spectaculaires qui parvenaient toujours à l'apaiser.

— Oui, elle est fantastique.

— Je n'irai pas jusque-là.

Néanmoins il sourit, et un morceau du cœur brisé d'Emma se détacha. Comment aimer le procureur qui pouvait briser son frère ?

— Je suis désolée que nous ayons eu cette dispute.

— Moi aussi, Emma. Je n'ai pas aimé cela. Du tout.

— J'ignore comment gérer cette situation.

— Je ne sais pas non plus, reconnut-il.

— Penny avait raison. Nous ne devrions pas avoir une relation intime en ce moment.

Elle fit un geste en direction de la maison.

— Et après cela… toutes mes recherches…

Sa voix monta dans les aigus et elle inspira.

Tu peux le faire.

— Je n'ai aucune idée de ce qu'il adviendra de l'affaire de Brian.

— Il reste des copies, la rassura-t-il.

— Pas assez, Zac.

— J'ai demandé à Tom Carson de vérifier où se trouvait le fils de Leeks cet après-midi. Ainsi qu'Alex Belson.

Emma soupira. Après que sa maison ait été presque entièrement ravagée par les flammes, il s'était enfin résolu à la croire.

— Merci. Je sais que cela n'a pas dû être facile pour toi.

— Je veux te soutenir, Emma. Les choses évoluent rapidement, j'ai besoin d'un moment pour m'adapter. Pour échafauder un plan. Tu réagis au quart de tour. Moi, j'ai besoin d'analyser les choses. Dans le cas présent, de recueillir des preuves corroborant ce que me souffle mon intuition.

— Je n'aurais pas dû te balancer cette information sur Alex et m'attendre à ce que tu prennes des dispositions dans l'instant. Je n'ai pas réfléchi à la question, mais c'est tout moi. C'est ma façon de fonctionner et je suis incapable d'en changer. Si tu ne représentais pas la partie civile dans notre affaire, ce ne serait pas un problème. J'ai du mal à l'accepter. Et si la demande de Brian est rejetée, il restera en prison. Et ce sera toi qui l'y auras maintenu. Comment une relation entre nous survivrait-elle à cela ?

— Emma…

Elle recula d'un pas.

— Je me connais. A un moment donné, je te regarderai et je me demanderai si tu n'aurais pas pu en faire plus. Ce serait injuste mais je ne pourrais m'en empêcher.

Il hocha la tête. Peut-être comprenait-il.

— Je suis désolée, Zac. C'est fini entre nous.

Longtemps après que Penny eut installé Emma et sa mère dans leur logement temporaire, Zac patientait encore sur le trottoir en attendant que l'expert en incendies criminels ressorte de la maison. Peut-être pourrait-il lui communiquer des informations ou tout au moins lui dire si ses découvertes l'orientaient vers la piste d'un incendie volontaire.

Surtout, Zac n'avait nulle part où aller. Pas après qu'Emma lui eut signifié la fin de leur liaison. Il aurait simplement voulu qu'ils se fassent discrets jusqu'à ce que l'affaire de Brian soit réglée. Apparemment, elle avait une opinion différente.

Ce n'était pas son genre de se complaire dans le malheur, mais la sensation d'écrasement qui lui comprimait le torse lui pesait terriblement.

Mieux valait se concentrer sur la maison des Sinclair et les éventuelles implications de ce qui venait de s'y produire.

Son téléphone sonna. C'était Ray. Zac hésita à décrocher. Il était censé se trouver au tribunal, et il avait demandé à son avocate en second de le couvrir.

Finalement, il répondit avant que la messagerie ne prenne le relais.

— Bonjour, Ray.

— Où diable êtes-vous ? vociféra son patron.

— A la maison des Sinclair. Quelqu'un l'a incendiée.

— Auriez-vous oublié que nous sommes en plein milieu d'une sélection de jury ?

— J'ai parlé à Diane. C'était une petite journée. Je me suis dit qu'elle pourrait se débrouiller pendant que j'attendais les conclusions de l'expert en incendies criminels.

— Il vous enverra un rapport.

— Il termine actuellement. Peut-être me fournira-t-il quelque chose d'intéressant.

— J'ignore ce que vous faites. Vous ruinez votre carrière.

Je pourrai toujours postuler dans le privé.

— Vous m'avez dit de régler cette affaire. Ce n'est pas ma faute si les choses n'évoluent pas dans la direction que vous souhaiteriez.

— Je suis sur le point de vous décharger du dossier.

Pas question !

Mais il ne s'emporterait pas.

— Je fais des progrès. Quelle que soit l'issue, nous pourrons l'exploiter en faveur de la procureur d'Etat. Si Sinclair est coupable, nous le prouverons une fois pour toutes. S'il est innocent, elle fera libérer un homme condamné à tort. D'une manière comme d'une autre, ce sera bon pour elle.

— Vous avez intérêt à ce que ce soit bon, ou vous aurez de plus gros problèmes que celui d'être simplement déchargé de l'affaire.

Son patron venait-il de menacer son emploi ? Sérieusement ? *Sérieusement ?*

Si faire ce qui était juste lui coûtait son emploi, pourquoi s'ennuyer ? Pourquoi travailler ?

Emma avait combattu ce front d'opposition pendant trop longtemps. Jour après jour, des personnes lui avaient dit « non » en s'attendant à ce qu'elle renonce. Et il avait été l'une d'entre elles !

Lui, cela ne faisait qu'une semaine et il avait déjà atteint la surcharge. Pas étonnant qu'elle se soit énervée lorsqu'il avait mentionné le manque de preuves contre Alex.

Il raccrocha presque au nez de Ray, alors que l'expert en incendies, Dick Jones, sortait de la maison.

— Je ne peux rien vous dire d'officiel, l'avertit l'inspecteur.

— Je le sais. Ce que vous me direz restera entre nous.

Dick hocha la tête.

— Le feu a fait de gros dégâts au sous-sol et au rez-de-chaussée. Il y a aussi des traces de fumées sur le plafond à l'arrière.

— Où se trouve l'origine ?

— Au sous-sol, semble-t-il. L'escalier menant au rez-de-chaussée a été entièrement brûlé. D'après l'état du sol et la configuration de la combustion, je dirais qu'il s'agit d'un incendie criminel.

Emma avait raison.

— Quand aurez-vous terminé ?

— Demain. Je rédigerai mon rapport aussitôt que nous en aurons terminé ici.

Zac leva les yeux vers la maison.

— Sera-t-il possible de sauver quelque chose ?

— Des vêtements, peut-être. Des objets du premier étage. Mais tout devra être nettoyé. C'est un véritable désastre.

Il n'imaginait pas à quel point.

— Merci pour ces informations. J'apprécie.

— Pas de problème. N'exploitez pas ces informations avant qu'elles ne soient officielles.

Zac secoua la tête.

— Non. Nous sommes d'accord.

Son téléphone sonna. C'était Tom Carson.

— Je dois prendre cet appel, s'excusa-t-il auprès de l'inspecteur. Merci encore.

Il retourna à sa voiture, au bout de la rue. Il était presque 16 heures et il n'avait toujours pas bougé. Pas étonnant que Ray soit furieux.

— Bonjour, Tom.

— Leeks père témoignait devant la cour cet après-midi. Le fils a passé la journée au travail. Apparemment, il est entraîneur personnel et il a eu des clients jusqu'à 14 heures.

Même si le fils de Leeks n'avait pas allumé l'incendie, il pouvait être impliqué. Son père aussi, pensa Zac.

— Là où cela devient intéressant, poursuivit Tom, c'est à propos d'Alex Belson. Il a quitté le tribunal vers 11 heures.

Ce qui correspondait au moment où il s'était présenté dans le bureau de Zac.

— Il est venu me voir.

Tom marqua une pause, prenant probablement des notes.

— Combien de temps est-il resté avec vous ?

— Moins de dix minutes. En sortant de mon bureau, il a rencontré Emma Sinclair. Il n'a pas dû passer plus de quinze minutes au total dans nos locaux. Où est-il allé ensuite ?

— C'est ce qui est intéressant. Il a appelé son bureau pour prévenir qu'il prenait sa pause déjeuner.

— A quelle heure est-il rentré ?

— A 13 h 30.

Zac se figea. Un déjeuner de deux heures et demie !

— Et, avant que vous ne le demandiez, j'ai revérifié. Deux personnes l'ont confirmé.

Arrivé à sa voiture, Zac s'appuya contre le capot.

— Une idée de l'endroit où il a déjeuné ?

— Non.

— D'accord. Et pour ce qui est de son adresse ?

— Je l'ai. Toutefois, si je vous la donne, ferez-vous quelque chose de stupide ?

— Non, Tom, je vous le promets. Je demanderai simplement à ma sœur de le faire surveiller par un enquêteur. Afin de savoir s'il prépare quelque chose. Je ne veux pas impliquer le bureau du procureur. C'est tout.

Et je veux m'assurer qu'il ne s'approche pas d'Emma.

Belson n'avait certainement pas agressé Emma ou provoqué un incendie, mais Zac ne voulait prendre aucun risque.

Tom lui indiqua l'adresse.

— Oserai-je vous demander ce que l'avocat commis d'office de Brian Sinclair pourrait avoir comme lien avec l'incendie de la maison des Sinclair ?

Zac monta dans sa voiture.

— J'aimerais le savoir, Tom. J'aimerais le savoir.

16

Emma sortit de la cuisine du restaurant, enleva son tablier et enfila sa veste. Comme à l'ordinaire, ses pieds protestèrent et elle lorgna vers l'un des tabourets du bar. Toutefois, si elle s'asseyait, elle ne se relèverait pas. Elle s'effondrerait là et elle laisserait la tension de la journée s'évacuer de son corps. Elle avait connu beaucoup de formes d'épuisement dans sa vie, mais cette lourdeur, qui ralentissait ses pas et qui la faisait rêver de dormir pendant un mois, lui avait fait expérimenter un autre degré de fatigue.

Une part d'elle avait envisagé de ne pas aller travailler, mais rester assise dans un appartement étranger — aussi fabuleux soit-il — à penser à sa maison dévastée et à son cœur brisé ne résoudrait pas ses problèmes. Et puis, sa famille aurait besoin d'argent dans l'attente de l'indemnité des assurances.

L'hôtesse du restaurant ferma à clé la porte d'entrée. Pas de Zac ce soir, songea Emma.

C'était ce qui se passait quand une relation prenait fin. Tous ces moments réconfortants, comme lorsqu'il venait pour la raccompagner, disparaissaient, laissant ce monstrueux abîme béant qu'elle portait en elle prêt à l'engloutir et à l'étouffer.

Elle avait depuis longtemps renoncé à la chimère d'une histoire d'amour débouchant sur une fin heureuse. A la manière dont se déroulait sa vie, si elle trouvait quelqu'un qui partagerait avec elle cette chimère, ils se retrouveraient tous deux écrasés par un bus. Du moins, mourraient-ils ensemble.

Emma, c'est d'un morbide.

Cela ne lui ressemblait pas. A quoi bon rester là à se lamenter ? Elle avait besoin de repos et d'une bonne dose de combativité. Voilà qui l'aiderait à avancer.

— Pas de chevalier servant, ce soir ? s'enquit l'hôtesse.

— Non, lui répondit Emma. Emilio a dit qu'il m'escorterait jusqu'à ma voiture. Il termine en cuisine.

Espérant dissuader sa collègue indiscrète de lui poser d'autres questions, Emma se retourna vers la fenêtre en façade. Tout à coup, son cœur explosa dans un immense déploiement d'énergie qui lui donna la chair de poule. De l'autre côté de la vitre, Zac se tenait debout sous le crachin glacé, emmitouflé dans son manteau.

Il est venu !

Emma bondit de son tabouret, boutonna sa veste et se rua vers la porte tandis que l'hôtesse la déverrouillait.

— Je pensais que tu attendais Emilio.

— Euh, non. Remercie-le pour moi, mais Zac est là.

Elle se glissa dehors avant que cette commère ne l'assaille d'une litanie de questions. L'air humide la gifla tandis que les pneus des voitures qui passaient en trombe soulevaient des gerbes d'eau.

Elle remonta sa capuche.

— Bonsoir.

— Bonsoir.

— Tu es venu.

Un demi-sourire étira les lèvres de Zac.

— Ce n'est pas parce que tu m'as plaqué que je ne peux pas m'assurer que tu rentres chez toi saine et sauve.

Elle l'avait plaqué.

Pour une bonne raison. Du moins le pensait-elle.

Qu'est-ce que je fais ?

Sa gorge se serra et ses yeux la picotèrent.

Pas de larmes.

Elle déglutit, luttant contre elle-même pour garder le contrôle.

— Je me sens si désorientée et misérable. J'ignore que faire.

Il effleura de son doigt la courbe de sa joue jusqu'à sa mâchoire et ce contact léger, si tendre et réconfortant, raviva ses doutes. Comment pouvait-elle le laisser partir ?

— Moi aussi, dit-il. Mais cette journée a été affreuse, et en parler maintenant ne nous aidera pas.

— Tu as toujours l'esprit tellement logique.

— Ça fait partie du métier.

Il fit un signe de tête en direction de la rue.

— Où es-tu garée ?

— A deux rues d'ici. Je suis venue travailler tard et j'ai dû me garer sur le parking.

— Alors, allons-y. Les routes sont horribles. La pluie verglaçante a tout recouvert. Conduis lentement ce soir.

Ils marchèrent sans un mot. Seul le chuintement des pneus sur la chaussée rompait le silence de la nuit.

Non loin, apparut le parking et Emma ralentit le pas. C'était pathétique ? Oui. Mais elle ne voulait pas que ce moment en compagnie de Zac prenne fin. Si Brian n'obtenait pas l'annulation de sa condamnation, il n'y aurait pas d'avenir avec Zac. Ce serait mieux si elle le laissait partir tout de suite. Elle s'éviterait de souffrir plus tard. Qu'il était triste que sa vie se résume désormais à tenter d'éviter de souffrir !

Arrivés au carrefour, ils attendirent que le feu pour piétons passe au vert. Quelques voitures attendaient au feu rouge mais, dans l'ensemble, la soirée était calme. Le feu changea et Zac descendit du trottoir. Dans la rue transversale, un conducteur accéléra pour tourner à gauche, aperçut Zac sur la chaussée et freina brusquement. La voiture dérapa.

Non!

Un crissement de pneus se fit entendre dans la direction opposée et, agrippant le manteau de Zac, Emma le tira en arrière tandis qu'une voiture roulant trop vite fonçait dans celle qui venait de tourner. Un énorme fracas de métal et de verre brisé retentit puis, dans les secondes qui suivirent, le silence s'abattit. Un silence cruel, horrible.

A quelques pas devant eux se trouvait l'épave d'un véhicule. Le pare-brise de la voiture folle avait éclaté et un passager était étendu à cheval sur le tableau de bord, le haut de son corps reposant sur le capot. Il n'avait pas attaché sa ceinture de sécurité. Etait-ce un homme ou une femme ? se demanda Emma. Il y avait trop de sang pour le dire. Une quantité impressionnante de sang.

Zac s'avança vers la voiture tandis qu'Emma prenait son portable dans son sac pour appeler les secours. Les autres conducteurs affluèrent sur les lieux.

— Une ambulance est en chemin ! annonça quelqu'un.

Emma raccrocha et, au même moment, un objet s'enfonça dans ses côtes.

— Dites un mot et je vous plante. Je vous éventre en pleine rue.

Un couteau.

Devant elle, une lueur rouge se réverbéra sur l'immeuble d'en face et une voiture de police s'arrêta à quelques mètres.

Hurle !

Elle ouvrit la bouche.

— Pas un mot, répéta l'homme.

Cette voix.

C'est lui.

— Avancez, lui ordonna Alex Belson. Vers le parking. Ça fait des jours que je vous suis, j'ai failli abandonner en voyant Zac. Cet accident est une opportunité rêvée.

Il tira sur l'arrière de son manteau et elle planta ses pieds sur le sol. La pression du couteau s'accentua.

— Je n'ai rien à perdre à vous tuer ici. Et, quand j'en aurai fini avec vous, je rendrai visite à votre mère.

Emma se mit à avancer. Au plus, elle disposait de deux minutes avant qu'ils n'atteignent le parking. S'ils y arrivaient, elle mourrait. Elle le savait.

Ne jamais laisser votre agresseur vous emmener en un autre lieu.

N'était-ce pas ce que les experts en sécurité disaient toujours ?

Pas d'autre lieu.

Elle devait courir avant qu'ils n'atteignent le parking, excepté que son agresseur se détourna de l'entrée de celui-ci.

— Hé ! le parking est…

— Taisez-vous !

Emma ralentit mais Alex la poussa en avant, la bousculant presque.

Son regard se porta de chaque côté, cherchant une arme. Un réverbère. Une poubelle fixée au trottoir. Une bouche d'incendie.

Rien d'utile. Puis l'intersection apparut et ses membres se figèrent, gelés comme des stalactites attachées à son corps. Elle s'arrêta et Alex se mit à rire.

Monstre.

S'il l'emmenait dans cette ruelle, elle était morte. Sans le moindre doute.

— Pourquoi… pourquoi faites-vous cela ?

— Parce que vous ne lâcherez pas l'affaire. La subtilité ne semble pas fonctionner avec vous. Qu'est-ce qui ne va pas chez vous, les femmes ? Je parle mais vous n'écoutez pas.

Comment ?

Elle le dévisagea et il enfonça le couteau dans son manteau, suffisamment fort pour que la pointe l'effleure. Affûtée. Mortelle.

— Ne me regardez pas, reprit-il. Regardez devant vous.

De l'autre côté de la rue, deux femmes descendirent de leur voiture, se recroquevillant pour échapper au froid, et s'éloignèrent dans la direction opposée.

— N'essayez même pas, l'avertit Alex.

Emma scruta l'entrée de la ruelle, à une vingtaine de mètres.

Tu es morte.

— Je vous en prie, ne faites pas cela ! J'arrêterai. Je le promets.

— Trop tard. Je pensais que cet idiot de Leeks règlerait la question mais vous êtes bien trop intrépide.

— C'est vous qui l'avez envoyé ?

De nouveau, il se mit à rire, comme s'il partageait le plaisir d'une simple conversation avec une amie.

— Non. C'est là la beauté de la chose. Il voulait que votre petit ami le procureur fiche la paix à son fils. Cet imbécile m'aidait et il ne le savait même pas.

Tout est si incompréhensible.

— Ce gamin est un bon à rien. Je l'aimais et elle ne pouvait se détacher de ce détraqué qui la battait. Vous autres femmes êtes toutes stupides.

— Chelsea ?

— Ensuite, j'ai dû intriguer pour être sûr de décrocher cette maudite affaire. Incroyable. Ma vie a été ruinée dès l'instant où j'ai posé les yeux sur elle. Tout ce que je voulais, c'était un rapport rédigé par son père et elle était là, attendant qu'il ait fini sa journée. Après cela, tout est parti en vrille.

Ils atteignirent la ruelle. Emma s'arrêta, employant tout son poids à rester immobile. Si elle s'engageait dans cette ruelle, elle n'en ressortirait jamais.

Mais Alex était plus grand et fort qu'elle, et le couteau s'enfonçait dans ses côtes.

— Allons, avancez, Emma.

Défends-toi !

Il la poussa avec assez de force pour l'envoyer trébucher dans la ruelle sombre. Elle se redressa vivement, réfléchissant en un éclair. Une arme. Ses coudes, ses poings, ses jambes. Elle devait faire feu de tout bois. Des pas dans l'eau — *il arrive* — elle se retourna vers lui. Elle lança son bras en direction de sa gorge, qu'elle manqua.

— A présent, elle veut s'amuser, dit-il de cette voix menaçante et malveillante qui la transperça plus aisément qu'un couteau. Nous pouvons rendre les choses aussi pénibles que vous le souhaitez, Emma.

Elle courut dans la ruelle, ses pieds martelant la chaussée.

Faites que ce ne soit pas une impasse !

Elle était cernée par l'obscurité et ses yeux commençaient à s'y adapter lorsqu'elle s'affala sur le bitume humide. Il l'avait plaquée au sol. Ses genoux heurtèrent en premier le sol et elle

tourna la tête pour protéger son visage. Sa joue gauche amortit le choc et la douleur explosa.

Il la tira par les cheveux.

Ouille !

Se plaçant à califourchon sur son dos, il empoigna fermement sa queue-de-cheval et lui renversa la tête en arrière, exposant sa gorge. De sa main libre, il passa quelque chose autour de son cou.

Non, non, non !

Elle se débattit, tenta de le renverser. Trop lourd.

La corde se resserra, tailladant la peau fine de sa gorge, et elle eut le souffle coupé.

— Espèce de folle ! Ça ne t'a donc pas suffi que je mette le feu à ta maison ?

Il resserra la corde, encore et encore.

Fais-le tomber !

Elle jeta un bras en arrière. Rien. Excepté que la tension de la corde se relâcha.

Elle poussa un hurlement ; sa gorge se convulsa sous l'effort. Le poids sur son dos disparut.

Elle se retourna, se releva précipitamment. Il y avait une autre personne. Deux corps au sol, qui se battaient.

— Salaud !

La voix de Zac.

— Il a un couteau ! s'écria Emma.

Zac bondit avant qu'Alex ne se redresse complètement. Il le poussa, le plaqua au sol. Les coups de poing volèrent. La tête d'Alex fut projetée en arrière et Emma courut vers lui.

Contrôle ses mains.

Mais Zac fut repoussé par Alex qui lui donna un coup de pied dans le ventre.

Trouve le couteau.

Il faisait trop sombre. Elle ne le trouverait jamais. Au lieu de cela, elle se jeta sur Alex, donnant à Zac le temps de se reprendre.

— Emma, recule !

Soudain, la chance lui sourit enfin. Le clair de lune apparut à travers les nuages et illumina en partie la ruelle. A moins d'un mètre d'elle, un reflet métallique attira son regard.

Le couteau.

Elle courut dans sa direction et le ramassa.

— J'ai le couteau !

Zac se déchaîna alors. Coups de poing, de pied, de coude. Une avalanche de coups s'abattit sur Alex Belson, à le tuer. Il se plia en deux et Zac lui asséna un coup de coude dans les reins qui l'envoya au sol. Puis, dans la fraction de seconde qui suivit, il se rua sur lui, enfonçant son genou dans le dos.

— Tendez les mains, lui ordonna-t-il. Montrez-les-moi.

Mais Alex refusa de se rendre. Il donna une ruade et Zac le frappa à l'arrière de la tête. Incapable de se libérer, Alex étendit les bras.

Zac poussa un soupir.

— Bons sang, Alex ! Que faites-vous ?

Zac s'appuya contre le mur en ciment froid du parking tandis que des policiers faisaient monter Alex Belson dans leur voiture. Un inspecteur sortit de la ruelle, escortant Emma. Ils avaient été interrogés séparément et ils seraient probablement réinterrogés ensuite mais, pour l'instant, ils en avaient terminé.

Il n'avait pas tout compris. Lorsqu'il avait levé les yeux des voitures accidentées, elle s'éloignait en compagnie d'un individu. Il les avait suivis, gardant le silence et marchant d'un pas léger. Il s'était promis de la protéger. Et au besoin de frapper…

Emma le rejoignit et s'appuya contre le mur elle aussi.

— Tu vas bien ?

Il fallait toujours qu'elle s'inquiète pour les autres.

— C'est à toi qu'il faut poser cette question.

Elle haussa les épaules.

— Je l'ignore. Je pense que c'est lui le coupable. Il ne l'a pas confessé, mais il a dit qu'il aimait Chelsea. Mais qu'elle ne pouvait pas se passer du fils de Leeks.

Zac hocha la tête.

— Leeks et elle ne cessaient de se quitter et de se rabibocher. Une relation torturée.

— Je me sens perdue. Nous lui avons fait confiance. Il a laissé mon frère se faire emprisonner. Cette ordure voulait que mon frère croupisse dans une cellule.

Zac se frotta les yeux et, soudain, la main d'Emma lui massa le dos, de cette manière qui lui faisait oublier tout le reste.

— Quand j'ai levé les yeux, tu avais disparu. Si je n'avais pas relevé la tête au moment où tu t'éloignais avec Belson, je t'aurais perdue, Emma. Je n'aurais pas su où tu étais allée. Je n'ai jamais eu aussi peur de ma vie.

Elle posa la tête sur son épaule.

— Mais tu as levé les yeux. Merci.

— Je suis désolé de ne pas t'avoir crue.

Il lui embrassa le sommet de la tête.

— J'aurais pu te perdre. Comment pourrais-je laisser se produire une telle chose ?

Avait-il jamais éprouvé une telle incertitude ? Il avait toujours été l'élément cartésien de la famille. Prenant toujours la bonne décision et, même si ce n'était pas le cas, ce n'était pas grave. Personne n'était blessé ou tué. Il en tirait simplement la leçon et allait de l'avant. Là, si apprendre de ses erreurs impliquait de vivre sans Emma, il n'était pas désireux d'apprendre.

L'épaule d'Emma tressauta contre la sienne et il baissa les yeux vers elle. Son visage était ravagé, ses yeux fermés. Elle pleurait.

Seigneur ! Il refusait que cette femme forte et capable en soit réduite aux larmes. Se redressant, il la prit dans ses bras.

— Chut. Tout va bien. Je suis là. Nous nous en sortirons. D'une manière ou d'une autre, nous nous en sortirons.

Et ce serait le cas. Car, après ce qui venait de se produire, dût-il renoncer à sa carrière, il ne la laisserait pas partir.

17

Le lendemain matin, Emma se força à avaler un toast sec, petit déjeuner relativement insipide dans le cadre luxueux de leur cuisine contemporaine. Si elle brisait quelque chose dans ce palace, cela lui coûterait une année de salaire pour rembourser.

Son téléphone émit un bip. C'était un message de Penny :

Rendez-vous à la cour d'assises dans trente minutes.

Trente minutes ? Pour se doucher, s'habiller et affronter la circulation à l'heure de pointe ?

Penny était vraiment folle.

Emma répondit :

Pourquoi ?

Penny répliqua aussitôt :

Contentez-vous de venir.

Emma soupira. A ce stade, alors qu'Alex Belson était toujours interrogé, la seule chose qu'elle attendait de Penny était la confirmation que Belson avait bien tué Chelsea Moore et que Brian rentrerait à la maison. La terreur de la veille au soir serait justifiée si Brian rentrait à la maison.

— Qu'y a-t-il ? lui demanda sa mère.

Elle réfléchit avant de répondre. Quelque chose avait dû arriver à Brian, mais elle n'eut pas le cœur de dire cela à sa mère.

Et si ce n'était pas bon ?

Et alors ? N'avaient-elles pas dépassé ce stade ? Elle ne devait plus couver sa mère. Le fardeau était devenu trop lourd à porter et ce devait être — il ne pouvait en être autrement — une bonne nouvelle.

Elle croisa le regard de sa mère.

— Je n'en suis pas sûre. Penny veut que je me présente au palais de justice dans une demi-heure.

— C'est de bon augure, n'est-ce pas ?

Je l'espère.

— Ce n'est peut-être rien.

— Qu'importe. Je t'accompagne. Il est temps que je commence à t'aider.

Eh bien !

Quel chemin elles avaient parcouru en une semaine ! Tout cela, grâce à la famille Hennings.

Emma observa le téléphone dans sa main. Le frère et la sœur l'auraient probablement rendue folle avant que tout cela ne soit terminé.

Et pourtant, elle appréciait cette folie.

Mettant ses pouces en action, elle répondit à Penny.

J'arrive.

Puis elle posa le téléphone et repoussa sa chaise.

— Je serai prête dans cinq minutes. Je vais prendre la douche la plus rapide de ma vie et m'habiller en vitesse.

— Attache tes cheveux, lui lança sa mère tandis qu'elle se ruait dans le couloir à la suite d'Emma. Ils sont en bataille.

Vingt-six minutes plus tard exactement, Emma et sa mère se joignirent à la file d'attente du bâtiment des assises. Se haussant sur la pointe des pieds, Emma compta les têtes devant elle. Dix. C'était pire d'habitude, mais elles n'étaient jamais entrées dans un délai de quatre minutes.

Elle envoya un message à Penny. Un instant plus tard, son téléphone sonna.

— Ce n'est pas ma faute, s'excusa Emma. Je suis coincée à la sécurité.

— Voilà ce qui se passe, lui expliqua Penny, les mots fusant plus rapidement que d'ordinaire. Mon père, Zac et moi allons nous présenter devant le juge Alred. Nous avons — et cela inclut le procureur d'Etat — déposé une motion d'urgence conjointe pour annuler la condamnation et la sentence de Brian.

Chaque mot vint former une boule massive dans la gorge d'Emma. Elle tenta de parler mais parvint seulement à émettre un petit cri rauque. Se tournant vers sa mère, elle s'accrocha à son bras.

Sa mère grimaça et Emma la lâcha.

— Que se passe-t-il ? demanda sa mère

Enfin, la boule qui emprisonnait ses paroles se délita.

— Est-ce que ça arrive enfin maintenant ?

— Oui, répondit Penny.

— On a affaire à un bon juge ?

— A la perfection incarnée. C'est un homme bienveillant et sensé. Un instant... Comment ?

Un son étouffé sortit du téléphone.

— Il nous attend. Dépêchez-vous. Salle d'audience du juge Alred. 400.

— Attendez...

La ligne fut coupée.

Ne te réjouis pas trop vite.

Le juge pourrait rejeter la motion. Il pourrait se produire n'importe quoi.

Emma se tourna vers sa mère : elle était blême. Elle lui prit de nouveau le bras.

— C'est encourageant. Ils ont déposé une motion pour annuler la condamnation et la sentence de Brian. Très bientôt, nous saurons s'il rentre à la maison.

— Mon Dieu !

— Ne te réjouis pas trop vite. Tu sais que nous sommes poursuivis par la malchance.

Sa mère tendit les mains, les yeux écarquillés. Pour la première fois depuis dix-huit mois, elle avait l'air heureuse.

— Mais nous n'étions jamais arrivées jusque-là, Emma.

Le garde de sécurité leur fit signe d'avancer devant la machine à rayons X. Emma l'avait déjà croisé à plusieurs reprises. Elle lui sourit.

— Mon frère va peut-être rentrer à la maison aujourd'hui.

Il leva le pouce en signe d'encouragement.

— Bonne chance.

Sa mère passa à son tour le contrôle de sécurité et elles montèrent dans l'ascenseur. Les numéros des étages se succédaient trop lentement.

Lorsqu'elles furent arrivées à destination, Emma se rua hors de la cabine, entraînant sa mère derrière elle. Des personnes encombraient le couloir, lui bloquant le passage, l'obligeant à les contourner. Sa mère ferait bien de ne pas se laisser distancer. Tout en avançant, Emma lisait les numéros des salles.

Nous y sommes presque.

Salle d'audience 400.

Elle s'arrêta net et sa mère la percuta. Emma l'attrapa par le bras pour l'empêcher de tomber.

— Désolée. Nous y sommes.

Elle tendit la main vers la double porte.

— Tu es prête ?

Sa mère inspira profondément.

— Il le faut.

Emma poussa l'un des battants, fit entrer sa mère et referma doucement la porte derrière elles. Le léger déclic résonna dans la salle et elle grimaça.

N'indispose pas le juge.

Elle fit volte-face et son regard tomba directement sur le magistrat, un homme d'une petite cinquantaine d'années. Il était assis, deux doigts posés sur sa joue charnue. Son visage était impassible. Ni sourire ni froncement de sourcils. Il écoutait simplement : impossible de savoir ce qu'il pensait.

Debout à la table de la partie civile, Zac s'exprimait, comme d'habitude, d'une voix affirmée. Sûr de lui.

Penny et son père étaient assis à la table de la défense, le dos droit mais pas rigide. Ils semblaient presque détendus, mais ce n'était pas possible. L'était-ce ?

Le juge Alred posa son regard sur Emma, puis sur sa mère et sur les deux seuls autres spectateurs présents dans la salle. Soucieuse de ne pas causer davantage de dérangement, Emma se glissa sur le banc le plus proche. Tant pis s'il était au fond de la salle. Elle devait s'asseoir avant que ses jambes ne se dérobent sous elle.

Sa mère atterrit près d'elle et lui agrippa la main. Emma la serra et dirigea son attention sur l'avant de la salle où le juge s'adressait à Zac.

— Maître, pourquoi une motion conjointe ?

— Votre Honneur, une nouvelle preuve a été mise au jour. Après examen de ce nouvel élément, nous avons déterminé que ladite preuve modifiait la position de l'Etat.

Emma se mit à taper du pied.

Oui, oui, on a compris.

Nouvelle preuve. Blablabla. Poursuivons.

— En raison de ce nouvel élément, poursuivit Zac, l'Etat rejoint la motion demandant l'annulation de la condamnation.

Je vous en prie, je vous en prie, je vous en prie !

Un souffle sonore envahit sa tête, étouffant les voix de Zac et du juge. Elle ferma les yeux. Un frisson remonta le long de ses bras.

Je vous en prie, laissez-le rentrer à la maison !

Jamais elle n'avait prié avec autant de ferveur mais c'était justifié. Son frère devait revenir. Peut-être désirait-elle également quelques autres choses, mais le retour de Brian était sa priorité. Si cela arrivait, ils pourraient reconstruire leur vie de famille. Elle serait alors libre de mener sa propre vie et peut-être de permettre que Zac Hennings en fasse partie.

C'était là ce qu'elle voulait, Zac, son frère et sa mère. Avec eux, tout serait possible. Avec eux, l'impossible devenait possible.

Un immense calme la gagna progressivement, apaisant son esprit et son corps.

Une voix masculine résonna. Le juge.

— Entendu, maîtres, motion accordée. J'ordonne la relaxe immédiate de l'accusé.

Comment ?

Emma tourna vivement la tête.

— Comment ?

Penny se leva d'un bond.

— Merci, Votre Honneur.

La mère d'Emma étouffa un cri.

Emma, elle, se pencha de nouveau vers l'avant de la salle. A côté de Penny, Me Hennings se leva et tous deux se congratulèrent, le visage rayonnant.

Enfin, voilà que ça arrive !

De l'autre côté de l'allée, Zac rangea un dossier dans sa serviette, affichant le masque grave du procureur bien qu'il mourût sans doute d'envie de sourire. Jamais il ne donnerait cette satisfaction à sa sœur.

Le juge se leva et regagna son bureau, sa longue robe flottant derrière lui. Ainsi, ils en avaient terminé.

Brian était libre.

Penny se retourna, un sourire radieux illuminant son visage.

— A présent, vous pouvez parler.

Mais Emma secoua la tête. Les mots « relaxe immédiate » tournaient en boucle dans son esprit et elle reprit sa respiration.

Je ne le crois pas.

Pas encore. Pas avant qu'ils le lui disent. Ensuite, elle s'autoriserait à croire que, enfin, après cette interminable et laborieuse confrontation au système judiciaire, ils avaient gagné.

Zac referma sa serviette et se tourna vers elle. Elle soutint son regard et, finalement, il lui offrit un sourire. Le sang irrigua de nouveau le cerveau d'Emma.

Penny se tenait dans l'allée où elle étreignait Mme Sinclair dont les yeux avaient retrouvé leur éclat.

Ma mère est de retour.

Emma se leva. Trop vite. La salle se mit à tourner autour d'elle et elle se retint au banc devant elle. Les Hennings étaient rassemblés, le père, le fils, la fille. Zac et son père se serrèrent la main, se donnèrent des tapes dans le dos.

— Venez ici, ma chère, lui lança Penny. Embrassez-moi. Nous avons gagné !

Emma finit alors par craquer. Elle tendit les bras tandis que les larmes coulaient de ses yeux.

Nous avons gagné.

Elle sanglota de bonheur. Seigneur, elle était lasse. Tellement lasse.

Tous quatre se réunirent autour d'elle, leurs visages exprimant un mélange de surprise, de saisissement et — dans le cas de Me Hennings — de curiosité.

Sa mère pleurait aussi et elle dut détourner les yeux. C'était trop. Toute l'émotion qu'elle avait si longtemps refoulée resurgissait et elle sanglota de plus belle.

Zac glissa ses bras autour d'elle et la serra contre lui. Elle enfouit son visage dans sa veste.

— Tu as réussi, murmura-t-il à son oreille. Pourquoi perdre ton temps à pleurer alors que tu devrais être en chemin pour aller chercher ton frère ?

Emma ferma les yeux.

Il rentre à la maison.

Zac lui caressa les cheveux.

— Chut. Tout va bien à présent. Tu as réussi. Tu as réuni ta famille.

Soudain, elle se mit à rire, un rire pathétique qui à n'importe quel autre moment l'aurait humiliée, excepté que, en cet instant, rien de tout cela ne comptait.

Elle s'écarta de lui et saisit les revers de sa veste.

— Merci.

— Hé ! intervint Penny. Qu'est-ce que ça veut dire ?

Emma leva les yeux au ciel mais le sentiment qu'elle portait en elle, ce bourdonnement de joie, anéantit toute tentation de céder à l'irritation.

— Vous savez que je vous remercierai, vous aussi. Il me fait simplement plus d'effet que vous.

— Oh ! je vous en prie ! objecta Penny. Blablabla. Nous avons de la paperasse à remplir et, ensuite, vous devrez vous mettre en route. Allez chercher Brian et, ce soir, nous dînerons tous ensemble pour fêter cela.

— Mais vous nous accompagnez, n'est-ce pas ? Pour aller le chercher ?

Emma se tourna vers sa mère.

— Je suis désolée. Préfères-tu qu'il n'y ait que nous ?

Sa mère se tamponna les yeux et lui sourit.

— Plus on est de fous, plus on s'amuse.

— Parfait, répondit Emma.

Elle se retourna vers Penny.

— Si vous le voulez, alors oui.

— Je le veux.

Puis elle se tourna vers Zac.

— Et toi aussi. Tu dois être présent. Nous devrions tous être présents à sa sortie.

Il se pencha et l'embrassa, effleurant doucement ses lèvres, devant sa mère, Penny et leur père et — *ouah* — c'était différent.

Sauf qu'il gâcha tout en s'interrompant.

— Un procureur accueillant un homme condamné à tort à sa sortie de prison ? Tu es déterminée à me faire renvoyer ?

Elle n'avait pas songé à cela. Elle tira sur sa veste, un peu déçue. Enfin, peut-être plus qu'un peu.

— Désolée.

— Ne le sois pas. Ça n'en vaut la peine.

La porte de la salle d'audience s'ouvrit et tous se retournèrent. L'inspecteur Leeks se tenait dans l'entrée, son regard vil glissant sur eux.

Emma déglutit.

Il n'a rien à faire ici.

Pas alors qu'il avait déployé autant d'énergie à leur faire du mal, à les terroriser et à voler sa vie à Brian.

— Leeks, dit Zac.

Mais Emma leva la main et s'avança vers Leeks. Zac la suivit.

— Que faites-vous ici ? demanda-t-il.

Leeks resta immobile, croisant les bras sur sa poitrine.

— Je pensais prendre part aux festivités. J'imagine que je les ai ratées.

Une colère destructrice se déchaîna en Emma. Son corps se mit à vibrer, et l'envie soudaine de laisser libre cours à cette violence la consuma. Elle s'arrêta devant Leeks. Son fils n'était même pas coupable et, pourtant, il avait voulu ruiner la vie d'un autre homme pour le protéger.

Elle agita les doigts de sa main droite tandis que Leeks se tenait là debout, cet écœurant sourire suffisant sur son visage. Elle n'y tint plus.

Elle le gifla. Une solide gifle qui projeta la tête de l'homme sur le côté. Quelque part, derrière elle, sa mère poussa un petit cri.

— Bien joué, déclara Penny.

— Holà !

Zac se glissa devant Emma.

— C'est terminé, inspecteur. Vous avez de la chance que je ne dispose pas d'assez d'éléments afin de vous inculper pour avoir fait agresser Brian Sinclair en prison.

Leeks leva les yeux vers Zac, l'air mauvais, mais il n'y avait rien qu'il puisse faire. Pas à moins qu'il n'envisage de s'en prendre aux cinq personnes présentes.

— Nous avons un événement à fêter, reprit Penny. Et vous n'êtes pas le bienvenu.

Quelques heures plus tard, Emma, sa mère, Zac et Penny se tenaient devant la prison, attendant Brian. Emma s'appuya contre la limousine noire rutilante que leur avait fournie le père de Zac et elle offrit son visage au soleil. Jamais elle n'aurait imaginé un tel scénario.

Sur la droite du parking, Penny faisait les cent pas en parlant au téléphone. La mère d'Emma, elle, attendait près des grilles que son fils lui soit rendu.

Zac consultait de temps à autre sa montre en soupirant.

Pour une fois, cela ne dérangeait pas Emma d'attendre. Son frère allait être libéré, rien d'autre ne comptait.

Cependant quelque chose la titillait.

— Il y a une chose qui m'intrigue, dit-elle à Zac.

— Seulement une ? la railla-t-il.

— Pourquoi ce maudit inspecteur Leeks m'a-t-il menacée ? Si son fils était innocent, en quoi s'est-il senti concerné ? J'aurais dû le lui demander avant de le gifler.

— Je pense que, soit il n'était pas sûr de l'innocence de son fils, soit il savait que l'enquête avait été bâclée et ne voulait pas que leur nom y soit associé. Peut-être les deux.

— J'imagine. Ça me rend triste pour la famille de Chelsea Moore. Nous avons tous fait confiance à Alex Belson. Leurs raisons étaient très différentes des nôtres, mais nous avons tous été traumatisés. J'espère que cette ordure ne ressortira jamais.

— Entre le meurtre, l'obstruction à la justice, ce qu'il t'a fait, l'incendie et toutes les autres charges qui s'ajouteront, il sera un homme âgé quand il ressortira, si cela arrive un jour.

Une sonnerie sourde retentit et Emma leva les yeux. De l'autre côté des grilles, son frère sortait du bâtiment, flanqué de deux gardiens. Le pouls d'Emma s'emballa. Les vêtements que Brian portait lors de son arrestation étaient désormais trop grands d'une taille.

Ses hématomes dus à la bagarre avaient-ils disparu ? De là où elle se tenait, elle ne pouvait le voir. Mais même s'ils s'étaient estompés, l'œil de lynx de sa mère les remarquerait probablement et elle devrait finalement lui fournir des explications. Mais plus tard. Beaucoup plus tard.

Il rentre à la maison.

Emma se pencha vers Zac.

— Je ne peux pas le croire.

— Tu dois le croire.

Il la serra contre lui.

— Emma Sinclair, je pense que tu es l'amour de ma vie.

— « Tu penses » ? Charmant « Zachary » ! Charmant.

— Je fais ce que je peux.

Il se tourna vers elle.

— Je devrais te remercier. Au début, j'étais convaincu que ton frère était coupable et que j'allais le prouver. Excepté que j'avais tout faux. Je devais faire cette expérience. Surtout, je t'ai rencontrée. Quelque chose me dit que ça va bouleverser ma vie. Je ne veux pas t'effrayer mais, à présent que cette affaire est réglée, je ne te lâcherai plus. Autant t'en informer.

Se hissant sur la pointe des pieds, elle l'embrassa.

— Parfait. Et, autant t'en informer, je compte bien participer activement à ta vie affective.

— Je suis heureux que nous ayons mis les choses au clair.

Une nouvelle sonnerie retentit et Emma fit face au long portail métallique qui coulissa. Son frère s'arrêta et regarda chacun des gardiens, attendant la permission de partir. Apparemment, les événements de la matinée le laissaient médusé. L'un des gardiens lui posa la main sur l'épaule, lui sourit et le poussa de l'autre côté des grilles.

Comme la plupart des gens, les gardiens appréciaient Brian, songea Emma.

Puis, pour la première fois depuis dix-huit mois, son frère franchit les grilles de la prison. Il resta ensuite immobile, fixant le trottoir. Emma s'absorba dans la joie simple que son frère fasse l'expérience de la liberté. Personne ne bougea. Pas même sa mère. D'une certaine manière, Brian avait besoin d'un moment de recueillement. Enfin, il rejeta les épaules en arrière et releva la tête. Son regard se riva à celui d'Emma. Une joie mêlée au chagrin du temps perdu emplit sa poitrine. Pendant des mois, elle avait imaginé ce moment, les cris de joie. Pourtant, seul régnait le silence. Les réjouissances viendraient plus tard mais, en cet instant, sur le parking, les grilles de la prison derrière eux, il n'y avait qu'elle, Brian et leur mère. Ensemble.

Enfin !

Ils avaient réussi.

Soudain, sa mère courut vers Brian, jetant ses bras autour de lui. Elle se mit à sangloter bruyamment et Emma se blottit contre Zac, enfouissant sa tête dans son cou.

Zac lui embrassa le sommet du crâne.

— Tu as réussi.

Sans changer de position, elle hocha la tête.

— Il rentre à la maison.

Elle se redressa, plongea son regard dans les yeux bleus de Zac et, pour changer, un sourire lui vint aisément aux lèvres. Elle sourirait davantage, désormais. La vie vaudrait la peine d'être vécue de nouveau. Elle prit Zac par la main et l'entraîna vers le portail.

— Nous avons réussi. Il a retrouvé sa vie.

— Il n'est pas le seul.

— En effet. Et toi, « Zachary », tu feras partie de la mienne. Cela te convient-il ? Parce que tu vas devoir m'aider pour le droit constitutionnel.

— Chérie, j'excelle dans ce domaine. Nous serons une famille heureuse.

Une famille. Le cœur d'Emma se mit à cogner dans sa poitrine et elle posa sa main dessus. Pour la première fois depuis le décès de son père, elle avait retrouvé une famille. « Sa » famille. Zac, sa mère et Brian. Si elle y ajoutait Penny, elle aurait la sœur qu'elle avait toujours voulu avoir. Même si Penny était folle.

Brian était libre, et elle s'accrocherait à cette famille, elle ne la lâcherait plus. Qu'est-ce qu'une femme pourrait demander de plus ? Enfin, après des années de déboires, elle avait gagné.

Dorénavant, la chance lui sourirait.

Retrouvez prochainement,
dans votre collection

BLACK ROSE

Plus fort que le passé, de Cindy Dees - N°684

Stupéfait, Wes fixe Jessica. Que fait-elle dans son ranch ? Comment, après avoir brisé sa carrière militaire, a-t-elle le cran de se présenter chez lui ? Pourtant, au lieu de lui fermer sa porte, il reste là, envoûté par sa beauté… et troublé par la lueur d'inquiétude qu'il lit dans son regard. Une expression de peur profonde qui l'incite à l'accueillir chez lui et à la protéger en dépit du passé…

Un protecteur trop séduisant, de Rita Herron

Sûr de lui, athlétique, incroyablement sexy… Pour Kate, la directrice du nouveau lycée de Briar Ridge, Riggs Benford a tout du parfait garde du corps. Malheureusement, il a également tout du séducteur irrésistible. Y compris une réputation sulfureuse qui dérange Kate… Même si elle sait qu'elle est en danger. Même si elle a bien du mal à ne pas craquer quand Riggs lui jure qu'il la protégera…

Mission : garde rapprochée, de Lena Diaz - N°685

Tandis que Caroline Ashton s'assied face à lui, Luke peine à cacher sa surprise. Pourquoi cette femme élégante, connue de tous à Savannah pour former un couple modèle avec son richissime époux, est-elle venue trouver un simple garde du corps comme lui ? Quand elle le fixe, pourtant, il décèle dans ses yeux bleus une lueur qu'il ne connaît que trop bien, hélas : celle de la peur…

Irrésistible séduction, de Rachel Lee

Cassie est troublée. Dès son arrivée à Conrad, elle a été attirée par Lincoln Blair, mais il s'efforce de la tenir à distance… Une attitude qui change quand Cassie lui révèle que, depuis quelques jours, elle est victime de menaces. Plus touché qu'elle ne l'aurait cru, Lincoln se rapproche d'elle et lui jure de veiller sur elle. Jour et nuit s'il le faut…

Retrouvez prochainement,
dans votre collection

BLACK ROSE

Un ténébreux partenaire, de Marie Ferrarella - N°686

Beau. Brillant. Et, surtout, magnétique. Voilà comment Kari définirait l'inspecteur Esteban Fernandez, son nouveau coéquipier à la police d'Aurora. Un portrait qui s'assombrit bien vite quand Esteban lui jette au visage qu'il déteste travailler en équipe – et en particulier avec une femme…

L'instinct d'une mère, de Delores Fossen

Les malfaiteurs ont disparu et le bâtiment dans lequel ils détenaient les bébés volés est vide… Abattue, Rosalie fixe Austin Duran, l'agent du FBI qui vient de lui annoncer la terrible nouvelle. Ainsi, elle va devoir reprendre ses recherches. Mais, tandis que le découragement la gagne, elle sent l'espoir renaître. Car, cette fois, elle n'est plus seule. Austin est à ses côtés…